JOANNE HARRIS

DAS VERBOTENE HAUS

JOANNE HARRIS

DAS VERBOTENE HAUS

Roman

Aus dem Englischen
von Ursula Wulfekamp

List

Für Derek Fry
Einen von der alten Schule

Jede Schule ist zu einem gewissen Maß
immer auch ein Schlachthaus.

Geoffrey Willans, *Down with Skool!*

Kapitel 1

Wenn ich in den vergangenen fünfzehn Jahren eines gelernt habe, dann das: Ein Mord ist nichts Besonderes. Er ist nichts weiter als eine Grenze, genauso bedeutungslos und willkürlich wie jede andere Grenze, nur eine auf den Boden gezogene Linie. Wie das gewaltige Schild ZUTRITT STRENGSTENS VERBOTEN an der Auffahrt zu St. Oswald's, das breitbeinig wie ein Wachposten dastand. Als ich ihm das erste Mal begegnete, war ich neun Jahre alt, und es ragte mit aggressiver Bedrohlichkeit über mir auf.

ZUTRITT STRENGSTENS VERBOTEN
UNBEFUGTES BETRETEN WIRD STRAFRECHTLICH
VERFOLGT

Ein anderes Kind hätte sich durch dieses Verbot vielleicht einschüchtern lassen, doch in meinem Fall gewann die Neugier die Oberhand. Von wem strafrechtlich verfolgt? Warum gerade ab diesem Punkt? Und das Spannendste überhaupt: Was würde passieren, wenn ich diese Grenze überschritt?

Natürlich wusste ich, dass die Schule verbotenes Terrain war. Da lebte ich bereits seit sechs Monaten in ihrem Schatten, und dieses Gebot stand ganz oben auf der Liste von Gesetzen, die von John Snyde aufgestellt wurden und die mein junges Leben bestimmten. *Sei kein Waschlappen. Jeder ist sich selbst der Nächste.*

Arbeite, um zu leben. Ein Gläschen in Ehren kann niemand verwehren. Und das oberste Gesetz lautete: *In St. Oswald's hast du nichts zu suchen,* was gelegentlich durch ein *In St. Oswald's hast du nichts zu suchen, verflucht noch eins* unterstrichen oder durch einen Knuff gegen den Oberarm verdeutlicht wurde. Diese Knüffe waren freundlich gemeint, das wusste ich, taten aber trotzdem weh. Elterliche Fürsorge gehörte nicht zu John Snydes Stärken.

Dennoch hielt ich mich einige Monate unwidersprochen an diese Vorschrift. Dad war so stolz auf seine neue Stelle als Hausmeister: eine so vornehme alte Lehranstalt mit einem so guten Ruf. Wir wohnten im alten Pförtnerhaus, in dem schon Generationen von Hausmeistern gelebt hatten. An Sommerabenden würden wir Tee auf dem Rasen trinken, es würde der Anfang einer wunderbaren Zeit werden. Und wenn Mum sah, wie schön wir es jetzt hatten, würde sie vielleicht zu uns zurückkommen.

Aber die Wochen vergingen, und nichts von alldem geschah. Das Pförtnerhaus stand unter Denkmalschutz und hatte winzige Butzenglasfenster, durch die wenig Licht ins Haus drang. Überall roch es muffig, und wir durften keine Satellitenschüssel installieren, weil sie das Niveau gesenkt hätte. Die meisten Möbel gehörten St. Oswald's – schwere Eichenstühle und verstaubte Kommoden –, neben denen unsere eigenen Habseligkeiten aus der Sozialwohnung in der Abbey Road billig und deplatziert wirkten. Die neue Arbeit als Hausmeister nahm Dads ganze Zeit in Anspruch, und ich gewöhnte mich schnell daran, auf mich gestellt zu sein – Forderungen nach regelmäßigen Mahlzeiten oder sauberer Bettwäsche fielen ebenfalls in die Kategorie »Waschlappen« –, meinen Vater am Wochenende in Ruhe zu lassen und samstagnachts immer meine Zimmertür abzuschließen.

Mum schrieb nie. Sie nur zu erwähnen war auch ein Zeichen von Waschlappigkeit, und so vergaß ich nach einiger Zeit, wie sie überhaupt ausgesehen hatte. Allerdings hatte Dad unter seiner Matratze eine Flasche ihres Parfüms versteckt, und wenn er seine Runden durch die Schule machte oder sich mit seinen

Kumpeln im Engineers' auf ein Bier traf, stibitzte ich manchmal das Parfüm – es hieß »Cinnabar« – und sprühte ein bisschen davon auf mein Kopfkissen und tat dann so, als würde Mum nebenan fernsehen oder mir nur schnell aus der Küche einen Becher Milch holen und wäre gleich wieder da, um mir eine Gutenachtgeschichte vorzulesen. Das war im Grunde ziemlich dumm von mir, weil sie das alles ja auch nie getan hatte, als sie noch bei uns war. Auf jeden Fall hat Dad die Flasche nach einer Weile wohl weggeworfen, denn eines Tages war sie nicht mehr da, und dann wusste ich nicht einmal mehr, wie Mum gerochen hatte.

Weihnachten rückte näher, das Wetter wurde schlecht, und für den Hausmeister gab es noch mehr zu tun. Also kamen wir auch nie dazu, Tee auf dem Rasen zu trinken. Andererseits war ich nicht unglücklich. Schon damals war ich ein selbstgenügsames Kind, fühlte mich in Gesellschaft unwohl und blieb in der Schule unsichtbar. Im ersten Trimester kapselte ich mich ab, war nur selten zu Hause, spielte allein im verschneiten Wald hinter St. Oswald's und erforschte jeden Quadratzentimeter Boden rund um die Schule – achtete aber sorgsam darauf, die verbotene Grenze nicht zu übertreten.

Ich stellte fest, dass St. Oswald's von der Außenwelt praktisch abgeschottet war. Das Hauptgebäude lag verborgen hinter den jetzt kahlen Linden zu beiden Seiten der langen Auffahrt, das Gelände war durch Mauern und dichte Hecken abgeschirmt. Aber durch das Tor konnte ich den Rasen sehen – von meinem Vater mit perfektem Streifenmuster gemäht –, den Kricketplatz mit den beschnittenen Hecken, die Kapelle mit der Wetterfahne und der lateinischen Inschrift. Jenseits davon lag eine Welt, die für mich ebenso fremd und fern war wie Narnia oder Oz, eine Welt, die mir immer verschlossen bleiben würde.

Die Schule, in die ich ging, hieß Abbey Road Juniors. Es war ein kleiner Flachbau inmitten der Sozialsiedlung, der auf einem Abhang stand und einen holperigen Spielplatz hatte. Außerdem gab es zwei Eingänge, auf denen JUNGEN und MÄDCHEN stand. Ich mochte die Schule nicht besonders, aber vor Sunnybank Park, der riesigen Gesamtschule, die ich bald besuchen würde, graute mir regelrecht.

Seit meinem ersten Tag an der Abbey Road hatte ich die Sunnybanker in ihren billigen grünen Sweatshirts mit dem Schullogo auf der Brust, mit ihren Nylon-Rucksäcken, Kippen im Mund und betonierten Frisuren mit wachsendem Entsetzen beobachtet. Sie würden mich hassen, und zwar auf den ersten Blick. Das war mir sofort klar. Ich war klein und schmächtig (weshalb mein Vater mich auch »Floh« nannte), machte immer meine Hausaufgaben. Sunnybank Park würde mich bei lebendigem Leib verschlingen.

Ich lag meinem Vater in den Ohren. »Warum Sunnybank? Warum gerade auf diese Schule?«

»Sei kein Waschlappen. Sunnybank ist völlig in Ordnung, Floh. Es ist eine ganz normale Schule. Die sind doch sowieso alle gleich.«

Also, das war gelogen. Das wusste sogar ich. Deswegen wurde ich neugierig, aber auch störrisch. Und als es jetzt allmählich Frühling wurde und auf den Schlehen weiße Knospen aufsprangen, schaute ich mir das Schild ZUTRITT STRENGSTENS VERBOTEN in der bemühten Schrift meines Vaters noch einmal an und fragte mich erneut: Von wem strafrechtlich verfolgt? Warum gerade von diesem Punkt an? Und mit immer größerer, dringlicherer Ungeduld: Was würde passieren, wenn ich diese Grenze überschritt?

Es gab keine Mauer, keine sichtbare Grenze. Die war gar nicht nötig. Da waren die Straße, die Schlehenhecke, die sie säumte, und einige Meter linker Hand davon das Schild. Arrogant stand es da, von niemandem in Frage gestellt, geradezu selbstherrlich in seiner Macht. Jenseits davon malte ich mir gefährliches, unerforschtes Terrain aus. Dort konnte alles Mögliche lauern – Landminen, Fallen, Wachposten, versteckte Kameras.

Wobei: Aussehen tat es ganz ungefährlich, eigentlich genauso wie diesseits des Schilds. Aber das Schild besagte etwas anderes. Jenseits davon herrschte Ordnung. Dort herrschte Autorität. Jeder Verstoß gegen diese Ordnung würde mit einer Strafe geahndet, die ebenso geheimnisvoll war wie entsetzlich. Daran zweifelte ich keine Sekunde. Die Tatsache, dass keine Einzelheiten genannt wurden, machte die Drohung umso unheilvoller.

Also setzte ich mich in gebührendem Abstand vom Schild hin und beobachtete das verbotene Land. Es war tröstlich zu wissen, dass wenigstens dort Ordnung waltete. Ich hatte die Polizeiautos vor Sunnybank Park gesehen. Ich hatte die Graffiti auf den Mauern gesehen und die Jungen, die Steine auf die Autos in der Gasse warfen. Ich hatte gehört, wie Schüler die Lehrer lauthals beschimpften, wenn sie die Schule verließen, ich hatte die Rollen aus NATO-Draht rings um den Lehrerparkplatz gesehen.

Einmal hatte ich mitverfolgt, wie eine Gruppe von vier oder fünf Schülern einen einzelnen Jungen bedrängte. Er war ein paar Jahre älter als ich und besser angezogen als die meisten anderen Sunnybanker. In der Minute, in der ich den Stapel ausgeliehener Bücher unter seinem Arm bemerkte, wusste ich, dass ihm eine Tracht Prügel bevorstand. Wer unaufgefordert liest, ist an einem Ort wie Sunnybank unweigerlich Freiwild.

St. Oswald's war eine andere Welt. Dort gab es keine Graffiti, keinen Abfall, keinen Vandalismus – nicht einmal eine kaputte Glasscheibe. Das besagte das Schild. Und plötzlich war ich überzeugt – auch wenn ich den Gedanken nicht in dieser Klarheit formulierte –, dass ich eigentlich dorthin gehörte. Dort, wo kleine Bäume gepflanzt werden konnten, ohne dass jemand sie nachts abbrach, wo niemand blutend auf der Straße liegen blieb, wo es keine Polizeirazzien gab und keine Plakate, auf denen die Schüler aufgefordert wurden, ihre Messer zu Hause zu lassen. Dort gab es strenge Lehrer in altmodischen schwarzen Roben, bärbeißige Hausmeister wie meinen Vater, groß gewachsene Vertrauensschüler. Wenn man dort die Hausaufgaben machte, war man kein Weichei, kein Streber, kein Schwuli. Dort herrschte Sicherheit. Dort war zu Hause.

Ich war allein. So weit hatte sich noch niemand vorgewagt. Vögel flogen im verbotenen Land ein und aus. Ihnen passierte nichts. Etwas später stolzierte eine Katze durch die Hecke und ließ sich mir gegenüber nieder, putzte sich die Pfoten. Immer noch nichts.

Da ging ich näher, wagte mich zuerst aus dem Schatten hervor, dann, mich zwischen die breiten Beine des Schilds zu setzen. Verstohlen kroch mein eigener Schatten der Grenze näher, bis er sie schließlich überschritt.

Eine Weile genügte mir das an Aufregung. Allerdings nicht lange. Ich war schon damals zu rebellisch, als dass ich mich mit einem technischen Vergehen zufrieden gegeben hätte. Mit dem Fuß tippte ich das Gras auf der anderen Seite an und zog ihn dann mit einem wohligen Schaudern zurück, wie ein Kind, das zum ersten Mal ins Meer watet. Ich hatte zwar das Meer noch nie gesehen, doch der Instinkt war da und das Gefühl, mich in ein fremdes Element begeben zu haben, in dem alles Mögliche passieren konnte.

Aber es passierte nichts.

Ich machte einen richtigen Schritt, und dieses Mal zuckte ich nicht zurück. Immer noch passierte nichts. Das Schild ragte über mir auf wie ein Ungeheuer aus einem Horrorfilm, aber es war wie erstarrt, empört über meine Dreistigkeit. Die Gunst des Augenblicks nutzend, sprintete ich los, lief geduckt über die windige Wiese zur Hecke, jederzeit für einen Angriff gewappnet. Sobald ich die Hecke erreichte, warf ich mich in ihren Schatten. Vor Angst bekam ich kaum Luft. Ich hatte es gewagt! Jetzt würden sie kommen.

Gut einen Meter von mir entfernt war ein Loch in der Hecke. Dort war ich wahrscheinlich am sichersten. Zentimeter für Zentimeter robbte ich mich vor und zwängte mich in die winzige Höhle. Sie könnten von jeder Seite kommen, mutmaßte ich. Wenn sie mich einkreisten, würde ich Fersengeld geben müssen. Mir war aufgefallen, dass Erwachsene nach einer Weile vieles vergessen; wenn ich also schnell genug davonrannte, würde ich einer Strafe vielleicht entgehen.

Mit angehaltenem Atem wartete ich. Allmählich löste sich die Schnur um meine Kehle, mein Herzschlag kehrte zu einem fast normalen Takt zurück. Ich wurde mir meiner Umgebung bewusst, zuerst mit Neugier, dann zunehmend mit Unbehagen. Dornen stachen mich durch das T-Shirt in den Rücken. Ich roch Schweiß und Erde und die saure Frische der Hecke. In der Nähe sang ein Vogel, aus der Ferne hörte ich einen Rasenmäher, ein schläfriges Brummen wie von Insekten. Sonst nichts. Anfangs grinste ich vor diebischem Vergnügen – ich hatte das Verbot missachtet und war nicht erwischt worden –, dann verspürte ich eine gewisse Unzufriedenheit. Ärger regte sich in mir.

Wo waren denn die Kameras? Die Landminen? Das Wachpersonal? Wo war der- oder dasjenige, von dem ich strafrechtlich verfolgt würde? Und vor allem: Wo war mein Vater?

Vorsichtig stand ich auf und trat aus dem Schatten. Die Sonne knallte mir ins Gesicht, schnell hob ich die Hand, um die Augen abzuschirmen. Ich machte einen Schritt ins Freie, dann einen zweiten.

Jetzt mussten sie aber kommen, diese Ordnungshüter, diese ominösen Streiter der Macht und Autorität. Aber Sekunden vergingen, Minuten vergingen, und nichts passierte. Niemand kam, weder ein Präfekt noch ein Lehrer – nicht einmal ein Hausmeister.

Da packte mich Panik, und ich lief auf die Wiese hinaus und wedelte mit den Armen wie jemand, der auf einer einsamen Insel gestrandet ist und ein Rettungsflugzeug auf sich aufmerksam machen will. War es ihnen womöglich egal? Ich hatte unbefugt die Grenze übertreten. Sahen sie mich denn nicht?

»Hier!« Vor Empörung war ich wie von Sinnen. »Hier bin ich! Hier! Hier!«

Nichts. Kein Geräusch. Nicht einmal das ferne Bellen eines Hundes, das leiseste Schrillen einer Sirene. Und in dem Moment wurde mir klar, mit Zorn und einem klammen Gefühl von Aufregung, dass es eine einzige Lüge gewesen war. Auf der Wiese gab es nichts als Gras und Bäume. Nur eine Linie auf dem Boden, die mich herausforderte, sie zu übertreten. Und ich hatte es gewagt. Ich hatte mich der Macht widersetzt.

Trotzdem kam ich mir irgendwie betrogen vor, wie so oft, wenn ich mit den Drohungen und Versicherungen der Erwachsenenwelt konfrontiert wurde, die so vieles verspricht und so wenig hält.

Die lügen, Floh. Die Stimme meines Vaters – nur ein klein wenig lallend – in meinem Kopf. *Floh, sie versprechen einem die ganze Welt, aber sie sind alle gleich. Sie lügen.*

»Das tun sie nicht! Nicht immer …«

Dann versuch's doch. Nur zu. Trau dich. Und dann schau mal, wie weit du kommst.

Also ging ich weiter, folgte der Hecke eine kleine Anhöhe hinauf zu einer Baumgruppe. Dort stand wieder ein Schild: UNBEFUGTE WERDEN STRAFRECHTLICH VERFOLGT. Doch da hatte ich den ersten Schritt bereits gemacht, die vage Drohung ließ mich nicht einmal mehr zögern.

Hinter den Bäumen erwartete mich allerdings eine Überraschung. Ich hatte gedacht, ich würde eine Straße sehen, vielleicht Gleise, einen Fluss – irgendetwas, das auf eine Welt außerhalb von St. Oswald's hinwies. Aber von meinem Standort aus war alles, was ich sehen konnte, St. Oswald's: der Hügel, der kleine Wald, die Tennisplätze, der Kricketplatz, der süß duftende Rasen und die endlos weiten Wiesen dahinter.

Und von hier konnte ich auch Menschen sehen. Jungen. Jungen in jedem Alter, einige kaum älter als ich, andere erschreckend erwachsen und männlich. Manche trugen weiße Kricket-Kleidung, andere kurze Sporthosen und bunte Trikothemden, auf denen Nummern standen. In einer Sandgrube übten ein paar Weit- und Hochsprung. Und dahinter sah ich ein riesiges Gebäude aus rußverfärbten Steinen, Reihen von Bogenfenstern, in denen sich die Sonne spiegelte, ein lang gestrecktes Schieferdach, durchsetzt von kleinen Fenstern, einen Turm, eine schmale Treppe, die zu einem Rasen hinabführte, Bäume, Blumenbeete, asphaltierte Höfe, getrennt durch Geländer und Arkaden.

Auch dort waren Jungen. Mehrere saßen auf den Treppen, andere standen in Grüppchen unter den Bäumen und unterhielten sich. Einige trugen marineblaue Blazer und graue Hosen, andere Sportbekleidung. Die Geräusche, die sie von sich gaben – Geräusche, wie ich sie bislang noch nie gehört hatte –, drangen an mein Ohr wie die Schreie exotischer Vögel.

Mir war sofort klar, dass sie zu einer anderen Spezies zählten als ich. Nicht nur das Sonnenlicht und ihre Zugehörigkeit zu dem wunderschönen Bau verliehen ihnen einen goldenen Glanz, sondern auch etwas anderes, etwas weniger Greifbares – eine geschmeidige Selbstsicherheit, ein geheimnisvolles Leuchten.

Später sah ich natürlich, wie es wirklich war, sah den vornehmen Verfall hinter der Anmut, den Schimmel. Aber bei jenem ersten verbotenen Blick auf St. Oswald's erschien es mir wie unerreichbarer Ruhm, es war Xanadu, Asgard und Babylon zugleich. Und auf dem Gelände tummelten sich junge Götter im Müßiggang.

Da wurde mir klar, dass es doch weit mehr war als nur eine Linie auf dem Boden. Es war eine Grenze, die ich nie würde überschreiten können, so tapfer und kühn ich auch sein mochte, sosehr ich es mir auch wünschte. Ich war ein Eindringling. Plötzlich wurde ich mir meiner schmutzigen Jeans bewusst, meiner ausgetretenen Turnschuhe, meines spitzen Gesichts und der strähnigen Haare. Das Gefühl, auf einer abenteuerlichen Forschungsreise zu sein, war schlagartig verflogen. Ich hatte nicht das Recht, hier zu sein. Ich war etwas Gewöhnliches, etwas Niederes, ich spionierte wie ein Herumtreiber, ein schäbiger kleiner Gauner mit hungrigen Augen und flinken Fingern. Ob unsichtbar oder nicht, als das würden sie mich immer wahrnehmen. Denn genau das war ich. Ein Sunnybanker.

Sehen Sie, es hatte bereits angefangen. Genau das war St. Oswald's, genau das macht die Schule mit einem. Zorn kochte in mir hoch. Zorn und die ersten rebellischen Regungen.

Also gut, dann gehörte ich eben nicht dazu. Na und? Jede Vorschrift kann missachtet, jede Regel gebrochen werden. Unbefugtes Betreten wird, wie jedes andere Vergehen, nicht bestraft, wenn man nicht erwischt wird. Wörter – so viel Zauberkraft sie auch haben mögen – sind immer nur Wörter.

Damals war es mir nicht klar, aber in dem Moment erklärte ich St. Oswald's den Krieg. Die Schule wollte mich nicht? Dann würde ich sie mir eben nehmen. Ich würde sie mir nehmen, und nichts und niemand – nicht einmal mein Vater – würde mich daran hindern. Eine Linie auf dem Boden, eine weitere Grenze, die es zu übertreten galt, wenn auch eine, die ein raffinierteres Täuschungsmanöver verlangte. St. Oswald's wiegte sich in der Sicherheit seiner uralten Arroganz, ohne gewahr zu sein, dass genau darin der Keim zu seinem Untergang lag. Eine weitere Grenze, die mich herausforderte, sie zu überschreiten.

Wie Mord.

Kapitel 2

St. Oswald's, Oberschule für Knaben
Montag, 6. September, Herbsttrimester

Neunundneunzig sind's, wenn ich mich nicht irre, neunundneunzig, die nach Holz und Kreidestaub riechen, nach Desinfektionsmittel und dem kurioserweise keksartigen Geruch der Jungs. Neunundneunzig Trimester, die wie verstaubte Papierlaternen über die Jahre hinweg aufgereiht hängen. Dreiunddreißig Jahre. Das klingt wie eine Gefängnisstrafe. Was mich an den alten Witz über den Rentner erinnert, der wegen Mordes verurteilt wird.

»Dreißig Jahre, Euer Ehren«, begehrt er auf. »Das ist zu lang! Das schaffe ich nie!« Und der Richter sagt: »Na, dann machen Sie doch einfach so viele, wie Sie schaffen …«

Wenn ich's mir recht überlege, ist das gar nicht komisch. Im November werde ich fünfundsechzig.

Obwohl das eigentlich egal ist. In St. Oswald's ist Zwangspensionierung unbekannt. Wir folgen unseren eigenen Gesetzen. Haben wir immer schon getan. Noch ein Trimester, dann ist meine Zenturie voll. Endlich eine Inschrift auf der Ehrentafel. Ich sehe sie jetzt schon, in Fraktur: Roy Hubert Straitley (BA), Zentenar dieser Lehranstalt.

Es ist zum Lachen. Ich hätte nie gedacht, dass ich ausgerechnet hier meine Tage beschließen würde. 1954 hatte ich meine zehn Jahre in St. Oswald's abgeleistet, und das Letzte, was ich erwartet hätte, war, dass ich wieder hier landen würde, um auf Ordnung zu achten, Grenzen zu ziehen und nachsitzen zu lassen. Zu meiner Überraschung stellte ich jedoch fest, dass ich in den zehn Jahren ein Gespür fürs Unterrichten bekommen hatte. Mittlerweile gibt es keinen Trick in der Kiste, den ich nicht kenne. Schließlich habe ich die meisten selbst angewendet, als Mann, als Junge oder irgendwann dazwischen. Und hier bin ich nun also wieder, am ersten Tag eines neuen Trimesters in St. Oswald's. Man könnte meinen, dass ich's einfach nicht lassen kann.

Ich zünde eine Gauloise an, mein einziges Zugeständnis an den Einfluss der Neuphilologen. Theoretisch ist Rauchen natürlich nicht erlaubt, aber heute, in meinem eigenen Klasszimmer, wird sich kaum jemand daran stören. Der heutige Tag ist traditionell schülerfrei und verwaltungstechnischen und organisatorischen Arbeiten vorbehalten: Schulbücher und -hefte werden durchgezählt, Büromaterial wird abgeholt, der Stundenplan bekommt den letzten Schliff, Klassen- und Kurslisten werden zusammengestellt, neue Lehrer eingewiesen, Sitzungen der einzelnen Fachbereiche abgehalten.

Ich bilde natürlich meinen eigenen Fachbereich. Ehemals Leiter der Altphilologen, der einem Stab ehrfürchtiger Untergebener vorstand, heute in eine verstaubte Ecke der Neusprachler verwiesen wie eine lieblos gestaltete Erstausgabe, die niemand tatsächlich wegzuwerfen wagt.

All meine Ratten haben das Schiff verlassen – das heißt alle, bis auf die Jungs. Ich unterrichte immer noch die volle Stundenzahl, sehr zum Erstaunen von Mr. Strange – dem zweiten Konrektor, der Latein für irrelevant hält – und zum heimlichen Ärger des neuen Rektors. Aber die Jungs entscheiden sich nach wie vor für mein irrelevantes Fach, und zwar alles in allem mit recht guten Ergebnissen. Was vielleicht mit meinem persönlichen Charisma zusammenhängen mag.

Nicht, dass ich meine neusprachlichen Kollegen nicht leiden könnte. Allerdings habe ich eher mehr mit den subversiven Galliern gemein als mit den humorlosen Germanen. Da gibt es Pearman, Leiter der Franzosen – rund, fröhlich, gelegentlich genial, aber hoffnungslos chaotisch –, und Kitty Teague, die mir mittags bei einer Tasse Tee gelegentlich von ihren Keksen anbietet, und Eric Scoones, ein spritziger Halb-Zentenar (und ebenfalls Ehemaliger) von zweiundsechzig Jahren, der, wenn er bei Laune ist, gerne Anekdoten über die dreisteren der dreisten Kühnheiten meiner fernen Jugend zum Besten gibt.

Dann ist da noch Isabelle Tapi, dekorativ und langbeinig, aber eher untüchtig, wie Gallier eben untüchtig sein können. Ihr gilt ein Großteil der Schlafzimmerfantasie-Graffiti. Insgesamt ein recht legerer Fachbereich, dessen Mitglieder meine Grillen mit lobenswerter Nachsicht und Humor tolerieren und sich selten über meine unkonventionellen Methoden auslassen.

Die Deutschen sind im Großen und Ganzen weniger sympathisch. Geoff und Penny Nation (»die Vereinten Nationen«), ein gemischtes Doppel, das es auf mein Klasszimmer abgesehen hat; Gerry Grachvogel, ein wohlmeinender Narr mit einer Vorliebe für Wort- und Bildkarten, und zu guter Letzt Dr. »Sauertraub« Devine, Fachbereichsleiter und überzeugter Befürworter der weiteren Ausdehnung des Großreichs, der mich für subversiv und einen Dieb von Schülern hält, der sich nicht für die Antike interessiert und zweifellos glaubt, *carpe diem* bedeute so viel wie »Fisch des Tages«.

Er hat die Angewohnheit, mit gespielter Geschäftigkeit an meinem Zimmer vorbeizumarschieren und dabei misstrauisch durch die Glasscheibe zu spähen, als wollte er mich bei einem unmoralischen Vergehen ertappen. Ich weiß, dass es auch heute nur eine Frage der Zeit sein wird, bevor sein freudloses Gesicht zu mir hereinschaut.

Ah ja, was habe ich gesagt?

Wie aufs Stichwort.

»Morgen, Devine!«

Ich widerstand dem Drang zu salutieren und versteckte meine halb gerauchte Gauloise unter dem Pult, wobei ich ihm durch die Glastür mein breitestes Lächeln zuwarf. Mir fiel auf, dass er einen großen Karton trug, aus dem Bücher und Papiere herausragten. Er bedachte mich mit einem Blick, von dem ich später wusste, dass er unverhohlen selbstgefällig war, und ging dann weiter mit der Miene eines Menschen, der wichtige Aufgaben zu erledigen hat.

Von Neugier getrieben, stand ich auf und sah ihm nach, wie er den Korridor entlangging, dicht gefolgt von Gerry Grachvogel und den Vereinten Nationen, die alle ähnliche Kartons trugen.

Verwundert setzte ich mich an mein altes Pult und betrachtete mein kleines Reich.

Zimmer 59, seit dreißig Jahren mein Hoheitsgebiet. Vielfach belagert, nie erobert. Jetzt versuchen es nur noch die Deutschen. Das Zimmer ist groß und auf seine Art sehr schön, auch wenn ich wegen seiner Lage oben im Glockenturm mehr Stufen überwinden muss, als mir lieb ist, und es von meinem kleinen Büro auf dem Oberen Korridor Luftlinie rund 800 Meter hierher sind.

Ihnen ist sicher auch schon aufgefallen, dass Hunde und ihre Besitzer im Lauf der Jahre zunehmend ähnlicher werden, und dasselbe gilt für Lehrer und ihre Klasszimmer. Meins passt mir wie ein altes Tweedjackett und riecht auch fast so – eine angenehme, ja tröstliche Mischung von Büchern, Kreide und heimlich gerauchten Zigaretten. Eine große, ehrwürdige Schiefertafel beherrscht den Raum, die Pulte sind uralt und tragen die Narben zahlreicher Schlachten, und ich habe mich allen Versuchen widersetzt, sie gegen neumodische Kunststoffmöbel auszutauschen.

Wenn mir langweilig wird, kann ich immer die Schmierereien darauf lesen. Es schmeichelt mir, dass sich viele Inschriften auf mich beziehen. Momentan gefällt mir *Hic magister podex est* am besten; das schrieb ein Junge vor so vielen Jahren, dass ich sie gar nicht nachzählen möchte. In meiner Jugend hätte niemand es gewagt, einen Lehrer als »den Hinteren« zu bezeichnen. Schändlich. Aber aus irgendeinem Grund muss ich immer lächeln, wenn ich es sehe.

Mein Pult ist nicht minder schändlich, ein von den Jahren schwarz verfärbtes Ungetüm mit unergründlichen Schubladen und zahllosen Inschriften. Es steht auf einem Podest, das ursprünglich angeschafft wurde, damit ein kleinerer Altphilologe die Schiefertafel erreichen konnte. Von diesem Achterdeck aus betrachte ich wohlwollend meine Zöglinge und löse das Kreuzworträtsel der *Times*, ohne dass sie etwas davon mitbekommen.

Hinter den Spinden leben Mäuse. Das weiß ich, weil sie sich am Freitagnachmittag, während die Jungs ihren wöchentlichen Vokabel-Extemporale schreiben, aus ihrem Versteck hervorwagen und unter den Heizungsrohren herumhuschen. Ich beschwere mich nicht, eigentlich mag ich sie sogar ganz gern. Der alte Rektor ließ einmal Gift ausstreuen, aber auch nur ein einziges Mal. Der Geruch, den eine tote Maus verströmt, ist viel ekelerregender als alles, was ein lebendes Wesen je produzieren könnte, und mit diesem Gestank mussten wir dann wochenlang leben, bis schließlich John Snyde, der damalige Hausmeister, sämtliche Scheuerleisten herunterriss und den pestilenzartigen Leichnam entfernte.

Seitdem haben die Mäuse und ich uns auf ein trautes Leben und Leben lassen geeinigt. Wäre das mit den Deutschen doch auch möglich.

Ich schaute aus meinen Träumereien auf und sah Dr. Devine mit seinem Hofstaat wieder an meinem Zimmer vorbeigehen. Er klopfte nachdrücklich auf sein Handgelenk, als wollte er mich auf die Uhrzeit aufmerksam machen. Halb elf. Ach, natürlich. Lehrerkonferenz. Widerstrebend musste ich ihm Recht geben, schnippte den Zigarettenstummel in den Papierkorb und schlenderte zum Lehrerzimmer. Unterwegs nahm ich die zerschlissene Robe vom Haken neben der Tür des Lehrmittelschranks.

Der alte Rektor hatte bei förmlichen Anlässen auf der Robe bestanden. Heute bin ich praktisch der Einzige, der sie zu Konferenzen noch trägt, aber zu Elternsprechtagen legen die meisten sie an. Es gefällt den Eltern. Bedient ihr Gefühl von Tradition. Ich mag die Robe, weil sie eine gute Tarnung ist und den Anzug schont.

Ich trat zur selben Zeit auf den Korridor wie Gerry Grachvogel. »Ach, hallo, Roy.« Er warf mir ein nervöses Lächeln zu, das nervöser war als sonst. Er ist ein schlaksiger junger Mann, der beste Absichten, aber Disziplinprobleme hat. Als er die Tür hinter sich zuzog, sah ich einen Stapel zusammengefalteter Kartons an der Wand stehen.

»Viel zu tun heute?«, fragte ich ihn und deutete auf die Kartons. »Was steht an? Einmarsch in Polen?«

Gerry zuckte nervös. »Nein, äh – ich räume nur ein paar Sachen um. Äh – ins neue Büro des Fachbereichs.«

Ich musterte ihn eingehend. Das klang ominös. »Welches neue Büro?«

»Äh – tut mir Leid, ich muss los. Konferenz mit dem Schulleiter. Ich will nicht zu spät kommen.«

Das soll wohl ein Witz sein. Gerry kommt grundsätzlich zu spät. »Welches neue Büro? Ist denn jemand gestorben?«

»Äh – tut mir Leid, Roy. Bis später.« Wie ein Rennpferd auf der Zielgeraden schoss er zum Lehrerzimmer. Ich schlüpfte in die Robe und folgte ihm gemessenen Schritts, perplex und ahnungsvoll.

Ich erreichte das Lehrerzimmer genau zur rechten Zeit. Der neue Rektor kam gerade herein, zusammen mit Pat Bishop, seinem Vize, und dessen Sekretärin Marlene, die Mutter eines Ehemaligen, die seit dem Tod ihres Sohnes bei uns ist. Der neue Rektor ist reizbar, vornehm und etwas finster, wie Christopher Lee in *Dracula*. Der alte Rektor war übellaunig gewesen, herrisch, ungehobelt und dogmatisch, genau die Eigenschaften, die ich an einem Rektor am meisten schätze. Fünfzehn Jahre nach seiner Pensionierung fehlt er mir immer noch.

Auf dem Weg zu meinem Platz schenkte ich mir einen Becher Tee aus der Teemaschine ein. Obwohl das Lehrerzimmer voll war und einige jüngere Lehrkräfte standen, war mein Platz nicht besetzt, was ich mit Genugtuung konstatierte. Der dritte vom Fenster, direkt unter der Uhr. Ich ließ mich in den weichen Sessel sinken und balancierte den Becher auf den Knien. Dabei fiel mir auf, dass ich recht beengt saß.

Ich muss in den Ferien wohl ein paar Pfund zugenommen haben.

»Hemmhemm.« Ein trockenes Räuspern vom neuen Rektor, das wir großteils ignorierten. Marlene – um die fünfzig, geschieden, eine Eisblondine von wagnerianischer Ausstrahlung – fing meinen Blick auf und runzelte die Stirn. Als man im Lehrerzimmer ihre Missbilligung spürte, kehrte allmählich Ruhe ein. Es ist kein Geheimnis, dass hier Marlene das Sagen hat. Nur dem neuen Rektor ist das bislang noch entgangen.

»Willkommen zum neuen Trimester.« Das war Pat Bishop, der allgemein als das menschliche Gesicht der Schule gilt. Kräftig, jovial, fünfundfünfzig Jahre alt und immer noch absurd jugendlich mit dem rotwangigen Charme eines zu groß geratenen rauflustigen Schuljungen. Dabei ist er ein guter Mensch. Freundlich, ein Schwerarbeiter, der der Schule – die er auch als Schüler besuchte – in leidenschaftlicher Treue ergeben ist, aber nicht allzu helle, trotz seines Studiums in Oxford. Ein Mann der Tat, das ist unser Pat, ein Mann des Mitgefühls, nicht des Intellekts; Klasszimmer und Rugbyspiele liegen ihm mehr als Verwaltungsfragen und Kuratoriumssitzungen. Doch das machen wir ihm nicht zum Vorwurf. Intelligenz gibt es in St. Oswald's zur Genüge. Was wir brauchen, ist mehr von Pats Menschlichkeit.

»Hemmhemm.« Wieder der Rektor. Es ist ein offenes Geheimnis, dass es Spannungen gibt zwischen ihnen. Bishop tut natürlich sein Bestes, sie zu überspielen. Aber seine Beliebtheit bei den Jungs und den Lehrkräften ärgert den neuen Rektor, dessen Umgangsformen mehr als ein wenig zu wünschen übrig lassen. »Hemmhemm!«

Bishops ohnehin rotes Gesicht errötete noch etwas mehr. Marlene, die Pat (heimlich, wie sie glaubt) seit fünfzehn Jahren vergöttert, sah verärgert aus.

Unbeirrt kam der Rektor zur Sache. »Erster Punkt auf der Tagesordnung: Spendenaktion für den neuen Sportpavillon. Es wurde beschlossen, eine zweite beziehungsweise einen zweiten Beauftragten für die Spendenaktion zu benennen. Der erfolgreiche Kandidat beziehungsweise die erfolgreiche Kandidatin wird aus sechs Bewerbern gewählt und erhält den Titel ›Ausführender Public-Relations-Manager im Bereich …‹«

Es gelang mir, den Großteil der darauf folgenden einschläfernden Litanei des neuen Rektors auszublenden. Die übliche Tirade: knappe Gelder, die traditionelle Besprechung der Prüfungsergebnisse im Sommer, der unvermeidliche Aufruf, mehr Schüler zu werben, ein weiterer Versuch, den gesamten Lehrkörper zu Medienkompetenz zu zwingen, ein optimistisch klingender Vorschlag der Mädchenschule für eine gemeinsame Veranstaltung, die Ankündigung eines (allseits gefürchteten) Besuchs der Schulaufsichtsbehörde im Dezember, eine kurze Anklageerhebung gegen die Politik der augenblicklichen Regierung, ein leises Stöhnen über die Disziplin im Klasszimmer und das Erscheinungsbild (an diesem Punkt schoss Devine einen scharfen Blick in meine Richtung) und die laufenden Prozesse (bislang drei, nicht schlecht für September).

Ich vertrieb mir die Zeit, indem ich nach neuen Gesichtern Ausschau hielt. Dieses Trimester rechnete ich mit einigen, denn im vergangenen Sommer hatten ein paar alte Herren endgültig das Handtuch geschmissen und mussten wohl oder übel ersetzt worden sein. Als ich Kitty Teagues Blick begegnete, zwinkerte sie mir zu.

»Tagesordnungspunkt elf. Neuzuweisung von Klassenräumen und Büros. Aufgrund der Umnummerierung der Zimmer wegen der Fertigstellung der neuen Räume für Informatik …«

Ah ja. Ein Neuling. Wissen Sie, die erkennt man meist an der Art, wie sie dastehen. Stramme Habachtstellung, wie Militärkadetten. Und natürlich an den Anzügen, unweigerlich frisch gebügelt und ohne Kreidestaub. Die bleiben nicht lange so. Kreidestaub ist perfide und dringt sogar in die Räume der Schule vor, in denen die Tafeln abgeschafft wurden.

Der Grünschnabel stand bei den Informatikern. Ein schlechtes Omen. In St. Oswald's haben alle Informatiker einen Vollbart. Das muss so sein. Bis auf den Fachbereichsleiter Mr. Beard, der sich in halbherziger Auflehnung gegen die Gepflogenheit auf einen Oberlippenbart beschränkt.

»... Als Folge davon werden Zimmer 24 bis 36 zu Zimmern 114 bis 126 inklusive umbeziffert, Zimmer 59 wird Zimmer 75, und Zimmer 75, das ehemalige Altphilologenbüro, wird zum Arbeitsraum des Deutschfachbereichs.«

»Was?« Ein weiterer Vorteil, wenn man bei Lehrerkonferenzen eine Robe trägt: Der Inhalt eines Teebechers, der sich unbedacht über den Schoß ergießt, hinterlässt so gut wie keine Spuren. »Herr Direktor, bei dem Punkt müssen Sie sich verlesen haben. Das Altphilologenbüro ist mitnichten ehemalig, ebenso wenig wie ich«, fügte ich *sotto voce* hinzu und funkelte die Deutschen an.

Der neue Rektor bedachte mich mit seinem eisigen Blick. »Mr. Straitley«, sagte er, »all diese verwaltungstechnischen Fragen wurden bereits bei der Abschlusskonferenz des letzten Trimesters besprochen. Jeden Einwand, den Sie hätten erheben wollen, hätten Sie damals vortragen sollen.«

Die Deutschen beobachteten mich. Gerry – ein miserabler Lügner – besaß den Anstand, dümmlich dreinzublicken.

Ich wandte mich an Dr. Devine. »Sie wissen genau, dass ich bei der Konferenz nicht anwesend war. Ich hatte Prüfungsaufsicht.«

Sauertraub feixte. »Ich habe Ihnen die Beschlüsse sogar persönlich zugemailt.«

»Sie wissen verdammt gut, dass ich keine E-Mails lese!«

Der Rektor blickte eisiger denn je. Er selbst ist ein Freund von Technik (oder behauptet es zumindest) und ist stolz darauf, sich mit dem neuesten Schnickschnack auszukennen. Schuld daran haben in meinen Augen Bob Strange, der zweite Konrektor, der vehement die Meinung vertritt, im heutigen Bildungssystem gäbe es keinen Platz für Computer-Analphabeten, und Mr. Beard, der ihm half, ein kompliziertes und elegantes internes

Kommunikationssystem einzurichten, das das gesprochene Wort überflüssig macht. Somit kann jeder aus jedem Büro heraus jeden in jedem x-beliebigen Büro kontaktieren, ohne sich die Mühe zu machen, aufzustehen, die Tür zu öffnen, den Korridor entlangzugehen und wirklich mit jemandem *reden* zu müssen (eine geradezu perverse, abstoßende Vorstellung, die zwischenmenschlichen Kontakt bedingt).

Computer-Verweigerer wie ich sind eine aussterbende Spezies und in den Augen der Verwaltung stumm, taub und blind.

»Meine Herren!«, fuhr der Rektor dazwischen. »Dies ist nicht der geeignete Zeitpunkt für eine Diskussion über diese Sache. Mr. Straitley, darf ich vorschlagen, dass Sie Ihre Einwände schriftlich formulieren und Mr. Bishop zumailen? Und jetzt fahren wir fort.«

Ich setzte mich. »*Ave, Caesar, morituri te salutant.*«

»Was war das eben, Mr. Straitley?«

»Ich weiß es nicht. Vielleicht haben Sie gerade das leise Knirschen im Gebälk des letzten Außenpostens der Zivilisation vernommen, Herr Direktor.«

Definitiv kein verheißungsvoller Trimesteranfang. Eine Rüge des neuen Rektors konnte ich ertragen, aber der Gedanke, dass Devine mir mein Büro unter der Nase weggeschnappt hatte, war zu viel des Guten. Doch ich würde meinen Platz nicht widerstandslos räumen. Ich würde die Besatzung der Deutschen nach Kräften hintertreiben.

»Und jetzt ein herzliches Willkommen unseren neuen Kollegen.« Der Rektor gestattete sich, seiner Stimme ein klein wenig Wärme zu verleihen. »Ich hoffe, alle werden Ihnen helfen, sich hier heimisch zu fühlen, und dass Sie sich ebenso sehr für St. Oswald's engagieren werden wie sie.«

Engagieren für St. Oswald's? Eingesperrt sollten sie hier werden.

»Sagten Sie etwas, Mr. Straitley?«

»Ein wortloses Geräusch der Zustimmung, Herr Direktor.«

»Hmm.«

»Exakt.«

Insgesamt waren es fünf Neulinge. Wie befürchtet, ein Informatiker. Sein Name entging mir, aber die Bärte sind austauschbar, genauso wie die Anzüge. Wie auch immer, das ist ein Fachbereich, den ich aus nachvollziehbaren Gründen selten aufsuche. Eine junge Frau für die Neusprachler (dunkle Haare, gesunde Zähne, soweit recht vielversprechend); ein Anzug für die Geografen, die sich offenbar eine ganze Sammlung zulegen; ein Sportlehrer in auffallend schrillen Lycra-Shorts; und ein adrett aussehender junger Mann für die Engländer, den ich noch keiner Kategorie zuordnen kann.

Wer so viele Lehrerzimmer erlebt hat wie ich, kennt die Fauna, die sich dort ansiedelt. Jede Schule hat ihr eigenes Ökosystem und ihre eigene Artenvielfalt, aber generell herrschen dieselben Spezies vor. Zum einen natürlich die Anzüge (von denen es mehr und mehr gibt, seit der neue Rektor angetreten ist; sie haben einen Hang zur Rudelbildung) und deren natürlicher Feind, das Tweedjackett. Das Tweedjackett ist ein solitäres und territoriales Wesen, das zwar gelegentlich der Geselligkeit frönt, sich aber selten zu paaren pflegt, was unseren zahlenmäßigen Rückgang erklärt. Dann gibt es die Streber, für die meine deutschen Kollegen Geoff und Penny Nation typische Vertreter sind, die Bummelstreiker, die bei Lehrerkonferenzen den *Mirror* lesen, selten ohne eine Tasse Kaffee anzutreffen sind und das Klasszimmer generell zu spät betreten, die Light-Joghurts (eine unweigerlich weibliche Spezies, die sich von Klatsch und Diäten ernährt), die Hasenfüße beiderlei Geschlechts (die sich beim ersten Anzeichen von Schwierigkeiten ins Gras drücken) sowie Drachen, Herzchen, Exoten, Ehemalige, Frischlinge und Exzentriker jeder Couleur.

Für gewöhnlich kann ich jeden Neuling nach wenigen Minuten der entsprechenden Kategorie zuordnen. Der Geograf Mr. Easy ist ein typischer Anzug: adrett, geradlinig, ideal für Bürokram. Der Sportler ist, Götter steht uns bei, ein klassischer Bummelstreiker. Mr. Timid, der Computermann mit Flauschebart, macht seinem Namen alle Ehre und ist ein Hasenfuß. Bei der Fremdsprachlerin Miss Dare könnte es sich um einen Drachen in spe handeln, spielte da nicht ein ironischer Zug um ihre Lippen. Ich muss ihr unbedingt einmal auf den Zahn fühlen und herausfinden, aus welchem Schrot sie ist. Beim neuen Englischlehrer – Mr. Keane – gestaltet sich die Sache etwas schwieriger: nicht ganz Anzug, auch nicht ganz Streber, aber deutlich zu jung für Tweedjackett.

Den neuen Rektor verlangt es stets nach frischem Blut. Die Zukunft unserer Profession, sagt er, läge im Zustrom neuer Gedanken. Veteranen wie ich lassen sich davon natürlich nicht täuschen. Frisches Blut ist kostengünstiger.

Das sagte ich später, nach der Konferenz, auch zu Pat Bishop.

»Geben Sie ihnen doch eine Chance«, meinte er. »Lassen Sie sie sich zumindest einleben, bevor Sie lospoltern.«

Pat mag junge Menschen, das ist Teil seines Charmes. Die Jungs spüren das, es vermittelt ihnen das Gefühl, ihm vertrauen zu können. Allerdings ist er deswegen auch sehr gutgläubig, und seine Unfähigkeit, die schlechten Seiten eines Menschen zu sehen, hat in der Vergangenheit oft zu Unstimmigkeiten geführt. »Jeff Light ist ein guter, reeller Sportler«, sagte er. Ich stellte mir den Lycra-behosten Sportlehrer vor (ein Bummelstreiker, wie er im Buche steht) und zuckte innerlich zusammen. »Chris Keane hat höchste Empfehlungen mitgebracht.« Das konnte ich mir schon eher vorstellen. »Und die Französischlehrerin kommt mir recht vernünftig vor.«

Natürlich, dachte ich, Bishop hat mit allen das Vorstellungsgespräch geführt. »Na, hoffen wir das Beste«, sagte ich und zog mich in den Glockenturm zurück. Nach dem Frontalangriff von Dr. Devine wollte ich weiterem Ärger tunlichst aus dem Weg gehen.

Kapitel 3

Wissen Sie, es war fast zu einfach. Sobald sie meine Zeugnisse sahen, hatte ich sie in der Tasche. Seltsam, wie viel manche Menschen auf Dokumente geben: Bescheinigungen, Diplome, Titel, Empfehlungsschreiben. Und in St. Oswald's ist es schlimmer als anderswo. Schließlich läuft die ganze Maschinerie mit Papier. Allerdings läuft sie eher schlecht, soweit ich mitbekommen habe, jetzt, wo das wichtigste Schmiermittel knapp ist. Es ist das Geld, das die Räder schmiert, sagte mein Vater immer, und damit hatte er Recht.

Viel hat sich seit dem ersten Tag damals nicht verändert. Die Sportplätze sind weniger offen, seitdem sich die Neubausiedlungen ausbreiten, und es gibt einen hohen Zaun – Betonpfeiler und Draht –, der die Botschaft der ZUTRITT-STRENGSTENS-VERBOTEN-Schilder unterstreicht. Aber letztlich hat sich St. Oswald's überhaupt nicht verändert.

Die richtige Art, sich der Schule zu nähern, ist natürlich von vorne. Die Fassade mit der imposanten Auffahrt und dem schmiedeeisernen Tor soll beeindrucken – zumindest genug, damit Eltern jährlich achttausend Pfund pro Schüler hinlegen. Diese Mischung aus altehrwürdiger Arroganz und Pracht spricht eine gewisse Klientel unweigerlich an.

St. Oswald's ergeht sich noch immer in salbungsvollen Titeln. Hier heißt der stellvertretende Schulleiter »Konrektor«; das Lehrerzimmer wird Kollegiumskabinett genannt, selbst die Putzfrauen heißen traditionell »Aufwarter«, obwohl es seit 1918 keine Internen mehr gibt, denen aufzuwarten wäre. Aber die Eltern fahren auf derlei ab. Auf Alt-Oswaldisch (oder »Ozzisch«, wie es hier heißt) sind Klassenarbeiten Extemporale, der uralte Speisesaal heißt Neues Refektorium, und die Gebäude selbst, baufällig wie eh und je, tragen hanebüchene Namen: Rotunda, Kosthaus, Meisterloge, Portcullis, Observatorium, Porte-Cochère. Sicher, heute werden diese offiziellen Bezeichnungen kaum noch verwendet, in der Broschüre machen sie sich allerdings sehr gut.

Mein Vater jedenfalls war auf seinen Titel »Hausverwalter« sehr stolz. Zwar war er nichts anderes als der Mann fürs Grobe, doch der Titel und die ihm innewohnende Autorität ließen ihn den Großteil der Demütigungen und Kränkungen übersehen, denen er in seinen ersten Jahren dort ausgesetzt war. Er war mit sechzehn ohne richtigen Abschluss von der Schule abgegangen, und für ihn verkörperte St. Oswald's eine Erhabenheit, nach der er nicht einmal zu streben wagte.

Deswegen betrachtete er die aristokratischen Jungen von St. Oswald's mit Bewunderung, aber auch Verachtung. Mit Bewunderung wegen ihrer körperlichen Leistungsfähigkeit, ihres Einsatzes beim Sport, ihres makellosen Wuchses, ihres offensichtlichen Wohlstands und mit Verachtung wegen ihrer Laschheit, ihrer Selbstzufriedenheit, ihres verzärtelten Lebens. Ich wusste, dass er Vergleiche zwischen ihnen und mir anstellte, und je älter ich wurde, desto mehr wurden mir die Makel bewusst, die ich in seinen Augen hatte, desto mehr spürte ich seine schweigende, zunehmend bittere Enttäuschung.

Wissen Sie, mein Vater hätte gerne einen Sohn nach seinem Bilde gehabt, einen Jungen, der seine Leidenschaft für Fußball, Rubbellose und Fish and Chips teilte, sein Misstrauen gegenüber Frauen und seine Liebe zur freien Natur. Aber wenn schon nicht das, dann wenigstens einen St.-Oswald's-Jungen, einen Kavalier und Edelmenschen, einen Kricket-Kapitän, einen Jungen, der die Chuzpe besaß, gesellschaftlich aufzusteigen und etwas aus sich zu machen, selbst wenn er dabei seinen Vater hinter sich ließ.

Stattdessen hatte er mich. Weder Fisch noch Fleisch, ein Kind, das tagträumte, das Bücher las und ins Kino ging, das verschlossen, dünn, blass und unscheinbar war, das sich nicht für Sport interessierte und Geselligkeit so wenig mochte, wie sein Vater sie liebte.

Aber er tat sein Bestes. Im Gegensatz zu mir gab er sich Mühe. Er nahm mich zu Fußballspielen mit, bei denen ich mich zu Tode langweilte. Er kaufte mir ein Fahrrad, auf dem ich pflichtschuldig jeden Tag das Schulgelände umrundete. Bedeutsamer war, dass er in unserem ersten Jahr in St. Oswald's einigermaßen nüchtern blieb. Wahrscheinlich hätte ich ihm dafür dankbar sein müssen. Doch das war ich nicht. Genauso, wie er gerne einen Sohn nach seinem Bilde gehabt hätte, wünschte ich mir einen Vater nach meinem. Eine Vorlage dafür hatte ich schon, zusammengebastelt aus hundert Büchern und Comics. Zuvörderst sollte er Autorität haben, streng, aber gerecht sein. Ein Mann, der körperlich vor nichts zurückscheute, viele akademische Interessen hatte und gerne las. Ein Gelehrter, ein Intellektueller. Ein Mensch, der Verständnis hatte.

O ja, nach dem Mann suchte ich auch in John Snyde. Ein- oder zweimal glaubte ich sogar, ihn gefunden zu haben. Der Weg zum Erwachsenwerden ist mit Widersprüchen gepflastert, und ich war klein genug, um die Lügen entlang diesem Weg noch fast zu glauben. *Dein Dad weiß, was gut für dich ist. Überlass das nur mir. Die Weisheit des Alters. Tu, was man dir sagt.* Aber schon damals merkte ich, dass die Kluft zwischen uns immer größer wurde. So klein ich war, war ich doch ehrgeizig, während John Snyde seiner ganzen Erfahrung zum Trotz nie etwas anderes als Hausmeister sein würde.

Und dennoch entging mir nicht, dass er ein guter Hausmeister war. Er erfüllte seine Aufgaben gewissenhaft. Nachts verschloss er die Tore, schritt abends das Gelände ab, goss die Anpflanzungen, säte den Kricketrasen nach, mähte Gras, nahm Besucher in Empfang, grüßte die Lehrer, veranlasste, dass Reparaturen durchgeführt wurden, reinigte Abflüsse, führte Buch über Schäden, entfernte Graffiti, räumte Möbel um, gab Spindschlüssel aus, sortierte die Post und stellte Nachrichten zu. Im Gegenzug nannten einige Lehrer ihn John, und dann strahlte mein Vater vor Stolz und Dankbarkeit.

Jetzt gibt es einen neuen Hausmeister, Fallow heißt er. Ein schwerfälliger Mann, unzufrieden und lax. Er sitzt im Pförtnerhaus und schaut fern, anstatt das Tor im Auge zu behalten. Das hätte John Snyde nie gemacht.

Meine Einstellung verlief ganz in der Tradition von St. Oswald's: Ich lernte meine Mitbewerber nie kennen. Ich führte ein Vorstellungsgespräch mit dem Fachbereichsleiter, dem Schulleiter sowie dessen erstem und zweitem Stellvertreter.

Ich erkannte sie alle sofort wieder. Pat Bishop ist in den letzten fünfzehn Jahren kräftiger, rotwangiger und fröhlicher geworden, eine Comicversion seines früheren Selbst, Bob Strange hingegen sieht noch genauso aus wie früher, auch wenn sich sein Haar inzwischen lichtet. Er ist ein hagerer Mann mit scharfen Zügen, dunklen Augen und schlechter Haut. Damals war er noch ein ehrgeiziger junger Englischlehrer mit einem Händchen für verwaltungstechnische Fragen gewesen. Jetzt ist er die graue Eminenz der Schule, der Meister der Stundenpläne, ein geübter Manipulator, ein Veteran zahlloser Projekttage und Seminare.

Und natürlich erkannte ich den Schulleiter wieder. Der »neue Rektor«, wie er damals geheißen hatte, auch wenn er schon mit Ende dreißig leicht ergraut, groß und steif und würdevoll gewesen war. Er wiederum erkannte mich nicht – warum sollte er? –, und gab mir einen kühlen, schlaffen Händedruck.

»Ich hoffe, Sie konnten sich einen Eindruck von unserer Lehranstalt verschaffen.« Sein Stolz auf diese Anstalt war unüberhörbar.

Ich lächelte. »O ja. Sehr beeindruckend. Vor allem der neue IT-Fachbereich. Dynamische neue Technik in einem altehrwürdigen akademischen Rahmen.«

Der Schulleiter nickte. Ich sah, dass er diese Floskel im Geist notierte, um sie in die nächste Werbebroschüre einzuflechten. Pat Bishop, der hinter ihm stand, gab ein Geräusch von sich, das höhnisch oder zustimmend sein mochte. Bob Strange sah mich nur an.

»Was mir insbesondere aufgefallen ist …« Ich brach ab. Die Tür ging auf, und die Sekretärin kam mit einem Teetablett herein. Das ließ mich mitten im Satz stocken – die Überraschung, von allen Menschen ausgerechnet sie hier anzutreffen. Aber eigentlich glaubte ich nicht, dass sie mich wiedererkennen würde. Dann fuhr ich fort: »Insbesondere ist mir aufgefallen, wie das Moderne und das Alte ineinander greifen und so die beste beider Welten schaffen. Eine Schule, die sich nicht scheut, die Botschaft zu vermitteln, dass sie sich die neuesten Errungenschaften leisten kann, sie aber nicht aus neumodischem Zeitgeist heraus aufgreift, sondern sie einsetzt, um die Tradition akademischer Gelehrsamkeit zu bewahren und fortzusetzen.«

Der Schulleiter nickte wieder. Die Sekretärin – lange Beine, Smaragdring, ein Hauch Chanel Nr. 5 – schenkte Tee ein. Ich dankte ihr mit einer Stimme, die distanziert und herzlich zugleich war. Mein Puls hatte sich etwas beschleunigt, aber auf eine gewisse Weise machte es mir großen Spaß.

Es war der erste Test, und ich hatte ihn bestanden. Das wusste ich.

Ich trank von meinem Tee und beobachtete Bishop, während die Sekretärin das Tablett hinaustrug. »Danke, Marlene.« Er trinkt seinen Tee wie mein Vater – drei, vielleicht vier Zuckerwürfel –, die silberne Zange sah in seinen dicken Fingern aus wie eine Pinzette. Strange sagte nichts. Der Schulleiter wartete, sein Blick war unbewegt.

»Also gut«, sagte Bishop und sah zu mir. »Kommen wir doch zum Knackpunkt. Wir haben gehört, was Sie zu sagen haben. Wir wissen jetzt, dass Sie den Jargon beherrschen. Was ich Sie fragen möchte: Wie treten Sie im Klassenzimmer auf?«

Der gute alte Bishop. Wissen Sie, mein Vater hatte ihn gemocht, sah ihn als einen Kumpel und bemerkte überhaupt nicht, welche Gerissenheit in ihm steckte. *Der Knackpunkt*. Typischer Bishop-Ausdruck. Fast könnte man vergessen, dass hinter dem Yorkshire-Akzent und dem Gesicht eines Rugbyspielers ein Oxford-Abschluss (Zwei plus) steht. Man darf Bishop nicht unterschätzen.

Lächelnd stellte ich meine Tasse ab. »Ich habe im Klassenzimmer meine eigenen Methoden, Sir, wie Sie zweifellos auch. Abgesehen davon, sehe ich es als meine Pflicht an, mich mit dem Jargon vertraut zu machen. Ich bin davon überzeugt, dass es gleichgültig ist, ob man den neuesten Lehrverordnungen folgt, solange man den Jargon beherrscht und die richtigen Ergebnisse einfährt. Die meisten Eltern verstehen nichts von Unterrichten. Ihnen geht es nur darum, den entsprechenden Gegenwert für ihr Geld zu bekommen. Sind Sie nicht auch der Meinung?«

Bishop brummte. Offenheit – ob echt oder vorgetäuscht – ist eine Eigenschaft, die er versteht. Ich glaubte in seinem Ausdruck eine widerwillige Bewunderung zu erkennen. Der zweite Test, ebenfalls bestanden.

»Und wo sehen Sie sich in fünf Jahren?« Das kam von Strange, der bislang praktisch geschwiegen hatte. Ein ehrgeiziger Mann, hinter dessen etepetete Fassade sich Schläue verbarg und der sein kleines Reich gekonnt verteidigte.

»Vor einer Klasse stehen«, antwortete ich, wie aus der Pistole geschossen. »Da gehöre ich hin. Das ist es, was mir Spaß macht.«

Stranges Miene veränderte sich nicht, aber er nickte einmal. Jetzt war er überzeugt, dass ich kein Usurpator war. Der dritte Test. Wieder bestanden.

Für mich bestand nicht der mindeste Zweifel daran, dass ich den Zuschlag bekommen würde. Meine Abschlüsse waren herausragend, die Empfehlungsschreiben erstklassig. Das sollten sie auch sein, schließlich hatte ich viel Zeit und Mühe darauf verwandt, sie zu fälschen. Am besten gefiel mir der Name, den ich von einer der kleineren Ehrentafeln auf dem Mittleren Korridor ausgewählt hatte. Ich glaube, er passt zu mir. Außerdem hätte mein Vater sich bestimmt gefreut, dass ich ihn als Ozzie wieder auferstehen ließ, als Ehemaligen von St. Oswald's.

Die Sache mit John Snyde war vor langer Zeit passiert. Nicht einmal die ganz Alten wie Roy Straitley und Hillary Monument würden sich noch richtig daran erinnern. Aber dass mein Vater ein Ehemaliger war, erklärt natürlich, warum ich mich in der Schule so heimisch fühle, erklärt meine Zuneigung zu der Lehranstalt und meinen Wunsch, dort zu unterrichten. Das ist meine Empfehlung, viel mehr noch als die Eins von Cambridge, der richtige Akzent, die gediegene, teure Kleidung.

Ich erfand einige Details, die meiner Geschichte einen überzeugenden Rahmen gaben: eine Schweizer Mutter, eine Kindheit in Übersee. Nach der langjährigen Übung sehe ich meinen imaginären Vater genau vor mir, ein adretter, gepflegter Mann mit den Händen eines Musikers, der gerne durch die Welt reiste. Ein herausragender Student am Trinity College – dort hatte er auch meine Mutter kennen gelernt –, der später führend in seiner Profession wurde. Beide waren tragischerweise in den letzten Weihnachtsferien bei einem Seilbahnunglück in der Nähe von Interlaken ums Leben gekommen. Zur Abrundung gab ich mir zwei Geschwister, eine Schwester in St. Moritz und einen Bruder, der an der Universität in Tokio arbeitete. Mein erstes Berufsjahr hatte ich an der Harwood's Grammar School in Oxfordshire absolviert, bevor ich mich auf eine dauerhaftere Stelle in Nordengland bewarb.

Wie gesagt, es war fast schon zu einfach. Ein paar Schriftstücke auf gediegenem Papier mit nicht minder gediegenem Briefkopf, ein bewegter Lebenslauf, ein oder zwei leicht zu fälschende Empfehlungsschreiben. Enttäuschenderweise überprüften sie die Angaben nicht einmal, dabei hatte ich mir solche Mühe gemacht. Selbst der Name entspricht genau dem Diplom, das in dem Jahr überreicht wurde. Natürlich nicht mir. Aber diese Leute lassen sich so leicht blenden. Nicht nur wegen ihrer Dummheit, sondern vor allem aus Arroganz, aus der Überzeugung heraus, dass niemand es wagen würde, die Grenze zu überschreiten.

Außerdem ist alles nur ein Spiel, ein Bluff, oder nicht? Der Schein zählt. Hätte ich meinen Abschluss irgendwo in Nordengland gemacht, würde ich einen Dialekt sprechen und billige Kleidung tragen, könnte ich die besten Empfehlungsschreiben der Welt haben – ich hätte nie den Zuschlag bekommen.

Sie riefen mich am selben Abend an.

Ich hatte den Job.

Kapitel 4

St. Oswald's, Oberschule für Knaben
Montag, 6. September

Im Anschluss an die Konferenz machte ich mich sofort auf die Suche nach Pearman. Ich fand ihn in seinem Büro mit der neuen Französischlehrerin Dianne Dare.

»Lassen Sie sich von Straitley nicht beirren«, empfahl Pearman ihr launig, als er uns bekannt machte. »Er hat einen Spleen mit Namen. Bei Ihrem wird er zu Höchstform auflaufen, davon bin ich überzeugt.«

Ich ignorierte seine dumme Bemerkung. »In Ihrem Fachbereich gewinnen die Frauen die Oberhand, Pearman«, sagte ich streng. »Demnächst geben Sie Häkelunterricht.«

Miss Dare bedachte mich mit einem leicht spöttischen Blick. »Ich habe schon alles über Sie gehört«, sagte sie.

»Nur das Schlechteste, vermute ich.«

»Es wäre unprofessionell von mir, mich dazu zu äußern.«

»Hmm.« Sie ist ein schlankes Ding mit intelligenten braunen Augen. »Na, jetzt ist es zu spät zur Umkehr«, sagte ich. »Wenn St. Oswald's einen erst einmal in die Fänge bekommt, hat man lebenslänglich. Wissen Sie, die Schule saugt Sie aus wie ein Vampir. Sehen Sie sich doch nur Pearman an, ein Schatten seines früheren Selbst. Er hat sogar mein Büro den *boches* überlassen.«

Pearman seufzte. »Ich dachte mir, dass Ihnen das nicht gefallen würde.«

»Ach wirklich?«

»Die Alternative war entweder das, Roy, oder Sie hätten Zimmer 59 räumen müssen. Und da Sie Ihr Büro nie benutzen …«

In gewisser Hinsicht hat er Recht, aber das würde ich nie zugeben. »Was meinen Sie damit, Zimmer 59 räumen? Das ist seit dreißig Jahren mein Klasszimmer. Ich bin quasi mit ihm verwachsen. Wissen Sie, wie die Jungs mich nennen? Quasimodo. Weil ich wie ein gotischer Wasserspeier aussehe und im Glockenturm hause.«

Miss Dare gelang es mit Mühe, keine Miene zu verziehen.

Pearman schüttelte den Kopf. »Hören Sie, wenn es Ihnen so wichtig ist, dann sprechen Sie mit Bob Strange darüber. Das war das Beste, was ich tun konnte. Sie dürfen Zimmer 59 großteils behalten, und es gibt ja noch den Silentiumraum, wenn jemand anderes dort unterrichtet und Sie korrigieren wollen.«

Das klang ominös. In Freistunden korrigiere ich immer in meinem eigenen Klasszimmer. »Wollen Sie damit sagen, dass ich Zimmer 59 teilen muss?«

Pearman blickte apologetisch drein. »Na ja, die meisten teilen«, sagte er. »Wir haben nicht genug Platz. Haben Sie sich denn noch nicht Ihren Stundenplan angesehen?«

Natürlich nicht. Jeder weiß, dass ich ihn mir erst ansehe, wenn es nötig ist. Erbost wühlte ich in meinem Fach und förderte schließlich ein zerknittertes Blatt Computerpapier und ein Memo von Danielle, Stranges Sekretärin, zutage. Ich wappnete mich für hässliche Nachrichten.

»Vier Leute? Ich soll mein Zimmer mit vier Grünschnäbeln und einer Hausversammlung teilen?«

»Ich fürchte, es kommt noch schlimmer«, sagte Miss Dare seelenruhig. »Einer der Grünschnäbel bin ich.«

Es spricht für Dianne Dare, dass sie mir das, was ich dann äußerte, nicht nachtrug. Natürlich sagte ich das alles nur im Eifer des Gefechts, hastig und unüberlegt. Aber jeder andere – zum Beispiel Isabelle Tapi – hätte daran Anstoß nehmen können. Passiert ist es immerhin schon. Isabelle leidet an schwachen Nerven, und jede Forderung nach Schadensersatz – etwa wegen eines emotionalen Traumas – wird vom Kämmerer sehr ernst genommen.

Aber Miss Dare hielt stand. Und um gerecht zu sein, sie hinterließ mein Zimmer immer sehr ordentlich, wenn sie dort unterrichtete, verräumte meine Unterlagen nicht, schrie die Mäuse nicht an und kommentierte auch nicht die Flasche Sherry, die aus medizinischen Gründen hinten in meinem Schrank steht, also hätte ich es schlimmer treffen können.

Trotzdem ärgerte ich mich über diesen Angriff auf mein kleines Reich. Mir war auch völlig klar, wer dahintersteckte: Dr. Devine, Deutsch-Fachbereichsleiter und, wichtiger noch, Leiter des Hauses Amadeus – ebenjenen Hauses, das sich von nun an jeden Donnerstagvormittag in meinem Klasszimmer treffen würde.

Lassen Sie mich das erläutern. In St. Oswald's gibt es fünf Häuser: Amadeus, Parkinson, Birkby, Christchurch und Stubbs. Ihre Aufgabe besteht im Wesentlichen darin, sich um regelmäßige Sportveranstaltungen, Clubs und den Gottesdienst zu kümmern, also habe ich nicht allzu viel damit zu tun. Ein Häusersystem, das sich vorwiegend dem Gottesdienst und kalten Duschen widmet, ist in meinen Augen eher überflüssig. Wie dem auch sei, jeden Donnerstagvormittag versammeln sich diese Häuser in den größten Räumen, die wir in St. Oswald's haben, um den Ablauf der folgenden Woche zu besprechen, und ich war sehr verärgert, dass mein Zimmer zu einem ihrer Versammlungsorte auserkoren worden war. Zum einen bedeutete das nämlich, dass Sauertraub Devine in meinen Schreibtischschubladen herumwühlen konnte, und zum anderen würde es zu einem heillosen Durcheinander führen, wenn hundert Jungen einen Raum belagerten, der gerade einmal dreißig Platz bot.

Ich tröstete mich mit dem Gedanken, dass die Treffen ja nur einmal die Woche stattfanden. Trotzdem war mir nicht wohl bei der Sache. Es gefiel mir nicht, wie schnell Sauertraub es geschafft hatte, einen Fuß in die Tür zu bekommen.

Die anderen Eindringlinge störten mich, ehrlich gesagt, weniger. Miss Dare kannte ich bereits, und die drei anderen waren auch Grünschnäbel: Timid, Keane und Easy. Es kommt oft vor, dass neue Lehrer in einem Dutzend Zimmer oder mehr unterrichten müssen. In St. Oswald's haben wir immer schon mit Raumproblemen gekämpft, und in diesem Jahr war es durch die neue Suite für Informatik noch enger geworden. Widerwillig richtete ich mich darauf ein, meine Festung zu öffnen. Von den neuen Lehrern erwartete ich kaum Ärger. Wen ich im Auge behalten musste, war Devine.

Den restlichen Tag brütete ich in meinem Heiligtum über der Büroarbeit. Mein Stundenplan hielt eine Überraschung parat: nur achtundzwanzig Wochenstunden im Vergleich zu vierunddreißig im Vorjahr. Zudem waren meine Klassen offenbar kleiner geworden. Natürlich bedeutete das weniger Arbeit für mich, aber ich war mir sicher, dass ich jeden Tag Vertretungsstunden geben würde.

Mehrere Kollegen schauten vorbei: Gerry Grachvogel steckte den Kopf zur Tür herein, was ihm übel bekam (er fragte mich, wann ich mein Büro auszuräumen gedachte). Fallow, der Hausmeister, kam, um das Nummernschild an der Tür gegen die 75 auszutauschen. Hillary Monument, Mathe-Fachbereichsleiter, wollte bei mir eine Zigarette rauchen, ohne von seinen missbilligenden Chargen belästigt zu werden, Pearman brachte ein paar Schulbücher vorbei und las mir ein obszönes Gedicht von Rimbaud vor. Marlene lieferte mir mein Klassenbuch an, und Kitty Teague schaute vorbei, um sich zu erkundigen, wie es mir ginge.

»Na ja, schon in Ordnung«, sagte ich mürrisch. »Noch sind die Iden des März nicht gekommen. Die Götter wissen, was dann passieren wird.« Ich zündete mir eine Gauloise an. Ich musste die Gunst der Stunde nutzen, solange sie noch währte. Wenn erst mal Devine hier saß, würde es wohl kaum mehr möglich sein.

Kitty sah mich mitfühlend an. »Kommen Sie doch mit mir zum Essen«, schlug sie vor. »Wenn Sie was im Magen haben, geht's Ihnen besser.«

»Damit Devine mich über seinen Teller angrienen kann?« Eigentlich hatte ich mir vorgenommen, mir im Thirsty Scholar ein Bier zu genehmigen, aber jetzt war mir die Lust dazu vergangen.

»Machen Sie das doch«, riet Kitty, als ich ihr das erzählte. »Es wird Ihnen gut tun, hier rauszukommen.«

Theoretisch dürfen Schüler das Scholar nicht betreten, aber das Lokal ist keinen Kilometer von St. Oswald's entfernt, und man müsste absolut blauäugig sein zu glauben, dass auch nur die Hälfte der Abschlussklasse sich an dieses Verbot hält, zumal in der Mittagspause. Pat Bishop, der für Disziplin zuständig ist, ignoriert diese Übertretung zumeist, trotz wütender Ermahnungen des Rektors. Das tue ich auch, solange die Jungs ihre Blazer und Krawatten abnehmen. So können beide Parteien tun, als würden sie sich nicht erkennen.

Heute Mittag ging es relativ ruhig zu. Ich sah Fallow, den Hausmeister, der mit Mr. Roach – ein Historiker, der lange Haare trägt und sich von den Jungs Robbie nennen lässt – zusammensaß, und Jimmy Watt, der Mann für alles in der Schule, der geschickte Hände hat, aber wenig im Kopf.

Als er mich sah, strahlte er. »Mr. Straitley! Schöne Ferien gehabt?«

»Ja, danke, Jimmy.« Ich habe mir angewöhnt, ihn nicht mit langen Wörtern zu überfordern. Andere Menschen sind nicht so rücksichtsvoll. Wer sein Mondgesicht und seinen stets offen stehenden Mund sieht, vergisst leicht, dass er ein gutmütiges Wesen hat. »Was möchten Sie?«

Jimmy strahlte wieder. »Ein kleines Radler, Chef, danke. Ich muss nachher ein paar Kabel verlegen.«

Ich trug sein und mein Glas zu einem freien Tisch. Ich sah, dass Easy, Timid und Keane mit Light, dem neuen Sportlehrer, Isabelle Tapi, die sich immer gerne mit neuen Kollegen zusammentut, und Miss Dare, die etwas Abstand hielt, in einer Ecke saßen. Das überraschte mich nicht. Die Menge bietet Sicherheit, und St. Oswald's kann auf Neulinge einschüchternd wirken.

Ich brachte Jimmy sein Radler und ging zu der Gruppe hinüber, um mich vorzustellen. »Offenbar unterrichten einige von Ihnen in meinem Zimmer«, sagte ich, und an den bärtigen

Timid gewandt: »Obwohl ich mir nicht vorstellen kann, wie Sie dort Informatik lehren wollen – virtuell oder virtuos?«

Keane grinste. Light und Easy schauten mich nur verständnislos an.

»Ich … ich unterrichte nur T-Teilzeit«, sagte Timid nervös. »Ich … ich gebe Mathe am F-Freitag.«

Gute Götter. Wenn schon ich ihn verschreckte, dann würde die 5F ihn am Freitagnachmittag bei lebendigem Leibe auffressen. Und hinterher würde mein Klasszimmer wie eine Müllhalde aussehen. Ich nahm mir vor, zu der Zeit immer in der Nähe zu sein für den Fall, dass Tumult ausbrach.

»Nicht schlecht, dass es gleich neben der Schule eine Kneipe gibt«, sagte Light und nahm einen großen Schluck Bier. »Das könnte glatt zur Gewohnheit werden, mittags herzukommen.«

Easy hob die Augenbrauen. »Müssen Sie da nicht trainieren oder Aufsicht führen oder mit den Jungen Rugby spielen?«

»Wir haben doch alle Anspruch auf eine Mittagspause, oder nicht?«

Also nicht nur ein Bummelstreiker, sondern ein Gewerkschafter obendrein. Gute Götter. Das hatte uns gerade noch gefehlt.

»Ach. Aber der Schulleiter sagte … ich meine, ich habe mich erboten, den Geografieclub zu übernehmen. Ich dachte, jeder müsste Wahlunterricht anbieten.«

Light zuckte mit den Schultern. »Na, ist doch klar, dass er das sagen würde, oder? Aber für mich kommt es überhaupt nicht in Frage, dass ich nach Schulschluss Sport gebe und Wochenendturniere ausrichte und dann noch mittags auf mein Bier verzichte. Wo sind wir denn hier? Im Knast etwa?«

»Na ja, Sie brauchen auch keine Stunden vorzubereiten und zu korrigieren …«, setzte Easy an.

»Ach, das ist ja wieder mal typisch«, brauste Light auf. Sein Gesicht rötete sich. »Typisches Akademikergeschwafel. Was man nicht schwarz auf weiß nach Hause tragen kann, zählt nicht, wie? Ich sage Ihnen was, die Jungen haben von meinem

Unterricht mehr, als wenn sie die Hauptstadt von was weiß ich büffeln müssen …«

Easy sah sich betreten um. Timid steckte sein Gesicht in sein Glas Limonade und weigerte sich, wieder aufzutauchen. Miss Dare starrte zum Fenster hinaus. Isabelle warf Light unter ihren dichten Wimpern einen bewundernden Blick zu.

Keane grinste. Ihm schien der Wortwechsel Spaß zu machen.

»Und was ist mit Ihnen?«, fragte ich ihn. »Was halten Sie so weit von St. Oswald's?«

Er sah zu mir. Mitte bis Ende zwanzig, schlank, dunkle, in die Stirn gekämmte Haare, schwarzes T-Shirt, dunkler Anzug. Er kommt mir sehr selbstsicher vor für sein Alter, und seine Stimme ist zwar angenehm, klingt aber doch recht bestimmt. »Als Kind habe ich eine Weile hier gelebt und war ein Jahr auf der Gesamtschule. Sunnybank Park. Da liegen Welten dazwischen.«

Das kann ich mir lebhaft vorstellen. Sunnybank Park ist für Kinder der Tod, vor allem für intelligente. »Gut, dass Sie's geschafft haben wegzukommen«, sagte ich.

»Ja.« Er grinste. »Wir sind nach Südengland gezogen, und ich kam auf eine andere Schule. Das war mein Glück. Noch ein Jahr, und die Schule hätte mich endgültig fertig gemacht. Wie auch immer, Nick Hornby kriegt jetzt Konkurrenz. Alles guter Stoff, falls ich je einen Roman schreibe.«

Himmel, dachte ich mir, bitte kein angehender Schriftsteller. Die gibt's manchmal, vor allem bei den Englischlehrern. Die sind zwar nicht so schlimm wie Gewerkschafter oder Bummelstreiker, machen aber meist nichts als Ärger. Robbie Roach war in seinen Jugendtagen ein Dichter, und Eric Scoones hat einmal ein Theaterstück geschrieben. Keiner von ihnen ist je richtig darüber hinweggekommen.

»Sie schreiben?«, fragte ich.

»Nur als Hobby«, antwortete Keane.

»Ah ja. Aber wie ich höre, ist das Horrorgenre nicht mehr so einträglich wie früher«, sagte ich mit einem Blick auf Light, der

Easy soeben mit Hilfe seines Bierglases demonstrierte, wie man seinen Bizeps trainiert.

Ich sah wieder zu Keane, der meinem Blick gefolgt war. Der erste Eindruck von ihm war vielversprechend. Ich hoffte nur, dass er sich nicht als zweiter Roach erweisen würde. Englischlehrer haben oft den fatalen Ehrgeiz, mehr sein zu wollen als einfache Pauker. Das nimmt selten ein gutes Ende. Aus Alcatraz zu fliehen ist ein Kinderspiel im Vergleich zur Flucht aus dem Lehrerdasein. Ich suchte bei Keane nach Anzeichen von diesem Ehrgeiz. Zumindest auf den ersten Blick entdeckte ich zum Glück keine.

»Ich habe m-mal ein B-Buch geschrieben«, sagte Timid. »Es heißt Javascript und andere …«

»Ich habe mal ein Buch gelesen«, fiel Light ihm feixend ins Wort. »Fand's aber nicht so toll.«

Easy lachte. Lights Beleidigung hatte er offenbar weggesteckt. Jimmy grinste und rückte am Tisch nebenan etwas näher zur Gruppe, doch Easy wandte den Kopf ab und vermied jeden Blickkontakt.

»Also, wenn Sie Internet gesagt hätten …« Light schob seinen Stuhl ein Stück zur Seite, so dass er Jimmy den Rücken zukehrte, und griff nach seinem halb leeren Glas. »Da gibt's mengenweise zu lesen – wenn man keine Angst hat, blind zu werden. Wenn Sie wissen, was ich meine …«

Jimmy trank von seinem Radler, er sah etwas betroffen drein. Er ist nicht so einfältig, wie manche meinen, mal davon abgesehen, dass die Kränkung allzu offensichtlich war. Plötzlich musste ich an Anderton-Pullitt denken, den Außenseiter in meiner Klasse, der seine Brote mittags allein im Klasszimmer aß, während die anderen im Hof Fußball spielten.

Aus den Augenwinkeln sah ich zu Keane, der alles verfolgte, weder billigend noch missbilligend, aber seine grauen Augen funkelten belustigt. Er zwinkerte mir zu, und ich lächelte. Es amüsierte mich, dass der Verheißungsvollste unserer Grünschnäbel sich ausgerechnet als Sunnybanker erwiesen hatte.

Kapitel 5

Der erste Schritt ist immer der schwerste. Aber nachdem ich ihn einmal gemacht hatte, unternahm ich ständig Ausflüge nach St. Oswald's. Mein Selbstvertrauen wuchs, ich wagte mich immer weiter vor, zuerst in die Höfe und schließlich in die Gebäude selbst. Monate vergingen, Trimester vergingen, und allmählich ließ die Wachsamkeit meines Vaters nach.

Seine Hoffnungen hatten sich nicht erfüllt. Die Lehrer, die ihn mit »John« ansprachen, verachteten ihn im Grunde nicht weniger als die Jungen, die ihn Snyde nannten; das Pförtnerhaus war im Winter feucht, und mit dem Bier und dem Fußball und seiner Leidenschaft für Rubbellose hatten wir irgendwie nie genug Geld. Seinem schönen Traum zum Trotz war St. Oswald's bloß eine weitere Hausmeisterstelle, die täglich Demütigungen für ihn bereithielt. Die Arbeit belegte ihn ganz mit Beschlag. Zeit für Tee auf dem Rasen fand er nie, und auch Mum kam nicht zurück.

Stattdessen ließ mein Vater sich mit einem 19-jährigen Flittchen ein, das Pepsi hieß, einen Schönheitssalon in der Stadt hatte, Lipgloss zu dick auftrug und gerne ausging. Sie hatte zwar eine eigene Wohnung, war aber oft bei uns, und dann hatte mein Vater morgens immer schwere Augenlider und war gereizt, und im Haus roch es nach kalter Pizza und Bier. An solchen Tagen, wie auch an anderen, ging ich ihm so gut wie möglich aus dem Weg.

Der Samstagabend war immer der schlimmste. Das Bier machte

meinen Vater noch gereizter als sonst, zumal er in der Kneipe sein letztes Geld ausgegeben hatte, und meistens ließ er seine Wut dann an mir aus. »Du kleiner Balg«, keifte er lallend durch meine Tür. »Bist du überhaupt von mir? Woher soll ich das wissen?« War ich dumm genug, die Tür zu öffnen, ging es erst richtig los: Er schubste mich herum, schrie, fluchte, und zum Schluss kam dann der kraftvolle, langsame Schwinger, der neun von zehn Malen die Wand traf und meinen betrunkenen Vater der Länge nach zu Boden streckte.

Ich hatte keine Angst mehr vor ihm. Wissen Sie, im Lauf der Zeit gewöhnt man sich an alles, und mittlerweile achtete ich so wenig auf seine Wut wie die Bewohner von Pompeji auf den Vulkan, der sie eines Tages auslöschte. Die meisten Dinge können Routine werden, wenn man sie nur oft genug wiederholt, und meine bestand darin, einfach meine Zimmertür abzuschließen und ihm tags darauf aus dem Weg zu gehen.

Zunächst versuchte Pepsi, mich für sich einzunehmen. Manchmal brachte sie mir kleine Geschenke mit oder stellte ein Essen auf den Tisch, obwohl sie nicht besonders gut kochen konnte. Aber ich ließ mich nicht darauf ein. Nicht, dass ich sie nicht leiden mochte – dafür war sie mir mit ihren angeklebten Nägeln und den ausgerupften Augenbrauen zu dumm –, sie störte mich nicht einmal. Ich konnte einfach ihre schreckliche Kumpelhaftigkeit nicht ausstehen, mit der sie andeutete, wir säßen irgendwie im selben Boot und könnten uns eines Tages richtig anfreunden.

Genau zu der Zeit wurde St. Oswald's mein Spielplatz. Offiziell hatte ich dort nach wie vor nichts zu suchen, doch mein Vater hatte seine anfängliche Ehrfurcht vor der Schule verloren und drückte bereitwillig ein Auge zu, wenn ich die Regeln gelegentlich übertrat, solange ich es unauffällig tat.

Allerdings ging John Snyde davon aus, dass ich nur auf dem Gelände spielte. Aber alle Schulschlüssel hingen säuberlich beschriftet im Glaskasten hinter der Tür des Pförtnerhauses, und als meine Neugier und meine Besessenheit immer größer wurden, fiel es mir immer schwerer, der Versuchung zu widerstehen.

Ein kleiner Diebstahl, und die Schule stand mir offen. Keine Tür war mir mehr verschlossen. Mit dem Hauptschlüssel in der Hand streunte ich an den Wochenenden durch die verlassenen Gebäude, während mein Vater fernsah oder mit seinen Kumpeln in der Kneipe saß. Und so kannte ich die Schule mit zehn Jahren besser als jeder Schüler: Ungesehen und ungehört ging ich ein und aus, ohne eine Spur zu hinterlassen.

Ich kannte die Schränke, in denen die Putzmittel aufbewahrt wurden, den Sanitätsraum, die Sicherungskästen, die Archive. Ich kannte alle Klassenzimmer: die nach Süden gehenden Geografieräume, die sich im Sommer unerträglich aufheizten, die kühlen getäfelten Räume, in denen Naturwissenschaften unterrichtet wurden, die knarzenden Stufen, die ungewöhnlich geschnittenen Zimmer im Glockenturm. Ich kannte den Taubenschlag, die Kapelle, das Observatorium mit dem gewölbten Glasdach, die winzigen Studierzimmer mit den vielen Metallschränken. Ich las Satzfragmente an nachlässig gewischten Tafeln. Ich kannte die Lehrer, zumindest ihrem Ruf nach. Mit dem Hauptschlüssel öffnete ich Spinde. Ich roch Kreide und Leder und Essensgerüche und Möbelpolitur. Ich probierte abgelegte Sportbekleidung an. Ich las verbotene Bücher.

Noch schöner und gefährlicher war es, das Dach zu erforschen, ein ausuferndes Ungetüm, das durch die überlappenden Steinplatten geriffelt war wie ein Brontosaurus. Das Dach erschien mir wie eine kleine Stadt mit eigenen Türmen und Höfen, die ein Gegenstück zu den Türmen und Höfen der Schule unter mir bildete. Gigantische, majestätisch gekrönte Kamine ragten über den schiefen Firsten auf, Vögel nisteten hier, desertierte Ebereschen krallten sich mit ihren Wurzeln in feuchte Risse, gediehen aufs Prächtigste und tüpfelten die Schindeln mit ihren Blüten. Regenrinnen und Gesimse liefen über die Dachlandschaft, es gab Oberlichter und Balkönchen, die man von gefährlich hohen Brüstungen aus betrat.

Eingedenk meiner Ungeschicklichkeit beim Schulsport war ich anfangs sehr vorsichtig. Aber mir selbst überlassen, wurde ich immer mutiger, lernte zu balancieren, lernte lautlos über glatte Schindeln und freiliegende Träger zu turnen, lernte ein Metallgeländer als Stütze einzusetzen, um von einem hohen Gesims auf einen kleinen Balkon zu flanken und von dort über eine dicke, behaarte Kletterpflanze in einen grünlich fahlen Kamin aus Efeu und Moos zu gelangen.

Ich liebte das Dach. Ich liebte seinen manchmal scharfen, bei feuchtem Wetter dann modrigen Geruch, liebte die Rosetten von blühenden gelben Flechten, die über die Steine wucherten. Hier endlich durfte ich ich selbst sein. Es gab zwar Wartungsleitern, die von verschiedenen Fenstern und Türen aus nach oben führten, aber sie waren zumeist in schlechtem Zustand, manche nur noch ein tödliches Filigranwerk aus Rost und Metall, und die verschmähte ich, entdeckte eigene Wege zu meinem Dachreich, öffnete Fenster, die seit Jahrzehnten mit Farbe zugeklebt waren, schlang Seile um Kamine, um mir den Aufstieg zu erleichtern, erforschte die Schächte und Kriechgänge und die großen, mit Blei ausgekleideten Regenrinnen aus Stein. Ich hatte keine Höhenangst, keine Angst zu fallen. Zu meiner Überraschung stellte ich fest, dass ich durchaus geschickt war. Auf dem Dach war mein zarter Körperbau ein großer Vorteil, hier oben wurde ich wegen meiner dünnen Beine nicht gehänselt.

Mir war seit langem klar, dass mein Vater es hasste, am Dach Reparaturen vorzunehmen. Eine kaputte Schindel konnte er gerade noch ersetzen (solange sie von einem Fenster aus zu erreichen war), die Bleiverkleidung der Dachrinnen war indes eine andere Sache. Um dorthin zu gelangen, musste man über die Schindeln zur Traufe klettern, von dort auf ein Gesims steigen, das rund um die Dachrinnen führte, und kniend die Bleihaut überprüfen, mit hundert Metern blaugrüner Luft zwischen sich und der Erde. Diese Arbeit, so nötig sie gewesen wäre, machte er nie, sondern führte endlose Gründe dafür an, warum er es nicht tat. Nachdem ihm irgendwann die Vorwände ausgegangen waren, begriff ich mit Schadenfreude: John Snyde hatte Höhenangst.

Sehen Sie, schon damals war ich fasziniert von Geheimnissen. Eine Flasche Sherry ganz hinten in einem Lehrmittelschrank, ein Bündel Briefe in einer Blechdose hinter der Holzvertäfelung, einige Zeitschriften in einem verschlossenen Aktenschrank, eine Namensliste in einem alten Rechnungsbuch. Für mich war kein Geheimnis zu banal, kein Detail zu klein, um mich nicht zu interessieren. Ich wusste, wer seine Frau betrog, wer schwache Nerven hatte, wer ehrgeizig war, wer Liebesromane las oder wer den Fotokopierer für persönliche Zwecke nutzte. Wenn Wissen Macht ist, dann hatte ich St. Oswald's in der Hand.

Zu der Zeit ging mein wenig ruhmreicher Besuch in der Abbey Road Juniors seinem Ende entgegen. Ich hatte all die Jahre hart gearbeitet und nie Schwierigkeiten bekommen, mich aber auch mit niemandem angefreundet. Um den nordenglischen Dialekt meines Vaters abzulegen, hatte ich – mit katastrophalen Folgen – versucht, die Stimmen und Eigenheiten der Jungen von St. Oswald's nachzuahmen, was mir den Spitznamen »Snob-Snyde« eintrug. Sogar ein paar Lehrer verwendeten ihn, ich hörte sie im Lehrerzimmer, wenn die schwere Tür aufschwang und miefige Rauchschwaden und Gelächter herausdrangen. Snob-Snyde, kicherte eine Frauenstimme. Das ist köstlich. Snob-Snyde.

Ich gab mich nicht der Illusion hin, dass es in Sunnybank Park besser sein würde. Die meisten Sunnybanker wohnten in der Abbey-Road-Siedlung, eine bedrückende Ansammlung von Rauputz-Sozialbauten und Wohnsilos aus Pappkarton, wo auf den Balkonen Wäsche trocknete und die dunklen Hausflure nach Urin stanken. Ich hatte früher selbst dort gewohnt. Da gab es einen Sandkasten, in dem zusammengeklumpte Hundehaufen lagen, einen Spielplatz mit Schaukeln voller Scherben, Graffiti-verschandelte Mauern, Banden von Jungen und Mädchen, die fluchten und verdreckt und inzestuös aussahen.

Ihre Väter tranken mit meinem Vater unten im Engineers',

ihre Mütter waren mit Sharon Snyde an Samstagabenden zu Tanzveranstaltungen gegangen. »Du brauchst dir bloß ein bisschen Mühe geben«, sagte mein Vater zu mir. »Gib ihnen 'ne Chance, dann findest du dich auch dort rein.«

Aber die Mühe wollte ich mir nicht machen. Ich wollte mich nicht in Sunnybank Park einfinden.

»Was willst du denn dann?«

Tja, das war genau die Frage.

Wenn ich allein durch die hallenden Korridore von St. Oswald's wanderte, träumte ich davon, dass mein Name auf der Ehrentafel stand, dass ich mit den Schülern herumalberte, dass ich Latein und Griechisch lernte anstatt Holzarbeiten und technisches Zeichnen, dass ich keine Klassenarbeiten schrieb, sondern Extemporale, und dabei an den großen Holzpulten saß. Innerhalb von achtzehn Monaten war meine Unsichtbarkeit von einer Gabe zu einem Fluch geworden. Ich wünschte mir sehnlich, gesehen zu werden, wollte nichts mehr, als dazuzugehören. Ich ging immer größere Risiken ein in der Hoffnung, eines Tages würde St. Oswald's mich bemerken und aufnehmen.

Also schnitzte ich meine Initiale zwischen die zahlloser Generationen von Ehemaligen in die Eichenvertäfelung im Refektorium. Am Wochenende verfolgte ich Sportveranstaltungen von einem Versteck im Sportpavillon aus. Ich kletterte in den Wipfel des Ahorns, der mitten im Alten Hof stand, und schnitt den Wasserspeiern an der Traufe Grimassen. Nach der Schule lief ich so schnell wie möglich zu St. Oswald's und beobachtete die Jungen, wie sie nach Hause gingen, hörte sie lachen und schimpfen, bespitzelte sie bei Schlägereien, atmete die Auspuffgase der teuren Wagen ihrer Eltern ein, als seien sie Weihrauch. Die Bibliothek in unserer Schule war schlecht bestückt, es gab fast nur Taschenbücher und Comics, ganz anders als in der riesigen Bibliothek von St. Oswald's. Ich verschlang *Ivanhoe*, *Große Erwartungen*, *Tom Browns Schulzeit*, *Gormenghast*, *Geschichten aus 1001 Nacht* und *König Salomons Schatzkammer*. Ich schmuggelte Bände nach Hause – einige waren seit den vierziger Jahren nicht mehr ausgeliehen worden. Mein Lieblingsbuch war H. G. Wells' *Der Unsichtbare*. Wenn ich nachts durch die Flure von St. Oswald's schlenderte, die Kreide und die schwachen Essensgerüche des vergangenen Tages roch, das Echo fröhlicher Stimmen hörte und die Schatten der Bäume betrachtete, die über die frisch gebohnerten Böden fielen, wusste ich mit sehnsüchtigem Verlangen genau, wie dieser Unsichtbare sich vorgekommen war.

Sehen Sie, ich wollte doch nur dazugehören. Die Abbey Road Juniors war schäbig und heruntergekommen, ein Paradebeispiel für das Versagen des Liberalismus in den sechziger Jahren, aber Sunnybank Park war noch weitaus schlimmer. Ich wurde regelmäßig wegen meines Lederranzens schikaniert (in dem Jahr hatte man Adidas-Taschen), wegen meiner Abneigung gegen Sport, meines vorlauten Mundwerks, meiner Freude am Lesen, meiner Kleidung und wegen der Tatsache, dass mein Vater an der elitären Schule arbeitete (es spielte keine Rolle, dass er nur der Hausmeister war). Folglich lernte ich, schnell zu laufen und keine Aufmerksamkeit auf mich zu ziehen. Ich stellte mir vor, ich sei im Exil, sei verbannt, aber eines Tages würde ich an den Ort zurückgerufen werden, an den ich gehörte. Im tiefsten Inneren dachte ich wohl, wenn ich mich irgendwie bewies, wenn ich die permanenten Hänseleien und die kleinen Demütigungen ertrug, dann würde St. Oswald's mich eines Tages in die Arme schließen.

Als ich elf war und der Arzt zu dem Schluss kam, dass ich eine Brille brauchte, schob mein Vater das auf mein Lesen. Und auch wenn aus »Snob-Snyde« schnell »Blindschleiche« wurde, freute ich mich diebisch, denn insgeheim wusste ich, dass ich einen weiteren Meilenstein auf dem Weg nach St. Oswald's passiert hatte. Ich betrachtete mich im Spiegel und fand, dass ich dem Aussehen nach fast schon dazugehörte.

Das tue ich immer noch, obwohl ich die Brille gegen Kontaktlinsen eingetauscht habe (nur für den Fall). Mein Haar ist dunkler als damals und besser geschnitten. Auch meine Kleidung sitzt gut, ist aber nicht zu förmlich – ich möchte nicht den Eindruck erwecken, als gäbe ich mir allzu viel Mühe. Am meisten freue ich mich über meine Aussprache. Vom Dialekt meines Vaters ist nichts mehr zu hören, andererseits ist die gekünstelte Vornehmheit, die Snob-Snyde als kleinen Emporkömmling brandmarkte, verschwunden. Meine neue Persönlichkeit ist liebenswert, ohne aufdringlich zu sein, und sie kann gut zuhören – genau die Eigenschaften, die man zum Morden und Spionieren braucht.

Im Großen und Ganzen war ich recht zufrieden mit meiner Darbietung heute. Irgendwie erwarte ich wohl immer noch, dass jemand mich erkennt, denn als ich den Tag über meine Vertrautheit mit den Gebäuden, den Vorschriften, den Leuten zu verbergen suchte, spürte ich das wohlige Prickeln, das sich bei Gefahr unweigerlich einstellt.

Das Unterrichten fällt mir erstaunlicherweise am leichtesten. Dank Stranges eigenwilliger Methode beim Erstellen des Stundenplans lehre ich ausschließlich in den unteren Klassenstufen (ältere Kollegen bekommen grundsätzlich die besseren Klassen, die Neuen müssen sich mit dem Mob bescheiden), was bedeutet, dass ich zwar viele Stunden geben muss, aber sie überfordern mich nicht. Ich beherrsche mein Fach gut genug, um zumindest die Jungen zu täuschen, und in Zweifelsfällen kann ich immer das Lehrer-Handbuch zu Rate ziehen.

Genau das Richtige für meine Zwecke. Niemand hegt den leisesten Verdacht. Ich habe keine Geistesgrößen und keine Abschlussklassen, die mir auf die Schliche kommen könnten. Und ich glaube auch nicht, dass ich Probleme mit der Disziplin haben werde. Diese Jungen sind völlig anders als die Schüler von Sunnybank Park, und sollte ich mich tatsächlich einmal nachdrücklicher durchsetzen müssen, steht mir die ganze disziplinarische Infrastruktur von St. Oswald's zur Verfügung.

Ich rechne aber eher nicht damit. Die Jungen zahlen für das Privileg, diese Schule zu besuchen, sie sind daran gewöhnt, ihren Lehrern zu gehorchen. Mehr als Schwätzen im Unterricht und fehlende Hausaufgaben leisten sie sich nicht. Der Stock kommt nicht mehr zum Einsatz – angesichts der größeren, unspezifischeren Drohung ist er überflüssig geworden. Eigentlich ist es zum Lachen. Das Ganze ist ein Spiel, ein Willenskampf zwischen mir und dem Mob. Wir wissen alle, dass ich machtlos wäre, wenn die gesamte Klasse auf einmal das Zimmer verließe. Aber keiner traut sich, die Probe aufs Exempel zu machen.

Trotzdem darf ich nicht nachlässig oder allzu selbstgefällig werden. Meine Tarnung ist gut, doch in diesem Stadium könnte selbst ein kleiner Fehler fatal sein. Zum Beispiel die Sekretärin. Nicht, dass sich durch sie irgendetwas verändert, aber es beweist wieder einmal, dass man nicht alles im Voraus bedenken kann.

Und bei Roy Straitley muss ich auch auf der Hut sein. Weder der Schulleiter noch Bishop oder Strange haben mich eines zweiten Blickes gewürdigt, nicht so Straitley. Seine Augen sind noch genauso scharf wie vor fünfzehn Jahren – und sein Verstand auch. Die Jungen haben ihn immer respektiert, im Gegensatz zu seinen Kollegen. Ein Großteil des Klatsches, den ich damals in St. Oswald's hörte, betraf ihn, und seine Rolle bei dem, was passierte, mag zwar klein gewesen sein, aber sie war doch wichtig.

Sicher, er ist alt geworden. Vermutlich geht er bald in Pension. Doch er hat sich kaum verändert: immer noch dieselben Marotten, die Robe, das Tweedjackett, die lateinischen Zitate. Heute hatte ich fast so etwas wie ein zärtliches Gefühl für ihn, wie für einen alten Onkel, den ich seit Jahren nicht getroffen hatte. Aber ich kann ihn hinter seiner Verkleidung sehen, auch wenn er mich nicht sieht. Ich kenne den Feind.

Eigentlich hatte ich erwartet, dass er bereits im Ruhestand wäre. In gewisser Hinsicht hätte das vieles erleichtert. Nach dem heutigen Tag bin ich allerdings froh, dass er noch da ist. Das macht die Sache für mich spannender. Außerdem möchte ich, dass Roy Straitley den Tag miterlebt, an dem ich St. Oswald's zu Fall bringe.

Kapitel 6

St. Oswald's, Oberschule für Knaben
Dienstag, 7. September

Am ersten Schultag herrscht immer eine ganze bestimmte Art von Chaos. Jungs, die zu spät kommen, Jungs, die sich verirren, Bücher, die eingesammelt, Unterlagen, die ausgeteilt werden müssen. Die neue Nummerierung der Klasszimmer hat das ihre zum Durcheinander beigetragen, denn auf dem Stundenplan wurden diese Änderungen nicht berücksichtigt. Der Fehler wurde durch ein Memo korrigiert, das aber niemand las. Ich musste mehrere Gruppen von Jungs abfangen, die zum neuen Deutsch-Fachbereichsbüro marschierten anstatt zum Glockenturm, und in die richtige Richtung schicken.

Dr. Devine sah angespannt aus. Ich habe mein altes Büro selbstverständlich noch nicht geräumt, alle Aktenschränke sind verschlossen, und der einzige Schlüssel dazu ist in meinem Besitz. Dann musste ich mich um das Klassenbuch kümmern, Hausarbeiten einsammeln, die die Jungs über die Ferien geschrieben hatten, Schecks mit dem Schulgeld bei der Kämmerei abliefern, Spindschlüssel austeilen, die Sitzordnung besprechen, für Disziplin sorgen.

Zum Glück habe ich dieses Jahr keine neue Klasse. Meine Jungs – einunddreißig an der Zahl – sind alte Hasen, sie wissen, was auf sie zukommt. Sie haben sich an mich gewöhnt und ich mich an sie. Da ist Pink, ein stilles, schrulliges Kerlchen mit einem erstaunlich erwachsenen Sinn für Humor, und sein Freund Tayler; dann gibt es meine Brodie Boys Allen-Jones und McNair, zwei köstliche Scherzbolde, die weniger oft nachsitzen müssen, als sie verdienen würden, weil sie mich zum Lachen bringen; der Rotschopf Sutcliff; außerdem Niu, ein Japaner, der sich herausragend im Schulorchester macht; Knight, dem ich nicht recht über den Weg traue; der kleine Jackson, der sich täglich Mutproben abverlangt und Raufereien vom Zaun bricht; der stämmige Brasenose, der sich leicht drangsalieren lässt; und Anderton-Pullitt, ein kluger, nachdenklicher Einzelgänger, der neben seinen zahllosen Allergien, wenn man ihm denn Glauben schenkt, auch an einer sehr ausgefallenen Form von Asthma leidet, wegen der er von jeglichem Sportunterricht befreit werden muss sowie von Mathe, Französisch, Religion, Hausaufgaben am Montag, Haus- und Schulversammlungen und Gottesdiensten. Außerdem hat er die Angewohnheit, mir auf Schritt und Tritt zu folgen – was Kitty Teague zu spöttischen Bemerkungen über meinen »ganz speziellen kleinen Freund« veranlasste – und mir das Ohr abzukauen mit seinen zahlreichen Hobbys (Flugzeuge des Ersten Weltkriegs, Computerspiele, Musik von Gilbert and Sullivan). Grundsätzlich stört mich das wenig – er ist ein merkwürdiger Junge, der von seinen Klassenkameraden gemieden wird, und ich vermute, dass er einsam ist –, aber andererseits habe ich viel zu tun und wenig Lust, meine Freizeit mit Anderton-Pullitt zu verbringen.

Sicher, Schwärmereien von Schuljungs sind ein fester Bestandteil des Lehrerdaseins, und man muss lernen, damit umzugehen. Jeder von uns war schon einmal die Zielscheibe dieser Anhimmelei – selbst Lehrer wie Hillary Monument und ich, die ungefähr so attraktiv sind wie ein verschimmeltes Sandwich. Jeder von uns hat seine eigene Art, damit umzugehen. Bei Isabelle Tapi habe ich allerdings den Verdacht, dass sie die Jungs sogar dazu ermutigt – auf jeden Fall hat sie eine Heerschar ganz spezieller kleiner Freunde, wie auch Robbie Roach und Penny Nation. Ich persönlich finde, dass forsches Auftreten und wohlwollende Missachtung die allzu große Vertraulichkeit von Anderton-Pullitt und seinesgleichen bald unterbinden.

Trotzdem bin ich im Großen und Ganzen mit meiner 3S nicht

schlecht bedient. In den Ferien sind sie gewachsen, einige sehen fast erwachsen aus. Das sollte mir eigentlich das Gefühl geben, alt zu sein, aber dem ist nicht so; eher empfinde ich eine Art widerstrebenden Stolz. Ich sage mir zwar, dass ich alle Jungs gleich behandele, aber diese Klasse, die ich seit zwei Jahren habe, ist mir besonders ans Herz gewachsen. Ich denke mir oft, dass wir uns verstehen.

»Ach, Siiiiir!« Allgemeines Aufstöhnen, als ich eine Latein-Probe verteilte.

»Heute ist der erste Schultag, Sir!«

»Können wir nicht ein Quiz machen?«

»Können wir nicht Galgenmännchen auf Lateinisch spielen?«

»Wenn ich dich alles gelehrt habe, was ich weiß, Mr. Allen-Jones, dann finden wir vielleicht die Zeit, einer trivialen Beschäftigung zu frönen.«

Allen-Jones grinste. Ich bemerkte, dass er auf den Umschlag seines Lateinhefts in der Spalte »Klassenzimmer« »Ehemaliges Zimmer 59« geschrieben hat.

Es klopfte, und Dr. Devine steckte seinen Kopf zur Tür herein.

»Mr. Straitley?«

»*Quid agis, Medice?*«

Die Klasse kicherte. Sauertraub, der weder Latein noch Griechisch gelernt hat, sah mich ärgerlich an. »Es tut mir Leid, Sie zu stören, Mr. Straitley. Darf ich Sie kurz etwas fragen?«

Wir gingen in den Korridor hinaus, so dass ich die Jungs durch die Glasscheibe in der Tür im Auge behalten konnte. McNair schrieb schon etwas auf seinen Tisch, und ich klopfte warnend gegen die Scheibe.

Sauertraub schaute mich vorwurfsvoll an. »Ich hatte eigentlich gehofft, heute Vormittag das Arbeitszimmer des Fachbereichs einrichten zu können«, sagte er. »Ihre Aktenschränke …«

»Darum kümmere ich mich«, sagte ich. »Überlassen Sie das nur mir.«

»Und dann der Schreibtisch – und die Bücher – ganz zu schweigen von den riesigen Pflanzen …«

»Fühlen Sie sich ganz wie zu Hause«, sagte ich leichthin. »Lassen Sie sich von meinen Sachen nicht stören.« In dem Schreibtisch bewahre ich Unterlagen von dreißig Jahren auf. »Wenn Sie Zeit haben, möchten Sie vielleicht einige der Akten ins Archiv schaffen«, schlug ich begütigend vor.

»Das möchte ich nicht«, fuhr Sauertraub auf. »Und wenn wir schon dabei sind, können Sie mir vielleicht sagen, wer die neue Ziffer 59 vom Arbeitszimmer des Fachbereichs entfernt und hierdurch ersetzt hat?« Er reichte mir ein Stück Pappe, auf das jemand mit einer schwungvollen (und mir nicht unvertrauten) jugendlichen Schrift »Ehemaliges Zimmer 75« geschrieben hatte.

»Es tut mir Leid, Dr. Devine, ich habe nicht den blassesten Schimmer.«

»Das ist handfester Diebstahl. Die Türschilder kosten vier Pfund das Stück. Bei achtundzwanzig Räumen beläuft sich das auf 113 Pfund, und sechs sind schon verschwunden. Ich weiß nicht, was es da zu grinsen gibt, Straitley, aber …«

»Grinsen, sagten Sie? Mitnichten. Zimmernummern entfernen? Das ist höchst beklagenswert.« Dieses Mal gelang es mir, keine Miene zu verziehen, doch Sauertraub wirkte nicht überzeugt.

»Also, ich werde mich umhören und wäre Ihnen dankbar, wenn Sie nach dem Schuldigen Ausschau halten könnten. Es geht nicht an, dass derlei bei uns passiert. Es ist eine Schande. Die Sicherheit lässt hier schon seit Jahren zu wünschen übrig.«

Dr. Devine möchte gerne Überwachungskameras auf dem Mittleren Korridor installieren lassen – vorgeblich aus Sicherheitsgründen, in Wirklichkeit aber, um zu überwachen, was die Lehrer alles treiben: Wer die Jungs Kricket im Fernsehen gucken lässt, anstatt Prüfungsvorbereitungen zu machen, wer bei Leseverständniskontrollen das Kreuzworträtsel löst, wer immer zwanzig Minuten zu spät kommt, wer kurz das Zimmer verlässt, um sich schnell eine Tasse Kaffee zu holen, wer mangelnde Disziplin walten lässt, wer den Unterricht vorbereitet hat und wer seine Stunden improvisiert.

Es würde Devine nur allzu gut gefallen, das alles auf Film zu bannen, handfeste Beweise für unsere kleinen Versäumnisse, unsere kleinen Nachlässigkeiten. Um zu dokumentieren (etwa beim Besuch der Schulaufsichtsbehörde), dass Isabelle oft zu spät zum Unterricht kommt und dass Pearman manchmal vergisst, überhaupt zu erscheinen. Dass Eric Scoones gelegentlich die Geduld verliert und einem Jungen eine Kopfnuss gibt, dass ich selten Anschauungsmaterial verwende und dass Grachvogel trotz seiner modernen Methoden Schwierigkeiten hat, in seiner Klasse für Disziplin zu sorgen. Ich weiß das alles. Devine vermutet es nur.

Ich weiß auch, dass Erics Mutter Alzheimer hat und er alles daransetzt, dass sie nicht ins Heim gehen muss; dass Pearmans Frau Krebs hat und dass Grachvogel homosexuell ist und Angst hat aufzufliegen. Davon hat Sauertraub keine Ahnung, abgeschieden, wie er ist, in seinem Elfenbeinturm im ehemaligen Büro der Altphilologen. Außerdem ist es ihm gleichgültig. Ihm geht es um Information, nicht um Verständnis.

Nach der Stunde öffnete ich mit dem Hauptschlüssel diskret Allen-Jones' Spind. Und tatsächlich lagen dort die sechs Nummernschilder mitsamt dazugehörigen Schrauben sowie ein Satz kleiner Schraubenzieher, die ich alle an mich nahm. Ich würde Jimmy bitten, die Schilder in der Mittagspause wieder anzubringen – Fallow würde Fragen stellen und vielleicht sogar Dr. Devine Meldung machen.

Weitere Maßnahmen zu ergreifen erschien mir überflüssig. Wenn Allen-Jones auch nur einen Funken Verstand besaß, würde er die Sache stillschweigend übergehen. Bevor ich den Spind wieder verschloss, entdeckte ich hinter einer Ausgabe von *Julius Caesar* eine Schachtel Zigaretten und ein Feuerzeug, entschied aber, beides zu übersehen.

Den Großteil des Nachmittags hatte ich frei. Ich hätte gerne in meinem Klasszimmer gesessen, doch Timid gab dort einer dritten Klasse Mathe, also verzog ich mich in den Silentiumraum (leider eine Nichtraucher-Zone) zu einem Plausch mit zufällig dort anwesenden Kollegen.

Der Name Silentiumraum ist natürlich ein Witz. Es ist eine Art Gemeinschaftsbüro mit Schreibtischen in der Mitte und Schränken an den Wänden; hier hat die kollegiale Klatschbörse ihren Stammsitz, hier werden unter dem Vorwand des Korrigierens Neuigkeiten ausgetauscht und Gerüchte gestreut. Dazu hat der Raum den Vorteil, direkt unter meinem Klasszimmer zu liegen, so dass ich meine Jungs in Ruhe arbeiten lassen und dabei selbst in behaglicher Umgebung eine Tasse Tee trinken und die *Times* lesen kann. Jedes Geräusch von oben ist deutlich zu hören, sogar einzelne Stimmen kann ich erkennen, und es kostet mich keine Sekunde aufzustehen und den Störer zur Ordnung zu rufen. Was mir den durchaus vorteilhaften Ruf eingebracht hat, allgegenwärtig zu sein.

Im Silentiumraum saßen Chris Keane, Kitty Teague, Robbie Roach, Eric Scoones und Paddy McDonaugh, der Religionslehrer. Keane las und notierte dabei gelegentlich etwas in ein rotes Notizbuch. Kitty und Scoones gingen Schülerakten durch. McDonaugh trank Tee und blätterte in der *Enzyklopädie von Dämonen und Dämonologie*. Manchmal finde ich, dass der Mann es mit seiner Gründlichkeit ein bisschen übertreibt.

Roach war in den *Mirror* vertieft. »Noch siebenunddreißig«, sagte er.

Schweigen. Als niemand nach dem Sinn seiner Bemerkung fragte, erklärte er: »Noch siebenunddreißig Arbeitstage bis zu den Herbstferien.«

McDonaugh schnaubte. »Seit wann haben Sie schon mal gearbeitet?«, fragte er.

»Ich habe meinen Teil bereits getan«, sagte Roach und blätterte weiter in seiner Zeitung. »Vergessen Sie nicht, ich war im August im Ferienlager.« Das alljährliche Sommerlager ist Robbies Beitrag zu den außerschulischen Veranstaltungen. Jedes Jahr fährt er im August mit einem Minibus voll Jungs nach Wales, wo er drei Wochen lang mit ihnen wandert, Kanu und Gokart fährt und Paintball spielt. Das macht ihm Spaß. Er läuft den ganzen Tag in Jeans herum und lässt sich von den Jungs mit Vornamen ansprechen. Aber trotzdem behauptet er jedes Jahr, dass er damit ein großes Opfer bringe, und deshalb sei es nur recht und billig, wenn er sich den Rest des Jahres einen frohen Lenz mache.

»Ferienlager«, brummte McDonaugh verächtlich.

Scoones warf ihnen einen missbilligenden Blick zu. »Ich dachte, wir sitzen hier im Silentiumraum«, tadelte er streng, bevor er sich wieder seinen Schülerakten zuwandte.

Einen Moment herrschte Stille. Eric ist ein netter Kerl, aber launisch. An anderen Tagen ist er oft selbst eine regelrechte Klatschbase, heute allerdings blickte er ausgesprochen mürrisch drein. Vermutlich wegen des Neuzugangs bei den Franzosen. Miss Dare ist jung, ehrgeizig und intelligent – eine weitere Person, vor der er sich in Acht nehmen muss. Außerdem ist sie eine Frau, und Veteranen wie Scoones behagt es nicht, mit einer dreißig Jahre jüngeren Frau zusammenarbeiten zu müssen. Seit fünfzehn Jahren schon rechnet er mit einer Beförderung, aber jetzt wird er sie auch nicht mehr bekommen. Er ist zu alt und einfach nicht umgänglich genug. Das wissen alle außer Scoones selbst, und jede Veränderung im Kollegium des Fachbereichs gemahnt ihn daran, dass er nicht jünger wird.

Kitty warf mir einen amüsierten Blick zu, der meinen Verdacht bestätigte. »Viel Bürokram zu machen«, flüsterte sie. »Im letzten Trimester gab's ein ziemliches Durcheinander, und aus irgendeinem Grund wurden diese Schülerakten übersehen.«

Was sie meint, ist, dass Pearman sie übersehen hat. Ich kenne sein Büro – es quillt über vor unausgefüllten Formularen, wichtige Unterlagen verlieren sich in einem Meer ungelesener Memos, verlorener Prüfungsarbeiten, Schulhefte, zwischen eingetrockneten Kaffeetassen, Unterrichtsvorbereitungen, fotokopierten Notizen und den Strichmännchen, die er beim Telefonieren malt. Mein Büro mag ja nicht anders aussehen, aber ich zumindest weiß, wo alles ist. Pearman wäre aufgeschmissen, wenn Kitty ihm nicht zur Seite stünde und ihn deckte.

»Wie ist die Neue?«, fragte ich pointiert.

Scoones schnaubte. »Eine ganz Schlaue.«

Kitty lächelte entschuldigend. »Neue Ideen«, erklärte sie. »Sie wird sich bestimmt bald eingewöhnen.«

»Pearman hält große Stücke auf sie«, sagte Scoones hämisch.

»Das sieht ihm ähnlich.«

Pearman weiß weibliche Schönheit zu würdigen. Das Buschtelefon behauptete, Isabelle Tapi hätte ohne das Minikleid, das sie beim Bewerbungsgespräch trug, nie die Anstellung in St. Oswald's bekommen.

Kitty schüttelte den Kopf. »Die wird sich gut machen, da bin ich mir sicher. Sie hat viele Ideen.«

»Ich könnte Ihnen sagen, wovon sie viel hat«, brummte Scoones. »Aber sie ist kostengünstig, das ist doch der springende Punkt. Ehe wir's uns versehen, ersetzen sie uns alle durch pickelige Grünschnäbel von zweitklassigen Unis. Spart ein Vermögen.«

Ich bemerkte, dass Keane zuhörte und grinsend etwas notierte. Vermutlich Stoff für den großen englischen Roman. McDonaugh erforschte weiter seine Dämonen. Robbie Roach nickte verbittert.

Kitty schlug, wie immer, einen versöhnlichen Ton an. »Na, wir müssen alle Einsparungen machen«, sagte sie. »Sogar die Gelder für Schulbücher ...«

»Das können Sie laut sagen!«, fuhr Roach dazwischen. »Geschichte kriegt vierzig Prozent weniger, mein Klassenzimmer ist in einem desolaten Zustand, bei Regen tropft es von der Decke, ich arbeite rund um die Uhr, und was macht die Schule? Verschwendet dreißigtausend für Computer, die keiner haben will. Wie wär's, mal das Dach zu reparieren? Oder den Mittleren Korridor zu streichen? Und was ist mit dem DVD-Player, den ich schon vor Ewigkeiten beantragt habe?«

McDonaugh brummte. »Die Kapelle müsste auch renoviert werden«, erinnerte er uns. »Wir werden einfach das Schulgeld erhöhen müssen. Darum werden wir dieses Trimester nicht herumkommen.«

»Das Schuldgeld wird nicht erhöht werden«, sagte Scoones und vergaß ganz, dass er um Stille gebeten hatte. »Sonst geht die Hälfte der Schüler ab. Es gibt nämlich noch andere Gymnasien. Und bessere als St. Oswald's, um ehrlich zu sein.«

»Noch anderswo gibt's eine Welt«, zitierte ich leise.

»Ich habe gehört, dass die Schule unter Druck gesetzt wird, einen Teil des Grundstücks zu verkaufen«, sagte Roach und leerte seine Kaffeetasse.

»Was? Die Spielfelder?« Scoones, ein leidenschaftlicher Rugby-Fan, war entsetzt.

»Nicht den Rugbyplatz«, beschwichtigte Roach. »Nur die Wiesen hinter den Tennisplätzen. Die werden nie benutzt, außer wenn die Jungen heimlich rauchen. Und Sport kann man dort sowieso nicht treiben, viel zu nass. Wir können gut darauf verzichten und sie als Baugrund oder so verkaufen.«

Baugrund. Das klang unheilvoll. Ein Supermarkt vielleicht oder eine Bowlingbahn, wo die Sunnybanker sich nach der Schule mit ihrer täglichen Ration Bier und Spiele eindecken.

»Dem Rex wird das nicht gefallen«, sagte McDonaugh trocken. »Er will bestimmt nicht in die Geschichte eingehen als derjenige, der St. Oswald's verkauft hat.«

»Vielleicht werden wir gemischt«, meinte Roach sehnsüchtig. »Stellt euch das nur vor ... Mädchen in Uniform.«

Scoones schauderte. »Ugh! Lieber nicht.«

In der Stille, die daraufhin einsetzte, nahm ich plötzlich den Lärm über mir wahr, stampfende Füße, scharrende Stühle, erhobene Stimmen. Ich stand auf.

»Ist das Ihre Klasse?«

Ich schüttelte den Kopf. »Das ist der neue Informatik-Bart. Timid heißt er.«

»Klingt auch so«, bemerkte Scoones.

Das Poltern und Stampfen steigerte sich zu einem Crescendo, durch das ich gerade eben noch das dünne Stimmchen des Barts ausmachen konnte.

»Vielleicht sollte ich mal nachsehen.«

Es ist immer etwas peinlich, im Unterricht eines anderen Lehrers für Disziplin zu sorgen. Normalerweise tun wir das nicht – in St. Oswald's stecken wir die Nase nicht in anderer Leute Angelegenheiten –, aber es war mein Klasszimmer, und irgendwie fühlte ich mich dafür verantwortlich. Ich stürmte die Treppe zum Glockenturm hinauf – wohl nicht zum letzten Mal, wie ich vermutete.

Auf halbem Weg kam mir Dr. Devine entgegen. »Ist das Ihre Klasse, die diesen Radau macht?«

Ich war gekränkt. »Natürlich nicht«, fuhr ich auf. »Das ist der furchteinflößende Timid. Das kommt davon, wenn man den Plebs in Computerwissenschaften einführen will. Nichts als Ärger.«

»Ich hoffe, Sie unternehmen etwas dagegen«, sagte Sauertraub. »Ich habe den Lärm noch im Mittleren Korridor gehört.«

Der Mann hatte Nerven. »Ich komme gerade wieder zu Atem«, sagte ich würdevoll. Die Stufen werden jedes Jahr steiler.

»Wenn Sie nicht so viel rauchen würden, würden die paar Stufen Ihnen nichts ausmachen«, höhnte Devine und marschierte davon.

Die Begegnung mit Sauertraub hatte meine Laune nicht eben gehoben. Ich fuhr die Klasse an, ohne auf den Hasenfuß zu achten, der am Lehrerpult stand, und stellte zornig fest, dass auch einige meiner Schüler zu der Gruppe gehörten. Der Boden war mit Papierfliegern übersät, ein Tisch war umgekippt. Knight stand am Fenster und zog offenbar eine Nummer ab, denn die restliche Klasse bog sich vor Lachen.

Kaum war ich eingetreten, setzte absolute Stille ein. Ich hörte ein gezischtes *Quaz!*, und Knight versuchte, die Robe abzustreifen. Zu spät.

Er sah zu mir und nahm sofort Haltung an. Er hatte Angst. Und nicht ohne Grund: Er trug meine Robe, in meinem Klasszimmer, und er äffte mich nach – denn es gab keinen Zweifel, wen er mit der primatenartigen Miene und dem hinkenden

Gang nachzuahmen versuchte. Bestimmt wünschte er sich, die Unterwelt möge ihn auf der Stelle verschlingen.

Ich muss sagen, ich war von Knight überrascht. Er ist ein hinterhältiger Junge ohne jedes Selbstbewusstsein, der gerne anderen die Führung überlässt und sich aus sicherem Abstand an ihren Eseleien freut. Die Tatsache, dass selbst er es wagte, Unfug zu machen, sprach Bände über Timids Klassenführung.

»Knight. Raus.« Ein scharfes Flüstern ist in solchen Fällen weitaus wirkungsvoller als eine erhobene Stimme.

Knight zögerte. »Sir, ich habe nicht …«

»Raus!«

Knight floh. Ich wandte mich der restlichen Klasse zu. Einen Moment ließ ich das Schweigen wachsen. Niemand sah mich an. »Und ihr anderen – wenn ich so etwas je wieder erlebe, wenn ich auch nur eine erhobene Stimme aus diesem Zimmer höre, müsst ihr alle nachsitzen. Alle – Täter, Mittäter und Mitläufer gleichermaßen. Verstanden?«

Eifriges Köpfenicken. Unter den Jungs sah ich Allen-Jones und McNair, Sutcliff, Jackson und Anderton-Pullitt. Die Hälfte meiner Klasse. Entrüstet schüttelte ich den Kopf. »Ich hätte besseres Benehmen von euch erwartet, 3S. Ich dachte, ihr hättet Manieren.«

»Entschuldigung, Sir«, brummelte Allen-Jones und starrte auf seinen Pultdeckel.

»Es ist wohl Mr. Timid, bei dem ihr euch entschuldigen solltet«, sagte ich.

»Entschuldigung, Sir.«

»Sir.«

»Sir.«

Timid stand aufrecht auf dem Podest. Neben meinem überdimensional großen Pult wirkte er noch kleiner und unbedeutender. Sein trübseliges Gesicht schien nur aus Augen und Bart zu bestehen, eher ein Kapuzineräffchen als ein Hase.

»Äh, ja … danke, Mr. Straitley. Ich … ich glaube, jetzt k-komme ich alleine klar. Jungen, äh …«

Als ich das Zimmer verließ, drehte ich mich um und schloss die Tür mit dem Glaspaneel. Einen Moment sah ich, dass Timid mich von seiner erhöhten Position aus beobachtete. Sofort wandte er sich ab, doch da hatte ich den Ausdruck auf seinem Gesicht schon bemerkt.

Es stand außer Zweifel – ich hatte mir soeben einen Feind gemacht. Einen stillen Feind zwar, aber dennoch einen Feind. Später würde er sich im Lehrerzimmer für mein Eingreifen bedanken, obwohl sich keiner von uns darüber hinweg täuschen lassen würde, dass er von Schülern gedemütigt worden war und ich das miterlebt hatte.

Und trotzdem erschreckte mich der Blick. Es war, als verberge sich hinter dem komischen Bärtchen und den Glubschaugen ein anderer Mensch, ein Mensch, der gelinden, aber unerbittlichen Hass empfand.

Kapitel 7

Ich komme mir vor wie ein Kind, das gerade sein Taschengeld erhalten hat und jetzt im Süßwarenladen steht. Mit wem soll ich anfangen? Mit Pearman oder Bishop, mit Straitley oder Strange? Oder soll ich weiter unten einsteigen, mit dem dicken Fallow, der mit hochfahrender Arroganz die Stelle meines Vaters übernahm? Mit dem dämlichen Halbidioten Jimmy? Oder mit einem der Neuen? Dem Kopf der Anstalt gar, dem Schulleiter?

Ich muss zugeben, die Idee gefällt mir. Aber das wäre zu einfach. Außerdem will ich St. Oswald's ins Herz treffen, nicht am Kopf. Ich will alles zum Einsturz bringen. Nur ein paar Wasserspeier abzuschlagen befriedigt mich nicht. Institutionen wie St. Oswald's haben den fatalen Hang, sich als Stehaufmännchen zu erweisen. Kriege vergehen, Skandale verblassen, selbst Morde geraten irgendwann in Vergessenheit.

Ich glaube, ich werde einfach abwarten und auf Inspiration hoffen. Ich muss sagen, ich empfinde dasselbe Gefühl, hier zu sein, wie schon als Kind: das wunderbare Gefühl, verbotenes Terrain zu betreten. Und das hat sich nur sehr wenig verändert. Die neuen Computer auf ihren neuen Plastiktischen wirken irgendwie fehl am Platz unter den Ehrentafeln an den Wänden mit den Namen der alten Oswaldianer. Es riecht etwas anders – weniger nach Kohl, mehr nach Plastik, weniger nach Staub und mehr nach Deodorant. Einzig der Glockenturm hat (dank Straitley) seinen ursprünglichen Geruch nach Mäusen, Kreide und von der Sonne erwärmten Turnschuhen bewahrt.

Aber die Zimmer sind noch dieselben, und die Podeste, auf denen die Lehrer wie Freibeuter auf ihrem Achterdeck auf und ab marschieren, die Holzböden, die von der Zeit tintenblau gefärbt sind und jeden Freitagabend gebohnert werden, bis sie glänzen. Das Lehrerzimmer mit seinen durchgesessenen und verblichenen Sesseln ist dasselbe, wie auch die Aula und der Glockenturm. Es ist der vornehme Verfall, der in St. Oswald's goutiert wird – und der den zahlenden Eltern Tradition verheißt.

Als Kind empfand ich das Gewicht dieser Tradition als körperliche Last. St. Oswald's war so ganz anders als Sunnybank Park mit den gesichtslosen Klassenzimmern und dem ätzenden Geruch. In Sunnybank fühlte ich mich immer unwohl. Die anderen Schüler mieden mich, und ich verachtete die Lehrer, die in Jeans unterrichteten und uns mit Vornamen anredeten.

Ich wollte, dass sie mich Snyde nannten, wie sie es in St. Oswald's getan hätten. Ich wollte eine Uniform tragen und sie »Sir« nennen. In St. Oswald's setzten die Lehrer noch den Stock ein. Im Vergleich dazu war meine Schule lax und verweichlicht. Meine Klassenleiterin war eine Frau, Jenny McCauleigh. Sie war jung, unbekümmert und recht attraktiv (viele der Jungen waren in sie verknallt), aber ich lehnte sie aus tiefstem Herzen ab. In St. Oswald's gab es keine Lehrerinnen. Wieder einmal war ich mit einem zweitklassigen Ersatz abgespeist worden.

Monatelang wurde ich herumgestoßen, gehänselt und verachtet, von den Lehrkräften genauso wie von meinen Mitschülern. Mein Geld fürs Mittagessen wurde mir geklaut, meine Kleider zerrissen, meine Bücher auf den Boden geworfen. Schon nach den ersten Wochen war Sunnybank Park für mich der reinste Horror. Ich brauchte gar nicht krank zu spielen – ich hatte in meinem ersten Jahr dort öfter Grippe als in meinem ganzen Leben davor, ich litt unter Kopfschmerzen, hatte Albträume. Jeden Montagmorgen war ich auf die eine oder andere Art krank, bis es selbst meinem Vater auffiel.

Einmal versuchte ich, mit ihm darüber zu reden. Ich erinnere mich genau. Es war ein Freitagabend, und zur Abwechslung war er mal nicht ausgegangen. Das passierte selten, doch Pepsi arbeitete mittlerweile Teilzeit in einer Kneipe in der Stadt, ich hatte wieder einmal Grippe, und er blieb zu Hause und machte uns etwas zu essen. Nichts Großartiges, nur ein Fertiggericht und Pommes, aber er gab sich Mühe. Ausnahmsweise war er auch guter Laune. Nach der Hälfte des Sixpacks, das neben seinem Sessel stand, hatte sich seine ewige Gereiztheit etwas gelegt. Der Fernseher lief – eine Folge von *Die Profis* –, und wir sahen sie ausnahmsweise in einvernehmlichem und nicht in düsterem Schweigen an. Vor uns lag das Wochenende, zwei ganze Tage ohne Sunnybank Park, und deswegen war ich ebenfalls guter Dinge, fast schon zufrieden. Solche Tage gab es auch, müssen Sie wissen. Tage, an denen ich beinahe glauben konnte, dass es nicht das Ende der Welt bedeutete, ein Snyde zu sein, an denen ich dachte, ich könnte ein Licht am Ende von Sunnybank Park sehen, eine Zeit, wenn das alles hinter mir liegen würde. Ich schaute zu meinem Dad hinüber und bemerkte, dass er mich mit einem merkwürdigen Gesichtsausdruck betrachtete. In seinen Wurstfingern hielt er eine Flasche.

»Kriege ich auch etwas?«, fragte ich beherzt.

Er schaute auf das Bier. »Also gut, hier«, sagte er und reichte es mir. »Aber nur einen Schluck. Dass du mir nicht besoffen wirst.«

Ich machte einen Schluck. Der bittere Geschmack tat mir gut. Natürlich hatte ich schon früher Bier getrunken, allerdings nie mit der Erlaubnis meines Vaters. Ich grinste ihn an, und zu meiner Überraschung grinste er zurück. An diesem Abend sah er ausgesprochen jugendlich aus, fast wie der Junge, der er gewesen sein musste, als er und Mum sich kennen lernten. Zum ersten Mal kam mir der Gedanke, dass ich ihn – diesen großen, weichherzigen, zu Späßen aufgelegten Jungen – vielleicht genauso gemocht hätte wie sie, wenn ich ihn damals getroffen hätte.

»Wir kommen doch ganz gut ohne sie zurecht, oder, Floh?«, sagte mein Vater. Vor Überraschung krampfte sich mein Magen zusammen. Er hatte meine Gedanken gelesen.

»Ich weiß, es ist nicht einfach für dich gewesen«, sagte er. »Deine Mum und die ganze Sache – und jetzt die neue Schule. Ich wette, das war erst mal gar nicht so leicht.«

Ich nickte, wagte kaum zu hoffen.

»Die ewigen Kopfschmerzen und das alles. Die Entschuldigungen. Hast du in der Schule Ärger gekriegt? Ist das der Grund? Lassen die anderen dich nicht in Ruhe?«

Wieder nickte ich. Jetzt würde er sich wegdrehen, das wusste ich. Mein Vater hatte für Feiglinge nichts als Verachtung übrig. *Lass dir nichts gefallen* war sein persönliches Mantra, aber auch *Je höher der Berg, desto tiefer der Fall.* Aber dieses Mal wandte er sich nicht von mir ab. Stattdessen sah er mir direkt ins Gesicht und sagte: »Mach dir keine Sorgen, Floh. Ich kümmre mich drum. Versprochen.«

Zu meinem Entsetzen ging mir das Herz auf. Vor Erleichterung, Hoffnung, vor keimender Freude. Mein Vater hatte es mitbekommen. Mein Vater verstand mich. Er versprach, sich darum zu kümmern. Unversehens stellte ich mir vor, wie mein Vater zum Eingangsportal von Sunnybank Park marschierte, drei Meter groß und siegesgewiss in seiner Wut. Ich sah ihn vor mir, wie er zu denen ging, die mich am schlimmsten drangsalierten, sie am Schopf packte und ihnen die Köpfe aneinander stieß, wie er weiter zum Sportlehrer Mr. Bray stampfte und ihn zu Boden schmetterte; aber am schönsten war, wie er Miss McCauleigh konfrontierte, meine Klassenleiterin, und sagte: »Sie können sich Ihre blöde Schule in die Haare schmieren, Fräuleinchen – wir haben eine andere gefunden.«

Dad beobachtete mich immer noch mit einem glücklichen Lächeln. »Das kannst du dir vielleicht nicht vorstellen, Floh, aber ich hab das auch durchgemacht, genau wie du. Größere Jungs, die rumstänkern, gibt's überall. Sind immer auf Streit aus. Als ich in deinem Alter war, war ich auch nicht groß und stark, und am Anfang hatte ich wenig Freunde. Ob du's glaubst oder nicht, ich weiß genau, wie's dir geht. Und ich weiß auch, was wir dagegen unternehmen.«

Noch heute kann ich mich an diesen Augenblick erinnern. Das wunderschöne Gefühl von Gewissheit, dass die Ordnung wiederhergestellt würde. In dem Moment war ich wieder sechs Jahre alt, ein vertrauensvolles Kind, sicher im Wissen, dass Dad schon alles richten würde. »Was?«, fragte ich fast tonlos.

Mein Vater zwinkerte mir zu. »Karatestunden.«

»Karatestunden?«

»Genau. Kung-Fu, Bruce Lee, was die machen. Ich kenn einen Typen, den treff ich manchmal in der Kneipe. Gibt am Samstagvormittag einen Kurs. Jetzt zieh keine Flunsch, Floh«, sagte er, als er mein Gesicht sah. »Ein paar Karatestunden, dann klappt das schon. Lass dir nichts gefallen, von niemandem.«

Ich starrte ihn nur sprachlos an. Ich erinnere mich noch heute an die Bierflasche in meiner Hand, das kalte Kondenswasser darauf. Auf der Mattscheibe ließen sich gerade Bodie und Doyle von niemandem etwas gefallen. Auf dem Sofa mir gegenüber sah John Snyde mich frohlockend an, in Erwartung meiner Dankbarkeit und Freude.

Das also sollte seine großartige Lösung sein? Karatestunden bei einem Typen, den er aus der Kneipe kannte? Wäre mein Herz nicht waidwund gewesen, hätte ich wahrscheinlich laut gelacht. Ich sah sie vor mir, diese Kurse am Samstagvormittag, zwei Dutzend Schlägertypen aus der Abbey Road, die *Street Fighter* und *Kick Boxer* mit der Muttermilch eingesogen hatten. Mit etwas Glück würde ich dort sogar ein paar der Sunnybanker treffen, die mir schon in der Schule zusetzten, und ihnen die Gelegenheit geben, mich in einem geschützten Rahmen zu verprügeln.

»Na?«, sagte mein Vater. Er grinste immer noch, und ohne große Mühe konnte ich wieder den Jungen sehen, der er einmal gewesen war, der Spätentwickler, der künftige Schläger. Er war auf fast groteske Art so zufrieden mit sich selbst, er lag so völlig daneben, dass ich nicht – wie erwartet – Verachtung oder Wut empfand, sondern nur eine tiefe, sehr unkindliche Trauer.

»Ja, gut«, sagte ich schließlich.

»Hab ich dir doch gesagt, dass ich mich drum kümmre, stimmt's?«

Ich nickte. Ich hatte einen bitteren Geschmack im Mund.

»Komm her, Floh, lass dich von deinem alten Dad umarmen.«

Und ich setzte mich zu ihm aufs Sofa, immer noch mit dem bitteren Geschmack im Mund. Ich roch seine Zigaretten und seinen Schweiß und seinen Bieratem und den Mottenkugelgeruch seines Wollpullovers. Und als ich mich an ihn drückte und die Augen schloss, dachte ich mir: Ich bin alleine.

Erstaunlicherweise tat es mir nicht so weh, wie ich angenommen hätte. Wir schauten dann weiter *Die Profis*, und eine Zeit lang gab ich vor, den Karatekurs zu besuchen, bis mein Vater die Sache wieder vergaß.

Die Monate vergingen, und mein Leben in Sunnybank Park folgte seinem trostlosen Trott. Ich fand mich so gut wie möglich damit ab – meistens und immer häufiger, indem ich die Schule mied. In der Mittagspause verzog ich mich auf das Gelände von St. Oswald's. Abends lief ich wieder hinüber, um bei Ballspielen zuzugucken oder durch die Fenster zu linsen. Manchmal betrat ich die Gebäude sogar während der Unterrichtszeit. Ich kannte jedes Versteck, ich konnte immer ungesehen entkommen, und in einer Schuluniform, die ich mir aus verlorenen und stibitzten Teilen zusammengestückelt hatte, konnte ich auf den Fluren sogar als Oswaldianer durchgehen.

Mit der Zeit wurde ich immer dreister. An einem Sporttag mischte ich mich in einem überdimensional großen Leibchen, das ich aus einem Spind im Oberen Korridor geklaut hatte, unter die Schüler, ging in der Masse unter und traute mich sogar, an einem 800-Meter-Rennen der Unterstufe teilzunehmen, bei dem ich mich als Erstklässler aus dem Amadeus House ausgab. Ich werde nie vergessen, wie die Jungen jubelten, als ich über die Ziellinie sprintete, und wie der Aufsichtslehrer – ein noch junger Pat Bishop, ganz der Sportler mit Laufschuhen und Sweatshirt mit Schulwappen – mir übers kurze Haar strich und sagte:

»Gut gemacht, Junge, zwei Punkte fürs Haus, und melde dich am Montag zum Team!«

Es stand natürlich außer Frage, dass ich mich zu einem Team meldete. Sicher, ich war sehr versucht, aber das wagte nicht einmal ich. Ich hielt mich sowieso schon so oft wie irgend möglich in St. Oswald's auf, und obwohl mein Gesicht unauffällig bis zur Unsichtbarkeit war, wusste ich, dass mich eines Tages jemand doch erkennen würde, wenn ich nicht aufpasste.

Doch es wurde zur Sucht, und im Lauf der Zeit wurde ich immer waghalsiger. Ich ging während der großen Pause in die Schule und kaufte am Süßwarenstand Bonbons. Ich schaute bei Fußballspielen zu und winkte mit meinem St.-Oswald's-Schal den Fans der gegnerischen Schule herausfordernd zu. Als ewiger zwölfter Mann saß ich im Schatten des Kricketpavillons. Ich kam sogar auf das Jahresfoto der ganzen Schule, verbarg mich inmitten der Neuzugänge.

Im zweiten Jahr fand ich eine Möglichkeit, St. Oswald's auch während meiner eigenen Schulzeit zu besuchen. Dafür schwänzte ich die Sportstunde. Das war kein Problem: Am Montagnachmittag machten wir immer einen 8-Kilometer-Lauf, der rund um die Spielfelder von St. Oswald's führte und im weiten Bogen zu unserer Schule zurück. Die anderen Schüler hassten diesen Geländelauf, als wäre allein die Anlage von St. Oswald's eine Beleidigung für sie, auf die sie mit Johlen und Buhrufen reagierten. Manchmal waren die Mauern nach dem Lauf mit Graffiti entstellt, und ich schämte mich zutiefst bei der Vorstellung, ein Beobachter könnte meinen, ich sei an dieser Schmiererei beteiligt gewesen. Dann kam ich auf die Idee, mich einfach hinter einem Busch zu verstecken und zu warten, bis die anderen an mir vorbeigelaufen waren, und dann über die Felder zurückzurennen, so dass ich den ganzen Nachmittag in St. Oswald's verbringen konnte.

Zuerst war ich sehr vorsichtig. Ich versteckte mich auf dem Gelände und passte genau ab, wann unsere Sportklasse vorbeikam. Dann blieben mir gut zwei Stunden, bevor die meisten

Läufer wieder in Sunnybank Park eintrafen, ich wieder in meine Laufkleidung schlüpfte und mich unbemerkt unter die Nachzügler einreihte.

Wir wurden von zwei Lehrern begleitet – einer an der Spitze, einer am Schluss. Mr. Bray war ein entsetzlich eitler verhinderter Profi-Sportler, der athletische Jungen und hübsche Mädchen mochte und für alle anderen nur Spott und Hohn übrig hatte. Miss Potts, die noch in der Ausbildung war, bildete meist die Nachhut, wo sie mit einer kleinen Gruppe bewundernder Mädchen Hof hielt – was sie als »Beratungsstunde« bezeichnete. Keiner der beiden achtete groß auf mich, keinem fiel auf, dass ich fehlte.

Ich versteckte meine stibitzte St.-Oswald's-Uniform – grauer Pullover, graue Hose, Schulkrawatte, marineblauer Blazer (auf dessen Brusttasche in goldener Stickerei das Schulwappen und das Motto *Audere, agere, auferre* prangten) – unter den Stufen des Sportpavillons und zog mich dort um. Niemand sah mich. Sportnachmittage fanden in St. Oswald's am Mittwoch und Donnerstag statt, also konnte mich niemand entdecken. Solange ich am Ende meines eigenen Schultags wieder in meiner Klasse saß, würde niemand etwas bemerken.

Zuerst genügte es mir, während der Unterrichtszeit in St. Oswald's zu sein. Lässig schlenderte ich durch die Korridore. In einigen Klassenzimmern ging es tumultartig zu, in anderen herrschte eine fast gespenstische Stille. Ich äugte durch Glaspaneele auf Köpfe, die sich über Pulte beugten, auf Papierflieger, die hinter dem Rücken des Lehrers durch die Luft segelten, auf Zettel, die heimlich weitergereicht wurden. Ich presste mein Ohr an geschlossene Türen und Studierzimmer.

Am liebsten war ich allerdings im Glockenturm. Er erinnerte mich an einen Kaninchenbau mit den winzigen Räumen, die nur selten benutzt wurden – Abstellkammern, Taubenschläge, Schränke –, und den zwei Klassenzimmern, von denen eines groß, das andere klein war. Beide gehörten zum Fachbereich der Altphilologen. Und es gab einen baufälligen Steinbalkon, über den ich aufs Dach klettern konnte. Dort lag ich ungesehen auf den warmen Schindeln, hörte den monotonen Stimmen aus den offenen Fenstern entlang dem Mittleren Korridor zu und schrieb in meinen geklauten Schulheften alles mit. Auf diese Weise nahm ich an einer Reihe von Mr. Straitleys Lateinstunden für Anfänger teil, an Mr. Bishops Physikunterricht für Zweitklässler und an Mr. Langdons Vorträgen über Kunstgeschichte. Ich las mit Bob Stranges dritter Klasse *Herr der Fliegen* und legte sogar ein paar Mal Aufsätze in sein Fach im Mittleren Korridor (die ich am nächsten Tag korrigiert und benotet heimlich aus Stranges Spind holte; oben auf dem Blatt stand in Rot NAME??). Endlich hatte ich meinen Platz gefunden. Es war ein einsamer Platz, doch das störte mich nicht. St. Oswald's stand mir mit all seinen Schätzen zur Verfügung. Was konnte ich mir mehr wünschen?

Dann lernte ich Leon kennen. Und auf einen Schlag wurde alles anders.

Es war ein verträumter, sonniger Tag im späten Frühjahr – einer jener Tage, an denen ich St. Oswald's mit einer Inbrunst liebte, die kein normaler Schüler empfinden konnte –, und ich war in ungewöhnlich tollkühner Stimmung. Seit meiner ersten Begegnung mit der Schule hatte mein einseitiger Krieg gegen sie viele Stadien durchlaufen: Hass, Bewunderung, Wut, Sehnen. In dem Frühling hatten wir jedoch eine Art Waffenstillstand geschlossen. Sunnybank Park lehnte ich ab, aber dafür akzeptierte St. Oswald's mich allmählich. Wenn ich mich durch die Adern gleichen Korridore bewegte, wurde ich nicht mehr als Eindringling empfunden, sondern fast wie ein Freund – wie eine Impfung mit einem eigentlich giftigen Serum, das sich später als lebensrettend erweist.

Natürlich war ich immer noch wütend über die Ungerechtigkeit, über das Schulgeld, das mein Vater sich nie hätte leisten können, über die Tatsache, dass ich, unabhängig vom Schulgeld, nie dort aufgenommen würde. Trotzdem hatten wir eine Beziehung, eine Symbiose wie zwischen Hai und Lamprete. Langsam begriff ich, dass ich nicht zum Schmarotzen verdammt war, dass ich mich von St. Oswald's benutzen lassen konnte, wie ich es benutzte. Seit einiger Zeit notierte ich kleine Schäden – gesprungene Fensterscheiben, lose Fliesen, beschädigte Tische – in das Reparaturbuch im Pförtnerhaus und unterzeichnete, um kein Misstrauen zu erregen, die Einträge mit den Initialen unterschiedlicher Lehrer. Pflichtschuldig führte mein Dad die Arbeiten aus, und ich war stolz, dass ich einen kleinen Beitrag zur Schule leistete, dass St. Oswald's mir dankte. Ich war akzeptiert worden.

Es war ein Montag. Ich wanderte den Mittleren Korridor entlang und lauschte an Türen. Meine nachmittägliche Lateinstunde war vorbei, und ich überlegte mir gerade, ob ich in die Bibliothek oder doch in den Kunsttrakt gehen und mich dort unter die Jungen mischen sollte, die Studierzeit hatten. Andererseits konnte ich auch ins Refektorium gehen, denn die Köche waren zu der Zeit schon fort, und ein paar Kekse stibitzen, die für die nachmittägliche Lehrerkonferenz bereitstanden.

Ich war so in Gedanken versunken, als ich in den Oberen Korridor abbog, dass ich beinahe mit einem Jungen zusammenstieß, der mit dem Gesicht zur Wand und den Händen in der Hosentasche unter einer Ehrentafel stand. Er war etwa zwei Jahre älter als ich, schätzungsweise vierzehn, hatte ein kantiges, kluges Gesicht und hellgraue Augen. Für St. Oswald's war sein braunes Haar eher lang, und seine Krawatte, die regelwidrig über seinem Pullover heraushing, war unten abgeschnitten. Nicht ohne eine gewisse Bewunderung wurde mir klar, dass ich einem Rebellen gegenüberstand.

»Pass auf, wo du hinläufst«, sagte er.

Es war das allererste Mal, dass ein Junge mich direkt ansprach. Gebannt starrte ich ihn an.

»Was machst du hier?« Ich wusste, dass das Zimmer am Ende des Oberen Korridors ein Lehrerbüro war. Ein- oder zweimal hatte ich den Raum sogar betreten. Er war klein und stickig, überall lagen Papierstapel herum, vor dem hohen, schmalen

Fenster wucherten mehrere ausladende Pflanzen, die entschlossen dem Tod durch Vertrocknen trotzten.

Der Junge grinste. »Quaz hat mich herzitiert. Aber ich komme bestimmt mit einer Verwarnung davon oder einmal Nachsitzen. Quaz schlägt Schüler grundsätzlich nicht.«

»Quaz?« Ich hatte den Namen gehört, als ich eines Nachmittags ein paar Jungen belauschte. Ich wusste, dass es ein Spitzname war, aber nicht, für wen.

»Wohnt im Glockenturm und sieht aus wie ein Wasserspeier.« Der Junge grinste wieder. »Er ist ein *podex,* aber eigentlich ganz in Ordnung. Ich werde mich schon rausreden können.«

Ich starrte den Jungen mit wachsender Ehrfurcht an. Sein Selbstbewusstsein faszinierte mich. Dass er über einen Lehrer nicht als ein Wesen von furchteinflößender Autorität sprach, sondern als Witzfigur, verschlug mir die Sprache. Und was das Beste überhaupt war, dieser Junge – dieser Rebell, der es wagte, sich über St. Oswald's lustig zu machen – unterhielt sich mit mir, als wären wir ebenbürtig! Er hatte nicht die mindeste Ahnung, wer ich war.

Bis zu dem Moment hatte ich mir nie träumen lassen, dass ich einen Verbündeten dort finden könnte. Meine Besuche in St. Oswald's waren mein persönliches Geheimnis. In meiner eigenen Schule gab es niemanden, dem ich davon erzählen konnte, und es war unvorstellbar, mich meinem Vater oder Pepsi anzuvertrauen. Aber dieser Junge …

Endlich fand ich meine Stimme wieder. »Was ist ein *podex?*«

Der Junge hieß Leon Mitchell. Ich gab mich als Julian Pinchbeck aus und erzählte ihm, ich sei ein Erstklässler. Für mein Alter war ich ziemlich klein und schmächtig und fand es daher überzeugender, mich jünger zu machen und ihm eine niedrigere Klassenstufe zu nennen. Dann würde Leon sich nichts denken, wenn ich bei Klassenstufenversammlungen und Sporttagen fehlte.

Ich hatte wegen meines grandiosen Bluffs zwar weiche Knie, aber andererseits war ich euphorisch. Es war so einfach. Wenn ich einen Jungen täuschen konnte, warum nicht auch andere – warum nicht sogar Lehrer?

Plötzlich hatte ich die Vision, wie ich zu Clubs und Teams gehörte und sichtbar am Unterricht teilnahm. Warum nicht? Ich kannte die Schule besser als jeder Schüler. Ich trug die Uniform. Warum sollte irgendjemand mir nicht glauben? Es gab in der Schule rund tausend Jungen. Niemand, nicht einmal der Schulleiter, konnte sie alle kennen. Und natürlich hatte ich die ganze ehrwürdige St.-Oswald's-Tradition auf meiner Seite: Niemand hatte von einem Betrug wie dem meinen je gehört. Niemand würde sich eine solche Täuschung überhaupt vorstellen können.

»Hast du nicht gerade Unterricht?« In den grauen Augen des Jungen blitzte etwas Bösartiges auf. »Wenn du zu spät kommst, kriegst du einen Anschiss.«

Das klang wie eine Herausforderung. »Das ist mir egal«, sagte ich »Mr. Bishop hat mich mit einer Nachricht zum Sekretariat geschickt. Ich kann immer sagen, dass die Sekretärin gerade am Telefon war und ich warten musste.«

»Nicht schlecht. Die Ausrede muss ich mir merken.«

Leons Anerkennung machte mich tollkühn. »Ich schwänze ständig«, sagte ich. »Ich bin noch nie erwischt worden.«

Er nickte grinsend. »Und was schwänzt du heute?«

Beinahe hätte ich Sport gesagt, konnte mich aber gerade noch verbessern. »Reli.«

Leon verzog das Gesicht. »*Vae!* Kann ich nachvollziehen. Da sind mir die Heiden zehnmal lieber, die durften wenigstens Sex haben.«

Ich lachte. »Wer ist dein Klassenleiter?«, fragte ich. Wenn ich das wusste, konnte ich feststellen, in welche Klasse er genau ging.

»Der Schleimer Strange. Englisch. Ein richtiger *cimex*. Und deiner?«

Ich zögerte. Ich wollte Leon nichts erzählen, das er allzu leicht nachprüfen konnte. Doch noch ehe ich etwas sagen konnte, waren hinter uns im Korridor schlurfende Schritte zu hören.

Leon nahm sofort Haltung an. »Das ist Quaz«, flüsterte er. »Verzieh dich.«

Ich drehte mich zu den näher kommenden Schritten um, hin und her gerissen zwischen Erleichterung, dass ich die Frage nach meinem Klassenleiter nicht zu beantworten brauchte, und Enttäuschung, dass unsere Unterhaltung ein so abruptes Ende fand. Ich versuchte, mir Leons Gesicht einzuprägen, die Locke, die ihm lässig in die Stirn hing, die hellen Augen, der ironische Zug um die Lippen. Lächerlich zu denken, dass ich ihn je wiedersehen würde. Viel zu gefährlich.

Als der Lehrer in den Oberen Korridor kam, setzte ich ein ausdrucksloses Gesicht auf.

Ich kannte Roy Straitley nur der Stimme nach. Ich war seinem Unterricht gefolgt, hatte über seine Scherze gelacht, ihn aber nur einmal aus der Ferne gesehen. Jetzt sah ich ihn richtig, eine gebeugte Silhouette in einer schäbigen Robe und Ledermokassins. Ich senkte den Kopf, als er näher kam, doch ich muss schuldbewusst gewirkt haben, denn er blieb stehen und warf mir einen scharfen Blick zu. »Was machst du hier während des Unterrichts?«

Ich brummelte etwas von Mr. Bishop und einer Nachricht.

Mr. Straitley schien nicht überzeugt. »Das Sekretariat ist im Unteren Korridor. Da bist du hier völlig verkehrt!«

»Ja, Sir. Ich musste vorher zu meinem Spind, Sir.«

»Was? Während der Schulstunde?«

»Sir.«

Ich wusste, dass er mir nicht glaubte. Mir raste das Herz. Ich riskierte einen Blick auf ihn und sah sein Gesicht, sein hässliches, kluges, gutmütiges Gesicht, mit dem er stirnrunzelnd auf mich herabschaute. Ich hatte Angst, aber dahinter lag auch etwas anderes, eine irrationale Hoffnung, die mir den Atem nahm. Sah er mich? Wurde ich endlich, endlich von jemandem gesehen?

»Wie heißt du, Sohn?«

»Pinchbeck, Sir.«

»Pinchbeck?«

Ich wusste, dass er überlegte. Sollte er mich weiter ausfragen, wozu sein Instinkt ihm riet, oder sollte er die Sache auf sich beruhen lassen und sich mit seinem eigenen Schüler befassen? Er betrachtete mich noch ein paar Sekunden – seine Augen waren ein blasses, gelbstichiges Blau, wie speckiger Jeansstoff –, dann spürte ich, dass er von seiner Musterung abließ. Er war zu dem Schluss gekommen, dass ich nicht wirklich wichtig war. Ein Unterstufenschüler, der den Unterricht schwänzte. Keine Bedrohung. Ein Problem, mit dem sich jemand anderes befassen musste. Kurz gewann meine Wut die Oberhand über meine Vorsicht. Ich war keine Bedrohung? Nicht wirklich wichtig? Oder war ich nach den vielen Jahren des Versteckens schließlich und endgültig unsichtbar geworden?

»In Ordnung, Sohn. Aber lass dich nicht noch einmal von mir erwischen. Und jetzt verzieh dich.«

Das tat ich auch, zitternd vor Erleichterung. Als ich davonlief, hörte ich hinter mir Leon zischen: »He, Pinchbeck! Nach der Schule, okay?«

Ich drehte mich um und sah, dass er mir zuzwinkerte.

Kapitel 8

St. Oswald's, Oberschule für Knaben
Mittwoch, 8. September

Ein Drama unter Deck. Die große, schwerfällige Fregatte namens St. Oswald's ist in diesem Jahr sehr früh aufs Riff gelaufen. Zum einen wurde als Datum für den angekündigten Besuch der Schulaufsicht der 6. Dezember genannt. Das verursacht immer gewaltigen Aufruhr, insbesondere in den höheren Ebenen der Schulleitung. Und zum anderen – und das ist meiner Ansicht nach weitaus schlimmer – flatterte die Ankündigung der Schulgelderhöhung für das kommende Trimester an diesem Morgen per Post in die Häuser, was an Frühstückstischen in der ganzen Grafschaft Bestürzung und Unverständnis hervorrief.

Unser Kapitän behauptet standfest, dies sei durchaus normal und lediglich eine Anpassung an die Inflationsrate, steht momentan jedoch für keinen Kommentar zur Verfügung. Einige Aufsässige konnte man murren hören, wenn wir, der Lehrkörper, bereits im Vorfeld über die Erhöhung in Kenntnis gesetzt worden wären, hätte uns die Flut aufgebrachter Anrufer an diesem Vormittag vielleicht weniger überrascht.

Bishop ist, wenn man ihn befragt, auf der Seite des Rektors. Aber er kann schlecht lügen. Um sich der Kollegenschar im Lehrerzimmer zu entziehen, drehte er bis zur morgendlichen Schulversammlung Runden auf der Aschenbahn unter dem Vorwand, er sei nicht in Form und brauche dringend Bewegung. Das glaubte ihm zwar niemand, doch als ich die Treppe zu Zimmer 59 hinaufstieg und ihm durch ein Fenster im Glockenturm zusah, lief er noch immer seine Runden. Aus dieser Vogelperspektive kam er mir winzig vor.

Meine Klasse nahm die Nachricht über die Schulgelderhöhung mit dem üblichen gesunden Zynismus auf. »Sir, bedeutet das, dass wir in diesem Jahr einen richtigen Lehrer bekommen?« Allen-Jones wirkte ungerührt vom Zwischenfall mit den Zimmernummern und auch von meiner Drohung des Vortags.

»Nein, es bedeutet nur, dass die Bar im Geheimzimmer des Rektors besser gefüllt ist.«

Kichern seitens der Klasse. Nur Knight schaute mürrisch drein. Nach dem Zwischenfall gestern stand ihm heute der zweite Tag seines Strafdienstes bevor, und er war schon zur Zielscheibe des Spotts geworden, als er in einem knallorangefarbenen Overall Müll vom Gelände aufsammelte und in einen riesigen Plastiksack stopfte. Vor zwanzig Jahren hätte er den Rohrstock und die Achtung seiner Klassenkameraden bekommen. Ein Beweis dafür, dass nicht alle Neuerungen schlecht sind.

»Meine Mum sagt, dass es eine Schande ist«, sagte Sutcliff. »Wissen Sie, es gibt auch andere Schulen.«

»Ja, aber euch würde jeder Zoo mit Handkuss nehmen«, antwortete ich ausweichend und suchte dabei in meinem Schreibtisch nach dem Klassenbuch. »Verdammt, wo ist das Klassenbuch? Ich weiß doch, dass es hier war.«

Ich lege das Klassenbuch immer in die oberste Schublade. Es mag ja den Anschein haben, als sei ich schlecht organisiert, aber meistens weiß ich genau, wo alles liegt.

»Wann bekommen denn Sie eine Gehaltserhöhung, Sir?« Das kam von Jackson.

Sutcliff: »Der ist doch schon Millionär!«

Allen-Jones: »Aber nur, weil er nie Geld für Klamotten ausgibt.«

Knight, sehr leise: »Oder für Seife.«

Ich richtete mich auf und sah Knight an. Irgendwie gelang es ihm, aufsässig und gleichzeitig verschreckt dreinzublicken. »Hat dir dein Mülldienst gestern Spaß gemacht?«, fragte ich. »Möchtest du dich freiwillig für eine zweite Woche melden?«

»Und was ist mit den anderen? Zu denen haben Sie nichts gesagt«, widersprach Knight.

»Weil die anderen auch die Grenze zwischen Humor und Unhöflichkeit kennen.«

»Und auf mir hacken Sie herum.« Knights Stimme war noch leiser als sonst, er wich meinem Blick aus.

»Wie bitte?« Ich war ehrlich erstaunt.

»Sie hacken auf mir herum, Sir. Sie hacken auf mir herum, weil …«

»Weil was?«, fragte ich barsch.

»Weil ich Jude bin, Sir.«

»Wie bitte?« Ich ärgerte mich über mich selbst. Ich war derart vom Fehlen des Klassenbuchs absorbiert gewesen, dass ich auf den ältesten Trick hereingefallen war und einem Schüler erlaubt hatte, mich vor der Klasse in eine Konfrontation zu verwickeln. Die anderen beobachteten uns mucksmäuschenstill und voller Erwartung.

Ich gewann meine Fassung wieder. »Unsinn. Ich hacke nicht auf dir herum, weil du ein Jude bist. Ich hacke auf dir herum, weil du nie die Klappe halten kannst und im Gehirn nur *stercus* hast.«

McNair, Sutcliff und Allen-Jones hätten darüber gelacht, und alles wäre wieder in Ordnung gewesen. Selbst Tayler hätte gelacht, und er trägt eine Jarmulke.

Aber Knight verzog keine Miene. Vielmehr sah ich in seinem Gesicht etwas, das ich nie zuvor bei ihm gesehen hatte: eine Art Trotz. Zum ersten Mal hielt Knight meinem Blick stand. Einen Moment dachte ich, er würde noch etwas sagen, dann senkte er schließlich den Kopf auf die altbekannte Weise und murmelte etwas Unverständliches.

»Wie bitte?«

»Nichts, Sir.«

»Bist du sicher?«

»Ganz sicher, Sir.«

»Gut.«

Ich drehte mich wieder zu meinem Pult. Das Klassenbuch mochte verschollen sein, aber ich kenne meine Jungs. Wenn einer von ihnen fehlt, fällt mir das schon beim Betreten des Klassenzimmers auf. Aus dem Gedächtnis rezitierte ich die Namen, das Mantra aller Lehrer. Damit gelingt es immer, aller Nerven zu beruhigen.

Hinterher warf ich einen prüfenden Blick zu Knight, doch er hielt den Kopf gesenkt, und nichts an seinem mürrischen Ausdruck deutete auf Widerstand hin. Die Normalität hatte wieder Einzug gehalten, sagte ich mir. Die kleine Krise war überstanden.

Kapitel 9

Ich überlegte mir lange, ob ich die Verabredung mit Leon einhalten sollte. Natürlich wollte ich es; ich wünschte mir nichts sehnlicher, als mit ihm befreundet zu sein – doch das war eine Grenze, die ich noch nie zuvor übertreten hatte, und hier stand sehr viel mehr als bisher auf dem Spiel. Aber Leon gefiel mir, hatte mir auf den ersten Blick gefallen, und das machte mir Mut. In meiner eigenen Schule lief jeder, der mit mir redete, Gefahr, eine Tracht Prügel zu beziehen. Leon stammte aus einer anderen Welt. Trotz seiner langen Haare und der verstümmelten Krawatte gehörte er dazu.

Ich kehrte nicht mit den anderen Geländeläufern nach Sunnybank Park zurück. Am nächsten Tag würde ich einen Brief in der Schrift meines Vaters schreiben und darin erklären, ich hätte bei dem Lauf einen Asthmaanfall bekommen und dürfe künftig nicht mehr daran teilnehmen.

Es tat mir nicht Leid. Ich hasste Sport. Vor allem hasste ich Mr. Bray, den Sportlehrer, mit seiner Solariumbräune und dem Goldkettchen um den Hals, der seinen kleinen Fankreis mit dummdreisten Scherzen auf Kosten der Schwächlinge, der Ungeschickten, der Sprachlosen, der Versager wie mich unterhielt. Und so verbarg ich mich, noch immer in der St.-Oswald's-Uniform, hinter meinem Pavillon und wartete gespannt, bis die Glocke zum Unterrichtsende läutete.

Niemand beachtete mich, niemand hinterfragte mein Recht, mich dort aufzuhalten. Ich war umgeben von Jungen – teils in

Blazer oder Hemdsärmeln, teils noch in Sportkleidung –, die in Autos stiegen, über Kricketschläger stolperten, Witze rissen, Bücher und Aufzeichnungen austauschten. Ein massiger, jovialer Mann beaufsichtigte die Warteschlange am Bus – das war Mr. Bishop, der Physiklehrer –, während ein älterer Mann in einer rot-schwarzen Robe bei der Kapelle stand.

Das war Dr. Shakeshafte, der Schulleiter. Mein Vater sprach ehrfürchtig von ihm – immerhin hatte der ihn eingestellt. *Einer von der alten Schule,* sagte mein Vater öfter anerkennend. *Streng, aber gerecht. Hoffen wir, dass der Neue auch nur halb so gut ist.*

Offiziell wusste ich nichts von den Ereignissen, die zur Ernennung des neuen Schulleiters geführt hatten. Mit manchen Dingen nahm mein Vater es erstaunlich genau, und vermutlich hätte er sich illoyal gegenüber St. Oswald's gefühlt, wenn er mir davon erzählte. Aber einige Lokalzeitungen hatten schon Andeutungen gemacht, und den Rest wusste ich aus Gesprächen zwischen meinem Vater und Pepsi: Um nachteiligen öffentlichen Spekulationen zuvorzukommen, würde der alte Schulleiter bis zum Trimesterende bleiben – angeblich, um den neuen einzuarbeiten – und dann mit einer üppigen, vom Kuratorium finanzierten Pension in den Ruhestand treten. St. Oswald's wusste, was es sich schuldig war: Es würde eine großzügige, außergerichtlich vereinbarte Abstandszahlung für die geschädigten Parteien geben, natürlich unter der Bedingung, dass die Umstände nicht weiter erörtert würden.

Deswegen beobachtete ich Dr. Shakeshafte neugierig, während ich am Schultor wartete. Er war um die sechzig, nicht so massig wie Bishop, obwohl auch er die Statur des ehemaligen Rugbyspielers hatte und ein wettergegerbtes Gesicht. Wie ein Wasserspeier ragte er über den Jungen auf. Ein Verfechter des Rohrstocks, sagte mein Vater – *Den Jungens muss man die Disziplin doch einbläuen.* In Sunnybank war der Rohrstock schon seit Jahren verboten. Lehrerinnen wie Miss Potts und Miss McCauleigh setzten lieber auf den empathischen Ansatz, forderten Rowdys und Schläger dazu auf, sich über ihre Gefühle zu äußern, bevor sie mit einer Ermahnung des Wegs geschickt wurden.

Mr. Bray, das Paradebeispiel eines Ex-Schlägers, bevorzugte den direkten Ansatz, der dem meines Vaters sehr ähnlich war: Jedem, der sich beschwerte, wurde geraten: *Hör auf zu winseln und wehr dich, verdammt noch eins*. Ich fragte mich, auf welche Art sich wohl der Schulleiter gewehrt hatte, bevor er in den unfreiwilligen Ruhestand geschickt wurde. Darüber grübelte ich immer noch nach, als Leon zehn Minuten später erschien.

»He, Pinchbeck.« Den Blazer hatte er über die Schulter geworfen, das Hemd hing ihm aus der Hose. Die abgeschnittene Krawatte stand keck von seinem Kragen ab, wie eine Zunge. »Was hast du vor?«

Ich schluckte und versuchte, lässig zu tun. »Nichts Besonderes. Wie ging's mit Quaz?«

»*Pactum factum*«, sagte Leon mit einem Grinsen. »Nachsitzen am Freitag. Wie vorausgesagt.«

»Pech.« Ich schüttelte den Kopf. »Und was hast du ausgefressen?«

Er machte eine wegwerfende Geste. »Ach, nichts«, sagte er. »Habe meine Persönlichkeit auf meinem Pultdeckel ausgetobt. Sollen wir in die Stadt gehen?«

Ich überlegte kurz. Es würde nicht auffallen, wenn ich eine Stunde später nach Hause kam: Mein Vater musste seine Runden machen – Türen abschließen, Schlüssel einsammeln – und würde erst um fünf wieder da sein. Pepsi würde, wenn sie überhaupt da war, fernsehen oder vielleicht Essen kochen. Sie hatte schon vor langem aufgegeben, sich mit mir anfreunden zu wollen. Ich war frei wie ein Vogel.

Versuchen Sie, sich diese Stunde vorzustellen. Leon hatte etwas Geld, und so gönnten wir uns in der kleinen Teestube am Bahnhof Kaffee und Doughnuts, bevor wir durch die Plattenläden zogen, wo Leon meinen Musikgeschmack als »banal« abqualifizierte und mir Bands wie die Stranglers und Squeeze nahe legte. Ich durchlebte eine schreckliche Sekunde, als wir an einer Gruppe Mädchen von Sunnybank Park vorbeigingen, und eine noch schrecklichere, als Mr. Brays weißer Capri an der Ampel warten musste, während wir die Straße überquerten. Aber mir ging bald auf, dass ich in meiner St.-Oswald's-Uniform tatsächlich unsichtbar war.

Einige Sekunden waren Mr. Bray und ich uns so nah, dass wir uns hätten berühren können. Ich fragte mich, was wohl passieren würde, wenn ich an die Windschutzscheibe klopfen und sagen würde: »Sie sind ein absoluter, hoffnungsloser *podex*, Sir.«

Bei dem Gedanken musste ich so lachen, dass mir fast die Luft wegblieb.

»Wer ist das?«, fragte Leon, der meinen Blick auf den Capri bemerkte.

»Niemand«, sagte ich schnell. »Bloß so 'n Typ.«

»Das Mädchen, du Scherzkeks.«

»Ach so.« Sie saß auf dem Beifahrersitz, Mr. Bray ein wenig zugewandt. Ich kannte sie: Tracey Delacey, zwei Jahre älter als ich, gegenwärtig das Pin-up der vierten Klasse. Sie trug einen Tennisrock und hatte die Oberschenkel übereinander geschlagen.

»Banal«, sagte ich mit Leons Worten.

»Ich würde die schon mal bügeln«, sagte Leon.

»Echt?«

»Du nicht?«

Ich dachte an Tracey mit ihren zerzausten Haaren und dem zarten Geruch nach Weingummi. »Mmmh, vielleicht«, sagte ich ohne große Begeisterung.

Leon grinste, als der Capri davonfuhr.

Mein neuer Freund gehörte zum Amadeus House. Seine Eltern – eine Uni-Angestellte und ein hoher Beamter – waren geschieden (»aber das ist schon o. k., ich kriege doppelt Taschengeld«).

Er hatte eine jüngere Schwester namens Charlotte, einen Hund namens Captain Sensible, eine Therapeutin, eine E-Gitarre und, wie es mir vorkam, endlos viele Freiheiten.

»Mum sagt, ich müsste auch außerhalb des patriarchalischen jüdisch-christlichen Kulturkreises Erfahrungen sammeln. Sie ist im Grunde gegen St. Oz, aber Dad blecht ja. Er war in Eton. Findet Tagesschulen sind nur was für Prolls.«

»Ah ja.« Mir wollte nichts einfallen, was ich ehrlicherweise von meinen Eltern erzählen konnte. In weniger als einer Stunde war mir schon klar, dass dieser Junge einen größeren Platz in meinem Herzen einnahm, als es John oder Sharon Snyde je getan hatten.

Also erfand ich mir skrupellos neue Eltern. Meine Mutter sei gestorben, mein Vater Polizeiinspektor (der bedeutendste Job, der mir in dem Moment einfiel). Einen Teil des Jahres lebte ich bei meinem Vater, den Rest der Zeit bei meinem Onkel hier in der Stadt. »Ich musste während des Trimesters nach St. Oswald's kommen«, erklärte ich. »Ich bin noch nicht lange hier.«

Leon nickte. »Ich dachte mir schon, dass du ein Neuer bist. Was ist denn in der anderen Schule passiert? Haben sie dich rausgeschmissen?«

Der Gedanke gefiel mir ganz gut. »Es war eine Scheiß-Schule. Mein Dad hat mich rausgenommen.«

»Mich haben sie aus der letzten Schule rausgeschmissen«, sagte Leon. »Dad hat getobt. Zehn Riesen pro Jahr haben sie gekriegt und mich trotzdem beim ersten Verstoß rausgeschmissen. Das nenn ich banal. Man sollte doch meinen, dass sie sich etwas mehr um Schüler bemühen, oder? Aber was soll's, es könnte Schlimmeres geben als St. Oz. Vor allem jetzt, wo Shakeshafte geht, der alte Knacker.«

Ich ergriff die Gelegenheit beim Schopf. »Wieso geht er denn überhaupt?«

Leons Augen weiteten sich spöttisch. »Du bist wirklich ein ganz Neuer, wie?« Er senkte die Stimme. »Sagen wir mal so – ich habe gehört, dass er etwas mehr gemacht hat, als seinen Schaft nur zu schütteln.«

Seitdem haben sich die Zeiten geändert, sogar in St. Oswald's. Damals konnte man einen Skandal mit Geld reinwaschen. Heute geht das nicht mehr. Die glitzernden Türme erfüllen uns nicht mehr mit übertriebener Ehrfurcht, wir sehen, dass unter dem Glanz der Lack abblättert. Und es ist ein recht fragiler Ort. Ein gezielt geworfener Stein könnte ihn jederzeit zum Einsturz bringen. Ein Stein oder etwas anderes.

Ich kann mich gut in einen Jungen wie Knight hineinversetzen. Klein, unscheinbar, immer um Worte verlegen, der ewige Außenseiter. Seine Klassenkameraden meiden ihn, jedoch nicht wegen seines Glaubens. Der Grund ist sehr viel einfacher. Er kann nichts dafür, es liegt in seinen Gesichtszügen, in der Farblosigkeit seiner strähnigen Haare, im Bau seiner Knochen. Seine Familie mag heute Geld haben, doch in seinem Blut fließt die Armut ganzer Generationen. Ich weiß das. In Zeiten finanzieller Engpässe nimmt St. Oswald's Typen wie ihn auf, wenn auch widerwillig, aber ein Junge wie Knight wird nie wirklich dazugehören. Sein Name wird nie auf einer Ehrentafel stehen. Lehrer vergessen, wie er heißt. Bei Teamspielen will keine Gruppe ihn haben. All seine Bemühungen um Anerkennung enden unweigerlich in einer Katastrophe. In seinen Augen liegt ein Ausdruck, den ich nur allzu gut kenne: der argwöhnische, bockige Blick eines Jungen, der schon lange aufgegeben hat, dazugehören zu wollen. Das Einzige, was ihm noch bleibt, ist Hass.

Natürlich hörte ich fast sofort von der Auseinandersetzung mit Straitley. In St. Oswald's funktioniert die Buschtrommel sehr gut, jeder Vorfall wird innerhalb von vierundzwanzig Stunden gemeldet. Heute war ein besonders schlimmer Tag für Colin Knight. Bei der Anwesenheitsüberprüfung der Schlagabtausch mit Straitley, vor der Pause ein Krach mit Robbie Roach wegen fehlender Hausaufgaben, mittags ein Streit mit

Jackson – auch aus der 3S –, der darin gipfelte, dass Jackson mit gebrochenem Nasenbein nach Hause geschickt und Knight für den Rest der Woche vom Unterricht ausgeschlossen wurde.

Ich hatte gerade Hofaufsicht, als es passierte. Knight klaubte in seinem Arbeitsoverall lustlos Abfall aus den Rosenbeeten. Das ist eine kluge und grausame Strafe, weitaus demütigender als eine Strafarbeit oder Nachsitzen. Soweit ich weiß, setzt nur Roy Straitley sie ein. Es ist dieselbe Art Overall, wie mein Vater sie trug und die jetzt der Schwachkopf Jimmy trägt, groß, knallorange und nicht zu übersehen. Jeder, der ihn trägt, ist Freiwild.

Knight hatte versucht, sich in einer wenig einsehbaren Ecke zu verstecken. Aber eine Gruppe kleinerer Jungen war ihm gefolgt und hänselte ihn, zeigte ihm Abfall, den er übersehen hatte. Jackson, ein kleiner, aggressiver Junge, der weiß, dass er nur wegen eines Losers wie Knight nicht selbst schikaniert wird, trieb sich mit ein paar anderen Drittklässlern in der Nähe herum. Pat Bishop hatte Aufsicht, stand jedoch außer Hörweite auf der anderen Seite des Kricketplatzes, umringt von einigen Schülern. Roach, der Geschichtslehrer, hatte ebenfalls Aufsicht, schien aber weniger daran interessiert, für Disziplin zu sorgen, als daran, sich mit einigen Fünftklässlern zu unterhalten.

Ich ging zu Knight. »Viel Spaß macht das sicher nicht.«

Knight schüttelte kummervoll den Kopf. Sein Gesicht war blass und fahl, bis auf einen roten Pickel auf jeder Wange. Jackson, der mich beobachtet hatte, schlich ein wenig näher. Er taxierte mich abschätzend, inwieweit ich wohl eine Bedrohung darstellte. Dasselbe Verhalten legen Schakale an den Tag, wenn sie ein sterbendes Tier belauern.

»Willst du ihm Gesellschaft leisten?«, fragte ich scharf, woraufhin Jackson zu seiner Gruppe zurückschoss.

Knight warf mir einen dankbaren Blick zu. »Es ist nicht fair«, sagte er leise. »Immer hacken sie auf mir herum.«

Ich nickte mitfühlend. »Ich weiß.«

»Sie wissen das?«

»Aber ja«, sagte ich ruhig. »Ich habe dich beobachtet.«

Knight schaute mich an. Seine Augen leuchteten voll absurder Hoffnung auf.

»Hör mir mal zu, Colin. So heißt du doch, oder?«

Er nickte.

»Du musst lernen, dich zu wehren, Colin«, sagte ich. »Lass dich nicht zum Opfer machen. Lass sie dafür büßen.«

»Büßen?« Knight sah erschrocken aus.

»Warum nicht?«

»Da kriege ich Ärger.«

»Hast du den nicht sowieso schon?«

Er sah mich nur mit großen Augen an.

»Also, was hast du zu verlieren?«

In dem Moment läutete die Glocke, die Pause war zu Ende, und ich konnte nichts mehr sagen, aber das war auch gar nicht nötig, der Gedanke war ihm eingeimpft. Knights Dackelblick folgte mir über den Schulhof. Mittags war es bereits passiert. Jackson lag am Boden, Knight kniete auf ihm, und Roach lief herbei, die Pfeife baumelte ihm vor der Brust, und die anderen umstanden die beiden mit aufgerissenem Mund, fasziniert, dass das Opfer augenscheinlich beschlossen hatte, sich endlich zu wehren.

Wissen Sie, ich brauche Verbündete. Nicht unter meinen Kollegen, sondern weiter unten in der Substrata von St. Oswald's. Wer auf die Fundamente zielt, wird später das Haupt zu Fall bringen. Kurz empfand ich Mitleid für den ahnungslosen Knight, der mein Bauernopfer sein wird, aber ich tröstete mich mit dem Gedanken, dass es in jedem Krieg Opfer geben muss, und wenn alles nach Plan läuft, wird es sehr viele Opfer mehr geben müssen, bevor St. Oswald's in einem Schutthaufen zerstörter Ideale und Träume liegt.

Kapitel 10

St. Oswald's, Oberschule für Knaben
Donnerstag, 9. September

Als ich an diesem Morgen die Anwesenheitskontrolle (wegen des immer noch fehlenden Klassenbuchs) auf einem Zettel machte, war die Stimmung in der Klasse ungewöhnlich gedrückt: Jackson fehlte, Knight war vom Unterricht ausgeschlossen, drei andere belastet in einer Sache, die sich rasch zu einem höchst unerquicklichen Zwischenfall ausweitete.

Jacksons Vater hatte sich natürlich beschwert, ebenso Knights. Ihrem Sohn zufolge hatte er sich nur zur Wehr gesetzt gegen eine unerträgliche Provokation durch Jungen, die – wie Colin behauptete – von ihrem Klassleiter angestachelt wurden.

Der Rektor, noch entnervt wegen der zahlreichen Proteste über die Schulgelderhöhung, hatte wenig resolut reagiert und versprochen, den Vorfall zu untersuchen, mit dem Ergebnis, dass Sutcliff, McNair und Allen-Jones den Großteil meiner Lateinstunde damit zubrachten, vor Pat Bishops Büro zu stehen, da Knight sie als die maßgeblich Beteiligten genannt hatte. Ich selbst war durch Dr. Devine aufgefordert worden, dem Rektor die Sachlage baldmöglichst darzulegen.

Natürlich ging ich nicht darauf ein. Einige von uns müssen schließlich Unterricht halten, müssen Pflichten nachkommen, Berichte lesen – ganz zu schweigen davon, dass die Aktenschränke aus dem neuen Deutsch-Büro geräumt werden müssen, wie ich Dr. Devine erklärte, als er mir die Nachricht überbrachte.

Ich ärgerte mich über die völlig unnötige Einmischung des

Rektors. Das war eine interne Sache, die vom Klassleiter gelöst werden konnte und gelöst werden sollte. Die Götter mögen uns vor einem Rektor bewahren, der zu viel Zeit hat. Wenn er sich in Fragen der Disziplin einmischt, kann das katastrophale Folgen haben.

Das sagte Allen-Jones in etwa auch zu mir in der Mittagspause. »Wir haben ihn nur aufgezogen«, meinte er mit einem betretenen Blick. »Wir sind bloß ein bisschen zu weit gegangen. Sie wissen doch, wie es ist.«

Ja, das wusste ich. Bishop wusste es auch. Aber der Rektor nicht. Ich wette zehn zu eins, dass er eine Verschwörung wittert. Ich ahne, dass uns wochenlang Telefonate, Briefe, unzähliges Nachsitzen, Ausschlüsse vom Unterricht und andere missliche Disziplinarmaßnahmen bevorstehen, ehe die Sache beigelegt sein wird. Das ärgert mich. Sutcliff hat ein Stipendium, das ihm bei grobem Fehlverhalten entzogen werden kann; McNairs Vater ist streitsüchtig und wird sich nicht so leicht mit einem Unterrichtsausschluss abfinden; und Allen-Jones senior ist ein Militär, dessen Ärger über seinen klugen, aufsässigen Sohn allzu oft in Handgreiflichkeiten ausartet.

Hätte ich die Sache selbst regeln können, wären die Verantwortlichen schnell und wirkungsvoll zur Rechenschaft gezogen worden, ohne dass die Eltern sich eingemischt hätten – es ist zwar schlecht, auf die Jungs zu hören, aber auf ihre Eltern zu hören ist fatal –, doch dafür ist es jetzt zu spät. Als ich die Treppe zum Lehrerzimmer hinunterging, war ich in einer finsteren Laune, und als der Esel Timid mich auf der Türschwelle beinahe über den Haufen rannte, schickte ich ihn mit einem erlesenen Fluch in die Wüste.

»Guter Gott, wer ist Ihnen denn an den Karren gefahren?«, fragte Jeff Light, der Sportlehrer, hinter seiner Ausgabe des *Mirror* hervor.

Ich betrachtete seinen Sitzplatz. Dritter vom Fenster, unter der Uhr. Es ist dumm, ich weiß, aber das Tweedjackett ist reviertreu, außerdem war ich schon über Gebühr gereizt worden. Natürlich erwarte ich nicht, dass die Grünschnäbel sich auskennen, aber Pearman und Roach saßen Kaffee trinkend daneben, Kitty Teague korrigierte Schulhefte, und McDonaugh saß auf seinem üblichen Platz und las. Alle vier schauten zu Light, als wäre er Strandgut, das noch niemand weggeschafft hatte.

Roach wollte mir behilflich sein und räusperte sich. »Ich glaube, Sie sitzen in Roys Sessel«, sagte er.

Light zuckte nur mit den Achseln und bewegte sich nicht vom Fleck. Neben ihm saß Easy, der rotblonde Geograf, und löffelte kalten Reispudding aus einer Tupperschüssel. Keane, der Möchtegern-Schriftsteller, sah zum Fenster hinaus, unter ihm lief Pat Bishop seine einsamen Runden.

»Wirklich, Kumpel«, sagte Roach. »Er sitzt immer da. Lebendes Inventar quasi.«

Light streckte seine endlos langen Beine aus, was ihm einen schmachtenden Blick von Isabelle Tapi aus der Joghurtecke eintrug. »Latein, oder?«, fragte er. »Schwule in Togen. Da ist mir ein Geländelauf allemal lieber.«

»*Ecce, stercorem pro cerebro habes*«, sagte ich, woraufhin McDonaugh die Stirn runzelte und Pearman vage nickte, als habe er das Zitat, dass manche Menschen anstatt eines Gehirns Mist im Kopf haben, schon einmal gehört. Penny Nation warf mir ihr mitleidiges Lächeln zu und klopfte auf den Sessel neben ihrem.

»Schon in Ordnung«, sagte ich. »Ich bleibe nicht.« Die Götter stehen mir bei, so schlecht ging es mir auch wieder nicht. Stattdessen setzte ich den Kessel auf und öffnete die Schranktür, um meinen Becher herauszuholen.

Der Teebecher eines Lehrers spricht Bände über seine Persönlichkeit. Geoff und Penny Nation haben zwei zueinander passende mit der Aufschrift CAPITAINE beziehungsweise SOUS-FIFRE. Roach hat einen von Homer Simpson, Grachvogel einen mit dem Akte-X-Logo. Hillary Monuments barsches Wesen wird Tag für Tag von einem Halbliter-Becher Lügen gestraft, auf dem in unsicherer Kinderhand WELTBESTER OPAPA geschrieben steht. Pearmans, von einer Klassenfahrt der Franzosen nach Paris, ziert eine Aufnahme des Dichters Jacques Prévert mit einer Zigarette zwischen den Lippen. Dr. Devine verzichtet grundsätzlich auf den gemeinen Becher und verwendet stattdessen das Porzellan des Rektors – ein Privileg, das Besuchern, Senior-Anzügen und dem Rektor selbst vorbehalten ist –, und Bishop, der bei allen Jungs beliebt ist, hat jedes Trimester einen mit einer neuen Comicfigur (dieses Mal Yogi-Bär), ein Geschenk seiner Klasse.

Mein eigener Becher ist ein Jubiläumsstück von St. Oswald's, limitierte Edition von 1990. Eric Scoones hat zwar den gleichen, ebenso wie mehrere andere der alten Garde, aber bei meinem ist der Griff angeschlagen, so dass ich ihn von allen anderen unterscheiden kann. Mit dem Erlös dieser Becher haben wir den neuen Sportpavillon gebaut, und ich benutze ihn mit Stolz. Oder besser: würde ihn benützen, wenn ich ihn finden könnte.

»Verdammt. Zuerst das verfluchte Klassenbuch und jetzt der verfluchte Becher.«

»Nehmen Sie meinen«, sagte McDonaugh (Charles und Diana, angeschlagen).

»Darum geht's nicht.«

Und darum ging es auch nicht. Den Teebecher eines Lehrers von seinem angestammten Platz zu entfernen ist fast so schlimm, wie seinen Sessel einzunehmen. Der Sessel, das Büro, das Klasszimmer und jetzt auch noch der Becher. Allmählich beschlich mich das Gefühl, ich sollte regelrecht zermürbt werden.

Als ich mir Tee in den verkehrten Becher einschenkte, warf Keane mir einen amüsierten Blick zu. »Gut zu wissen, dass ich nicht als Einziger einen schlechten Tag habe«, sagte er.

»Ach ja?«

»Meine zwei Freistunden heute sind dahin. Vertretung in der 5G. Bob Strange, Englische Literatur.«

O weh. Natürlich ist allseits bekannt, dass Mr. Strange viel zu tun hat. Als zweiter Konrektor und Herr der Stundenpläne ist es ihm im Lauf der Jahre gelungen, sich derart viele Kurse, Pflichten, Besprechungen, Verwaltungsaufgaben und andere notwendige Arbeiten aufzubürden, dass er kaum noch Zeit mit seinen Schülern verbringen muss. Aber Keane kommt mir ganz belastbar vor – immerhin hat er Sunnybank Park überstanden –, auch wenn ich miterlebt habe, dass Fünftklässler Hackfleisch aus starken Männern gemacht haben.

»Ich schaff das schon«, sagte Keane, als ich ihm mein Beileid aussprach. »Außerdem ist es alles guter Stoff für mein Buch.«

Ach ja, das Buch. »Um den Tag zu überleben, ist jedes Mittel recht«, sagte ich und fragte mich dabei, ob er das ernst meinte oder nicht. Keane hat eine unterschwellig ironische Art, einen Anflug von Schnöseligkeit, was mich dazu bringt, seine Aussagen zu hinterfragen. Trotzdem ist er mir allemal lieber als das Muskelpaket Light, der Speichellecker Easy oder das Hasenherz Timid.

»Ach übrigens, Dr. Devine hat nach Ihnen gefragt«, fuhr Keane fort. »Irgendetwas wegen alter Aktenschränke?«

»Gut.« Das war die schönste Nachricht des heutigen Tages. Obwohl eine Schlacht mit den Germanen nach dem Ärger mit der 3S etwas von ihrem Reiz verloren hatte.

»Er hat Jimmy aufgetragen, sie in den Hof zu stellen«, erklärte Keane. »Er sagte, sie müssten so bald wie möglich weg.«

»Was?«

»Behinderung eines Durchgangs oder so ähnlich. Er sagte irgendwas von Gesundheitsvorschriften und Sicherheitsvorkehrungen.«

Ich fluchte. Sauertraub musste das Büro wirklich dringend gewollt haben. Auf das Niveau von Gesundheit und Sicherheit sinken nur die wenigsten hinab. Ich trank meine Tasse Tee aus und marschierte entschlossen zum ehemaligen Büro der Altphilologen, nur um dort Jimmy anzutreffen, der mit einem Schraubenzieher in der Hand irgendetwas Elektronisches an der Tür anbrachte.

»Das ist ein Summer, Boss«, erklärte er, als er meine Überraschung bemerkte. »Damit Dr. Devine weiß, ob jemand vor der Tür ist.«

»Ich verstehe.« Zu meiner Zeit klopften wir einfach an.

Jimmy allerdings war begeistert. »Wenn das rote Licht brennt, ist jemand bei ihm drin«, erklärte er. »Wenn's grüne brennt, summt er Sie rein.«

»Und was ist mit dem gelben Licht?«

Jimmy überlegte. »Wenn's gelb ist«, meinte er schließlich, »dann summt Dr. Devine, um zu sehen, wer draußen steht …« Er brach ab und runzelte die Stirn. »Und wenn's jemand Wichtiges ist, lässt er ihn rein!«

»Überaus deutsch.« Ich ging an Jimmy vorbei in mein Büro.

Dort herrschte eine peinliche Ordnung, die geradezu abstoßend war. Neue, farbkodierte Aktenschränke, ein eleganter Wasserkühler, ein großer Mahagonischreibtisch mit Computer, blütenweißer Löschunterlage und ein Foto von Mrs. Sauertraub. Der Teppich war schamponiert worden, meine Grünlilien – die kampferprobten, verstaubten Veteranen von Wassermangel und Vernachlässigung –, waren entsorgt, ein Schild RAUCHEN VERBOTEN prangte an der Wand und dazu ein laminierter Terminkalender mit Fachbereichssitzungen, Aufsichten, Clubs und Arbeitsgruppen.

Es gab nichts zu sagen.

»Ich habe Ihren Krempel, Boss«, sagte Jimmy. »Soll ich Ihnen den rauftragen?«

Wozu protestieren? Ich weiß, wann ich mich geschlagen geben muss. Ich verzog mich wieder ins Lehrerzimmer, um meinen Kummer in Tee zu ertränken.

Kapitel 11

Im Lauf der nächsten Wochen freundeten Leon und ich uns an. Das war nicht so gefährlich, wie es klingt, vor allem, weil wir zu unterschiedlichen Häusern gehörten – er zu Amadeus, ich angeblich zu Birkby – und in unterschiedlichen Klassenstufen waren. Ich traf ihn schon morgens – mit meiner eigenen Kleidung unter meiner St.-Oswald's-Uniform – und kam mit einer Reihe genialer Ausreden zu spät zur ersten Stunde.

Ich schwänzte den Sportunterricht – die Ausflucht mit dem Asthma funktionierte großartig – und verbrachte alle Pausen auf dem Gelände von St. Oswald's. Allmählich fühlte ich mich wie ein richtiger Ozzie. Durch Leon kannte ich die Aufsichtslehrer, den Klatsch, den Jargon. Mit ihm ging ich in die Bibliothek, spielte Schach, fläzte wie alle anderen auf den Bänken im Hof. Mit ihm gehörte ich dazu.

Wäre Leon extravertierter und beliebter gewesen, wäre das nicht möglich gewesen. Aber mir ging bald auf, dass auch er ein Außenseiter war – obwohl er sich im Gegensatz zu mir bewusst von seinen Mitschülern distanzierte und nicht ausgeschlossen wurde. In Sunnybank Park wäre er binnen einer Woche zerfleischt worden, in St. Oswald's hingegen wird Intelligenz mehr geschätzt als jede andere Fähigkeit, und er war klug genug, seinen Verstand zu seinem Vorteil einzusetzen. Zu den Lehrern war er höflich und respektvoll – zumindest in ihrer Gegenwart –, und das half ihm bei den Schwierigkeiten, die er erstaunlich häufig bekam. Ich hatte den Eindruck, dass Leon Ärger förmlich suchte: Er hatte eine Vorliebe für Streiche, kleine, gut durchdachte Racheakte, Gesten der Auflehnung. Er wurde selten ertappt. Wenn ich Knight war, dann war er Allen-Jones, der Charmeur, der Schwindler, der Undercoverrebell. Und trotzdem mochte er mich. Trotzdem waren wir befreundet.

Zu seiner Erheiterung erfand ich Geschichten aus meiner früheren Schule, entwarf für mich die Rollen, die er von mir erwartete. Gelegentlich führte ich Gestalten aus meinem anderen Leben ein: Miss Potts, Miss McCauleigh, Mr. Bray. Von Bray, seinem Hohn und Spott, seinem aufgeblasenen Gehabe, sprach ich mit tief empfundenem Hass. Leon hörte mir aufmerksam zu, aber ohne großes Mitgefühl.

»Schade, dass du dich an dem Kerl nicht mehr rächen kannst«, sagte er einmal. »Aug um Auge, Zahn um Zahn.«

»Was hättest du denn gemacht?«, fragte ich. »Voodoo?«

»Nein«, sagte Leon nachdenklich. »Nicht ganz.«

Da kannte ich Leon seit über einem Monat. Wir konnten das Ende des Sommer-Trimesters riechen mit seinem Duft nach gemähtem Rasen und Freiheit. In vier Wochen würden überall die Schulferien beginnen (achteinhalb Wochen, eine unendliche, unvorstellbare Zeit), und dann brauchte ich nicht mehr Uniformen zu tauschen, riskant den Unterricht zu schwänzen, Entschuldigungen zu fälschen und Ausreden zu erfinden.

Leon und ich hatten schon Pläne gemacht. Wir wollten ins Kino gehen, durch den Wald streifen, in die Stadt fahren. In Sunnybank Park waren die – ohnehin anspruchslosen – Abschlussprüfungen schon vorbei, Stunden wurden nur noch halbherzig und lax gehalten. Einige Lehrer gaben das Unterrichten völlig auf und ließen uns im Fernsehen Wimbledon schauen, andere verlegten sich auf Spiele oder widmeten sich ihren Privatstudien. Nie war es leichter gewesen, nach Oz zu entkommen. Es war die glücklichste Zeit meines Lebens.

Dann kam es zur Katastrophe. Es hätte nie passieren dürfen, es war ein dummer Zufall, mehr nicht. Aber meine Welt brach zusammen und gefährdete all meine Hoffnungen – und der Auslöser dafür war Mr. Bray.

Über die Aufregung meines neuen Lebens hatte ich ihn praktisch vergessen. Ich erschien nie mehr zu seinem Unterricht – ich war ohnehin keine Sportskanone gewesen – und war davon ausgegangen, dass niemand mich vermissen würde. Selbst ohne Mr. Bray war die Sportstunde die reinste Qual gewesen: Meine Kleider wurden in die Dusche geworfen, mein Sportanzug geklaut oder versteckt, meine Brille zerbrochen, meine halbherzigen Versuche mitzumachen mit verächtlichem Gelächter quittiert.

Bray selbst hatte mit dieser Verhöhnung begonnen, indem er mich ständig zum Vorturnen aufrief, um dann all meine körperlichen Makel mit minutiösem Sarkasmus vorzuführen.

Ich hatte dünne Beine mit knubbeligen Knien, und als ich die Sportkleidung von der Schule borgen musste (meine war einfach zu oft »verschwunden«, und mein Vater weigerte sich, mir neue zu kaufen), gab Bray mir ein Paar riesige Flanellshorts, die sich, wenn ich lief, knallend aufbauschten. Das trug mir den Spitznamen »Donnerhose« ein.

Brays Günstlinge fanden das höchst amüsant, und so blieb es bei diesem Spitznamen. Das führte bei meinen Mitschülern zu der Überzeugung, ich leide an Blähungen, und aus der Blindschleiche wurde Stinktier. Jeden Tag wurde ich mit Witzen über Erbsen, Bohnen, Linsen bombardiert, und bei Teamspielen (bei denen ich unweigerlich erst ganz am Schluss einer Gruppe zugewiesen wurde) rief Bray den anderen zu: *Passt auf, Leute! Snyde hat wieder bei den Bohnen zugeschlagen!*

Wie gesagt, es war weder für den Unterricht noch für mich ein Verlust, dass ich nicht zum Sport erschien, und ich dachte auch, dass es kein Verlust für den Lehrer war. Aber ich hatte eines nicht bedacht, und zwar, dass der Mann von Grund auf gemein war. Es genügte ihm nicht, einen Kreis von Epigonen um sich zu scharen. Es genügte ihm nicht, die Mädchen anzustarren (und sie beim Vorturnen gelegentlich zu betatschen) oder die Jungen mit seinem fiesen Humor zu demütigen. Jeder Schauspieler braucht ein Publikum, doch Bray brauchte noch mehr: Er brauchte ein Opfer.

Vier Mal hatte ich das Turnen schon geschwänzt. Ich stellte mir die Bemerkungen vor:

Tja, Leute, wo ist die Donnerhose?

Keine Ahnung, Sir. In der Bücherei, Sir. Auf'm Klo, Sir. Befreit, Sir. Asthma, Sir.

Eher schon Arschloch.

Mit der Zeit wäre ich in Vergessenheit geraten. Bray hätte sich ein anderes Opfer gesucht, von denen es mehr als genug gab. Die dicke Peggy Johnsen, den pickeligen Harold Mann, die teiggesichtige Lucy Robbins oder Jeffrey Stuarts, der wie ein Mädchen lief. Früher oder später würde er sich auf sie einschießen – und das wussten sie auch. Deshalb betrachteten sie mich bei der morgendlichen Schulversammlung und im Unterricht mit wachsender Feindseligkeit und hassten mich dafür, dass ich mich entzogen hatte.

Es waren genau diese Versager, die mich nicht in Vergessenheit geraten ließen, die die Donnerhosen-Scherze immer wieder aufwärmten, die ständig Witze über Hülsenfrüchte und Asthma rissen, bis jede Sportstunde ohne mich zu einer Freakshow ohne Freak wurde. Schließlich schöpfte Mr. Bray Verdacht.

Ich weiß nicht genau, wo er mich sah. Vielleicht ließ er mich beobachten, als ich gegen Ende des Geländelaufs in St. Oswald's aus der Bibliothek schlüpfte. Ich war sorglos geworden. Mein Leben drehte sich nur noch um Leon, Bray und seinesgleichen waren im Vergleich zu ihm bloße Schattengestalten. Wie dem auch sei, er passte mich auf jeden Fall am nächsten Morgen ab. Später fand ich heraus, dass er eigens die Aufsicht mit einem anderen Lehrer getauscht hatte, um mich persönlich abzufangen.

»Ich muss ja sagen, du siehst ganz schön fit aus dafür, dass du unter schwerem Asthma leidest«, sagte er, als ich durch das Tor lief.

Halb erstarrt vor Angst, glotzte ich ihn an. Er lächelte gehässig.

»Na? Hast wohl deine Zunge verschluckt?«

»Ich bin zu spät, Sir«, stotterte ich, um Zeit zu gewinnen. »Mein Dad war …«

Ich spürte seine Verachtung, wie er da über mir aufragte. »Vielleicht kann dein Vater mir mehr von deinem Asthma erzählen«, sagte er. »Hausmeister ist er doch, oder? Bei der Jungenschule? Kommt manchmal in meine Stammkneipe.«

Ich bekam keine Luft mehr. Einen Moment glaubte ich fast, ich hätte tatsächlich Asthma, meine Lunge würde vor Angst platzen. Ich hoffte, dass es wirklich passieren würde – in dem Augenblick erschien mir der Tod als einzig möglicher Ausweg.

Das sah Bray mir an, und sein Grinsen wurde noch gehässiger. »Heute nach der Schule sehen wir uns vor den Umkleideräumen«, sagte er. »Und sei ja pünktlich.«

Es war ein grauenvoller Tag. Ich hatte Durchfall, ich konnte mich nicht konzentrieren, ging versehentlich in die falschen Klassenzimmer, konnte nichts essen. In der Nachmittagspause war ich derart panisch, dass es Miss Potts auffiel. Sie fragte mich, was mit mir los sei.

»Nichts, Miss«, sagte ich. Um keinen Preis wollte ich noch mehr Aufmerksamkeit erregen. »Nur ein bisschen Kopfweh.«

»Das ist mehr als Kopfweh«, sagte sie und trat näher. »Du bist ganz blass …«

»Nein, mir fehlt nichts, Miss, wirklich nicht.«

»Ich glaube, du solltest nach Hause gehen. Vielleicht brütest du was aus.«

»Nein!« Meine Stimme schnellte ungewollt in die Höhe. Das würde alles nur noch schlimmer machen. Wenn ich nach Schulschluss nicht vor den Umkleideräumen stand, würde Bray mit meinem Vater reden, und dann würde mein Betrug unweigerlich auffliegen.

Miss Potts verzog das Gesicht. »Schau mich an. Was bedrückt dich denn?«

Wortlos schüttelte ich den Kopf. Miss Potts war noch in der Ausbildung, kaum älter als die Freundin meines Vaters. Sie wollte gern beliebt und einflussreich sein. Ein Mädchen aus meiner Klasse, Wendy Lovell, hatte sich in der Mittagspause immer den Finger in den Hals gesteckt und erbrochen, und als Miss Potts das herausfand, hatte sie das Krisentelefon für Jugendliche mit Essstörungen angerufen.

Sie sprach oft von geschlechtsspezifischen Lernbedürfnissen, war Spezialistin für Diskriminierung und hatte Seminare für Selbstbehauptung, Gewalt an der Schule und Drogenmissbrauch besucht. Ich hatte das Gefühl, dass Miss Potts nach einer Aufgabe suchte.

»Bitte, Miss«, flüsterte ich.

»Komm schon«, sagte sie einschmeichelnd. »Mir kannst du's doch sagen.«

Das Geheimnis war, wie alle Geheimnisse, sehr einfach. Schulen wie St. Oswald's – und in gewisser Hinsicht sogar Sunnybank Park – haben ihr eigenes Sicherheitssystem, das nicht auf Rauchmeldern und versteckten Kameras beruht, sondern auf sorgsam gehütetem Bluff.

Niemand bringt einen Lehrer zu Fall – niemand denkt auch nur daran, eine Schule zu Fall zu bringen. Und warum nicht? Das instinktive Buckeln angesichts von Macht – eine Angst, die größer ist als jede Angst vor Entdeckung. Ein Lehrer ist für seine Schüler immer »Sir«, gleichgültig, wie viele Jahre vergangen sein mögen. Selbst als Erwachsene stellen wir fest, dass wir die alten Reflexe nicht verloren haben, sondern dass sie nur eine Weile schlummerten und sich beim richtigen Stichwort sofort wieder einstellen. Wer würde sich trauen, den ganz großen Bluff zu wagen? Wer? Es war einfach unvorstellbar.

Aber ich war verzweifelt. Auf der einen Seite war St. Oswald's, Leon, alles, nach dem ich mich sehnte, alles, was ich mir aufgebaut hatte. Auf der anderen Seite war Mr. Bray, drohend wie das Wort Gottes. Sollte ich es wagen? Sollte es mir vielleicht tatsächlich gelingen?

»Komm«, wiederholte Miss Potts sanft, als sie mein Zögern bemerkte. »Mir kannst du's doch sagen. Ich erzähle es keiner Menschenseele.«

Ich tat, als würde ich noch immer zögern. Dann sagte ich im Flüsterton: »Es geht um Mr. Bray«, und sah ihr in die Augen. »Mr. Bray und Tracey Delacey.«

Kapitel 12

St. Oswald's, Oberschule für Knaben
Freitag, 10. September

Es ist eine lange erste Woche gewesen. Die erste Woche ist immer lang, aber dieses Jahr spielen alle besonders früh verrückt. Anderton-Pullitt fehlt heute (eine seiner allergischen Reaktionen, sagt seine Mutter), Knight und Jackson andererseits sind wieder da, Jackson mit einem beeindruckend blauen Auge und einer gebrochenen Nase. McNair, Sutcliff und Allen-Jones wurden vor den Disziplinarausschuss zitiert (auf Allen-Jones' Wange prangt ein blauer Fleck, der die Umrisse von vier Fingern hat und den er angeblich beim Fußballspielen bekam).

Timid hat den Geografieclub übernommen, der sich dank Bob Strange jetzt jede Woche in meinem Zimmer trifft. Bishop hat sich bei seinen übereifrigen Aschenbahnrunden die Achillessehne verletzt, Isabelle Tapi treibt sich in zunehmend aufreizenden Röcken vor dem Sportfachbereich herum, Dr. Devines Invasion des altphilologischen Fachbereichs hat aufgrund der Entdeckung eines Mäusenests hinter der Täfelung einen zeitweiligen Rückschlag erlitten. Mein Becher und mein Klassenbuch fehlen immer noch, was mir Marlenes Missbilligung einbrachte, und als ich am Donnerstag nach dem Mittagessen in mein Zimmer kam, musste ich feststellen, dass mein Lieblings-Füllfederhalter – ein grüner Parker mit Goldfeder – aus meiner Pultschublade verschwunden war.

Dieser Verlust traf mich besonders. Zum Teil deshalb, weil ich mein Zimmer nur für eine halbe Stunde verlassen hatte und weil es in der Mittagszeit passierte, was darauf schließen lässt, dass der Täter aus meiner Klasse stammt. Meine 3S, gute Jungs, dachte ich immer, die zu mir halten. Jeff Light hatte zu der fraglichen Zeit Korridoraufsicht, wie zufälligerweise auch Isabelle Tapi, aber keinem von ihnen war etwas Ungewöhnliches im Zimmer 59 aufgefallen (was mich nicht weiter überrascht).

Am Nachmittag erwähnte ich den Verlust in der 3S und hoffte, jemand könnte sich den Füller geborgt und dann vergessen haben, ihn zurückzulegen. Doch die Jungs sahen mich nur aus erstaunten Augen an.

»Was? Keiner hat was gesehen? Tayler? Jackson?«

»Nichts, Sir. Nein, Sir.«

»Pryce? Pink? Sutcliff?«

»Nein, Sir.«

»Knight?«

Knight schaute grinsend beiseite.

Knight?

Bei der Anwesenheitskontrolle schrieb ich die Namen auf einen Zettel und schickte die Jungs dann ihrer Wege. Mittlerweile war ich mehr als unglücklich. So ungern ich es auch tat, es blieb mir nur noch eine Möglichkeit, den Täter zu finden – ich musste die Spinde der Jungs durchsuchen. Zufällig hatte ich an dem Nachmittag frei, also ließ ich Zimmer 59 und eine kleine Gruppe wohlerzogener Schüler des Abschlussjahrgangs in Timids Obhut zurück und machte mich, ausgestattet mit meinem Hauptschlüssel und einer Liste der Spindnummern, auf den Weg zum Spindraum der dritten Klasse im Mittleren Korridor.

Ich nahm meine Suche in alphabetischer Reihenfolge vor und ließ mir Zeit, um den Inhalt von Schreibetuis zu überprüfen. Doch alles, was ich fand, war eine halbe Stange Zigaretten bei Allen-Jones und eine Zeitschrift mit unbekleideten Mädchen bei Jackson.

Dann kam Knights Spind. Er quoll über vor Papieren, Büchern und allem möglichen Zeug. Zwischen zwei Aktenmappen fiel mir ein silbernes Schreibetui in Form eines Taschenrechners entgegen. Ich öffnete es, fand aber keinen Füller. Es folgten Lemon, Niu, Pink, Anderton-Pullitt – dessen Spind voller Bücher über Flugzeuge des Ersten Weltkriegs war. Ich durchsuchte alle Spinde, entdeckte ein Pack verbotener Spielkarten und ein oder zwei Pin-ups, aber nicht meinen Parker-Füller.

In der guten Stunde, die ich in dem Spindraum verbrachte, läutete es zum Stundenwechsel und Schüler strömten durch den Flur, aber zum Glück verfiel keiner auf die Idee, zwischen den Unterrichtsstunden an seinen Spind zu gehen.

Als ich den Raum verließ, war ich noch aufgebrachter als zuvor. Weniger wegen des Füllers an sich, der schließlich ersetzbar ist, als wegen der Tatsache, dass durch diesen Zwischenfall meine Freude an den Jungs etwas getrübt wurde. Bis der Dieb gefunden war, würde ich keinem von ihnen trauen können.

Nach Schulschluss hatte ich Aufsicht bei der Busschlange. Timid stand im großen Hof, kaum sichtbar in der Menge der davonstürmenden Jungs, während Monument auf den Stufen der Kapelle stand und alles von seiner hohen Warte aus beobachtete.

»Wiedersehen, Sir! Schönes Wochenende!« Das war McNair, der an mir vorbeirannte, die Krawatte auf Halbmast, Hemd aus der Hose hängend, begleitet von Allen-Jones, der wie immer lief, als sei der Teufel hinter ihm her. »Langsam!«, rief ich. »Ihr brecht euch noch den Hals.«

»'tschuldigung, Sir«, brüllte Allen-Jones, ohne sein Tempo um ein Jota zu verlangsamen.

Ich musste lächeln. Früher war ich auch so gerannt – und so lange war das doch gar nicht her, als ein Wochenende mir so endlos erschien wie die Aschenbahn. Heutzutage sind sie im Nu vorbei: Wochen, Monate, Jahre, alle verschwinden im selben Zauberhut. Trotzdem fragte ich mich, warum Jungs eigentlich immer laufen müssen. Und wann ich aufgehört hatte zu laufen.

»Mr. Straitley.«

Es ging so laut zu, dass ich gar nicht gemerkt hatte, wie der neue Rektor hinter mich trat. Selbst am Freitagnachmittag war er tadellos gekleidet, weißes Hemd, grauer Anzug, der Krawattenknoten an genau der richtigen Stelle.

»Herr Direktor.«

Es ärgert ihn, wenn man ihn Direktor nennt. Das erinnert ihn daran, dass er in der Geschichte von St. Oswald's weder einzigartig noch unersetzlich ist. »War das ein Schüler aus Ihrer Klasse, der mit wehenden Hemdschößen an uns vorbeigeschossen ist?«, fragte er

»Sicher nicht«, log ich. Der neue Rektor hat eine geradezu krankhafte Fixierung, wenn es um Hemden, Socken und andere Banalitäten der Schuluniform geht. Er bedachte mich mit einem skeptischen Blick. »In der vergangenen Woche ist mir eine gewisse Missachtung für die Uniformvorschriften aufgefallen. Ich hoffe, Sie schärfen Ihren Jungen ein, wie wichtig es ist, außerhalb der Schule einen guten Eindruck zu machen.«

»Natürlich, Herr Direktor.«

Angesichts des drohenden Besuchs der Schulaufsicht ist es zur Priorität des neuen Rektors geworden, »einen guten Eindruck zu machen«. An der Oberschule King Henry's halten sie auf strengste Kleidervorschrift – unter anderem Strohhüte im Sommer und Zylinder für Mitglieder des Chors –, die nach Ansicht des Rektors mit für deren besseres Abschneiden in der Bewertung verantwortlich ist. Meine tintenverschmierten Schützlinge haben eine weniger schmeichelhafte Meinung über ihre Konkurrenten – oder »Henriettas«, wie sie in St. Oswald's traditionell genannt werden –, und ehrlich gesagt habe ich für diese Ansicht durchaus ein gewisses Verständnis. Sich gegen die Kleiderordnung aufzulehnen gehört zum Erwachsenwerden, und Angehörige der Schule – und der 3S insbesondere – bringen ihre Auflehnung durch flatternde Hemdschöße, abgeschnittene Krawatten und subversive Socken zum Ausdruck.

Das versuchte ich dem neuen Rektor auch zu sagen, begegnete aber einem derart entsetzten Blick, dass ich wünschte, ich hätte geschwiegen. »Socken, Mr. Straitley?«, sagte er, als hätte ich ihm eine bislang völlig unbekannte Art der Perversion erläutert.

»Aber ja«, sagte ich. »Sie wissen schon, Homer Simpson, *South Park*, Scooby-Doo.«

»Aber bei uns gibt es Uniformsocken«, widersprach der Rektor. »Graue Wolle, wadenlang, gelb-schwarz gestreift. Acht Pfund neunundneunzig das Paar vom Schulausstatter.«

Hilflos zuckte ich mit den Achseln. Nach fünfzehn Jahren als Rektor von St. Oswald's ist ihm immer noch nicht klar, dass niemand – absolut niemand! – Uniformsocken trägt.

»Nun, ich erwarte, dass Sie dem ein Ende setzen«, sagte der Rektor, noch immer reichlich fassungslos. »Jeder Junge sollte ausnahmslos zu jeder Zeit Uniform tragen, und zwar volle Uniform. Ich werde ein Rundschreiben verfassen.«

Ich fragte mich, ob der Rektor als Junge ausnahmslos und zu jeder Zeit volle Uniform getragen hatte. Ich versuchte, es mir vorzustellen, und es gelang mir in der Tat. Ich seufzte. »*Fac ut vivas*, Herr Direktor.«

»Wie bitte?«

»Genau, Sir.«

»Apropos Rundschreiben – meine Sekretärin hat Ihnen heute drei Mails geschickt mit der Bitte, zu mir ins Büro zu kommen.«

»Wirklich, Herr Direktor?«

»Ja, Mr. Straitley.« Sein Ton war eisig. »Es gibt eine Beschwerde.«

Es war natürlich Knight. Oder vielmehr Knights Mutter, eine Wasserstoffblondine undefinierbaren Alters und flatterhaften Temperaments, die dank großzügiger Unterhaltszahlungen über genügend Zeit verfügt, um jedes Trimester Beschwerden einzureichen. Dieses Mal ging es um meine Schikane ihres Sohnes aufgrund seines jüdischen Glaubens.

»Antisemitismus ist ein schwerwiegender Vorwurf«, erklärte der Rektor. »Fünfundzwanzig Prozent unserer Klienten – also der Eltern – stammen aus der jüdischen Gemeinde, und ich brauche Ihnen nicht zu sagen, dass …«

»Nein, das brauchen Sie auch nicht, Herr Direktor.« Jetzt ging er wirklich zu weit. Die Partei eines Jungen gegen einen Lehrer zu ergreifen – und das in aller Öffentlichkeit, wo jeder mithören konnte – war mehr als illoyal. Mein Unmut wuchs. »Hier geht es um eine Frage von Persönlichkeit, mehr nicht, und ich erwarte, dass Sie bei dieser völlig haltlosen Anschuldigung hundert Prozent hinter mir stehen. Und da wir schon dabei sind, möchte ich Sie daran erinnern, dass bei Fragen der Disziplin hierarchisch vorgegangen wird, und diese Hierarchie beginnt beim Klasslehrer. Und es missfällt mir, wenn meine Aufgaben ohne vorherige Absprache von anderen übernommen werden.«

»Mr. Straitley!« Der Rektor sah mich erschüttert an.

»Ja, Herr Direktor.«

»Da ist noch etwas.« Ich wartete, immer noch kochend. »Mrs. Knight sagt, dass ein wertvoller Füller, den ihr Sohn zur Bar-Mizwa bekam, im Verlauf des gestrigen Nachmittags aus dem Spind ihres Sohnes verschwunden ist. Und Sie, Mr. Straitley, wurden dabei beobachtet, wie Sie zu eben der Zeit Spinde der dritten Klasse öffneten.«

Vae! Innerlich verfluchte ich mich. Ich hätte vorsichtiger sein müssen, hätte – den Vorschriften entsprechend – die Spinde in Anwesenheit der Jungs durchsuchen müssen. Aber die 3S ist meine Klasse, in vieler Hinsicht meine Lieblingsklasse. Es ist einfacher, nach meiner bewährten Methode vorzugehen – dem Missetäter heimlich nachzuspüren, das Beweisstück zu entfernen und es dabei bewenden zu lassen. Das hatte bei Allen-Jones und den Türschildern funktioniert, es hätte auch bei Knight funktioniert. Nur, dass ich in Knights Spind nichts gefunden habe – auch wenn ich im tiefsten Inneren wusste, dass er der Schuldige war. Und ganz bestimmt hatte ich nichts aus seinem Spind entfernt.

Der Rektor war in Fahrt gekommen. »Mrs. Knight wirft Ihnen nicht nur vor, dass Sie den Jungen wiederholt schikaniert und gedemütigt haben«, fuhr er fort, »sondern auch, dass Sie ihn mehr oder minder des Diebstahls beschuldigt haben und dass Sie, als er widersprach, heimlich ein wertvolles Objekt aus seinem Spind entwendeten – wohl in der Hoffnung, ihn zu einem Geständnis zu bewegen.«

»Ich verstehe. Und jetzt sage ich Ihnen, was ich von Mrs. Knight …«

»Die Haftpflichtversicherung der Schule wird natürlich für den Verlust aufkommen. Aber es erhebt sich doch die Frage …«

»Was?« Mir verschlug es fast die Sprache. Jungs verlieren ständig etwas. In diesem Fall Erstattung zu leisten bedeutete quasi ein Schuldeingeständnis meinerseits. »Das lasse ich nicht zu. Ich wette, dass das verdammte Ding unter seinem Bett oder sonst wo auftaucht.«

»Ich möchte die Sache lieber auf dieser Ebene regeln, bevor die Beschwerde an das Kuratorium weitergeleitet wird«, sagte der Rektor mit ungewohnter Offenheit.

»Das glaube ich sofort«, sagte ich. »Aber wenn Sie das tun, haben Sie am Montag mein Kündigungsschreiben auf dem Tisch.«

Der Rektor wurde blass. »Bitte beruhigen Sie sich doch, Roy …«

»Ich will mich nicht beruhigen. Es ist die Pflicht eines Schulleiters, hinter dem Lehrkörper zu stehen. Und nicht bei der ersten üblen Nachrede einzuknicken.«

Es folgte ein eher eisiges Schweigen. Mir wurde bewusst, dass meine Stimme – jahrelang trainiert durch die Akustik im Glockenturm – recht laut geworden war. Mehrere Jungs und ihre Eltern standen in Hörweite herum, und der kleine Timid, der noch Aufsicht hatte, starrte mich mit offenem Mund an.

»Nun gut, Mr. Straitley«, sagte der neue Rektor förmlich.

Und damit ging er und ließ mich mit dem Gefühl stehen, dass ich im besten Fall einen Pyrrhussieg errungen und im schlimmsten ein katastrophales Eigentor geschossen hatte.

Kapitel 13

Der arme Straitley. Als er heute ging, wirkte er so bedrückt, dass es mir fast Leid tat, seinen Füller stibitzt zu haben. Er sah alt aus – nicht mehr einschüchternd, sondern einfach nur alt, ein trauriger Clown mit Tränensäcken, der seine beste Zeit schon lange hinter sich hat. Aber das stimmt natürlich nicht. Roy Straitley hat große innere Widerstandskraft, er ist wirklich gefährlich intelligent. Trotzdem, nennen Sie mich nostalgisch oder pervers, aber heute mochte ich ihn mehr denn je zuvor. Soll ich ihm einen Gefallen tun? Um der alten Zeiten willen?

Ja, vielleicht. Vielleicht tue ich das tatsächlich.

Zur Feier meiner überstandenen ersten Woche öffnete ich eine Flasche Champagner. Sicher, das Spiel hat gerade erst begonnen, doch ich habe schon eine ganze Reihe giftiger Samen gesät. Knight erweist sich als nützliches Werkzeug, ist beinahe mein »ganz spezieller kleiner Freund«, wie Straitley solche Jungen nennt. Er unterhält sich in fast jeder Pause mit mir und hängt mir förmlich an den Lippen. Nicht, dass ich etwas sage, was sich gegen mich verwenden ließe – das weiß ich wohl zu verhindern –, aber durch Andeutungen und Histörchen kann ich ihn ganz gut in die richtige Richtung lenken.

Seine Mutter beschwerte sich natürlich nicht beim Kuratorium. Das hatte ich auch nicht erwartet, so theatralisch sie gerne tut. Diesmal zumindest noch nicht. Trotzdem, all diese unschönen Vorkommnisse werden gespeichert, bis sie peu à peu das Fass zum Überlaufen bringen.

Skandale, das Gift, das Fundamente zum Einsturz bringt. St. Oswald's hat seinen gut Teil an unrühmlichen Vorfällen gehabt, die zumeist vom Kuratorium aus der Welt geschafft wurden. Die Affäre mit Shakeshafte, zum Beispiel, oder vor fünfzehn Jahren die hässliche Sache mit dem Hausmeister. Wie hieß er gleich noch mal? Snyde? Ich kann mich nicht an die Einzelheiten erinnern, alter Knabe, aber das beweist doch nur, dass man niemandem trauen kann.

Im Fall von Mr. Bray und meiner Schule gab es keine Kuratoren, die sich der Affäre angenommen hätten. Miss Potts hörte mir zu, zuerst mit aufgerissenem, dann mit verkniffenem Mund. »Aber Tracey ist erst fünfzehn«, sagte sie (sie, die sich immer bemühte, in Mr. Brays Stunden hübsch auszusehen, und jetzt vor Empörung bebte). »Fünfzehn!«

Ich nickte. »Bitte, erzählen Sie's niemandem weiter«, sagte ich. »Wenn er herausfindet, dass ich Ihnen was gesagt habe, bringt er mich um.«

Das war der Köder, und wie erwartet, biss sie an. »Dir passiert nichts«, sagte Miss Potts mit Nachdruck. »Du musst mir nur alles erzählen.«

Ich hielt den Termin mit Mr. Bray nicht ein. Stattdessen saß ich zitternd vor Angst und Aufregung vor dem Direktorat und verfolgte das Drama, das sich drinnen abspielte. Bray stritt natürlich alles ab, doch die vernarrte Tracey weinte bitterlich wegen seines öffentlichen Verrats, verglich sich mit Julia, drohte mit Selbstmord und erklärte schließlich, sie sei schwanger – woraufhin die Besprechung sich in Panik und gegenseitigen Vorwürfen auflöste. Bray rauschte davon, um seinen Gewerkschaftsvertreter anzurufen. Miss Potts drohte, die Lokalzeitungen zu informieren, wenn nicht auf der Stelle etwas unternommen werde, um andere unschuldige Mädchen davor zu bewahren, von diesem Lustmolch in die Irre geleitet zu werden – den sie immer schon verdächtigt habe und der ihrer Ansicht nach hinter Gitter gehöre.

Am folgenden Tag wurde Mr. Bray für die Dauer der Ermittlungen von der Schule suspendiert, und aufgrund der Ergebnisse kam er nie wieder. Wir bekamen eine neue und sehr junge Sportlehrerin namens Miss Applewhite, die mein Asthma ohne weiteres als Ausrede akzeptierte. Und selbst ohne die Erfahrung der Karatestunden stellte ich fest, dass ich meiner Klasse eine gewisse Achtung abgetrotzt hatte als die Person, die den Mut aufgebracht hatte, es mit dem Schwein Bray aufzunehmen.

Wie schon gesagt, ein gezielter Steinwurf kann einen Riesen zu Fall bringen. Bray war der Erste, mein Gesellenstück, wenn Sie so wollen. Vielleicht merkten meine Klassenkameraden das, spürten unbewusst, dass ich gelernt hatte, mich zu wehren, denn nach dem Vorfall hörten die Hänseleien und Schikanen, die mein Leben an der Schule zur Hölle gemacht hatten, schlagartig auf. Ich war zwar nicht beliebter als zuvor, aber während viele bis dahin keine Gelegenheit ausgelassen hatten, mich zu quälen, ließen sie mich jetzt einfach in Ruhe, Schüler und Lehrer gleichermaßen.

Zu wenig, zu spät. Da war ich schon fast jeden Tag in St. Oswald's. Ich streifte durch die Korridore, während der Pausen unterhielt ich mich mit Leon. Ich war sorglos und glücklich. In der Prüfungswoche durfte Leon, wenn er nicht gerade eine Arbeit schreiben musste, in der Bibliothek lernen, also fuhren wir in die Stadt, schauten uns Schallplatten an – und klauten manchmal welche, obwohl Leon das eigentlich gar nicht nötig hatte, denn er bekam mehr als genug Taschengeld.

Ich allerdings nicht. Praktisch mein ganzes Geld – das aus meinem bisschen Taschengeld und der Summe für das Mittagessen bestand, die ich nicht mehr in der Schule ausgab – verwendete ich darauf, mein Rollenspiel in St. Oswald's aufrechtzuerhalten.

Und es waren gewaltige Ausgaben. Bücher, Hefte und Stifte, Getränke und Snacks von der Imbissbude, Fahrgeld zu Auswärtswettkämpfen und natürlich die Uniform. Mir war bald aufgegangen, dass zwar alle Jungen dieselbe Uniform trugen, man aber doch einem gewissen Standard entsprechen musste. Ich hatte mich Leon als Neuzugang vorgestellt, als Sohn eines Polizeiinspektors. Also war es undenkbar, dass ich weiterhin Kleider aus zweiter Hand trug, die ich aus dem Fundbüro geklaut hatte, und meine eigenen ausgetretenen, verdreckten Turnschuhe. Ich brauchte eine neue Uniform, glänzende Schuhe, eine Ledertasche.

Einiges davon ließ ich außerhalb der Unterrichtsstunden aus Spinden mitgehen und ersetzte die Namensschildchen durch meine eigenen. Anderes kaufte ich von meinen Ersparnissen. Zweimal bediente ich mich am Biergeld meines Vaters, während er in der Kneipe war, und hoffte, er würde es nicht merken, wenn er betrunken nach Hause kam. Beim ersten Mal klappte es, aber bei diesen Dingen war mein Vater erstaunlicherweise wachsamer, als ich ihm zugetraut hätte, und beim zweiten Mal wäre er mir beinahe auf die Schliche gekommen. Zum Glück gab es jemanden, der weitaus verdächtiger war als ich. Es kam zu einem handfesten Krach, und die nächsten zwei Wochen trug Pepsi eine Sonnenbrille. Von da an beklaute ich meinen Vater nie wieder.

Stattdessen stahl ich in Läden. Leon gegenüber tat ich so, als mache ich es zum Vergnügen. Wir wetteiferten darum, wer mehr Platten klauen konnte, und teilten die Beute anschließend in unserem »Clubhaus« im Wald hinter der Schule. Ich erwies mich als unerwartet begabt, Leon allerdings war ein Naturtalent. Er hatte überhaupt keine Angst. Er präparierte einen langen Mantel mit großen Taschen im Futter, in die er so viele Platten und CDs steckte, dass er unter ihrem Gewicht beinahe zusammenbrach. Einmal hätten sie uns um ein Haar erwischt. Wir hatten gerade die Ladentür erreicht, als das Futter von Leons Mantel zerriss und die Platten mitsamt den Hüllen herausfielen. Das Mädchen an der Kasse starrte uns an, Kunden beobachteten uns mit offenem Mund, selbst der Ladendetektiv schien vor Überraschung wie erstarrt. Ich wollte schon türmen, aber Leon lächelte nur entschuldigend und sammelte die Platten ordentlich ein, bevor er die Beine in die Hand nahm. Sein langer Mantel flatterte beim Laufen hinter ihm her. Es dauerte sehr lange, bis ich wieder einen Fuß in den Laden setzen wollte, obwohl wir das auf Leons Betreiben hin schließlich doch taten.

Es ist alles nur eine Frage der Einstellung. Das lernte ich von Leon, auch wenn er mir, hätte er von meiner Hochstapelei gewusst, sicher den Sieg zuerkannt hätte. Aber ihm davon zu erzählen war schlechterdings undenkbar. Für Leon waren die meisten Leute »banal«. Sunnybanker waren »Plebs«, und die Leute, die in Sozialbausiedlungen lebten (einschließlich der Wohnungen in der Abbey Road, wo meine Eltern und ich früher gewohnt hatten), waren »Flachzangen«, »Matratzen«, »Luschen« und »Proleten«.

Natürlich verachtete ich die Leute auch, doch meine Ablehnung ging tiefer. Ich kannte Dinge, von denen Leon mit seinem schönen Zuhause, seinem Latein und seiner E-Gitarre nichts wusste. Unsere Freundschaft war keine Freundschaft unter Ebenbürtigen. In der Welt, die wir uns aufbauten, gab es keinen Platz für ein Kind von John und Sharon Snyde.

Das Einzige, was ich bedauerte, war, dass dieses Spiel nicht ewig dauern konnte. Aber mit zwölf Jahren denkt man selten an die Zukunft, und wenn an meinem Horizont dunkle Wolken auftauchten, bemerkte ich sie nicht, weil ich zu sehr in meiner neuen Freundschaft aufging.

Kapitel 14

St. Oswald's, Oberschule für Knaben
Mittwoch, 15. September

Als ich gestern nach der Mittagspause in mein Klasszimmer kam, hing am schwarzen Brett eine Zeichnung, eine unbeholfene Karikatur meiner Person mit Hitlerbärtchen und einer Sprechblase, in der stand: »Juden raus!«

Jeder hätte sie dort aufhängen können – jemand von Devines Schülern, die nach der Pause dort Unterricht hatten, einer von Timids Geografen oder vielleicht auch ein Präfekt, der gerade Aufsicht und einen verqueren Sinn für Humor hatte –, aber ich wusste, dass sie von Knight stammte. Das sagte mir seine selbstgerechte, ausdruckslose Miene, die Art, wie er meinem Blick auswich, die kleine Pause, die er zwischen dem »Ja« und dem »Sir« machte – eine Unverschämtheit, die nur mir auffiel.

Wortlos entfernte ich das Bild und warf es, scheinbar, ohne es eines Blickes zu würdigen, in den Papierkorb. Allerdings spürte ich das Kribbeln der Auflehnung um mich her. Sonst herrscht Ruhe, doch von der lasse ich mich nicht täuschen. Es ist nur die trügerische Ruhe im Angesicht des Sturms. Die Krise steht uns noch bevor.

Ich fand nie heraus, wer mich damals im Spindraum gesehen hatte. Irgendjemand, der mir an den Karren fahren wollte. Ich würde es sowohl Geoff als auch Penny Nation zutrauen. Auf ihre scheinheilige Art, hinter der sie ihre Bösartigkeit verbergen, leiten sie ständig »Ungereimtheiten in Verfahrensdingen« an die Schulleitung weiter. Zufällig unterrichte ich dieses Jahr ihren Sohn – ein kluger, farbloser Erstklässler –, und seitdem die

Kurslisten gedruckt sind, legen die beiden ein übertriebenes Interesse für meine Unterrichtsmethoden an den Tag. Es könnte auch Isabelle Tapi gewesen sein, die mich nicht leiden mag, oder Timid, der seine eigenen Gründe hat – oder sogar einer der Jungs.

Eigentlich ist es egal. Aber seit dem ersten Schultag habe ich das Gefühl, dass jemand mich beobachtet, und zwar sehr genau und ohne Wohlwollen. So muss Caesar sich gefühlt haben, als die Iden des März nahten.

Im Unterricht geht alles seinen gewohnten Gang. Eine Lateinklasse im ersten Jahr, die noch dem fatalen Eindruck erliegt, ein Verb sei ein »Tunwort«; eine Gruppe durchschnittlicher Sechstklässler, die mit mäßigem Erfolg die *Aeneis IX* durcharbeitet; meine eigene 3S, die sich (zum dritten Mal) mit dem Gerundium abmüht, unterbrochen von schlauen Bemerkungen von Sutcliff und Allen-Jones (unverwüstlich wie eh und je) und schwerfälligeren Kommentaren von Anderton-Pullitt, der Latein für eine Verschwendung von Zeit und Energie hält, die man besser ins Studium der Flugzeuge aus dem Ersten Weltkrieg investieren sollte.

Das kleine Extemporale, das ich sie am Ende der Stunde schreiben ließ, überzeugte mich, dass die meisten jetzt so weit mit dem Gerundium vertraut sind, wie man es nach drei Jahren Latein erwarten kann. Sutcliff hatte seine Arbeit mit ein paar witzigen Zeichnungen verziert, auf denen »Gerundiumspezies in ihrem natürlichen Lebensraum« zu sehen sind und »was passiert, wenn ein Gerundium einem Gerundiv begegnet«. Ich muss mir Sutcliff wirklich einmal vorknöpfen. Trotzdem kleben die Zeichnungen jetzt auf der Klappe meines Pults, quasi als nettes Gegenstück zu der geheimnisvollen Karikatur heute Morgen.

Aus dem Fachbereich gibt es Positives und Negatives zu vermelden. Dianne Dare macht sich offenbar ganz gut, was auch nötig ist, weil Pearman momentan die Ineffizienz in Person ist. Dafür kann er nichts – ich mag ihn gern, trotz seiner Desorganisation, immerhin hat er einen Verstand –, aber die neue Lehrerin hat Scoones aus dem Takt gebracht, er ist gehässig und widerwärtig geworden, so dass der ruhige Pearman ständig kurz vorm Explodieren ist, und selbst Kittys übliche Munterkeit hat einen Dämpfer bekommen. Nur Tapi tangiert das alles offenbar nicht, vielleicht wegen ihrer wachsenden Nähe zum Schreckensmenschen Light, mit dem sie mehrfach im Thirsty Scholar gesehen wurde. Einmal teilten die beiden sich sogar ein Sandwich im Refektorium.

Die Deutschen andererseits frohlocken über ihre momentane Überlegenheit. Sollen sie nur. Die Mäuse mögen ja verschwunden sein – ein Opfer von Dr. Devines Gesundheits- und Sicherheitsvorkehrungen –, aber Straitleys Gespenst gibt keine Ruhe, rasselt mit seinen Ketten und stiftet gelegentlich Chaos.

Um den Preis eines Biers im Scholar habe ich einen Schlüssel zum neuen Deutsch-Büro bekommen, in das ich mich jetzt zurückziehe, sobald Devine zu einer Hausversammlung geht. Die dauert zwar nur zehn Minuten, ist aber lang genug, um zumindest ein gewisses Durcheinander anzurichten – Kaffeetassen auf den Schreibtisch stellen, das Telefon ausstöpseln und die Stifte schief anordnen, das Kreuzworträtsel in Devines persönlicher Ausgabe der *Times* lösen –, damit ich nicht in Vergessenheit gerate.

Meine Aktenschränke wurden in das benachbarte Bücherzimmer relegiert – was Dr. Devine Sorge bereitet. Bislang wusste er nichts von der Existenz einer Verbindungstür zwischen den beiden Zimmern, und die habe ich zwischenzeitlich wieder in Gebrauch genommen. Er sagt, er könne meinen Zigarettenrauch noch an seinem Schreibtisch riechen, und führt mit selbstgerechter Überheblichkeit Gesundheits- und Sicherheitsgründe an: Derart viele Bücher stellten eine Feuergefahr dar, erklärt er und verlangt, dass ein Rauchmelder eingebaut wird.

Zum Glück hat Bob Strange – der in seiner Eigenschaft als zweiter Stellvertreter für die Finanzen der Fachbereiche zuständig ist – klipp und klar gesagt, dass bis zum Besuch der Schulaufsicht keine weiteren Ausgaben getätigt werden dürfen. So muss Sauertraub sich bis auf weiteres mit meiner Gegenwart abfinden.

Der Rektor betreibt seine Socken-Offensive mit immer größerer Verve. Am Montag widmete er die ganze Schulversammlung diesem Thema, mit der Folge, dass seitdem praktisch alle Jungs in meiner Klasse ihre ausgefallensten Socken anziehen – in einigen Fällen mit grellfarbenen Sockenhaltern.

Bislang habe ich gesehen: ein Mal Bugs Bunny, drei Mal Bart Simpson, ein Mal *South Park,* vier Mal *Beavis and Butthead* sowie bei Allen-Jones ein grell pinkfarbenes Paar mit den Powerpuff Girls in Paillettenstickerei. Ich kann nur von Glück reden, dass meine Augen nicht mehr so gut sind wie früher und mir derartige Entgleisungen deshalb entgehen.

Natürlich weiß jeder, woher der Wind weht bei diesem plötzlichen Interesse des neuen Rektors an Socken. Der Besuch der Schulaufsicht rückt unaufhaltsam näher, und nach den enttäuschenden Prüfungsergebnissen vergangenen Sommer (die sich nur der Überfrachtung des Lehrplans und den neuesten staatlichen Verordnungen verdanken) weiß er, das er sich keine mittelprächtige Beurteilung leisten kann.

Deshalb kommt der Schuluniform in diesem Trimester oberste Priorität zu, ebenso wie Graffiti, Gesundheit und Sicherheit, Mäuse, Medienkompetenz und das Gehen auf der linken Seite des Korridors. Der gesamte Lehrkörper soll schulintern beurteilt werden, eine neue Broschüre ist bereits in Druck, ein Unterkomitee wurde ins Leben gerufen, das Vorschläge zur Imagepflege der Schule entwerfen soll, und auf dem Besucherparkplatz wird eine zusätzliche Reihe von Stellplätzen für Behinderte eingerichtet.

Angesichts all dieser ungewohnten Aktivität zeigt sich Fallow, der Hausmeister, von seiner diensteifrigsten Seite. Dabei verfügt er über das Geschick, sehr geschäftig zu wirken und sich in Wahrheit jeglicher Arbeit zu entziehen. So lungert er mit einem Klemmbrett in der Hand in Ecken und vor Klasszimmern herum und beaufsichtigt die Reparaturen, die Jimmy vornimmt. Dabei kann er viele Gespräche zwischen Lehrern belauschen, die er vermutlich stante pede an Dr. Devine weiterträgt. Auf jeden Fall ist Sauertraub, der offiziell jedwedem Lehrerzimmerklatsch abhold ist, erstaunlich gut informiert.

Heute Nachmittag unterrichtete Miss Dare als Vertretung für den erkrankten Timid in meinem Klasszimmer. Magengrippe, wie Bob Strange mir sagte, obwohl ich das nicht recht glaube. Einige Menschen sind geborene Lehrer, andere nicht, und obwohl Timid nicht den absoluten Rekord brechen wird – der gebührt einem Mathematiklehrer namens Jerome Fentimann, der an seinem ersten Schultag in der Mittagspause verschwand und nie mehr gesehen ward –, würde es mich nicht wundern, wenn er uns wegen einer nebulösen Krankheit mitten im Trimester verließ.

Zum Glück ist Miss Dare aus anderem Holz geschnitzt. Ich höre sie aus dem Silentiumraum mit Timids Informatikklasse sprechen. Ihre ruhige Art täuscht, dahinter verbergen sich Intelligenz und Können. Ihre Distanziertheit hat nichts mit Schüchternheit zu tun, sie ist einfach sich selbst genug und hat wenig mit den anderen Neuen zu tun. Ich sehe sie ziemlich häufig – immerhin teilen wir ein Zimmer –, und stelle verblüfft fest, dass sie sich erstaunlich rasch im Labyrinth von St. Oswald's zurechtfindet, mit den zahllosen Korridoren und Räumen, den Traditionen und Tabus, der ganzen Infrastruktur. Zu den Jungs ist sie freundlich, ohne allzu persönlich zu werden, sie weiß, wie man Strafen verhängt, ohne den Schüler gegen sich aufzubringen, sie kennt sich mit ihrem Fach aus.

Vor Unterrichtsbeginn saß sie heute in meinem Klasszimmer beim Korrigieren, und so konnte ich sie ein paar Sekunden unauffällig beobachten. Schlank, nüchtern in frischer weißer Bluse und adretter grauer Hose, perfekt geschnittenes dunkles Haar. Ich trat einen Schritt vor, sie bemerkte mich und stand sofort auf, um mir meinen Stuhl anzubieten.

»Guten Morgen, Sir. Ich habe nicht so früh mit Ihnen gerechnet.«

Es war sieben Uhr fünfundvierzig. Light kommt natürlich jeden Morgen erst um fünf vor neun, Bishop erscheint zwar früh, allerdings nur, um seine Runden auf der Aschenbahn zu drehen, und selbst Gerry Grachvogel ist nie vor acht in seinem Zimmer. Und dieses »Sir« – hoffentlich ist Miss Dare keine, die sich anbiedern will. Andererseits mag ich es nicht, wenn Grünschnäbel sich unaufgefordert meines Vornamens bedienen, als wäre ich ein Klempner oder eine Kneipenbekanntschaft. »Was gefällt Ihnen nicht am Silentiumraum?«

»Mr. Pearman und Mr. Scoones haben sich über Neuzugänge unterhalten. Ich hielt es für taktvoller, mich zurückzuziehen.«

»Ich verstehe.« Ich setzte mich und zündete eine Gauloise an.

»Verzeihung, Sir. Ich hätte Sie um Erlaubnis fragen sollen.« Ihr Ton war höflich, doch ihre Augen blitzten. Sie hat etwas Pfiffiges an sich, und das gefiel mir.

»Zigarette?«

»Nein danke. Ich rauche nicht.«

»Keine Laster, wie?« Gute Götter, bitte kein zweiter Sauertraub.

»Oh doch. Mehr als genug, das können Sie mir glauben.«

»Hm.«

»Einer Ihrer Jungen hat mir gesagt, dass Sie seit über zwanzig Jahren in diesem Zimmer sind.«

»Noch länger, wenn Sie die Jahre als Insasse mitzählen.« In den Tagen hatten die Altphilologen über ein ganzes Reich geherrscht, Französisch bestand aus einem einzigen Tweedjackett, das sich der *méthode Assimil* befleißigte und seinen Schülern die Sprache durch Vorlesen nahe brachte; Deutsch war unpatriotisch.

O tempore! O mores! Ich seufzte. Horatius an der Tiberbrücke, der ganz allein die barbarischen Horden zurückdrängte.

Miss Dare grinste. »Eine schöne Abwechslung von den Plastiktischen und den weißen Tafeln. Ich finde, Sie haben Recht, sich dagegen zu wehren. Außerdem mag ich Ihre Lateinschüler.

Denen brauche ich keine Grammatik beizubringen. Und sie können buchstabieren.«

Ein intelligentes Mädchen, dachte ich mir. Ich überlegte, was sie wohl von mir wollte. Es gibt schnellere Wege, die Karriereleiter zu erklimmen, als über den Umweg des Glockenturms, und wenn sie ehrgeizig war, sollte sie ihre Komplimente lieber auf Bob Strange verschwenden, auf Pearman oder Devine. »Sie sollten Acht geben«, sagte ich zu ihr. »Ehe Sie sich's versehen, sind Sie fünfundsechzig, übergewichtig und von Kreide verstaubt.«

Miss Dare lächelte und sammelte ihre Hefte ein. »Sie haben sicher zu arbeiten«, sagte sie und ging zur Tür. Dann blieb sie stehen. »Verzeihen Sie, wenn ich Sie so offen frage, Sir«, sagte sie, »aber gehen Sie dieses Jahr in Pension?«

»Pension? Sie machen Witze. Ich habe es auf eine Zenturie abgesehen.« Ich betrachtete sie eingehend. »Warum? Hat jemand etwas gesagt?«

Miss Dare sah peinlich berührt aus. »Es ist nur …« Sie zögerte. »Mr. Strange hat mich gebeten, die Schulzeitung zu redigieren. Und als ich die Lehrer- und Fachbereichslisten durchging, fiel mir auf, dass …«

»Was?« Ihre Höflichkeit ging mir allmählich auf die Nerven. »Jetzt spucken Sie's schon aus!«

»Es ist nur – in diesem Jahr haben Sie offenbar keinen Eintrag«, sagte Miss Dare. »Es sieht aus, als wäre der Fachbereich der Altphilologen …« Wieder zögerte sie, suchte nach Worten. Mir riss die Geduld.

»Was denn? Was? Marginalisiert? Zusammengelegt? Vergessen Sie die Fachbegriffe, und sagen Sie, was Sie denken! Was ist mit den verdammten Altphilologen?«

»Gute Frage, Sir«, antwortete Miss Dare, ungerührt von meinem Ausbruch. »Laut den Schulunterlagen – sprich der Broschüre, den Fachbereichslisten, der Schulzeitung –, gibt es ihn nicht.« Nach einer kurzen Pause fuhr sie fort: »Und, Sir … nach der Liste des Lehrerkollegiums gibt es Sie auch nicht.«

Kapitel 15

Montag, 20. September

Gegen Ende der Woche wusste die ganze Schule Bescheid. In Anbetracht der Umstände wäre es ratsam gewesen, wenn Straitley erst einmal stillgehalten und seine Optionen überdacht hätte, aber derartige Diplomatie ist ihm nicht gegeben. Deshalb marschierte er, sobald er die Fakten überprüft hatte, schnurstracks in Stranges Büro und verlangte eine Aussprache.

Strange leugnete natürlich, irgendetwas unter der Hand getan zu haben. Der neue Fachbereich, sagte er, würde einfach »Fremdsprachen« genannt werden, der alte und neue Sprachen umfasste sowie zwei neue Fächer, nämlich »Sprachliche Sensibilisierung« und »Sprachdesign«, die ein Mal pro Woche im Computerraum gegeben würden, sobald die entsprechende Software eingetroffen sei (auf jeden Fall noch vor dem Besuch der Schulaufsicht am 6. Dezember, wie er versicherte).

Der Fachbereich der Altphilologen sei weder demontiert noch marginalisiert worden, sagte Strange, vielmehr sei das gesamte Profil der Fremdsprachen entsprechend den neuen Lehrplänen geschärft worden. In St. Henry's sei das seines Wissens bereits vor vier Jahren geschehen, und um konkurrenzfähig zu bleiben …

Was Roy Straitley davon hielt, ist nicht überliefert. Zum Glück äußerte er seine Beleidigungen offenbar auf Latein, nichtsdestotrotz herrscht seitdem zwischen den beiden ein höflich unterkühlter Ton.

Aus »Bob« ist »Mr. Strange« geworden. Zum ersten Mal in

seinem Leben macht Straitley Dienst nach Vorschrift. Er besteht darauf, spätestens um acht Uhr dreißig zu erfahren, ob er an dem Tag Vertretungsstunden halten muss, was zwar den Verordnungen entspricht, Strange aber dazu zwingt, gut zwanzig Minuten früher als sonst in die Schule zu kommen. Als Folge davon hat Straitley mehr Pausenaufsichten an Regentagen und Vertretungsstunden am Freitagnachmittag, als gerechterweise von ihm verlangt werden dürfte, was dem Verhältnis der beiden nicht gerade förderlich ist.

Doch so amüsant das alles auch sein mag, es ist nicht mehr als eine kleine Ablenkung. St. Oswald's hat Tausende unbedeutender Dramen dieser Art überstanden. Meine zweite Woche ist um, ich fühle mich überaus wohl in meiner Rolle, und fast bin ich versucht, diese Situation etwas länger auszukosten. Aber ich weiß, dass es keinen besseren Zeitpunkt gibt, um zum Schlag auszuholen. Nur wo?

Nicht Bishop, nicht der Schulleiter. Straitley? Verlockend. Früher oder später wird er daran glauben müssen, doch das Spiel macht mir momentan viel zu viel Spaß, als dass ich ihn jetzt schon verlieren möchte. Nein. Eigentlich gibt es nur einen, bei dem ich ansetzen kann: der Hausmeister.

Es war ein schlechter Sommer für John Snyde. Er trank mehr denn je, und allmählich machte sich das bemerkbar. Er war immer schon untersetzt gewesen und hatte im Lauf der Jahre fast unmerklich zugenommen, bis er auf einmal regelrecht fett wirkte.

Zum ersten Mal fiel es mir auf. Ich sah, dass mein Vater langsam und schwerfällig war, dass seine Augen blutunterlaufen waren, dass er mürrisch und reizbar war. Bei der Arbeit zeigte sich das selten, aber ich wusste, dass diese Wut in ihm steckte, wie ein unterirdisches Wespennest, in das jederzeit jemand treten konnte.

Dr. Tidy, der Kämmerer, hatte mit ihm darüber gesprochen, doch bislang war mein Vater nicht offiziell verwarnt worden. Die

Jungen wussten es auch, vor allem die kleineren. In dem Sommer hänselten sie ihn gnadenlos, riefen in ihren mädchenhaften Stimmen: *John! He, John!*, folgten ihm auf Schritt und Tritt, während er seiner Arbeit nachging, liefen dem fahrbaren Rasenmäher hinterher, als er methodisch den Kricket- und den Fußballplatz mähte und sein massiger Leib zu beiden Seiten des kleinen Sitzes herunterhing.

Er hatte zahllose Spitznamen: Fettkloß, Glatzen-Johnny (er war sehr empfindlich wegen der sich lichtenden Stelle am Scheitel und versuchte, sie unter einer pomadisierten Strähne zu verbergen), Schwartenkreuzer, John, der Pommes-Prof. Der fahrbare Rasenmäher, eine Quelle ewiger Erheiterung, hieß bei den Jungen das Geile Gefährt oder Johns Kutsche. Ständig ging er kaputt. Es hieß, der Mäher laufe auf dem Pommesfett, das John Snyde sich ins Haar schmiere, und John fahre ihn, weil er schneller sei als sein Auto. Hin und wieder hatten die Jungen morgens einen schalen Biergeruch bei meinem Vater bemerkt, und seitdem witzelten sie über seinen Mundgeruch. Einige taten, als würden sie betrunken werden von seinem Atem, andere fragten ihn, wie viel Promille er habe und ob er in dem Zustand das Geile Gefährt überhaupt steuern dürfe.

Es versteht sich von selbst, dass ich mich bei meinen Ausflügen in die Schule von diesen Jungen fern hielt. Ich war mir zwar ziemlich sicher, dass mein Vater nie die eigentlichen Jungen hinter der St.-Oswald's-Uniform sah, und trotzdem war mir unbehaglich in seiner Gegenwart. Ich schämte mich. Bei solchen Gelegenheiten hatte ich immer den Eindruck, ich hätte meinen Vater zuvor nie richtig wahrgenommen, und als er sich schließlich von den Provokationen dazu hinreißen ließ, schreiend um sich zu schlagen, versank ich vor Scham und Abscheu fast im Boden.

Das kam zum Großteil durch meine Freundschaft mit Leon. Er mochte mit seinen langen Haaren und seinen Ladendiebstählen ein Rebell sein, aber er war immer noch ein Produkt seiner Gesellschaftsschicht und redete mit Verachtung von »den Proleten«

und »den Banausen« und machte sich mit treffsicherem Zynismus über meine Altersgenossen von Sunnybank Park lustig.

Ich stimmte rückhaltlos in seinen Spott ein. Ich hatte Sunnybank Park von Anfang an gehasst, ich empfand kein Mitleid mit den dortigen Schülern und schlug mich mit jeder Faser meines Herzens auf die Seite von St. Oswald's. *Dort* gehörte ich hin, und alles an mir – Frisur, Stimme, Verhalten – spiegelte das wider. Damals wünschte ich mir mehr denn je, dass meine Lüge Wahrheit wäre, sehnte mich nach meinem erfundenen Polizeiinspektor-Vater und hasste den fetten Hausmeister, seinen stinkenden Atem und dicken Bierbauch mit Inbrunst. Mir gegenüber wurde er zunehmend gereizt. Die erfolglosen Karatestunden hatten seine Enttäuschung noch gesteigert, und immer öfter bemerkte ich, dass er mich mit unverhohlener Abneigung betrachtete.

Trotzdem bemühte er sich gelegentlich halbherzig um mich. Lud mich zu einem Fußballspiel ein, gab mir Geld fürs Kino. Aber das kam sehr selten vor. Ich sah, wie er jeden Tag mehr in seinen Trott von Fernsehen, Bier, Fastfood und lautem, peinlichem (und zunehmend unvollzogenem) Sex verfiel. Nach einer Weile hörte sogar der auf, und Pepsi tauchte immer seltener bei uns auf. Ein paar Mal sah ich sie in der Stadt. Einmal saß sie mit einem jungen Mann im Park. Er trug eine Lederjacke und hatte eine Hand unter ihren rosafarbenen Angorapullover gesteckt. Danach kam sie kaum noch zu uns.

Ironischerweise wurde mein Vater in der Zeit von genau dem gerettet, das er mittlerweile zu hassen gelernt hatte. St. Oswald's war sein Lebensinhalt gewesen, seine Hoffnung, sein Stolz. Jetzt schien die Schule ihn mit seiner eigenen Unzulänglichkeit zu verhöhnen. Trotzdem hielt er durch, erfüllte pflichtgemäß, wenn auch lieblos, seine Arbeiten, straffte seine kräftigen Schultern gegen die Jungen, die ihm Unflätigkeiten an den Kopf warfen und kleine gemeine Liedchen über ihn sangen. Er ertrug es meinetwegen, meinetwegen hielt er durch. Jetzt weiß ich das, jetzt, wo es zu spät ist. Aber mit zwölf sieht man vieles nicht, da gibt es noch so vieles entdecken.

»He, Pinchbeck!« Wir saßen im Hof unter der Buche. Es war heiß, und John Snyde mähte den Rasen. Ich erinnere mich an den Geruch, den Geruch von Schule, von gemähtem Gras, von Staub und von den Dingen, die allzu schnell außer Kontrolle gerieten. »Wie's scheint, hat der Schwartenkreuzer Ärger.«

Ich schaute hinüber. In der Tat: Am Rand des Kricketplatzes war das Geile Gefährt wieder einmal kaputtgegangen, und mein Vater bemühte sich, es neu zu starten, fluchte und schrie, während er den Bund seiner Jeans hochzog. Die kleinen Jungen umringten ihn wie Pygmäen ein verendendes Nashorn.

John! He, John! Ich hörte sie über den Kricketplatz hinweg, ein Gezirpe wie von Wellensittichen in der diesigen Hitze, die hier- und dorthin flitzten und sich gegenseitig anspornten, sich noch weiter vor zu wagen.

»*Verschwindet!*« Er schlug nach ihnen aus, als wollte er Krähen verscheuchen. Seine vom Bier verzerrte Stimme erreichte uns eine Sekunde später, gefolgt von schrillem Gelächter. Johlend und kreischend verzogen sie sich, nur um gleich darauf kichernd wieder näher zu schleichen.

Leon grinste. »Komm«, sagte er. »Da leisten wir uns einen Spaß.«

Widerwillig folgte ich ihm, hielt mich aber im Hintergrund, nahm vorsichtshalber sogar die Brille ab, an der er mich erkennen könnte. Das war überflüssig, mein Vater war betrunken. Betrunken und völlig außer sich, überreizt von der Hitze und den Jungen, die ihn nicht in Ruhe lassen wollten.

»Entschuldigung, Mr. Snyde, Sir«, sagte Leon zu ihm.

Mit aufgerissenem Mund drehte er sich um – das »Sir« verdutzte ihn.

Leon lächelte höflich. »Dr. Tidy möchte Sie sprechen, in seinem Büro«, sagte er. »Er sagt, es wäre wichtig.«

Mein Vater hasste den Kämmerer – ein schlauer, scharfzüngiger Mann, der von seinem makellosen kleinen Büro neben dem Pförtnerhaus aus die Schulfinanzen verwaltete. Die Feindseligkeit zwischen den beiden war nicht zu übersehen. Tidy war ordentlich bis zur Pingeligkeit, ging jeden Morgen in die Kirche, trank zur Stärkung seiner Nerven Kamillentee und züchtete im Wintergarten der Schule preisgekrönte Orchideen. Alles an John Snyde beleidigte seinen Sinn für Ordnung: der schlurfende Gang, das ungehobelte Benehmen, die vergilbte Unterhose, die aus dem Bund seiner Hose herausschaute.

»Dr. Tidy?«, fragte mein Vater mit zusammengekniffenen Augen.

»Ja, Sir«, sagte Leon.

»Mist.« Er schlurfte Richtung Büro davon.

Leon grinste mich an. »Ich würde zu gerne wissen, was Tidy sagt, wenn er die Fahne riecht«, sagte er, während er über die eingedellte Flanke des Rasenmähers strich. Dann blitzte ein gehässiges Funkeln in seinen Augen auf. »He, Pinchbeck! Fahren wir mal damit?«

Entsetzt und gleichzeitig aufgeregt, schüttelte ich den Kopf.

»Jetzt komm schon, Pinchbeck. Die Gelegenheit kriegen wir nie wieder.« Und schon saß er auf dem Mäher, betätigte den Anlasser, ließ ihn auf Touren kommen.

»Letzte Chance, Pinchbeck.«

Es war eine Herausforderung, der ich nicht widerstehen konnte. Ich sprang auf die Radhaube, hielt mich fest, als das Geile Gefährt sich schlingernd in Bewegung setzte. Die kleinen Jungen liefen kreischend davon. Leon lachte ausgelassen, unter den Rädern spritzte Gras wie eine grüne Fontäne in die Luft, und über den Rasen kam John Snyde gelaufen, viel zu langsam, aber gleichwohl wutschnaubend, und schrie: »He, ihr da! Ihr verfluchten Mistkerle!«

Leon sah zu mir. Wir näherten uns dem jenseitigen Rand des Rasens, der Mäher krachte und lärmte, hinter uns sahen wir John Snyde, hilflos abgeschlagen, und hinter ihm Dr. Tidy mit zornigem Gesicht. Eine Sekunde lang erstarrte ich vor schierer Freude. Wir waren verzaubert, wir waren Butch und Sundance, die von der Klippe sprangen, die in einer Gischt von Gras und Ruhm vom Rasenmäher hinunterhüpften und wie die Teufel liefen, während das Geile Gefährt unaufhaltsam und wie in Zeitlupe auf die Bäume zusteuerte.

Wir wurden nie erwischt. Die kleinen Jungen verpetzten uns nicht, und der Kämmerer war derart erzürnt über das Verhalten meines Vaters – mehr über seine rüde Sprache auf dem Schulgelände als über seine Trunkenheit und Pflichtvergessenheit –, dass er eventuellen Hinweisen auf die Übeltäter nie nachging. Mr. Roach, der Aufsicht gehabt hatte, wurde vom Schulleiter ermahnt, und mein Vater bekam eine offizielle Verwarnung und die Rechnung für die Reparatur.

Doch all das berührte mich nicht. Ich hatte eine weitere Grenze überschritten und schwebte im siebten Himmel. Selbst als ich das Schwein Bray fertig gemacht hatte, war ich nicht so glücklich gewesen, und tagelang ging ich auf Wolken, durch die ich nichts sehen, fühlen und hören konnte als Leon.

Ich war verliebt.

Damals wagte ich es nicht, mir das so offen einzugestehen. Leon und ich waren befreundet, mehr würde es nie sein können. Und trotzdem, genau das war es: abgöttische, blinde, aufopferungsvolle, schlaflose, besessene Liebe. Mein ganzes Leben wurde durch ihr rosa Objektiv gefiltert. Ich war nicht so verknallt zu glauben, dass meine Gefühle erwidert würden. Für ihn war ich bloß ein Erstklässler, nette Gesellschaft, ihm aber weit unterlegen. Manchmal verbrachte er die Mittagspause mit mir, doch manchmal ließ er mich die ganze Stunde vergeblich warten, ohne auch nur zu ahnen, welche Gefahren ich jeden Tag auf mich nahm, um bei ihm sein zu können.

Trotzdem war ich glücklich, und dafür brauchte ich Leon nicht ständig um mich zu haben. Es genügte mir zu wissen, dass er in der Nähe war. Ich ermahnte mich, klug zu sein, Geduld zu haben. Irgendwie war mir bewusst, dass ich ihm nicht lästig werden durfte, verschanzte meine Gefühle hinter einer Mauer der Spöttelei und entwickelte dabei immer kompliziertere Methoden, um ihn insgeheim anzubeten.

Wir tauschten unsere Schulpullover, und eine Woche lang trug ich seinen um die Schultern. Abends öffnete ich mit dem Hauptschlüssel meines Vaters seinen Spind und ging seine Sachen durch, las seine Schulhefte, seine Bücher, schaute die Kritzeleien und Strichmännchen an, die er malte, wenn ihm langweilig war, übte seine Unterschrift. Wenn ich nicht meine Rolle als St.-Oswald's-Schüler verkörperte, beobachtete ich ihn aus der Ferne, ging an seinem Elternhaus vorbei in der Hoffnung, ihn zu sehen oder auch nur seine Schwester, die ich wegen ihrer Verbindung zu ihm ebenfalls anbetete. Ich prägte mir das Autokennzeichen seiner Mutter ein. Ich fütterte heimlich seinen Hund. Ich kämmte mir meine glatten braunen Haare, bis ich glaubte, sie sähen aus wie seine, äffte seine Ausdrücke und seine Vorlieben nach. Ich kannte ihn gerade gut sechs Wochen.

Ich sah den bevorstehenden Sommerferien mit Erleichterung, aber auch mit neuen Ängsten entgegen. Erleichterung, weil die Anstrengung, in zwei Schulen zu erscheinen – wenn auch unregelmäßig –, sich allmählich bemerkbar machte. Miss McCauleigh beschwerte sich wegen fehlender Hausaufgaben und häufiger Abwesenheit vom Unterricht, und obwohl ich die Unterschrift meines Vaters mittlerweile überzeugend fälschen konnte, bestand immer die Gefahr, dass jemand ihn beiläufig wegen meines häufigen Fernbleibens von der Schule ansprach. Angst, weil ich Leon zwar bald nach Lust und Laune treffen konnte, aber noch mehr Risiken eingehen musste, um mein Spiel in Zivil weiterzutreiben.

Die Vorbereitungen dafür hatte ich schon getroffen. Der Rest war eine Frage des Timings, des Orts und einiger wohlgewählter Requisiten, vorwiegend Kostüme, die mich als Angehörigen der wohlhabenden Mittelschicht auswiesen.

Im einem Sportgeschäft in der Stadt klaute ich ein Paar teure Turnschuhe und beschaffte mir ein neues Rennrad (mein eigenes wäre völlig undenkbar gewesen), das in einiger Entfernung von der Schule vor einem hübschen Haus stand. Natürlich strich ich es neu an und verkaufte mein altes auf dem Markt. Wäre meinem Vater etwas aufgefallen, hätte ich ihm erklärt, dass mein altes zu klein geworden sei und ich es gegen ein größeres getauscht habe. Es war eine gute Ausrede, aber ich brauchte sie gar nicht anzuführen, denn zu dem Zeitpunkt, am Ende des Sommertrimesters, ging es mit meinem Vater zusehends bergab, und er bemerkte überhaupt nichts mehr.

Jetzt hat Fallow seine Stelle. Der fette Fallow mit seinen hängenden Mundwinkeln und der uralten Arbeitsjacke. Von den vielen Jahren auf dem fahrbaren Rasenmäher hat er dieselbe krumme Haltung wie mein Vater, und wie bei meinem Vater hängt ihm der Bauch obszön über den schmalen, glänzenden Gürtel. Es ist Tradition, dass alle Hausmeister von St. Oswald's John heißen, und das gilt auch für Fallow, obwohl die Jungen ihn nicht so hänseln und aufziehen wie damals meinen Vater. Darüber bin ich froh, denn sonst müsste ich eingreifen, und ich möchte momentan keine unnötige Aufmerksamkeit auf mich lenken.

Aber ich empfinde Fallow als einzige Beleidigung. Ihm wachsen Haare aus den Ohren, er sitzt in dem kleinen Pförtnerhaus und liest die *News of the World* mit uralten Pantoffeln an den bloßen Füßen, trinkt dazu milchigen Tee und bemerkt nichts, was um ihn herum vorgeht. Die eigentliche Arbeit, die Reparaturen, die Abflüsse, das Leitungsnetz, erledigt der Schwachkopf Jimmy. Fallow nimmt die Telefonanrufe entgegen. Es macht ihm Spaß, die Anrufer warten zu lassen – besorgte Mütter, die sich nach ihren kränkelnden Söhnen erkundigen, reiche Väter, die in letzter Minute durch eine Konferenz mit einem Direktor verhindert sind –, manchmal minutenlang, während er seinen Tee austrinkt und die Nachricht auf ein Stück gelbes Papier kritzelt. Er reist gerne und unternimmt mit seinem Arbeiterclub regelmäßig Tagesausflüge nach Frankreich. Dort geht er in den Supermarkt, isst Pommes und beschwert sich über die Einheimischen.

Bei der Arbeit ist er wahlweise unhöflich oder unterwürfig, je nach dem Status seines Gegenübers. Er knöpft den Jungen ein

Pfund ab, um ihnen den Spind mit dem Hauptschlüssel zu öffnen, schielt den Lehrerinnen beim Treppensteigen unter den Rock. Zu unwichtigen Angestellten ist er aufgeblasen und überheblich, sagt *Verstehen Sie, was ich meine?* und *Die Info ist gratis*.

Den höheren Chargen gegenüber ist er servil, zu Veteranen widerwärtig kumpelhaft, zu jungen Lehrern wie mir brüsk und geschäftig, ohne Zeit zum Plaudern. Nach Schulschluss am Freitag geht er in den Computerraum, angeblich, um die Rechner abzuschalten, in Wirklichkeit aber, um auf Pornoseiten herumzusurfen, während vor der Tür Jimmy die Dielen bohnert, damit das alte Holz wieder matt glänzt.

In weniger als einer Minute ist die Arbeit einer Stunde hinfällig. Montagmorgen um halb neun sind die Böden wieder genau so staubig und dreckig, als hätte Jimmy sie nie behandelt. Fallow weiß das, und obwohl er nie selbst putzt, ärgert er sich doch darüber, als wären Lehrkräfte und Schüler ein Störfaktor, der den reibungslosen Ablauf der Schule behindert.

Folglich überlegt er sich ständig kleine, widerwärtige Racheakte. Im Grunde achtet niemand auf ihn. Ein Hausmeister zählt nicht, deshalb kann er sich zahllose Freiheiten herausnehmen. Das bemerken die meisten Lehrer gar nicht, aber ich habe ihn beobachtet. Vom Glockenturm aus kann ich sein Pförtnerhaus sehen und verfolgen, wer kommt und wer geht.

Vor dem Schultor steht ein Eisverkäufer. Das hätte mein Vater nie geduldet, aber Fallow hat nichts dagegen. In der Mittagspause und nach Schulschluss gehen oft Jungen hinüber. Einige kaufen Eis, andere kommen zurück mit voll gestopften Taschen und dem verstohlenen Grinsen von Menschen, die das System überlistet haben. Offiziell dürfen Unterstufenschüler das Schulgelände nicht verlassen, aber der Eiswagen steht nur wenige Meter vor dem Tor, und Pat Bishop sagt nichts, solange keiner von ihnen die verkehrsreiche Straße überquert. Außerdem mag er selbst Eis. Ich habe ihn schon öfter gesehen, wie er an einer Waffeltüte schleckt, während er die Jungen im Hof beaufsichtigt.

Auch Fallow stattet dem Eiswagen Besuche ab. Und zwar vormittags, nach Unterrichtsbeginn. Er geht immer im Uhrzeigersinn um die Gebäude, damit er nicht unter dem Fenster des Lehrerzimmers vorbeigehen muss. Manchmal hat er eine Plastiktüte dabei – sie ist nicht schwer, aber ziemlich voll –, die er unter der Theke deponiert. Bisweilen kommt er mit einem Eis wieder.

Im Verlauf von fünfzehn Jahren sind viele Schlösser in der Schule ausgewechselt worden. Das war zu erwarten, schließlich war St. Oswald's schon immer einen Einbruch wert, und es musste auf Sicherheit geachtet werden. Das Pförtnerhaus bildet eine der wenigen Ausnahmen. Wer sollte auch dort einbrechen wollen? Da gibt es nichts als einen alten Sessel, einen Gasofen, einen Kessel, ein Telefon und ein paar unter der Theke versteckte Männermagazine. Es gibt noch ein zweites, besseres Versteck hinter der hohlen Tafel, die das Belüftungssystem abdeckt, allerdings ist das ein Geheimnis, das streng gehütet und nur von einem Hausmeister zum nächsten weitergegeben wird. Das Versteck ist nicht sehr groß, aber es passen doch gut zwei Sixpacks hinein, wie mein Vater feststellte, und wie er damals zu mir sagte, brauchen »die da oben« nicht alles zu wissen.

Als ich heute nach Hause fuhr, hatte ich ein gutes Gefühl. Der Sommer ist praktisch vorbei, das Licht hat einen gelben, körnigen Stich, der mich an die Fernsehsendungen in meiner Jugend erinnert. Die Nächte werden kühl, bald werde ich in meiner Mietwohnung, neun Kilometer vom Stadtzentrum entfernt, den Gasofen anzünden müssen. Die Wohnung ist nicht besonders schön – ein Zimmer, eine Küchenzeile und ein winziges Bad –, aber sie war die billigste, die ich finden konnte, und außerdem will ich ja nicht lange bleiben.

Sie ist so gut wie unmöbliert. Ich habe eine Schlafcouch, einen Schreibtisch, eine Lampe, einen Computer und ein Modem. Das werde ich vermutlich alles dalassen, wenn ich gehe. Auf dem Computer ist nichts – oder wird nichts sein, wenn ich das belastende Material von der Festplatte gelöscht haben werde. Das Auto ist ein Leihwagen und wird von der Leihfirma ebenfalls gründlich gereinigt worden sein, bis die Polizei es zu mir zurückverfolgt hat.

Meine Vermieterin, eine ältere Frau, ist eine Klatschbase. Sie versteht nicht, wie eine nette, ordentliche berufstätige Person wie ich in einem derart heruntergekommenen Mietshaus wohnen kann, wo nur Drogensüchtige, Ex-Sträflinge und Arbeitslose hausen. Ich habe ihr gesagt, ich würde den Vertrieb bei einer großen internationalen Softwarefirma koordinieren und dass die Firma mir ein Haus zur Verfügung stellen will, doch der Bauherr habe sie im Stich gelassen. Als sie das hörte, schüttelte sie den Kopf, beklagte die Unfähigkeit der Handwerker im Allgemeinen und hoffte, ich würde bis Weihnachten in mein neues Heim ziehen können.

»Es muss doch schrecklich sein, kein eigenes Dach über den Kopf zu haben, oder? Und vor allem zu Weihnachten …« Ihre trüben Augen werden feucht. Ich überlege mir, ihr zu sagen, dass die Sterberate unter alten Menschen in den Wintermonaten am höchsten ist, dass drei Viertel aller Selbstmörder ihren Plan während der Feiertage umzusetzen versuchen. Aber noch muss ich den Schein wahren. Also beantworte ich ihre Fragen nach Kräften, höre mir ihre Erinnerungen an, bin höflich. Zum Dank hat sie mein kleines Zimmer mit Chintz-Vorhängen und einer Vase mit verstaubten Papierblumen ausgestattet. »Betrachten Sie es als Ihr kleines Nest«, sagte sie mir. »Und wenn Sie etwas brauchen, kommen Sie einfach zu mir.«

Kapitel 16

St. Oswald's, Oberschule für Knaben
Donnerstag, 23. September

Der Ärger begann am Montag. Dass etwas passiert war, wusste ich, sobald ich die Autos auf dem Lehrerparkplatz neben dem Pförtnerhaus sah. Pat Bishops Volvo stand da, wie üblich – er ist immer der Erste und verbringt, wenn es viel zu tun gibt, sogar die Nächte im Büro –, aber es war fast noch nie vorgekommen, dass Bob Stranges Wagen vor acht Uhr dort parkte, daneben das Auto des Rektors, der Jaguar des Geistlichen und ein halbes Dutzend anderer Autos, darunter ein schwarz-weißer Polizeiwagen.

Ich persönlich fahre lieber mit dem Bus. Zu Stoßzeiten kommt man schneller voran, außerdem sind es für mich nicht mehr als ein paar Kilometer zur Arbeit und zu den Läden. Überdies habe ich jetzt meine kostenlose Dauerkarte, und obwohl ich mir ständig sage, dass es sich um einen Irrtum handeln muss (vierundsechzig – wie kann ich, bei den Göttern, vierundsechzig sein?), spare ich damit doch Geld.

Ich ging die lange Auffahrt zu St. Oswald's hinauf. Die Linden leuchteten schon golden, kündeten den Herbst an, aus dem taufeuchten Gras stieg weißer Dunst auf. Als ich am Pförtnerhaus vorbeikam, schaute ich hinein. Fallow war nicht da.

Niemand im Lehrerzimmer schien zu wissen, was wirklich vor sich ging. Strange und Bishop waren mit Dr. Tidy und Sergeant Ellis, dem Verbindungsbeamten, im Direktorat. Von Fallow nach wie vor keine Spur.

Ich fragte mich, ob vielleicht eingebrochen worden war. Das passiert gelegentlich, obwohl Fallow sich im Großen und Ganzen recht ordentlich um die Schule kümmert. Natürlich ist er der Schulleitung gegenüber etwas sehr servil, und natürlich macht er seit Jahren lange Finger. Kleinigkeiten – hier ein Sack Kohlen, dort eine Packung Kekse aus der Küche und das völlig überhöhte Pfund, wenn er Schülern den Spind öffnet –, ansonsten aber ist er ganz loyal, und wenn man bedenkt, dass er nur rund ein Zehntel dessen verdient, was selbst ein junger Lehrer erhält, dann drückt man schon mal ein Auge zu. Ich hoffte, dass ihm nichts zugestoßen war.

Wie immer wussten die Jungs als Erste Bescheid. Den ganzen Vormittag waren wilde Gerüchte kursiert: Fallow habe einen Herzschlag erlitten, Fallow habe dem Rektor gedroht, Fallow sei suspendiert worden. Aber in der Mittagspause kamen dann Sutcliff, McNair und Allen-Jones zu mir und fragten mich mit der munteren Hinterhältigkeit, die aus Schadenfreude entsteht, ob es stimme, dass Fallow verhaftet worden sei.

»Wer hat euch das gesagt?«, fragte ich mit einem bewusst nichtssagenden Lächeln.

»Ach, das habe ich von jemandem gehört.« Geheimniskrämerei ist das Schmiermittel jeder Schule, und ich hatte nicht erwartet, dass McNair seinen Informanten preisgeben würde, aber einige Quellen sind natürlich zuverlässiger als andere. Aus der Miene des Jungen schloss ich, dass dieser Jemand relativ hoch oben platziert war.

»Sie haben im Pförtnerhaus die Wandvertäfelung rausgerissen«, erzählte Sutcliff. »Und da haben sie eine ganze Menge gefunden.«

»Eine Menge was?«

Allen-Jones zuckte mit den Achseln. »Wer weiß?«

»Zigaretten vielleicht?«

Die Jungs tauschten einen vielsagenden Blick aus. Sutcliff errötete ein wenig. Allen-Jones deutete ein Lächeln an. »Schon möglich.«

Später kam die ganze Geschichte ans Licht. Fallow hatte von seinen Tagesausflügen nach Frankreich illegal steuerfreie Zigaretten mitgebracht, die er – durch den Eisverkäufer, mit dem er befreundet war – an die Jungs weiterverkaufte.

Die Gewinnspanne war enorm – eine einzige Zigarette kostete je nach Alter des Schülers bis zu einem Pfund –, aber die Jungs von St. Oswald's haben meist Geld wie Heu, mal abgesehen davon, dass die Versuchung, die Regeln unter der Nase des Konrektors zu brechen, praktisch unwiderstehlich ist. Dieser Handel blühte schon seit Monaten, möglicherweise sogar Jahren. Die Polizei hatte in einem Versteck hinter der Vertäfelung vier Stangen entdeckt und viele Hunderte mehr in Fallows Garage, wo sie sich hinter einer Reihe unbenutzter Bücherregale bis unter die Decke stapelten.

Sowohl Fallow als auch der Eisverkäufer bestätigten die Geschichte mit den Zigaretten. Was die anderen Gegenstände betraf, die im Pförtnerhaus gefunden wurden, so leugnete der Hausmeister, Kenntnis davon zu haben, konnte allerdings auch nicht erklären, wie sie dorthin geraten waren. Knight identifizierte seinen Bar-Mizwa-Füller, später entdeckte ich unter den Fundstücken zu meinem Leidwesen auch meinen alten grünen Parker. In gewisser Hinsicht war ich froh, dass keiner meiner Jungs die Sachen entwendet hatte, andererseits wusste ich, dass dieser Vorfall ein weiterer Nagel in John Fallows Sarg war, der auf einen Schlag sein Zuhause, seine Arbeit und vermutlich auch seine Freiheit verlor.

Ich fand nie heraus, wer der Schulleitung den Tipp gegeben hatte. Ein anonymer Brief, hieß es, und in der Tat bekannte sich auch nie jemand dazu. Es muss, so sagte Robbie Roach (ein Raucher und ehemals guter Freund von Fallow), einer von uns gewesen sein, ein kleiner Dieb, der Unfrieden stiften wollte. Wahrscheinlich hat er Recht, obwohl mich der Gedanke, dass es ein Kollege sein könnte, traurig stimmt.

Oder einer der Jungs? Irgendwie wäre das noch schlimmer – die Vorstellung, dass einer unserer Schüler derart viel Schaden anrichten könnte.

Vielleicht ein Junge wie Knight? Es war nur ein flüchtiger Gedanke, aber Knight legt neuerdings eine Selbstgefälligkeit an den Tag, einen wissenden Blick, der mir noch weniger gefällt als seine bisherige Verdrossenheit. Knight? Es gibt keinen Grund, ihn zu verdächtigen. Und trotzdem glaube ich es, im tiefsten Inneren. Es mag ein Vorurteil sein oder Instinkt. Der Junge weiß eindeutig etwas.

Inzwischen nimmt der Skandal seinen Lauf. Die Zollfahndung wird die Ermittlungen einleiten, und obwohl die Schule vermutlich nicht Anklage erheben wird – der Rektor kriegt beim bloßen Gedanken an eine schlechte Presse Muffensausen –, hat Mrs. Knight sich bislang geweigert, ihre Beschwerde zurückzuziehen. Man wird die Kuratoren informieren müssen, Fragen über die Rolle des Hausmeisters werden aufkommen, über seine Anstellung (Dr. Tidy ist bereits in die Defensive gegangen und verlangt von allen Angestellten der Schule polizeiliche Führungszeugnisse), und dann erhebt sich das Problem seines Nachfolgers. Das heißt, der Fall Fallow zieht in der gesamten Schule Kreise, vom Büro des Kämmerers bis in den Silentiumraum.

Das merken die Jungs natürlich und sind ungewohnt aufsässig, als wollten sie die Grenzen der Schuldisziplin ausloten. Ein Angestellter der Schule hat sich etwas zuschulden kommen lassen – wenn auch nur der Hausmeister –, und Anzeichen für Rebellion liegen in der Luft. Am Dienstag verließ ein sehr blasser und nervöser Timid den Computerraum, in dem er Fünftklässler unterrichtet hatte; McDonaugh hat gleich mehrere Schüler zum Nachsitzen verdonnert; Robbie Roach ist einer geheimnisvollen Krankheit erlegen, sehr zum Verdruss des restlichen Fachbereichs, der ihn vertreten muss. Bob Strange trug Vertretungen für all seine Stunden ein mit der Begründung, er habe zu viel anderes zu tun, und heute hielt der Rektor eine katastrophale Schulversammlung ab, in der er (zur allgemeinen, wenn auch wortlosen Erheiterung der Anwesenden) versicherte, die bösartigen Gerüchte bezüglich Mr. Fallow entbehrten jedweder Grundlage, und jeder Junge, der derartige Gerüchte verbreite, werde auf das Härteste bestraft.

Wer allerdings von »Fallowgate«, wie Allen-Jones die unglückselige Affäre nennt, am meisten in Mitleidenschaft gezogen wird, ist Pat Bishop, der erste Konrektor. Zum Teil wohl, weil ihm etwas Derartiges völlig unvorstellbar ist. Pat ist St. Oswald's seit über dreißig Jahren treu ergeben, und unbenommen seiner anderen Fehler ist er ein grundehrlicher Mensch. Seine ganze Philosophie (wenn man sie denn so nennen kann; unser Pat ist kein Philosoph) beruht auf der Überzeugung, dass die Menschen im Grunde ihres Herzens gut sind und letztlich Gutes tun wollen, auch wenn sie sich bisweilen in Versuchung führen lassen. Diese Eigenschaft, in jedem Menschen das Gute zu sehen, bestimmt seinen Umgang mit den Jungs und leistet ihm gute Dienste, denn Übeltäter fühlen sich von seiner freundlich-strengen Art beschämt. Selbst der Lehrkörper achtet ihn dafür.

Aber Fallow hat eine Krise herbeigeführt. Zum einen, weil Pat sich hinters Licht führen ließ – er macht sich Vorwürfe, nicht bemerkt zu haben, was da vor sich ging –, und zum anderen wegen der Verachtung, die diesem Betrug zugrunde liegt. Dass Fallow, zu dem Pat immer höflich und respektvoll war, ihm so schäbig mitspielen sollte, empört und betrübt ihn. Er denkt an die Sache mit John Snyde zurück und fragt sich, ob er jetzt bei dieser Sache einen Fehler gemacht hat. Das sagt er natürlich nicht direkt, aber mir ist aufgefallen, dass er weniger lächelt als sonst, sich den ganzen Tag am liebsten in seinem Büro verschanzt, morgens noch mehr Runden dreht und oft bis spät in die Nacht arbeitet.

Der Fachbereich Fremdsprachen hat am wenigsten unter diesem Vorfall gelitten. Das haben wir zum Teil Pearman zu verdanken, an dessen angeborenem Zynismus Stranges Abschottung und die nervöse Aufschneiderei des Rektors mehr oder minder abprallen. In Gerry Grachvogels Unterricht geht es etwas lauter zu als sonst, aber nicht so sehr, dass ich eingreifen müsste. Geoff und Penny Nation sind bekümmert, jedoch nicht weiter überrascht, und schütteln einfach den Kopf über die Gemeinheit der menschlichen Natur. Dr. Devine nutzt die Gunst der Stunde, um den armen Jimmy zu terrorisieren. Eric Scoones ist schlechter

Laune, aber nicht erheblich schlechterer als sonst. Und Dianne Dare verfolgt die ganze Sache ebenso gebannt wie der kreative Keane.

»In dieser Schule geht es zu wie in einer komplizierten Seifenoper«, sagte sie heute Morgen im Lehrerzimmer zu mir. »Man weiß nie, was als Nächstes passieren wird.«

Ich räumte ein, dass diese wunderbare alte Lehranstalt gelegentlich durchaus einen gewissen Unterhaltungswert habe.

»Ist das der Grund, warum Sie hier geblieben sind? Ich meine …« Sie unterbrach sich; vielleicht war ihr die wenig schmeichelhafte Implikation ihrer Frage aufgefallen.

»Ich bin geblieben, wie Sie es so nett formulieren, weil ich altmodisch genug bin zu glauben, dass unsere Jungs womöglich ein klein wenig von meinem Unterricht profitieren können, vor allem aber, um Mr. Strange zu ärgern.«

»Es tut mir Leid«, sagte sie.

»Das sollte es nicht. Das steht Ihnen nicht.«

Es ist schwer, St. Oswald's zu erklären, noch schwerer über eine Kluft von über vierzig Jahren Altersunterschied hinweg. Sie ist jung, hübsch, klug, eines Tages wird sie sich verlieben, eventuell Kinder bekommen. Sie wird ein Haus haben, das ein Heim sein wird und nicht ein Nebenraum einer Bibliothek, sie wird Urlaub in exotischen Ländern machen. Zumindest wünsche ich ihr das. Die Alternative wäre, sich den Galeerensklaven anzuschließen und angekettet zu bleiben, bis jemand sie über Bord wirft.

»Ich wollte Sie nicht beleidigen, Sir«, sagte Miss Dare.

»Das haben Sie auch nicht.« Vielleicht werde ich mit dem Alter trottelig, oder vielleicht macht mir diese Sache mit Fallow mehr zu schaffen, als ich gedacht hatte. »Ich komme mir heute einfach etwas kafkaesk vor. Das ist Dr. Devines Schuld.«

Darüber lachte sie, wie ich gehofft hatte. Und trotzdem, ihr Gesichtsausdruck … Sie hat sich sehr gut in das Leben in St. Oswald's eingewöhnt. Ich sehe sie mit ihrer Aktentasche und dem Arm voller Bücher zum Unterrichten gehen, ich höre sie im frischen, munteren Tonfall einer Krankenschwester mit den Jungs reden. Wie Keane besitzt sie ein Selbstbewusstsein, das ihr hier, wo jeder seine Nische verteidigen muss und es als Schwäche gilt, um Hilfe zu bitten, sehr zustatten kommt. Sie kann Zorn vortäuschen und verbergen, je nach Bedarf, und weiß, dass ein Lehrer zuvörderst ein Schauspieler sein, sein Publikum im Griff haben muss. Es ist ungewöhnlich, dass so junge Lehrer schon diese Fähigkeiten besitzen. Wahrscheinlich ist Miss Dare ebenso wie Mr. Keane ein Naturtalent, ganz im Gegensatz zum armen Timid.

»Auf jeden Fall haben Sie sich eine interessante Zeit ausgesucht, um hier zu arbeiten«, sagte ich. »Schulaufsichtsbehörde, Umorganisation, Verrat und Verschwörungen. Was eben das Fundament von St. Oswald's ausmacht. Wenn Sie das überleben …«

»Meine Eltern waren Lehrer. Ich habe gewusst, was mich erwartet.«

Das erklärt natürlich alles. Man merkt es irgendwie immer. Ich nahm einen Becher (nicht den meinen, der ist immer noch verschollen) vom Brett neben der Spüle. »Tee?«

Sie lächelte. »Des Lehrers Kokain.«

Ich inspizierte den Inhalt des Teebehälters und schenkte uns beiden ein. Im Lauf der Jahre habe ich mich daran gewöhnt, Tee in seiner elementarsten Form zu trinken. Trotzdem fand ich, dass das braune Gebräu in meinem Becher eindeutig toxisch aussah. Achselzuckend rührte ich Milch und Zucker hinein. *Was dich nicht umbringt, macht dich nur stärker*. Ein passendes Motto für St. Oswald's, das ständig am Rande einer Tragödie oder Farce steht.

Ich betrachtete den Kreis meiner Kollegen, die in Grüppchen in dem alten Lehrerzimmer herumsaßen, und spürte eine unerwartete Zuneigung in mir aufsteigen. Da war McDonaugh, der in seiner Ecke den *Mirror* las; neben ihm Monument mit dem *Telegraph;* Pearman, der mit Kitty Teague über französische Pornografie des 19. Jahrhunderts sprach; Isabelle Tapi, die ihren

Lippenstift nachzog; die Vereinten Nationen, die eine keusche Banane teilten. Alte Wegbegleiter, vertraute Kollaborateure.

Wie gesagt, es ist schwer, St. Oswald's zu erklären: die Geräusche am frühen Morgen, das hohle Echo der Jungenschritte auf den Steinstufen, der Geruch von verbranntem Toast aus dem Refektorium, das unverkennbare Schleifen, wenn voll gepackte Sporttaschen über den frisch gebohnerten Boden geschubst werden, die Ehrentafeln mit den Namen in Gold, die auf die Zeit vor meinem Ururugroßvater zurückgehen, das Kriegerdenkmal, die Mannschaftsfotos, die kecken jungen Gesichter, die von den Jahren nachgedunkelt sind. Eine Metapher für die Ewigkeit.

Gute Götter, ich werde sentimental. Daran ist das Alter schuld. Eben habe ich noch mein Los beklagt, und im nächsten Moment werden meine Augen feucht. Kommt bestimmt vom Wetter. Aber wie sagte Camus? Wir müssen uns Sisyphos als glücklichen Menschen vorstellen. Bin ich unglücklich? Ich weiß nur, dass etwas uns bis auf die Grundfeste erschüttert hat. Es liegt in der Luft, ein Anflug von Revolte, und irgendwie weiß ich, dass es tiefer gehen wird als diese Fallow-Affäre. Was immer es ist, es ist noch nicht zu Ende. Und es ist gerade erst September.

Kapitel 17

Montag, 27. September

Den Bemühungen des Schulleiters zum Trotz hat Fallow Schlagzeilen gemacht. Nicht in der *News of the World* – das wäre zu viel erwartet –, aber in unserem Lokalblatt *Examiner*, was fast so gut ist. Wegen der seit alters bestehenden Abneigung zwischen der Schule und der Stadt machen schlechte Nachrichten aus St. Oswald's schnell die Runde und werden zumeist mit unchristlicher Schadenfreude aufgenommen. Der Artikel, triumphal und ätzend gehässig, porträtierte Fallow als einen langjährigen Angestellten der Schule, dem (summarisch und ohne gewerkschaftliche Vertretung) wegen eines noch unbewiesenen Vergehens gekündigt worden war, und gleichzeitig als liebenswerten Gauner, der sich seit Jahren an einem System rächte, das auf Hurrapatrioten, gesichtslosen Bürokraten und Elfenbeinturmgelehrten gründete.

Die Affäre hat sich zu einem Kampf David gegen Goliath ausgeweitet, mit Fallow als Symbol der Arbeiterschicht, der sich gegen die Maschinerie von Wohlstand und Privilegien zur Wehr setzt. Dem Verfasser des Artikels, der sich lediglich »Maulwurf« nennt, gelingt es dabei, den Eindruck zu erwecken, dass in St. Oswald's derartige Schiebungen und Korruption an der Tagesordnung sind, dass die Unterrichtsmethoden hoffnungslos antiquiert sind, dass Rauchen (und möglicherweise gar Drogenmissbrauch) grassiert und dass die Gebäude selbst in einem so desolaten Zustand sind, dass jederzeit mit einem schweren Unfall zu rechnen ist. Ergänzend dazu stellt ein Artikel die provokante Frage: »Privatschulen abschaffen?«, und die Leserinnen und Leser werden aufgefordert, ihre Meinungen und Beschwerden über St. Oswald's und die Altherrenriege, die das System stützt, zu äußern.

Ich bin ganz zufrieden damit. Sie haben den Artikel nahezu unredigiert übernommen, und ich habe versprochen, sie über die weiteren Entwicklungen auf dem Laufenden zu halten. In meiner E-Mail deutete ich an, dass ich eine Informationsquelle mit sehr guten Verbindungen zur Schule sei – ein Ehemaliger, ein Schüler, ein Kurator, möglicherweise gar ein Mitglied des Lehrkörpers –, habe die Einzelheiten aber bewusst vage gelassen (vielleicht muss ich sie später abändern).

Ich schrieb unter Maulwurf@hotmail.com, eine meiner vielen E-Mail-Adressen, um jeden Versuch, meine Identität aufzudecken, zu vereiteln. Nicht, dass ich glaube, jemand beim *Examiner* würde das versuchen – deren Spezialität sind Hundeschauen und Lokalpolitik, nicht investigativer Journalismus –, aber man weiß nie, wohin eine Geschichte wie diese führt. Das weiß nicht einmal ich so genau, was ja auch das Schöne daran ist.

Als ich heute Morgen zur Schule fuhr, regnete es. Der Verkehr war dichter als sonst, und während ich durch die Stadt kroch, stieg Ärger in mir auf. Das ist eine der Ursachen für den Groll der Einheimischen gegen St. Oswald's: der viele Verkehr zu Stoßzeiten, die Hunderte von sauberen, glänzenden Jaguars und soliden Volvos und Allradwagen und Limousinen, die die Straßen jeden Morgen mit ihrer Fracht sauberer, glänzender Jungen in Blazer und Mütze verstopfen.

Manche werden sogar mit dem Wagen vorgefahren, obwohl ihr Schulweg keinen Kilometer beträgt. Gott bewahre, dass der saubere, glänzende Junge über Pfützen springen oder verpestete Luft einatmen oder (noch schlimmer) mit den schmuddeligen, ordinären Schülern der nahe gelegenen Schule Sunnybank Park in Kontakt kommen müsste – den unflätigen, schlaksigen Jungen mit ihren Nylonjacken und den ausgetretenen Turnschuhen, den grellen Mädchen mit den kurzen Röcken und den gefärbten Haaren. Als ich in ihrem Alter war, ging ich zu Fuß zur Schule, ich trug diese billigen Schuhe und dreckigen Socken. Und manchmal, wenn ich jetzt mit dem Leihwagen zur Arbeit fahre, steigt in mir Wut auf, diese entsetzliche Wut darauf, was ich war und wer ich sein wollte.

Ich erinnere mich an einen Tag damals gegen Ende des Sommers. Leon langweilte sich. Die Schule war aus, und wir trieben uns am Spielplatz herum, rauchten Camel (Leon rauchte, also rauchte ich auch) und sahen ein paar Sunnybanker vorbeigehen.

»Barbaren. Plebs. Proleten.« Seine Finger waren lang und schlank und von Tinte und Nikotin verfärbt. Eine kleine Clique Sunnybanker kam den Weg entlang näher, sie schleppten ihre Schultaschen mit sich, schrien durch die heiße Nachmittagsluft. Keine Gefahr für uns, obwohl es durchaus schon vorgekommen war, dass wir vor einer Gang Sunnybanker die Flucht ergreifen mussten.

Einmal, als ich nicht dabei war, drängten sie Leon in eine Ecke zwischen die Mülleimer hinter der Schule und traktierten ihn mit Fußtritten. Dafür hasste ich sie mit noch größerer Inbrunst, mehr sogar als Leon – schließlich waren das *meine* Leute. Aber die fünf, die sich jetzt näherten, waren Mädchen, vier in einer Gruppe vorweg und eine Nachzüglerin aus meiner Klasse. Fünf kichernde, kreischende, Kaugummi kauende Mädchen mit fleckigen Beinen unter den kurzen Röcken.

Die Nachzüglerin war Peggy Johnsen, das dicke Mädchen aus Mr. Brays Sportstunde. Instinktiv wandte ich mich ab, aber zuvor begegnete Leon meinem Blick und zwinkerte mir zu.

»Na?«

Ich kannte den Blick. Kannte ihn von unseren Streifzügen durch die Stadt, unseren Plattendiebstählen, unseren kleinen rebellischen Aktionen. Dass er Unfug im Sinn hatte, war ihm förmlich ins Gesicht geschrieben. Mit seinen hellen Augen folgte

Leon Peggy, die im Laufschritt die anderen aufzuholen versuchte.

»Was na?«

Die vier anderen waren ihr weit voraus. Peggy mit dem verschwitzten Gesicht und ihrer ängstlichen Miene war alleine. »Ach, lass sie doch«, sagte ich. Ich hatte nichts gegen Peggy, ein langsames, harmloses Mädchen, das nicht besonders helle im Kopf war. Sie tat mir sogar ein bisschen Leid.

Leon sah mich verächtlich an. »Was ist denn los mit dir, Pinchbeck? Ist die etwa deine Freundin?«, sagte er. »Jetzt komm schon!« Und mit Indianergeheul stürmte er über den Spielplatz. Ich folgte ihm. Ich sagte mir, dass mir nichts anderes übrig blieb.

Wir rissen ihr die Taschen aus der Hand – Leon packte die Woolworth-Plastiktüte mit ihren Sportsachen, ich ihren billigen Stoffranzen mit den Herzchen, die sie mit Tipp-Ex darauf gepinselt hatte. Dann rannten wir davon, viel zu schnell, als dass sie uns hätte folgen können. Wir ließen sie heulend im Staub liegend zurück. Ich wollte nur noch weg und hatte sie versehentlich umgerannt, als ich davonlief, bevor sie die Gelegenheit hatte, mich zu erkennen.

Leon hatte darüber gelacht, und ich auch, sehr gehässig. Ich wusste, in einem anderen Leben könnte ich dort liegen und heulend schreien: »Ihr Scheißkerle, Arschlöcher!«, während meine Turnschuhe, an den Senkeln zusammengebunden, in die höchsten Äste eines alten Baums geschleudert wurden und die Seiten meiner Schulhefte wie Konfetti durch die Luft flatterten.

Es tut mir Leid, Peggy. Und beinahe meinte ich es ernst. Sie war nicht die Schlimmste, beileibe nicht. Aber sie war gerade zur Stelle, und sie war abstoßend mit ihren fettigen Haaren und dem vor Zorn roten Gesicht. Fast hätte sie die Tochter meines Vaters sein können. Und auch deswegen trampelte ich auf ihren Heften herum, leerte ihre Taschen, verstreute ihre Turnsachen (ich sehe immer noch die marineblaue Unterhose vor mir, ausgeleiert wie meine legendäre Donnerhose) über den staubigen Weg.

»Ozzie-Schweine!«

Der Kampf ums Überleben, antwortete ich ihr im Stillen. Ich war wütend auf sie, wütend auf mich, aber gleichzeitig überschäumend vor Freude, als hätte ich eine Prüfung bestanden. Als hätte ich dadurch die Kluft zwischen mir und St. Oswald's – zwischen dem, was ich war, und dem, was ich sein wollte – weiter verringert.

»Schweine.«

Die Ampel war grün, doch vor mir staute sich der Verkehr, so dass ich nicht weiterfahren konnte. Einige Jungen nutzten die Gelegenheit, um die Straße zu überqueren. Ich erkannte McNair, einen von Straitleys Lieblingen, Jackson, den klein geratenen Sadisten aus derselben Klasse, und Anderton-Pullitt mit seinem krebsartigen Gang, und in dem Moment setzten sich die Autos vor mir in Bewegung.

Jackson lief zum anderen Bürgersteig, ebenso wie McNair. Vor mir lagen fünfzig Meter freier Straße. Allerdings musste ich schnell fahren, sonst würde die Ampel wieder umschalten, und ich würde weitere fünf Minuten warten. Doch Anderton-Pullitt lief nicht. Er ist ein stämmiger Junge, wirkt für seine dreizehn Jahre schon reichlich gesetzt. Gemächlich ging er weiter, schaute nicht einmal auf, als ich hupte, so als würde ich mich in Luft auflösen, wenn er mich nicht beachtete. Die Schultasche in der einen und die Lunchbox in der anderen Hand, wich er vorsichtig einer Pfütze aus, und als er schließlich den Randstein erreichte, hatte die Ampel bereits umgeschaltet und ich musste warten.

Eine Lappalie, ich weiß. Aber das Verhalten zeugt von einer solchen Arroganz, einer derart gleichgültigen Verachtung, die St. Oswald's in Reinform ist. Ich überlegte mir, was er wohl getan hätte, wenn ich einfach auf ihn zugefahren wäre – oder gar über ihn hinweg. Wäre er in einen Laufschritt verfallen? Oder wäre er voll Selbstvertrauen stehen geblieben und hätte bis zuletzt gesagt: *Das würden Sie nie tun – nie im Leben!*

Leider kam es nicht in Frage, Anderton-Pullitt zu überfahren. Allein schon, weil ich das Auto brauche, und außerdem könnte die Leihwagenfirma misstrauisch werden, wenn ich es mit einer Delle in der Motorhaube zurückgebe. Zumindest gibt es Dutzende anderer Möglichkeiten, dachte ich mir, und versprach mir eine kleine Rache. Lächelnd wartete ich bei der auf Rot erstarrten Ampel und schaltete das Radio ein.

Die erste halbe Stunde der Mittagspause saß ich in Zimmer 59. Dank Bob Strange war Straitley nicht da. Entweder hockte er in seinem Bücherzimmer oder patrouillierte als Aufsichtslehrer die Korridore. Die Jungen im Zimmer machten Hausaufgaben, manche spielten Schach oder unterhielten sich, nahmen hier und da einen Schluck aus ihrer Limodose oder aßen Chips.

Alle Lehrer hassen Regentage. Die Schüler können nicht nach draußen und müssen beaufsichtigt werden. Überall ist es nass und rutschig, und es kommt zu Unfällen; die Räume sind voll und laut, Kabbeleien arten leicht in Schlägereien aus. Ich schlichtete einen Streit zwischen Jackson und Brasenose (ein verweichlichter, dicker Junge, der es noch nicht gelernt hat, seine Leibesfülle zu seinem Vorteil einzusetzen), beaufsichtigte das Aufräumen des Klassenzimmers, machte Tayler auf einen Rechtschreibfehler in seiner Hausaufgabe aufmerksam, nahm dankend einen Pfefferminzdrops von Pink und eine Erdnuss von Knight entgegen, unterhielt mich ein paar Minuten mit den Jungen, die in der hintersten Reihe ihre Pausenbrote aßen. Nachdem ich meine Aufgabe erledigt hatte, zog ich mich in den Silentiumraum zurück, um bei einer Tasse trüben Tee die weiteren Entwicklungen abzuwarten.

Wie jede neue Lehrkraft habe ich keine eigene Klasse. Das gibt uns mehr Freizeit und eine größere Perspektive. Ich kann von hinter den Kulissen zusehen und die Augenblicke der Schwäche erkennen, die gefährlichen, unbeaufsichtigten Momente, die wichtigen Minuten – Sekunden –, in denen, falls es zu einer Katastrophe kommen sollte, sämtliche Weichteile der Schule bloßliegen.

Das Läuten zum Ende der Mittagspause ist ein solcher Moment. Die Anwesenheitskontrolle für den Nachmittag hat noch nicht begonnen, obwohl die Mittagspause zu diesem Zeitpunkt offiziell schon vorbei ist. Theoretisch ist es eine Warnung, dass noch fünf Minuten bleiben. Lehrkräfte, die noch im Lehrerzimmer sitzen, machen sich auf zu ihrem Klassenzimmer, und diejenigen unter ihnen, die Mittagspausen-Aufsicht hatten, haben ein paar Minuten Zeit, um ihre Sachen zu holen (und vielleicht einen Blick in die Zeitung zu werfen).

Im Grunde ist es ein Zeitfenster von fünf Minuten, in denen eine sonst gut geölte Maschinerie angreifbar ist. Niemand hat Aufsicht, viele Lehrer – und manchmal auch Schüler – bewegen sich von einem Ort zum anderen. So überrascht es nicht, dass in diesen wenigen Minuten am meisten passiert – Handgreiflichkeiten werden begangen, Diebstahl, Vandalismus, Unfug, und alles en passant und unter dem Deckmantel der allgemeinen Hektik. Deswegen dauerte es fünf Minuten, bis irgendjemand bemerkte, dass Anderton-Pullitt zusammengebrochen war.

Wäre er beliebter gewesen, hätte man ihn vielleicht früher entdeckt. Aber er sitzt immer abseits von den anderen und isst seine belegten Brote (Hefeaufstrich und Frischkäse auf glutenfreiem Brot, tagaus, tagein dasselbe) mit langsamen, schmatzenden Kaubewegungen. Er erinnert mich an eine Schildkröte. Einen von seinem Schlag gibt es in jeder Klasse, altklug, ein Brillenträger und Hypochonder. Selbst die Schläger lassen ihn in Ruhe, da ihm weder Beleidigungen noch Abfuhren etwas anzuhaben scheinen. Er hat sich die pedantische Sprache eines alten Mannes angeeignet, was ihm als Intelligenz ausgelegt wird, und ist höflich zu den Lehrern, die ihn zu ihrem Liebling erküren.

Straitley findet ihn amüsant, aber das wundert mich nicht. Als Junge war er vermutlich genauso. Mich macht er gereizt. Wenn Straitley nicht da ist und ich Aufsicht habe, heftet er sich mir an die Fersen und hält mir langweilige Vorträge über seine diversen Hobbys (Science-Fiction, Computer, Flugzeuge des Ersten Weltkriegs) und seine eingebildeten und echten Krankheiten

(Asthma, Lebensmittel-Unverträglichkeiten, Agoraphobie, Allergien, Angstattacken, Warzen).

Als ich jetzt im Silentiumraum saß, versuchte ich, anhand der Geräusche aus dem Klassenzimmer über mir festzustellen, ob Anderton-Pullitt wirklich an einer Allergie litt.

Niemand anderes achtete auf mich, niemand hörte zu. Robbie Roach, der die nächste Stunde frei- und auch keine eigene Klasse hat (zu viele Aufgaben außerhalb des Unterrichts), durchforstete seinen Spind. Mir fiel eine Schachtel französischer Zigaretten ins Auge (ein Geschenk von Fallow), die er rasch hinter einem Bücherstapel versteckte. Isabelle Tapi, die nur Teilzeitkraft ist und deswegen ebenfalls keine Klasse leitet, trank aus einer Flasche Evian und las ein Taschenbuch.

Ich hörte die Fünfminutenglocke und das daraufhin einsetzende Chaos, den ausgelassenen Lärm von Jungen, die nicht beaufsichtig werden, hörte, wie etwas (ein Stuhl?) umfiel. Dann erhobene Stimmen – Jackson und Brasenose, die wieder handgreiflich wurden –, ein weiterer umgestürzter Stuhl, dann Stille. Vermutlich war Straitley ins Zimmer gekommen. In der Tat, ich hörte seine Stimme – ein leises Murmeln von den Jungen, gefolgt von den beruhigenden Kadenzen der Anwesenheitsüberprüfung, altvertraut wie die Litanei der Fußballergebnisse am Samstagnachmittag.

– Adamczyk?

Sir.

– Almond?

Sir.

– Allen-Jones?

Hier, Sir.

– Anderton-Pullit?

Stille.

– Anderton-Pullit?

Kapitel 18

St. Oswald's, Oberschule für Knaben
Mittwoch, 29. September

Noch immer keine Nachricht von den Anderton-Pullitts. Das deute ich als gutes Zeichen. Nach allem, was ich gehört habe, kann die Reaktion in wenigen Sekunden tödlich sein. Und dennoch, bei der Vorstellung, dass einer meiner Jungs in meinem Klasszimmer, unter meiner Aufsicht, hätte sterben können – wirklich sterben –, setzt mein Herz aus und werden meine Handflächen schweißnass.

In all meinen Jahren als Lehrer sind drei meiner Jungs gestorben. Ihre Gesichter blicken mich tagtäglich von den Klassenaufnahmen im Mittleren Korridor an: Hewitt, der in den Weihnachtsferien 1972 an Meningitis starb; Constable, der 1986 vor seinem Haus überfahren wurde, als er einem Fußball nachlief; und natürlich Mitchell, 1989 – Mitchell, der mir bis heute nahegeht. Alle außerhalb der Schulzeit, und trotzdem fühle ich mich schuldig (vor allem bei Mitchell), als hätte ich besser auf sie aufpassen müssen.

Und dann die Ehemaligen: Jamestone, Krebs mit zweiunddreißig; Deakin, Gehirntumor; Stanley, Autounfall; Poulson, Selbstmord vor zwei Jahren, niemand kennt den Grund, er hinterließ eine Frau und eine achtjährige Tochter mit Down-Syndrom. Immer noch meine Jungs, sie alle, und nach wie vor empfinde ich Trauer und Leere, wenn ich an sie denke, und dazu das seltsame, unerklärliche Gefühl, dass ich bei ihnen hätte sein sollen.

Zuerst dachte ich, er würde es vortäuschen. Es ging hoch her,

Jackson prügelte sich mit jemandem in der Ecke, und ich hatte mich verspätet. Vielleicht war er aber auch schon ohnmächtig gewesen, als ich das Klasszimmer betrat; kostbare Sekunden, die verstrichen, während ich die Klasse zur Ordnung rief, nach meinem Füller suchte. Anaphylaktischer Schock nennt man das – und weiß der Himmel, ich hatte den Ausdruck oft genug aus dem Mund des Jungen selbst gehört, obwohl ich immer davon ausgegangen war, dass seine Wehwehchen mehr mit der Überfürsorglichkeit seiner Mutter zu tun hatten als mit seinem tatsächlichen körperlichen Befinden.

Wie ich zu spät feststellte, stand das alles in seiner Akte, neben den vielen Empfehlungen, die Mrs. Anderton-Pullitt uns bezüglich seiner Ernährung, Sporttauglichkeit, Uniform (Kunstfasern verursachen bei ihm einen Ausschlag), Phobien, Antibiotika, religiöser Unterweisung und sozialer Integration geschickt hatte. Unter »Allergien« stand Weizen (schwache Intoleranz) und in Großbuchstaben mit mehreren Ausrufezeichen NÜSSE!!!

Anderton-Pullitt isst natürlich keine Nüsse. Er isst nur Dinge, die seine Mutter für unbedenklich erklärt hat und die zudem seinen eigenen eher beschränkten Vorstellungen davon, was akzeptabel ist, entsprechen. Jeden Tag enthält seine Lunchbox haargenau dasselbe: zwei Sandwiches mit Frischkäse und Hefeaufstrich auf glutenfreiem Brot, in Viertel geschnitten, eine Tomate, eine Banane, eine Tüte Weingummi von Maynard's (von denen er alle außer den roten und den schwarzen wegwirft) und eine Dose Fanta. Trotzdem braucht er die gesamte Mittagspause, um das zu verzehren. Er geht nie zur Imbissbude, nimmt nie etwas von einem Mitschüler an.

Fragen Sie mich nicht, wie ich es schaffte, ihn mir auf die Schulter zu hieven. Es war sehr mühsam. Die Jungs standen unnütz und aufgeregt durcheinander herum, ich rief nach Hilfe, aber niemand kam außer Gerry Grachvogel von nebenan, der fast in Ohnmacht fiel und keuchte: »O mein Gott, o mein Gott«, die Hände rang und sich ängstlich umschaute.

»Gerry, rufen Sie Hilfe«, befahl ich ihm. Da lag Anderton-Pullitt schon über meiner Schulter. »Rufen Sie den Notarzt. *Modo fac.*«

Grachvogel starrte mich nur an. Der Einzige, der schließlich reagierte, war Allen-Jones. Er stürzte die Treppe hinunter und rannte dabei fast die entgegenkommende Isabelle Tapi über den Haufen. McNair stürmte zu Pat Bishop ins Büro, Pink und Tayler halfen mir, den bewusstlosen Jungen nach unten zu tragen. Als wir den Unteren Korridor erreichten, hatte ich das Gefühl, meine Lunge wäre mit heißem Blei angefüllt. Dankbar überließ ich die Last Bishop, den es offenbar aufmunterte, sich körperlich betätigen zu können und der Anderton-Pullitt von meiner Schulter hob, als sei er ein Fliegengewicht.

Halb nahm ich wahr, dass Sutcliff hinter mir stand und die Anwesenheit aller anderen Schüler überprüfte. Allen-Jones telefonierte mit dem Krankenhaus – »Sir, die sagen, es geht schneller, wenn Sie ihn selbst in die Notaufnahme fahren!« –, Grachvogel versuchte, seine Klasse um sich zu sammeln, die ihm gefolgt war, um zu sehen, was passierte. Der neue Rektor kam bestürzt aus seinem Büro. Marlene spähte besorgt über seine Schulter.

»Mr. Straitley!« Selbst in einem solchen Notfall wirkt er entsetzlich steif, als bestünde er nicht aus Fleisch, sondern aus Gips oder gar Walbein. »Könnten Sie mir bitte erklären ...« Aber die Welt um mich war ein einziges lärmendes Durcheinander, und das lauteste Geräusch machte mein Herz. Ich musste an die Dschungelgeschichten aus meiner Kindheit denken, in denen Abenteurer zum finsteren Trommeln der Eingeborenen Vulkane bezwingen.

Ich sackte gegen die Wand des Unteren Korridors, meine Beine waren nur noch Wackelpudding. Die Lunge tat mir weh, unter dem obersten Westenknopf hatte ich das Gefühl, als würde ein Riese unablässig seinen Zeigefinger in mich bohren, als wollte er mir etwas verdeutlichen. Ich suchte nach einem Stuhl, um mich zu setzen, aber zu spät. Die Welt hing schief in den Angeln, ich rutschte die Wand hinab.

»Mr. Straitley!« Aus dieser Perspektive sah der Rektor noch

finsterer aus als sonst. *Ein Schrumpfkopf*, dachte ich benommen. *Genau das Richtige, um den Vulkangott milder zu stimmen* – und trotz der Schmerzen in meiner Brust musste ich etwas lachen. »Mr. Straitley! Mr. Bishop! Könnte jemand mir bitte sagen, was hier vorgeht?«

Der unsichtbare Finger stocherte wieder in mir herum, und ich landete unsanft auf dem Boden. Die effiziente Marlene reagierte als Erste. Ohne zu zögern, öffnete sie mein Jackett, um meinen Herzschlag zu fühlen. Jetzt hämmerten die Trommeln, ich ahnte die Bewegung um mich mehr, als dass ich sie fühlte.

»Mr. Straitley, ruhig Blut!« Sie roch blumig und irgendwie weiblich. Ich hatte das Gefühl, eine witzige Bemerkung machen zu müssen, aber mir wollte nichts einfallen. Die Brust tat mir weh, es trommelte in meinen Ohren. Ich versuchte aufzustehen, doch es ging nicht. Ich sackte noch weiter nach unten und bekam die Powerpuff Girls auf Allen-Jones' Socken ins Blickfeld. Ich brach in Lachen aus.

Das Letzte, woran ich mich erinnere, ist das Gesicht des neuen Rektors, der sich über mich beugte, und dass ich sagte: »*Bwana*, die Eingeborenen werden die Verbotene Stadt nicht betreten«, bevor ich das Bewusstsein verlor.

Als ich aufwachte, lag ich im Krankenhaus. Ich hätte Glück gehabt, sagte der Arzt. Ich hätte einen *kleinen Herzanfall* erlitten, der durch Aufregung und Überanstrengung verursacht worden sei. Ich wollte sofort aufstehen, aber das verbot er mir und erklärte, ich müsse drei bis vier Tage unter Beobachtung bleiben.

Dann stellte eine Krankenschwester mittleren Alters mit rosafarbenem Haar und Kindergartengehabe mir Fragen, deren Antworten sie mit offensichtlicher Missbilligung notierte, als sei ich ein unverbesserlicher Bettnässer. »Und nun, Mr. Straitley, wie viele Zigaretten pro Woche rauchen wir?«

»Das kann ich Ihnen nicht sagen, Madam. Ich bin mit Ihren Rauchgepflogenheiten nicht hinlänglich vertraut.« Die Schwester sah verwirrt auf. »Ach, Sie haben mit *mir* gesprochen«, sagte ich. »Entschuldigung. Ich dachte, Sie gehörten vielleicht zur königlichen Familie.«

Ihre Augen verengten sich. »Mr. Straitley, ich habe Arbeit zu tun.«

»Ich auch«, sagte ich. »Drittklässler Latein, fünfte Stunde.«

»Ich bin sicher, dass sie eine Weile auch ohne Sie auskommen«, sagte die Schwester. »Niemand ist unersetzlich.«

Eine trübsinnige Vorstellung. »Ich dachte, Sie sind dafür da, dass es mir besser geht.«

»Das bin ich auch«, antwortete sie. »Sobald wir diesen Fragebogen ausgefüllt haben.«

Nach einer halben Stunde war Roy Hubert Straitley (BA) in einer Liste kategorisiert, die verdächtig nach einem Klassenbuch aussah – unverständliche Abkürzungen und angekreuzte Kästchen –, und die Krankenschwester sah entsprechend selbstgefällig drein. Ich muss sagen, es klang nicht gut. Alter: vierundsechzig, sitzende Tätigkeit, mittelschwerer Raucher, Alkoholeinheiten pro Woche: mittel bis viel, Gewicht: irgendwo zwischen beginnendem Embonpoint und Fettleibigkeit.

Der Arzt las das Formular mit grimmiger Zufriedenheit. Es sei eine Warnung, erklärte er, ein Zeichen der Götter. »Sie sind keine zwanzig mehr, wissen Sie«, sagte er. »Ein paar Dinge können Sie sich einfach nicht mehr erlauben.«

Die alte Leier, die ich nicht zum ersten Mal zu hören bekam. »Ich weiß, ich weiß. Kein Nikotin, kein Alkohol, keine Fish and Chips, keine Hundertmeterrennen, keine Damenbesuche, keine …«

Er unterbrach mich. »Ich habe mit Ihrem Hausarzt gesprochen. Ein Dr. Bevans?«

»Bevans? Den kenne ich gut. 1975 bis 1979. Kluger Kopf. Eine Eins in Latein. Hat in Durham Medizin studiert.«

»Genau.« Das Wort brachte nichts als Missbilligung zum Ausdruck. »Er hat mir gesagt, dass er sich schon seit geraumer Zeit Sorgen um Sie macht.«

»Wirklich?«

»Ja.«

Zum Teufel aber auch. Das kommt davon, wenn man Jungs eine humanistische Bildung gibt. Sie wenden sich gegen einen, die Spitzbuben, und ehe man sich's versieht, ernährt man sich fettfrei, trägt einen Jogginganzug und macht sich über Seniorenheime kundig.

»Also, spucken Sie's aus. Was empfiehlt der kleine Schlaumeier jetzt? Heißes Bier? Magnetismus? Blutegel? Ich weiß noch, als er in meiner Klasse war, ein stämmiger kleiner Kerl. Ständig hat er Ärger gekriegt. Und jetzt sagt er *mir,* was ich tun soll?«

»Sie liegen ihm sehr am Herzen, Mr. Straitley.«

Jetzt kommt's, dachte ich mir.

»Aber Sie sind fünfundsechzig …«

»Vierundsechzig. Mein Geburtstag ist am 5. November. Guy-Fawkes-Tag.«

Er tat den Guy-Fawkes-Tag mit einem Kopfschütteln ab. »Und offenbar glauben Sie, dass Sie ewig so weitermachen können wie bisher …«

»Was denn sonst? Soll ich auf einem Felsen ausgesetzt werden?«

Der Arzt seufzte. »Ich bin sicher, dass der Ruhestand für einen gebildeten Mann wie Sie erfüllend und stimulierend sein kann. Sie könnten sich ein Hobby zulegen …«

Ausgerechnet ein Hobby! »Ich denke nicht daran, in Pension zu gehen.«

»Seien Sie vernünftig, Mr. Straitley …«

St. Oswald's ist seit über dreißig Jahren meine Welt. Eine andere kenne ich nicht. Ich setzte mich in dem fahrbaren Bett auf und schwang die Beine über die Kante. »Mir geht es prächtig.«

Kapitel 19

Donnerstag, 30. September

Der arme Straitley. Sobald die Schule vorbei war, fuhr ich zum Krankenhaus, um ihn zu besuchen. Dort hörte ich, dass er sich gegen den erklärten Willen der Ärzte selbst aus der Inneren Abteilung entlassen hatte. Aber im Handbuch von St. Oswald's stand seine Adresse, also fuhr ich dorthin und nahm die kleine Topfpflanze mit, die ich im Krankenhausladen gekauft hatte.

Ich hatte ihn noch nie derart neben sich erlebt. Ich sah einen alten Mann mit weißen Bartstoppeln und knochigen weißen Füßen, die in ausgetretenen Lederpantoffeln steckten. Er schien beinahe gerührt, mich zu sehen. »Das wäre doch wirklich nicht nötig gewesen«, sagte er. »Morgen früh stehe ich wieder auf der Matte.«

»Wirklich? So bald schon?« Fast liebte ich ihn dafür, aber ich machte mir auch Sorgen. Unser Spiel ist einfach zu schön, als dass ich ihn wegen seiner Prinzipienreiterei verlieren möchte. »Sollten Sie sich nicht wenigstens ein paar Tage Ruhe gönnen?«

»Jetzt fangen Sie nicht auch noch an«, sagte er. »Damit haben sie mich schon im Krankenhaus traktiert. Ein Hobby soll ich mir zulegen, das haben sie mir empfohlen – etwas Beruhigendes wie Taxidermie oder Makramee. Gute Götter, warum reichen sie mir nicht einfach den Schierlingsbecher, damit's ein Ende hat?«

Ich fand, dass er damit maßlos übertrieb, und das sagte ich ihm auch.

»Tja«, meinte er und schnitt eine Grimasse. »Das ist eine meiner Stärken.«

Sein Haus ist ein kleines zweistöckiges Reihenhaus mit vier Zimmern, ungefähr zehn Gehminuten von St. Oswald's. Der Flur ist voller Bücher, die teils in Regalen stehen, teils am Boden gestapelt sind, so dass von der Tapete so gut wie nichts zu sehen ist. Die Teppiche sind abgetreten, außer im Wohnzimmer, wo ein verblichener brauner Axminster-Läufer liegt. Dort riecht es nach Staub und Möbelpolitur und dem Hund, der vor fünf Jahren gestorben ist. Im Flur verstrahlt ein riesiger Heizkörper unerträgliche Hitze. Der Küchenfußboden ist mit Mosaikfliesen ausgelegt, und an jeder freien Wand hängen endlose Klassenaufnahmen.

Er bot mir Tee in einem St.-Oswald's-Becher an und dazu ein paar uralte Schokoladenkekse aus einer Dose, die auf dem Kaminsims stand. Mir fiel auf, dass er zu Hause kleiner wirkt.

»Wie geht es Anderton-Pullitt?« Offenbar hatte er diese Frage im Krankenhaus alle zehn Minuten gestellt, selbst nachdem der Junge längst außer Gefahr war. »Weiß man schon, was passiert ist?«

Ich schüttelte den Kopf. »Aber ich bin mir sicher, dass niemand Ihnen die Schuld gibt, Mr. Straitley.«

»Darum geht es nicht.«

Und das stimmte. Das bewiesen die Fotos an der Wand mit den vielen jungen, in zwei Reihen angeordneten Gesichtern. Ich fragte mich, ob wohl irgendwo Leon darunter war. Was würde ich tun, wenn ich jetzt, hier bei Straitley, sein Gesicht sehen würde? Und was würde ich tun, wenn ich mich selbst neben ihm sah, die Mütze in die Stirn gezogen, den Blazer hoch über mein Hemd aus zweiter Hand zugeknöpft?

»Das Unglück kommt immer im Dreierpack«, sagte Straitley und griff nach einem Keks, zog dann aber die Hand zurück. »Zuerst Fallow, jetzt Anderton-Pullitt – ich bin gespannt, was als Nächstes passiert.«

Ich lächelte. »Ich wusste gar nicht, dass Sie abergläubisch sind, Sir.«

»Abergläubisch? Das bringt der Job mit sich.« Er nahm doch

einen Keks und tunkte ihn in seinen Tee. »Man kann nicht so lange in St. Oswald's arbeiten wie ich, ohne an Zeichen zu glauben, an Omen und …«

»Gespenster?«, half ich ihm aus.

Er lächelte nicht, als er antwortete. »Ja. Von denen wimmelt's in dieser Schule.« Ob er dabei wohl an meinen Vater dachte? Oder an Leon? Und einen Moment fragte ich mich, ob ich nicht selbst eines war.

Kapitel 20

In dem Sommer geriet John Snyde langsam, aber sicher immer mehr aus dem Gleichgewicht. Anfangs waren es noch Kleinigkeiten, die mir kaum auffielen im großen Panorama meines Lebens, in dem Leon den Vordergrund beherrschte und alles andere zu vagen Schatten am fernen, dunstigen Horizont reduziert wurde. Doch als es Juli wurde und die Ferien näher rückten, legte sich seine Erbitterung überhaupt nicht mehr. Ständig war er wütend: auf mich, auf die Schule, auf die unbekannten Graffitikünstler, die die Mauern des Sportpavillons verschandelten. Auf die Unterstufenschüler, die ihn verspotteten, wenn er auf dem großen Rasenmäher herumfuhr. Auf die zwei älteren Jungen, die damals auf dem Rasenmäher gefahren und dafür verantwortlich waren, dass er offiziell verwarnt worden war. Auf die Nachbarshunde, deren unerwünschte Präsente er mit einer Plastiktüte vom Kricketrasen entfernen musste. Auf die Regierung, auf den Kneipenwirt, auf die Leute, die die Straße überquerten, um ihm aus dem Weg zu gehen, wenn er, Selbstgespräche führend, vom Supermarkt nach Hause schlurfte.

Eines Montagmorgens, nur wenige Tage vor Ferienanfang, erwischte er einen Erstklässler, der im Pförtnerhaus unter der Theke herumschnüffelte. Angeblich suchte er nach einer Tasche, die er verloren hatte, aber mit der Ausrede ließ John Snyde sich nicht abspeisen. Was der Junge wirklich im Schilde führte, war seinem Gesicht deutlich anzusehen – Diebstahl, Vandalismus oder etwas anderes, um John Snyde in Verruf zu bringen. Der

Junge hatte unter einem Stapel alter Zeitungen die kleine Flasche irischen Whiskey entdeckt, und seine Augen funkelten gehässig. Das fand zumindest mein Vater, und da er in dem Jungen einen seiner Plagegeister erkannte – einen affengesichtigen Jungen, der sich immer unverschämt aufführte –, wollte er ihm eine Lektion erteilen.

Ach, ich glaube nicht, dass er ihm wirklich wehtat. Er mochte zwar gegenüber St. Oswald's verbittert geworden sein, aber ergeben war er der Lehranstalt immer noch. Und obwohl er mittlerweile viele Angehörige der Schule verabscheute – den Kämmerer, den Schulleiter und vor allem die Schüler –, hatte er vor der Institution selbst nach wie vor Respekt. Doch der Junge spuckte große Töne und sagte zu meinem Vater: *Sie haben nicht das Recht, mich anzufassen,* und verlangte, das Pförtnerhaus verlassen zu dürfen. Als das nichts nützte, brüllte er in einer Stimme, die meinem Vater im Kopf schrillte (Sonntagabend war es sehr spät geworden, und das merkte man ihm an): *Ich will raus, ich will raus, ich will raus!,* bis seine Schreie Dr. Tidy auf den Plan riefen, der nebenan in seinem Büro saß.

Inzwischen weinte der affengesichtige Junge, Matthews hieß er. John Snyde war ein bulliger Mann und einschüchternd, selbst wenn er nicht wütend war. Und an dem Tag war er außer sich vor Wut. Tidy sah die blutunterlaufenen Augen meines Vaters, seine ungebügelte Kleidung, sah Matthews' tränenüberströmtes Gesicht und den nassen Fleck, der sich auf seiner grauen Uniformhose bildete, und zog den unweigerlichen Schluss. Es war der Tropfen, der das Fass zum Überlaufen brachte. Noch am selben Vormittag wurde John Snyde gemeinsam mit Pat Bishop (damit Gerechtigkeit gewahrt wurde) ins Direktorat bestellt und ein zweites und letztes Mal verwarnt.

Das hätte der alte Schulleiter nicht getan. Davon war mein Vater überzeugt. Shakeshafte wusste, welchen Belastungen man ausgesetzt war, wenn man in der Schule arbeitete, er hätte die Situation entschärft, ohne es zu einer Szene kommen zu lassen. Aber der Neue war zuvor an einer staatlichen Schule gewesen, er setzte auf Policital Correctness und hektischen Aktivismus. Außerdem war er hinter seiner strengen und unnahbaren Fassade in Wahrheit ein Schwächling und wollte sich nicht die Gelegenheit entgehen lassen, seine starke Hand zu beweisen (zumal er damit kein berufliches Risiko einging).

Es würde eine Untersuchung geben, sagte er. Bis dahin solle Snyde seine Arbeit fortsetzen und dafür jeden Tag Anweisungen des Kämmerers entgegennehmen, dürfe aber keinerlei Kontakt zu den Jungen mehr haben. Jede weitere Entgleisung – dieses Wort wurde mit der selbstgerechten Überheblichkeit des Kirchgängers und Abstinenzlers ausgesprochen – würde zur fristlosen Kündigung führen.

Mein Vater war überzeugt, dass Bishop auf seiner Seite stand. Der gute alte Bishop, sagte er immer wieder, eine Schande, dass der nicht Schulleiter geworden ist. Natürlich hätte das meinem Vater gefallen, der kräftige, joviale Mann mit der Visage eines Rugbyspielers und den proletarischen Vorlieben als Rektor. Aber Bishops Loyalität galt St. Oswald's. So Leid mein Vater ihm tun mochte, im Zweifelsfall würde er sich immer auf die Seite der Schule stellen.

Immerhin sagte er, dass mein Vater in den Ferien Zeit habe, sich wieder auf die Reihe zu kriegen. Er habe zu viel getrunken, das wisse er selbst, er habe sich gehen lassen. Im Grunde seines Herzens sei er jedoch ein guter Mensch, habe der Schule fast fünf Jahre treu gedient, das werde er schon schaffen.

Ein typischer Bishop-Satz: *Das schaffen Sie schon, Mann.* Mit den Jungen sprach er auf ähnlich soldatische Art, wie ein Rugby-Coach, der seine Mannschaft auf sich einschwört. Wie bei meinem Vater waren seine Unterhaltungen mit Platitüden gespickt: *Das werden Sie schon schaffen. Sei ein Mann. Je höher der Berg, desto tiefer der Fall.*

Das war eine Sprache, die meinem Vater gefiel und die er verstand, und eine Weile riss er sich tatsächlich zusammen. Bishop zuliebe trank er weniger, ging zum Friseur und achtete mehr auf seine Kleidung. Und angesichts des Vorwurfs, er habe sich gehen lassen, fing er sogar an, abends Liegestütze vorm Fernseher zu machen, während ich ein Buch las und davon träumte, er sei nicht mein Vater.

Dann begannen die Ferien, und der Druck ließ nach. Er hatte weniger Pflichten, es gab keine Jungen, die ihn quälten, ungestört konnte er den Rasen mähen und seine Runden durchs Gelände machen, wobei er nach Graffiti-Künstlern und Hunden Ausschau hielt.

In jenen Tagen war mein Vater wohl beinahe glücklich. Die Schlüssel in der einen, eine Dose Bier in der anderen Hand, ging er durch sein kleines Reich im sicheren Wissen, dass er dort seinen Platz hatte – den eines kleinen, aber wichtigen Rädchens in einem prachtvollen Getriebe. Das hatte Bishop gesagt, also musste es stimmen.

Mich beschäftigten ganz andere Dinge. Nach Ferienanfang ließ ich Leon drei volle Tage in Ruhe, bevor ich ihn anrief, um ein Treffen zu vereinbaren. Er war zwar nett, schien es aber nicht sonderlich eilig zu haben, mich zu sehen. Er sagte, dass seine Mutter Besuch bekäme, den er unterhalten müsse. Nachdem ich so akribisch Pläne geschmiedet hatte, traf mich das wie ein Schlag, doch ich nahm es klaglos hin. Schließlich wusste ich, dass es am besten war, Leons gelegentliche Halsstarrigkeit zu ignorieren.

»Sind das Bekannte deiner Mutter?«, fragte ich, mehr um das Telefonat auszudehnen, als aus Neugier.

»Ja. Die Tynans mit ihrem Kind. Nervig, aber Charlie und ich müssen ran. Du weißt schon, Gurken-Sandwiches herumreichen, Sherry einschenken und so.« Er hörte sich an, als sei das eine Last, allerdings hatte ich das Gefühl, als lächele er dabei.

»Mit einem Kind?«, wiederholte ich und sah einen intelligenten, aufgeweckten Schuljungen vor mir, der mich in Leons Gunst ausstechen würde.

»Ja. Francesca. Eine fette kleine Transuse, die in Pferde vernarrt ist. Nur gut, dass Charlie hier ist, sonst müsste ich mich wahrscheinlich um die auch noch kümmern.«

»Oh.« Ich konnte nicht anders, ich klang bedrückt.

»Keine Sorge«, sagte Leon. »Die bleiben nicht lang. Ich melde mich bei dir, in Ordnung?«

Das brachte mich in Schwierigkeiten. Natürlich musste ich Leon meine Telefonnummer geben; wenn ich mich weigerte, würde ihn das misstrauisch machen. Doch die Vorstellung, mein Vater könnte abheben, versetzte mich in Panik. »Ach, wir werden uns schon irgendwo treffen«, sagte ich. »Bis dann.«

Und so wartete ich. Ich war nervös, und gleichzeitig war mir unendlich langweilig; ich war hin und her gerissen zwischen dem Wunsch, am Telefon zu sitzen für den Fall, dass Leon anrief, und dem nicht minder starken Wunsch, mit dem Fahrrad bei ihm vorbeizufahren in der Hoffnung, ihn »zufällig« zu sehen. Ich hatte keine anderen Freunde, zum Lesen war ich zu unruhig, ich konnte nicht einmal Platten hören, weil sie mich an Leon denken ließen. Es war ein wunderschöner Sommer, die Art Sommer, die es nur in der Erinnerung und in bestimmten Büchern gibt, heiß und blau-grün, voller Bienen und Gesumm, aber meinetwegen hätte es ebenso gut jeden Tag regnen können. Ohne Leon hatte alles seinen Reiz verloren. Ich trieb mich in der Stadt herum, klaute aus reiner Verdrossenheit.

Nach einer Weile fiel es sogar meinem Vater auf. Wegen seiner guten Vorsätze war er ungewohnt aufmerksam, und er ließ Bemerkungen über meine Lustlosigkeit und meine Gereiztheit fallen. *Wachstumsschmerzen,* nannte er das und empfahl zur Abhilfe Bewegung und frische Luft.

Dass ich wuchs, war nicht zu übersehen. Im August würde ich dreizehn werden und hatte einen Wachstumsschub. Ich war zwar immer noch dünn und zartgliedrig, aber trotzdem passte mir meine St.-Oswald's-Uniform nicht mehr, vor allem der Blazer (ich würde mir bald einen neuen besorgen müssen), und die Hose war fünf Zentimeter zu kurz geworden.

Eine Woche verging, die zweite war auch schon fast zur Hälfte um. Die Ferien verstrichen, und ich konnte nichts dagegen unternehmen. War Leon weggefahren? Als ich einmal auf meinem neuen Rad an seinem Haus vorbeigefahren war, hatte ich eine offene Terrassentür gesehen, hatte in der warmen Luft Lachen und Stimmen gehört, ohne sagen zu können, wie viele es waren und ob die meines Freundes darunter war.

Ich fragte mich, wie die Gäste wohl waren. Ein Banker, hatte er gesagt, und eine Chefsekretärin, wie Leons Mutter. Gut situierte Akademiker, die Gurken-Sandwiches aßen und auf der Terrasse Sherry tranken. Die Sorte Menschen, die John und Sharon Snyde nie sein würden, gleichgültig, wie viel Geld sie besaßen. Die Sorte Eltern, die ich mir gewünscht hätte.

Allmählich wurde ich besessen von dem Gedanken. Ich stellte mir die Tynans vor, er in einem leichten Leinenjackett, sie in einem weißen Sommerkleid. Mrs. Mitchell stand mit einem Krug Pimm's und einem Tablett mit hohen Gläsern neben ihnen, während Leon und seine Schwester Charlie auf dem Rasen saßen, und sie alle wirkten vergoldet vom Sonnenlicht und von etwas anderem – dem Etwas, das sie von mir unterschied, dem Etwas, das ich zum ersten Mal in St. Oswald's bemerkt hatte, als ich die Grenze überschritt.

Die Grenze. Wieder tauchte sie vor mir auf, zum Greifen nah, verhöhnte mich. Jetzt konnte ich sie fast sehen, die goldene Linie, die mich von allem, nach dem ich mich sehnte, trennte. Was musste ich denn noch tun? Hatte ich nicht die letzten drei Monate im feindlichen Revier verbracht wie ein einzelgängerischer Wolf, der sich den Jagdhunden anschließt, um heimlich ihr Futter zu stehlen? Warum hatte ich dann dieses Gefühl, ausgeschlossen zu sein? Warum hatte Leon nicht angerufen?

War es möglich, dass er irgendwie mein Anderssein spürte und sich schämte, mit mir gesehen zu werden? Während ich mich im Pförtnerhaus versteckte aus Angst, jemand könnte mich sehen, war ich beinahe davon überzeugt. Ich hatte etwas Billiges an mir – vielleicht einen Geruch, einen Polyester-Glanz –, das ihn misstrauisch gemacht hatte. Ich hatte meine Rolle nicht gut genug gespielt, er hatte mich entlarvt. Der Gedanke machte mich schier verrückt, ich musste mir einfach Gewissheit verschaffen. Also zog ich mich an dem Sonntag ordentlich an und fuhr mit dem Rad zu Leon.

Das war mutig. Ich war nie zuvor bei ihm gewesen, und ich stellte fest, dass mir die Hände zitterten, als ich das Tor öffnete und die lange Zufahrt zum Haus hinaufging. Es war eine große Villa mit Rasen ringsum, hinten gab es einen baumbestandenen Garten mit einem Sommerhaus und einen eigenen ummauerten Obstgarten.

Altes Geld, wie mein Vater verächtlich und voller Neid gesagt hätte, aber für mich war es die Welt, die ich aus Büchern kannte, es war die *Fünf Freunde*, es war Limonade auf dem Rasen, es war Internat und Picknicks am Strand und eine fröhliche Köchin, die Rosinenbrötchen backte, eine elegante Mutter, die auf dem Sofa lag, und ein Pfeife rauchender Vater, der immer Recht hatte, immer gütig war, wenn auch selten zu Hause. Ich war noch keine dreizehn und kam mir entsetzlich alt vor, als wäre mir die Kindheit vorenthalten worden – zumindest die Kindheit, die ich verdiente.

Ich klopfte. Hinter dem Haus hörte ich Stimmen. Leons Mutter sagte etwas über Mrs. Thatcher und die Gewerkschaften, dann eine männliche Stimme – *Das geht nur, wenn man …* – und das gedämpfte Klingeln, wenn jemand aus einem mit Eiswürfeln gefüllten Krug ein Glas einschenkt. Dann Leons Stimme, ganz nah, die sagte: »*Vae*, bloß keine Politik, bitte. Möchte jemand einen Lemon-Wodka mit Eis?«

»Ja!« Das war Charlie.

Dann eine andere Mädchenstimme, tief und wohl moduliert. »Ja, warum nicht?«

Das musste Francesca sein. Der Name war mir dumm vorgekommen, als Leon ihn am Telefon sagte, aber jetzt war ich plötzlich verunsichert. Ich schlich von der Tür zur Seite des Hauses – wenn jemand mich entdeckte, würde ich sagen, dass ich geklopft, aber niemand mich gehört hatte – und spähte zur Terrasse.

Der Anblick war ganz ähnlich dem Bild, das ich mir ausgemalt hatte. Sie saßen auf der Terrasse hinter dem Haus im getüpfelten Schatten eines großen Baums. Mrs. Mitchell, blond und hübsch, wirkte sehr jung in ihrer Jeans und der sauberen weißen Bluse. Dann Mrs. Tynan in Sandalen und einem luftigen Leinenkleid, Charlotte, die auf einer selbst gebauten Schaukel saß, und direkt mir gegenüber Leon in seiner Jeans, den ausgetretenen Turnschuhen und dem verblichenen Stranglers-T-Shirt.

Er ist größer geworden, dachte ich. In der kurzen Zeit waren seine Züge markanter geworden, er war gewachsen, und seine Haare, die nach den Vorschriften von St. Oswald's ohnehin schon grenzwertig gewesen waren, fielen ihm jetzt in die Augen. Ohne die Uniform sah er aus wie jeder x-beliebige Junge aus meiner Schule, abgesehen von dem Glanz, den nur Jugendliche bekommen, die ihr Leben lang in einem solchen Haus wohnen, die bei Quaz im Glockenturm Latein lernen, die Blinis mit Räucherlachs und Lemon-Wodka zu sich nehmen anstatt Dosenbier und Fish and Chips, Jugendliche, die nie Samstagnacht die Schlafzimmertür abschließen müssen.

Eine Woge der Liebe und des Verlangens durchflutete mich, und diese Gefühle galten nicht nur Leon, sondern allem, was er verkörperte. Sie waren so übermächtig, so erwachsen in ihrer Heftigkeit, dass ich zuerst kaum das Mädchen bemerkte, das neben ihm saß. Francesca, die dicke kleine Pferdenärrin, von der er am Telefon so abschätzig gesprochen hatte. Aber schließlich sah ich sie, und dann stand ich eine ganze Zeit lang nur da und beobachtete sie und vergaß vor Staunen und Kummer sogar, mich zu verstecken.

Eine dicke kleine Pferdenärrin mochte sie ja früher gewesen sein, jetzt hingegen – es gab keine Worte, sie zu beschreiben. Alle Vergleiche griffen zu kurz. Meine eigene Erfahrung, was eine begehrenswerte Frau ausmachte, beschränkte sich auf Exemplare wie Pepsi, die Frauen in den Magazinen meines Vater, Tracey Delacey und ihresgleichen. Ich selbst konnte es nicht definieren – aber das war ja weiter nicht verwunderlich, oder?

Ich dachte an Pepsi mit ihren aufgeklebten Nägeln und dem

permanenten Geruch nach Haarspray, an die Kaugummi kauende Tracey mit ihren fleckigen Beinen und dem mürrischen Gesicht, an die Magazinfrauen, die spröde und gleichzeitig sehr fleischlich wirkten. Ich dachte an meine Mutter und Cinnabar.

Dieses Mädchen hier gehörte einer völlig anderen Welt an. Vierzehn, vielleicht fünfzehn, schmal, sonnengebräunt. Der Inbegriff von *Glanz* – die Haare nachlässig zu einem Pferdeschwanz gebunden, lange, schlanke Beine, die aus khakifarbenen Shorts ragten. In der Vertiefung ihrer Kehle lag ein kleines Goldkreuz. Die anmutig abgewinkelten Füße einer Tänzerin, Sonne und Schatten auf ihrem Gesicht vor dem Sommergrün. Deswegen hatte Leon mich nicht angerufen. Wegen dieses Mädchens, dieses bildschönen Mädchens.

»He! He, Pinchbeck!«

Guter Gott, er hatte mich gesehen. Am liebsten wäre ich davongelaufen, doch Leon kam schon auf mich zu, verwundert, aber nicht ärgerlich, und das Mädchen folgte ihm. Die Brust wurde mir eng, mein Herz schrumpfte auf die Größe einer Walnuss. Ich versuchte zu lächeln, mein Gesicht war eine einzige Maske. »Hallo, Leon«, sagte ich. »Guten Tag, Mrs. Mitchell. Ich bin gerade zufällig vorbeigekommen.«

Können Sie sich den entsetzlichen Nachmittag vorstellen? Ich wollte nach Hause, aber das ließ Leon nicht zu. Stattdessen musste ich dort auf dem Rasen zwei Stunden elendigste Qualen ertragen, musste Limonade trinken, die mir den Magen übersäuerte, während Leons Mutter mich nach meiner Familie ausfragte und Mr. Tynan mir mehrmals auf die Schulter klopfte und spekulierte, welchen Unfug Leon und ich wohl in der Schule anstellten.

Es war die reinste Tortur. Ich hatte Kopfschmerzen, mein Magen rebellierte, und die ganze Zeit musste ich lächeln und höflich Fragen beantworten, während Leon und sein Mädchen – mittlerweile bestand kein Zweifel mehr daran, dass sie *sein* Mädchen war – flüsternd im Schatten herumlungerten. Leons braune Hand lag fast nachlässig auf Francescas sonnengebräunter, in seinen grauen Augen funkelten der Sommer und sie.

Ich weiß nicht, was ich auf ihre Fragen hin sagte. Ich weiß nur noch, dass Leons Mutter herzzerreißend nett zu mir war. Sie tat ihr Bestes, mich ins Gespräch einzubeziehen, fragte mich nach meinen Hobbys, meiner Meinung. Ich antwortete, was mir gerade in den Kopf kam, mit dem Instinkt eines Tieres, das sein Versteck nicht verlassen will. Ich muss die Musterung bestanden haben, obwohl Charlotte mich schweigend beobachtete auf eine Art, die mich misstrauisch gemacht hätte, wäre mir nicht so elend gewesen.

Schließlich muss Mrs. Mitchell etwas bemerkt haben, denn sie sah mich direkt an und meinte dann, dass ich sehr blass sei.

»Kopfschmerzen«, sagte ich und versuchte zu lächeln, während hinter ihrem Rücken Leon mit einer Strähne von Francescas langem, honigblondem Haar spielte. »Die habe ich öfter«, log ich verzweifelt. »Ich sollte nach Hause und mich hinlegen.«

Leons Mutter wollte mich ungern gehen lassen. Sie schlug mir vor, mich in Leons Zimmer hinzulegen, wollte mir ein Aspirin holen, überwältigte mich mit ihrer Güte, dass ich fast in Tränen ausbrach. Da muss ihr etwas in meinem Ausdruck aufgefallen sein, denn sie klopfte mir lächelnd auf die Schulter. »Also gut, Julian, mein Junge«, sagte sie. »Geh nach Hause und leg dich hin. Vielleicht ist das wirklich das Beste.«

»Vielen Dank, Mrs. Mitchell.« Ich nickte erleichtert. Mittlerweile fühlte ich mich wirklich krank. »Es war sehr schön bei Ihnen.« Leon winkte mir nach, Mrs. Mitchell bestand darauf, mir ein großes Stück klebrigen Kuchen mitzugeben. Als ich wieder die Zufahrt hinunterging, hörte ich sie noch sagen: »Was für ein komischer kleiner Kerl, Leon. So höflich und zurückhaltend. Ist er ein guter Freund von dir?«

Kapitel 21

St. Oswald's, Oberschule für Knaben
Dienstag, 5. Oktober

Die offizielle Auskunft des Krankenhauses lautete anaphylaktischer Schock, hervorgerufen durch den Genuss von Erdnüssen oder – möglicherweise zufällig – mit Erdnüssen versetzten Lebensmitteln.

Natürlich gab es großen Aufruhr. Es sei eine Schande, sagte Mrs. Anderton-Pullitt zu Pat Bishop; die Schule sollte ein Ort sein, an dem ihr Junge sicher aufgehoben war. Warum habe zum Zeitpunkt seines Kollapses niemand Aufsicht gehabt? Wie könne es seinem Klasslehrer entgangen sein, dass der arme James das Bewusstsein verloren hatte?

Pat tat sein Bestes, die aufgelöste Mutter zu beschwichtigen. In solchen Situationen ist er ganz in seinem Element, nimmt allen den Wind aus den Segeln, bietet eine Schulter zum Anlehnen und verströmt eine Aura der Autorität. Er versprach, der Fall würde eingehend untersucht werden, versicherte Mrs. Anderton-Pullitt aber, dass Mr. Straitley ein überaus gewissenhafter Lehrer sei und man seitens der Schule keine Mühe gescheut habe, um ihrem Sohn zu helfen.

Währenddessen saß der Betreffende zu Hause im Bett, las *Practical Aeronautics* und sah ganz zufrieden aus.

Zur selben Zeit machte Mr. Anderton-Pullitt, Mitglied des Schulvorstands und vormals Kricketspieler der englischen Nationalmannschaft, seinen Einfluss geltend, damit im Krankenhaus die Reste von James' Sandwich auf Nüsse untersucht würden. Wenn sich darin auch nur Spuren davon fänden, sagte er, würde er einen gewissen ökologischen Lebensmittelhersteller um jeden Penny, den er besaß, verklagen, ganz zu schweigen von einer gewissen Ladenkette. Doch die Analysen wurden nie gemacht, denn noch bevor sie in die Wege geleitet wurden, fand sich die Erdnuss – noch intakt – auf dem Boden von James' Fanta-Dose.

Zuerst waren die Anderton-Pullitts erstaunt. Wie konnte eine Erdnuss in die Limonade ihres Sohnes geraten sein? Ihre erste Reaktion bestand darin, den Hersteller kontaktieren (und verklagen) zu wollen, aber bald wurde klar, dass eine Fahrlässigkeit seitens des Konzerns nicht nachzuweisen wäre. Die Dose war bereits geöffnet worden, und alles Mögliche hätte versehentlich hineinfallen können.

Oder beabsichtigt hineinfallen können.

Der Schluss war klar: Wenn sich jemand an James' Fanta zu schaffen gemacht hatte, dann gehörte dieser Jemand zur Klasse. Schlimmer noch, dieser Jemand hatte gewusst, dass sein Handeln schwere, wenn nicht gar tödliche Folgen haben würde. Empört und wütend wandten sich die Anderton-Pullitts sofort an den Rektor, übergingen in ihrer Wut und Empörung sogar Bishop, und gaben ihm deutlich zu verstehen, dass sie sich direkt an die Polizei wenden würden, wenn er die Sache nicht unverzüglich in die Hand nehme.

Ich hätte bei dem Gespräch dabei sein sollen. Es war unverzeihlich, dass ich nicht dort war. Aber am Morgen nach meinem kurzen Krankenhausaufenthalt fühlte ich mich derart erschöpft – so grausam alt –, dass ich in der Schule anrief und Bob Strange sagte, ich könne nicht kommen.

»Das hatte ich auch gar nicht erwartet«, sagte Strange. Er klang überrascht. »Ich hatte erwartet, dass Sie zumindest übers Wochenende im Krankenhaus bleiben.« Sein spröder, offizieller Ton konnte seine Verstimmung, dass dem nicht so war, nicht verbergen. »Ich kann Sie problemlos die nächsten sechs Wochen vertreten lassen.«

»Das ist nicht nötig. Am Montag bin ich wieder da.«

Am Montag wussten alle Bescheid. In meiner Klasse waren

Ermittlungen angestellt worden, Zeugen waren vernommen, Spinde durchsucht und Telefonate geführt worden. Dr. Devine war in seiner Eigenschaft als Verantwortlicher für Gesundheit und Sicherheit zu Rate gezogen worden, und er, Bishop, Strange, der Rektor und Dr. Pooley, der Kuratoriumsvorsitzende, hatten Stunden mit den Anderton-Pullitts im Direktorat verbracht.

Mit dem Ergebnis, dass die Klasse, als ich am Montagvormittag wieder in die Schule kam, völlig aufgelöst war. Der Zwischenfall mit Knight hatte sogar den höchst unerfreulichen Artikel jüngst im *Examiner* in Vergessenheit geraten lassen, in dem angedeutet wurde, es gäbe innerhalb der Schule einen geheimen Informanten. Die Beweislage, die der Rektor darlegte, war erdrückend: Am Tag des Zwischenfalls hatte Knight am Imbissstand der Schule eine Packung Erdnüsse gekauft und sie in der Mittagspause im Klasszimmer verzehrt. Zunächst leugnete er das, aber mehrere Zeugen erinnerten sich daran, darunter auch eine Lehrkraft. Schließlich gestand Knight, dass er die Erdnüsse gekauft hatte, stritt jedoch vehement ab, dass er sich an irgendeiner Fanta- oder sonstigen Dose zu schaffen gemacht hatte. Außerdem, sagte er weinerlich, möge er Anderton-Pullitt und würde ihm nie etwas zuleide tun.

Es gab eine Namensliste aller Schüler, die die Rauferei zwischen Knight und Jackson beobachtet hatten, wegen der Knight dann vom Unterricht ausgeschlossen worden war. Und siehe da, Anderton-Pullitt war einer der Augenzeugen. Nun gab es ein eindeutiges Tatmotiv.

Sicher, im Old Bailey hätten diese Indizienbeweise nicht standgehalten. Aber eine Schule ist kein Gerichtshof, sie folgt ihren eigenen Gesetzen und hat ihre eigenen Methoden, diese durchzusetzen, sie hat ihre eigenen Sicherheitsvorkehrungen. Als ich wiederkam, war Knight für schuldig befunden, verurteilt und bis zu den Herbstferien vom Unterricht ausgeschlossen worden.

Aber ich mochte nicht ganz glauben, dass er tatsächlich der Schuldige war.

»Nicht, dass ich Knight so etwas nicht zutraue«, sagte ich, als ich mich in der Mittagspause mit Dianne Dare im Lehrerzimmer unterhielt. »Er ist hinterhältig, und sicher stiftet er Unfrieden eher heimlich als in aller Öffentlichkeit, andererseits …« Ich seufzte. »Die Sache gefällt mir nicht. Ich mag ihn nicht – aber selbst ihn halte ich nicht für so dumm, dass er etwas Derartiges tut.«

»Man sollte die menschliche Dummheit nie unterschätzen«, warf Pearman ein, der in der Nähe stand.

»Richtig, aber das war eindeutig Boshaftigkeit«, sagte Dianne. »Wenn der Junge wusste, was er da tat …«

»Wenn er wusste, was er tat«, unterbrach Light von seinem Sitzplatz unter der Uhr, »dann gehört er hinter Gitter. Man liest doch ständig von den Kids heute – Vergewaltigungen, Überfälle, Morde, Gott weiß was –, und man darf sie deswegen nicht mal wegsperren, weil die verdammten Liberalen darauf bestehen, sie mit Samthandschuhen anzufassen.«

»Zu meiner Zeit gab's den Rohrstock«, sagte McDonaugh finster.

»Vergessen Sie den«, meinte Light. »Die Wehrpflicht muss wieder her. Da lernen sie, was Disziplin ist.« Gute Götter, dachte ich, was für ein Dummschwätzer. In diesem hirnlosen, testosterongeschwängerten Stil verbreitete er sich noch einige Minuten, was Isabelle Tapi ihm mit einem bewundernden Blick aus ihrer Joghurtecke dankte.

Der junge Keane verfolgte das Gespräch ebenfalls und verzog sein schmales, kluges Gesicht zu einer perfekten Parodie von Lights Miene, der diese kleine Pantomime allerdings nicht sehen konnte. Ich tat, als bemerkte ich nichts, und verbarg mein Lächeln hinter der Hand.

»Disziplin ist ja gut und schön«, sagte Roach hinter seinem *Mirror*, »aber welche Strafmaßnahmen haben wir denn schon? Wer Unfug anstellt, muss nachsitzen. Wer schlimmeren Unfug anstellt, wird vom Unterricht ausgeschlossen. Ist das vielleicht sinnvoll?«

»Absolut nicht«, sagte Light. »Aber die Schüler müssen merken, dass sie mit so etwas nicht durchkommen. Ob es nun Knight war oder nicht …«

»Und wenn er's nicht war?«, fragte Roach.

McDonaugh wischte den Einwurf beiseite. »Das ist egal. Worauf es ankommt, ist Zucht und Ordnung. Wer immer der Schuldige war, er wird es sich verdammt noch mal zweimal überlegen, bevor er wieder was anstellt, wenn er weiß, dass er dann eine Tracht Prügel kriegt.«

Light nickte. Keane schnitt wieder eine Grimasse. Dianne zuckte mit den Achseln, und Pearman lächelte auf seine vage, ironisch überlegene Art.

»Es war aber Knight«, sagte Roach mit Nachdruck. »Das ist genau die Art Dummheit, die er machen würde.«

»Mir gefällt's trotzdem nicht. Meinem Gefühl nach stimmt da etwas nicht.«

Die Jungs zeigten sich ungewohnt zurückhaltend. Normalerweise bedeuten solche Zwischenfälle – Skandälchen und kleine Unglücksfälle, Geheimnisse und Raufereien – eine willkommene Abwechslung vom schulischen Trott. Aber diese Sache ist offenbar etwas anderes. Eine Grenze ist überschritten worden, und selbst die Jungs, die nie ein gutes Wort über Anderton-Pullitt zu sagen hatten, betrachteten den Vorfall mit großem Unbehagen.

»Ich meine, er tickt doch nicht ganz richtig, oder, Sir?«, meinte Jackson. »Sie wissen schon – er ist kein Mongo oder so, aber ganz normal ist er auch nicht.«

»Wird er wieder ganz gesund?«, fragte Tayler, der selbst eine Reihe von Allergien hatte.

»Zum Glück ja.« Der Junge war zwar noch zu Hause, doch soweit man das schon beurteilen konnte, hatte er die Sache unbeschadet überstanden. »Aber es hätte tödlich ausgehen können.«

Es entstand eine beklommene Stille. Die Jungs schauten sich an. Bislang haben die wenigsten von ihnen einen Todesfall miterlebt, abgesehen von einem Hund, einer Katze oder einem

Großelternteil. Der Gedanke, dass einer von ihnen tatsächlich hätte sterben können – direkt vor ihren Augen, in ihrem eigenen Klasszimmer –, jagte ihnen einen gehörigen Schrecken ein.

»Es muss ein Unfall gewesen sein«, meinte Tayler schließlich.

»Das denke ich auch.« Zumindest hoffte ich das.

»Sir, Dr. Devine hat gesagt, dass wir psychologische Betreuung bekommen können, wenn wir sie brauchen«, sagte McNair.

»Braucht ihr sie denn?«

»Würde dafür der Unterricht ausfallen, Sir?«

Ich sah ihn an und bemerkte sein Grinsen. »Nur über meine Leiche.«

Den Rest des Tages verstärkte sich dieses Gefühl von Unruhe noch. Allen-Jones war hyperaktiv, Sutcliff bedrückt, Jackson streitsüchtig, Pink nervös. Außerdem war es windig, und wie jeder Lehrer weiß, macht Wind die Schüler rastlos und fahrig. Türen knallen, Fenster klappern. Der Oktober begann stürmisch, der Herbst war gekommen.

Ich mag den Herbst, er ist so dramatisch. Der goldene Löwe, der seine Laubmähne schüttelt und das Jahresende herbeibrüllt. Es ist eine gefährliche Zeit mit heftigen Wutausbrüchen und täuschender Ruhe, mit Feuerwerkskörpern in den Taschen und Kastanien in den Fäusten. Es ist die Jahreszeit, in der ich mich dem Jungen, der ich einmal war, am nächsten fühle, und gleichzeitig auch dem Tod. Und nie ist St. Oswald's schöner als im Herbst. Der Bau schimmert golden inmitten der Linden, der Wind heult um den Glockenturm.

Aber dieses Jahr ist es anders. Neunundneunzig Trimester, dreiunddreißig Herbste, mein halbes Leben. Dieses Jahr lasten die Trimester schwer auf mir, und ich frage mich, ob der junge Bevans nicht vielleicht doch Recht hat. Die Pensionierung ist nicht *nolens volens* ein Todesurteil. Noch ein Trimester, und ich habe meine Zenturie erfüllt. Damit in den Ruhestand zu treten ist keine Schande. Außerdem verändert sich alles um mich her, und so soll es auch sein. Nur ich bin zu alt, um mich noch zu verändern.

Auf dem Heimweg am Montagabend schaute ich beim Pförtnerhaus vorbei. Es gibt noch keinen Ersatz für Fallow, und in der Zwischenzeit übernimmt Jimmy Watt so viele von dessen Aufgaben wie möglich. Eine besteht darin, das Telefon im Pförtnerhaus zu beantworten, aber er ist am Telefon ungeschickt und legt oft versehentlich auf, wenn er ein Gespräch durchstellen will. Folglich kamen den ganzen Tag viele Anrufer nicht durch, und allein schon deshalb war die Stimmung gereizt gewesen.

Das ist die Schuld des Kämmerers. Jimmy tut, was man ihm sagt, aber selbständig zu arbeiten überfordert ihn. Er kann Sicherungen ersetzen und Schlösser auswechseln, er kann Laub zusammenrechen und sogar einen Telegrafenmasten hinaufklettern, um ein Paar Schuhe herunterzuholen, die irgendein Witzbold mit zusammengebundenen Schnürsenkeln über die Leitungen geworfen hat. Light nennt ihn Jimmy Vierzig-Watt und macht sich über sein Mondgesicht und seine langsame Redeweise lustig. Kein Wunder – Light war bis vor wenigen Jahren selbst ein Rowdy, das sieht man noch an seinem geröteten Gesicht und dem aggressiven, gestelzten Gang – Steroide oder Hämorrhoiden, eins von beiden. Auf jeden Fall dürfte man Jimmy nie die alleinige Verantwortung für das Pförtnerhaus überlassen, und das weiß Dr. Tidy auch. Es ist schlicht die einfachste (und billigste) Lösung, ihn einspringen zu lassen, bis ein neuer Hausmeister gefunden ist. Außerdem war Fallow über fünfzehn Jahre in der Schule, und man kann niemanden über Nacht aus seinem Haus vertreiben, aus welchem Grund auch immer. Nicht, dass ich Fallow besonders mochte, doch er war ein Teil der Schule – ein kleiner, aber notwendiger Teil –, und man merkte, dass er nicht mehr da war.

Als ich am Pförtnerhaus vorbeiging und durch das Fenster schaute, sah ich drinnen eine Frau stehen. Ich vermutete, dass es sich um eine Sekretärin handelte, die kurzfristig angestellt worden war, um Anrufe entgegenzunehmen und Jimmy zu ersetzen, wenn er eine seiner vielen anderen Arbeiten erledigte. Eine Frau mit grauen Haaren im Hosenanzug, ein ganzes Stück älter als die übliche Aushilfssekretärin; ihr Gesicht kam mir irgendwie bekannt vor. Ich hätte sie fragen sollen, wer sie war. Dr. Devine redet ständig von Einbrechern, von Schusswaffengebrauch an amerikanischen Schulen und wie leicht ein Verrückter in die Gebäude eindringen und Amok laufen könnte, aber so ist Devine eben. Schließlich ist er der Mann für Gesundheit und Sicherheit, er muss sein Gehalt rechtfertigen.

Doch ich war in Eile, und deswegen sprach ich die grauhaarige Frau nicht an. Erst als ich ihren Namen und ihr Foto im *Examiner* sah, erkannte ich sie, da war es allerdings schon zu spät. Der geheimnisvolle Informant hatte wieder zugeschlagen, und dieses Mal betraf es mich.

Kapitel 22

Dienstag, 5. Oktober

Wie Sie sich denken können, nahm Mrs. Knight den Ausschluss ihres einzigen Sohnes vom Unterricht nicht eben freundlich auf. Sie kennen den Typ: neureich, arrogant, etwas neurotisch und mit der Blindheit geschlagen, die nur Müttern von Söhnen im Teenageralter eigen ist. Am Morgen nach der Entscheidung des Schulleiters marschierte sie zu St. Oswald's und verlangte eine Unterredung mit ihm. Er war natürlich nicht da, und deshalb wurde eilig eine Besprechung einberufen mit Bishop (nervös und kränklich), Dr. Devine (Gesundheit und Sicherheit) und in Abwesenheit Roy Straitleys meiner Wenigkeit.

Kampfeslustig und sehr aufrecht saß Mrs. Knight in ihrem Chanel-Kostüm auf dem harten Stuhl in Bishops Büro und funkelte uns drei mit durchdringendem Blick an.

»Mrs. Knight, der Junge hätte sterben können«, sagte Devine.

Mrs. Knight zeigte sich nicht beeindruckt. »Ich verstehe Ihre Besorgnis«, sagte sie. »Angesichts der Tatsache, dass zum Zeitpunkt des Zwischenfalls offenbar keine Aufsicht geführt wurde. Was allerdings die Beteiligung meines Sohnes betrifft …«

Bishop unterbrach sie. »Das entspricht nicht ganz der Wahrheit«, sagte er. »Während der Pause waren verschiedene Lehrkräfte anwesend, obwohl …«

»Hat irgendjemand tatsächlich gesehen, wie mein Sohn eine Erdnuss in die Getränkedose des anderen Jungen steckte?«

»Mrs. Knight, es geht nicht …«

»Nun? Hat jemand es gesehen?«

Bishop wirkte verlegen. Es war der Entschluss des Schulleiters gewesen, Knight vom Unterricht auszuschließen, und ich hatte den Eindruck, dass Bishop die Sache auf andere Weise geregelt hätte. »Alle Umstände deuten darauf hin, dass er es getan hat, Mrs. Knight. Ich sage damit nicht, dass er es in böswilliger Absicht tat, aber ...«

Entschieden: »Mein Sohn lügt nicht.«

»*Alle* Jungen lügen.« Wohl wahr, Devine, aber kaum das Richtige, um Mrs. Knight zu beschwichtigen. Sie richtete ihren Blick auf ihn.

»Wirklich?«, fragte sie. »In dem Fall sollten Sie vielleicht Anderton-Pullitts Schilderung der angeblichen Rauferei zwischen Jackson und meinem Sohn noch einmal überprüfen.«

Devine stutzte. »Mrs. Knight, ich verstehe nicht, was das mit ...«

»Nein? Ich schon.« Sie wandte sich an Bishop. »Ich erkenne hier eine konzertierte Aktion, meinen Sohn zu schikanieren. Es ist allgemein bekannt, dass Mr. Straitley seine Lieblinge hat – seine Brodie Boys, wie er sie offenbar nennt –, doch ich hätte nicht erwartet, dass *Sie* sich auf seine Seite stellen. Mein Sohn ist drangsaliert, gedemütigt, beschuldigt und jetzt auch noch vom Unterricht ausgeschlossen worden – was in seine Akte aufgenommen wird und möglicherweise seine Studienmöglichkeiten beeinträchtigt –, ohne dass ihm je die Gelegenheit gegeben wurde, sich zu verteidigen. Und wissen Sie weshalb, Mr. Bishop? Kennen Sie den Grund?«

Angesichts dieses Ansturms fühlte sich Bishop völlig überfordert. Seine einzige Waffe ist sein Charme, und dagegen war Mrs. Knight gewappnet. Das Lächeln, das meinen Vater zur Räson gebracht hatte, konnte ihr Eis nicht zum Schmelzen bringen, ganz im Gegenteil, es schien sie nur noch wütender zu machen.

»Soll ich es Ihnen sagen?«, fragte sie. »Meinem Sohn wurde Diebstahl vorgeworfen, Körperverletzung und jetzt – wenn ich es recht verstehe – versuchter Mord ...« An dieser Stelle wollte

Bishop sie unterbrechen, doch sie wischte seinen Einwand mit einer Geste beiseite. »Und wissen Sie, warum diese Vorwürfe gegen ihn erhoben werden? Haben Sie Mr. Straitley gefragt? Haben Sie die anderen Jungen gefragt?« Zur Unterstreichung ihrer Worte machte sie eine Pause, und als sie meinem Blick begegnete, nickte ich ihr ermutigend zu. Dann verkündete sie laut, wie schon ihr Sohn es in Straitleys Unterricht getan hatte: »Weil er ein *Jude* ist! Mein Sohn wird diskriminiert! Ich verlange eine gründliche Untersuchung dieses Falls« – sie warf Bishop einen hasserfüllten Blick zu –, »und wenn das nicht geschieht, hören Sie demnächst von meinem Anwalt.«

Es herrschte lähmende Stille, bis Mrs. Knight unter lautem Absatzgeklapper hinausrauschte. Dr. Devine sah erschüttert aus, Pat Bishop setzte sich und schlug die Hände vors Gesicht. Und ich erlaubte mir ein leises Lächeln.

Es verstand sich von selbst, dass über dieses Gespräch Stillschweigen gewahrt würde. Das hatte Devine von vornherein klargestellt, und ich hatte dem mit gebührendem Ernst und Respekt zugestimmt. Wie er sagte, hätte ich überhaupt nicht dabei sein sollen und sei nur hinzugebeten worden, weil der Klassenleiter des Jungen nicht zugegen war. Nicht dass Straitley wirklich fehlte: Bishop und Devine waren einhellig der Meinung, dass der alte Mann, so engagiert er auch war, die unerquickliche Situation nur noch verschärft hätte.

»Ihr Vorwurf entbehrt jeder Grundlage«, sagte Bishop bei einer Tasse Tee. »In St. Oswald's gibt es keinen Antisemitismus. Absolut keinen.«

Devine wirkte weniger überzeugt. »Ich kann Roy Straitley gut leiden, das tun wir alle«, sagte er. »Aber es ist nicht zu leugnen, dass er manchmal etwas seltsam sein kann. Nur, weil er länger hier arbeitet als alle anderen, denkt er gerne, dass er das Sagen hat.«

»Das meint er sicher nicht böse«, wandte ich ein. »Für einen Mann seines Alters ist das Unterrichten sehr anstrengend, und jedem kann mal ein kleiner Fehler unterlaufen.«

Bishop sah mich an. »Was meinen Sie damit? Ist Ihnen etwas zu Ohren gekommen?«

»Nein, Sir.«

»Sind Sie sicher?« Das war Devine, der sich eifrig vorbeugte.

»Vollkommen sicher, Sir. Ich meine nur …« Ich zögerte.

»Was? Jetzt sagen Sie schon!«

»Es ist bestimmt nichts, Sir. Für sein Alter ist er noch erstaunlich rege. Es ist nur, dass mir in letzter Zeit aufgefallen ist, dass …« Und mit gut gespieltem Widerwillen erzählte ich von dem fehlenden Klassenbuch, den ungelesenen E-Mails, seiner lächerlichen Empörung, als sein alter grüner Füller abhanden kam, ganz zu schweigen von den kurzen Sekunden ohne Klassenbuch, als ihm entging, dass ein Junge bewusstlos am Boden seines Klassenzimmers lag und sein Leben aushauchte.

Etwas mit Nachdruck zu leugnen ist die allerbeste Methode, um jemanden anzuschwärzen. Und so gelang es mir, meinen tiefen Respekt und meine große Bewunderung für Roy Straitley zum Ausdruck zu bringen und dabei unschuldig den Rest anzudeuten. Damit erweise ich mich als loyales – wenn vielleicht auch etwas naives – Mitglied des Lehrkörpers und säe gleichzeitig den Keim des Misstrauens in Bishop und Devine. Und ich bereite sie auf die nächste Schlagzeile vor, die, wie der Zufall es will, in ebendieser Woche auf dem *Examiner* prangen wird.

PEANUTS, SIR?
Colin Knight ist ein fleißiger, schüchterner junger Mann, der sich dem gesellschaftlichen und akademischen Druck in St. Oswald's immer weniger gewachsen fühlt. »Viele Schüler werden terrorisiert«, berichtete er dem *Examiner,* »aber die meisten trauen sich nicht, das zu sagen. Manche Jungen können in St. Oswald's tun und lassen, was sie wollen, weil bestimmte Lehrer auf ihrer Seite stehen, und wer sich beschwert, kriegt unweigerlich Ärger.«

Nun sieht Colin Knight gar nicht aus wie jemand, der Unfrieden stiftet. Doch wenn wir den Vorwürfen Glauben schenken sollen, die dieses Trimester von seinem Klassenleiter (Roy Straitley, 65) gegen ihn erhoben werden, war er innerhalb weniger Wochen für zahlreiche Fälle von Diebstahl, Lügen und Rowdytum verantwortlich, die in seinem Ausschluss vom Unterricht gipfelten nach dem grotesken Vorwurf der Körperverletzung, als ein Mitschüler (James Anderton-Pullitt, 13) beinahe an einer Erdnuss erstickte.

Wir sprachen mit John Fallow, dem vor vierzehn Tagen nach fünfzehn Jahren treuen Diensten in St. Oswald's gekündigt worden ist. »Es freut mich, dass der junge Knight sich wehrt«, sagte Fallow dem *Examiner*. »Aber die Anderton-Pullitts gehören zum Kuratorium der Schule, und die Knights sind nur eine einfache Familie.«

Pat Bishop (54), erster stellvertretender Schulleiter und Sprecher von St. Oswald's, sagte uns: »Das ist eine interne disziplinäre Angelegenheit, die eingehend untersucht werden wird, bevor weitere Maßnahmen ergriffen werden.«

In der Zwischenzeit wird Colin Knight seine Studien in seinem Zimmer fortsetzen müssen, da er das Recht verwirkt hat, am Unterricht teilzunehmen – ein Recht, für das seine Familie jährlich 7000 Pfund bezahlt. Das mag zwar für einen durchschnittlichen Schüler der Lehranstalt nicht viel sein, für normale Leute wie die Knights ist diese stolze Summe alles andere als Peanuts.

Auf den kurzen Artikel bin ich sehr stolz. Eine Mischung aus Fakten, Mutmaßungen und schlechtem Geschmack, die der Arroganz von St. Oswald's einen kleinen Dämpfer versetzen müsste. Mir tut nur Leid, dass ich nicht mit meinem Namen unterzeichnen konnte, nicht einmal mit meinem angenommenen Namen, auch wenn der Maulwurf zweifellos maßgeblich an dem Bericht beteiligt war.

Zur Tarnung wandte ich mich an eine Reporterin und schickte ihr, wie schon zuvor, meinen Text per E-Mail, ergänzt durch einige nähere Informationen, die ihr die Recherchen erleichterten. Die Geschichte wurde zusammen mit einer Aufnahme vom jungen Knight – adrett in seiner Schuluniform – und einem körnigen Klassenfoto von 1997 abgedruckt, auf dem Straitley, umgeben von Jungen, leicht verkommen und lasterhaft aussieht.

Jede Kritik an St. Oswald's ist für den *Examiner* natürlich gefundenes Fressen. Bis zum Wochenende war der Vorfall zweimal in der überregionalen Presse erwähnt worden, einmal als witziger Kurzartikel auf Seite zehn der *News of the World* und einmal als Teil eines gediegeneren Kommentars im *Guardian* unter der Überschrift: »Recht und Unrecht an unseren Privatschulen«.

Keine schlechte Arbeit für einen Tag. Ich achtete darauf, dass jede Anspielung auf Antisemitismus fürs Erste unterblieb, und stellte stattdessen die rührende Schilderung der Knights als aufrechte, aber arme Bürger in den Vordergrund. Das wollen die Leute lesen – Geschichten über Menschen wie sie selbst (zumindest denken sie das), die an allen Ecken und Enden sparen, um ihre Kinder auf die bestmögliche Schule zu schicken – obwohl ich erleben möchte, dass auch nur einer von ihnen siebentausend Pfund für Schulgeld ausgibt, wo doch der Staat den kostenlosen Schulbesuch ermöglicht.

Mein Vater las auch die *News of the World*, und er hatte dieselben hehren Klischees im Kopf wie *Bildung tut Not* und *Nicht für die Schule, für das Leben lernen wir*, wobei das für ihn meiner Erfahrung nach ein Klischee blieb, und die Ironie seiner Sentenzen fiel ihm nicht einmal auf.

Kapitel 23

St. Oswald's, Oberschule für Knaben
Mittwoch, 13. Oktober

Am Montag war Knight wieder da, mit der Miene des heldenhaften Märtyrers und einem winzigen selbstgerechten Grinsen. Die anderen Jungs verhielten sich zurückhaltend, waren aber nicht unfreundlich. Mir fiel auf, dass Brasenose, der ihm früher aus dem Weg ging, sich jetzt auffällig um ihn bemühte, er setzte sich in der Mittagspause neben ihn und bot ihm sogar die Hälfte seiner Schokoladentafel an. Als sähe Brasenose, das ewige Opfer, im rehabilitierten Knight einen potenziellen Verbündeten, um dessen Freundschaft er nun warb.

Auch Anderton-Pullitt war nach überstandener Nahtoderfahrung wieder da und sah aus wie immer, hatte aber ein neues Buch über Flugzeuge des Ersten Weltkriegs dabei, mit dem er uns traktieren konnte. Was mich betrifft, muss ich sagen, dass es mir schon schlechter ging. Das sagte ich zu Dianne Dare, als sie nachfragte, ob ich wirklich so rasch wieder zur Arbeit kommen sollte, und später zu Pat Bishop, der vorwurfsvoll meinte, ich sähe müde aus.

Ehrlich gesagt, sieht er momentan selbst nicht besonders gut aus. Zuerst Fallowgate, dann die Affäre mit Anderton-Pullitt und jetzt diese Sache mit Knight … Marlene erzählte mir, dass Pat mehr als nur eine Nacht hier im Büro geschlafen hat, und ich bemerkte, dass sein Gesicht röter war als sonst und seine Augen blutunterlaufen. Als er auf mich zukam, hatte ich den Eindruck, dass der neue Rektor ihn auf mich angesetzt hat und dass er sich nicht über diese Aufgabe freute, doch als Stellvertreter ist er dem Rektor gegenüber nun einmal in der Pflicht.

»Sie sehen kaputt aus, Roy. Sind Sie sicher, dass Sie schon wieder unterrichten sollten?«

»Mir hatte nur eine strenge Krankenschwester gefehlt, die mir die Leviten liest.«

Er lächelte nicht. »Nach dem, was passiert ist, hätte ich gedacht, dass Sie mindestens ein oder zwei Wochen brauchen, um sich wieder zu berappeln.«

Ich merkte, worauf er hinauswollte. »Es ist nichts passiert«, antwortete ich knapp.

»Das stimmt nicht. Sie hatten einen Herzanfall ...«

»Das waren die Nerven, mehr nicht.«

Er seufzte. »Roy, seien Sie doch vernünftig ...«

»Halten Sie mir keine Strafpredigt, Pat. Ich bin keiner Ihrer Jungs.«

»Jetzt seien Sie doch nicht so«, sagte Pat. »Wir dachten nur ...«

»Sie, der Rektor und Strange ...«

»Wir dachten nur, dass Ihnen ein bisschen Erholung gut tun würde.«

Ich sah ihn an, doch er wich meinem Blick aus. »Ein bisschen Erholung?«, wiederholte ich. Allmählich wurde ich ärgerlich. »Ja, mir ist klar, dass es euch vielleicht ganz zupass käme, wenn ich ein paar Wochen nicht hier wäre. Bis sich die Aufregung gelegt hat? Das wäre für euch die Gelegenheit, ein paar eurer Wunden zu lecken. Und vielleicht auch gleich ein paar von Mr. Stranges neuen Ideen umzusetzen?«

Ich hatte richtig getippt, und das ärgerte ihn. Er sagte nichts, so gerne er das getan hätte – das sah ich ihm an –, und sein ohnehin rotes Gesicht wurde noch dunkler. »Ihre Spannkraft lässt ein bisschen nach, Roy«, sagte er. »Seien Sie ehrlich, hier und da vergessen Sie Dinge. Und Sie werden auch nicht jünger.«

»Wer wird das schon?«

Er verzog das Gesicht. »Es gibt Stimmen, die sagen, dass Sie suspendiert werden sollen.«

»Wirklich?« Das musste Strange sein, oder vielleicht Devine mit seinem begehrlichen Blick auf Zimmer 59, dem letzten Außenposten meines kleinen Reichs. »Zweifelsohne haben Sie ihnen gesagt, was dann passieren würde. Suspendierung ohne offizielle Verwarnung?« Ich bin kein Gewerkschafter, aber Sauertraub ist einer, ebenso wie der Rektor. »Wer nach dem Buch lebt, stirbt nach dem Buch. Das wissen Sie auch.«

Wieder wich Pat meinem Blick aus. »Ich hatte gehofft, ich bräuchte es Ihnen nicht zu sagen«, meinte er. »Aber Sie lassen mir keine andere Wahl.«

»Mir was zu sagen?«, fragte ich, obwohl ich die Antwort kannte.

»Die Verwarnung ist schon aufgesetzt worden«, sagte er.

»Aufgesetzt? Von wem?« Als wüsste ich das nicht. Strange natürlich. Der Mann, der schon meinen Fachbereich marginalisiert und meinen Stundenplan reduziert hat und jetzt hofft, mich in den Ruhestand zu schicken, während die Anzüge und die Bärte die Welt unter sich aufteilen.

Bishop seufzte. »Hören Sie mal, Roy, Sie sind nicht der Einzige, der Probleme hat.«

»Das bezweifle ich nicht«, sagte ich. »Aber einige von uns …«

Einige von uns bekommen ein höheres Gehalt, um sich mit diesen Problemen zu befassen. Andererseits stimmt es schon, dass wir selten an das Privatleben unserer Kollegen denken. Kinder, Geliebte, das Zuhause. Die Jungs sind immer ganz überrascht, wenn sie uns außerhalb der Schule sehen – beim Einkaufen im Supermarkt, beim Friseur, in der Kneipe. Überrascht und erfreut zugleich, als würden sie auf der Straße einer Berühmtheit begegnen. *Am Samstag habe ich Sie in der Stadt gesehen, Sir!* Glauben sie etwa, dass wir uns wie einen abgelegten Mantel von Freitagabend bis Montag früh an die Klasszimmertür hängen?

Um ehrlich zu sein, bin ich um keinen Deut besser. Aber als ich Bishop heute sah – und ich meine, ihn wirklich sah, mit dem Oberkörper eines Rugbyspielers, der trotz der vielen Runden auf der Aschenbahn um die Hüften herum Fett angesetzt hat, und dem Anflug von Hängebacken, dem Gesicht eines Mannes also, der nicht ganz verstehen kann, wie schnell aus vierzehn Jahren fünfzig geworden sind –, empfand ich überraschend Mitgefühl für ihn.

»Hören Sie, Pat. Ich weiß, dass Sie …«

Doch Bishop hatte sich bereits abgewandt, latschte den Oberen Korridor entlang, die Hände in die Taschen gesteckt, und ließ die breiten Schultern etwas hängen. Diese Haltung hatte ich oft bei ihm gesehen, wenn unsere Rugbymannschaft gegen St. Henry's verloren hatte, kannte ihn allerdings zu gut, um zu glauben, dass diese vermeintlich bekümmerte Haltung mehr war als nur eine Pose. Nein, er war wütend. Vielleicht auf sich selbst – er ist ein guter Kerl, auch wenn er für den Rektor einsteht –, aber vor allem wegen meiner mangelnden Kooperationsbereitschaft, meines fehlenden *Esprit de Corps* und meines Unverständnisses für seine schwierige Lage.

Natürlich konnte ich mit ihm fühlen – doch in einer Schule wie St. Oswald's muss man als Konrektor bisweilen eben auch Probleme lösen. Er weiß, dass der Rektor mich nur zu gerne zum Sündenbock machen würde – zum einen habe ich keine nennenswerte Karriere mehr vor mir, und zum anderen bin ich teuer und nähere mich der Pensionierung. Ein Nachfolger für mich wäre für viele eine Erleichterung – ein junger Kerl, ein medienkompetenter Anzug, der zahllose Seminare absolviert hat und stromlinienförmig auf die Beförderung zustrebt. Mein kleiner Schwächeanfall muss ihnen Hoffnungen gemacht haben. Endlich eine Ausrede, um den alten Straitley ohne viel Aufhebens loszuwerden. Eine würdevolle Pensionierung aufgrund angegriffener Gesundheit, eine Silberplakette, ein versiegelter Umschlag, eine schmeichelhafte Rede im Lehrerzimmer.

Und was die Sache mit Knight und den anderen betrifft – nun ja. Was wäre einfacher, als die Schuld daran einem Ex-Kollegen zuzuschieben? Ein Altvorderer, einer von der alten Schule, wissen Sie, guter Kerl, aber etwas unflexibel, nicht teamfähig. Keiner von uns.

Tja, da haben Sie sich getäuscht, Herr Direktor. Ich habe nicht die Absicht, stillschweigend in Pension zu gehen. Und was die aufgesetzte Verwarnung betrifft, *pone ubi sol non lucet*. Entweder mache ich meine Zenturie voll oder gehe kämpfend unter. Einer fürs Ehrenbrett.

Ich war noch immer in kampfeslustiger Stimmung, als ich am Abend nach Hause kam. Der unsichtbare Finger machte sich wieder bemerkbar, bohrte sacht, aber unaufhörlich unter mein Brustbein. Ich nahm zwei von den Pillen, die Bevans mir verschrieben hat, und spülte sie mit einem Schluck heilkräftigen Sherry hinunter, bevor ich mich ans Korrigieren von Fünftklässlerheften setzte. Als ich gegen sieben fertig war, war es schon dunkel. Ich zog die Vorhänge zu, und dabei fiel mir draußen im Garten eine Bewegung ins Auge. Ich trat näher ans Fenster.

Mein Garten ist lang und schmal, zwischen der Hecke auf der einen und der Mauer auf der anderen Seite wachsen mehr oder minder willkürlich Büsche und Gemüse. Ganz am Ende steht eine große, alte Kastanie, deren Äste über den rückwärtigen Gartenzaun in die Dog Lane hängen. Unter dem Baum gibt es eine moosige Grasstelle, auf der ich im Sommer gerne sitze (oder gerne saß, bevor das Aufstehen zu beschwerlich wurde), und einen kleinen, baufälligen Schuppen, in dem ich ein paar Sachen aufbewahre.

Bei mir ist noch nie eingebrochen worden. Wahrscheinlich, weil es bei mir nichts zu holen gibt außer Bücher, und die stehen bei der kriminellen Bruderschaft nicht hoch im Kurs. Aber die Dog Lane ist berüchtigt. An der Ecke sorgt eine Kneipe für Lärm, am anderen Ende sorgt eine Fish-and-Chips-Bude für Müll, und die Sunnybank Park Comprehensive School, die ganz in der Nähe ist, sorgt für so ziemlich alles Verdrießliche einschließlich Lärm, Müll und zweimal täglich vorbeitrampelnden Horden, die selbst die ungestümsten Ozzies in den Schatten stellen. Im Allgemeinen bin ich tolerant, drücke sogar ein Auge zu, wenn zur Zeit der Kastanienschlachten ab und an jemand über den Zaun springt, um sich am Baum zu bedienen. Im Oktober ist eine Rosskastanie Allgemeingut, und das gilt auch für Sunnybanker.

Aber hier ging etwas anderes vor sich. Zum einen war die Schule schon lange vorbei, und zum anderen erschien mir die Bewegung, die ich gesehen hatte, auf unangenehme Art verstohlen.

Ich drückte die Nase an die Scheibe und sah am Ende des Gartens drei oder vier nicht ganz ausgewachsene Gestalten. Also Jungs. Dann hörte ich auch ihre sehr leisen Stimmen.

Das überraschte mich. Wer Kastanien aufsammelt, geht gemeinhin schnell und unauffällig vor. Die meisten Leute in der Nachbarschaft wissen, dass ich Lehrer bin, und respektieren mich deshalb, und die paar Sunnybanker, die ich mir zur Brust nahm, weil sie die Dog Lane zumüllten, wagten selten, wenn überhaupt, eine Wiederholungstat.

Ich klopfte heftig gegen die Scheibe. Gleich würden sie davonlaufen, dachte ich mir, doch stattdessen blieben die Gestalten wie erstarrt unter der Kastanie stehen, und einige Sekunden später hörte ich unverkennbar Gejohle.

»Jetzt reicht's.« Mit vier Schritten war ich bei der Tür. »He!«, brüllte ich mit aller Autorität, über die ich verfüge. »Was zum Teufel treibt ihr da?«

Nur Gelächter vom Ende des Gartens. Zwei liefen wohl davon – ich sah Konturen, die vor dem Neonlicht über den Zaun kletterten. Die beiden anderen blieben stehen, fühlten sich sicher in der Dunkelheit und dem Wissen, dass die schmale Gasse sehr lang ist.

»Was ihr da treibt, will ich wissen!« Es war das erste Mal seit vielen Jahren, dass ein Junge – selbst ein Sunnybanker – sich mir widersetzte. Adrenalin schoss mir durch die Adern, und gleichzeitig spürte ich wieder den unsichtbar bohrenden Finger. »Kommt sofort her!«

»Und was, wenn nicht?« Die Stimme klang jung und forsch. »Glaubst du, du kannst uns erwischen, du fettes Schwein?«

»Der alte Knacker doch nicht!«

Die Wut verlieh mir Flügel. Wie ein wilder Stier schoss ich den Pfad hinab, doch es war dunkel, der Boden war matschig, mein Fuß in dem lederbesohlten Pantoffel rutschte aus, ich verlor das Gleichgewicht. Ich fiel nicht hin, aber fast. Dabei verrenkte ich mir das Knie, und als ich wieder hochschaute, kletterten die beiden letzten Jungs unter lautem Gelächter über den Zaun, flatterten wie hässliche Vögel davon.

Kapitel 24

St. Oswald's, Oberschule für Knaben
Donnerstag, 14. Oktober

Es war eine Lappalie, ein unbedeutendes Ärgernis, mehr nicht. Eigentlich war nichts passiert. Und trotzdem – früher einmal hätte ich die Jungs erwischt, egal, was es mich gekostet hätte. Jetzt nicht mehr. Sunnybanker kennen ihre Rechte. Dennoch, einen solchen Angriff auf meine Autorität hatte ich schon lange nicht mehr erlebt. Jungs haben eine Nase für die Schwächen anderer. Die haben alle Jungs. Und es war verkehrt von mir, nach draußen zu stürzen, in der Dunkelheit, vor allem nach dem, was Bevans mir gesagt hatte. Außerdem wirkte es überstürzt, würdelos. Der Fehler eines Anfängers. Ich hätte mich auf die Dog Lane schleichen und die Missetäter abfangen sollen, wenn sie wieder über den Zaun kletterten. Ihren Stimmen nach zu urteilen, waren es bloße Jungs, dreizehn oder vierzehn Jahre alt. Seit wann ließ Roy Straitley sich von ein paar Grünschnäbeln die Stirn bieten?

Ich grübelte länger über den Vorfall nach, als er es wert war. Vielleicht war das der Grund, weshalb ich so schlecht schlief, vielleicht war es auch der Sherry, oder vielleicht war ich noch etwas vom Gespräch mit Bishop aufgewühlt. Auf jeden Fall fühlte ich mich am nächsten Morgen nicht ausgeruht. Während ich auf den Postboten wartete, wusch ich mich und zog mich an, machte Toast und trank eine Tasse Tee. Punkt sieben Uhr dreißig klapperte der Briefschlitz, und wie nicht anders erwartet, lag dort ein Brief von St. Oswald's, ein einseitiges Schreiben, unterzeichnet E. Gray, Schulleiter, B. A. (e. h.), und Dr. B. D. Pooley, Kuratoriumsvorsitzender, von dem eine Kopie (so hieß es in dem Brief) für die Dauer von 12 (zwölf) Monaten in meine Personalakte geheftet würde, um nach dem Ablauf dieser Zeit aus selbiger Akte entfernt zu werden unter der Voraussetzung, dass keine weitere(n) Beschwerde(n) eingereicht worden waren und nach Gutdünken des Vorstands blabla und so weiter blabla.

An einem normalen Tag hätte mich das nicht weiter berührt. Doch wegen meines Schlafdefizits war ich verletzlich. Schwunglos, dafür mit einem schmerzenden Knie vom gestrigen Zwischenfall, machte ich mich auf den Weg nach St. Oswald's. Ohne genau zu wissen warum, schaute ich kurz in die Dog Lane, vielleicht, um nach Spuren der Ruhestörer zu suchen.

Und da sah ich es. Es hätte mir kaum entgehen können: Auf den Zaun war in roter Farbe ein Hakenkreuz gemalt, darunter stand groß das Wort HITLER. Es war neu, höchstwahrscheinlich das Werk der Sunnybanker vom Vorabend – wenn es denn tatsächlich Sunnybanker gewesen waren. Aber ich hatte die Karikatur nicht vergessen, die am Schwarzen Brett in meinem Klasszimmer gehangen hatte – die Karikatur von mir als dickem, kleinem Nazi, und meine Überzeugung, dass Knight dahintersteckte.

Hatte Knight herausgefunden, wo ich wohne? Das wäre ein Leichtes, meine Adresse steht im Schulhandbuch, und bestimmt hatten Dutzende von Jungs mich auf dem Heimweg gesehen. Trotzdem konnte ich mir nicht vorstellen, dass Knight – ausgerechnet Knight – die Chuzpe haben sollte, so etwas zu tun.

Wenn ein Lehrer eines können muss, dann ist es bluffen, allerdings würde es eines besseren Spielers als Knight bedürfen, um mir Schach zu bieten. Nein, es musste sich um einen Zufall handeln, überlegte ich, ein sprühfreudiger Sunnybanker, der auf dem Heimweg zu seinen Fish and Chips meinen hübschen, sauberen Zaun sah und sich von der makellosen Fläche herausgefordert fühlte.

Am Wochenende werde ich ihn abschmirgeln und mit abwaschbarem Lack streichen. Das war sowieso nötig, und wie jeder Lehrer weiß, zieht ein einzelnes Graffito unweigerlich ein zweites und ein drittes nach sich. Trotzdem, auf dem Weg nach St. Oswald's konnte ich mich nicht des Gefühls erwehren, dass all die unschönen Ereignisse der vergangenen Wochen – Fallowgate, die Kampagne des *Examiner,* die Störenfriede gestern Abend, Anderton-Pullitts lächerliche Erdnuss, sogar der aufgeblasene Brief des Rektors an diesem Morgen – auf eine unerklärliche, irrationale, durchdachte Weise irgendwie zusammenhingen.

Der Kitt, der Schulen – wie Schiffe – zusammenhält, besteht aus Aberglauben, und in St. Oswald's noch mehr als anderswo. Vielleicht sind es die Gespenster oder die Rituale und Traditionen, die die alten Räder am Laufen halten. Aber dieses Trimester hat uns von Anfang an nichts als Unglück beschert. Es gibt einen Jonas an Bord. Wenn ich nur wüsste, wer es ist.

Als ich heute Morgen ins Lehrerzimmer kam, herrschte verdächtige Stille. Offenbar hatte sich meine Verwarnung herumgesprochen, denn den ganzen Tag über verstummten Gespräche, sobald ich einen Raum betrat, und in Sauertraubs Augen blitzte ein Funkeln, das irgendjemandem Böses verhieß.

Die Nationen gingen mir aus dem Weg, Grachvogel war heimlichtuerisch, Scoones distanziert wie selten, und selbst Pearman hatte nichts von seiner üblichen Munterkeit. Kitty schien geistesabwesend, sie reagierte kaum auf meinen Gruß, und das gab mir sehr zu denken. Kitty und ich sind immer gute Kumpel gewesen, und ich hoffe, dass sich daran nichts geändert hat. Ich glaube eher nicht – schließlich haben die kleinen Zwischenfälle der vergangenen Woche ja nichts mit ihr zu tun –, aber als sie mich schließlich sah, war ihr Ausdruck eindeutig anders als sonst. Ich setzte mich mit meiner Tasse Tee (ich habe den verschwundenen Jubiläumsbecher durch einen schlichten braunen von zu Hause ersetzt) neben sie, doch sie war in ihre Korrekturen vertieft und sagte kaum ein Wort.

Das Mittagessen war (dank Bevans Rachsucht) eine freudlose,

nur aus Gemüse bestehende Angelegenheit, gefolgt von einer Tasse Tee ohne Zucker. Ich nahm den Becher mit ins Zimmer 59, obwohl die meisten Jungs draußen waren, außer Anderton-Pullitt, der glücklich in seinem Flugzeugbuch blätterte, und Waters, der mit Pink und Lemon leise in einer Ecke Karten spielte.

Ich korrigierte etwa zehn Minuten, als ich aufsah und Hasenfuß Timid neben meinem Pult bemerkte. In der Hand hielt er ein rosa Blatt, auf seinem blassen, bärtigen Gesicht lag ein Ausdruck von Hass, gepaart mit Demut.

»Heute Morgen habe ich dieses Formular bekommen, Sir«, sagte er und reichte mir das Blatt. Er hat mir nie verziehen, dass ich in seine Stunde eingegriffen und seine Schmach vor den Jungs miterlebt habe. Folglich redet er mich wie ein Schüler mit »Sir« an, und sein Ton ist ebenso ausdruckslos wie Knights.

»Worum geht's?«

»Das Beurteilungsformular, Sir.«

»O Götter, das hatte ich ganz vergessen.« Natürlich, die Lehrkraftbeurteilung steht uns bevor. Bewahre, dass wir es verabsäumen sollten, alle bürokratischen Vorschriften zu erfüllen, bevor wir im Dezember Besuch von der Schulaufsicht bekommen. Vermutlich würde mir das auch noch blühen. Der neue Rektor ist immer schon ein Verfechter von internen Beurteilungen gewesen. Eingeführt wurden sie von Bob Strange, der auch mehr schulinterne Fortbildungen fordert, jährliche Verwaltungsseminare und leistungsbezogene Gehälter. Ich glaube nicht, dass das durchsetzbar ist, schließlich ist die Leistung eines Lehrers immer nur so gut wie die Jungs, die er unterrichtet, aber zumindest hält das alles Bob vom Klasszimmer fern, und das ist schließlich die Hauptsache.

Das Prinzip dieser Beurteilungen ist einfach: Jeder junge Lehrer wird von einem erfahrenen Kollegen im Unterricht beobachtet und beurteilt; jeder Fachbereichsleiter von einem Klassstufenleiter, jeder Klassstufenleiter von einem Konrektor, also von Pat Bishop oder Bob Strange, die wiederum vom Rektor selbst beurteilt werden (obwohl Strange so selten vor einer Klasse steht, dass man sich fragt, warum der Rektor sich die Mühe macht). Der Rektor, der ein Geograf ist, unterrichtet kaum, sondern verbringt seine Zeit damit, angehende Lehrer in Antidiskriminierung und Drogenprävention einzuführen.

»Sie sollen heute Nachmittag meinen Unterricht bewerten«, sagte Timid. Allzu sehr freute er sich offenbar nicht darüber. »Dritte Klasse Informatik.«

»Danke, Mr. Timid.« Ich brauchte nicht lange zu überlegen, welcher Scherzbold mich für Informatik eingeteilt hatte. Und ausgerechnet bei Timid. Tja, dachte ich mir, und damit ist meine Freistunde dahin.

In der Laufbahn eines jeden Lehrers gibt es Tage, an denen alles schief geht. Ich muss das wissen, schließlich habe ich einige davon erlebt – Tage, an denen das einzig Vernünftige wäre, wieder nach Hause zu gehen und sich ins Bett zu legen. Heute war einer dieser Tage. Eine absurde Abfolge von Pannen und Ärgerlichkeiten, von Unordnung und verlorenen Heften, kleinen Handgreiflichkeiten und unliebsamen Verwaltungsarbeiten, zusätzlichen Pflichten und dummen Bemerkungen im Korridor.

Ein Zusammenstoß mit Eric Scoones wegen einer Ungezogenheit von Sutcliff; mein Klassenbuch (das immer noch fehlt und mir mittlerweile Ärger mit Marlene beschert); Wind (nie willkommen); ein Leck in der Jungstoilette, wegen dem ein Teil des Mittleren Korridors überflutet wurde; Knight (unerklärlich selbstgefällig); Dr. Devine (dito); aufgrund des Lecks eine Reihe lästiger Umverlegungen von Klassen, die an alle Lehrkräfte per E-Mail versandt wurden (ihr Götter!), was dazu führte, dass ich zu spät zu meiner Vertretungsstunde kam – Englisch für den abwesenden Roach.

Es spricht vieles dafür, ein älterer Lehrer zu sein. Zum einen hat man sich bereits den Ruf eines Zuchtmeisters erworben und braucht ihn deshalb kaum hervorzukehren. Es spricht sich herum – *Mit Straitley ist nicht gut Kirschen essen* –, was allen Beteiligten ein geruhsames Leben garantiert. Nicht so heute. Ach, das passiert gelegentlich, und wenn es ein anderer Tag gewesen wäre, hätte ich wohl besser reagiert. Aber es war eine große Klasse – eine dritte, fünfunddreißig Jungs und kein einziger Lateiner unter ihnen. Sie kannten mich nur dem Namen nach – und ich vermute, dass der Artikel im Lokalblatt neulich nicht gerade hilfreich war.

Ich kam zehn Minuten zu spät, und in der Klasse herrschte ein relativ hoher Lärmpegel. Die Jungs hatten keine Stillarbeit bekommen. Als ich das Zimmer betrat in der Erwartung, dass sie verstummten und aufstanden, warfen sie nur einen kurzen Blick zu mir und spielten dann einfach weiter Karten, unterhielten sich angeregt, eine heftige Diskussion, bei der Stühle umgestoßen wurden. Außerdem stank es im Zimmer nach Kaugummi.

Ich hätte mich nicht ärgern sollen. Ein guter Lehrer weiß, dass es gespielten und echten Ärger gibt – der gespielte ist erlaubt, gehört zur Munition eines jeden guten Lehrers, aber der echte muss um jeden Preis verborgen bleiben, damit die Jungs, Meister der Manipulation, nicht wissen, dass sie die Oberhand gewonnen haben.

Doch ich war müde. Der Tag hatte schlecht angefangen, die Jungs kannten mich nicht, und ich war noch immer erzürnt wegen des Vorfalls in meinem Garten am Abend zuvor. Die hohen jungen Stimmen – »Der alte Knacker doch nicht!« – hatten zu bekannt geklungen, als dass ich sie einfach vergessen konnte. Ein Junge schaute zu mir auf und wandte sich dann an seinen Nachbar. Ich glaubte, die Schlagzeile zu hören – *Peanuts, Sir?* – und dann gehässiges Gelächter.

Und so fiel ich wie ein Anfänger auf den ältesten Trick herein. Ich verlor die Beherrschung.

»Ruhe, meine Herren.« Normalerweise tut das seine Wirkung. Nur eben heute nicht. Eine Gruppe ganz hinten im Zimmer lachte unverhohlen über die zerschlissene Robe, die ich nach der Pausenaufsicht vergessen hatte auszuziehen. *Peanuts, Sir?*, hörte ich (oder vermeinte ich zu hören), und es kam mir vor, als wäre der Geräuschpegel noch weiter gestiegen.

»Ruhe, habe ich gesagt!«, donnerte ich – unter normalen Umständen durchaus beeindruckend, allerdings hatte ich Bevans und seinen Rat vergessen, mich nicht zu überanstrengen, und der unsichtbare Finger bohrte sich schon beim Schreien in mein Brustbein. Die Jungs hinten kicherten, und wider jede Vernunft fragte ich mich, ob wohl einer von ihnen gestern Abend dabei gewesen war – »Glaubst du, du kannst uns erwischen, du fettes Schwein?«

In solchen Situationen muss es nolens volens Opfer geben. In diesem Fall waren es acht, die während der Mittagspause Arrest bekamen. Sicher ein wenig überzogen, aber schließlich muss jeder Lehrer selbst entscheiden, welche disziplinären Maßnahmen er ergreift, und es gab für Strange keinerlei Grund einzuschreiten. Doch genau das tat er. Er ging im falschen Augenblick am Zimmer vorbei, hörte meine Stimme und sah in eben dem Moment durch die Glasscheibe, als ich einen der kichernden Jungs am Blazerärmel packte.

»Mr. *Straitley!*« Heutzutage rührt man Schüler natürlich nicht mehr an.

Schweigen setzte ein. Der Ärmel des Jungen war in der Achsel zerrissen. »Sie haben's gesehen, Sir. Er hat mich geschlagen.«

Alle wussten, dass ich das nicht getan hatte. Sogar Strange wusste es, obwohl sein Gesicht ausdruckslos blieb. Der unsichtbare Finger machte sich wieder bemerkbar. Der Junge – Pooley, hieß er – hob seinen zerrissenen Blazer zum Inspizieren hoch. »Der war nagelneu!«

Das war er nicht, das konnte selbst ein Blinder sehen. Der Stoff glänzte, so abgeschabt war er, die Ärmel waren zu kurz. Ein Blazer vom vergangenen Jahr, der ohnehin ersetzt werden musste. Aber ich war zu weit gegangen, das war mir klar. »Vielleicht kannst du Mr. Strange den ganzen Hergang erzählen«, sagte ich und wandte mich der Klasse zu, die mittlerweile verstummt war.

Der zweite Konrektor warf mir einen durchdringenden Blick zu.

»Und wenn Sie mit Mr. Pooley fertig sind, schicken Sie ihn

bitte wieder zu mir«, sagte ich. »Ich muss ihm seinen Arrest geben.«

Es blieb Strange nichts anderes übrig, als mit Pooley im Schlepptau von dannen zu ziehen. Vermutlich gefiel es ihm gar nicht, von einem Kollegen hinauskomplimentiert zu werden – aber er hätte ja auch nicht einzugreifen brauchen, oder? Allerdings hatte ich das Gefühl, dass er die Sache nicht auf sich beruhen lassen würde. Die Gelegenheit war zu gut, und wie mir (allzu spät) einfiel, war der junge Pooley der älteste Sohn von Dr. B. D. Pooley, Kuratoriumsvorsitzender, dessen Name ich erst vor wenigen Stunden auf einer offiziellen Verwarnung gelesen hatte.

Na ja, danach war ich so durcheinander, dass ich zu Timids Beurteilung in das verkehrte Zimmer ging und erst zwanzig Minuten nach Stundenanfang erschien. Alle Köpfe drehten sich nach mir um, außer Timid, dessen bleiches Gesicht starr war vor Unmut.

Ich setzte mich in die letzte Reihe auf den bereitgestellten Stuhl, auf dem auch das rosa Beurteilungsformular lag, und überflog es. Das übliche Kreuzchenverfahren: Planung, Stoffvermittlung, Präsentation, Motivation, Engagement, Disziplin. Punkte von eins bis fünf sowie Platz für Kommentare, wie auf einem Hotel-Fragebogen.

Ich überlegte, worüber ich meine Meinung bei diesem Unterricht abgeben sollte. Nun gut, die Klasse war ruhig, abgesehen von zwei Tuschlern ganz hinten. Timids Stimme war dünn und durchdringend, die Computerbildschirme benahmen sich und bildeten Migräne auslösende Muster, die offenbar den Zweck der Übung darstellten. Insgesamt durchaus zufrieden stellend, dachte ich. Ich lächelte dem glücklosen Timid aufmunternd zu, ging früh in der Hoffnung auf eine schnelle Tasse Tee vor der nächsten Stunde und steckte das rosa Formular in das Fach des zweiten Konrektors.

Dabei bemerkte ich etwas neben meinem Fuß am Boden liegen. Ein kleines Notizbuch mit rotem Einband. Als ich es aufschlug, sah ich, dass die Hälfte der Seiten mit einer winzigen Schrift gefüllt waren. Auf dem Deckblatt stand der Name C. KEANE. Ah, Keane. Ich schaute mich im Lehrerzimmer um, aber der neue Englischlehrer war nicht da. Und so steckte ich das Notizbuch in die Tasche, um es ihm später zurückzugeben. Ein Fehler, wie sich herausstellen sollte.

Solche Aufzeichnungen macht jeder Lehrer. Bemerkungen über Jungs, Listen mit Dingen, die erledigt werden müssen, Schilderungen von Ärgernissen größerer und kleinerer Art. Man kann einen Kollegen anhand seines Notizbuchs fast ebenso gut deuten wie anhand seines Teebechers: Grachvogels ist ordentlich und farbkodiert, Kittys ein schlichter Taschenkalender, Devines ein prächtiges grünes Buch mit wenig Inhalt. Scoones verwendet immer ein Exemplar desselben grünen Rechnungsbuchs wie schon 1961, die Nationen benutzen Terminplaner einer Wohltätigkeitsorganisation, Pearman einen Wust von Zetteln, Post-it-Stickern und gebrauchten Briefumschlägen.

Nachdem ich Keanes Notizbuch einmal aufgeschlagen hatte, konnte ich der Versuchung nicht widerstehen, die Aufzeichnungen zu überfliegen, und bis mir bewusst wurde, dass ich überhaupt kein Recht dazu hatte, war ich schon völlig gebannt.

Natürlich weiß ich, dass der Mann sich als Schriftsteller versteht. Und er hat den gewissen Blick, die süffisante Distanz des Beobachters, der sich an einem Gemälde erfreuen kann, weil er weiß, dass er jederzeit weitergehen kann. Allerdings wurde mir erst jetzt klar, wie viel ihm auffällt: die Zwistigkeiten, die Rivalitäten, die kleinen Geheimnisse in der Dynamik des Lehrerzimmers. Seitenweise schreibt er darüber, in winziger, kaum zu entziffernder Handschrift: Charakterstudien, Skizzen, zufällig mitgehörter Klatsch, Geschichtliches, Neuigkeiten.

Ich überflog die Seiten. Fallowgate wurde erwähnt, Erdnüsse und Lieblingsschüler. Hier und da gab es Einträge über die Schulgeschichte – ich sah die Namen Snyde, Pinchbeck und Mitchell und dazu einen gefalteten Zeitungsartikel über dieses traurige Kapitel. Außerdem die Fotokopie eines Ausschnitts aus einer Schulaufnahme von St. Oswald's, ein Farbfoto vom Sporttag einer anderen Schule – Mädchen und Jungs, die im Schneidersitz auf dem Gras sitzen – und ein schlechtes Bild von John Snyde, auf dem er wie ein Verbrecher aussieht, wie die meisten Männer, wenn sie auf die Titelseite einer Zeitung gelangen.

Mehrere Seiten waren voller Karikaturen. Da war der Rektor, stocksteif, als Don Quixote neben Bishop als Sancho Pansa. Da war Bob Strange, ein hybrides Menschwesen, der mittels Elektrokabel mit seinem Computer verbunden ist; mein Anderton-Pullitt mit Fliegerbrille und -helm. Knights Schwärmerei für eine neue Lehrkraft wurde gnadenlos bloßgelegt; Miss Dare als bebrilltes Fräulein Lehrerin mit Scoones als ihrem knurrenden Rottweiler. Sogar ich war da, bucklig und mit schwarzer Robe, wie ich vom Glockenturm schwinge mit einer fülligen Esmeralda – Kitty – unter dem Arm.

Da musste ich lächeln, aber ein bisschen peinlich war es mir doch. Sicher, ich habe immer schon eine Schwäche für Kitty Teague gehabt. Alles rein platonisch, das versteht sich von selbst – mir war nur nie klar, dass es so offensichtlich ist. Ich fragte mich, ob es wohl Kitty selbst aufgefallen ist.

Verfluchter Keane, dachte ich. Hab ich's doch gewusst, dass er ein Schnösel ist. Und trotzdem mochte ich ihn. Mag ihn immer noch, um ehrlich zu sein.

R. Straitley: Latein. Leidenschaftlicher Ehemaliger von St. Oswald's. Gut sechzig, übergewichtiger Raucher, schneidet sich selbst die Haare. Trägt jeden Tag dasselbe braune Tweedjackett mit Flicken am Ellbogen (also, das stimmt nicht, du Klugscheißer; an Elternsprechtagen und zu Beerdigungen trage ich einen blauen Anzug); *Hobbys: Auflehnen gegen die Schulleitung, Flirten mit der Französischlehrerin. Jungen mögen ihn erstaunlich gern* (du vergisst Knight); *Mühlstein um B. Stranges Hals. Harmlos.*

Harmlos, fürwahr!

Aber es könnte schlimmer sein. Bei Penny Nation las ich *ge-*

fährlicher Gutmensch und bei Isabelle Tapi *mit Vorliebe französisch.* Ich muss sagen, der Mann hat ein Händchen für Formulierungen. Ich hätte gerne weitergelesen, doch in dem Augenblick läutete die Glocke zur Anwesenheitskontrolle, und widerstrebend legte ich das Notizbuch in meine Pultschublade und freute mich darauf, die Lektüre in Ruhe zu beenden.

Dazu kam ich allerdings nicht mehr. Als ich nach Schulschluss wieder in die Schreibtischschublade schaute, war das Notizbuch fort. Damals vermutete ich, dass Keane, der wie Dianne gelegentlich in meinem Zimmer saß, es gefunden und an sich genommen hatte. Aus verständlichen Gründen fragte ich ihn nie danach, und erst später, als die Skandale eskalierten, stellte ich eine Verbindung her zwischen dem kleinen roten Notizbuch und dem eifrigen Maulwurf, der die Schule genauso gut kannte wie unsere harmlosen kleinen Marotten.

Kapitel 25

Montag, 18. Oktober

Eine weitere erfolgreiche Woche liegt hinter mir. Dazu gehört auch, dass ich das Notizbuch mit seinem belastenden Inhalt in Straitleys Schreibtisch entdeckt habe. Ich nehme an, dass er Teile davon gelesen hat, aber vermutlich nicht alles. Die Schrift ist zu spillerig für seine alten Augen, und wenn er Verdacht geschöpft hätte, wäre mir das an seinem Verhalten aufgefallen. Trotzdem wäre es nicht klug gewesen, das Notizbuch aufzuheben, und deswegen verbrannte ich es – wenn auch ungern –, bevor es noch einmal in die falschen Hände fällt. Mit dem Problem werde ich mich vielleicht ein anderes Mal befassen müssen – allerdings nicht heute. Heute gibt es Wichtigeres zu tun.

Die Herbstferien haben begonnen, und ich habe mir vieles vorgenommen (und nicht nur Hefte zu korrigieren). Nein, diese Woche werde ich praktisch jeden Tag in der Schule sein. Das habe ich mit Pat Bishop abgesprochen, dem es ebenfalls schwer fällt, St. Oswald's fernzubleiben, und mit Mr. Beard, dem Leiter von IT, mit dem ich zu einer inoffiziellen Vereinbarung gekommen bin.

Selbstverständlich in aller Unschuld – schließlich ist mein Interesse an der neuen Technologie allgemein bekannt, und ich weiß aus Erfahrung, dass ich in aller Öffentlichkeit am besten versteckt bin. Bishop begrüßt mein Interesse natürlich. Er versteht zwar nicht viel von Computern, beaufsichtigt mich aber in seiner väterlichen Art und steckt immer mal wieder den Kopf zur Tür herein, um sich zu erkundigen, ob ich Hilfe brauche.

Ich bin nicht allzu gelehrsam – mit ein paar elementaren Fehlern habe ich mich als willig, wenn auch nicht brillant erwiesen. So kann Bishop sich mir überlegen fühlen und wird mir zusätzlich Rückendeckung geben, so ich sie je brauche. Das bezweifle ich allerdings. Sollte meine Anwesenheit später einmal doch Verdacht auf mich lenken, wird Pat sagen, dass ich gar nicht die erforderlichen Kenntnisse besaß.

Jede Lehrkraft von St. Oswald's hat eine eigene E-Mail-Adresse. Sie besteht aus den ersten zwei oder drei Initialen, gefolgt von der Website der Schule. Theoretisch soll jeder seine Mails zweimal täglich checken, für den Fall, dass Bob Strange ein dringendes Memo verschickt hat, aber in der Praxis tun einige Lehrer es nie. Dazu gehören Roy Straitley und Eric Scoones. Viele benützen das System, haben jedoch nachlässigerweise ihre Mailbox nicht personalisiert und benützen das vorgeschlagene Passwort (nämlich »PASSWORT«), um Zugang zu ihren Mails zu bekommen. Selbst diejenigen, die sich – wie Pat Bishop – zu den Computerfachleuten zählen, sind einfallslos: Bishop hat als Passwort den Namen seines Lieblingssportlers, und sogar Strange, der es besser wissen sollte, verwendet eine Reihe Kodewörter, die leicht zu erraten sind (Geburtsname seiner Frau, sein eigenes Geburtsdatum und dergleichen).

Nicht, dass ich überhaupt etwas erraten musste. Fallow, der jeden Abend im Internet surfte, hatte in einem Notizbuch, das er im Pförtnerhaus aufbewahrte, eine Liste aller Passwörter verzeichnet und dazu eine Schachtel mit Disketten (Material, das aus dem Internet heruntergeladen worden war), die niemand weiter interessierten. Indem ich seine Schritte (unter einem anderen Benutzernamen) nachverfolgte, gelang es mir, eine überzeugende Spur zu legen. Noch besser: Indem ich für ein paar Minuten die Firewall im Computernetzwerk der Schule deaktivierte und dann von einer meiner Hotmail-Adressen eine gut vorbereitete Mail mit einer Datei im Anhang an admin@saintoswalds.com schickte, konnte ich einen schlafenden Virus einschmuggeln, der sich in ein paar Wochen ans Werk machen wird.

Nicht die aufregendste Maulwurftätigkeit, ich weiß, aber sie machte mir trotzdem Spaß. Zur Feier des Tages genehmigte ich mir abends eine kleine Auszeit und ein paar Drinks im Thirsty Scholar. Das war ein Fehler – mir war nicht klar, wie viele Kollegen und auch Schüler dort verkehren. Ich hatte mein erstes Glas gerade halb ausgetrunken, als ich eine kleine Gruppe entdeckte: Jeff Light, Gerry Grachvogel und Robbie Roach, den langhaarigen Geografen, dazu ein paar 17- oder 18-Jährige, die gut zur Abschlussklasse in St. Oswald's gehören konnten.

Das hätte mich nicht überraschen dürfen – schließlich ist es kein Geheimnis, dass Roach sich gerne mit Jungen herumtreibt. Und Light auch. Grachvogel hingegen sah eine Spur verlegen aus, aber das tut er immer, und wenigstens ist er klug genug zu wissen, dass nichts Gutes dabei herauskommt, wenn man allzu freundschaftlich mit den Truppen verkehrt (wie Straitley zu sagen pflegt).

Ich fühlte mich versucht zu bleiben. Es gab keinen Grund, mich zu verstecken, doch die Vorstellung, mich zu ihnen zu setzen, *die Sau rauszulassen,* wie der schreckliche Light sagen würde, *und ein paar hinter die Binde zu kippen,* war alles andere als verlockend. Zum Glück saß ich bei der Tür und konnte unbemerkt entkommen.

In der Gasse neben der Kneipe erkannte ich Lights Wagen, einen schwarzen Probe. Kurz spielte ich mit dem Gedanken, das Seitenfenster einzuschlagen, aber dann fiel mir ein, dass die Straße womöglich mit Kameras überwacht wurde, und es wäre dumm, wegen eines unüberlegten Streichs enttarnt zu werden. Also ging ich nach Hause, mit einem Umweg über die Dog Lane, denn ich hatte mir einen weiteren Blick auf Roy Straitleys Zaun versprochen.

Er hatte das Graffito bereits entfernt, was mich nicht verwunderte. Obwohl er es von seinem Haus aus nicht sehen konnte, musste die bloße Existenz des Geschmieres ihn geärgert haben, genauso wie ihn der Gedanke ärgerte, die nächtlichen Ruhestörer könnten wiederkehren. Vielleicht organisiere ich das ja – nur, um seinen Gesichtsausdruck zu sehen –, aber nicht heute Abend. Heute Abend habe ich etwas Besseres verdient.

Zu Hause in meinem Chintz-verhängten Zimmer öffnete ich die zweite Flasche Champagner (ich habe einen Sechserkarton besorgt, der, wenn alles nach Plan geht, bis Weihnachten geleert sein wird), erledigte wichtige Korrespondenz und ging dann zu einer öffentlichen Telefonzelle, um der Polizei zu melden, dass in der Nähe des Thirsty Scholar ein schwarzer Probe (mit dem amtlichen Kennzeichen LIT 3) Schlangenlinien fahre.

Meine Therapeutin rät mir mittlerweile von derartigem Verhalten ab. Ich sei zu impulsiv, erklärt sie, zu moralisch. Ich würde die Gefühle anderer nicht immer genügend berücksichtigen. Aber ich ging damit kein Risiko ein, ich nannte meinen Namen nicht, und außerdem hat Light es verdient. Er ist ein Großmaul, wie Mr. Bray, ein Tyrann, dem es im Blut liegt, Gesetze zu übertreten. Ein Mann, der wirklich glaubt, mit ein paar Bier intus könnte er besser Auto fahren. Sie sind alle so leicht zu durchschauen, ihre Handlungen sind so berechenbar.

Das ist die Schwäche der Oswaldianer. Sicher, Light ist ein selbstgefälliger Dummkopf, doch sogar Straitley, der keiner ist, legt dieselbe törichte Selbstgefälligkeit an den Tag. *Wer würde es wagen, mich anzugreifen? St. Oswald's anzugreifen?*

Tja, meine Herren, ich wage es.

Kapitel 26

Der Sommer, in dem mein Vater den endgültigen Zusammenbruch erlitt, war der heißeste Sommer seit Menschengedenken. Zuerst baute die Hitze ihn auf, als versetzte sie ihn in die legendären Sommer seiner Kindheit zurück, die glücklichsten Tage seines Lebens. Das behauptete er zumindest. Doch als die Sonne unablässig herabbrannte und die Rasenflächen von St. Oswald's erst gelb, dann braun wurden, schlug seine Stimmung wieder um.

Für die Grünanlagen war er verantwortlich, ihm oblag es, sie zu pflegen. Er stellte die Wassersprenkler auf, doch sie reichten nur für den Kricketplatz, während die anderen Wiesen unter der sengenden Sonne verdorrten. Aber das war nur eine der Sorgen, die meinen Vater quälten. Der Graffitikünstler schlug wieder zu, dieses Mal in Technicolor – ein Fresko von einem Quadratmeter Größe auf einer Seite des Sportpavillons.

Es dauerte zwei Tage, bis mein Vater es weggeschrubbt hatte, und eine ganze Woche, bis er den Pavillon neu gestrichen hatte, und er schwor, dass er dem Schweinehund beim nächsten Mal die Tracht Prügel seines Lebens verpassen würde. Doch er bekam den Schuldigen nicht zu fassen, denn es erschienen zwei weitere Spraygemälde in grellen Farben, auf ihre Art durchaus anspruchsvoll, und beide Karikaturen von Lehrkräften. Von da an bewachte mein Vater nachts die Schule, lag mit zwei Sixpacks Bier hinter dem Pavillon auf der Lauer, aber trotzdem konnte er keine Spur des Täters entdecken.

Und dann die Mäuse. In jedem großen Gebäude gibt es Ungeziefer – in St. Oswald's mehr als anderswo –, seit Ferienbeginn hatten sie sich in den Korridoren allerdings ungewöhnlich stark vermehrt. Selbst ich sah sie gelegentlich, vor allem im Glockenturm, und ich wusste, dass ihrem Fortpflanzungstrieb Einhalt geboten werden musste, dass Gift gestreut und die toten Mäuse entfernt werden mussten, bevor das neue Trimester begann und die Eltern sich beschwerten.

Aber die Mäuse trieben meinen Vater zur Weißglut. Er war überzeugt, dass die Jungen Essbares in ihren Spinden vergessen hatten, er schob die Schuld auf die nachlässigen Putzfrauen, verbrachte Tage damit, sämtliche Spinde zu durchsuchen, aber ohne Erfolg. Und mit jedem Tag geriet er mehr und mehr außer sich.

Dann gab es noch die Hunde. Das Wetter hatte auf sie dieselben Auswirkungen wie auf meinen Vater: Tagsüber waren sie lethargisch, abends aggressiv. Und am späteren Abend ließen ihre Besitzer – die sie in der Hitze des Tags nicht ausführen wollten – sie auf dem Brachland hinter St. Oswald's von der Leine, wo sie umherliefen und bellend das Gras aufrissen. Ihnen bedeuteten Grenzen nichts. Allen Bemühungen meines Vaters zum Trotz zwängten sie sich durch den Zaun auf das Schulgelände und entleerten sich auf dem frisch gesprengten Kricketplatz. Es war, als wüssten sie instinktiv, an welcher Stelle es meinen Vater am meisten in Rage versetzen würde. Jeden Morgen musste er sich, bewaffnet mit seinem Hundekotbeutel, über die Wiesen schleppen und die Haufen entfernen, während er wütend vor sich hin brummelte und zwischendurch einen Schluck aus seiner Bierdose nahm.

Verliebt, wie ich in Leon war, dauerte es eine ganze Weile, bis mir klar wurde, dass John Snyde allmählich den Verstand verlor; und noch länger dauerte es, bis ich mir deswegen Sorgen machte. Ich war meinem Vater nie sehr nah gewesen und hatte ihn auch nie richtig zu deuten gewusst. Jetzt war sein Gesicht meist zu einer Grimasse verständnisloser Wut verzerrt. Früher einmal hatte ich mir etwas von ihm erwartet. Aber dieser Mann hatte meine Probleme an der Schule mit Hilfe von Karatestunden lösen wollen. Was konnte ich mir da in dieser sehr viel heikleren Situation von ihm erhoffen?

Dad, ich habe mich in einen Jungen namens Leon verliebt.

Undenkbar.

Trotzdem versuchte ich es. Er war auch einmal jung gewesen, sagte ich mir. Er war verliebt gewesen, verknallt, was auch immer. Ich holte ihm ein Bier aus dem Kühlschrank, machte Tee, saß stundenlang mit ihm vor dem Fernseher, sah mir seine Lieblingssendungen an *(Knight Rider, Ein Duke kommt selten allein)* und hoffte, dass er endlich einmal aus seiner Gleichgültigkeit auftauchen würde. Doch John Snyde baute immer mehr ab. Die Depression umfing ihn wie eine Decke, seine Augen spiegelten nichts wider als die Farben auf dem Bildschirm. Wie alle anderen nahm auch er mich kaum wahr. Ich war nicht nur in St. Oswald's, sondern auch zu Hause unsichtbar geworden.

Zwei Wochen nach Ferienbeginn in diesem heißen Sommer schlug zweimal das Schicksal zu. Beim ersten Mal war es meine Schuld: Als ich in der Schule ein Fenster öffnete, von dem aus ich auf das Dach gelangen konnte, löste ich versehentlich die Alarmanlage aus. Mein Vater reagierte mit unerwarteter Schnelligkeit, und um ein Haar hätte er mich erwischt. Zum Glück schaffte ich es noch, rechtzeitig ins Pförtnerhaus zurückzulaufen, und wollte gerade die Hauptschlüssel an ihren Platz hängen, als mein Vater dazukam und mich mit dem Schlüsselbund in der Hand ertappte.

Ich versuchte, mich herauszureden. Ich hätte den Alarm gehört, sagte ich, und weil er die Schlüssel vergessen hatte, wollte ich sie ihm bringen. Er glaubte mir nicht. Er war den ganzen Tag fahrig gewesen, und vielleicht hatte er wegen der Schlüssel ohnehin schon Verdacht geschöpft. Ich wusste, was mir jetzt blühte. An Flucht war nicht zu denken, ein Blick auf seine Miene genügte mir.

Es war beileibe nicht das erste Mal, dass er mich schlug. John Snyde war der Meister des wilden Schwingers, ein Schlag, der vielleicht drei von zehn Malen ins Schwarze traf und bei dem man das Gefühl hatte, von einem versteinerten Baumstamm erschlagen zu werden. Meist wich ich dem Hieb aus, und bis er mich das nächste Mal zu Gesicht bekam, war er wieder nüchtern und hatte vergessen, was ihn überhaupt geärgert hatte.

Dieses Mal war es anders. Zum einen war er nüchtern. Zum anderen hatte ich den unverzeihlichen Affront begangen: Ich hatte mich an St. Oswald's versündigt und ihn damit in seiner Ehre als Hausmeister gekränkt. Einen Moment sah ich alles in seinen Augen: seine unterdrückte Wut, seine Frustration, die Hunde, die Graffiti, der verdorrte Rasen, die Kinder, die mit dem Finger auf ihn zeigten und ihn verhöhnten, der Junge mit dem Affengesicht, die unausgesprochene Verachtung von Leuten wie dem Kämmerer und dem neuen Schulleiter. Ich weiß nicht, wie oft er zuschlug, aber als er aufhörte, blutete ich aus der Nase, mein Gesicht war grün und blau, und ich kauerte in einer Ecke, die Arme um den Kopf geschlungen. Er ragte über mir auf, ein benommener Ausdruck auf seinem großflächigen Gesicht, die Hände ausgebreitet wie ein Bühnenmörder.

»Mein Gott. O mein Gott. O mein Gott.«

Er sprach mit sich selbst, und ich war zu sehr mit meiner zerschundenen Nase beschäftigt, um auf ihn zu achten. Schließlich wagte ich es doch, die Arme zu senken. Mein Magen schmerzte, ich hatte das Gefühl, mich jeden Moment übergeben zu müssen, aber es gelang mir, die Übelkeit zu unterdrücken.

Mein Vater hatte sich an den Tisch gesetzt und die Hände vors Gesicht geschlagen. »O Gott. Es tut mir Leid. Es tut mir Leid«, wiederholte er immer wieder, obwohl mir nicht klar war, ob er das zu mir oder zum Allmächtigen sagte. Er schaute nicht hoch, als ich langsam aufstand, sprach nur immer weiter in seine Hände. Und obwohl ich gebührend Abstand hielt, weil ich wusste, wie schnell seine Laune umschlagen konnte, spürte ich, dass etwas in ihm zerbrochen war.

»Es tut mir Leid«, sagte er unter Schluchzen. »Ich pack's einfach nicht, Floh. Ich pack's einfach nicht.« Und dann brachte er es endlich über die Lippen, den letzten und schlimmsten Schlag an diesem elenden Nachmittag. Während ich ihm zuhörte, anfangs überrascht, dann mit zunehmendem Entsetzen, wurde mir klar, dass ich mich doch würde übergeben müssen, und stürzte ins Sonnenlicht hinaus, wo St. Oswald's sich endlos am blauen Horizont erstreckte und die Sonne sich in meinen Schädel bohrte und das versengte Gras wie Cinnabar roch, und die ganze Zeit sangen die blöden Vögel und sangen und sangen und wollten einfach nicht aufhören.

Kapitel 27

Wahrscheinlich hätte ich es mir denken sollen. Meine Mutter war schuld daran. Vor drei Monaten hatte sie ihm das erste Mal wieder geschrieben, anfangs eher allgemein, dann in immer größeren Details. Mein Vater hatte mir nichts von ihren Briefen erzählt, aber wenn ich so zurückdachte, mussten die ersten wohl ungefähr zu der Zeit eingetroffen sein, als ich Leon kennen lernte und es mit meinem Vater endgültig bergab ging.

»Floh, ich wollte dir nichts davon sagen. Ich wollte nicht darüber nachdenken. Ich dachte, wenn ich die Briefe einfach liegen lasse, dann gehen sie von selbst weg. Sie soll uns in Ruhe lassen.«

»Was wolltest du mir nicht sagen?«

»Es tut mir Leid.«

»*Was* wolltest du mir nicht sagen?«

Da erzählte er es mir, immer noch weinend, während ich mir den Mund abwischte und die blöden Vögel sangen. Drei Monate lang hatte er versucht, es vor mir zu verbergen. Auf einen Schlag verstand ich seine Wutanfälle, seinen Rückfall ins Trinken, seine mürrische Laune, seine irrationalen, mörderischen Stimmungsumschwünge. Jetzt erzählte er mir alles, immer noch die Hände um den Kopf gelegt, als könnte ihm sonst der Schädel platzen vor der Anstrengung, und ich hörte mit wachsendem Entsetzen zu, als er stammelnd die ganze Geschichte vortrug.

Offenbar war das Leben zu Sharon Snyde freundlicher gewesen als zu den anderen Snydes. Sie hatte sehr jung geheiratet, ich war nur wenige Wochen vor ihrem siebzehnten Geburtstag zur Welt gekommen, und sie war gerade fünfundzwanzig gewesen, als sie uns endgültig verließ. Wie mein Vater hatte auch Sharon eine Vorliebe für Platitüden, und sie hatte sich in ihren Briefen offenbar in Selbstbezichtigungen und Psychogeschwafel ergangen, in der Art von *Ich musste herausfinden, wer ich wirklich bin;* sie räumte ein, dass *beide Seiten Fehler gemacht haben,* dass sie *emotional ungefestigt gewesen* sei, und führte jede Menge ähnlicher Gründe dafür an, warum sie uns im Stich gelassen hatte.

Aber sie habe sich verändert, schrieb sie. Endlich sei sie erwachsen geworden. Das klang, als wären wir ein Spielzeug, dem sie entwachsen war, ein Dreirad vielleicht, ehedem heiß geliebt, mittlerweile eher lächerlich. Ich fragte mich, ob sie wohl noch Cinnabar trug oder ob sie auch dem entwachsen war.

Auf jeden Fall hatte sie wieder geheiratet, einen Austauschstudenten, den sie in London kennen gelernt hatte, und war zu ihm nach Paris gezogen. Xavier sei ein wunderbarer Mann, der uns beiden gut gefallen würde. Und es würde sie über die Maßen freuen, wenn wir ihn kennen lernten. Er sei Englischlehrer an einem *lycée* in Marne-La-Vallée, liebe Sport und vergöttere Kinder.

Und damit kam sie zu ihrem nächsten Anliegen. Trotz aller Versuche hätten sie und Xavier nie ein Kind bekommen. Und obwohl Sharon nicht den Mut gehabt habe, mir selbst zu schreiben, habe sie nie ihr Schätzchen vergessen, ihr Herzblatt, und habe jeden Tag, den Gott ihr schenkte, an mich gedacht.

Schließlich und endlich habe Xavier sich überzeugen lassen. In ihrer Wohnung sei reichlich Platz für drei, ich sei intelligent und werde die Sprache mühelos lernen, und vor allem hätte ich wieder eine Familie, eine richtige Familie, die sich um mich kümmerte, und Geld, um die vielen Entbehrungen der letzten Jahre wettzumachen.

Ich war entsetzt. Vor vier Jahren hatte meine Mutter uns verlassen, und seitdem war aus der unendlichen Sehnsucht nach ihr stumpfe Gleichgültigkeit geworden. Die Vorstellung, sie wiederzusehen – die Versöhnung, von der sie offenbar träumte –, erfüllte mich mit einem dumpfen Gefühl von Peinlichkeit. Ich konnte Sharon Snyde aus meiner neuen Perspektive genau vor mir sehen: mit einer neuen, billigen Lackschicht der Kultiviertheit, die mir zum Ausgleich für meine Jahre des Leids ein neues, billiges Leben von der Stange anbot. Das einzige Problem war: Ich wollte es nicht mehr.

»Das willst du schon, Floh«, sagte mein Vater. Seine Gewalttätigkeit war einem rührseligen Selbstmitleid gewichen, das ich fast ebenso abstoßend fand. Ich ließ mich nicht davon täuschen. Es war die banale Sentimentalität des Schlägers, auf dessen blutenden Fingerknöcheln MUM und DAD tätowiert ist, die Empörung eines Gewalttäters über einen Kinderschänder in den Nachrichten, die Tränen eines Tyrannen über einen überfahrenen Hund. »Ach, Floh, natürlich willst du das. Es ist eine Chance, begreif das doch, eine zweite Chance. Also, ich würde deine Mum sofort zurücknehmen. Mit Handkuss.«

»Ich aber nicht«, sagte ich. »Ich bin glücklich hier.«

»Klar doch, glücklich. Wo du das alles haben könntest ...«

»Was alles?«

»Paris und das alles. Geld. Ein Leben.«

»Ich habe ein Leben«, sagte ich.

»Und Geld.«

»Die soll ihr Geld behalten. Wir haben genug.«

»Na ja, also gut.«

»Ich mein's ernst, Dad. Lass sie nicht gewinnen. Ich will hier bleiben. Du kannst mich nicht zwingen ...«

»Ich hab ›also gut‹ gesagt.«

»Versprochen?«

»Ja.«

»Ehrlich?«

»Ja.«

Aber mir fiel auf, dass er mir nicht ins Gesicht sehen wollte, und als ich an dem Abend den Abfall hinausbrachte, sah ich im

Mülleimer jede Menge gebrauchte Rubbellose – zwanzig oder mehr, Lotto und Striker und *Winner Takes All!* –, die wie Christbaumschmuck zwischen den Teeblättern und den leeren Dosen glitzerten.

Kapitel 28

Die Offenbarung mit Sharon Snyde war der schwerste der vielen Schläge, die dieser Sommer für mich bereithielt. Aus ihren Briefen, die mein Vater mir vorenthalten hatte und die ich jetzt mit wachsendem Entsetzen las, wurde mir klar, dass ihre Pläne schon recht weit vorangeschritten waren. Im Prinzip hatte Xavier in die Adoption eingewilligt, Sharon hatte sich wegen Schulen erkundigt, sie hatte sogar das für uns zuständige Sozialamt kontaktiert und Informationen bezüglich meiner schulischen Leistungen und meiner generellen Lebensbedingungen bekommen, die ihre Ansprüche gegen die meines Vaters stützen würden.

Nicht, dass sie das brauchte. Nach Jahren des Kämpfens hatte John Snyde mittlerweile einfach aufgegeben. Er wusch sich kaum noch, verließ das Haus nur, um von der Frittenbude oder beim Chinesen ein Take-away zu holen, gab den Großteil unseres Gelds für Rubbellose und Alkohol aus und zog sich im Lauf der folgenden zwei Wochen immer mehr in sich selbst zurück.

Zu jeder anderen Zeit hätte ich die Freiheiten begrüßt, die ich mir wegen seiner Niedergeschlagenheit herausnehmen konnte. Plötzlich durfte ich abends so lange ausbleiben, wie ich wollte, ohne dass er mich fragte, wo ich gewesen war. Ich konnte ins Kino gehen, in die Kneipe. Ich konnte mit meinen Hauptschlüsseln (nach dem letzten, katastrophalen Zwischenfall hatte ich sie endlich nachmachen lassen) nach Herzenslust durch St. Oswald's streifen. Allerdings tat ich das eher selten. Ohne meinen

Freund hatten die meisten Unternehmungen ihren Reiz verloren, und ich gab sie bald ganz auf, um mich mit Leon und Francesca herumzutreiben (wenn man es so nennen kann).

Jedes Liebespaar braucht einen Anstandswauwau. Jemanden, der Wache schiebt, eine dritte Partei. Es tat mir weh, aber ich wurde gebraucht, und ich tröstete meinen Herzschmerz mit dem Wissen, dass Leon mich ausnahmsweise einmal wirklich brauchte.

Wir hatten eine Hütte (ein »Clubhaus«, wie Leon es nannte) im Wald hinter den Sportplätzen von St. Oswald's. Sie stand abseits vom Pfad auf den Überresten eines Unterstands, den jemand vor langer Zeit dort errichtet hatte. Es war ein hübsches Fleckchen, die Hütte war gut getarnt, bestand aus halbierten Baumstämmen und einem Dach aus dichten Kiefernzweigen. Dorthin gingen wir also, und ich saß davor, hielt Wache, rauchte und bemühte mich, nicht auf die Geräusche zu achten, die zu mir herausdrangen.

Zu Hause tat Leon ganz cool. Jeden Morgen holte ich die beiden auf dem Fahrrad ab, Mrs. Mitchell packte uns alles für ein Picknick ein, und wir fuhren in den Wald. Unsere Ausflüge sahen ganz unschuldig aus, eben wegen meiner Anwesenheit, und niemand ahnte etwas von den schwülstigen Stunden unter dem Nadeldach, von dem gedämpften Lachen in der Hütte, den Blicken, die ich von ihnen erhaschte, von seinem nackten, gebräunten Rücken, den Grübchen oberhalb seines Gesäßes im gefilterten Sonnenlicht.

Das waren die guten Tage. An den schlechten verschwanden Leon und Francesca einfach lachend im Wald und ließen mich zurück, überflüssig wie ein fünftes Rad am Wagen. Wir waren nie ein Dreiergespann. Es gab Leon und Francesca, ein exotisches Hybridwesen, das zu heftigen Stimmungsschwankungen neigte, zu ausgelassenen Jubelstürmen, zu erstaunlicher Grausamkeit; und dann gab es mich, den dummen, schmachtenden, absolut zuverlässigen Anstandswauwau.

Francesca konnte sich nie ganz an meine Anwesenheit gewöhnen. Sie war älter als ich, vielleicht fünfzehn, und meiner Ansicht nach keine Jungfrau mehr. Das kommt davon, wenn man Mädchen in eine Klosterschule schickt. Und sie war völlig in Leon vernarrt. Er spielte mit ihrer Verliebtheit, redete zärtlich mit ihr, brachte sie zum Lachen. Für ihn war alles ein Spiel, sie wusste nichts von ihm. Sie hatte nicht miterlebt, wie er Peggy Johnsens Turnschuhe über die Telegrafendrähte schleuderte, wie er in der Stadt Platten klaute oder über die Mauer des Sportplatzes Tintenbomben auf das saubere Hemd eines Sunnybankers zielte. Andererseits erzählte er ihr Dinge, über die er mit mir nie geredet hatte, sprach über Musik und Nietzsche und seine Leidenschaft für Astronomie, während ich unbeachtet mit dem Picknickkorb hinter ihnen herzockelte und sie beide hasste, es aber doch nicht schaffte wegzugehen.

Eigentlich war es Francesca, die ich hasste, obwohl es dafür keinen Grund gab. Sie war ganz nett zu mir – boshaft war immer nur Leon. Aber ich hasste es, wenn sie flüsterten, wenn sie die Köpfe zusammensteckten und lachten auf eine Art, die mich ausschloss und sie verband.

Und dann das Anfassen. Ständig fassten sie sich an. Nicht nur die Küsse und dass sie sich in der Hütte liebten, sondern die tausend kleinen Berührungen: eine Hand auf der Schulter des anderen, Knie gegen Knie, ihre Hand auf seiner Wange, wie Seide auf Velcro. Und ich spürte diese Berührungen fast körperlich, wie eine elektrische Spannung in der Luft, die mich kribbeln ließ, mich auflud, mich explosiv machte.

Es war eine Lust, die schlimmer war als jede Folter. Nachdem ich eine Woche lang für Leon und Francesca den Anstandswauwau gespielt hatte, hätte ich vor Langeweile schreien mögen, und trotzdem raste mein Herz. Mir graute vor unseren Ausflügen, dennoch lag ich jede Nacht wach im Bett und durchlebte den vergangenen Tag mit quälender Intensität in allen Einzelheiten noch einmal nach. Es war wie eine Krankheit. Ich rauchte mehr, als mir eigentlich schmeckte, kaute an den Nägeln, bis sie bluteten. Ich aß nicht mehr, bekam einen hässlichen Ausschlag im Gesicht, und bei jedem Schritt, den ich machte, hatte ich das Gefühl, auf Glas zu gehen.

Das Schlimmste war, dass Leon das wusste. Er konnte es gar nicht übersehen und spielte mit mir wie ein Kater mit einer Maus, mit derselben unbekümmerten Grausamkeit.

Schau! Schau, was ich hab! Schau mir nur zu!

»Und, was sagst du?« Ein paar Sekunden ohne Francesca – sie war beim Blumenpflücken oder Pinkeln, ich weiß es nicht mehr.

»Wozu?«

»Frankie, du Idiot. Was sagst du?«

Das war noch im Anfangsstadium, ich war von den Entwicklungen noch zu benommen. Ich wurde rot. »Sie ist ganz nett.«

»Ganz nett.« Leon grinste.

»Sicher.«

»Du würdest doch auch, stimmt's? Wenn du bloß könntest, würdest du auch, oder?« Seine Augen glitzerten boshaft.

Ich schüttelte den Kopf. »Weiß nicht«, sagte ich, ohne ihn anzusehen.

»Du weißt es nicht? Sag mal, was ist denn mit dir los, Pinchbeck? Bist du schwul oder was?«

»Verpiss dich, Leon.« Meine Wangen glühten, ich sah beiseite.

Leon beobachtete mich immer noch grinsend. »Komm schon, ich hab's doch gesehen. Ich hab gesehen, wie du uns im Clubhaus zugeschaut hast. Du redest nie mit ihr, sagst kein Wort. Aber zugucken tust du schon, gib's zu. Zugucken, um was zu lernen, stimmt's?«

Schlagartig wurde mir klar, dass er glaubte, ich wollte sie, Francesca, haben. Fast hätte ich gelacht. Er lag so falsch, so absolut, hundertprozentig falsch. »Hör zu, sie ist ganz in Ordnung«, sagte ich. »Bloß nicht mein Typ. Das ist alles.«

»Nicht dein Typ?« Aber die Schärfe war aus seiner Stimme gewichen. Sein Lachen war ansteckend. »He, Francesca!«, brüllte er. »Pinchbeck sagt, du wärst nicht sein Typ!« Dann drehte er sich zu mir und berührte mein Gesicht, fast intim, mit den Fingerspitzen. »Wart mal fünf Jahre«, sagte er mit spöttischer Aufrichtigkeit. »Wenn's dann immer noch so ist, dann komm zu mir.«

Und damit lief er durch den Wald davon, die Haare flogen ihm um den Kopf, das Gras peitschte wie verrückt gegen seine bloßen Knöchel. Aber nicht, um mir zu entkommen, nicht dieses Mal. Er rannte aus schierer Lebensfreude, weil er vierzehn war und geil, wie ein junger Mann nur geil sein kann. Fast sah er körperlos aus, beinahe transparent im getüpfelten Sonnenlicht, das durch das Laubdach schien, ein Junge aus Luft und Sonne, ein unsterblicher, wunderschöner Junge. Ich konnte nicht mit ihm mithalten, folgte in einigem Abstand, während Francesca hinter mir protestierte und Leon vorauslief, schreiend und über weißen Schierlingsdunst springend, in die Dunkelheit.

An den Moment erinnere ich mich noch ganz genau. Ein Moment reiner Freude, wie ein Fetzen aus einem Traum, bar jeder Logik oder Handlung. In dem Moment konnte ich glauben, dass wir für immer leben würden. Nichts zählte, weder meine Mutter noch mein Vater und auch nicht Francesca. Dort im Wald hatte ich etwas gesehen, einen kurzen Blick nur, und obwohl ich wusste, dass ich dieses Etwas nicht bewahren konnte, würde dieser Moment doch den Rest meines Lebens bei mir sein.

»Ich liebe dich, Leon«, flüsterte ich, als ich durch das Gestrüpp lief. Und in dem Moment war das mehr als genug.

Kapitel 29

Es war aussichtslos, und das wusste ich auch. Leon würde mich nie so sehen, wie ich ihn sah, würde nie mehr als freundliche Verachtung für mich empfinden. Und trotzdem war ich auf meine Art glücklich mit den Brosamen seiner Zuneigung. Ein Klaps auf den Arm, ein Grinsen, ein paar Worte – *du bist schon ganz in Ordnung, Pinchbeck* – beflügelten mich, manchmal für Stunden. Ich war nicht Francesca, aber Francesca würde bald wieder in ihrer Klosterschule sitzen, während ich – ich …

Tja, das war die große Frage. In den vierzehn Tagen nach der Offenbarung meines Vaters rief Sharon Snyde jeden zweiten Abend an. Ich schloss mich in mein Zimmer ein und weigerte mich, mit ihr zu reden. Auf ihre Briefe reagierte ich nicht, ebenso wenig auf ihre Geschenke.

Aber man kann die Welt der Erwachsenen nicht auf Dauer ausschließen. So laut ich das Radio auch aufdrehte, so viele Stunden ich auch von Zuhause fortblieb, ich konnte mich Sharons Annäherungsversuchen nicht ewig entziehen.

Mein Vater, der mich vielleicht hätte retten können, war ein gebrochener Mann, saß vorm Fernseher, trank Bier und schaufelte Pizza in sich hinein, während seine Pflichten unerledigt blieben und meine Zeit, meine kostbare Zeit, zerrann.

Mein Herzblatt,
haben dir die Kleider gefallen, die ich dir geschickt habe? Ich war nicht sicher, welche Größe du trägst, aber dein Vater sagte,

du wärst klein für dein Alter. Ich hoffe, ich habe das Richtige gewählt. Ich möchte so gerne, dass alles perfekt ist, wenn wir uns wiedersehen. Ich kann gar nicht glauben, dass du dreizehn wirst. Und jetzt dauert es nicht mehr lang, mein Liebling. In den nächsten Tagen wird dein Ticket ankommen. Freust du dich auf deinen Besuch so sehr wie ich? Xavier kann es kaum erwarten, dich endlich kennen zu lernen, obwohl er auch etwas nervös ist. Wahrscheinlich hat er Angst, dass wir ihn ausschließen, während wir uns alles von den vergangenen fünf Jahren erzählen!

Deine dich liebende Mutter
Sharon

Es war hoffnungslos. Wissen Sie, sie glaubte das wirklich. Sie glaubte wirklich, dass sich nichts geändert hatte, dass sie an unser Leben dort anknüpfen könnte, wo sie es abgebrochen hatte, dass ich ihr Herzblatt sein könnte, ihr Liebling, ihr Anziehpüppchen. Und schlimmer noch, mein Vater glaubte es auch. Er wollte, dass es dazu kam, und unterstützte sie auf eine perverse Art sogar, als ob er irgendwie die Richtung seines eigenen Lebens ändern könnte, wenn er mich gehen ließ – wie ein sinkendes Schiff, das Ballast abwirft.

»Gib ihr 'ne Chance.« Jetzt war er versöhnlich, wie ein verständiger Vater zu seinem trotzigen Kind. Seit dem Tag, an dem er mich geschlagen hatte, hatte er nicht einmal mehr die Stimme erhoben. »Gib ihr 'ne Chance, Floh. Vielleicht gefällt's dir ja.«

»Ich fahre nicht. Ich will sie nicht sehen.«

»Paris wird dir gefallen, glaub mir.«

»Wird es nicht.«

»Du wirst dich dran gewöhnen.«

»Das werde ich nicht, verdammt. Außerdem bin ich nur zu Besuch da. Ich fahre ja nicht hin, um dort zu leben.«

Stille.

»Ich habe gesagt, nur zu Besuch!«

Wieder Stille.

»Dad?«

Ach, natürlich versuchte ich, ihn aufzubauen. Aber irgendetwas in ihm war zerbrochen. Seine Aggressivität und Gewalttätigkeit waren zu Gleichgültigkeit geworden. Er wurde noch dicker, ging achtlos mit den Schlüsseln um, der Rasen verwahrloste zusehends, der Kricketplatz wurde ohne die tägliche Bewässerung braun und kahl. Als wollte er mit seiner Lethargie, seinem Versagen, jede Wahl vereiteln, die ich vielleicht noch hatte, doch in England zu bleiben und nicht das neue Leben zu beginnen, das Sharon und Xavier bis ins Kleinste für mich geplant hatten.

Ich war hin und her gerissen zwischen meiner Treue zu Leon und der Notwendigkeit, immer häufiger die Arbeiten meines Vaters zu übernehmen. Ich sprengte abends den Kricketplatz, ich versuchte sogar, den Rasen zu mähen. Aber das Geile Gefährt war eigenwillig, ich skalpierte das Gras nur und machte dadurch alles noch schlimmer, während der Rasen des Kricketplatzes all meiner Mühe zum Trotz einfach nicht wachsen wollte.

Es war unvermeidlich, dass dieser Verfall früher oder später jemandem auffiel. Eines Sonntags kam ich aus dem Wald nach Hause und fand Pat Bishop in unserem Wohnzimmer sitzen. Er hockte unbehaglich auf einem der guten Sessel, mein Vater auf dem Sofa ihm gegenüber. Ich fühlte förmlich die Spannung, die in der Luft lag. Als ich hereinkam, drehte er sich zu mir um. Eigentlich wollte ich mich mit einer Entschuldigung sofort zurückziehen, doch Bishops Miene ließ mich erstarrt stehen bleiben. Das schlechte Gewissen stand ihm ins Gesicht geschrieben – und Mitleid und Zorn –, aber vor allem abgrundtiefe Erleichterung. Es war der Blick eines Mannes, der jeden Strohhalm ergreift, um sich einer peinlichen Situation zu entziehen, und obwohl er so breit wie immer lächelte, seine Wangen so rosa wie immer waren, ließ ich mich nicht täuschen.

Ich fragte mich, wer sich wohl beschwert hatte – ob ein Nachbar, ein Passant, ein Angehöriger der Schule. Vielleicht ein Elternpaar, das sein Geld gut angelegt wissen wollte. Zweifellos gab es viele Gründe für Beschwerden. Die Schule hat immer schon im Mittelpunkt des Interesses gestanden, deshalb muss sie sich allzeit untadelig präsentieren. Und auch die Angestellten müssen allzeit untadelig sein. Zwischen St. Oswald's und der Stadt bestehen ohnehin genügend Ressentiments, die nicht durch weitere Schwierigkeiten noch genährt werden müssen. Das weiß ein Hausmeister. Deswegen gibt es in St. Oswald's einen Hausmeister.

Ich wandte mich zu meinem Vater um. Er sah mich nicht an, sondern hielt den Blick auf Bishop gerichtet, der schon fast bei der Tür angelangt war. »Es ist nicht meine Schuld«, sagte er. »Ich – wir haben eine schlimme Zeit hinter uns, ich und mein Kind. Sagen Sie ihnen das doch, Sir. Auf Sie hören doch alle.«

Bishops Lächeln, jetzt überaus ernst, reichte von einem Ohr zum anderen. »Ich weiß es nicht, John. Sie haben Ihre letzte Verwarnung bekommen. Nach der anderen Sache – einen Jungen zu schlagen, John …«

Mein Vater versuchte aufzustehen. Es gelang ihm nur mit Mühe. Sein Gesicht war verzerrt vor Kummer, und mir schnürten sich vor Scham die Eingeweide zusammen. »Bitte, Sir …«

Bishop sah es auch. Seine massige Gestalt füllte den ganzen Türrahmen. Eine Sekunde lang ruhten seine Augen auf mir, und ich sah Mitleid in ihnen, aber kein Aufblitzen des Erkennens, obwohl er mich mehr als ein Dutzend Mal in St. Oswald's gesehen haben musste. Irgendwie war sein Unvermögen, mich zu sehen, schlimmer als alles andere. Am liebsten hätte ich gesagt: *Sir, erkennen Sie mich nicht? Ich bin's, Pinchbeck. Einmal haben Sie mir zwei Hauspunkte gegeben und mir gesagt, ich soll mich zum Team melden. Erinnern Sie sich nicht, Sir?*

Aber das war undenkbar. Ich hatte ihn zu gut getäuscht. Ich hatte die Lehrer von St. Oswald's immer für überlegen gehalten, doch jetzt schaute Bishop unbehaglich und dümmlich drein, wie er da so vor mir stand, genau wie Mr. Bray, als ich ihn zu Fall brachte. Wie sollte er uns helfen können? Wir waren ganz allein, aber das wusste nur ich.

»Warten wir's ab, John. Ich sehe, was ich tun kann.«

»Danke, Sir.« Mittlerweile zitterte mein Vater. »Sie sind ein echter Freund.«

Bishop legte meinem Vater eine Hand auf die Schulter. Er war ein guter Mensch. Seine Stimme war warm und herzlich, er lächelte noch immer. »Kopf hoch, Mann. Sie schaffen das schon. Mit etwas Glück haben Sie bis September alles wieder in Ordnung gebracht, und keiner braucht davon zu erfahren. Aber keinen Ärger mehr, ja? Und John« – er klopfte meinem Vater scherzhaft auf den Arm, als würde er einen übergewichtigen Labrador tätscheln –, »bleiben Sie trocken. Beim nächsten Mal kann nicht einmal ich Ihnen noch helfen.«

In gewisser Hinsicht hielt Bishop Wort. Die Beschwerde wurde fallen gelassen, oder zumindest vorläufig zurückgezogen. Bishop kam alle paar Tage vorbei, um nach meinem Vater zu schauen, und der riss sich tatsächlich etwas zusammen. Außerdem stellte der Kämmerer ein Faktotum an, einen Schwachkopf namens Jimmy Watt, der die lästigeren Aufgaben des Hausmeisters übernehmen sollte, damit John Snyde Zeit hatte, die wichtigen Arbeiten zu erledigen.

Das war unsere letzte Hoffnung. Ohne den Job als Hausmeister hatte er keine Chance gegen Sharon und Xavier. Aber er musste mich bei sich behalten *wollen*, dachte ich, und damit er das tat, musste ich so sein, wie er mich haben wollte. Also fing ich an, meinen Vater zu manipulieren. Ich saß mit ihm vor dem Fernseher und guckte Fußball, aß Fish and Chips aus Zeitungspapier, vergaß meine Bücher, übernahm freiwillig jede Haushaltspflicht. Zuerst beobachtete er mich mit Misstrauen, dann mit Verwunderung und schließlich mit mürrischer Genugtuung. Der Fatalismus, der ihn gepackt hatte, als er das erste Mal vom neuen Leben meiner Mutter hörte, legte sich, er machte bittere und sarkastische Bemerkungen über ihr Leben in Paris, ihren schnieken jungen Mann, über ihre Anmaßung, sie könnte mir nichts, dir nichts und dann auch noch zu ihren Bedingungen wieder in unser Leben treten.

Derart ermutigt, setzte ich ihm den Floh ins Ohr, wir könnten ihre Pläne durchkreuzen, könnten ihr zeigen, wer in Wahrheit das Sagen hatte, wir könnten mit ihren dummen Hoffnungen spielen, bis er schließlich mit seinem letzten, entscheidenden Machtwort alles vereitelte. Das schmeichelte ihm, gab ihm wieder Halt. Er war immer ein Mann gewesen, der sich lieber auf Männer verließ, der den Machenschaften von Frauen misstraute.

»So sind sie, die Weiber«, sagte er einmal zu mir und vergaß dabei im Eifer seiner Empörung, wer ich war. »Sind doch alles Zicken. Zuerst machen sie dir schöne Augen, und dann schnappen sie sich das Küchenmesser und rammen es dir in den Rücken. Und kommen damit auch noch durch – liest man doch jeden Tag in der Zeitung. Ich meine, was kann ein Mann da schon ausrichten? So 'n großer starker Kerl, und sie, das arme kleine Ding – da ist doch klar, dass er ihr was getan haben muss, oder? Eheliche Misshandlung oder wie das heißt – und bevor du dich umguckst, steht sie vor Gericht, klimpert mit den Wimpern, kriegt das Sorgerecht für die Kinder und das Geld und weiß Gott was noch alles …«

»Aber nicht für dieses Kind«, sagte ich.

»Ach, jetzt komm schon«, sagte John Snyde. »Das ist doch nicht dein Ernst. Paris, eine gute Schule, ein neues Leben …«

»Ich hab's dir doch gesagt«, widersprach ich. »Ich will hier bleiben.«

»Aber warum?« Verwundert starrte er mich an, wie ein Hund, dem das Herrchen seinen Abendspaziergang verweigert. »Du könntest alles haben, was du willst. Klamotten, Platten …«

Ich schüttelte den Kopf. »Das will ich alles gar nicht«, sagte ich. »Sie kann doch nicht einfach nach fünf Jahren wieder auftauchen und versuchen, mich mit dem Geld von ihrem französischen Typen zu kaufen, verdammt.« Jetzt beobachtete er mich, zwischen seinen blauen Augen bildete sich eine Falte. »Ich meine, du bist die ganze Zeit hier gewesen«, fuhr ich fort. »Hast dich um mich gekümmert, hast dein Bestes getan.« Da nickte er, eine winzige Kopfbewegung, und ich wusste, dass er mir zuhörte. »Wir sind doch gut zurechtgekommen, Dad, oder? Wofür brauchen wir die denn?«

Schweigen. Ich wusste, dass meine Worte bei ihm angekommen waren. »Es ist dir nicht schlecht ergangen.« Ich wusste nicht, ob er das als Frage meinte.

»Wir schaffen das schon«, sagte ich. »Wir haben's doch immer geschafft. Lass dir nichts gefallen. Gib nie auf, Dad. Lass dich von den Schweinen nicht unterkriegen.«

Wieder eine Pause, lange genug, um darin zu ertrinken. Dann lachte er, ein verblüffendes, sonniges, jungenhaftes Lachen, das ich gar nicht von ihm kannte. »Also gut, Floh«, sagte er, »wir versuchen's mal.«

Und so begann der August recht hoffnungsvoll. In drei Wochen hatte ich Geburtstag, in vier fing die Schule wieder an. Genug Zeit, um das Gelände in seine vorherige Pracht zurückzuversetzen, die ganzen Wartungsarbeiten zu machen, Mäusefallen aufzustellen, den Sportpavillon ein zweites Mal neu zu streichen und überall nach dem Rechten zu sehen. Mein Optimismus kehrte zurück. Durchaus zu Recht: Mein Vater hatte unser Gespräch nicht vergessen, und dieses Mal gab er sich wirklich Mühe.

Ich schämte mich sogar ein bisschen dafür, wie ich ihn früher behandelt hatte. Das Leben mit John Snyde war nicht immer ganz leicht, dachte ich mir, aber zumindest war er ehrlich. Er hatte sein Bestes getan. Er hatte mich nicht im Stich gelassen und dann versucht, mich mit Bestechungen wieder für sich zu gewinnen. Im Vergleich zu den Machenschaften meiner Mutter erschienen mir sogar die Fußballspiele und die Karatestunden nicht mehr so lächerlich, sondern eher wie unbeholfene, aber aufrichtige Freundschaftsbeweise.

Und so half ich ihm nach Kräften. Ich putzte das Haus, wusch seine Kleidung, zwang ihn, sich zu rasieren. Ich war gehorsam, fast liebevoll. Um meinetwillen musste er seine Stelle als Hausmeister behalten, das war meine Waffe gegen Sharon, meine einzige Möglichkeit, in St. Oswald's zu bleiben, bei Leon.

Leon. Seltsam, wie eine Besessenheit zu einer anderen führt. Zuerst war es St. Oswald's gewesen, die Herausforderung, die Lust an der Heimlichkeit, das Bedürfnis, irgendwo dazuzugehören, mehr zu sein als das Kind von John und Sharon Snyde. Jetzt war es nur noch Leon – mit Leon zusammen zu sein, ihn zu kennen, ihn auf eine Weise zu besitzen, die ich noch nicht ganz begreifen konnte. Warum ich gerade ihn erwählt hatte, dafür gab es keinen ersichtlichen Grund. Sicher, er sah gut aus, und auf seine sorglose Art war er auch freundlich, hatte mich in sein Leben gelassen, hatte mir die Munition für meine Rache an Bray gegeben. Und ich war einsam gewesen, verletzlich, verzweifelt, schwach.

Aber das war alles nicht der eigentliche Grund. Sobald ich ihn zum ersten Mal dort im Mittleren Korridor hatte stehen sehen, mit der Haarsträhne, die ihm in die Augen fiel, und der abgeschnittenen Krawatte, die wie eine herausgestreckte Zunge über seinen Pullover ragte, hatte ich es schon gewusst. Der Schleier vor der Welt war verschwunden. Von nun an gab es nur noch die Zeit »vor Leon« und die Zeit »nach Leon«, und nichts würde je wieder so sein wie zuvor.

In den Augen der meisten Erwachsenen zählen die Gefühle der Pubertät nicht. Erwachsene glauben, dass man aus den quälenden Phasen von Wut und Hass, von Verlegenheit und Grauen und von hoffnungsloser, bedingungsloser Liebe herauswächst, dass sie hormonell bedingt sind, ein Probelauf für das Eigentliche. Aber so war das mit Leon nicht. Mit dreizehn zählt alles, alles ist scharfkantig, an allem kann man sich schneiden. Einige Drogen können dieses intensive Gefühl zwar künstlich herbeiführen, aber mit dem Erwachsenwerden verlieren die Farben ihre Leuchtkraft, alles wird stumpf, wird durch Vernunft, Verstand oder Angst beeinträchtigt. Mit dreizehn waren Vernunft, Verstand und Angst für mich bedeutungslos. Ich wusste, was ich wollte, und mit jugendlicher Zielstrebigkeit war ich bereit, bis aufs Blut dafür zu kämpfen. Ich würde nicht nach Paris ziehen. Ich würde nicht weggehen, gleichgültig, was ich dafür tun musste.

Kapitel 30

St. Oswald's, Oberschule für Knaben
Montag, 25. Oktober

Insgesamt ein schlechter Start zur zweiten Hälfte des Trimesters. Der Oktober ist unheilvoll in Fahrt gekommen, er reißt die Blätter von den goldenen Bäumen und lässt Kastanien in den Hof herabprasseln. Bei stürmischem Wetter sind die Jungs außer Rand und Band. Wind und Regen bedeuten, dass in der Pause überdrehte Jungs im Klasszimmer sitzen. Und nach dem Vorfall, als ich sie das letzte Mal sich selbst überließ, wage ich es nicht, sie auch nur einen Moment unbeaufsichtigt zu lassen. Das heißt: keine Pause für Straitley, nicht einmal eine Tasse Tee. Entsprechend schlechter Laune war ich auch und herrschte alle an, sogar meine Brodie Boys, die mich sonst immer zum Lachen bringen können.

Folglich verhielten sich die Jungs trotz der Herbststürme brav. Zwei Viertklässler bestellte ich zum Nachsitzen, weil sie keine Hausarbeit ablieferten, aber davon abgesehen, brauchte ich kaum die Stimme zu erheben. Vielleicht spürten sie, dass etwas in der Luft lag – eine drohende Vorahnung, die ihnen sagte, jetzt sei nicht die Zeit für Scherze.

Wenn ich es recht verstehe, ist es im Lehrerzimmer zu einer Reihe kleiner, erbitterter Zwistigkeiten gekommen. Eine Meinungsverschiedenheit wegen Beurteilungen, ein Computerabsturz im Büro, ein Streit zwischen Pearman und Scoones über den neuen Französisch-Lehrplan. Roach hat seine Kreditkarte verloren und macht Jimmy dafür verantwortlich, der angeblich den Silentiumraum nach Schulschluss nicht absperrte. Dr. Tidy hat angeordnet, dass für Tee und Kaffee (bislang kostenlos) ab diesem Trimester 3,75 Pfund die Woche zu bezahlen sind. Und Dr. Devine hat in seiner Eigenschaft als Verantwortlicher für Gesundheit und Sicherheit offiziell beantragt, dass im Mittleren Korridor ein Rauchmelder installiert wird (wohl in der Hoffnung, mich aus meiner Räucherbude im alten Bücherzimmer zu vertreiben).

Auf der Plus-Seite ist zu verbuchen, dass Strange zumindest bislang keine weiteren Maßnahmen wegen Pooley und seinem zerrissenen Blazer ergriffen hat. Das überrascht mich doch ein wenig. Ich hätte erwartet, dass mittlerweile die zweite Verwarnung in meinem Fach liegt, und vermute, dass Bob den Zwischenfall entweder vergessen hat oder ihn der Anspannung vor den Herbstferien geschuldet sieht.

Außerdem gibt es andere, wichtigere Dinge als das zerrissene Futter eines Blazers. Wie Kitty mir erzählte, musste das Ekel Light seinen Führerschein abgeben, und zwar wegen irgendeines Vorfalls am Wochenende in der Stadt. Natürlich steckt da mehr dahinter, doch meine erzwungene Isolation im Glockenturm bedeutet, dass ich mich tagsüber weitab von der Quelle des Lehrerzimmerklatsches befinde und zu Informationszwecken auf die Jungs angewiesen bin.

Aber wie immer ist die Gerüchteküche am Brodeln. Ein Informant erklärte, Light sei aufgrund eines anonymen Hinweises von der Polizei verhaftet worden. Eine andere Quelle behauptete, Lights Alkoholspiegel habe das erlaubte Maß um das Zehnfache überstiegen, und eine dritte, dass Jungs von St. Oswald's bei ihm im Wagen saßen und einer dieser Jungs sogar am Steuer.

Ich muss sagen, zuerst gab mir das nicht weiter zu denken. Lehrer wie Light gibt es immer wieder einmal, arrogante Esel, die das System eine Weile hinters Licht führen und auf einen stressfreien Job mit langen Ferien hoffen. In der Regel halten sich diese Exemplare nicht lange. Wenn nicht die Jungs ihnen das Genick brechen, tun es die Umstände, und sobald sie fort sind, verläuft das Leben wieder in seinen geregelten Bahnen.

Doch im Lauf des Tags wurde mir klar, dass mehr im Schwange war als nur Lights Verkehrswidrigkeit. In Gerry Grachvogels Klasszimmer, das unmittelbar neben meinem liegt, ging es ungewöhnlich laut zu, und als ich in meiner Freistunde den Kopf zur Tür hineinsteckte, sah ich, dass ein Großteil der 3S, darunter Knight, Jackson, Anderton-Pullitt und die üblichen Verdächtigen, sich unterhielt, während Grachvogel zum Fenster hinausstarrte. Auf seinem Gesicht lag ein Ausdruck von so abgrundtiefem Kummer, dass ich meinen ersten Impuls – nämlich einzugreifen – unterdrückte und wortlos in mein Zimmer zurückkehrte.

Dort wartete schon Chris Keane auf mich. »Ich habe wohl neulich nicht zufällig ein Notizbuch hier liegen lassen?«, fragte er mich ohne lange Vorrede. »Es ist klein und rot. Da stehen all meine Ideen drin.«

Ich fand, dass er für seine Verhältnisse regelrecht aufgelöst wirkte, doch in Anbetracht der Bissigkeiten, die er dort notiert hatte, wunderte mich das nicht.

»Ich habe vor den Herbstferien im Lehrerzimmer ein Notizbuch gefunden«, sagte ich. »Ich dachte allerdings, Sie hätten es wieder an sich genommen.«

Keane schüttelte den Kopf. Ich überlegte, ob ich ihm gestehen sollte, dass ich einen Blick hineingeworfen hatte, aber als ich seine betretene Miene bemerkte, verzichtete ich darauf.

»Unterrichtsvorbereitungen?«, fragte ich unschuldig.

»Nicht ganz«, antwortete Keane.

»Fragen Sie doch Miss Dare. Sie arbeitet ja bisweilen auch in meinem Zimmer. Vielleicht hat sie es gesehen und weggeräumt.«

Bei der Auskunft schaute Keane noch etwas besorgter drein. Trotzdem reagierte er recht gelassen und meinte nur: »Kein Problem. Früher oder später wird es sicher wieder auftauchen.«

Wenn ich's mir recht überlege, kommen in den letzten Wochen mit erstaunlicher Häufigkeit Gegenstände abhanden. Mein und Knights Füller, Keanes Notizbuch, Roachs Kreditkarte. Sicher passiert das gelegentlich. Bei einem Portemonnaie könnte ich es noch verstehen, aber warum jemand einen alten St.-Oswald's-Becher stehlen sollte, kann ich mir beim besten Willen nicht vorstellen, oder auch mein Klassenbuch, das nach wie vor verschollen ist. Es sei denn, jemand will mich ärgern. In dem Fall hat diese Person ihr Ziel voll und ganz erreicht. Ich fragte mich, welche anderen kleinen, unbedeutenden Dinge in den letzten Tagen verschwunden sein mochten und ob diese Fälle möglicherweise miteinander in Zusammenhang stünden.

Das sagte ich auch zu Keane.

»Na ja, wir sind hier an einer Schule«, meinte er. »In Schulen verschwinden hin und wieder Sachen.«

Schon möglich, dachte ich, aber nicht in St. Oswald's.

Als Keane das Zimmer verließ, sah ich ihn ironisch lächeln, als hätte ich die Worte laut gesprochen.

Nach Schulschluss ging ich noch einmal in Grachvogels Zimmer, um herauszufinden, was ihn so bedrückte. Gerry ist auf seine Art ein guter Kerl, kein geborener Lehrer, aber ein Vollblutakademiker, der sich für sein Fach begeistert. Es tat mir Leid, ihn so niedergeschlagen zu sehen. Doch als ich um vier Uhr den Kopf zu seiner Tür hineinsteckte, war er nicht da. Auch das war ungewöhnlich. Sonst bleibt Gerry nach dem Unterricht immer noch in seinem Zimmer, bastelt an den Computern oder bereitet sein Arsenal von Anschauungsmaterial vor. Und es war das erste Mal überhaupt, dass seine Zimmertür nicht abgeschlossen war.

Ein paar meiner Jungs saßen noch an ihrem Platz und schrieben von der Tafel ab. Anderton-Pullitt war da, was mich nicht überraschte, er ist ein strebsamer Schüler, und Knight, der zwar weiter auf sein Blatt schaute, aber mit einem selbstgerechten feinen Grinsen, dem ich entnahm, dass er mich wahrgenommen hatte.

»Hallo, Knight«, sagte ich. »Hat Mr. Grachvogel gesagt, ob er noch einmal zurückkommt?«

»Nein, Sir.« Seine Stimme war ausdruckslos.

»Ich glaube, er ist schon gegangen, Sir«, sagte Anderton-Pullitt.

»Ah so. Also dann, Jungs, packt eure Sachen, und zwar schnell. Ich will nicht, dass ihr den Bus verpasst.«

»Ich verpasse keinen Bus, Sir.« Das war wieder Knight. »Meine Mutter holt mich ab. Heutzutage treibt sich viel zu viel Gesindel in der Gegend herum.«

Ich bemühe mich wirklich, gerecht zu sein. Mehr noch, ich glaube sogar, dass ich einen ausgeprägten Gerechtigkeitssinn habe. Sicher, gelegentlich bin ich schroff, allerdings immer gerecht. Ich drohe nie mit etwas, das ich nicht auch tun würde, und verspreche nie etwas, das ich nicht halte. Das wissen die Jungs, und die meisten achten mich dafür – beim alten Quaz weiß man, woran man ist, mit dem gehen nie die Gefühle durch. Zumindest hoffe ich das. Mit fortschreitendem Alter werde ich zunehmend sentimental, aber ich glaube nicht, dass man mir das im Unterricht anmerkt.

Doch in der Laufbahn eines jeden Lehrers gibt es bisweilen Schüler, bei denen er seine Objektivität verliert. Als ich Knight anschaute, der den Kopf gesenkt hielt, auch wenn sein Blick nervös hin und her schoss, wusste ich, dass ich einen dieser Schüler vor mir hatte. Ich traue Knight nicht. Er hat etwas an sich, das mir immer schon unangenehm war. Ich weiß, das sollte nicht so sein, aber auch Lehrer sind nur Menschen. Natürlich gibt es Schüler, die wir besonders gerne mögen. Was wir vermeiden müssen, ist, ungerecht zu sein. Und ich bemühe mich wirklich, andererseits ist mir klar, dass in meiner kleinen Gruppe Knight der Außenseiter ist, der Judas, der Jonas, derjenige, der es unweigerlich zu weit treibt, der einen Witz für eine Beleidigung hält, einen Scherz für Gehässigkeit. Ein mürrischer, verwöhnter, käsiger Rotzlöffel, der jeden für sein Versagen verantwortlich macht, nur nicht sich selbst. Trotzdem behandele ich ihn wie alle anderen; ich neige sogar dazu, ihm gegenüber nachgiebiger zu sein, weil ich mir meiner kleinen Schwächen und meiner Abneigung bewusst bin.

Aber heute war an seinem Verhalten etwas, das mir gar nicht gefiel. Als sei er in ein unschönes Geheimnis eingeweiht, das ihn begeistert und gleichzeitig krank macht. Auf jeden Fall sieht er krank aus. Sein bleiches Gesicht ist mit Aknepusteln übersät, sein mausbraunes Haar glänzt fettig. Wahrscheinlich Testosteron. Und ich werde das Gefühl, dass der Junge etwas weiß, einfach nicht los. Bei Sutcliff oder Allen-Jones hätte eine Frage genügt, und ich hätte sofort erfahren, was ich wissen wollte, doch bei Knight …

»Ist heute in Mr. Grachvogels Unterricht etwas vorgefallen?«

»Sir?« Knights Gesicht blieb ausdruckslos.

»Ich habe laute Stimmen gehört.«

»Nicht meine, Sir«, sagte Knight.

»Nein, natürlich nicht.«

Es war sinnlos. Knight würde mir nichts sagen. Mit einem Achselzucken verließ ich den Glockenturm und machte mich auf den Weg zu unserer ersten Fachbereichssitzung im neuen Halb-Trimester. Grachvogel würde auch da sein. Vielleicht würde ich hinterher Gelegenheit haben, mit ihm zu reden. Knight konnte warten, sagte ich mir, zumindest bis morgen.

Bei der Konferenz glänzte Gerry durch Abwesenheit. Alle anderen waren da, was mich in meiner Sorge bestärkte, dass ihm etwas fehlt. Gerry nimmt an jeder Konferenz teil, er liebt schulinterne Fortbildungen, singt lauthals bei der morgendlichen Schulversammlung mit und bereitet seinen Unterricht immer akribisch vor. Heute aber war er nicht da, und als ich seine Absenz Dr. Devine gegenüber erwähnte, bekam ich eine derart eisige Antwort, dass ich wünschte, ich hätte den Mund gehalten. Immer noch verschnupft wegen des alten Büros, dachte ich. Doch es war mehr als das, davon war ich überzeugt, und die ganze Sitzung hindurch blieb ich eher still und ging im Kopf alles durch, was ich getan haben könnte, um den alten Querkopf zu ärgern. Man würde es zwar nicht meinen, aber eigentlich mag ich Sauertraub ganz gern, Anzug hin oder her. Er ist eine der wenigen Konstanten in einer sich verändernden Welt.

Und so zog sich die Konferenz hin. Pearman und Scoones stritten über die Vorteile unterschiedlicher Prüfungskommissionen, Dr. Devine war unterkühlt und würdevoll, Kitty ungewohnt schwunglos, Isabelle feilte ihre Nägel, Geoff und Penny Nation saßen in Habachtstellung, und Dianne Dare verfolgte das Ganze, als sei eine Fachbereichssitzung das Faszinierendste der Welt.

Am Ende der Konferenz war es bereits dunkel, die Schule war verwaist. Selbst die Putzfrauen waren schon fort. Nur Jimmy fuhr noch gewissenhaft und bedächtig mit der Bohnermaschine über das Parkett im Unteren Korridor. »Gute Nacht, Boss«, sagte er zu mir, als ich an ihm vorbeiging. »Wieder 'n Tag geschafft, was?«

»Sie haben weiß Gott viel zu tun«, sagte ich. Seit Fallow suspendiert wurde, hat Jimmy all seine Pflichten übernommen. »Wann kommt der neue Hausmeister?«

»In zwei Wochen«, antwortete Jimmy mit einem breiten Grinsen auf seinem Mondgesicht. »Shuttleworth heißt er. Ein Everton-Fan. Aber wir werden schon klarkommen.«

Ich lächelte. »Sie selbst wollten den Job wohl nicht haben?«

»Nee, Boss.« Jimmy schüttelte den Kopf. »Viel zu viel Ärger.«

Als ich den Lehrerparkplatz erreichte, regnete es in Strömen. Die Nationen fuhren schon aus dem ihnen zugewiesenen Stellplatz heraus. Eric hat kein Auto – er sieht zu schlecht, und außerdem wohnt er praktisch direkt neben der Schule. Pearman und Kitty saßen noch im Büro und gingen Papiere durch – seitdem Pearmans Frau krank ist, kommt er ohne Kittys Hilfe gar nicht mehr klar. Isabelle Tapi frischte im Lehrerzimmer noch ihr Make-up auf – und wie lange das dauern konnte, mochten die Götter wissen –, und dass Dr. Devine mich mitnehmen würde, darauf brauchte ich gar nicht zu hoffen.

»Miss Dare, könnte ich vielleicht …«

»Natürlich. Springen Sie rein.«

Dankend setzte ich mich auf den Beifahrersitz ihres kleinen Corsa. Mir ist aufgefallen, dass Autos – wie Büros – vieles über den Charakter ihrer Besitzer aussagen. In Pearmans ist es ausgesprochen unordentlich. Auf der Stoßstange der Nationen prangt ein Aufkleber FOLGEN SIE NICHT MIR, FOLGEN SIE JESUS. Auf dem Armaturenbrett von Isabelles Auto sitzt ein Care Bear.

Diannes Auto besticht im Gegensatz dazu durch Ordnung, Sauberkeit, Zweckdienlichkeit. Kein Plüschtier, kein geistreiches Motto. Das gefällt mir – es deutet auf einen geordneten Verstand hin. Wenn ich ein Auto hätte, wäre es wahrscheinlich wie Zimmer 59, eichengetäfelt und mit verstaubten Grünlilien.

Als ich diesen Gedanken äußerte, musste Miss Dare lachen. »Das hatte ich mir noch nie überlegt«, sagte sie, als sie auf die Hauptstraße einbog. »Wie Hundebesitzer und ihre Tiere.«

»Oder Lehrer und ihre Teebecher.«

»Ach wirklich?« Offenbar ist es Miss Dare noch gar nicht aufgefallen. Sie selbst trinkt aus einem schuleigenen Becher (weiß mit blauem Rand), den die Küche zur Verfügung stellt. Für ihr jugendliches Alter hat sie erstaunlich wenige Fimmel (wobei ich einräume, dass meine Vergleichsmöglichkeiten relativ gering sind), aber ich glaube, das macht auch einen Teil ihres Charmes aus. Ich überlegte mir, dass sie sich vielleicht gut mit dem jungen Keane verstehen könnte – der für einen Grünschnabel ebenfalls sehr abgeklärt ist –, doch als ich sie fragte, wie sie mit den anderen neuen Lehrkräften zurechtkäme, zuckte sie nur mit den Schultern.

»Zu viel Arbeit?«, hakte ich nach.

»Nicht meine Kragenweite. Betrunken mit Jungen im Auto fahren. Wie dumm kann man sein?«

Da konnte ich ihr nur Recht geben. Der Trottel Light hat mit seinen Dummheiten in der Stadt zweifellos seinem Ruf geschadet. Easy ist ein weiterer Einweg-Anzug, Timid ein angehender Ex-Lehrer. »Und was ist mit Keane?«

»Mit dem habe ich noch kaum ein Wort gewechselt.«

»Das sollten Sie aber. Der kommt von hier. Ich habe das Gefühl, dass er Ihre Kragenweite sein könnte.«

Ich habe Ihnen ja gesagt, allmählich werde ich sentimental. Eigentlich passt das gar nicht zu mir, aber Miss Dare hat einfach etwas an sich, das mich sentimental werden lässt. Der Inbegriff eines angehenden Drachens (wenn auch attraktiver als die meisten Drachen, die ich kennen gelernt habe). Ich kann mir gut vorstellen, wie sie in dreißig oder vierzig Jahren aussieht, ähnlich wie Margaret Rutherford in *Das doppelte College,* wenn auch ein ganzes Stück schlanker, und mit demselben verdrehten Humor.

Wissen Sie, es ist allzu leicht, den Fängen nicht mehr zu entkommen. In St. Oswald's gelten andere Gesetze als in der Welt draußen. Und eines dieser Gesetze ist, dass die Zeit hier sehr viel schneller vergeht als irgendwo sonst. Schauen Sie doch nur mal mich an, ich marschiere wacker auf meine Zenturie zu, aber wenn ich in den Spiegel schaue, sehe ich denselben Jungen wie einst – jetzt ein ergrauter Junge mit Tränensäcken unter den Augen und der leicht zerstreuten Aura des Klassenclowns.

Ich versuchte, diese Überlegungen Dianne Dare zu vermitteln, allerdings ohne Erfolg. Da waren wir auch fast schon bei mir angelangt, es regnete nicht mehr, ich bat sie, mich am Ende der Dog Lane abzusetzen, weil ich noch den Zaun inspizieren wollte, um sicherzugehen, dass der Graffitikünstler nicht wieder zugeschlagen hatte.

»Ich komme mit«, sagte sie und fuhr an den Straßenrand.

»Das ist nicht nötig«, widersprach ich, doch sie ließ sich nicht abhalten. Mir wurde klar, dass sie um mich besorgt war – ein ernüchternder Gedanke, aber auch freundlich von ihr. Und vielleicht hatte sie Recht, denn sobald wir in das Gässchen kamen, sahen wir – es war schlicht zu groß, um es zu übersehen – nicht nur ein einfaches Graffito, sondern ein freskogroßes Porträt. Ein Porträt von meiner Person mit Schnurrbart und Hakenkreuz, monumental und in Multicolor.

Eine halbe Minute starrten wir es nur an. Die Farbe war noch kaum getrocknet. Und da packte mich Wut, die Art absoluter, sprachloser Wut, die ich in meiner ganzen Laufbahn vielleicht drei- oder viermal empfunden habe. Ich brachte sie präzise zum Ausdruck, vergaß die Feinheiten der *Lingua Latina* und verfiel ins reinste Angelsächsisch. Denn ich kannte den Übeltäter, wusste dieses Mal ohne jeden Zweifel, wer er war.

Ganz abgesehen von dem dünnen, kleinen Objekt, das ich unten am Zaun liegen sah, erkannte ich den Stil. Es war genau derselbe wie auf der Karikatur, die ich vom Notizbrett der 3S entfernt hatte, die Karikatur, als deren Urheber ich Colin Knight in Verdacht hatte.

»Knight?«, wiederholte Miss Dare. »Aber der ist doch ein Angsthase durch und durch.«

Angsthase oder nicht, ich wusste es. Außerdem hegt der Junge einen Groll gegen Gott und die Welt, er hasst mich; und die Unterstützung seiner Mutter, des Rektors, der Zeitungen und wissen die Götter welchen Erniedrigten und Beleidigten noch hat ihm eine hinterhältige Art von Mut verliehen. Ich hob das dünne Objekt vom Boden auf. Der unsichtbare Finger bohrte sich in mich, mein Puls raste, und die Wut brodelte in mir wie ein tödliches Gift und nahm der Welt all ihre Farben.

»Mr. Straitley?« Jetzt sah Dianne eindeutig besorgt aus. »Fehlt Ihnen etwas?«

»Gar nichts.« Ich hatte mich wieder in der Hand. Ich zitterte zwar noch, aber mein Kopf war klar, der Wilde in mir war gezähmt. »Schauen Sie sich das mal an.«

»Das ist ein Füller, Sir«, sagte Dianne.

»Nicht irgendein Füller.«

Ich sollte ihn kennen. Ich hatte lange genug nach ihm gesucht, bevor er sich in einem Versteck im Pförtnerhaus wiederfand. Colin Knights Bar-Mizwa-Füller, so wahr ich hier stehe. Kostete nach Auskunft seiner Mutter über 500 Pfund und trägt dankenswerterweise, um jeden Zweifel zu beseitigen, die Initialen CNK.

Kapitel 31

Dienstag, 26. Oktober

Ein netter Gag, das mit dem Füller. Es ist ein Mont Blanc, einer der billigeren Sorte, aber trotzdem weit jenseits meiner Möglichkeiten. Nicht, dass man mir das heute ansehen würde. Der Polyesterglanz ist verschwunden und durch den gefälligen, undurchdringlichen Lack der Kultiviertheit ersetzt. Das habe ich mir von Leon abgeschaut, ebenso wie den Nietzsche und meine Vorliebe für Lemon-Wodka. Leon wiederum gefielen immer meine Wandmalereien. Er selbst konnte nicht malen und war jedes Mal wieder überrascht, wie treffsicher meine Porträts gerieten.

Natürlich hatte ich mehr Gelegenheit, die Lehrer zu beobachten. Ich hatte Notizbücher voller Skizzen – und mehr noch: Ich konnte jede Unterschrift fälschen, die Leon mir zeigte. Das bedeutete, dass uns unbegrenzt Entschuldigungsschreiben und Befreiungsvermerke zur Verfügung standen.

Es freut mich zu sehen, dass ich das Talent nicht verloren habe. Ich hatte während meiner Freistunde nachmittags heimlich die Schule verlassen, um das Bild fertig zu stellen. Das war gar nicht so riskant, wie es klingen mag; außer Sunnybankern benützt kaum jemand die Dog Lane. Rechtzeitig zur achten Stunde war ich wieder in St. Oswald's. Es lief wie am Schnürchen, niemand sah mich bis auf den Schwachkopf Jimmy, der gerade das Schulportal strich und mir dümmlich zulächelte, als ich an ihm vorbeifuhr.

Da überlegte ich mir, dass ich wegen Jimmy etwas unternehmen muss. Nicht, dass er mich wiedererkennen würde, aber man darf auch Kleinigkeiten nicht außer Acht lassen, und diese Kleinigkeit habe ich allzu lang ignoriert. Außerdem ist er eine Beleidigung für mich. Fallow war dick und faul, aber irgendwie ist Jimmy mit seinen feuchten Lippen und dem schleimigen Lächeln noch schlimmer. Es wundert mich, dass er so lange hier bleiben durfte, ja, dass die Schule, die so auf ihren Ruf bedacht ist, ihn damals überhaupt einstellte. Ein Fall von Behindertenförderung, wenn ich mich recht entsinne, so billig und ersetzbar wie eine Einwegflasche. Die man bekanntlich wegwirft.

In der Mittagspause hatte ich drei kleine Diebstähle begangen: eine Tube Ventilöl aus dem Posaunenkasten eines Schülers (einer von Straitleys Jungen, ein Japaner namens Niu), ein Schraubenzieher aus Jimmys Garage und natürlich Colin Knights berühmter Füller. Niemand sah mich, und niemand sah, was ich zu gegebener Zeit mit den drei Dingen tat.

Es kommt einzig und allein aufs Timing an. Ich wusste, dass Straitley und die anderen Fremdsprachler gestern Abend in der Konferenz sein würden (bis auf Grachvogel, der wieder einmal Migräne hatte nach dem unerfreulichen Gespräch mit dem Schulleiter). Danach würden sie alle nach Hause gehen, bis auf Pat Bishop, der praktisch immer bis acht oder neun in der Schule bleibt. Allerdings würde er mich kaum stören; sein Büro ist zwei Stockwerke tiefer im Unteren Korridor und damit zu weit vom Fremdsprachen-Fachbereich entfernt, als dass er etwas hören könnte.

Einen Augenblick kam ich mir wieder vor wie im Süßwarenladen, ich hatte die Qual der Wahl. Sicher, es ging mir vor allem um Jimmy, aber wenn mein Plan aufging, konnte ich obendrein vermutlich noch jemanden aus den Fremdsprachen drankriegen. Die Frage war nur, wen? Nicht Straitley, den noch nicht. Mit Straitley habe ich etwas ganz Besonderes vor. Scoones? Devine? Teague?

Aus geografischen Gründen musste es jemand sein, der ein

Zimmer im Glockenturm hat, der unverheiratet ist und deswegen nicht vermisst werden würde, und vor allem jemand, der verletzlich ist. Eine lahmende Gazelle, die zurückgefallen ist, jemand, der wehrlos ist – eine Frau vielleicht? –, dessen Unglück einen richtigen Skandal verursachen würde.

All diese Kriterien erfüllte nur eine Lehrkraft: Isabelle Tapi. Isabelle mit ihren Pfennigabsätzen und engen Pullovern, die sich regelmäßig wegen Menstruationsbeschwerden krankmeldet und praktisch jede männliche Lehrkraft unter fünfzig privat getroffen hat (außer Gerry Grachvogel, der andere Neigungen hat).

Ihr Zimmer liegt im Glockenturm, über Straitleys. Es ist ein winziger Raum mit einem unregelmäßigen Grundriss, im Sommer heiß und im Winter kalt, Fenster an allen vier Seiten und zwölf Stufen, die von der Tür ins Zimmer hinaufführen. Nicht sehr praktisch und kaum groß genug für eine ganze Klasse. Zur Zeit meines Vaters war es ein Lagerraum. Eine Handy-Funkverbindung gibt es dort nicht. Jimmy hasst das Zimmer, die Putzfrauen meiden es – es ist fast unmöglich, einen Staubsauger die Treppe hinaufzumanövrieren –, und die wenigsten Lehrkräfte wissen überhaupt, dass es den Raum gibt, wenn sie nicht selbst im Glockenturm unterrichtet haben.

Also ideal für meine Zwecke. Ich wartete bis Schulschluss. Ich wusste, dass Isabelle erst einen Kaffee trinken (und sich mit dem widerlichen Light unterhalten) würde, bevor sie zur Konferenz ging. Also hatte ich fünf bis zehn Minuten Zeit. Das genügte.

Zuerst ging ich in das Zimmer. Es war keiner da. Dann holte ich den Schraubenzieher heraus und setzte mich auf eine Stufe in Augenhöhe mit dem Türgriff. Der Mechanismus ist ganz einfach: ein einziger viereckiger Bolzen, der die Klinke mit dem Riegel verbindet. Man drückt auf die Klinke, der Bolzen dreht sich, der Riegel zieht sich zurück. Ein Kinderspiel. Aber wenn der Bolzen fehlt, kann man an der Klinke ziehen, schieben und rütteln so viel man will, die Tür bleibt geschlossen.

Rasch schraubte ich die Klinke von der Tür ab, öffnete sie einen Spalt und entfernte den Bolzen. Dann klemmte ich den Fuß in die Tür, damit sie nicht aus Versehen zufiel, und schraubte die Klinke wieder an. Fertig. Von außen würde sich die Tür ganz normal öffnen lassen. Aber wer einmal im Zimmer war …

Natürlich, hundertprozentig sicher kann man nie sein. Vielleicht würde Isabelle nicht noch einmal in ihr Zimmer kommen, die Putzfrauen könnten ausnahmsweise einmal gründlich sein, oder Jimmy könnte ins Zimmer gucken. Das glaube ich allerdings eher nicht. Ich denke oft, dass ich St. Oswald's besser kenne als alle anderen. Schließlich hatte ich genügend Zeit gehabt, die tägliche Routine kennen zu lernen. Aber die Unsicherheit ist ja auch Teil des Vergnügens, oder nicht? Und wenn es nicht klappt, kann ich es morgen früh noch einmal versuchen.

Kapitel 32

St. Oswald's, Oberschule für Knaben
Dienstag, 26. Oktober

Letzte Nacht habe ich schlecht geschlafen. Vielleicht war es der Wind oder das Grübeln über Knights Perfidie oder der plötzliche Regen, der kurz nach Mitternacht wie Artilleriefeuer herabprasselte, oder meine Träume, die lebhafter und aufwühlender waren als seit vielen Jahren.

Natürlich genehmigte ich mir zwei Gläser Rotwein, bevor ich ins Bett ging – die hätte Bevans vermutlich nicht gebilligt, ebenso wenig wie die Nierenpastete aus der Dose, die ich dazu aß. Um halb vier wachte ich auf und war am Verdursten, es hämmerte in meinem Schädel, und mir schwante, dass mir das Schlimmste noch bevorstand.

Ich ging früh in die Schule, um den Kopf auszulüften und in Ruhe eine Strategie zu entwerfen, wie ich mit dem jungen Knight vorgehen sollte. Es regnete immer noch in Strömen, und als ich das Hauptportal von St. Oswald's erreichte, waren mein Mantel und Hut schwer von der Nässe.

Es war erst drei viertel acht, nur wenige Autos standen auf dem Lehrerparkplatz – der des Rektors, Pat Bishops und Isabelle Tapis kleiner himmelblauer Mazda. Darüber staunte ich gerade (Isabelle kommt selten vor halb neun, meistens eher kurz vor neun), als hinter mir ein Wagen scharf in den Parkplatz abbog. Ich drehte mich um und erkannte Pearmans schäbigen alten Volvo, der über den praktisch verwaisten Parkplatz schlitterte. Auf dem Beifahrersitz saß Kitty Teague. Als sie ausstiegen – Kitty hielt sich schützend eine Zeitung über den Kopf, Pearman schritt ungewöhnlich schnell aus –, dachte ich, dass sie beide sehr angespannt wirkten.

Ich fragte mich, ob es wohl schlechte Nachrichten von Pearmans Frau Sally gab. Ich hatte sie seit ihrer Behandlung nur einmal gesehen und den Eindruck gehabt, dass sie hinter dem breiten, tapferen Lächeln verdorrt und gelb aussah und dass ihr braunes Haar einer Perücke zu verdanken war.

Aber als Pearman mit Kitty auf den Fersen hereinkam, wusste ich, dass etwas noch Schlimmeres passiert sein musste. Sein Gesicht war völlig eingefallen. Er erwiderte meinen Gruß nicht, er registrierte mich kaum. Kitty bemerkte meinen Blick und brach sofort in Tränen aus. Vor Überraschung brachte ich kein Wort hervor, und bis ich mich so weit gefasst hatte, um zu fragen, was denn vorgefallen sei, marschierte Pearman schon den Mittleren Korridor entlang und hinterließ dabei auf dem frisch gebohnerten Parkett eine Spur nasser Fußabdrücke.

»Was ist denn los, um Himmels willen?«, fragte ich.

Kitty schlug die Hände vors Gesicht. »Sally«, sagte sie. »Jemand hat ihr einen Brief geschickt. Er ist heute Morgen angekommen. Sie hat ihn am Frühstückstisch gelesen.«

»Ein Brief?« Sally und Kitty sind schon lange gut befreundet, das weiß ich, aber trotzdem kam mir ihr Kummer etwas übertrieben vor. »Was für ein Brief denn?«

Einen Moment brachte sie kein Wort heraus. Dann sah sie mich durch ihre zerfließende Schminke an und flüsterte: »Ein anonymer Brief. Wegen Chris und mir.«

»Ja und?« Es dauerte eine Weile, bis ich begriff, was sie da sagte. Kitty und *Pearman?* Pearman und Miss Teague?

Ich werde wohl wirklich alt. Das hätte ich nie vermutet. Ich wusste, dass die beiden befreundet waren, dass Kitty ihm zur Hand ging – oft weit mehr, als die Kollegialität es verlangt. Aber jetzt brach es wie ein Sturzbach aus ihr hervor, obwohl ich sie nach Kräften daran zu hindern suchte: dass sie es vor der kranken Sally geheim gehalten hatten, dass sie gehofft hatten, eines Tages zu heiraten, und jetzt … jetzt …

Ich ging mit Kitty ins Lehrerzimmer, machte Tee, wartete zehn Minuten vor der Damentoilette mit dem Becher in der Hand. Schließlich kam Kitty mit roten Augen und verschrecktem Gesicht unter einer neuen Schicht beigefarbenem Puder heraus, und sobald sie den Tee sah, brach sie wieder in Tränen aus.

Das hätte ich von Kitty Teague nie erwartet. Sie ist seit acht Jahren in St. Oswald's, und in all den Jahren habe ich sie kein einziges Mal weinen sehen. Ich bot ihr mein Taschentuch an, reichte ihr den Tee, kam mir sehr unbeholfen vor und wünschte mir (mit einem schlechten Gewissen), dass jemand Fachkundigeres – vielleicht Miss Dare – die Sache übernehmen würde.

»Ist alles in Ordnung?« (Die peinlichen Eröffnungsworte des wohlmeinenden Mannes.)

Kitty schüttelte den Kopf. Natürlich war nichts in Ordnung für sie, das war mir klar, aber das Tweedjackett ist nicht für seinen einfühlsamen Umgang mit dem anderen Geschlecht bekannt, und irgendetwas musste ich ja schließlich sagen.

»Soll ich jemanden holen?«

Ich dachte wohl an Pearman, der als Fachbereichsleiter letztlich für diese Sache zuständig war. Oder Bishop, in dessen Bereich normalerweise Gefühlskrisen von Kollegen fallen. Oder Marlene – natürlich! Mit Erleichterung und Zuneigung fiel mir die Sekretärin ein, die bei meinem kleinen Schwächeanfall so effizient gewesen war, die mit den Jungs so gut umzugehen verstand. Die kompetente Marlene, die eine Scheidung und einen Todesfall überstanden hatte, ohne zusammenzubrechen. Sie würde wissen, was zu tun war, und selbst wenn nicht, dann kannte sie wenigstens den Geheimkode, ohne den kein Mann hoffen kann, mit einer weinenden Frau zu reden.

Sie kam eben aus Bishops Büro, als ich vor ihren Schreibtisch trat. Wahrscheinlich gehört sie für mich, wie für die anderen Lehrkräfte auch, fast schon zum Inventar der Schule, allzeit verfügbar. »Marlene, ich weiß nicht, ob …«, begann ich.

Sie betrachtete mich mit gespielter Strenge. »Mr. Straitley.« Sie nennt mich immer »Mr. Straitley«, obwohl sie selbst bei allen Lehrkräften nur »Marlene« heißt. »Vermutlich haben Sie das Klassenbuch immer noch nicht wieder?«

»Leider nein.«

»Hmm. Das dachte ich mir schon. Und worum geht's jetzt?«

Ich erzählte ihr von Kitty, ohne allzu sehr ins Detail zu gehen.

Marlene sah mich besorgt an. »Ein Unglück kommt selten allein«, sagte sie seufzend. »Manchmal frage ich mich, warum ich überhaupt noch hier arbeite. Pat übernimmt sich ständig, jeder macht sich wegen dem Besuch der Schulaufsicht fast in die Hose, und nun auch noch das …«

Einen Augenblick sah sie derart erschöpft aus, dass ich mir Vorwürfe machte, sie belästigt zu haben.

»Es ist schon in Ordnung«, sagte Marlene, als sie meinen Ausdruck bemerkte. »Überlassen Sie das nur mir. Ihr Fachbereich hat momentan genug Schwierigkeiten.«

Das stimmte allerdings. Die längste Zeit des Tages bestand der Fachbereich lediglich aus mir, Miss Dare und den Vereinten Nationen. Dr. Devine hatte sich wegen Verwaltungsarbeiten vom Unterrichten beurlaubt, Grachvogel war (wieder) nicht da, und in meinen Freistunden am Vormittag übernahm ich Tapis Französischklasse im ersten Jahr und dazu Pearmans im dritten Jahr sowie eine routinemäßige Leistungsbeurteilung von einem der Neuen – dieses Mal Easy, der eine tadellose Stunde hielt.

Knight fehlte, weswegen ich ihn nicht wegen des Geschmieres an meinem Zaun und des Füllers, den ich am Tatort fand, zur Rede stellen konnte. Stattdessen schrieb ich einen ausführlichen Bericht über den Vorfall und hinterlegte eine Kopie für Pat Bishop und eine zweite für Mr. Beard, der nicht nur Leiter des Fachbereichs Informatik ist, sondern auch Leiter der dritten Klassenstufe. Ich kann warten. Ich habe einen Beweis für Knights Missetat, und ich freue mich darauf, zu gegebener Zeit mit ihm abzurechnen. Befriedigungsaufschub, sozusagen.

In der Pause übernahm ich Pearmans Korridoraufsicht, und nach dem Mittagessen beaufsichtigte ich in der Aula seine Gruppe, Tapis, Grachvogels und meine, während es den ganzen langen Nachmittag hindurch draußen schüttete und auf dem Korridor ein nicht enden wollender Strom von Menschen das Direktorat betrat und wieder verließ.

Fünf Minuten vor Schulschluss überbrachte Marlene mir die Nachricht, Pat wolle mich sehen. Er war in seinem Büro, mit ihm ein gedrückt wirkender Pearman und Miss Dare. Sie saß neben dem Schreibtisch und warf mir, als ich hereinkam, einen mitfühlenden Blick zu. Da wusste ich, dass es Ärger gab.

»Ich nehme an, es geht um Knight?« Ich hatte mich schon gewundert, dass er nicht vor Pats Büro stand. Vielleicht hatte Pat aber auch bereits mit ihm gesprochen, dachte ich mir, obwohl der Junge eigentlich nicht befragt werden sollte, bevor ich nicht die Gelegenheit gehabt hatte, mit dem Konrektor zu reden.

Eine Sekunde sah Pat mich verständnislos an. Dann schüttelte er den Kopf. »Ach nein. Damit soll Tony Beard sich befassen. Er ist doch der Klassstufenleiter. Nein, hier geht es um den Vorfall gestern Abend. Nach der Konferenz.« Pat schaute angelegentlich auf seine Hände, was immer ein Zeichen dafür ist, dass er sich überfordert fühlt. Ich bemerkte, dass seine Nägel fast bis aufs Nagelbett abgebissen waren.

»Welchen Vorfall?«, fragte ich.

Zuerst wich er meinem Blick aus. »Die Konferenz war kurz nach sechs vorbei«, sagte er dann.

»Das stimmt«, sagte ich. »Miss Dare hat mich danach freundlicherweise nach Hause gefahren.«

»Ich weiß«, meinte Pat. »Alle sind ungefähr zur selben Zeit gegangen, außer Miss Teague und Mr. Pearman, die noch rund zwanzig Minuten blieben.«

Ich machte eine verständnislose Geste und fragte mich, worum es hier ging, warum er so offiziell wirkte. Ich schaute zu Pearman, doch seine Miene war ausdruckslos.

»Miss Dare sagt, Sie hätten beim Gehen Jimmy Watt im Unteren Korridor gesehen«, sage Pat. »Er bohnerte den Boden und wartete, bis er abschließen konnte.«

»Genau«, sagte ich. »Warum? Was ist dann passiert?«

Das könnte Pats Verhalten erklären, dachte ich mir. Jimmy war, wie Fallow, von Pat eingestellt worden, der deswegen von einigen Seiten herbe Kritik einstecken musste. Nichtsdestotrotz, Jimmy hatte immer recht gute Arbeit geleistet. Kein Intelligenzbolzen, das sicher nicht, aber der Schule treu ergeben, und darauf kommt es in St. Oswald's schließlich an.

»Jimmy Watt ist wegen des Vorfalls gestern Abend entlassen worden.«

Das konnte ich nicht fassen. »Wegen welchem Vorfall?«

Miss Dare sah zu mir. »Offenbar hat er nicht in allen Klassenzimmern nachgesehen, bevor er abschloss. Irgendwie wurde Isabelle eingesperrt, ist in Panik geraten, auf der Treppe ausgerutscht und hat sich den Knöchel gebrochen. Sie ist erst heute Morgen um sechs rausgekommen.«

»Fehlt ihr etwas?«

»Fehlt ihr nicht immer etwas?«

Ich musste lachen. Es war eine für St. Oswald's typische Farce, und die jämmerliche Miene des Konrektors machte die ganze Sache noch lächerlicher. »Lachen Sie nur«, sagte Pat scharf. »Aber sie hat eine offizielle Beschwerde eingereicht. Gesundheit und Sicherheit ist eingeschritten.« Das bedeutete natürlich Devine. »Offenbar hat jemand etwas auf den Stufen verschüttet – angeblich Öl.«

»Ach.« Also gar nicht so lustig. »Sie können doch bestimmt mit ihr reden.«

»Das habe ich schon.« Pat seufzte. »Miss Tapi geht davon aus, dass es mehr als nur ein Versehen von Jimmys Seite war. Sie denkt, dass ihr absichtlich ein böser Streich gespielt wurde. Und glauben Sie mir, sie weiß, welche Rechte ihr zustehen.«

Natürlich weiß sie das. Das wissen Leute von ihrem Schlag immer. Dr. Devine ist ihr Gewerkschaftsvertreter. Sicher hatte er ihr schon eingehend erläutert, mit wie viel Geld sie rechnen kann. Sie würde um Schadensersatz klagen, um Krankengeld (schließlich konnte ja niemand von ihr erwarten, mit einem gebrochenen Knöchel zur Arbeit zu erscheinen), um Schmerzensgeld und obendrein noch Fahrlässigkeitsklage erheben: Trauma, Rückenschmerzen, chronische Müdigkeit, was immer. Ich würde sie das ganze restliche Jahr vertreten dürfen.

Und die Medien erst. Der *Examiner* würde sich die Hände reiben. Zum Teufel mit Knight. Tapi mit ihren langen Beinen und der Miene der tapferen Märtyrerin war viel besseres Material.

»Als hätten wir nicht schon genug am Hals, und das direkt vor dem Besuch der Schulaufsicht«, sagte Pat bitter. »Sagen Sie mal, Roy, brauen sich da noch ein paar andere Skandälchen zusammen, von denen ich wissen sollte?«

Kapitel 33

Freitag, 29. Oktober

Der gute alte Bishop. Witzig, dass er die Frage stellte. Also, ich weiß von wenigstens zwei weiteren. Einer hebt gerade mit der langsamen Unerbittlichkeit einer Flutwelle an, beim zweiten entwickeln sich die Dinge ganz gut.

Die Literatur ist voll von tröstlichem Schwulst über sterbende Menschen, über ihre Geduld, ihr Verständnis. Meiner Erfahrung nach können die Sterbenden nicht minder gemein und unversöhnlich sein wie diejenigen, die sie angeblich so ungern zurücklassen. Zu dieser Sorte gehört Sally Pearman. Aufgrund dieses einen Briefes (eine meiner Glanzleistungen, das muss ich zugeben) hat sie die ganze übliche Maschinerie in Gang gesetzt: Schlösser ausgetauscht, Anwalt kontaktiert, Kinder zur Oma geschickt, Kleider des Ehemanns auf den Rasen geworfen. Pearman kann natürlich nicht lügen. Fast habe ich das Gefühl, als hätte er es darauf angelegt, ertappt zu werden. Dieser Ausdruck von Elend und Erleichterung auf seinem Gesicht. Sehr katholisch. Aber es tröstet ihn.

Für Kitty Teague sieht die Sache anders aus. Sie hat niemanden mehr, der sie tröstet. Pearman, der an seinen masochistischen Schuldgefühlen beinahe erstickt, spricht kaum mehr mit ihr und weicht ihrem Blick ständig aus. Insgeheim macht er sie verantwortlich – schließlich ist sie eine Frau – und verklärt Sally in seiner Reue und Nostalgie zur liebsten und besten aller Gattinnen. Kitty weiß, dass sie dem nichts entgegensetzen kann.

Heute kam sie nicht zur Schule. Angeblich wegen Stress.

Pearman hielt seine Stunden, sah jedoch geistesabwesend aus, und ohne Kittys Hilfe ist er entsetzlich desorganisiert. Deshalb machte er mengenweise Fehler: Er tauchte nicht zu Easys Beurteilung auf, vergaß mittags seine Aufsichtspflicht, suchte die ganze Pause lang nach den Unterrichtsvorbereitungen für Literatur in der sechsten Klasse, die er verlegt hatte (sie liegen in Kittys Spind im Silentiumraum. Das weiß ich so genau, weil ich selbst sie dort deponiert habe.)

Verstehen Sie mich nicht falsch, ich habe nichts gegen den Mann an sich. Aber die Sache muss weiterlaufen. Und es ist effizienter, nach Fachbereichen vorzugehen – in Blöcken, quasi –, als meinen Einsatz nach dem Gießkannenprinzip über die ganze Schule zu verteilen.

Was meine anderen Projekte betrifft: Tapis Missgeschick stand heute nicht in der Zeitung. Sehr gut. Das bedeutet, dass der *Examiner* den Fall für die Wochenendausgabe aufhebt. Gerüchteweise habe ich gehört, dass Tapi sehr leidet, die Schule im Allgemeinen für ihr Unglück verantwortlich macht (und insbesondere Pat Bishop – vermutlich zeigte er zur gegebenen Zeit nicht genügend Mitgefühl), mit der tatkräftigen Unterstützung der Gewerkschaft rechnet und mit einer großzügigen Abfindung, die gerichtlich oder außergerichtlich vereinbart werden kann.

Grachvogel war wieder krank. Wie ich höre, leidet der Arme häufig unter Migräne, aber meiner Ansicht nach hat seine momentane Krankheit mehr mit den verstörenden Anrufen zu tun, die er in letzter Zeit bekommt. Seitdem er den einen Abend mit Light und den Jungen unterwegs war, sieht er nie mehr richtig ausgeschlafen aus. Sicher, wir leben in einer Zeit der Gleichberechtigung – niemand darf aufgrund seiner Herkunft, seiner Religion oder seines Geschlechts (ha!) benachteiligt werden –, und dennoch weiß er, dass er als Homosexueller an einer Jungenschule außerordentlich angreifbar ist, und fragt sich sicher, wie und wem gegenüber er sich verraten hat.

Normalerweise hätte er sich vielleicht Hilfe suchend an Pearman gewendet, aber der hat selbst Schwierigkeiten genug, und Dr. Devine, der technisch sein Vorgesetzter und Fachbereichsleiter ist, würde seine Lage nie verstehen. Und schließlich ist es seine eigene Schuld. Warum musste er sich auch mit Jeff Light herumtreiben? Was hat er sich bloß dabei gedacht? Bei Light ist es anders. Dem trieft das Testosteron aus allen Poren. Genau das spürt Tapi. Was sie wohl sagen wird, wenn die ganze Geschichte ans Licht kommt? Bis jetzt hat er sich sehr für Tapi und ihr Unglück verwendet, als überzeugten Gewerkschafter freut ihn alles, was dem System schadet. Sehr schön. Doch wer weiß, womöglich geht der Schuss auch nach hinten los. Nicht unbedingt von selbst, aber …

Und Jimmy Watt? Jimmy ist weg, und zwar für immer. Zwischenzeitlich wird er von Mitarbeitern einer Putzfirma aus der Stadt ersetzt. Das stört eigentlich niemanden bis auf den Kämmerer (die Putzfirma ist teurer, und ihre Angestellten arbeiten nach Vorschrift und kennen ihre Rechte) und vielleicht noch Bishop, der eine Schwäche für hoffnungslose Fälle hat (wie meinen Vater) und Jimmy gerne eine zweite Chance gegeben hätte. Ganz im Gegensatz zum Schulleiter, dem es gelang, den Schwachkopf mit erstaunlicher (und nicht ganz legaler) Geschwindigkeit aus der Schule zu entfernen (was der Maulwurf zu einem aufschlussreichen Artikel verarbeiten wird, wenn der Tapi-Fall aus den Schlagzeilen gerät), und der den Großteil der vergangenen zwei Tage in seinem Direktorat verbrachte und nur mittels der Gegensprechanlage und Bob Strange kommunizierte, dem einzigen Mitglied der Schulleitung, den diese kleinen Störungen völlig ungerührt lassen.

Bleibt noch Roy Straitley – glauben Sie nicht, ich hätte ihn vergessen. Ganz im Gegenteil, ich denke nahezu unentwegt an ihn. Wegen seiner zusätzlichen Pflichten hat er viel zu tun, und das hilft mir, zur nächsten Phase meines zerstörerischen Plans überzugehen. Er köchelt hübsch vor sich hin. Zufällig war ich nach dem Mittagessen im Computerraum, als ich seine Stimme im Korridor hörte und in der Folge eine aufschlussreiche Unterhaltung zwischen Straitley und Beard mithörte, die (a) Colin Knight und (b) Adrian Timid betraf.

»Aber ich habe ihm keine schlechte Beurteilung geschrieben«, wehrte Straitley sich. »Ich habe seinen Unterricht beobachtet, das Formular ausgefüllt und einen ausgewogenen Standpunkt eingenommen. Mehr nicht.«

»Disziplinprobleme«, las Beard vom Formular vor. »Schlechte Stoffvermittlung. Mangelnde persönliche Präsenz. Und das soll ausgewogen sein?«

Es entstand eine Pause, in der Straitley sich wohl das Formular ansah. »Das habe ich nicht geschrieben«, sagte er dann.

»Aber das ist doch Ihre Schrift.«

Wieder eine Pause, diesmal noch länger. Ich verwarf den Gedanken, in dem Moment aus dem Computerraum zu treten und mir Straitleys Miene anzusehen. Ich wollte nicht zu viel Aufmerksamkeit auf mich lenken, vor allem nicht an einem Ort, der sich bald als Tatort erweisen sollte.

»Das habe ich nicht geschrieben«, wiederholte Straitley.

»Wer dann?«

»Ich weiß es nicht. Ein übler Scherzbold.«

»Roy …« Beards Stimme klang unsicher. Ich kenne den Tonfall, den halb gereizten, halb versöhnlichen Ton eines Menschen, der mit einem potenziell gefährlichen Verrückten zu tun hat. »Hören Sie, Roy, gerechte Kritik in allen Ehren. Ich weiß, der junge Timid ist nicht gerade die größte Leuchte, die wir je hatten, aber …«

»Nein«, stimmte Straitley zu, »das ist er beileibe nicht. Trotzdem habe ich ihm keinen Verriss geschrieben. Sie können die Beurteilung nicht in seine Akte legen, wenn ich sie nicht geschrieben habe.«

»Natürlich nicht, Roy, aber …«

»Was aber?« Jetzt klang Straitley gereizt. Der Umgang mit Anzügen war ihm von jeher unangenehm, und ich merkte, dass die ganze Sache ihn jetzt ernstlich verdross.

»Na ja, sind Sie sicher, dass Sie nicht einfach … vergessen haben, was Sie geschrieben haben?«

»Was meinen Sie mit ›vergessen?‹«

Beard zögerte kurz. »Ich meine, vielleicht waren Sie in Eile, oder …«

Ich lachte in mich hinein. Beard ist nicht der erste Lehrer, der Andeutungen macht, dass Roy Straitleys Spannkraft etwas nachlässt, um einen Ausdruck von Bishop zu zitieren. Den Floh habe ich bereits einigen Leuten ins Ohr gesetzt, und Straitley hat sich schon oft genug irrational verhalten, hat dieses vergessen und jenes verloren, um diesen Vorwurf zu erhärten. Doch das ist ihm natürlich nicht klar.

»Mr. Beard, ich mag mich ja meiner Zenturie nähern, aber von der Altersdemenz bin ich noch weit entfernt. Und wenn wir uns jetzt wichtigeren Dingen zuwenden könnten« – (ich fragte mich, wie Timid reagieren würde, wenn ich ihm hinterbrachte, dass Straitley seine Beurteilung als unwichtig bezeichnet hat) –, »vielleicht haben Sie ja neben Ihren vielen Pflichten die Zeit gefunden, meinen Bericht über Colin Knight zu lesen.«

Unweigerlich musste ich grinsen.

»Ah ja, Knight«, sagte Beard unbehaglich.

Ah ja, Knight.

Wie gesagt, ich kann mit einem Jungen wie Knight mitfühlen. Ich war zwar völlig anders als er – wesentlich tougher und schlauer –, aber wenn ich mehr Geld und bessere Eltern gehabt hätte, hätte ich genau so werden können wie er. Den ganzen Unmut, der sich in Knight aufgestaut hat, kann ich mir gut zunutze machen. Und mürrisch, wie er ist, brauche ich kaum zu befürchten, dass er sich jemandem anvertraut. Wenn meine Tante Räder hätte, wie wir als Kinder zu sagen pflegten, dann wäre der alte Straitley schon vor Jahren überfahren worden. Und so habe ich Knight, wenn man so will, Privatunterricht gegeben, und zumindest dabei hat er sich als gelehriger Schüler erwiesen.

Das war gar nicht so schwer. Nichts, das man mir ankreiden könnte, nur ein Wort hier, eine Andeutung dort. »Stell dir vor, ich würde deine Klasse leiten«, sagte ich zu ihm, als er mich treuherzig auf meinen Aufsichtsrunden begleitete. »Wenn du ein

Problem hast und meinst, mit Mr. Straitley nicht darüber reden zu können, dann komm zu mir.«

Und das hat er getan. Seit über drei Wochen bin ich seiner elenden Jammerei ausgesetzt, seinem kleinlichen Unmut. Niemand mag ihn. Lehrer hacken auf ihm herum, Schüler nennen ihn einen »Schleimer« und »Loser«. Ewig ist er verdrossen, außer wenn er schadenfroh über das Missgeschick eines Mitschülers triumphiert. Ich muss sagen, er war mir eine große Hilfe beim Streuen von Gerüchten wie solche über den armen Mr. Grachvogel, dessen Fehlen vielfach kommentiert wird. Wenn er wiederkommt – falls er wiederkommt –, wird er feststellen, dass die Details seines Privatlebens mitsamt allen Ausschmückungen, zu denen Jungen fähig sind, auf Bänken und Toilettenwänden prangen.

Meistens jammert Knight allerdings nur. Ich gebe mich mitfühlend und höre ihm zu, und obwohl ich mittlerweile gut nachvollziehen kann, warum Straitley das spießige Muttersöhnchen hasst, bin ich doch sehr zufrieden über den Fortschritt meines Schülers. Was Hinterhältigkeit, Verdrossenheit und Bosheit angeht, ist Knight ein wahres Naturtalent.

Eigentlich schade, dass er verschwinden muss. Aber wie schon mein alter Dad gesagt hat, wo gehobelt wird, fallen Späne.

Kapitel 34

St. Oswald's, Oberschule für Knaben
Freitag, 29. Oktober

Beard ist ein Esel. Ein mieser, unverbesserlicher Esel. Wie konnte der bloß je zum Klassstufenleiter ernannt werden? Meinte, ich wäre praktisch dement, als es um die idiotische Beurteilung von Timid ging, und dann hat er sich doch glatt erdreistet, mein Urteil über Colin Knight anzuzweifeln. Verlangte noch mehr Beweise, was schlichtweg unerhört ist. Wollte wissen, ob ich mit dem Jungen gesprochen habe.

Mit ihm gesprochen? Selbstverständlich habe ich mit ihm gesprochen, und wenn ich je einen Jungen habe lügen sehen … Wissen Sie, das erkennt man an den Augen, wie sie ständig in die linke untere Bildecke wandern, als gäbe es dort etwas Interessantes zu sehen – ein Stückchen Toilettenpapier an meiner Schuhspitze oder eine große Pfütze, der er ausweichen muss. Man merkt es an dem unterwürfigen Blick, den allzu höflichen Antworten, dem ewigen »Ehrlich, Sir« und »Ich schwör's, Sir« und dazu diese verschlagene, selbstgerechte Miene des Wissenden.

Mir war natürlich klar, dass es damit ein Ende haben würde, sobald ich ihm den Füller zeigte. Ich ließ ihn reden, ließ ihn beim Grab seiner Mutter schwören, und dann lag er da, Knights Füller mit Knights Initialen, gefunden am Tatort selbst.

Die Kinnlade klappte ihm herunter, sein Gesicht fiel in sich zusammen. Wir waren allein im Glockenturm. Es war Mittagspause, ein frischer, sonniger Tag, die Jungs jagten im Hof dem Herbst nach. Ich hörte sie in der Ferne schreien wie Möwen im

Wind. Knight hörte sie auch und drehte sich sehnsüchtig ein wenig zum Fenster.

»Also?« Ich bemühte mich, nicht allzu selbstzufrieden zu klingen. Schließlich ist er nur ein Junge. »Das ist doch dein Füller, Knight, oder?«

Stille. Die Hände in den Taschen vergraben, schrumpfte er vor meinen Augen. Er wusste, dass das ein schwerwiegendes Vergehen war, dessentwegen er von der Schule verwiesen werden konnte. Das sah ich an seinem Gesicht. Der Makel in seinem Führungszeugnis, die Enttäuschung seiner Mutter, der Zorn seines Vaters. Seine Zukunft stand auf dem Spiel. »Oder, Knight?«

Er nickte schweigend.

Ich schickte ihn zum Klassstufenleiter, aber bei dem traf er nie ein. Brasenose sah ihn am Nachmittag an der Bushaltestelle, dachte sich jedoch nichts dabei. Ein Zahnarzttermin, eine unerlaubte Stippvisite im Plattenladen oder ein Cafébesuch. Sonst konnte niemand sich erinnern, ihn gesehen zu haben, den glatthaarigen Jungen in St.-Oswald's-Uniform mit einem schwarzen Nylon-Rucksack und einer Leidensbittermiene, als müsse er allein das Elend dieser Welt auf seinen Schultern tragen.

»Ach, natürlich habe ich mit ihm gesprochen. Er hat nicht viel gesagt. Nicht, nachdem ich ihm den Füller gezeigt habe.«

Beard sah besorgt aus. »Ich verstehe. Und was genau haben Sie dem Jungen gesagt?«

»Ich habe ihm sein Fehlverhalten nachdrücklich vor Augen geführt.«

»War noch jemand dabei?«

Daran hatte ich nicht gedacht. Natürlich war niemand dabei gewesen. Wer hätte schon dabei sein können in einer windigen Mittagspause, während tausend Jungs im Hof spielen? »Was ist los, Beard?«, fragte ich. »Haben die Eltern sich beschwert? Geht's darum? Hacke ich wieder auf dem Jungen herum? Oder wissen sie genau, dass ihr Sohn ein Lügner ist und ich nur deswegen nicht zur Polizei gegangen bin, weil es um St. Oswald's geht?«

Beard holte tief Luft. »Ich glaube, wir sollten woanders darüber reden«, sagte er unsicher (es war acht Uhr morgens, wir standen im Unteren Korridor, der noch fast verwaist war). »Es wäre mir lieber, wenn Pat Bishop dabei wäre, aber er ist nicht in seinem Büro, und telefonisch erreiche ich ihn nicht. Guter Gott« – er zupfte an seinem spärlichen Schnurrbart –, »ich denke wirklich, dass wir das Gespräch vertagen sollten, bis die entsprechenden Stellen ...«

Ich wollte gerade einen bissigen Kommentar über Klassstufenleiter und entsprechende Stellen abgeben, als Timid dazukam. Er warf mir einen bitterbösen Blick zu und sagte dann zu Beard: »Es gibt ein Problem mit den Computern.« Seine Stimme war tonlos. »Sie sollten sich das besser mal ansehen.«

Beard wirkte ausgesprochen erleichtert. Bei Computerproblemen ist er in seinem Element. Kein unerfreulicher menschlicher Kontakt, keine Widersprüchlichkeiten, keine Lügen, nur Maschinen, die man programmieren und entschlüsseln muss. Ich wusste, dass es die ganze Woche über Ärger mit den Computern gegeben hatte – ein Virus, wurde mir gesagt –, mit dem Ergebnis, dass zu meiner Freude keine E-Mails verschickt werden konnten und der Informatikunterricht mehrere Tage lang in die Bibliothek verlegt wurde.

»Entschuldigen Sie mich, Mr. Straitley ...« Wieder der Blick eines Mannes, der in letzter Minute begnadigt wurde. »Die Pflicht ruft.«

Ich entdeckte Bishops (handschriftliche) Notiz am Ende der Mittagspause in meinem Fach. Leider nicht früher, obwohl Marlene sagte, sie hätte den Zettel während der Anwesenheitsüberprüfung dort hingelegt. Aber an dem Vormittag hatte es nur Schwierigkeiten gegeben: Grachvogel fehlte, Kitty war bedrückt, Pearman tat, als sei alles in bester Ordnung, sah aber mitgenommen und blass aus und hatte dunkle Ringe unter den Augen. Von Marlene (die immer alles weiß) habe ich erfahren, dass er vergangene Nacht in der Schule geschlafen hat. Offenbar war er seit Dienstag, als der anonyme Brief seine langjährige Untreue offenbarte, nicht mehr zu Hause. Laut Marlene macht Kitty sich Vorwürfe, glaubt, Pearman im Stich gelassen zu haben, und fragt sich, ob es ihre Schuld ist, dass der geheimnisvolle Informant der Wahrheit auf die Spur gekommen ist.

Pearman verneint das, ist aber nach wie vor distanziert. Typisch Mann, sagte Marlene. Zu sehr mit seinen eigenen Problemen befasst, um zu merken, dass die arme Kitty am Boden zerstört ist.

Ich werde mich hüten, dazu etwas zu sagen. Ich ergreife keine Partei. Ich hoffe nur, dass Pearman und Kitty danach noch miteinander arbeiten können. Es wäre schrecklich, einen der beiden zu verlieren, vor allem dieses Jahr, in dem ohnehin schon so viel schief gelaufen ist.

Einen kleinen Trost gibt es allerdings doch. Eric Scoones erweist sich in dieser verrückten Welt überraschenderweise als Fels in der Brandung. Obwohl er sonst ein schwieriger Mensch ist, in Krisenzeiten zeigt sich seine wahre Stärke: Ohne zu klagen (und sogar mit einer gewissen Freude) übernimmt er Pearmans Pflichten. Natürlich wäre er gerne Fachbereichsleiter geworden, und wer weiß, vielleicht sogar ein sehr guter. Ihm fehlt zwar Pearmans Charme, aber in Verwaltungsdingen ist er sehr genau. Mit dem Alter ist er verbittert geworden, doch in dieser Notlage erkenne ich wieder den wirklichen Eric Scoones, den jungen Mann, den ich vor dreißig Jahren kannte, den gewissenhaften, schwungvollen Lehrer, den Derwisch des Klasszimmers, den unermüdlichen Organisator, den hoffnungsvollen Jungtürken.

St. Oswald's zehrt das alles auf. Den Schwung, den Ehrgeiz, die Träume. Das ging mir durch den Kopf, als ich fünf Minuten vor Ende der Mittagspause im Lehrerzimmer saß, mit einem alten braunen Becher in der einen und einem leicht ranzigen Butterkeks in der anderen Hand (vom Lehrerzimmerfonds finanziert; irgendwie habe ich das Gefühl, ich müsste was für mein Geld bekommen). Um die Zeit geht es immer geschäftig zu, wie auf einem Bahnhof, von dem aus Passagiere in verschiedenste

Richtungen streben. Die üblichen Verdächtigen am üblichen Platz: Roach, Light (ungewöhnlich still) und Easy, die alle drei ihre zusätzlichen fünf Minuten mit dem *Daily Mirror* verbringen durften, bevor der Nachmittagsunterricht begann. Monument schlief, Penny Nation saß mit Kitty in der Mädchenecke, Miss Dare las ein Buch, der junge Keane schaute nach seiner Mittagsaufsicht für eine kurze Verschnaufpause herein.

»Ach, Sir«, sagte er, als er mich sah. »Mr. Bishop sucht nach Ihnen. Ich glaube, er hat Ihnen ein Memo geschickt.«

Ein Memo? Wahrscheinlich eine E-Mail. Der Kerl wird es wohl nie lernen.

Bishop saß in seinem Büro und schaute durch seine Brille angestrengt auf den Bildschirm. Er nahm sie sofort ab (er ist etwas eitel, und die winzige runde Brille würde eher zu einem betagten Gelehrten passen als zu einem ehemaligen Rugby-Spieler).

»Sie haben sich ja verdammt viel Zeit gelassen, was?«

»Es tut mir Leid«, sagte ich nachsichtig. »Mir muss Ihre Nachricht entgangen sein.«

»Quatsch«, sagte Bishop. »Sie checken nie Ihre Mails. Ich habe die Nase voll, Straitley. Ich habe die Nase voll davon, Sie in mein Büro rufen lassen zu müssen wie einen Fünftklässler, der seine Hausarbeit nicht abgegeben hat.«

Ich musste lächeln. Wissen Sie, ich mag ihn wirklich gern. Er ist kein Anzug – auch wenn er sich bei den Göttern nach Kräften darum bemüht –, und wenn er wütend ist, hat er etwas Ehrliches an sich, das jemand wie der Rektor nie haben wird. »*Vere dicis?*«, sagte ich höflich.

»Das können Sie sich gleich abschminken«, fuhr Bishop auf. »Wir stecken wirklich in der Scheiße, und das nur Ihretwegen.«

Ich sah ihn an. Er meinte es ernst. »Worum geht es? Wieder eine Beschwerde?« Ich dachte an Pooleys Blazer – aber damit würde Bob Strange sich bestimmt selbst befassen.

»Viel schlimmer«, sagte Pat. »Colin Knight. Er ist abgehauen.«

»Wie bitte?«

Pat funkelte mich an. »Gestern, nach seinem kleinen Tête-à-Tête mit Ihnen in der Mittagspause. Nahm seine Tasche, ging davon, und seitdem hat niemand – und ich meine wirklich niemand, weder seine Eltern noch seine Freunde, keine einzige Menschenseele – ihn wieder zu Gesicht bekommen.«

Kapitel 35

Sonntag, 31. Oktober

Halloween, die Nacht vor Allerheiligen. Die habe ich immer schon geliebt. Viel mehr als den Guy-Fawkes-Abend am 5. November mit den riesigen Scheiterhaufen, dem Feuerwerk und den schrillen Festivitäten (mal abgesehen davon, dass ich es ziemlich geschmacklos finde, wenn Kinder den grausamen Tod eines Mannes feiern, der sich vor knapp 400 Jahren nichts weiter zuschulden kommen ließ, als nach etwas Besserem zu streben).

Es stimmt, ich habe eine Schwäche für den Menschen Guy Fawkes. Vielleicht, weil ich in einer ähnlichen Situation bin wie er. Ich schmiede ganz allein meine Pläne, habe nur meinen Verstand, um mich gegen einen gewaltigen Gegner zu wehren. Guy Fawkes mit seiner Pulververschwörung wurde verraten, ehe er das Parlament in die Luft sprengen konnte. Aber ich habe keine Verbündeten, niemanden, mit dem ich meine explosiven Pläne besprechen kann, und wenn ich verraten werde, dann nur durch meine eigene Unvorsichtigkeit oder Dummheit und nicht durch die eines anderen Menschen.

Der Gedanke baut mich auf, denn es ist eine einsame Arbeit, die ich hier mache, und oft wünsche ich mir jemanden, mit dem ich meine Triumphe feiern und die Ängste bei meinen rebellischen Aktionen besprechen könnte. Doch mit dieser Woche geht eine weitere Phase meiner Kampagne zu Ende. Die Zeit des Picadors ist vorbei, jetzt tritt der Matador auf den Plan.

Den Anfang machte Knight.

In gewisser Hinsicht ist es schade. Bislang war er mir eine große Hilfe, und ich habe absolut nichts gegen ihn persönlich, aber früher oder später hätte er sowieso abtreten müssen. Er wusste einfach zu viel (ob er sich nun darüber im Klaren war oder nicht).

Natürlich rechnete ich mit einer Krise. Wie alle Künstler provoziere ich gern, und Straitleys Reaktion auf mein kleines Kunstwerk auf seinem Zaun übertraf meine kühnsten Erwartungen. Ich wusste, dass er den Füller finden und die entsprechenden Schlüsse ziehen würde.

Wie gesagt, sie sind alle so durchschaubar und berechenbar, diese Lehrer von St. Oswald's. Man braucht nur auf den richtigen Knopf zu drücken, den Schalter zu betätigen, und dann kann man sich beruhigt zurücklehnen und zusehen, wie sie losgehen. Knight war abschussreif, Straitley ist zündfertig. Im Gegenzug für ein paar Schachteln Camel waren die Sunnybanker willens, die Paranoia eines alten Mannes zu schüren. Ich hatte bei Colin Knight dasselbe gemacht. Alles war getan, beide Protagonisten waren bereit für die Schlacht. Jetzt musste nur der Showdown folgen.

Mir war klar, dass er zu mir kommen würde. »Stell dir vor, ich würde deine Klasse leiten«, hatte ich zu ihm gesagt, und genau das tat er. Am Donnerstag nach der Mittagspause kam er in Tränen aufgelöst zu mir gelaufen, der arme Junge, und erzählte mir alles brühwarm.

»Jetzt beruhige dich erst einmal, Colin«, sagte ich und schob ihn in ein selten benutztes Büro im Mittleren Korridor. »Was genau hat Mr. Straitley dir denn vorgeworfen?«

Das berichtete er mir mit reichlich Schniefen und Selbstmitleid.

»Ich verstehe.«

Mein Herz schlug schneller. Das Entscheidungsspiel hatte begonnen. Jetzt war es nicht mehr aufzuhalten. Meine Eröffnungszüge zahlten sich bereits aus, ich brauchte nur noch zuzusehen, wie St. Oswald's sich selbst Stück für Stück vernichtete.

»Was soll ich bloß tun?« Mittlerweile war er fast hysterisch geworden, sein verkniffenes Gesicht war so runzelig wie eine Backpflaume. »Er wird's meiner Mutter sagen, er wird die Polizei anrufen, vielleicht werde ich sogar rausgeschmissen …« Ach ja, Ausschluss von der Schule. Die ultimative Schmach. In der Rangordnung schlimmer Konsequenzen kommt das sogar noch vor den Eltern und der Polizei.

»Du wirst nicht rausgeschmissen«, sagte ich mit Nachdruck.

»Das wissen Sie doch gar nicht!«

»Colin. Schau mich an.« Eine Pause. Knight schüttelte panisch den Kopf. »Schau mich an!«

Da blickte er mich an, immer noch zitternd, aber allmählich legte sich seine Hysterie ein wenig.

»Hör mir zu, Colin«, sagte ich. Kurze Sätze, Augenkontakt, überzeugender Gestus. Lehrer wenden diese Methode genauso an wie Ärzte, Pfarrer und andere Illusionisten. »Hör mir genau zu. Du wirst nicht rausgeschmissen. Jetzt tu, was ich dir sage. Komm mit, dann passiert dir gar nichts.«

Wie ich ihm aufgetragen hatte, wartete er an der Bushaltestelle beim Lehrerparkplatz. Es war zehn vor vier und wurde schon langsam dunkel. Ich hatte meine Klasse (ausnahmsweise) zehn Minuten früher verlassen, die Straße war leer. Ich hielt im Wagen vor der Bushaltestelle. Knight stieg auf der Beifahrerseite ein, sein Gesicht war blass vor Panik und Hoffnung. »Es ist alles in Ordnung, Colin«, sagte ich sanft. »Ich fahre dich nach Hause.«

Eigentlich hatte ich es ganz anders geplant. Wirklich. Nennen Sie's tollkühn, aber als ich aus dem Parkplatz von St. Oswald's auf die Straße abbog, die grau im feinen Oktoberregen flirrte, hatte ich noch nicht ganz entschieden, was ich mit Colin Knight tun würde. Ich bin perfektionistisch. Ich möchte mich gegen alle Eventualitäten absichern. Manchmal ist es allerdings am besten, sich auf die Intuition zu verlassen. Das hat Leon mir beigebracht, und ich muss sagen, einige meiner besten Aktionen waren die ungeplanten, die genialen Geistesblitze.

So ging es mir mit Colin Knight. Die Idee kam mir wie aus heiterem Himmel, als ich am Stadtpark vorbeifuhr.

Ich sagte ja schon, ich habe Halloween immer schon gemocht, viel mehr als den Abend des Guy-Fawkes-Tages. Am meisten suspekt ist mir dabei das große Feuer, das die Stadtverwaltung jedes Jahr am Abend des 5. November im Stadtpark entzündet und das die Menschen in Scharen anlockt. Wenn dann die gewaltige Feuersbrunst entfacht ist, wird das weniger atemberaubende Feuerwerk abgebrannt. Oft findet gleichzeitig ein Jahrmarkt statt, bei dem zynische Schausteller ihre große Chance wittern, mit einem Hotdog-Stand, einem Hau-den-Lukas *(Jeder Schlag ein Treffer!)*, einer Schießbude, wo mottenzerfressene Plüschtiere wie am Hals aufgeknüpfte Trophäen baumeln, es gibt Liebesäpfel (mit braun-matschigem Fruchtfleisch unter der knackigen roten Zuckerschicht) und jede Menge Taschendiebe, die sich hoffnungsvoll durch die Menge schieben.

Diese Art von Festivität war mir immer schon zuwider. Der Lärm, der Schweiß, der Pöbel, die Hitze und das Gefühl, dass es jederzeit zu einem Gewaltausbruch kommen kann, stoßen mich ab. Ob Sie's glauben oder nicht, ich verabscheue Gewalt. Vor allem wohl, weil sie jeder Eleganz entbehrt. Weil sie unerträglich dumm ist. Mein Vater liebte das große Guy-Fawkes-Feuer aus denselben Gründen, aus denen ich es hasse. Nie war er glücklicher als bei derartigen Anlässen, ein Bier in der Hand, das Gesicht dunkelrot von der Hitze der Flammen, zwei Alien-Antennen wackelten auf seinem Kopf (oder waren es Teufelshörner?), und er verrenkte den Hals, um zuzusehen, wie die Raketen knallend und rauchend am Himmel explodierten.

Aber ich kam nur dank dieser Erinnerungen auf die Idee, und diese Idee war von einer solchen Eleganz, dass ich lächeln musste. Leon wäre stolz auf mich gewesen, das weiß ich – mein zweifaches Problem von Beseitigung und Entsorgung war auf einen Streich gelöst.

Ich blinkte und bog zum Park ab. Die Pforten standen offen – die Tage vor dem 5. November sind die einzigen im Jahr, an denen Autos im Park erlaubt sind –, und ich fuhr langsam den Hauptweg entlang.

»Was machen wir hier?«, fragte Knight. Seine Angst war verflogen. Er aß einen Schokoriegel von der Imbissbude in der Schule und spielte auf seinem brandneuen Handy ein Computerspiel. Von einem Ohr baumelte ihm ein Ohrhörer herab.

»Ich muss hier etwas abliefern«, sagte ich. »Etwas, das ich verbrennen möchte.«

In meinen Augen ist das der einzige Vorteil dieses großen, von der Stadt organisierten Feuers. Jeder, der Abfall loswerden möchte, kann ihn hier deponieren. Holz, Paletten, Zeitschriften und Pappe sind gern gesehen, aber auch alles andere Brennbare wird genommen: Reifen, alte Sofas, Matratzen, Zeitungsbündel, und die Bevölkerung wird aufgefordert, alles nur Denkbare abzugeben.

Mittlerweile war das Feuer schon aufgeschichtet worden, mit wissenschaftlicher Akuratesse und großer Sorgfalt. Eine zwölf Meter hohe, kunstvoll errichtete Pyramide aus Möbeln, Spielzeug, Papier, Kleidern, Müllsäcken, Holzkisten und – entsprechend der jahrhundertealten Tradition – Strohpuppen, die nur darauf warteten, von den Flammen verschlungen zu werden. Dutzende von Strohpuppen, die alle Guy Fawkes darstellten. Manche hatten Schilder um den Hals, einige waren sehr schlicht, andere erschreckend menschenähnlich, und sie standen und saßen und lagen rund um das Feuer, das in wenigen Tagen entzündet werden würde. Im Umkreis von fünfzig Metern war der Scheiterhaufen abgesperrt, denn wenn er einmal brannte, konnte man sich allzu leicht in der Hitze versengen.

»Großartig, findest du nicht?«, sagte ich, als ich den Wagen so nah wie möglich am abgesperrten Bereich parkte. Mehrere Container, in denen weiterer Müll lagerte, verhinderten, dass ich näher an die Feuerstelle heranfahren konnte. Aber es sollte genügen, dachte ich mir.

»Schon o. k.«, sagte Knight. »Was haben Sie denn dabei?«

»Schau selbst«, sagte ich und stieg aus. »Du wirst mir wahrscheinlich sowieso helfen müssen, Colin. Es ist etwas zu schwer für mich allein.«

Knight stieg ebenfalls aus, machte allerdings keinerlei Anstalten, den Ohrhörer zu entfernen. Einen Moment dachte ich, er würde gleich protestieren, aber dann folgte er mir doch und schaute gelangweilt auf den Scheiterhaufen, während ich den Kofferraum aufschloss.

»Super Telefon.«

»Hmmm«, machte Knight.

»Ich finde es toll, wenn ein Feuer brennt. Du nicht auch?«

»Hmmm.«

»Ich hoffe bloß, dass es nicht regnet. Nichts ist schlimmer, als wenn ein Scheiterhaufen nicht anbrennt. Obwohl sie bestimmt etwas darauf schütten, damit er gut Feuer fängt. Benzin, nehme ich an. Es lodert doch immer gleich hoch.«

Beim Reden achtete ich darauf, zwischen Knight und dem Wagen zu stehen. Das war vermutlich überflüssig. Er war nicht besonders helle. Wenn ich's recht bedenke, habe ich dem menschlichen Genpool sogar einen Gefallen erwiesen.

»Komm, Colin.«

Knight trat einen Schritt vor.

»Gut.« Eine Hand in den Lendenbereich, ein leichter Stoß. Einen Augenblick musste ich wieder an den Hau-den-Lukas auf dem Jahrmarkt meiner Kindheit denken *(Jeder Schlag ein Treffer!)*. Ich stellte mir vor, wie ich den Hammer über den Kopf hob, roch Popcorn und Rauch und den Gestank der gegarten Hotdogs und gebratenen Zwiebeln, sah meinen Vater grinsend mit seinen blöden Alien-Antennen, sah Leon mit der Camel zwischen den tintenverschmierten Fingern, der mir aufmunternd zulächelte …

Und dann knallte ich die Kofferraumhaube so schwungvoll, wie mir möglich war, zu und hörte das unsägliche – aber doch irgendwie auch beruhigend vertraute – Knirschen, das mir sagte, dass auch dieser Schlag wieder einmal ein Treffer war.

Kapitel 36

Es war eine ziemlich blutige Angelegenheit.

Damit hatte ich gerechnet und Vorkehrungen getroffen, aber trotzdem werde ich diese Anziehsachen wohl reinigen lassen müssen.

Denken Sie nicht, es hätte mir Spaß gemacht. Wie ich bereits sagte, finde ich jede Form von Gewalt abstoßend. Es wäre mir sehr viel lieber gewesen, Knight aus großer Höhe in den Tod stürzen oder an einer Erdnuss ersticken zu sehen – alles wäre besser gewesen als diese primitive, unsaubere Lösung. Aber es lässt sich nicht leugnen, es war eine Lösung, und zwar eine gute. Nachdem Knight mir einmal sein Herz ausgeschüttet hatte, durfte er nicht weiterleben, und außerdem brauche ich ihn für das nächste Stadium.

Als Köder, wenn Sie so wollen.

Ich borgte mir kurz sein Handy, wischte es vorher am feuchten Gras ab. Danach stellte ich es aus und steckte es in meine Tasche. Dann stülpte ich Knight eine schwarze Plastiktüte (ein paar liegen immer im Auto, nur für den Fall) über den Kopf und befestigte sie mit einem Gummiband, dasselbe tat ich mit den Händen. Zum Schluss setzte ich ihn auf einen kaputten Sessel gleich am Rand des Scheiterhaufens und beschwerte ihn mit einem Bündel Zeitschriften. Damit sah er genau so aus wie die vielen anderen Puppen, die auf das noch nicht brennende Feuer warteten, wenn auch weniger realistisch als manche andere.

Während ich das tat, kam ein alter Mann mit seinem Hund

vorbei. Er grüßte mich, der Hund bellte, sie gingen weiter. Keiner von ihnen bemerkte das Blut auf dem Boden, und was die Leiche selbst anging – mir ist aufgefallen, dass niemand als Mörder verdächtigt wird, der sich nicht wie ein Mörder verhält. Sollte ich mich je dem Raubüberfall widmen (und eines Tages tue ich das vielleicht, ich würde gerne behaupten können, dass ich mehrere Eisen im Feuer habe), trage ich eine Maske, einen Streifenpullover und eine Tasche, auf der BEUTEGUT steht. Wenn Leute mich dann sehen, glauben sie, dass ich auf dem Weg zu einem Kostümfest bin, und denken sich nichts dabei. Die Menschen sind großteils sehr unaufmerksam, vor allem gegenüber dem, was direkt vor ihrer Nase passiert.

An dem Wochenende feierte ich mit Feuer. Das gehört schließlich zur Tradition.

Erstaunlicherweise brannte das Pförtnerhaus recht gut, trotz der feuchten Mauern. Bedauerlich war nur, dass der neue Hausmeister – Shuttleworth heißt er, glaube ich – noch nicht eingezogen war. Aber die Gelegenheit war zu günstig; Jimmy war weg, das Haus stand leer.

Es gibt in St. Oswald's durchaus Überwachungskameras, doch die konzentrieren sich vorwiegend um das Hauptportal und den imposanten Eingang. Ich ging bewusst das kleine Risiko ein, dass eine Kamera auch auf das Pförtnerhaus gerichtet sein könnte. Trotzdem trug ich ein Kapuzenshirt, dessen Unförmigkeit mich tarnte. So würde lediglich aufgezeichnet werden, wie eine Gestalt unter einer Kapuze mit zwei unbeschrifteten Dosen und einem über die Schulter geschlungenen Schulranzen den Zaun entlang auf das Pförtnerhaus zulief.

Das Einbrechen selbst war kein Problem. Schwieriger waren die Erinnerungen, die die Mauern verströmten: der Geruch meines Vaters, der säuerliche Mief, der gespenstische Duft nach Cinnabar. Der Großteil der Möbel hatte St. Oswald's gehört, und es gab sie immer noch: die Kommode, die Uhr, der schwere Esstisch mit den Stühlen, die wir nie benutzten. Ein blasses Rechteck auf der Wohnzimmertapete, wo mein Vater ein Bild aufgehängt hatte (ein kitschiger Druck von einem kleinen Mädchen mit einem jungen Hund), versetzte mir jäh einen Stich.

Absurderweise musste ich an Roy Straitleys Wohnzimmer denken, in dem ganze Reihen von Klassenfotos hingen, lächelnde Jungen in verblassten Uniformen, die eingefrorenen, erwartungsvollen Gesichter der zuversichtlichen jungen Toten. Es war schrecklich. Schlimmer noch, es war banal. Ich hatte mir vorgenommen, mir Zeit zu lassen, das Benzin fröhlich über die alten Teppiche und die antiquierten Möbel zu vergießen. Stattdessen erledigte ich alle notwendigen Vorbereitungen hastig und verstohlen. Zum ersten Mal seit dem Tag, an dem ich das wunderschöne Gebäude von St. Oswald's sah, in dessen Fenstern sich die Sonne spiegelte, und ich es für mich haben wollte – zum ersten Mal seitdem kam ich mir wie ein Eindringling vor, wie ein Verbrecher.

Das konnte Leon nie verstehen. Er nahm St. Oswald's mit seiner Geschichte, seiner arroganten Selbstgerechtigkeit nie wirklich wahr. Für ihn war es einfach eine Schule mit Pulten, in die er etwas ritzen konnte, mit Wänden, auf die er Graffiti malen konnte, Lehrern, die er verspotten und denen er sich widersetzen konnte. Das war ein Irrtum, Leon. Ein kindischer, tödlicher Irrtum.

Und so brannte ich das Pförtnerhaus nieder, und statt des Triumphgefühls, das ich erwartet hatte, als die Flammen loderten und prasselten, empfand ich nichts als dumpfe Reue. Die schwächste und nutzloseste Empfindung überhaupt.

Bis die Polizei eintraf, hatte ich mich wieder gefasst. Ich hatte das unförmige Sweatshirt durch passendere Kleidung ersetzt und blieb gerade lang genug, um ihnen zu sagen, was sie wissen wollten (ein Jugendlicher mit Kapuzenshirt, der davonrannte), und damit sie die Dosen und den leeren Ranzen finden konnten. Zu dem Zeitpunkt war die Feuerwehr auch schon eingetroffen, und ich verabschiedete mich, damit sie ihrer Arbeit nachgehen konnten. Nicht, dass es noch viel zu retten gab.

Ein derber Schülerstreich, wird der *Examiner* sagen, ein Halloween-Scherz der kriminellen Art. Mein Champagner schmeckte etwas schal, aber ich trank ihn trotzdem, während ich ein paar Routineanrufe auf Knights Handy machte und dem Feuerwerk und den Stimmen der jungen Feiernden – Hexen, Geister und Vampire – lauschte, die in den Straßen ihr Unwesen trieben.

Wenn ich an einem ganz bestimmten Platz am Fenster sitze, kann ich gerade die Dog Lane sehen. Ich frage mich, ob wohl auch Straitley zu Hause am Fenster sitzt, bei zugezogenen Vorhängen und gedämpftem Licht. Dass er mit Unfug rechnet, ist eindeutig. Von Knight oder sonst jemandem – Sunnybanker oder schattenhaften Gespenstern. Straitley glaubt an die Existenz von Gespenstern, und das nicht zu Unrecht. Heute Abend sind sie in Scharen unterwegs, wie Erinnerungen, die freigesetzt wurden, um die Lebenden heimzusuchen.

Sollen sie nur. Die Toten haben sonst kaum einen Zeitvertreib. Ich habe meinen Teil getan, meinen kleinen Schraubenschlüssel in das alte Getriebe der Schule gesteckt. Nennen Sie es ein Opfer. Einen in Blut gezollten Preis. Wenn das sie nicht zufrieden stellt, dann sind sie mit nichts zufrieden zu stellen.

Kapitel 37

St. Oswald's, Oberschule für Knaben
Montag, 1. November

Nichts als Chaos. Das reinste, schaurigste Chaos. Natürlich sah ich gestern Abend das Feuer, aber ich hielt es für das jährliche Guy-Fawkes-Feuer, zeitlich und räumlich ein wenig verschoben. Als ich dann die Feuerwehr hörte, musste ich einfach hingehen. Wissen Sie, es erinnerte mich zu sehr an damals. Ich dachte wieder an die Sirenen in der Dunkelheit, an Pat Bishop, der mit seinem verfluchten Megafon wie ein verrückter Regisseur herumfuchtelte ...

Es war eiskalt, als ich vor die Tür trat. Ich war froh über den Mantel und den karierten Schal – das Weihnachtsgeschenk eines Jungen aus einer anderen Zeit, als Schüler ihrem Lehrer noch Weihnachtsgeschenke machten –, den ich mir um den Hals gebunden hatte. Die Luft roch angenehm nach Rauch und Nebel und Schießpulver, und trotz der späten Stunde rannte eine Gruppe Verkleideter mit einer Tüte voll Süßigkeiten die Gasse entlang. Einer von ihnen, ein kleines Gespenst, ließ ein Papierchen fallen – ich glaube, es war die Verpackung eines Mini-Snickers –, und automatisch hob ich es auf.

»He du!«, sagte ich in meiner Glockenturmstimme.

Das kleine Gespenst – ein acht- oder neunjähriger Junge – blieb stehen.

»Du hast etwas fallen lassen«, sagte ich und reichte ihm das Papier.

»Was hab ich?« Das Gespenst sah mich an, als hätte ich den Verstand verloren.

»Du hast etwas fallen lassen«, wiederholte ich geduldig. »Da drüben steht ein Mülleimer.« Ich deutete auf einen Abfallbehälter, der keine zehn Meter entfernt stand. »Wirf es doch da hinein.«

»Was soll ich?« Rund um den Knirps wurde gekichert und gegrinst. Jemand hinter einer billigen Plastikmaske lachte. Sunnybanker, dachte ich seufzend, oder junge Möchtegernkriminelle aus der Abbey-Road-Siedlung. Wer sonst würde seine acht- oder neunjährigen Kinder nachts um halb zwölf unbeaufsichtigt herumstreunen lassen?

»In den Mülleimer, bitte«, sagte ich wieder. »Dir wurden doch bestimmt bessere Manieren beigebracht, als dass du ein Papierchen einfach fallen lässt.« Ich lächelte. Einen Augenblick schaute ein halbes Dutzend verwunderter kleiner Gesichter zu mir auf. Da waren ein Wolf, drei Bettlaken-Gespenster, ein verdreckter Vampir mit Triefnase und eine unidentifizierbare Gestalt, die ein böser Geist oder ein Kobold oder irgendein Hollywood-Monster sein konnte.

Das kleine Gespenst sah mich an und dann auf das Papierchen.

»Gut gemacht«, wollte ich gerade sagen, als es auf den Mülleimer zuging.

Daraufhin drehte es sich grinsend um und entblößte dabei Zähne, die die gelbe Färbung eines Gewohnheitsrauchers hatten. »Verpiss dich«, sagte es und rannte die Gasse entlang, wobei es die Snickers-Verpackung wieder fallen ließ. Die anderen liefen in die entgegengesetzte Richtung davon, verstreuten unterwegs Papierchen, johlten und fluchten.

Es hätte mir nichts ausmachen dürfen. Als Lehrer ist mir nichts Menschliches fremd, das kenne ich selbst aus St. Oswald's, einem eher privilegierten Umfeld. Die Sunnybanker sind ein völlig anderer Schlag. In den Sozialsiedlungen grassieren Alkoholismus, Drogenmissbrauch, Armut und Gewalt. Fluchen und Müllen sind ihnen zur zweiten Natur geworden. Im Grunde meinen sie es gar nicht böse. Trotzdem ärgerte es mich, und wahrscheinlich mehr, als es sollte. Ich hatte an dem Abend schon drei Schüsseln mit Süßigkeiten an die Halloween-Kinder verteilt, darunter auch mehrere Mini-Snickers-Riegel.

Ich hob die Verpackung wieder auf und warf sie in den Mülleimer. Mit einem Mal war ich bedrückt. Ich werde alt, vielleicht ist das der Grund. Die Erwartungen, die ich an die Jugend stelle (und wohl an die Menschheit im Allgemeinen), sind völlig überholt. Obwohl ich vermutete – und im tiefsten Inneren sogar wusste –, dass das Feuer, das ich gesehen hatte, mit St. Oswald's zusammenhing, rechnete ich nicht damit. Der absurde Optimismus, der meine stärkste Seite und meine größte Schwäche ist, verbat mir, das Schlimmste anzunehmen. Deswegen war ein Teil von mir auch völlig perplex, als ich bei der Schule eintraf, die Feuerwehrmänner beim Löschen sah und begriff, dass das Pförtnerhaus lichterloh brannte.

Es hätte schlimmer sein können. Es hätte die Bibliothek sein können. Dort hatte es einmal gebrannt – vor meiner Zeit, im Jahre 1845 –, und dabei waren über tausend Bücher in Flammen aufgegangen, darunter einige sehr seltene Ausgaben. Vielleicht eine Kerze, die unbeaufsichtigt brannte. Zumindest lässt in den Unterlagen der Schule nichts darauf schließen, dass es böswillige Absicht war.

Dieser Brand hingegen war gelegt worden. Der Leiter der Feuerwehr gab zu Protokoll, dass Benzin verwendet worden sei; einem Augenzeugenbericht zufolge war ein mit einer Kapuze verhüllter Junge vom Tatort davongelaufen worden. Am eindeutigsten ist allerdings Knights Ranzen, der am Tatort gefunden wurde, ein wenig verkohlt, aber noch eindeutig zu identifizieren, mit Heften, auf denen sein Name und seine Klasse stehen.

Bishop kam natürlich sofort, mischte sich so tatkräftig unter die Feuerwehrleute, dass ich ihn zuerst für einen der ihren hielt. Dann kam er durch den Rauch auf mich zu, die Augen gerötet, das Haar zerzaust, das Gesicht von der Hitze und der Aufregung dunkelrot.

»Niemand drin«, keuchte er, und da erst sah ich, dass er unter dem Arm eine große Uhr trug, wie ein Rugby-Prop, der versucht, den Ball abzulegen. »Ich will noch ein paar Sachen rausholen.« Dann war er wieder fort. Irgendwie wirkte seine massige Gestalt rührend vor den Flammen. Ich rief ihm nach, aber meine Stimme ging im Lärm unter. Einige Augenblicke später sah ich, wie er eine Eichentruhe durch die brennende Tür schleppte.

Wie ich schon sagte: das reinste Chaos.

Heute Morgen war der Bereich abgesperrt, der Schutt rauchte noch, und jetzt riecht es in der ganzen Schule nach Guy-Fawkes-Abend. In der Klasse gibt es kein anderes Gesprächsthema mehr. Durch die Nachricht von Knights Verschwinden und dem Brand sind die haarsträubendsten Gerüche aufgekommen, weshalb der Rektor sich genötigt sah, eiligst eine Lehrerkonferenz einzuberufen, um unsere Vorgehensweise abzusprechen.

Plausibles Leugnen, das war immer schon die Methode, die er bevorzugt. Denken Sie nur an die Geschichte mit John Snyde. Selbst Fallowgate wurde heftig abgestritten, und jetzt will der Rektor auch Knightsbridge (wie Allen-Jones es nennt) leugnen, vor allem, weil der *Examiner* die unverschämtesten Fragen stellt in der Hoffnung, einen neuen Skandal aufzudecken.

Natürlich wird die Sache morgen Stadtgespräch sein. Wie immer wird irgendein Schüler nicht den Mund halten, und dann wird sich die Nachricht in Windeseile verbreiten. Ein Schüler verschwindet. Es folgt ein Racheakt an der Schule, der womöglich – wer weiß? – durch Schikanen und Hänseleien hervorgerufen wurde. Es gibt kein Bekennerschreiben. Der Junge ist spurlos verschwunden. Wohin? Warum?

Ich ging davon aus – wie alle anderen auch –, dass die Polizei eben wegen Knight heute Morgen hier war. Um halb neun trafen sie ein, fünf Beamte, eine Frau und vier Männer, drei davon in Zivil. Unser Verbindungsbeamter (der erfahrene Sergeant Ellis, der im Umgang mit der Presse bewandert und Spezialist für Vieraugengespräche unter Männern ist) war nicht dabei, und das hätte mir zu denken geben sollen. Aber ich war viel zu sehr mit meinen eigenen Sorgen beschäftigt, um groß auf die Polizisten zu achten.

Das waren alle. Und mit gutem Grund: Der halbe Fachbereich fehlt, die Computer sind von einem tödlichen Keim befallen, die Jungs spekulieren wild und werden aufmüpfig, die Lehrkräfte sind nervös und unkonzentriert. Ich hatte Bishop seit dem Abend zuvor nicht gesehen. Marlene hatte mir erzählt, dass er mit Rauchvergiftung ins Krankenhaus eingeliefert worden war, sich aber geweigert hatte, dort zu bleiben, und dann den Rest der Nacht damit verbrachte, den Schaden zu begutachten und mit der Polizei zu sprechen.

Es versteht sich von selbst, dass generell, wenn auch inoffiziell, davon ausgegangen wird (zumindest in Kreisen der Schulleitung), dass ich die Wurzel allen Übels bin. Das erzählte mir Marlene, nachdem sie einen kurzen Blick auf einen aufgesetzten Brief geworfen hatte, den Bob Strange seiner Sekretärin diktierte und der nun Bishops Zustimmung harrt. Ich habe ihn nicht gelesen, aber ich kann mir gut vorstellen, was darin steht und in welchem Ton er gehalten ist. Bob Strange ist ein Meister des unblutigen Todesstoßes, schließlich hat er im Lauf der Jahrzehnte rund ein Dutzend ähnlicher Schreiben verfasst. *Angesichts der neueren Ereignisse … bedauerlich, aber unvermeidlich … kann nicht mehr übersehen werden … ein Sabbatjahr bei vollen Bezügen bis …*

Beispiele für mein absonderliches Verhalten würden angeführt werden, meine zunehmende Vergesslichkeit und der merkwürdige Vorfall mit Anderton-Pullitt, ganz zu schweigen von den Ungereimtheiten bei Timids Beurteilung, Pooleys Blazer und zahllose kleinere Misslichkeiten, die nun einmal zum Alltag eines Lehrers gehören und die Strange alle notierte, nummerierte und zur möglichen Verwendung bei Fällen wie diesem aufbewahrte.

Darauf würde die freundliche Geste folgen, die widerstrebende Anerkennung für *dreiunddreißig Jahre treuer Dienste* … die kleine, schmallippig geäußerte persönliche Anerkennung. Der

Text zwischen den Zeilen ist immer derselbe: *Sie sind untragbar geworden*. Kurz gesagt, Strange bereitete den Schierlingsbecher für mich vor.

Nein, ich kann nicht behaupten, dass das völlig überraschend für mich kommt. Aber ich habe so viele Jahre so vieles für St. Oswald's getan, dass ich mir wohl irgendwie einbildete, ich sei eine Ausnahme. Das bin ich nicht. Die Maschinerie, die St. Oswald's am Laufen hält, ist ebenso herzlos und unerbittlich wie Stranges Computer. Das hat nichts mit Böswilligkeit zu tun, es ist eine einfache Rechnung. Ich bin alt, kostspielig, ineffizient, ein ausgeleiertes Rädchen in einem antiquierten Mechanismus, das keinen sinnvollen Zweck mehr erfüllt. Und wenn es einen Skandal gibt, wer eignet sich dann besser als Sündenbock? Strange weiß, dass ich kein Aufhebens machen werde. Das wäre würdelos, und außerdem möchte ich St. Oswald's jeden weiteren Skandal ersparen. Zusätzlich zu meiner Pension eine großzügige Abfindung, eine wohl formulierte Rede von Pat Bishop im Lehrerzimmer, ein Verweis auf meine Gesundheit und die Möglichkeiten, die mir mit der kommenden Pensionierung offen stehen. Der Schierlingsbecher wird hübsch hinter den Lorbeeren und anderen Accessoires verborgen.

Zum Teufel mit ihm. Fast könnte ich glauben, dass er das von Anfang an so geplant hat. Dass er mein Zimmer übernahm, mich aus der Broschüre strich, dass er sich einmischte. Bislang liegt der Brief nur deswegen noch bei ihm, weil Bishop nicht zu erreichen ist. Bishop muss auf seiner Seite stehen. Und auf die würde er ihn bringen, da mache ich mir nichts vor. Ich mag Pat, weiß aber auch, wo seine Loyalitäten liegen. St. Oswald's steht an erster Stelle. Und der Rektor? Der wäre überglücklich, den Fall in die Hände der Kuratoren zu legen. Dann könnte Dr. Pooley einschreiten. Und wen würde das wirklich kümmern?, fragte ich mich. Und was ist mit meiner Zenturie? In meiner augenblicklichen Situation kam es mir vor, als wäre sie Lichtjahre entfernt.

Mittags bekam ich ein Memo von Dr. Devine, ausnahmsweise handschriftlich abgefasst (vermutlich lagen die Computer noch immer brach), überbracht von einem Jungen aus seiner fünften Klasse.

R. S. Bitte sofort ins Büro. M. R. D.

Ich fragte mich, ob er wohl auch seine Finger im Spiel hatte. Das würde ich ihm durchaus zutrauen. Also ließ ich ihn warten, korrigierte ein paar Hefte, unterhielt mich mit den Jungs, trank Tee. Zehn Minuten später rauschte Devine wie ein Derwisch herein, und als ich seine Miene sah, entließ ich die Jungs mit einer Handbewegung und schenkte ihm meine volle Aufmerksamkeit.

Sie könnten den Eindruck bekommen haben, dass der alte Sauertraub und ich in Fehde leben. Nichts wäre verkehrter. Meist machen mir unsere Schlagabtausche Spaß, auch wenn wir bei Fragen von Politik, Uniform, Gesundheit und Sicherheit, Sauberkeit und Betragen nicht immer einer Meinung sind.

Aber ich weiß, wo ich die Grenze ziehen muss, und jeder Gedanke, den alten Esel zu reizen, verflog, sobald ich sein Gesicht bemerkte. Devine sah krank aus. Nicht nur blass, das ist er immer, sondern gelb, eingefallen, alt. Seine Krawatte saß schief, sein sonst stets präzise gescheiteltes Haar war zerzaust. Sogar sein Gang, für gewöhnlich forsch und roboterhaft, war zu einem Hinken verkommen. So wankte er in mein Zimmer und ließ sich auf das nächste Pult fallen.

»Was ist passiert?«

Jetzt lag nicht die mindeste Ironie in meiner Stimme. Jemand war gestorben, das war mein erster Gedanke. Seine Frau, ein Schüler, ein guter Kollege. Nur eine entsetzliche Katastrophe konnte Dr. Devine derart in Mitleidenschaft ziehen.

Ein weiteres Zeichen seines Elends war, dass er mich nicht wegen meiner Saumseligkeit tadelte. Eine Weile blieb er zusammengesunken auf dem Pult sitzen.

Ich holte eine Gauloise aus der Schachtel, zündete sie an und reichte sie ihm.

Devine raucht seit Jahren nicht mehr, aber er nahm sie wortlos entgegen.

Ich wartete. Ich bin nicht unbedingt für meine ausgeprägte Empathie bekannt, doch ich weiß, wie man mit bekümmerten Jungs umgeht, und genau so kam Devine mir in dem Moment vor. Ein grauhaariger, zutiefst bedrückter Junge, das Gesicht ängstlich verzogen, die knubbeligen Knie schützend an die Brust gezogen.

»Die Polizei.« Das war ein Keuchen.

»Was ist mit der Polizei?«

»Sie haben Pat Bishop verhaftet.«

Es dauerte eine geraume Weile, bis ich die ganze Geschichte erfuhr. Zum einen, weil Devine sie selbst nicht kannte. Etwas mit den Computern, obwohl die Einzelheiten unklar waren. Knight wurde erwähnt, Jungs aus Bishops Klassen wurden vernommen, allerdings schien niemand genau zu wissen, was man Bishop wirklich zur Last legte.

Mir wurde jedoch klar, warum Devine regelrecht panisch war. Er hat immer versucht, sich bei der Schulleitung lieb Kind zu machen, und jetzt befürchtet er verständlicherweise, in diesen neuen, bislang nicht näher bekannten Skandal verstrickt zu werden. Offenbar haben die Beamten Devine ausführlich vernommen, hörten mit Interesse, dass Pat mehrfach Mr. und Mrs. Sauertraub privat zu sich eingeladen hatte, und nun sind sie dabei, das Büro nach weiteren Beweismitteln zu durchsuchen.

»Beweismittel!«, fuhr Devine auf und drückte seine Gauloise aus. »Was glauben sie denn, was sie finden können? Wenn ich nur wüsste …«

Eine halbe Stunde später verließen zwei Beamte mit Bishops Computer unter dem Arm das Gebäude. Als Marlene sich nach dem Grund erkundigte, erhielt sie keine Antwort. Die drei anderen Beamten blieben, *um weitere Ermittlungen durchzuführen,* vorwiegend im Computerraum, zu dem mittlerweile allen Angehörigen der Schule der Zutritt verboten ist. Einer der Polizeibeamten (die Frau) kam während der achten Stunde in mein

Klasszimmer und fragte mich, wann ich das letzte Mal an meinem Rechner gesessen habe. Knapp erklärte ich ihr, dass ich nie am Computer säße, da ich mich nicht für Computerspiele interessiere. Dann ging sie wieder, mit der Miene eines Schulaufsehers, der eine nachteilige Beurteilung schreiben wird.

Danach war die Klasse so außer Rand und Band, dass wir die verbleibenden zehn Minuten Galgenmännchen auf Latein spielten, während mir Gedanken durch den Kopf wirbelten und der unsichtbare Finger (der sich regelmäßig bemerkbar macht) mit wachsender Beharrlichkeit in mein Brustbein stocherte.

Nach dem Unterricht ging ich zu Mr. Beard, doch der antwortete ausweichend, sprach von Viren im schuleigenen Netzwerk, von Rechnern und passwortgeschützten Zugängen und Internet-Downloads – Themen, die mich etwa ebenso fesseln wie Mr. Beard die Werke von Tacitus.

Damit wusste ich so wenig über die ganze Sache wie zur Mittagszeit und verließ die Schule (nachdem ich vergeblich über eine Stunde wartete, dass Bob Strange aus seinem Büro auftauchte) frustriert und sehr nervös. Was immer es ist, es ist noch lange nicht vorbei. Es mag zwar November sein, aber ich habe das Gefühl, dass gerade die Iden des März begonnen haben.

Kapitel 38

Dienstag, 2. November

Mein Schüler hat wieder Schlagzeilen gemacht, und jetzt sogar in der überregionalen Presse, wie ich mit Stolz vermelden kann (natürlich ist der Maulwurf nicht ganz unbeteiligt daran, aber früher oder später wäre es ohnehin dazu gekommen).

Die *Daily Mail* macht die Eltern dafür verantwortlich, der *Guardian* sieht in ihm ein Opfer, und im *Telegraph* stand ein Kommentar über Vandalismus und wie damit umzugehen sei. Alles sehr befriedigend, und obendrein fleht Knights Mutter auf sämtlichen Fernsehkanälen ihren Sohn tränenselig an, er habe nichts zu befürchten und möge bitte, bitte nach Hause kommen.

Bishop ist bis auf weiteres vom Dienst suspendiert. Das verwundert mich nicht – was sie auf seinem Computer entdeckt haben, war nicht von Pappe. Mittlerweile müsste auch Gerry Grachvogel festgenommen worden sein, und sehr bald werden andere folgen. Die Nachricht schlug in der Schule ein wie eine Bombe – zufällig eben die Zeitbombe, die ich in den Herbstferien legte.

Ein Virus, der die Abwehr des Systems überlistet. Ein sorgsam gelegter Pfad von Internet-Links. Protokolle von E-Mails, die von Knights persönlichem Rechner an eine von der Schule aus anwählbare Hotmail-Adresse geschickt und beantwortet wurden. Eine Auswahl von Bildern, vorwiegend Standbilder, aber auch einige interessante Webcam-Clips, die an eine Reihe von Lehrer-E-Mail-Adressen verschickt und als passwortgeschützte Dateien heruntergeladen wurden.

Natürlich wäre das alles nicht herausgekommen, hätte die Polizei nicht Colin Knights E-Mails überprüft. Aber in der Zeit von Internet-Chatrooms und virtuellen Päderasten muss man alle Möglichkeiten in Erwägung ziehen.

Knight passte sehr gut ins Profil des Opfers – ein einsamer Jugendlicher, unbeliebt bei seinen Mitschülern. Mir war klar, dass sie früher oder später auf die Idee kommen würden. Und es war eher früher als später. Mr. Beard trug seinen Teil dazu bei, als er nach dem Rechnerabsturz das System checkte, und dann brauchten sie nur noch dem roten Faden zu folgen.

Der Rest war mühelos. Das ist eine Lektion, die sie noch lernen müssen, die Lehrer von St. Oswald's – eine Lektion, die ich vor über zehn Jahren gelernt habe. Die Leute sind so selbstzufrieden, so arrogant und naiv. Sie müssen verstehen lernen, was ich zu verstehen lernte, als ich vor dem großen Schild ZUTRITT STRENGSTENS VERBOTEN stand: dass die Regeln und Gesetze dieser Welt nur durch das dünne Band von Bluffen und selbstzufriedenem Gleichmut bestehen bleiben, dass jedes Verbot übertreten werden kann und dass unbefugtes Betreten wie jedes andere Vergehen unbestraft bleibt, wenn niemand es bemerkt. Das ist eine wichtige Lektion in der Erziehung eines jeden Kindes – und wie mein Vater immer sagte, ist Bildung das Wichtigste im Leben.

Aber warum?, höre ich Sie fragen. Manchmal stelle ich mir diese Frage auch selbst noch. Warum tue ich das? Warum bin ich nach all diesen Jahren immer noch so verbissen?

Simple Rache? Ich wünschte, es wäre so einfach. Aber Sie und ich wissen, dass es viel tiefer geht. Sicher, Rache ist ein Aspekt. Vielleicht wegen Julian Pinchbeck – wegen des jammervollen, jämmerlichen Kindes, das ich einmal war, das sich unsichtbar machte und verzweifelt wünschte, jemand anderes zu sein.

Aber wegen meiner selbst? Heute bin ich ganz zufrieden mit der Person, die ich bin. Ich bin bürgerlich und solide geworden. Ich habe einen Job – und einen Job, in dem ich mich als überraschend fähig erweise. Was St. Oswald's angeht, mag ich nach wie vor unsichtbar sein, doch ich habe meine Rolle weit über die des bloßen Hochstaplers hinaus ausgebaut. Zum ersten Mal frage ich mich, ob ich nicht eine Weile hier bleiben möchte.

Versucht fühle ich mich zweifellos. Mein Anfang ist vielversprechend, und in Zeiten des Umbruchs werden Feldoffiziere schnell befördert. Ich könnte einer dieser Offiziere sein. Ich könnte alles haben, was St. Oswald's zu bieten hat: Ruhm und Ehre.

Soll ich zugreifen? Ich weiß es nicht.

Pinchbeck hätte die Gelegenheit beim Schopf gepackt. Andererseits war Pinchbeck wenn schon nicht glücklich, auch damit zufrieden, ungesehen ein und aus zu gehen. Aber ich bin nicht er.

Also, was will ich?

Was habe ich die ganze Zeit über denn gewollt?

Wenn es um simple Rache ginge, hätte ich anstelle des Pförtnerhauses einfach das Hauptgebäude in Brand setzen und damit das ganze Wespennest in Flammen aufgehen lassen können. Ich hätte die Teemaschine im Lehrerzimmer mit Arsen oder den Orangensaft der elften Klasse mit Kokain versetzen können. Aber das wäre nicht sonderlich unterhaltsam gewesen, oder? Das kann jeder. Und was ich getan habe, das kann niemand anderes. Was ich tue, hat noch niemand je getan. Und dennoch, auf dem Tableau des Sieges fehlt noch etwas: mein eigenes Gesicht. Das Gesicht des Künstlers inmitten der Statisten. Und je mehr Zeit vergeht, desto offensichtlicher wird diese Lücke.

Ansehen. Das bedeutet Anerkennung und Bewunderung, aber auch einfach »etwas genau betrachten«. Und eben das – gesehen zu werden – ist alles, was ich je wollte. Mehr als nur einen flüchtigen Blick zu bekommen, mehr zu sein als ein ewiger zwölfter Mitspieler in diesem Spiel. Selbst jemand, der unsichtbar ist, kann einen Schatten werfen, aber mein Schatten, der mit den Jahren immer länger wird, hat sich längst in den dunklen Korridoren von St. Oswald's verloren.

Jetzt nicht mehr. Der Name Snyde wurde bereits erwähnt.

Und auch Pinchbeck. Und bevor es zu Ende ist, bevor St. Oswald's seinem unausweichlichen Untergang entgegensteuert, verspreche ich Ihnen: *Ich werde gesehen werden.*

Bis es so weit ist, bescheide ich mich damit, mich erzieherisch zu betätigen. Allerdings gibt es in meinem Fach keine Prüfungen, die man ablegen kann. Die einzige Prüfung besteht darin, zu überleben. Damit habe ich eine gewisse Erfahrung – wenigstens etwas muss Sunnybank Park mich schließlich gelehrt haben –, alles andere jedoch führe ich lieber auf natürliche Begabung zurück. Wäre ich auf St. Oswald's gegangen, hätte man mir diese Begabung aberzogen und durch Latein, Shakespeare und die vielen Gewissheiten dieser extrem privilegierten Welt ersetzt. Denn was St. Oswald's vorrangig vermittelt, ist Konformität, Teamgeist, die Bereitschaft, das Spiel mitzuspielen. Ein Spiel, in dem Pat Bishop brilliert, was ihn dazu prädestiniert, das erste Kollateralopfer zu sein.

Wie schon gesagt, um St. Oswald's zu Fall zu bringen, muss man die Anstalt ins Herz treffen, nicht am Kopf. Und Bishop ist das Herz der Schule, gütig, aufrichtig, von Schülern und Lehrkörper gleichermaßen geachtet und geliebt. Ein Freund in der Not, den Schwachen eine Stütze, das Gewissen, der Coach, eine Inspiration. Der Mann für alles, ein Sportler, ein Gentleman, ein Mann, der keine einzige Aufgabe delegiert, sondern sich unermüdlich für das Wohl von St. Oswald's einsetzt, und das auch noch mit Freude. Er hat nie geheiratet – wie denn auch? Wie bei Straitley schließt sein Einsatz für die Schule jedes normale Familienleben aus. Wer niederträchtig sein möchte, könnte ihm andere Neigungen unterstellen. Vor allem im gegenwärtigen gesellschaftlichen Klima, in dem der schlichte Wunsch, mit Kindern zu arbeiten, Verdacht erwecken kann. Aber Bishop? *Bishop?*

Niemand glaubt es, und trotzdem ist das Lehrerzimmer erstaunlicherweise schon gespalten. Einige (darunter auch Straitley) erklären empört, der Vorwurf sei undenkbar. Andere (Bob Strange, die Nationen, Jeff Light, Paddy McDonaugh) unterhalten sich mit gedämpften Stimmen. Klischees und Mutmaßungen – *Kein Rauch ohne Feuer; er war doch immer schon viel zu gütig, da muss doch was dahinterstecken; sein Umgang mit den Jungen war viel zu freundschaftlich, wenn Sie wissen, was ich meine* – hängen wie Rauchsignale im Lehrerzimmer.

Es ist verblüffend, wie schnell Freunde sich gegen einen wenden, wenn die dünne Lackschicht an Kumpelhaftigkeit von Angst oder Eigeninteressen weggefressen ist. Ich sollte es wissen. Und mittlerweile muss ihm das auch schon schwanen.

Bei solchen Vorwürfen gibt es drei Stadien der Reaktion. Erstens, sie zu leugnen. Zweitens, wütend zu werden. Drittens, zu kapitulieren. Mein Vater allerdings verhielt sich von Anfang an, als sei er schuldig. Er war wenig wortgewandt, wütend, benommen. Pat Bishop bot ihnen sicher eine bessere Vorstellung. Der Konrektor von St. Oswald's lässt sich nicht so leicht einschüchtern. Aber die Beweise, die vor ihnen lagen, waren nicht von der Hand zu weisen: Protokolle von Internet-Chats, die nach Schulschluss von seinem passwortgeschützten Rechner in St. Oswald's geführt wurden. Eine SMS, die am Abend des Feuers von Knights Handy an Bishops geschickt wurde. Bilder im Memory seines Computers. Viele Bilder, und zwar ausschließlich von Jungen – und einige zeigen Praktiken, von denen Pat in seiner Naivität noch nicht einmal gehört hatte.

Natürlich leugnete er alles. Zuerst mit gereizter Belustigung, dann mit Entsetzen, Empörung, Wut. Und schließlich setzte eine weinerliche Verwirrung ein, die ihn mehr verdammte als alles, was die Polizei tatsächlich gefunden hatte.

Sie hatten sein Zuhause durchsucht. Zahlreiche Fotos waren als Beweismittel beschlagnahmt worden. Klassenfotos, Rugby-Teams, Bishops Jungen aus den vielen Jahren, die von den Wänden lächelten und nie geahnt hätten, dass sie eines Tages als Beweismittel dienen würden. Und dann die Alben. Dutzende davon, alle voller Jungen: Schulausflüge, Auswärtsspiele, Trimesterende, Jungen beim Paddeln in Wales, Reihen von Jungen an einem Tag am Meer mit freiem Oberkörper, schlanken Gliedmaßen, vom Wind zerzaustem Haar und jungen Gesichtern, die fröhlich in die Kamera lachen.

So viele Jungen, sagten sie. Sei das nicht ein wenig – ungewöhnlich?

Sicher widersprach er. Er sei Lehrer, alle Lehrer bewahrten derartige Fotos auf. *Das* hätte auch Straitley ihnen gesagt – dass kein Junge je in Vergessenheit gerät, dass bestimmte Gesichter unerwartet wieder vor einem auftauchen. So viele Jungen, die wie die Jahreszeiten vorübergehen. Nur natürlich, dass man da eine gewisse Nostalgie empfindet, noch natürlicher angesichts der fehlenden Familie, Zuneigung zu den Jungen, die man unterrichtet, zu entwickeln, Zuneigung und …

Welche Art von Zuneigung denn genau? Und das war der wunde Punkt. Das spürten sie, trotz seiner Proteste. Wie Hyänen trieben sie ihn in die Enge. Er leugnete es mit Abscheu. Doch sie waren freundlich, sprachen von Stress, einem Zusammenbruch, boten ihm Hilfe an.

Sein Computer war durch ein Passwort geschützt. Freilich war es *denkbar*, dass jemand sein Passwort entschlüsselt hatte. Jemand anderes könnte seinen Computer benutzt haben. Es könnte sogar jemand anderes die Bilder dort abgespeichert haben. Aber die Kreditkarte, mit denen sie bezahlt worden waren, gehörte ihm. Das bestätigte die Bank, und Bishop hatte keine Erklärung dafür, wie mit seiner eigenen Kreditkarte Hunderte von Bildern auf die Festplatte seines Bürorechners gelangen konnten.

Lassen Sie sich von uns helfen, Mr. Bishop.

Ha. Die Typen kenne ich. Und jetzt hatten sie seine Achillesferse entdeckt – nicht Geilheit, wie sie vermutet hatten, sondern etwas noch viel Gefährlicheres: sein Wunsch nach Anerkennung. Seine fatale Neigung, anderen Gutes zu tun.

Erzählen Sie uns von den Jungen, Pat.

Die Eigenschaft sehen die wenigsten bei ihm. Sie sehen seinen massigen Körperbau, seine Kraft, seine immense Aufopferungsbereitschaft. Darunter steckt ein jämmerliches Wesen, ein ängstliches, unsicheres Wesen, das endlos Runden auf der Aschenbahn läuft, um nicht auf der Stelle zu treten. Aber St. Oswald's ist ein strenger Zuchtmeister und hat ein sehr gutes Gedächtnis. Nichts wird vergessen, nichts wird ad acta gelegt. Selbst in einer Laufbahn wie Bishops gibt es Momente des Versagens, falsche Entscheidungen. Das weiß er ebenso gut wie ich, doch die Jungen bieten ihm Sicherheit, Gewissheit. Ihre glücklichen Gesichter bestätigen ihm, dass er ein Erfolg ist. Ihre Jugend regt ihn an …

Dreckiges Lachen aus den Kulissen.

Nein, das habe er nicht so gemeint.

Wie genau habe er es denn gemeint? Jetzt setzen sie ihm zu, wie Hunde einem Bären. Wie die kleinen Jungen meinem Vater, der fluchte und schimpfte, damals, als sein dicker Bärenhintern rechts und links über den Sitz des Geilen Gefährts hing und sie johlten und kreischten und tanzten.

Erzählen Sie uns von den Jungen, Pat.

Erzählen Sie uns von Knight.

»Ziemlich blöd, würde ich mal sagen«, erklärte Roach heute im Lehrerzimmer. »Ich meine, wie dumm muss man sein, um den eigenen Namen und die eigene Kreditkarte zu benutzen?«

Roach weiß es zwar noch nicht, aber in Kürze wird auch er auffliegen. Schon jetzt weisen mehrere Pfeile auf ihn, und seine Freundschaft mit Jeff Light und Gerry Grachvogel ist gut dokumentiert. Wie ich höre, wird der arme Gerry bereits vernommen, obwohl er wegen seiner außerordentlich schwachen Nerven einen höchst unzuverlässigen Zeugen abgibt. Auch auf seinem Rechner wurde Pornografisches gefunden, das er mit seiner Kreditkarte aus dem Internet heruntergeladen hat.

»Ich habe ihn immer schon für einen komischen Kauz gehalten«, sagte Light. »Ein bisschen zu kumpelhaft, wenn ihr wisst, was ich meine.«

Roach nickte. »Das zeigt doch nur wieder mal, dass man niemandem mehr trauen kann.«

Wie wahr. Ich folgte der Unterhaltung mit einer gewissen Belustigung. Die Herren von St. Oswald's sind überaus vertrauensselig – lassen Schlüssel in den Taschen von Jacketts, die über Stuhllehnen hängen, Portemonnaies in Schubladen, Büros unverschlossen. Der Diebstahl einer Kreditkartennummer ist eine Sache von Sekunden, verlangt keinerlei Geschick, und meist kann man die Karte zurücklegen, ehe ihr Verschwinden überhaupt bemerkt wird.

Die von Roach war die einzige, bei der ich es nicht schaffte; er meldete ihren Verlust, bevor ich dazu kam. Bishop, Light und Grachvogel haben diese Ausrede allerdings nicht. Was mir wirklich Leid tut, ist, dass ich nicht auch Roy Straitley belasten konnte – es wäre sehr elegant gewesen, sie alle mit derselben Affäre in den Abgrund zu stürzen –, doch der gerissene alte Fuchs besitzt nicht einmal eine Kreditkarte. Mal abgesehen davon, dass ihm vermutlich niemand genügend Computerkenntnisse zutrauen würde, um einen Rechner auch nur anzustellen.

Aber das kann sich ja ändern. Wir sind erst am Anfang, er und ich, und ich habe dieses Spiel von so langer Hand geplant, dass es nicht allzu schnell zu Ende gehen darf. Er steht ohnehin kurz vor der Kündigung; unterrichten tut er nur noch, weil der Konrektor nicht einsatzfähig ist und weil er aufgrund der allzu dezimierten Lehrerschaft in seinem Fachbereich unersetzlich ist – allerdings nur, bis die Krise überstanden ist.

Am Freitag hat er Geburtstag. Guy-Fawkes-Abend. Wahrscheinlich graut ihm davor, das ist bei alten Menschen oft der Fall. Ich sollte ihm etwas schenken, etwas Nettes, das ihn von der unschönen Woche ablenkt. Bis jetzt ist mir noch nichts Passendes eingefallen, aber schließlich hatte ich anderweitig viel zu tun.

Lassen Sie mir Zeit.

Kapitel 39

Ich fand Geburtstage immer schrecklich. Spielzeug, Kuchen, Topfschlagen im Kreis von Freunden – jahrelang wünschte ich mir das, ohne es zu bekommen, genauso wie ich mir St. Oswald's wünschte mit seiner beneidenswerten Patina von Wohlstand und Achtbarkeit. Leon feierte seinen Geburtstag immer in einem Restaurant, wo er Wein trinken durfte und sich eine Krawatte umbinden musste. Ich hatte, bis ich dreizehn war, noch kein Restaurant von innen gesehen. »Geldverschwendung«, knurrte John Snyde. Selbst als meine Mutter noch bei uns wohnte, war mein Geburtstag eine lieblose Angelegenheit. Ein Kuchen aus dem Supermarkt wurde mit Kerzen bestückt, die sorgsam fürs nächste Jahr in eine alte Blechdose weggepackt wurden (und an deren pastellfarbenen Haltern noch der Zuckerguss des Vorjahrs klebte). Meine Geschenke wurden mir in Woolworth-Plastiktüten überreicht, gelegentlich sangen wir sogar »Happy Birthday to you«, aber mit der verbissenen Freudlosigkeit der Unterschicht.

Nachdem sie uns verlassen hatte, hörte natürlich auch das auf. Wenn mein Vater überhaupt an meinen Geburtstag dachte, steckte er mir ein bisschen Geld zu und meinte: *Kauf dir was, was du dir wirklich wünschst* – aber es kamen keine Freunde und keine Glückwunschkarten, es wurde nicht gefeiert. Einmal gab Pepsi sich Mühe, schenkte mir eine Pizza mit Kerzen obenauf und einen Schokoladenkuchen, der auf einer Seite nicht richtig aufgegangen war. Ich versuchte, dankbar zu sein, aber ich wusste, dass ich betrogen worden war. Irgendwie war Pepsis einfältiger Versuch schlimmer als gar nichts. Wenn ich überhaupt nichts bekam, konnte ich zumindest vergessen, welcher Tag es war.

Doch in dem Jahr war es anders. Der August – ich erinnere mich an ihn mit der übernatürlichen Klarheit mancher Träume – war heiß und süß, duftete nach Pfeffer und dem Rauch von Gewehren, nach Harz und Gras. Eine berauschende, schreckliche, strahlende Zeit. In zwei Wochen würde ich dreizehn werden, und mein Vater plante eine Überraschung.

Das sagte er zwar nicht, aber ich spürte es. Er war aufgeregt, nervös, tat geheimnisvoll. Seine Launen schlingerten zwischen unerträglicher Gereiztheit über alles, was ich tat, und tränenseliger Sentimentalität. Dann staunte er, wie schnell ich wuchs, bot mir eine Dose Bier an und sagte, er hoffe, dass ich, wenn ich eines Tages das Haus verließ, meinen armen alten Dad nicht vergessen würde, der immer nur mein Bestes wollte.

Am erstaunlichsten war allerdings, dass er Geld ausgab. John Snyde, der immer so geizig gewesen war, dass er aus den Tabakkrümeln seiner Kippen dünne Zigaretten drehte, die er »Gratisfluppen« nannte, dieser John Snyde entdeckte die Freuden der Einzelhandelstherapie. Ein neuer Anzug – für Bewerbungsgespräche, wie er sagte. Eine Goldkette mit einem Medaillon. Ein ganzer Kasten Stella Artois – für einen Mann, der ausländisches Bier angeblich verabscheute – und sechs Flaschen Malzwhiskey, den er unter einer alten Decke im Schuppen hinter dem Pförtnerhaus aufbewahrte. Es gab Rubbellose – Dutzende –, ein neues Sofa, Kleider für mich (ich wurde größer), Unterwäsche, T-Shirts, Platten, Schuhe.

Und dann gab es die Telefonate. Spät nachts, wenn er mich schon schlafen wähnte, hörte ich ihn leise reden, stundenlang, so kam es mir vor. Eine Weile vermutete ich, er würde eine Sex-Nummer anrufen, oder er versuchte, sich mit Pepsi zu versöhnen, so verschwörerisch klang sein Flüstern. Einmal hörte ich vom Treppenabsatz mit, nur ein paar Worte, aber sie brannten sich in meinem Hinterkopf ein.

Also, wie viel? Pause. *In Ordnung. Es ist das Beste. Das Kind braucht eine Mutter.*

Eine Mutter?

In dem Sommer hatte meine eigene Mutter jeden Tag, den Gott gab, mir geschrieben. Fünf Jahre ohne ein Wort, und jetzt kannte sie kein Halten mehr, wir erstickten in Bergen von Postkarten, Briefen, Päckchen. Die meisten stapelten sich ungeöffnet unter meinem Bett. Das Flugticket nach Paris im September blieb im Umschlag, und ich dachte, mein Vater hätte sich schließlich und endlich damit abgefunden, dass ich nichts von Sharon Snyde wissen wollte, nichts wollte, das mich an mein Leben vor St. Oswald's erinnerte.

Und plötzlich riss die Flut von Briefen abrupt ab. Das hätte mir zu denken geben sollen. Als plante sie etwas, das mir verheimlicht werden sollte.

Aber Tage vergingen, und nichts geschah. Die Anrufe hatten ein Ende, oder vielleicht war mein Vater auch nur vorsichtiger geworden; auf jeden Fall hörte ich nichts mehr, und meine Gedanken drehten sich wieder wie eine Kompassnadel meinem Norden zu.

Leon, Leon, Leon. Er ging mir nie aus dem Kopf. Nach Francescas Abschied war er distanziert und in sich gekehrt. Ich tat mein Bestes, ihn abzulenken, aber nichts interessierte ihn mehr. Unsere üblichen Spiele langweilten ihn, mal war er manisch glücklich, dann wieder mürrisch und abweisend, und das Schlimmste war, jetzt ärgerte es ihn, wenn ich ihn in seiner Einsamkeit störte. Sarkastisch fragte er mich, ob ich keine anderen Freunde hätte, und zog mich ständig auf, weil ich jünger und unerfahrener war als er.

Hätte er nur geahnt … In der Hinsicht war ich ihm Lichtjahre voraus. Schließlich hatte ich Mr. Bray zu Fall gebracht, und bald würden meine Eroberungen mich in noch größere Höhen führen. Doch in Leons Gesellschaft kam ich mir immer unbeholfen vor, sehr jung, und wollte ihm ständig alles recht machen. Das spürte er und reagierte darauf mit Grausamkeit. Er war in dem

Alter, in dem alles klar und neu und offensichtlich erscheint, in dem Erwachsene grenzenlos dumm sind, in dem die eigenen Gesetze über allem anderen stehen und nichts anderes gelten lassen und in dem die Hormone jede Gefühlsregung albtraumhaft verstärken.

Am allerschlimmsten aber war: Er war verliebt. Herzschmerzzerreißend, haltlos verliebt in Francesca Tynan, die wieder in Cheshire zur Schule ging und mit der er heimlich fast jeden Tag telefonierte und immense Kosten anhäufte, die am Ende des Quartals – zu spät – entdeckt wurden.

»Das ist einfach unvergleichlich«, sagte er, und das nicht zum ersten Mal. Er war in einer manischen Phase, bald würde seine Stimmung wieder in Sarkasmus und unverhohlene Verachtung umschlagen. »Du magst vielleicht darüber reden, wie die anderen, aber du hast keine Ahnung, wie's wirklich ist. Aber ich, ich hab's getan. Ich hab's wirklich getan. Für dich ist es ja schon das Höchste, mal mit denen aus der Sechsten hinter den Spinden rumzufummeln.«

Ich schnitt eine Grimasse, ging nicht näher darauf ein, tat, als sei es ein Scherz. Aber das war es nicht. In solchen Momenten hatte Leon etwas Bösartiges, fast Katzenhaftes an sich. Die Haare fielen ihm in die Augen, sein Gesicht war blass, sein Körper verströmte einen sauren Geruch, um die Mundpartie hatte er ein paar Pickel.

»Das würde dir bestimmt gefallen, Queenie, gib's zu!« Er sah mich an, und ich nahm ein tödliches Begreifen in seinen grauen Augen wahr. »Queenie«, wiederholte er mit einem gehässigen Lachen, und dann drehte sich der Wind, die Sonne kam hervor, und er war wieder Leon, sprach von einem Konzert, zu dem er gehen wollte, von Francescas Haaren und wie das Sonnenlicht sich darin fing, von der Platte, die er gekauft hatte, von Francescas Beinen und wie lang sie waren, vom neuen James-Bond-Film. Eine Zeit lang konnte ich mir einreden, er habe einen Scherz gemacht, doch dann dachte ich wieder an das eiskalte Begreifen in seinen Augen und fragte mich bestürzt, womit ich mich verraten hatte.

Ich hätte auf der Stelle Schluss machen sollen. Ich wusste, dass es nicht besser werden würde. Aber ich war hilflos, zerrissen, bar jeder Vernunft. Ein Teil von mir glaubte immer noch, ich könnte ihn verändern und alles könnte wieder so werden wie früher. Das musste ich glauben, das war der einzige Hoffnungsschimmer an meinem sonst düsteren Horizont. Außerdem brauchte er mich. Francesca würde er frühestens zu Weihnachten wiedersehen. Das bedeutete, dass ich fast fünf Monate Zeit hatte. Fünf Monate, um ihn von seiner Leidenschaft zu befreien, das Gift zu entfernen, das unsere Kameradschaft lähmte.

Ich musste ihm vieles nachsehen, wahrscheinlich mehr, als ihm gut tat. Aber niemand kann gehässiger sein als ein Liebender, abgesehen von einem Todkranken. Die haben viele unschöne Eigenschaften gemein. Beide sind selbstsüchtig, zurückgezogen, manipulativ, labil, richten ihre Freundlichkeit, ihre Liebenswürdigkeit ausschließlich auf das geliebte Objekt (oder sich selbst) und kehren sich wie tollwütige Hunde gegen ihre Freunde. Genau so war Leon, und trotzdem verehrte ich ihn mehr denn je zuvor, jetzt, wo er endlich genauso litt wie ich.

Es bereitet ein perverses Vergnügen, an einer verschorften Wunde herumzukratzen. Das tun Liebende ständig. Sie suchen die schlimmsten Quellen von Schmerz und gehen in ihnen auf, opfern sich immer und immer wieder für das geliebte Objekt mit einer verbohrten Dummheit, die Dichter oft als Selbstlosigkeit verherrlichen. Für Leon bedeutete das, von Francesca zu reden. Für mich bedeutete es, ihm zuzuhören. Nach einer Weile wurde es unerträglich. Wie ein Krebsgeschwür beherrscht die Liebe das gesamte Leben des Leidenden, so dass er kein anderes Thema kennt (was für den Zuhörer tödlich langweilig ist), und mit wachsender Verzweiflung mühte ich mich ab, durch Leons Besessenheit zu ihm vorzudringen.

»Ich wette, du traust dich nicht.« Das kam von mir. Wir standen vor dem Plattenladen. »Ich wette, du traust dich nicht. Den Mumm hast du nicht mehr.«

Überrascht sah er mich an, dann schaute er zum Laden. Eine

Regung zog über sein Gesicht, vielleicht der Schatten früherer Freuden. Dann grinste er, und jetzt sah ich in seinen Augen einen Abglanz des alten, sorglosen, unverliebten Leon.

»Meinst du *mich?*«, fragte er.

Und so spielten wir – das eine Spiel, das der neue Leon noch zu spielen bereit war. Und mit dem Spiel begann die »Behandlung«. Unerquicklich, vielleicht sogar grausam, aber notwendig, wie Krebs mit aggressiver Chemotherapie behandelt wird. Und in uns beiden steckte reichlich Aggression. Wichtig war nur, sie nach außen zu richten anstatt nach innen.

Zuerst klauten wir. Anfangs Kleinigkeiten: Platten, Bücher, Kleider, die wir in unserem Versteck im Wald hinter St. Oswald's lagerten. Dann verlangte die Behandlung härtere Drogen. Wir beschmierten Mauern und zerstörten überdachte Bushaltestellen. Wir warfen Steine auf vorbeifahrende Autos, schmissen auf dem alten Friedhof Grabsteine um, riefen älteren Spaziergängern, die mit ihren Hunden in unser Revier eindrangen, Obszönitäten zu. In den vierzehn Tagen schwankte ich zwischen tiefstem Elend und überschäumender Freude. Wir waren wieder zusammen, waren wieder Butch und Sundance – und mehrere Minuten lang war Francesca vergessen, die Lust, die sie bereitete, wurde kurzfristig von einer stärkeren, gefährlicheren Lust überlagert.

Aber es hielt nie lange an. Meine Behandlung half zwar gegen die Symptome, nicht jedoch gegen die Ursache, und zu meinem Leidwesen musste ich feststellen, dass mein Patient bald immer stärkere Dosen von Aufregung brauchte, wenn das Mittel wirken sollte. Und immer häufiger mussten die neuen Ideen von mir kommen. Ich zermarterte mir das Gehirn, um mir ständig waghalsigere Unternehmungen einfallen zu lassen.

»Plattenladen?«

»Nee.«

»Friedhof?«

»Banal.«

»Musikpavillon?«

»Haben wir schon gemacht.« Das stimmte. Am Abend zuvor waren wir in den Stadtpark eingebrochen, hatten die Sitze rund um den Musikpavillon kurz und klein geschlagen und anschließend den Zaun, der ihn umgab. Mir war nicht wohl dabei gewesen. Ich dachte an die Tage, an denen ich als kleines Kind mit meiner Mutter hierher gekommen war, ich erinnerte mich an den Sommergeruch von geschnittenem Gras und Hotdogs und Zuckerwatte, an den Klang der Blaskapelle. Ich erinnerte mich, wie Sharon Snyde auf einem der blauen Plastikstühle saß und eine Zigarette rauchte, während ich auf und ab stolzierte und auf einer unsichtbaren Trommel *dum-dum-dum* schlug. Einen Moment fühlte ich mich schrecklich verloren. Da war ich sechs gewesen, da hatte ich noch eine Mutter gehabt, die nach Zigaretten und Cinnabar roch, und es gab nichts Schöneres und Prachtvolleres als einen Musikpavillon im Sommer, und nur böse Leute machten Sachen kaputt.

»Was ist los, Pinchbeck?« Aber es war schon zu spät, Leons Gesicht im Mondlicht war hart und dunkel und wissend. »Schon genug gehabt?«

Mehr als genug. Doch das konnte ich Leon nicht sagen. Schließlich hatte ja ich die Behandlung verordnet.

»Komm schon«, drängte er mich. »Du musst es für eine Lektion in Geschmacksfragen halten.«

Das tat ich dann auch und reagierte sehr schnell. Leon hatte mir aufgetragen, den Pavillon zu zerstören, im Gegenzug forderte ich ihn heraus, Blechdosen an den Auspuff aller Autos zu binden, die vor dem Polizeirevier parkten. Unsere Einsätze schossen in die Höhe, unsere Streiche wurden zunehmend kompliziert und sogar surreal (eine Reihe toter Tauben am Zaun des Stadtparks, mehrere bunte Wandbilder an einer Seite der Methodistenkirche). Im ganzen Stadtgebiet entstellten wir Mauern, zerbrachen Fenster und erschreckten kleine Kinder. Nur an einem Ort waren wir noch nicht gewesen.

»St. Oswald's.«

»Kommt nicht in Frage.« Bislang hatten wir die Schule ausgeklammert – abgesehen von den Malen, als wir unseren künstlerischen Ehrgeiz auf der Wand des Sportpavillons austobten. Es waren noch ein paar Tage bis zu meinem dreizehnten Geburtstag, der die geheimnisvolle und lang erwartete Überraschung bringen sollte. Mein Vater tat cool, aber ich merkte, dass er sich ins Zeug legte. Er trank nicht, er trieb Sport, das Haus blitzte, und auf seinem Gesicht lag immer ein hartes, trockenes Grinsen, das nicht verriet, was in seinem Inneren vorging. Er sah aus wie Clint Eastwood in *Ein Fremder ohne Namen*, ein dicker Clint zwar, doch mit denselben zusammengekniffenen Augen, die sich auf einen kommenden apokalyptischen Showdown richteten. Das gefiel mir, deutete auf Entschlossenheit hin, und die wollte ich jetzt nicht durch einen dummen Streich ins Wanken bringen.

»Komm schon, Pinchbeck. *Fac ut vivas*. Du musst das Leben leben.«

»Wozu?« Ich wollte nicht allzu widerstrebend klingen, sonst würde Leon mich für feig halten. »Wir waren schon tausend Mal in St. Oswald's.«

»Aber das haben wir noch nie gemacht.« Seine Augen blitzten. »Du traust dich bloß nicht, gib's zu. Du traust dich nicht, auf das Dach der Kapelle zu klettern.« Dann lächelte er mich an, und in dem Augenblick sah ich den Mann, der er hätte werden können, seinen untergründigen Charme, seinen unwiderstehlichen Humor. Meine Liebe für ihn traf mich wie ein Fausthieb, das eine, reine Gefühl meiner komplizierten, verkorksten Jugend. Mir schoss der Gedanke durch den Kopf, dass ich mich, wenn er mir auftrug, vom Dach zu springen, vermutlich auch darauf einlassen würde.

»Das Dach?«

Er nickte.

Fast musste ich lachen. »In Ordnung, ich traue mich«, sagte ich. »Ich bringe dir ein Souvenir mit.«

»Das brauchst du gar nicht«, sagte er. »Das hole ich mir selbst. Was?« – als er meine Überraschung bemerkte –, »du glaubst doch nicht, dass ich dich alleine da raufklettern lasse, oder?«

Kapitel 40

St. Oswald's, Oberschule für Knaben
Mittwoch, 3. November

Fünf Tage, und noch immer kein Lebenszeichen von Knight. Und auch nichts Neues über Bishop, obwohl ich ihn neulich im Supermarkt sah, wie er benommen einen Wagen voller Katzenfutter vor sich herschob (dabei hat Pat Bishop meines Wissens gar keine Katze). Ich sprach ihn an, aber er antwortete nicht. Er wirkte, als stünde er unter Drogen, und ich muss gestehen, ich hatte nicht den Mut, weiter in ihn zu dringen.

Ich weiß allerdings, dass Marlene ihn jeden Tag anruft und fragt, ob er zurechtkommt. Die Frau hat ein großes Herz, und das ist mehr, als man vom Rektor behaupten kann, der allen Lehrkräften verboten hat, mit Bishop Kontakt zu haben, bis der Fall aufgeklärt ist.

Die Polizei war heute wieder den ganzen Tag im Haus, drei Beamte, die sich die Lehrkräfte, die Jungs und die Sekretärinnen mit der roboterhaften Effizienz von Schulinspektoren vornehmen. Eine Helpline wurde eingerichtet und die Jungs aufgefordert, anonym den Tatbestand zu erhärten. Viele Jungs haben auch schon angerufen – die meisten von ihnen, um zu schwören, dass Mr. Bishop sich nichts zuschulden kommen ließ. Andere werden während und nach dem Unterricht vernommen.

Die Jungs sind außer Rand und Band. Meine Klasse will über nichts anderes reden, aber da mir klipp und klar gesagt wurde, dass es Pat schaden könnte, wenn über die Sache gesprochen wird, bestehe ich darauf, dass sie das unterlassen. Viele sind verstört. In der vierten Stunde fand ich Brasenose weinend auf der

Toilette im Mittleren Korridor, und selbst Allen-Jones und McNair, die sonst jeder Sache eine komische Seite abgewinnen können, sind fahrig und teilnahmslos. Wie überhaupt die ganze Klasse – Anderton-Pullitt ist noch seltsamer als sonst und hat sich zusätzlich zu seinen vielen anderen Grillen ein extravagantes Hinken zugelegt.

Das neueste Gerücht besagt, dass auch Gerry Grachvogel vernommen wurde und möglicherweise angeklagt werden soll. Aber es kursieren noch andere, noch haarsträubendere Gerüchte, denen zufolge alle fehlenden Lehrkräfte unter Verdacht stehen.

Devines Name wurde genannt, und er fehlt heute tatsächlich, obwohl das an sich nichts zu bedeuten haben sollte. Es ist lächerlich, doch gestern Morgen stand im *Examiner*, zitiert nach »informierten Kreisen innerhalb der Schule« (höchstwahrscheinlich ein paar Jungs), ein seit mehreren Jahren bestehender Ring von Pädophilen sei in den »heiligen Hallen« der alten Lehranstalt ausgehoben worden.

Wie gesagt, das ist lächerlich. Ich bin seit dreiunddreißig Jahren in St. Oswald's, und ich weiß, wovon ich rede. So etwas ist hier undenkbar, und zwar nicht (wie der *Examiner* meint), weil wir uns für etwas Besseres halten, sondern einfach, weil in einem System wie St. Oswald's nichts lange verborgen bleibt. Bob Strange, der sich in seinem Büro hinter Stundenplänen verschanzt, mag vielleicht einiges entgehen, oder den Anzügen, die nichts wahrnehmen, das nicht als E-Mail vor ihnen liegt. Aber mir? Den Jungs? Niemals.

Natürlich gab es immer mal wieder einen Kollegen, der nicht ganz charakterfest war. Zum Beispiel ein Dr. Jehu (Oxon), der sich als einfacher Mr. Jehu von der Universität Durham herausstellte und einen gewissen Ruf hatte. Das war vor vielen Jahren, bevor solche Sachen Schlagzeilen machten, und er ging still und ohne Aufsehen, ohne dass ein Schaden entstanden war. Oder Mr. Tythe-Weaver, ein Kunsterzieher, der in seinem Unterricht Modellstehen *au naturel* einführte. Oder Mr. Groper, der eine unglückliche Leidenschaft zu einem jungen Schüler entwickelte. Oder selbst unser Grachvogel, von dem alle Jungs wissen, dass er homosexuell – und harmlos – ist, aber um seine Stellung fürchtet, wenn die Kuratoren das je herausfinden sollten. Dafür ist es jetzt ein bisschen spät, fürchte ich, doch er ist nicht »pervers«, wie der *Examiner* triumphierend schreibt. Light mag zwar ein Dummkopf und ein Esel sein, aber er ist meiner Ansicht nach ebenso wenig pervers wie Grachvogel. Devine? Dass ich nicht lache. Und was Bishop betrifft – also wirklich. Ich kenne Bishop. Was noch wichtiger ist: Die Jungs kennen ihn, sie lieben ihn. Und glauben Sie mir, hätte er auch nur den Hauch einer Abartigkeit, wären sie die Ersten gewesen, die das herausgefunden hätten. Jungs merken so etwas instinktiv, und in einer Schule wie St. Oswald's verbreiten sich Gerüchte mit der Geschwindigkeit einer Seuche. Verstehen Sie? Ich unterrichte seit dreiunddreißig Jahren mit Pat Bishop, und gäbe es auch nur einen einzigen Anhaltspunkt für diese Vorwürfe, wüsste ich Bescheid. Die Jungs hätten es mir gesagt.

Im Lehrerzimmer werden die Meinungen immer mehr polarisiert. Viele Kollegen weigern sich, überhaupt über die Sache zu reden aus Angst, in den Skandal verwickelt zu werden. Einige (aber nicht viele) sprechen sich dezidiert gegen die Vorwürfe aus. Andere nehmen die Gelegenheit wahr, in aller Stille geistigen Unrat zu verbreiten.

Eine davon ist Penny Nation. Ich muss daran denken, dass Keane sie in seinem Notizbuch als »gefährlichen Gutmenschen« beschrieb, und frage mich, wie ich so viele Jahre Seite an Seite mit ihr arbeiten konnte, ohne zu merken, dass sie im Grunde ihres Herzens böse ist.

»Ein Konrektor sollte wie ein Premierminister sein«, verkündete sie heute Mittag im Lehrerzimmer. »Glücklich verheiratet – wie Geoff und ich« – ein rasches Lächeln zu ihrem Kapitän, der heute marineblaue Nadelstreifen trägt, passend zu Pennys Rock und Twinset. Am Revers steckt ein kleiner silberner Fisch. »Das würde jeder Verdächtigung von vorneherein die Grundlage nehmen, nicht wahr?«, fuhr Penny fort. »Überhaupt, wenn man mit *Kindern* arbeiten will« – sie sprach das Wort honigsüß aus, wie ein Voiceover bei Walt Disney, als wollte sie beim bloßen Gedanken an Kinder dahinschmelzen –, »dann sollte man doch selbst wenigstens eins haben, oder?«

Dann wieder das Lächeln. Ich überlege mir, ob sie wohl ihren Mann in nicht allzu ferner Zukunft an Pats Stelle sieht. Den Ehrgeiz dazu hat er auf jeden Fall. Er ist ein frommer Kirchgänger, ein Familienmensch, ein Ehrenmann, hat zahlreiche Fortbildungsseminare absolviert.

Er ist nicht der Einzige, der sich Hoffnungen macht. Eric Scoones hat seine Ansprüche angemeldet – was mich überrascht, denn ich hatte ihn für einen fairen Menschen gehalten, trotz seiner Bitterkeit, dass er bei Beförderungen immer übergangen wurde. Aber offenbar habe ich mich getäuscht. Als ich heute Nachmittag den Gesprächen im Lehrerzimmer zuhörte, war ich entsetzt zu erfahren, dass er mit den Vereinten Nationen gegen Hillary Monument Partei ergriff – der immer zu Pat gestanden hat und außerdem am Ende seiner Laufbahn angelangt ist, so dass er nichts zu verlieren hat, wenn er unverblümt seine Meinung äußert.

»Ich wette zehn zu eins, dass sich das alles als ein entsetzlicher Irrtum herausstellt«, sagte Monument. »Diese Computer – denen kann man doch nicht trauen. Ständig stürzen sie ab. Und dann dieser – wie heißt es gleich? Spam, genau. Ich wette, Pat hat Spam-Mails auf seinen Computer bekommen und wusste nicht, was es ist. Und was Grachvogel angeht, der ist ja nicht einmal verhaftet worden. Sie haben ihn vernommen, mehr nicht. Er hilft der Polizei bei den Ermittlungen.«

Eric brummte abschätzig. »Das werden Sie schon noch sehen«, sagte er (und das von einem Menschen, der den Computer ebenso scheut wie ich). »Sie sind einfach zu vertrauensselig. Hinterher sagen doch immer alle, wenn ein Kerl von einer Autobahnbrücke aus zehn Menschen erschossen hat: ›Aber er war so ein netter Mensch!‹ Oder ein Erzieher, der seit Jahren mit kleinen Jungs herummacht: ›Ach, und die Kinder haben ihn so gern gehabt, das hätte ich nie für möglich gehalten.‹ Das ist das Problem. Niemand denkt sich irgendetwas. Niemand denkt sich, dass es vor unserer eigenen Nase passieren könnte. Außerdem, was wissen wir denn eigentlich von Pat Bishop? Sicher, er benimmt sich einwandfrei, aber etwas anderes wäre doch nicht zu erwarten, oder? Aber was wissen wir denn wirklich über ihn? Oder über jeden anderen unserer Kollegen?«

Die Bemerkung gab mir zu denken, tut sie immer noch. Eric und Pat liegen sich seit Jahren in den Haaren, allerdings dachte ich immer, das wäre wie bei mir und Dr. Devine – nichts Persönliches. Natürlich ist Scoones verbittert. Ein guter Lehrer, wenn auch etwas altmodisch, und er hätte einen ganz guten Klassstufenleiter abgeben können, wenn er sich etwas mehr um die Schulleitung bemüht hätte. Aber im Grunde habe ich ihn immer für aufrecht gehalten. Wenn ich je einen Kollegen hätte nennen müssen, der Bishop in den Rücken fällt, dann hätte ich mit Sicherheit nicht an Eric gedacht. Jetzt bin ich mir nicht mehr so sicher. Heute im Lehrerzimmer habe ich einen Ausdruck auf seinem Gesicht bemerkt, der mir mehr sagte, als ich je über Eric Scoones erfahren wollte. Sicher, er war immer schon ein Klatschmaul, aber erst jetzt, nach all den Jahren, sehe ich die triumphierende Schadenfreude in seinen Augen.

Das tut mir Leid. Aber er hat natürlich Recht. Was wissen wir denn über unsere Kollegen? Dreiunddreißig Jahre, und was wissen wir? Für mich war die schreckliche Offenbarung nicht Pat, sondern alle anderen. Scoones. Die Nationen. Roach, der befürchtet, seine Freundschaft mit Light und Grachvogel könnte ihn für die Polizei verdächtig machen. Beard, der die ganze Sache als persönlichen Angriff auf den Fachbereich Informatik sieht. Timid, der nur alles nachplappert, was Beard ihm vorbetet. Easy, der ewige Mitläufer. McDonaugh, der in der Pause erklärte, nur ein Geisteskranker könne den homosexuellen Grachvogel als Lehrkraft eingestellt haben.

Das Schlimmste ist, dass jetzt niemand solchen Ansichten mehr widerspricht. Selbst Kitty, die mit Gerry ganz gut befreundet war und Bishop gelegentlich zum Essen einlud, sagte mittags nichts, sondern schaute nur missbilligend in ihren Kaffeebecher und wich meinem Blick aus. Ich weiß, sie hat momentan andere Sorgen. Trotzdem, darauf hätte ich verzichten können. Vielleicht ist Ihnen nicht entgangen, dass ich Kitty Teague gerne leiden mag.

Immerhin muss ich mit Erleichterung feststellen, dass bei ein oder zwei doch noch Vernunft waltet. Chris Keane und Dianne Dare gehören zu den ganz wenigen, die sich nicht haben anstecken lassen. Als ich mir Tee einschenkte und dabei innerlich immer noch gegen die Kollegen wütete, die Bishop summarisch verdammen, standen sie zusammen am Fenster.

»Ich finde, jeder hat das Recht, seine Meinung zu äußern«, sagte Keane, als ich ihm meine Gefühle darlegte. »Klar, ich kenne Mr. Bishop kaum, aber ich muss sagen, irgendwie kommt er mir nicht wie der Typ dafür vor.«

»Mir auch nicht«, sagte Miss Dare. »Außerdem habe ich den Eindruck, dass die Jungen ihn wirklich gerne mögen.«

»Das tun sie auch«, sagte ich laut und mit einem herausfordernden Blick auf die moralische Mehrheit. »Das ist alles ein einziger Irrtum.«

»Oder eine Intrige«, sagte Keane nachdenklich.

»Eine Intrige?«

»Warum nicht?« Er zuckte mit den Achseln. »Jemand, der sich rächen will. Eine Lehrkraft, die sich übergangen fühlt. Ein ehemaliger Schüler. Irgendjemand. Man bräuchte sich nur Zutritt zur Schule zu verschaffen, und mit ein paar Computerkenntnissen ...«

Computer. Ich habe doch immer schon gesagt, dass wir ohne sie besser dran wären. Aber Keanes Worte gaben mir zu denken – ich fragte mich sogar, warum ich nicht von selbst auf die Idee gekommen war. Nichts schadet einer Schule mehr als ein Sexskandal. War nicht in Sunnybank Park einmal etwas Ähnliches passiert? Hatte ich es nicht selbst erlebt, in den Tagen des alten Rektors?

Natürlich, Shakeshaftes Vorliebe hatte nicht Jungs gegolten, sondern Sekretärinnen und jungen weiblichen Lehrkräften. Solche Affären ziehen selten Kreise über schulinternen Klatsch und Tratsch hinaus und werden gewöhnlich zwischen Erwachsenen gelöst.

Aber bei diesem Fall liegt die Sache anders. Die Zeitungen haben die Jagd auf den Lehrerstand eröffnet. Die Boulevardpresse bringt zurzeit fast ausschließlich Geschichten über Pädophilie. Keine Woche vergeht ohne neue Anklagen. Lehrer, Jugendgruppenleiter, Polizisten, Pfarrer – alle sind sie Freiwild.

»Das ist gut denkbar.« Das kam von Timid, der unser Gespräch verfolgt hatte. Ausgerechnet von ihm eine Meinung zu hören, hatte ich als Letztes erwartet. Bislang hatte er nichts getan, als bei jeder Äußerung Beards heftig mit dem Kopf zu nicken. »Ich könnte mir vorstellen, dass es eine ganze Reihe von Leuten gibt, die mit St. Oswald's ein Hühnchen zu rupfen haben«, fuhr er in seiner Fistelstimme fort. »Fallow zum Beispiel. Oder Knight.«

»Knight?« Augenblicklich herrschte Stille. Angesichts der Lawine, den der große Skandal losgetreten hatte, hatte ich meinen abtrünnigen Zögling fast vergessen. »Das würde Knight nie im Leben machen.«

»Warum nicht?«, widersprach Keane. »Vom Typ her wäre er der Richtige.«

O ja, das stimmte in der Tat. Ich merkte, dass Eric Scoones' Gesicht sich verdüsterte. Er hörte uns zu, und den betont unbeteiligten Mienen meiner Kollegen entnahm ich, dass auch sie dieses Gespräch verfolgten. »Die Passwörter lassen sich leicht herausfinden«, erklärte Timid. »Ich meine, jeder, der Zugriff auf die Administrationskonsole hat …«

»Das ist lächerlich«, sagte Mr. Beard. »Die Passwörter sind absolut geheim.«

»Ihres ist *AMANDA*«, sagte Keane mit einem Lächeln. »Der Name Ihrer Tochter. Mr. Bishops ist *GO-JONNY-GO* – dazu braucht man bei einem überzeugten Rugby-Fan nicht allzu viel

Fantasie. Gerrys ist vermutlich etwas aus *Akte X. MULDER* vielleicht oder *SCULLY* …«

Miss Dare lachte. »Sagen Sie mal, sind Sie Profi-Spion, oder machen Sie das nur zum Vergnügen?«

»Ich bin einfach aufmerksam«, sagte Keane.

Aber Scoones war noch nicht überzeugt. »Keiner von unseren Jungs würde das wagen«, sagte er. »Schon gar nicht dieser kleine Knilch.«

»Warum nicht?«

»Das würde er einfach nicht«, wiederholte Scoones abschätzig. »Um es mit St. Oswald's aufzunehmen, braucht man Mumm in den Knochen.«

»Oder Köpfchen«, widersprach Keane. »Wie bitte? Wollen Sie mir allen Ernstes sagen, dass das noch nie vorgekommen ist?«

Kapitel 41

Mittwoch, 4. November

Wie ärgerlich. Wo ich mich gerade Bishop widmen wollte. Um mich aufzubauen, ging ich in der Stadt ins Internet-Café, öffnete Knights E-Mail-Konto (mittlerweile wird es bestimmt von der Polizei überwacht) und schickte ein paar erfreulich unerfreuliche Mails an ausgewählte Lehrkräfte von St. Oswald's. Damit konnte ich zumindest einen Teil meines Ärgers abreagieren; und vermutlich nähre ich damit die Hoffnung, dass Knight noch am Leben ist.

Dann ging ich nach Hause, um einen neuen Artikel des Maulwurfs an den *Examiner* zu mailen. Ich schickte eine SMS von Knights Handy an Devines, und anschließend rief ich Bishop an, wobei ich mir einen Akzent zulegte und meine Stimme verstellte. Danach ging es mir ein ganzes Stück besser – seltsam, es kann wirklich die Laune heben, wenn man langweilige Pflichten erledigt –, und nach mehrfachem lauten Stöhnen kam ich zur Sache und verspritzte mein Gift.

Ich fand, dass seine Stimme heiserer klang als sonst, als wäre er auf Drogen. Andererseits ging es zu dem Zeitpunkt schon auf Mitternacht zu, also hatte er womöglich bereits geschlafen. Ich selbst brauche nicht viel Schlaf – drei bis vier Stunden sind mehr als ausreichend –, und ich träume selten. Es überrascht mich immer, wenn andere Leute ohne ihre acht oder zehn Stunden Schlaf zusammenklappen, dabei verbringen die meisten die Nacht doch nur damit, unnütze, wirre Sachen zu träumen, die man sich hinterher anhören muss. Ich vermute, dass Bishop tief schläft und bunte Bilder träumt, ein Freud'scher Analytiker. Aber nicht in dieser Nacht. In dieser Nacht würden ihm andere Sachen durch den Kopf gehen.

Eine Stunde später rief ich erneut an. Dieses Mal war Bishops Stimme so heiser wie mein Vater nach einer Nacht auf der Piste. »Was wollen Sie?« Das Röhren eines Bullen, verzerrt durch die Leitung.

»Sie wissen, was wir wollen.« »Wir«. Immer nützlich, um Paranoia zu schüren. »Wir wollen Gerechtigkeit. Wir wollen, dass Sie Ihre gerechte Strafe bekommen, Sie mieser, perverser Sack.«

Da hätte er natürlich schon längst auflegen sollen. Aber schnelles Denken war noch nie Bishops Stärke. Stattdessen plusterte er sich auf, wurde wütend, wollte argumentieren. »Anonyme Anrufe? Was Besseres fällt Ihnen nicht ein? Lassen Sie mich Ihnen eins sagen ...«

»Nein, Bishop. Lassen Sie mich Ihnen etwas sagen.« Meine Stimme ist dünn und hart, durchschneidet das Knistern in der Leitung. »Wir kennen den Dreck, den Sie am Stecken haben. Wir wissen, wo Sie wohnen. Wir kriegen Sie. Es ist nur eine Frage der Zeit.«

Klick.

Sie sehen, nichts Großartiges. Bei Grachvogel hat es schon Wirkung gezeigt – er hat das Telefon ausgestöpselt. Heute Abend schaute ich noch kurz bei ihm vorbei, nur um sicherzugehen. Einmal war ich fast überzeugt, dass ich jemand zwischen den Wohnzimmervorhängen nach draußen spähen sah, aber ich hatte Handschuhe und eine Kapuze an, und ich wusste, dass er sich nie trauen würde, das Haus zu verlassen.

Dann rief ich ein drittes Mal bei Bishop an.

»Wir sind fast am Ziel«, sagte ich in meiner hohen Stimme.

»Wer sind Sie?« Dieses Mal war er hellwach, sein Ton schrill. »Was wollen Sie denn, in Gottes Namen?«

Klick.

Und dann nach Hause, ins Bett, für die nächsten vier Stunden.

In dieser Nacht träumte ich.

Kapitel 42

»Was ist los, Pinchbeck?«

23. August, der Abend vor meinem 13. Geburtstag. Wir standen in St. Oswald's vor dem Fallgatter, ein prätentiöser Anbau aus dem 19. Jahrhundert, der den Eingang zur Bibliothek und zur Kapelle bildet. Diesen Ort mochte ich in der ganzen Schule am liebsten. Er schien direkt einem Roman von Walter Scott entsprungen. Über dem Schulmotto »*Audere, agere, auferre*« – eine relativ neue Erfindung, aber ein paar lateinische Wörter verfehlen bei zahlender Klientel nie ihre Wirkung – prangte das Schulwappen.

Leon grinste mich an, das Haar hing ihm verwegen in die Augen. »Gib's zu, Queenie«, sagte er spöttisch. »Sieht von hier unten ein ganzes Stück höher aus, oder?«

Ich zuckte mit den Achseln. Noch war seine Spöttelei harmlos, doch ich kannte ihn. Wenn ich Schwäche zeigte, wenn ich mich auch nur andeutungsweise über diesen dummen Spitznamen ärgerte, würde er mit der ganzen Wucht seines Sarkasmus und seiner Verachtung zuschlagen.

»Ja, es ist hoch«, sagte ich unbekümmert. »Aber ich bin schon oben gewesen. Wenn man den Weg kennt, ist es gar kein Problem.«

»Wirklich?« Ich sah, dass er mir nicht glaubte. »Das musst du mir beweisen.«

Ich wollte nicht. Die Hauptschlüssel meines Vaters waren ein Geheimnis, in das ich niemanden einweihen wollte, nicht einmal (oder vielleicht vor allem nicht) Leon. Aber ich spürte den Bund in meiner Hosentasche, spürte, wie er mich förmlich drängte, es ihm zu sagen, ihm mein Geheimnis anzuvertrauen, die letzte verbotene Grenze zu übertreten.

Leon beobachtete mich wie eine Katze, die nicht genau weiß, ob sie mit der Maus spielen oder ihr die Eingeweide herausreißen möchte. Plötzlich und mit überwältigender Macht stieg in mir das Bild von Leon und Francesca im Garten auf, seine Hand lässig auf ihrer, seine Haut olivbraun schimmernd im getüpfelten Schatten. Kein Wunder, dass er sie liebte. Wie konnte ich jemals mit ihr mithalten? Sie und er hatten etwas gemeinsam, ein Geheimnis, etwas Mächtiges, das ich ihm nie würde bieten können.

Oder vielleicht doch.

»Wow.« Mit aufgerissenen Augen betrachtete Leon die Schlüssel. »Wo hast du die her?«

»Geklaut«, sagte ich. »Von Glatzen-Johnnys Tisch, vor den Sommerferien.« Wider Willen musste ich über den Gesichtsausdruck meines Freundes lachen. »Dann habe ich sie in der Mittagspause beim Schlosser nachmachen lassen und wieder zurückgelegt.« Das entsprach im Großen und Ganzen der Wahrheit. »Der faule Sack hat's nicht mal gemerkt.«

Jetzt sah Leon mich mit funkelnden Augen an. In diesem Funkeln lag Bewunderung, aber es bereitete mir auch Unbehagen. »Ah ja«, sagte er schließlich. »Und ich dachte schon, du wärst auch bloß einer von den Knirpsen ohne Hirn und Mumm. Du hast niemandem davon erzählt?«

Ich schüttelte den Kopf.

»Sehr schön«, sagte Leon leise, und langsam zog das zärtlichste, gewinnendste Lächeln über sein Gesicht. »Dann ist es jetzt unser Geheimnis.«

Es hat etwas Magisches, ein Geheimnis mit jemandem zu teilen. Diesen Zauber empfand ich damals, als ich Leon durch mein Reich führte, auch wenn sich immer wieder Bedauern in mir regte. Die Flure und Nischen, die verborgenen Dächer und geheimen Kellerräume von St. Oswald's gehörten nicht mehr mir allein. Jetzt gehörten sie auch Leon.

Aufs Dach gelangten wir durch ein Fenster im Oberen Korridor. Bevor ich die Tür sorgsam hinter uns abschloss, deaktivierte ich die Alarmanlage in dem Teil des Gebäudes, in dem wir uns befanden. Es war spät, nach elf Uhr, und mein Vater hatte seine Kontrollrunden schon lange abgeschlossen. Zu dieser Zeit würde keiner mehr kommen. Niemand würde auch nur ahnen, dass wir hier waren.

Das Fenster führte aufs Dach der Bibliothek. Geübt kletterte ich hinaus, gefolgt von Leon. Hier fielen die bemoosten Dachziegel sanft zu einer tiefen, mit Blei ausgekleideten Regenrinne hinab. Entlang der Rinne führte ein Steg, damit der Hausmeister sie mit dem Besen von Laub befreien konnte, was mein Vater wegen seiner Höhenangst jedoch nie getan hatte. Entsprechend waren sie mit Erde, Blättern und Vogelfedern verstopft.

Ich schaute nach oben. Der Mond war fast voll, hob sich magisch vor einem dunkelbraunen Himmel ab. Hin und wieder zog eine kleine Wolke vor ihn, aber er leuchtete trotzdem noch hell genug, um jeden Kamin, jede Rinne und jeden Dachziegel bläulich schwarz hervorzuheben. Leon, der hinter mir stand, atmete laut ein. »Wow!«

Ich sah nach unten. Weit unter mir lag das Pförtnerhaus, es glühte wie eine Laterne. Dort war mein Vater, schaute fern oder machte Liegestütze vor dem Spiegel. Offenbar hatte er nichts mehr dagegen, dass ich nachts unterwegs war, schon seit ein paar Wochen fragte er nicht mehr, mit wem ich wegging und wohin.

»Wow«, sagte Leon wieder.

Ich grinste und empfand absurderweise Stolz, als hätte ich das alles mit eigenen Händen erbaut. Ich griff nach einem Seil, das ich vor einigen Monaten dort angebracht hatte, und schwang mich auf den First. Die Kamine ragten wie Könige über mir auf, ihre schweren Kronen hoben sich schwarz vom Nachthimmel ab. Und darüber die Sterne.

»Komm schon!«

Mit ausgestreckten Armen wiegte ich mich, und einen Moment glaubte ich fast, ich könnte in die sternenglänzende Luft treten und fliegen.

»Jetzt mach schon!«

Langsam folgte Leon mir. Das Mondlicht verwandelte uns beide in Gespenster. Sein bleiches Gesicht schaute verwundert – ein staunendes Kindergesicht. »Wow.«

»Es kommt noch besser.«

Ermutigt durch meinen Erfolg, führte ich ihn auf den Steg, ein breiter, von Schatten umrissener Pfad. Ich hielt ihn an der Hand, und er wehrte sich nicht, sondern folgte mir gehorsam, einen Arm ausgestreckt wie ein Seiltänzer. Zweimal warnte ich ihn, einmal vor einem losen Stein, ein zweites Mal vor einer kaputten Leiter.

»Wie lange kommst du schon hier rauf?«

»Eine ganze Weile.«

»Cool.«

»Gefällt's dir?«

»O ja-a.«

Eine halbe Stunde später, nach Klettern und Steigen, machten wir Rast auf der flachen, breiten Brüstung oberhalb des Kapellendachs. Die schweren Steinplatten speicherten die Wärme der Sonneneinstrahlung, und so waren sie selbst jetzt noch angenehm. Wir lagen auf der Brüstung, Wasserspeier zu unseren Füßen. Leon holte eine Schachtel Zigaretten heraus, und wir teilten uns eine und sahen auf die Stadt, die wie eine Lichterdecke vor uns ausgebreitet lag.

»Das ist ja irre. Ich kann's gar nicht glauben, dass du mir nie davon erzählt hast.«

»Aber jetzt habe ich's dir doch gesagt, oder?«

»Hmm.«

Er lag neben mir, die Hände unter dem Kopf verschränkt. Sein Ellbogen berührte meinen, ich spürte den leichten Druck wie von einer Hitzequelle.

»Stell dir vor, hier oben zu vögeln«, sagte er. »Man könnte die ganze Nacht hier auf dem Dach verbringen, ohne dass es einer merkt.« Er klang ein wenig vorwurfsvoll, wie er sich Nächte mit der schönen Francesca im Schatten der Dachkönige vorstellte.

»Schon möglich.«

Daran wollte ich jetzt als Allerletztes denken – nicht an die beiden. Das teilte ich ihm wortlos mit. Seine Nähe war unerträglich, juckte wie Nesselfieber. Ich konnte seinen Schweiß und den Zigarettenrauch riechen, den leicht öligen Moschusgeruch seiner langen Haare. Er starrte zum Himmel hinauf, die Augen voller Sterne.

Verstohlen streckte ich die Hand aus, spürte seine Schulter an meinen Fingerspitzen als fünf kleine Hitzepunkte. Leon reagierte nicht. Langsam breitete ich die Hand aus, sie wanderte über seinen Ärmel, den Arm, seine Brust. Ich überlegte mir nicht, was ich tat, meine Hand schien von meinem Körper losgelöst.

»Fehlt sie dir? Francesca, meine ich?« Meine Stimme zitterte, endete unwillentlich in einem Kiekser.

Leon grinste. Er war schon vor Monaten in den Stimmbruch gekommen und verspottete mich oft wegen meiner Unreife. »Eh Pinchbeck, du bist noch ein richtiges Baby.«

»Ich frage ja nur.«

»Ein Baby.«

»Halt die Klappe, Leon.«

»Meinst du wirklich, das wäre die ganz große Liebe gewesen? Mit Mondschein und Gedichten, Liebe und Romantik? Heiliger Himmel, Pinchbeck, wie banal!«

»Halt die Klappe, Leon.« Mir brannte das Gesicht, ich dachte an Sternenlicht, an Winter, Eis.

Er lachte. »Tut mir Leid, dir deine Illusionen zu rauben, Queenie.«

»Was meinst du damit?«

»Ich meine *Liebe,* verdammt. Sie war bloß was fürs Bett, 'ne Bumsnummer.«

Das schockierte mich. »Das war sie nicht.« Ich dachte an Francesca, ihr langes Haar, die geschmeidigen Beine. Ich dachte an Leon und alles, was ich für ihn geopfert hatte, für die Romantik, für die Qual und die Freude, seine Leidenschaft zu teilen. »Und das weißt du auch. Und nenn mich nicht Queenie.«

»Was sonst?« Er setzte sich auf, seine Augen blitzten.

»Jetzt komm, Leon. Hör auf rumzublödeln.«

»Du hast gedacht, sie wäre die Erste, stimmt's?« Er grinste. »Eh Pinchbeck, sei nicht kindisch. Allmählich klingst du genau wie sie. Ich meine, schau dich doch an, willst mich über meinen Liebeskummer wegtrösten, als könnte ein *Mädchen* mir je was wert sein …«

»Aber du hast doch gesagt …«

»Ich habe dich aufgezogen, Blödmann. War dir das nicht klar?«

Verständnislos schüttelte ich den Kopf.

Leon knuffte mich am Arm, nicht unfreundlich. »Queenie. Du bist wirklich endlos romantisch. Klar war sie ganz lieb, auch wenn sie bloß ein Mädchen ist. Aber sie war nicht die Erste. Und ehrlich gesagt nicht einmal die Beste, die ich hatte. Und ganz bestimmt – ganz bestimmt – nicht die Letzte.«

»Das glaube ich dir nicht«, sagte ich.

»Nein? Dann hör mir mal gut zu, Kleiner.« Lachend, voller Energie, die Härchen auf seinen Armen silbrig im Mondlicht. »Habe ich dir je erzählt, warum ich von meiner letzten Schule geflogen bin?«

»Nein. Warum?«

»Weil ich einen Lehrer gefickt habe, Queenie. Mr. Weeks, Metallarbeiten. In der Werkstatt, nach Schulschluss. Gab endlos Ärger …«

»Nein!« Fassungslos stimmte ich in sein Lachen ein.

»Hat gesagt, er würde mich lieben. Blödes Arschloch. Hat mir Briefe geschrieben.«

»Echt?« Die Augen aufgerissen. »Im Ernst?«

»*Mir* hat niemand die Schuld gegeben. Korruption, sagten sie.

Sensibler Junge, gefährlicher Lüstling. Zum Schutz des unschuldigen Minderjährigen wurde der Name nicht genannt. Es ging damals durch alle Zeitungen.«

»Wow.« Ich zweifelte nicht im mindesten, dass er mir die Wahrheit sagte. Das erklärte vieles – seinen Gleichmut, seine sexuelle Frühreife, seine Tollkühnheit. Gott, seine Tollkühnheit. »Was ist passiert?«

Leon zuckte mit den Achseln. »*Pactum factum*. Der Typ wurde verurteilt, sieben Jahre. Hat mir sogar ein bisschen Leid getan.« Er lächelte nachsichtig. »Der war eigentlich ganz okay, Mr. Weeks. Hat mich in Clubs mitgenommen und so. Aber hässlich. Und einen fetten Bierbauch hatte er. Und alt noch dazu – ich meine, dreißig ...«

»Leon!«

»Na ja. Man braucht ja nicht hinzugucken. Und er hat mir Sachen geschenkt – Geld, CDs, diese Uhr, die hat knapp fünfhundert Pfund gekostet ...«

»Im Ernst?«

»Meine Ma ist ausgerastet. Ich musste zum Seelenklempner und solchen Scheiß. Hätte mich traumatisieren können, sagte sie. Ich könnte es womöglich nie überwinden.«

»Und wie ...« In meinem Kopf flirrte es vor der Nachtluft und seinen Enthüllungen. Ich schluckte trocken. »Und wie ...«

»Wie's war?« Grinsend drehte er sich zu mir und zog mich an sich. »Du meinst, du willst wissen, wie es war?«

Die Zeit schlingerte. Von den vielen Abenteuergeschichten, die ich früher verschlungen hatte, wusste ich, dass in bestimmten Momenten die Zeit stehen bleibt, wie in: »*Eine Sekunde blieb die Zeit stehen, als die Kannibalen auf die hilflosen Jungen zuschlichen.*« Aber jetzt fühlte ich regelrecht, wie sie schlingerte, wie ein Güterzug, der viel zu schnell anfährt. Wieder war ich losgelöst, meine Hände flatterten und flogen wie Vögel, Leons Lippen auf meinen, seine Hände, die zielstrebig und wunderbar an meinen Kleidern zerrten.

Er lachte immer noch, ein Junge von Licht und Dunkel, ein Gespenst, und unter mir spürte ich die raue jungenhafte Wärme der Dachziegeln, die Reibung von Haut gegen Stoff. Ich war dem Vergessen nahe, berauscht und voller Angst, entsetzt und in Trance vor irrationaler Freude. Gefahr gab es keine, ich war nichts als Haut, jeder Quadratzentimeter Millionen von Punkten hilfloser Empfindung. Gedanken schwirrten mir wie Glühwürmchen durch den Kopf.

Er hat sie nie geliebt.

Liebe ist *banal.*

Ein Mädchen könnte ihm nie so viel bedeuten.

Ach Leon, Leon.

Er zog sein Hemd aus, mühte sich mit dem Reißverschluss meiner Hose, und die ganze Zeit lachte und weinte ich, und er redete und lachte, Worte, die ich über dem seismischen Pulsieren meines Herzschlags kaum hören konnte.

Dann hörte es auf.

Einfach so. Ein erstarrtes Bild unserer nackten, halb nackten Körper, ich in der Schattensäule, die neben dem hohen Kamin verlief, er im Mondlicht, eine Eisstatue. Yin und Yang, mein Gesicht erleuchtet, seines finster vor Verblüffung, Schock, Wut.

»Leon …«

»Guter Gott.«

»Leon, es tut mir Leid, ich hätte …«

»Guter Gott!« Er wich zurück, streckte die Hände abwehrend aus. »Verdammte Scheiße, Pinchbeck …«

Die Zeit. Die Zeit schlingerte. Sein Gesicht, von Hass und Ekel entstellt. Seine Hände, die mich in die Dunkelheit stießen.

Worte kämpften in mir wie Kaulquappen in einem zu kleinen Glas. Kein einziges kam heraus. Ich verlor das Gleichgewicht, fiel gegen den Kamin, sprach nicht, weinte nicht, war nicht einmal wütend. Das kam später.

»Du perverser Fiesling!« Leons Stimme, zitternd, ungläubig. »Du mieser, perverser Fiesling!«

Die Verachtung, der Hass in seiner Stimme sagten mir alles,

was ich zu wissen brauchte. Ich schrie auf, ein langer, verzweifelter Schrei voll Bitterkeit und Verlust, und dann lief ich, huschte in meinen Turnschuhen über die bemoosten Dachziegel, die Brüstung und den Steg entlang.

Leon folgte mir fluchend, massig in seiner Wut. Aber er kannte die Dachlandschaft nicht. Ich hörte ihn weit hinter mir stolpern, rücksichtslos über die Ziegel krachen, immer mir nach. Schindeln lösten sich und landeten wie Mörser knallend unten im Hof. Als er von der Kapelle herübersprang, rutschte er aus und fiel hin, ein Kamin fing seinen Sturz auf, aber von der Wucht zitterte jede Regenrinne, jeder Ziegel, jedes Rohr. Ich packte einen Holunderbusch, die spindeligen Äste, die aus einem seit Urzeiten verstopften Abflussrohr wucherten, und hievte mich in die Höhe. Und hinter mir kletterte Leon mir nach und verwünschte mich mit Obszönitäten.

Ich lief instinktiv. Im Moment war es sinnlos, ihn zur Vernunft bringen zu wollen. Die Wutanfälle meines Vaters waren genauso, und ich kam mir vor, als wäre ich wieder neun Jahre alt und müsste seinem tödlichen Faustschlag ausweichen. Später würde ich es Leon vielleicht erklären können. Später, wenn er Zeit gehabt hatte, darüber nachzudenken. Im Moment wollte ich einfach nur weg.

Um keine Zeit zu verlieren, versuchte ich gar nicht, zum Bibliotheksfenster zurückzukommen. Der Glockenturm mit den kleinen Balkons, halb zerfressen von Flechten und Taubenkot, war näher. Dieser Turm war auch eine der arroganten Finessen von St. Oswald's – der kleine kastenartige Bau mit seinen Bögen hatte meines Wissens nie eine Glocke beherbergt. An einer Seite führte ein Bleirohr steil hinab, das in einem Überlauf mündete, aus dem das Regenwasser in einen tiefen, von Tauben verseuchten Trichter zwischen den Gebäuden floss. Auf der anderen Seite fiel es vertikal ab, ein schmaler Sims war alles, das zwischen mir und dem Nordhof in knapp siebzig Meter Tiefe verlief.

Vorsichtig blickte ich nach unten.

Ich wusste von meinen Wanderungen über die Dächer, dass direkt unter mir Straitleys Zimmer lag und dass die Tür, die von dort auf den bröckelnden Balkon führte, kaputt war. Balancierend stand ich auf dem Laufgang, versuchte die Entfernung zwischen meinem Standort und der Balkonbrüstung abzuschätzen, dann sprang ich leichtfüßig hinüber und von dort in die Sicherheit des kleinen Balkons.

Die Tür ließ sich, wie erwartet, leicht aufbrechen. Ich kroch hinein, achtete nicht auf den kaputten Haken, der sich in meinen Rücken bohrte, und sofort schrillte die Alarmanlage – ein hohes, unerträgliches Kreischen, das mich lähmte und mir die Orientierung nahm.

In Panik kroch ich denselben Weg zurück. Unten im Hof gingen die Überwachungsscheinwerfer an, und ich tauchte aus dem grellen Licht ab, fluchte hilflos.

Alles war falsch gelaufen. Ich hatte die Alarmanlage im Bibliotheksflügel deaktiviert, aber in meiner Panik und Verwirrung vergessen, dass die Anlage im Glockenturm noch angestellt war, und jetzt gellte die Sirene, gellte im schrillen Misston, mein Vater konnte sie unmöglich überhören, und Leon war noch irgendwo hier oben, Leon saß in der Falle …

Ich sprang vom Balkon auf den Laufgang zurück, schaute dabei in den hell erleuchteten Hof hinunter. Dort standen zwei Gestalten, blickten nach oben, ihre Riesenschatten breiteten sich wie Fächer um sie aus. Ich drückte mich in den Schutz des Glockenturms, kroch zum Rand des Dachs und äugte wieder hinab.

Pat Bishop beobachtete mich von dort unten, und neben ihm stand mein Vater.

Kapitel 43

»Da oben.« Funkstimmen über die Ferne hinweg. Ich kroch sofort zurück, aber Bishop hatte die Bewegung schon gesehen, den runden Kopf vor dem erleuchteten Himmel. »Jungen auf dem Dach.«

Jungen. Natürlich war das seine erste Vermutung.

»Wie viele?« Das war wieder Bishop, damals jünger, fit und drahtig, und sein Gesicht war nur leicht gerötet.

»Weiß nicht, Sir. Mindestens zwei, würde ich sagen.«

Noch einmal riskierte ich einen Blick. Mein Vater schaute gebannt nach oben. Sein Gesicht war weiß. Bishop sprintete schon los, ein einziges Muskelpaket. Mein Vater folgte ihm langsamer, sein gigantischer Schatten verdoppelt und verdreifacht im Licht der Strahler. Ich nahm mir nicht die Zeit, sie weiter zu beobachten. Ich wusste, was sie vorhatten.

Mein Vater hatte die Alarmanlage ausgeschaltet. Das Megafon war Bishops Idee, das verwendete er immer bei Sporttagen und Feuerübungen, und seine Stimme klang damit unerträglich nasal und durchdringend.

»*He, Jungs!*«, rief er. »*Bleibt, wo ihr seid! Kommt nicht herunter! Hilfe naht!*«

So redet Bishop in Notsituationen – wie eine Figur aus einem amerikanischen Actionfilm. Ich merkte, dass ihm diese Rolle gefiel, der neu ernannte Konrektor, ein Mann der Tat, ein Friedenstifter und Berater der Welt.

Er hat sich in den fünfzehn Jahren, die seitdem vergangen sind, kaum verändert – das tun Menschen mit dieser Art selbstgerechter Arroganz selten. Schon damals glaubte er, er könnte mit einem einfachen Megafon und ein paar markigen Worten alles richten.

Es war halb zwei, der Mond war untergegangen, der Himmel, der zu der Jahreszeit nie ganz dunkel wird, glühte transparent. Irgendwo über mir auf dem Dach der Kapelle wartete Leon, cool, gefasst, saß die Situation aus. Jemand hatte die Feuerwehr gerufen, in der Ferne hörte ich die Sirenen, die heulend näher rasten. Bald würden wir überrannt werden.

»*Gebt eure Position an!*« Wieder Bishop, sein Megafon schwenkend. »*Ich wiederhole: Gebt eure Position an!*«

Immer noch keine Spur von Leon. Ich fragte mich, ob er vielleicht das Bibliotheksfenster von allein gefunden hatte oder ob er in einer Falle saß oder lautlos die Korridore entlanglief und nach einem Ausgang suchte.

Irgendwo über mir klapperte ein Dachziegel. Dann ein Schlittern – seine Turnschuhe gegen die Bleirinne. Und jetzt konnte ich ihn sehen, ein flüchtiger Blick von seinem Kopf über der Brüstung der Kapelle. Während ich ihm zuschaute, trat er auf den schmalen Laufgang, der zum Glockenturm führte. Er bewegte sich so langsam, dass er fast nicht voranzukommen schien.

Durchaus vernünftig, dachte ich. Ihm musste klar sein, dass wir jetzt auf keinen Fall das Bibliotheksfenster benutzen konnten. Das flach abfallende Dach lag direkt neben der Kapelle und war damit voll zu sehen. Der Glockenturm war zwar höher, aber sicherer, dort würde er sich verstecken können. Ich befand mich auf der anderen Seite. Wenn ich zu ihm ging, würden sie mich von unten sofort sehen. Ich beschloss, auf dem Umweg über das Dach des Observatoriums zu ihm hinüber zu gelangen. Dort drüben waren wir im Schatten.

»*Jungs! Achtung!*« Das war wieder Bishops Stimme, so laut verstärkt, dass ich unwillkürlich die Hände auf die Ohren legte. »*Keine Panik!*« Aller Anspannung zum Trotz musste ich grinsen. Er klang so überzeugend, dass er sich beinahe selbst überzeugte. »*Bleibt, wo ihr seid! Ich wiederhole: Bleibt, wo ihr seid!*«

Leon ließ sich natürlich nicht täuschen. Das System gründete sich auf derartige Platitüden, das wussten wir beide.

»*Es ist alles in Ordnung!*« Bei der altbekannten Lüge stellte ich mir Leons Grinsen vor, und es traf mich bis ins Mark, dass ich nicht neben ihm stand und wir gemeinsam darüber lachen konnten. Es wäre so schön gewesen, dachte ich, Butch und Sundance gefangen auf dem Dach, zwei Rebellen, die den Ordnungshütern von St. Oswald's und dem Gesetz trotzten.

Aber jetzt ... Mir fiel ein, dass ich mehrere Gründe hatte, mir zu wünschen, dass sie Leon nicht erwischten. Meine eigene Position war alles andere als ungefährlich – ein Wort, ein einziger Blick, und meine Tarnung würde auffliegen. Eines war klar: Nach dieser Nacht würde Pinchbeck verschwinden müssen. Das konnte er natürlich mühelos. Nur Leon hatte eine Ahnung, dass er mehr war als ein bloßes Gespenst, ein Schwindel, eine Lumpenpuppe.

Meinetwegen hatte ich wenig Angst. Ich kannte das Dach besser als jeder andere, und solange ich mich versteckt hielt, konnte ich vielleicht doch entkommen. Aber wenn Leon mit meinem Vater sprach – wenn auch nur einer von ihnen die Verbindung herstellte ...

Es war nicht die Hochstapelei, die die Empörung verursachen und als Frevel betrachtet würde. Es war der Angriff – auf St. Oswald's, auf das System, auf alles. Ich konnte mir gut ausmalen, was passieren würde: die Ermittlungen, die Abendzeitungen, der Hohn in der überregionalen Presse.

Mit der Strafe könnte ich leben – ich war dreizehn, was sollten sie schon groß mit mir machen? Angst hatte ich vor dem Spott. Dem Spott und der Verachtung und dem Wissen, dass St. Oswald's trotz allem gewonnen hatte.

Ich konnte gerade noch meinen Vater sehen, der mit hochgezogenen Schultern zum Dach hinaufschaute. Ich spürte seine

Bestürzung, nicht nur wegen des Angriffs auf St. Oswald's, sondern wegen dem, was er nun tun musste. John Snyde war nie schnell gewesen, doch auf seine Art sehr gründlich, und für ihn gab es nicht den mindesten Zweifel, was jetzt seine Pflicht war.

»Ich muss sie holen.« Seine Stimme drang leise, aber gut verständlich aus dem Hof zu mir empor.

»Was?« Im Eifer, den Mann der Tat zu mimen, hatte Bishop die einfachste Lösung schlicht übersehen. Die Feuerwehr war noch nicht eingetroffen, die stets überlastete Polizei hatte nicht einmal vorbeigeschaut.

»Ich muss da rauf. Das ist mein Job.« Seine Stimme war jetzt fester – der Hausmeister von St. Oswald's hat fest und stark zu sein. Ich erinnerte mich an Bishops Predigten: *Wir verlassen uns auf Sie, John. St. Oswald's verlässt sich darauf, dass Sie Ihre Pflicht tun.*

Bishop schätzte die Entfernung ab. Ich sah, wie er die zurückzulegende Strecke ausrechnete, die Winkel und Vorsprünge überschlug. Jungen auf dem Dach, Mann am Boden, Hausmeister dazwischen. Am liebsten würde er natürlich selbst hinaufsteigen, aber wenn er seinen Posten verließ, wer würde dann das Megafon bedienen? Wer würde der Feuerwehr Anweisungen geben? Wer würde alles unter Kontrolle behalten?

»Jagen Sie ihnen keinen Schreck ein. Gehen Sie nicht zu nah ran. Passen Sie auf – ja? Decken Sie die Feuerleiter ab. Steigen Sie aufs Dach. Ich weise die Jungen an, wie sie runterkommen.«

»Ich weise die Jungen an« – das ist noch eine von diesen Phrasen, mit denen Bishop den Action Man markiert. Er, der nichts lieber getan hätte, als selbst aufs Dach der Kapelle zu steigen – um sich womöglich mit einem bewusstlosen Jungen im Arm abzuseilen –, konnte nicht die leiseste Ahnung haben, welche Überwindung, welch unsägliche Überwindung es meinen Vater kostete, eben das zu tun.

Ich hatte die Feuerleiter nie benutzt. Mir waren meine ausgefalleneren Wege lieber, das Fenster der Bibliothek, der Glockenturm, das Oberlicht im verglasten Kunstatelier, von dem man über einen schmalen Metallbalken zum Observatorium gelangte.

Das kannte John Snyde alles nicht, aber selbst wenn er es gekannt hätte, hätte er diese Wege nie benutzt. So schmächtig ich für mein Alter war, wog sogar ich allmählich zu viel, um auf Glas zu balancieren, mich durch Efeu auf schmalste Simse zu hangeln. Ich wusste, dass er in all den Jahren als Hausmeister von St. Oswald's nicht ein Mal bis zur Feuerleiter vor dem Mittleren Korridor vorgedrungen war, ganz zu schweigen vom Labyrinth der Abflussrohre, Rinnen und Laufgänge, das sich jenseits davon auftat. Ich vermutete, dass er das auch jetzt nicht tun würde, und wenn doch, dass er nicht weit gehen würde.

Ich sah über die Dächer hinweg zum Mittleren Korridor. Da war sie, die Feuerleiter, ein Dinosaurierskelett, das die Kluft überspannte. Die Leiter war in sehr schlechtem Zustand, von Rostblasen in der dicken Farbschicht übersät, aber sie sah stabil genug aus, um das Gewicht eines Mannes zu tragen. Würde er sich das trauen?, fragte ich mich. Und wenn, was sollte ich dann tun?

Ich überlegte mir, zum Bibliotheksfenster zurückzukehren, doch das war zu riskant, ich wäre von unten zu leicht zu entdecken. Stattdessen balancierte ich über einen langen Balken zwischen zwei Oberlichtern im Kunstatelier, bevor ich über das Dach des Observatoriums und durch die Hauptregenrinne Richtung Kapelle hinaufkletterte. Ich kannte ein Dutzend möglicher Fluchtwege. Ich hatte meine Schlüssel, mir waren jeder Schrank, jeder Flur, jede Hintertreppe vertraut. Leon und ich bräuchten nicht entdeckt zu werden. Unwillkürlich stieg Erregung in mir hoch, fast konnte ich sehen, wie unsere Freundschaft wieder auflebte, dass der dumme Streit vergessen war angesichts dieses großen Abenteuers …

Mittlerweile war die Feuerleiter in sicherer Entfernung, aber ich wusste, dass ich ein oder zwei Minuten lang vom Hof aus voll zu sehen sein würde. Das Risiko war jedoch gering. Als Silhouette vor dem mondlosen Himmel würde mich kaum jemand von unten erkennen.

Ich rannte, meine Turnschuhe hafteten gut auf der bemoosten Schräge. Unter mir hörte ich Bishop mit seinem Megafon – »*Bleibt, wo ihr seid! Hilfe naht!*« –, aber ich wusste, dass er mich nicht gesehen hatte. Jetzt hatte ich das Rückgrat des Dinosauriers erreicht, den First, der das Hauptgebäude überragte, und setzte mich rittlings darauf. Keine Spur von Leon. Ich vermutete, dass er sich auf der anderen Seite des Glockenturms versteckte, wo es am meisten Deckung gab und wo er, wenn er sich etwas duckte, von unten nicht zu sehen sein würde.

Auf allen vieren kroch ich den First entlang. Als ich den Schatten des Glockenturms erreichte, blickte ich mich um. Von meinem Vater weit und breit keine Spur, weder auf der Feuerleiter noch auf dem Laufgang. Aber auch nicht von Leon. Beim Glockenturm angekommen, sprang ich über den mir so vertrauten Trichter zwischen Turm und Kapellendach und betrachtete aus dem sicheren Schatten mein Dachreich. Ich riskierte einen leisen Ruf: »Leon!«

Keine Antwort. Meine tonlose Stimme verklang in der dunstigen Nacht.

»Leon!«

Da sah ich ihn, flach gegen die Brüstung sieben Meter vor mir gepresst, er verdrehte den Kopf wie ein Wasserspeier, um die Aktivitäten unten im Hof zu verfolgen.

»Leon!«

Er hörte mich, da war ich mir absolut sicher, doch er rührte sich nicht. Geduckt kletterte ich näher. Noch konnte es klappen. Noch konnte ich ihm das Fenster zeigen, ihn zu einem Versteck führen und ihn dann, wenn die Luft wieder rein war, unbemerkt hinausbringen. Das wollte ich ihm sagen, aber ich fragte mich, ob er mir überhaupt zuhören würde.

Ich kroch näher, unter mir das ohrenbetäubende Schrillen des

Megafons. Plötzlich knallten Lichter in Rot und Blau auf das Dach, eine Sekunde lang sah ich Leons Schatten über die Dächer schießen, dann lag er fluchend auf dem Boden. Die Feuerwehr war eingetroffen.

»Leon.«

Immer noch nichts. Es war, als wäre er an die Brüstung geschmiedet. Die Megafonstimme überrollte uns wie eine Schuttlawine.

»Ihr da oben! Bewegt euch nicht! Bleibt, wo ihr seid!«

Ich steckte den Kopf über die Brüstung. Ich wusste, ich würde nur ein Umriss unter vielen anderen sein. Ich sah die gedrungene Gestalt von Pat Bishop, den langen Neonschimmer des Feuerwehrwagens, die dunklen, schmetterlingshaften Silhouetten der Männer, die ihn umringen.

Leons Gesicht war ausdruckslos. »Du mieses, fieses kleines Drecksstück.«

»Mensch, komm schon!«, sagte ich. »Noch haben wir genug Zeit.«

»Zeit wofür? Einen schnellen Fick?«

»Leon, bitte. Es ist nicht so, wie du denkst.«

»Ach, wirklich nicht?« Er lachte.

»Bitte, Leon. Ich weiß, wie wir von hier wegkommen. Aber wir müssen uns beeilen. Mein Vater ist schon unter –«

Schweigen, endlos wie das Grab.

Die Stimmen unter uns woben sich ineinander wie Rauchschwaden. Über uns der Glockenturm mit dem überhängenden Balkon. Vor uns der Trichter, der Glockenturm und Kapellendach trennte, eine tiefe, stinkende Grube voll Rinnen und Taubennestern, die sich zu dem schmalen Abflussloch zwischen den Gebäuden verengte.

»Dein *Vater?*«, wiederholte Leon tonlos.

Vom Dach hinter uns war ein Geräusch zu hören. Ich drehte mich um und sah einen Mann auf dem Laufgang, der uns den Fluchtweg versperrte. Gut fünfzehn Meter Dach trennten uns. Obwohl der Laufgang recht breit war, ruderte der Mann mit den

Armen, als stünde er auf einem Hochseil, die Hände zur Faust geballt, das Gesicht starr vor Konzentration, während er sich zentimeterweise auf uns zubewegte.

»Bleibt, wo ihr seid«, sagte er. »Ich hol euch von hier runter.«

Der Mann war John Snyde.

Er konnte unsere Gesichter nicht erkennen, wir standen beide im Schatten. Zwei Gespenster auf dem Dach – wir konnten es schaffen, das wusste ich genau. Der Trichter war tief, aber nicht weit – eineinhalb Meter an der breitesten Stelle. Ich konnte gar nicht zählen, wie oft ich über ihn hinweggesprungen war, selbst in der Dunkelheit war es nicht gefährlich. Mein Vater würde sich nie trauen, uns dorthin zu folgen. Wir könnten das Dach hinaufklettern, das Gesims des Glockenturms entlangbalancieren und auf den Balkon springen, wie ich es schon so oft getan hatte. Von dort aus standen uns zig Verstecke offen.

Weiter dachte ich nicht. In meiner Vorstellung waren wir noch einmal Butch und Sundance, erstarrt in dem Augenblick, Helden für alle Ewigkeit. Wir brauchten nur zu springen.

Ich möchte gerne glauben, dass ich zögerte. Dass meine Handlungen irgendwie durch Gedanken bestimmt wurden und nicht durch den blinden Instinkt eines flüchtenden Tieres. Aber alles, was danach passierte, existiert nur in einem Vakuum. Vielleicht war genau das der Moment, in dem ich aufhörte zu träumen; vielleicht erlebte ich in dem Moment alle Traumzeit, die ich für den Rest meiner Tage brauchte.

Damals kam es mir allerdings vor, als wachte ich auf. Und zwar ganz, nach den vielen Jahren des Träumens. Gedanken schossen mir durch den Kopf wie Meteoriten über den Sommerhimmel.

Leon lachend, sein Mund in meinem Haar.

Leon und ich auf dem fahrbaren Rasenmäher.

Leon und Francesca, die er nie geliebt hatte.

St. Oswald's und wie nah – wie sehr nah – ich dem Sieg in diesem Spiel gekommen war.

Die Zeit stand still. Ich schwebte im Raum wie ein Sternenkreuz. Auf der einen Seite Leon. Auf der anderen mein Vater. Wie gesagt, ich möchte gerne glauben, dass ich zögerte.

Dann schaute ich zu Leon.

Leon schaute zu mir.

Wir sprangen.

Kapitel 44

St. Oswald's, Oberschule für Knaben

November, der fünfte, vergiss es nie:
Pulver, Verschwörung, Verrat.

Und hier ist sie, in all ihrer tödlichen Pracht. Die Anarchie hat St. Oswald's in ihren Fängen. Schüler fehlen, an Unterrichten ist nicht zu denken, viele Kollegen sind ebenfalls abwesend. Devine wurde vorbehaltlich der weiteren Ermittlungen suspendiert (was heißt, dass ich wieder in meinem alten Büro sitze, aber selten hat mir ein Sieg so wenig Freude bereitet), ebenso wie Grachvogel und Light. Andere werden vernommen, darunter Robbie Roach, der sämtliche Kollegen anschwärzt in der Hoffnung, jeden Verdacht von sich abzulenken.

Bob Strange hat mir erklärt, dass ich nur als Notbehelf noch geduldet bin. Laut Allen-Jones, dessen Mutter im Kuratoriumsvorstand sitzt, war meine Zukunft Thema der letzten Konferenz, wobei Dr. Pooley, dessen Sohn ich »tätlich angriff«, meine sofortige Suspendierung verlangte. In Anbetracht der jüngsten Ereignisse (insbesondere in der Abwesenheit von Bishop) legte niemand ein gutes Wort für mich ein, und Bob gab mir zu verstehen, dass diese durchaus legitime Kündigung nur aufgrund der gegenwärtigen außergewöhnlichen Umstände hinausgezögert werde.

Ich beschwor Allen-Jones, absolutes Stillschweigen darüber zu bewahren – was natürlich bedeutet, dass mittlerweile die gesamte Mittelstufe eingeweiht ist.

Wenn ich daran denke, dass wir vor nur wenigen Wochen noch wegen des Besuchs der Schulaufsicht zitterten! Jetzt stecken wir tief in einer Krise. Die Polizei ist nach wie vor hier und macht keinerlei Anstalten, jemals wieder zu gehen. Wir unterrichten in völliger Isolation. Anrufe werden nicht beantwortet, Papierkörbe nicht geleert, Böden nicht gefegt. Shuttleworth, der neue Hausmeister, weigert sich zu arbeiten, bevor die Schule ihm eine neue Unterkunft zur Verfügung stellt. Bishop, der sich darum kümmern würde, ist seines Diensts enthoben.

Auch die Jungs spüren den bevorstehenden Zusammenbruch. Heute brachte Sutcliff eine Jackentasche voll Kracher zur Anwesenheitskontrolle und richtete damit das entsprechende Chaos an. In der Welt draußen ist man überzeugt, dass wir diese Krise nicht überstehen werden. Eine Schule ist immer nur so gut wie ihre letzten Ergebnisse, und wenn es uns nicht gelingt, das Ruder noch in diesem katastrophalen Trimester herumzureißen, sehe ich schwarz für die Abschlussprüfungen kommendes Jahr.

Meine Lateiner im fünften Jahr würden sie vermutlich bestehen, schließlich hatten wir den Lehrplan letztes Jahr schon durch. Aber die Deutschen haben dieses Trimester schrecklich gelitten, und die Franzosen, denen jetzt zwei Lehrkräfte fehlen – Tapi, die erst zurückkommen will, wenn ihr Fall geklärt ist, und Pearman, der aus familiären Gründen beurlaubt wurde –, haben wenig Chancen, die verlorene Zeit wettzumachen. In anderen Fachbereichen gibt es ähnliche Schwierigkeiten. In einigen Fächern wurden ganze Unterrichtseinheiten gar nicht durchgenommen, und es gibt niemanden, der die Sache in die Hand nimmt. Der Rektor verbarrikadiert sich den Großteil der Zeit in seinem Büro. Bob Strange hat Bishops Aufgaben übernommen, aber nur mit mäßigem Erfolg.

Zum Glück ist Marlene noch hier und hält alles zusammen. Sie sieht weniger elegant aus als früher, sondern eher nüchtern, hat sich das Haar aus ihrem kantigen Gesicht zu einem straffen Knoten gebunden. Dieser Tage hat sie keine Zeit mehr für einen Plausch, ständig nimmt sie Beschwerdeanrufe von Eltern und Anfragen von der Presse entgegen, die sich nach dem Stand der polizeilichen Ermittlungen erkundigen.

Wie immer managt Marlene alles meisterlich – sie ist widerstandsfähiger als die meisten anderen Menschen. Nichts kann sie umwerfen. Als ihr Sohn starb, gaben wir Marlene eine Arbeit und eine Aufgabe, und seitdem hat sie St. Oswald's ihre ganze Loyalität geschenkt.

Das ist zum Teil Bishop zu verdanken, und das erklärt ihre Zuneigung zu ihm und warum sie ausgerechnet hier arbeiten wollte. Leicht kann es für sie nicht gewesen sein. Aber sie lässt sich nichts anmerken. In fünfzehn Jahren hat sie keinen einzigen Tag gefehlt. Um Pats willen. Pat, der ihr half, die Krise zu überwinden.

Jetzt liegt er im Krankenhaus, wie sie mir sagte. Gestern Abend hatte er einen Anfall, vermutlich stressbedingt. Konnte noch selbst zur Notaufnahme fahren, brach dann im Wartezimmer zusammen und wurde zur Beobachtung auf die Herzstation verlegt.

»Aber jetzt ist er in guten Händen«, sagte sie. »Wenn Sie ihn gestern Abend gesehen hätten …« Sie verstummte, schaute angestrengt in die Ferne, und bestürzt merkte ich, dass sie den Tränen nahe war. »Ich hätte bei ihm bleiben sollen«, sagte sie. »Aber das wollte er nicht.«

»Ja. Hmm.« Verlegen wandte ich mich ab. Es ist ein offenes Geheimnis, dass Pat und seine Sekretärin mehr als nur ein Arbeitsverhältnis verbindet. Dem Großteil von uns ist das völlig egal. Aber Marlene hat immer den Anschein gewahrt, wahrscheinlich, weil sie glaubt, ein Skandal könnte Pat schaden. Die Tatsache, dass sie jetzt darauf anspielte – wenn auch nur mit Andeutungen –, beweist mehr als alles andere, wie schlecht es um ihn steht.

In einer Schule wie St. Oswald's gibt es nichts, das nicht bedeutsam wäre. Plötzlich überkam mich Trauer wegen allen von uns, die noch hier sind, die alte Garde, die heldenhaft ausharrt, während die Zukunft unaufhaltsam über uns hinwegmarschiert.

»Wenn Pat geht, dann bleibe ich auch nicht«, sagte sie schließlich und drehte unablässig an dem Smaragdring um ihren Mittelfinger. »Dann suche ich mir eine Stelle in einer Anwaltskanzlei oder etwas Ähnliches. Oder ich gehe in Rente. Immerhin werde ich nächstes Jahr sechzig.« Auch das ist neu. Solange ich denken kann, war Marlene immer einundvierzig.

»Die Option mit der Rente habe ich mir auch überlegt«, sagte ich. »Am Jahresende ist meine Zenturie voll – das heißt, falls Strange sich nicht durchsetzt …«

»Was? Quasimodo verlässt seinen Glockenturm?«

»Der Gedanke war mir gekommen.« In den letzten Wochen war es mehr als nur ein Gedanke, um ehrlich zu sein. »Heute habe ich Geburtstag«, fuhr ich fort. »Können Sie sich das vorstellen? Ich bin jetzt fünfundsechzig.« Sie lächelte etwas wehmütig. Die gute Marlene. »Wo sind nur all die Jahre geblieben?«

In Pats Abwesenheit hielt Bob Strange die Versammlung der Mittelstufe ab. Ich hätte ihm davon abgeraten, doch da ein Großteil der Schulleitung nicht anwesend oder zu erreichen ist, sieht Bob sich dafür verantwortlich, unser Schiff wieder in ruhigere Gewässer zu steuern. Ein Fehler, dachte ich. Aber manche Leute wollen sich einfach nichts sagen lassen.

Natürlich ist uns allen klar, dass Pats Suspendierung nicht Bobs Schuld ist. Das wirft ihm auch keiner vor – allerdings missfällt den Jungs die Gefühllosigkeit, mit der er in Bishops Rolle schlüpft. Bishops Büro, das immer allen Rat- und Hilfesuchenden offen stand, ist jetzt permanent verschlossen, ein Summer wie an Devines Tür wurde installiert. Von diesem Verwaltungszentrum aus werden Arreste und andere Strafen blutlos und effizient verteilt, aber es fehlt die Menschlichkeit und Wärme, wegen der Pat Bishop bei allen so beliebt war.

Das spüren die Jungs, und weil sie sich darüber ärgern, ersinnen sie immer ausgefallenere Methoden, um Bobs Fehler öffentlich bloßzulegen. Im Gegensatz zu Pat ist Bob kein Mann der Tat. Eine Hand voll Kracher, die während der morgendlichen Versammlung in der Aula unter das Podium geworfen wurde, machte das nur allzu deutlich – mit dem Ergebnis, dass die Mittelstufe den halben Vormittag schweigend in der Aula saß, während Bob wartete, dass jemand sich zu dem Streich bekannte.

Bei Pat Bishop hätte sich der Schuldige innerhalb von fünf Minuten gemeldet, schließlich mögen die meisten Jungs ihn und buhlen fast um seine Anerkennung. Bob Strange mit seiner kalten Distanz und seinen militärischen Taktiken hingegen ist zum Abschuss freigegeben.

»Sir? Wann kommt Mr. Bishop wieder?«

»Ich sagte ›schweigend‹, Sutcliff, sonst stehst du gleich vor dem Direktorat.«

»Wieso, Sir? Bekomme ich da eine Antwort?«

Bob Strange, der seit mehr als zehn Jahren nicht in der Mittelstufe unterrichtet hat, wusste nicht, wie er auf einen solchen Frontalangriff reagieren sollte. Ihm ist nicht klar, dass seine barsche Art seine Unsicherheit verrät, dass er die Situation mit Schreien noch verschärft. In Verwaltungsdingen mag er herausragend sein, doch sein Umgang mit unseren Zöglingen ist haarsträubend.

»Sutcliff, du bekommst Arrest.«

»Jawohl, Sir.«

Ich hätte Sutcliffs Grinsen misstraut, aber Strange kannte ihn nicht und ritt sich noch weiter hinein. »Und wenn der Junge, der die Kracher geworfen hat, nicht *sofort* aufsteht, bekommt die ganze Mittelstufe einen Monat lang Arrest.«

Einen Monat? Die Drohung war undurchführbar. Als sich diese Erkenntnis wie eine Fata Morgana über die Aula breitete, ging ein leises, langsames Raunen durch die Mittelstufenjungs.

»Ich zähle bis zehn«, erklärte Strange. »Eins. Zwei.«

Wieder ein Summen, als Strange seine mathematischen Fähigkeiten unter Beweis stellte.

Sutcliff und Allen-Jones sahen sich an.

»Drei. Vier.«

Die beiden erhoben sich.

Einen Moment Stille.

Meine ganze Klasse folgte ihrem Beispiel.

Strange fielen beinahe die Augen aus dem Kopf. Es war großartig, die gesamte 3S stand in einer kleinen Phalanx Habacht: Sutcliff, Tayler, Allen-Jones, Adamczyk, McNair, Brasenose, Pink, Jackson, Almond, Niu, Anderton-Pullitt. All meine Jungs (außer Knight natürlich).

Dann tat die 3M (Monuments Klasse) dasselbe.

Dreißig weitere Jungs, die wie Soldaten dastanden, geradeaus blickten und kein Wort sagten. Dann erhob sich die 3P (Pearmans Klasse). Dann die 3KT (Teague). Und schließlich die 3R (Roach).

Damit standen alle Jungs der Mittelstufe. Kein Wort wurde gesagt. Niemand rührte sich. Aller Augen ruhten auf dem kleinen Mann auf dem Podest.

Einen Moment stand er nur fassungslos da.

Dann machte er auf dem Absatz kehrt und schritt wortlos von dannen.

Danach hatte es keinen Sinn mehr zu unterrichten. Die Jungs mussten reden, und das ließ ich sie auch, schaute nur ab und zu nach nebenan zu Grachvogels Klasse, um die Schüler etwas zu mäßigen, denn die Aushilfslehrerin Mrs. Cant hatte Schwierigkeiten, für Ruhe zu sorgen. Gesprächsthema Nummer eins war natürlich Bishop. Hier, in meiner Klasse, waren die Meinungen nicht polarisiert, niemand zweifelte an Pats Unschuld. Alle erklärten einstimmig, der Vorwurf sei absurd, würde vor keinem Richter Bestand haben, es sei ein einziger großer Irrtum. Das wärmte mir das Herz. Ich wünschte mir, einige meiner Kollegen wären ebenso charakterfest wie diese Jungs.

Ich verbrachte die Mittagspause in meinem Zimmer, aß ein Sandwich und korrigierte, um das überfüllte Lehrerzimmer zu vermeiden, verzichtete dafür allerdings auf die üblichen Annehmlichkeiten wie Tee und die *Times*. Diese Woche sind sämtliche Zeitungen voll mit dem Skandal in St. Oswald's, und jeder, der das Schulgelände betreten will, muss sich einen Weg durch die Phalanx neugieriger Fotografen und Presseleute bahnen.

Die meisten von uns enthalten sich jeden Kommentars, aber ich habe den Verdacht, dass Eric Scoones am Mittwoch mit dem *Mirror* gesprochen hat. Auf jeden Fall erinnerte der kurze Artikel ein wenig an Scoones' Duktus, als es hieß, die Schulleitung sei nachlässig, und in den höheren Ebenen gäbe es Nepotismus. Aber ich kann mir beim besten Willen nicht vorstellen, dass mein alter Freund der abartige Maulwurf sein soll, dessen Schmierfinkereien die Leser des *Examiner* in den letzten Wochen unterhalten haben. Und doch kommen seine Worte, in die er die Komik, den Klatsch und die Nachrede kleidet, mir irgendwie vertraut vor, als wäre der Autor jemand, dessen Stil ich kenne, dessen subversiven Humor ich verstehe – und schätze.

Wieder kam mir der junge Keane in den Sinn. Er ist auf jeden Fall ein guter Beobachter und hat sicher Talent zum Schreiben. Könnte er der Maulwurf sein? Das will ich nicht glauben. Verdammt, ich mag den Mann, und seine Bemerkungen neulich im Lehrerzimmer ließen auf Intelligenz und Mut schließen. Nein, nicht Keane, sagte ich mir. Aber wer dann?

Die Frage quälte mich den ganzen Nachmittag. Ich unterrichtete schlecht, verlor die Fassung bei einer Gruppe Viertklässler, die sich nicht konzentrieren konnte, und bestellte einen Sechstklässler zum Nachsitzen, dessen einziges Vergehen darin bestand, auf eine fehlerhafte Verwendung des Konjunktivs meinerseits aufmerksam zu machen, wie ich mir später eingestehen musste. In der achten Stunde war ich zu einem Entschluss gekommen. Ich würde den Mann einfach fragen, direkt und frei heraus. Ich halte mich für einen ganz guten Menschenkenner. Wenn er der Maulwurf wäre, würde ich es merken.

Ich fand ihn mit Miss Dare im Lehrerzimmer. Als ich hereinkam, lächelte sie, und Keane grinste. »Ich habe gehört, dass Sie heute Geburtstag haben, Mr. Straitley«, sagte er. »Wir haben einen Kuchen für Sie besorgt.«

Es war ein Schoko-Muffin auf einem Unterteller, beides eine Leihgabe der Schulkantine. Jemand hatte eine gelbe Kerze obenauf gesteckt und Lametta darum drapiert. Auf einem Post-it-Sticker an der Untertasse stand: »Alles Gute zum Fünfundsechzigsten, Mr. Straitley!«

Da wusste ich, dass der Maulwurf warten musste.

Miss Dare zündete die Kerze an. Die wenigen Lehrkräfte, die zu dieser späten Stunde noch im Lehrerzimmer waren – Monument, McDonaugh und ein paar Neulinge – klatschten. Dass ich fast in Tränen ausbrach, war ein eindeutiger Hinweis auf meinen Seelenzustand.

»Verdammt«, brummte ich. »Ich wollte keine Aufmerksamkeit.«

»Warum denn nicht?«, fragte Miss Dare. »Wissen Sie, Chris und ich gehen heute Abend einen trinken. Möchten Sie nicht mitkommen? Wir wollen uns das Feuer im Park ansehen – einen Zuckerapfel essen – Wunderkerzen anzünden ...« Sie lachte, und ich dachte mir, dass sie eigentlich sehr hübsch war mit ihren schwarzen Haaren und dem rosa Puppengesicht. Trotz meiner früheren Mutmaßungen wegen des Maulwurfs – eine Möglichkeit, die mir in dem Moment völlig absurd erschien – freute ich mich, dass sie und Keane sich offenbar verstanden. Ich weiß nur allzu gut, wie sehr St. Oswald's Lehrer vereinnahmen kann. Man glaubt, man habe alle Zeit der Welt, um ein Mädchen kennen zu lernen, zu heiraten, vielleicht Kinder zu bekommen. Und dann stellt man plötzlich fest, dass einem das alles entgangen ist, und zwar nicht vor ein oder zwei Jahren, sondern vor ein oder zwei Jahrzehnten, und einem wird klar, dass man kein Frischling mehr ist, sondern ein Tweedjackett, in solider Ehe mit St. Oswald's verheiratet, dem staubigen alten Schlachtschiff, das einem irgendwie das Herz geraubt hat.

»Danke für den Vorschlag«, sagte ich. »Aber ich glaube, ich bleibe lieber zu Hause.«

»Dann wünschen Sie sich etwas«, bat Miss Dare und deutete auf die Kerze.

»Das tue ich gerne«, sagte ich.

Kapitel 45

Der gute alte Straitley. Wissen Sie, in den letzten Wochen habe ich ihn fast lieb gewonnen mit seinem unerschütterlichen Optimismus und seinen lächerlichen Eigenheiten. Seltsam, wie ansteckend dieser Optimismus sein kann: das Gefühl, dass sich die Vergangenheit vielleicht doch vergessen lässt (wie Bishop sie vergessen hat), dass man Bitterkeit überwinden und dass Pflichtgefühl (der Schule gegenüber natürlich) einen ebenso motivieren kann wie zum Beispiel Liebe, Hass, Rachsucht.

Heute Abend nach der Schule habe ich meine letzten E-Mails verschickt. Von Roach an Grachvogel eine, die beide belastet. Von Bishop an Devine. Von Light, zunehmend panisch, an Devine. Von Knight an alle, drohend, weinerlich. Und schließlich der Todesstoß: eine letzte, tränenreiche, flehentliche SMS von Colin Knight an Bishops Handy und seinen PC (der mittlerweile bestimmt von der Polizei angezapft ist), versendet von Knights eigenem Handy. Die Textnachricht sollte zur gegebenen Zeit die schlimmsten Befürchtungen bestätigen.

Insgesamt ganz gute Arbeit, nach der ich jetzt die Hände in den Schoß legen kann. Fünf Lehrkräfte auf einen eleganten Streich vernichtet. Bishop könnte natürlich jederzeit zusammenbrechen. Ein Herzinfarkt oder ein Schlaganfall, verursacht durch Stress und die Gewissheit, dass – unabhängig von den Ergebnissen der Ermittlungen – seine Zeit in St. Oswald's vorüber ist.

Die Frage ist, habe ich genug getan? Etwas Dreck bleibt immer hängen, heißt es, und insbesondere in diesem Beruf. In gewisser

Hinsicht ist die Polizei entbehrlich. Die bloße Andeutung einer sexuellen Entgleisung setzt einer jeden Lehrerlaufbahn unweigerlich ein Ende. Den Rest kann ich getrost der Öffentlichkeit überlassen, die nur Misstrauen, Neid und den *Examiner* kennt. Ich habe den Ball ins Rollen gebracht, und es würde mich nicht wundern, wenn jemand anderes ihn in den nächsten Wochen weiterkickt. Vielleicht ein paar Sunnybanker oder aufgebrachte Bewohner der Abbey Road. Es wird Brände geben, Übergriffe auf einzelne Kollegen, Gerüchte, aus denen in den Kneipen und Bars skandalöse Tatsachen gestrickt werden. Das Schöne daran ist, dass ich von einem gewissen Punkt an nichts mehr zu tun brauche. Ein kleiner Stoß, und die Dominosteine purzeln von selbst.

Natürlich bleibe ich, solange es geht. Schon allein deshalb, weil es Spaß macht, das Ganze mit anzusehen – obwohl ich auf alles vorbereitet bin. Aber mittlerweile ist der Schaden zweifelsohne schon zu groß, um noch behoben werden zu können. Ein ganzer Fachbereich liegt darnieder, viele andere Lehrkräfte sind inkriminiert, der Ruf des Konrektors ist ruiniert. Schüler melden sich ab – zwölf an der Zahl allein diese Woche –, und es werden immer mehr werden. Der Unterricht wird vernachlässigt, Gesundheit und Sicherheit ebenso, und dazu kommt noch der bevorstehende Besuch der Schulaufsichtsbehörde, nach dem die gute alte Lehranstalt fraglos geschlossen werden wird.

Nach allem, was ich gehört habe, halten die Kuratoren seit einer Woche allabendlich Sitzungen ab. Der Schulleiter, der kein guter Taktierer ist, fürchtet um seinen Job, und Dr. Tidy sorgt sich um die Folgen für die Schulfinanzen. Bob Strange gelingt es heimlich, still und leise alles, was der Schulleiter sagt, zu seinen Gunsten zu verkehren und dabei doch den Eindruck absoluter Loyalität und Rechtschaffenheit zu erwecken.

Bislang hat er es ganz gut geschafft, Bishops Stelle auszufüllen (abgesehen von ein paar Schwächen bei der Disziplin). Eine Stelle als Schulleiter könnte folgen. Warum auch nicht? Er ist klug (auf jeden Fall klug genug, um vor den Kuratoren nicht allzu klug aufzutreten), kompetent, redegewandt und entsprechend nichtssagend, um den strengen Persönlichkeitstest zu bestehen, dem sich alle Angestellte von St. Oswald's unterziehen müssen.

So gesehen, eine nette Übung in antisozialer Manipulation. Das sage ich zwar selbst (schließlich gibt es niemand anderen, der es sagen könnte), aber doch, ich freue mich über den Gang der Dinge. Eine Kleinigkeit bleibt noch zu erledigen, und um die werde ich mich heute Abend kümmern, während des Feuerwerks. Danach kann ich feiern, und das werde ich auch. Im Kühlschrank liegt eine Flasche Champagner, auf der Straitleys Name steht, und die werde ich heute Nacht öffnen.

Im Moment jedoch habe ich nichts zu tun. Das ist das Schlimmste bei einer Arbeit wie dieser – die langen, nervenaufreibenden Zeiten des Wartens. Um halb acht wird das Feuer angezündet, um acht wird es lichterloh brennen, Tausende von Menschen werden im Park sein, Musik dröhnt aus den Lautsprechern, lärmendes Geschrei vom Jahrmarkt. Und um halb neun beginnt das Feuerwerk mit seinen Rauchschwaden und abstürzenden Sternen.

Genau der richtige Ort für einen Mord, finden Sie nicht auch? Die Dunkelheit, die Menschenmengen, das Gedränge. Da ist es ein Leichtes, Poes Rat zu befolgen – der erklärte, ein Gegenstand, der für jedermanns Augen sichtbar versteckt werde, bliebe am längsten unbemerkt – und einfach wegzugehen, damit eine arme Seele die Leiche findet. Ich könnte sie auch selbst entdecken, erschreckt aufschreien und darauf vertrauen, dass die Menschenmassen mich schützen.

Ein Mord noch. Das bin ich mir schuldig. Oder vielleicht zwei.

Ich habe immer noch das Foto von Leon bei mir, aus einem Zeitungsartikel des *Examiner,* auch wenn es mit den Jahren bräunlich und fleckig geworden ist. Der Ausschnitt stammt aus einem Schulfoto, das in dem Sommer aufgenommen wurde, und die Qualität ist schlecht, es wurde für die Titelseite vergrößert und ist körnig und unscharf. Aber es ist trotzdem sein Gesicht, sein schiefes Grinsen, das zu lange Haar, die abgeschnittene Krawatte. Neben der Aufnahme steht die Schlagzeile:

TODESSTURZ EINES JUGENDLICHEN SCHÜLERS
HAUSMEISTER WIRD POLIZEILICH VERNOMMEN

So lautete jedenfalls die offizielle Version. Wir sprangen, er fiel. Während ich auf der anderen Seite des Trichters landete, hörte ich ihn fallen – ein Klappern und Scheppern geborstener Dachziegel, ein Quietschen von Gummisohlen.

Es dauerte einen Moment, bis ich begriff, was passiert war. Er hatte den Halt verloren. Vielleicht hatte er einen Moment gezögert, vielleicht hatte ein Ruf von unten ihn irritiert. Ich drehte mich um und sah, dass er nicht neben mir gelandet war, sondern mit dem Knie hängen geblieben, den schleimigen Trichter hinuntergerutscht und zurückgesprungen war. Und jetzt hing er über der klaffenden Tiefe, klammerte sich mit den Fingerspitzen am Rand der Regenrinne fest; mit einem Fuß stützte er sich akrobatisch am Kamin ab, das andere Bein baumelte in der Luft.

»Leon!«

Ich warf mich auf den Boden, aber ich konnte ihn nicht erreichen, ich war auf der anderen Seite des Kamins. Und ich wagte es nicht, wieder zurückzuspringen aus Angst, ein Dachziegel könnte dabei nachgeben. Ich wusste, wie brüchig die Regenrinne war, wie scharf gezackt der Rand.

»Halt dich fest!«, rief ich, und Leon sah zu mir, das Gesicht vor Panik verzerrt.

»Bleib, wo du bist, Junge. Ich krieg dich schon.«

Ich hob den Kopf. John Snyde stand keine zehn Meter von mir entfernt auf der Brüstung. Sein Gesicht war versteinert, er zitterte am ganzen Leib. Millimeterweise bewegte er sich vorwärts, seine Angst war förmlich zu riechen. Aber er kam näher. Zentimeter um Zentimeter kroch er voran, die Augen vor Angst fast zusammengekniffen, und bald würde er mich sehen. Ich wollte wegrennen, ich musste wegrennen, aber Leon war noch da unten, Leon war gefangen …

Unter mir krachte es leise. Die Regenrinne gab nach, ein Stück brach ab und fiel zwischen den Gebäuden zu Boden. Gummi quietschte, als Leons Turnschuh ein paar Zentimeter die rutschige Mauer hinabglitt.

Als mein Vater näher kam, wich ich zurück, tiefer in den Schatten des Glockenturms. Die Strahler der Feuerwehrautos tasteten das Dach ab, bald würden Dutzende von Männern hier oben sein.

»Halt dich fest, Leon«, flüsterte ich.

Dann spürte ich plötzlich dieses Bohren im Nacken, das unverkennbare Gefühl, dass jemand mich beobachtete. Ich drehte den Kopf und sah – Roy Straitley in seinem alten Tweedjackett, keine vier Meter über mir an seinem Fenster. Im grellen Licht war sein Gesicht wächsern und die Augen erschreckt aufgerissen; der Mund war zu einer tragikomischen Maske verzerrt.

»*Pinchbeck?*«, sagte er.

In dem Moment hallte ein Geräusch zu uns herauf, ein hohles, sperriges Geräusch, als würde sich eine riesige Münze im Rohr eines Staubsaugers verkanten.

Dann ein Knirschen.

Stille.

Die Regenrinne war abgebrochen.

Kapitel 46

Da sprintete ich los und lief und lief, als verfolgte mich das Geräusch von Leons Sturz wie ein Höllenhund. Jetzt halfen mir meine Kenntnisse der Dachlandschaft. Wie ein Äffchen turnte ich entlang, sprang von der Brüstung auf die Feuerleiter und gelangte von dort durch den offenen Notausgang in den Mittleren Korridor und schließlich ins Freie.

Ich rannte nur noch instinktiv. Das Einzige, worauf es ankam, war zu überleben. Draußen tasteten die grellen Strahler mit ihren rot und blau changierenden Lichtfingern noch immer die Nacht ab.

Niemand bemerkte mich, als ich das Gebäude verließ. Ich war außer Gefahr. Rund um mich riegelten Feuerwehrmänner und Polizisten die Stelle vor der Hand voll Schaulustiger ab, die sich auf der Auffahrt versammelt hatten. Ich war außer Gefahr, sagte ich mir. Niemand hatte mich gesehen. Außer Straitley.

Vorsichtig und auf Umwegen kehrte ich zum Pförtnerhaus zurück, machte einen weiten Bogen um den Feuerwehrwagen vor der Kapelle und der Ambulanz, die mit schrillendem Martinshorn die lange Auffahrt herauffuhr. Mein Instinkt trieb mich nach Hause. Dort war ich in Sicherheit. Ich würde mich, in eine Decke gewickelt, unter mein Bett legen, wie jede Samstagnacht, die Tür verschlossen, den Daumen im Mund, und warten, dass mein Vater nach Hause kam. Unter dem Bett würde es dunkel sein, dort war ich in Sicherheit.

Die Tür zum Pförtnerhaus stand weit offen. Die Küche war erleuchtet, die Wohnzimmervorhänge waren zurückgezogen, und auch von dort strahlte Licht heraus, vor dem sich mehrere Gestalten abhoben. Mr. Bishop war da mit seinem Megafon. Zwei Polizisten standen neben dem Streifenwagen, der die Auffahrt blockierte.

Und dann sah ich noch eine andere Gestalt, eine Frau in einem Mantel mit Pelzkragen, eine Frau, deren Gesicht mir vage bekannt erschien …

Die Frau wandte sich zu mir um, und ihre stark geschminkten Lippen öffneten sich zu einem »Oh!«

»Mein Herz! Mein Liebling!«

Die Frau, die auf hohen Absätzen auf mich zulief.

Bishop drehte sich um, und in dem Moment drang von den Feuerwehrleuten auf der anderen Seite des Gebäudes ein Schrei herüber: »*Mr. Bishop, Sir! Kommen Sie!*«

Die Frau mit fliegenden Haaren, feuchten Augen, die Arme breit wie Schwingtüren, um mich zu umfangen. Das Gefühl zu schrumpfen, kitzelnder Pelz am Mund, und plötzlich kamen die Tränen. Sie stiegen unaufhaltsam in mir hoch, als mir alles in einer Flutwelle von Erinnerung und Elend wieder bewusst wurde. Leon, Straitley, mein Vater – alles vergessen, alles weit hinter mir, als sie mich ins Haus brachte, in Sicherheit.

»So war es eigentlich nicht gedacht, mein Herz.« Ihre Stimme zitterte. »Es sollte doch eine Überraschung sein.«

In der Sekunde wurde mir alles klar. Das ungeöffnete Kuvert mit dem Flugticket. Die geflüsterten Unterhaltungen am Telefon. *Also, wie viel?* Pause. *In Ordnung. Es ist das Beste.*

Wie viel wofür? Dass er auf seine Rechte verzichtete? Und wie viele Rubbellose, wie viele Sixpacks Bier und Take-away-Pizzen versprachen sie ihm, bevor er einwilligte?

Ich brach wieder in Tränen aus, dieses Mal vor Wut über den Verrat, den sie gemeinsam begangen hatten. Meine Mutter umhüllte mich mit einem unvertrauten, kostspieligen Duft. »Ach, mein Liebling. Was ist passiert?«

»O Mum!«, schluchzte ich, verbarg mein Gesicht in ihrem kuscheligen Mantel, fühlte ihren Mund auf meinem Haar, roch Zigarettenrauch und ihren trockenen, moschusartigen Duft, und in dem Moment presste etwas Kleines, Schlaues mein Herz mit fester Hand zusammen.

Kapitel 47

Trotz Mrs. Mitchells Beteuerungen, dass Leon niemals alleine auf das Dach geklettert wäre, blieb der beste Freund ihres Sohns – ein Junge, den sie Julian Pinchbeck nannte – unauffindbar. Schülerakten wurden durchforstet, die Bevölkerung wurde befragt, aber alles vergeblich. Selbst diese Nachforschungen wären nicht angestellt worden, hätte nicht Mr. Straitley darauf beharrt, dass er Pinchbeck auf dem Dach der Kapelle gesehen habe – obwohl der Junge leider entkommen war.

Die Polizei war verständnisvoll – schließlich war die Frau verzweifelt vor Kummer –, doch insgeheim müssen sie gedacht haben, die arme Mrs. Mitchell sei nicht ganz richtig im Kopf, dass sie endlos von nicht existierenden Jungen redete und sich nicht damit abfinden wollte, dass ihr Sohn einem tragischen Unglück zum Opfer gefallen war.

Das wäre vermutlich anders gewesen, wenn sie mich noch einmal gesehen hätte, doch das tat sie nicht. Drei Wochen später zog ich zu meiner Mutter und Xavier nach Paris, wo ich die nächsten sieben Jahre blieb.

Da war meine Verwandlung schon halb abgeschlossen. Das hässliche Entlein entwickelte sich zum Schwan, und zwar in kürzester Zeit, dank meiner Mutter. Ich wehrte mich nicht dagegen. Nach Leons Tod konnte und wollte Pinchbeck nicht weiterleben. Ich legte meine St.-Oswald's-Uniform ab und überließ alles Weitere meiner Mutter.

Ich sah meinen Vater nie wieder. Die Ermittlungen gegen ihn

waren zwar eine Formsache, aber sein Verhalten war merkwürdig, was das Misstrauen der Polizei erregte. Eigentlich gab es keinen Grund, von einem Verbrechen auszugehen. Doch bei der Vernehmung wurde John Snyde aggressiv, die Untersuchung auf Alkohol ergab, dass er viel getrunken hatte, und was er von den Vorfällen der Nacht erzählte, war vage und wenig überzeugend, als könnte er sich kaum noch daran erinnern. Roy Straitley, der seine Anwesenheit bei dem Unglück bestätigte, gab zu Protokoll, er habe ihn »Ich krieg dich schon« rufen hören. Das schlachtete die Polizei weidlich aus, obwohl Straitley mehrfach betonte, dass John Snyde dem gestürzten Jungen eindeutig zu Hilfe kommen wollte. Allerdings musste er zugeben, dass der Hausmeister ihm im entscheidenden Moment den Rücken zugekehrt hatte und er deshalb nicht mit absoluter Gewissheit sagen konnte, ob der Mann wirklich helfen wollte. Schließlich, so sagte die Polizei, sei Snydes Weste nicht ganz weiß. Nur wenige Wochen zuvor sei er offiziell verwarnt worden, weil er auf dem Schulgelände einen Jungen tätlich angegriffen hatte, und sein unflätiges Benehmen und seine Wutausbrüche waren allgemein bekannt. Das bestätigte Dr. Tidy, und Jimmy steuerte noch einige Ausschmückungen bei.

Pat Bishop, der ihn hätte unterstützen können, zeigte sich erstaunlich zurückhaltend. Das war zum Teil die Schuld des neuen Schulleiters, der Pat vor Augen führte, dass seine Loyalität in erster Linie St. Oswald's zu gelten habe, und je früher die Affäre mit Snyde aus der Welt geschafft sei, desto eher könnten sie diese ganze tragische Geschichte vergessen. Außerdem fühlte sich Bishop allmählich unwohl in seiner Haut. Der Vorfall gefährdete nicht nur seine jüngst erfolgte Beförderung, sondern auch seine beginnende Freundschaft mit Marlene Mitchell. Schließlich war er derjenige, der sich John Snydes angenommen hatte. Als Konrektor hatte er ihm Mut zugesprochen, hatte an ihn geglaubt und ihn verteidigt, obwohl er wusste, dass John aktenkundig gewalttätig gegen meine Mutter, gegen mich und zumindest in einem verifizierten Fall gegen einen Schüler von

St. Oswald's geworden war – was den Verdacht erhärtete, dass er, bis zum Äußersten provoziert und überreizt, den Kopf verloren und Leon Mitchell über die Dächer hinweg in den Tod getrieben hatte.

Es gab nie handfeste Beweise, die diese Mutmaßungen erhärtet hätten. Roy Straitley lieferte sie ganz bestimmt nicht. Außerdem, litt der Mann nicht an Höhenangst? Aber die Zeitungen bekamen Wind davon, es gab anonyme Briefe, Anrufe, die übliche öffentliche Erregung, die ein solcher Fall unweigerlich hervorruft. Nicht, dass es je einen richtigen Fall gab. John Snyde wurde nie förmlich angeklagt. Trotzdem erhängte er sich in einem Pensionszimmer in der Stadt, drei Tage, bevor ich nach Paris flog, um dort zu leben.

Schon damals wusste ich, wer die Schuld daran hatte. Nicht Bishop, obwohl er zum Teil die Verantwortung dafür trug. Nicht Straitley, auch nicht die Zeitungen, ja nicht einmal der Schulleiter. Es war St. Oswald's, das meinen Vater umbrachte, ebenso wie St. Oswald's Leon auf dem Gewissen hatte. St. Oswald's mit seiner Bürokratie, seinem Stolz, seiner Blindheit, seiner Anmaßung. Tötete und verschlang sie gedankenlos, wie ein Wal, der gemächlich Plankton frisst. Fünfzehn Jahre später denkt keiner mehr an sie. Die beiden sind nur Namen auf einer Liste von Krisen, die St. Oswald's überlebt hat.

Aber dieses Mal gibt es kein Überleben. Diese letzte Krise ist St. Oswald's Verderben.

Kapitel 48

Freitag, 5. November
18.30 Uhr

Nach der Schule schaute ich mit einem Blumenstrauß und einem Buch bei Pat Bishop im Krankenhaus vorbei. Nicht, dass er unbedingt viel liest, aber vielleicht täte es ihm gut. Außerdem muss er sich etwas Ruhe gönnen.

Aber das tat er natürlich nicht. Als ich das Zimmer betrat, war er in eine heftige Diskussion mit derselben rosahaarigen Krankenschwester vertieft, die sich vor nicht allzu langer Zeit mit mir befasst hatte.

»Guter Gott, nicht noch einer«, sagte sie, sobald sie mich bemerkte. »Sagen Sie mal, sind alle Lehrkräfte in St. Oswald's so schwierig wie Sie beide, oder habe ich einfach Glück gehabt?«

»Ich sage Ihnen doch, mir geht's prima.« So sah er allerdings nicht aus. Seine Haut schimmerte bläulich, und er wirkte kleiner, als wäre er durch das viele Laufen irgendwie geschrumpft. Dann bemerkte er die Blumen in meiner Hand. »Du meine Güte, noch bin ich nicht tot.«

»Geben Sie sie doch Marlene«, schlug ich vor. »Eine kleine Freude täte ihr vielleicht ganz gut.«

»Da haben Sie wohl Recht.« Er lächelte, und einen Moment lang sah ich wieder den alten Bishop. »Bitte, Roy, bringen Sie sie nach Hause. Sie will nicht gehen, dabei ist sie völlig erschöpft. Sie glaubt, mir würde etwas zustoßen, wenn sie mal eine Nacht durchschläft.«

Marlene war nur kurz auf eine Tasse Tee in die Krankenhauscafeteria gegangen. Ich gesellte mich zu ihr, nachdem ich Bishop das Versprechen abgepresst hatte, sich nicht einfach aus dem Krankenhaus zu entlassen, während ich fort war.

Marlene schien überrascht, mich zu sehen. Sie hielt ein zerknülltes Taschentuch in der Hand, und ihr Gesicht – ausnahmsweise ungeschminkt – war rosa und fleckig. »Mr. Straitley! Ich hätte nicht …«

»Marlene Mitchell«, sagte ich streng. »Ich finde, nach fünfzehn Jahren ist es an der Zeit, dass Sie mich Roy nennen.«

Wir saßen bei einem Styroporbecher Tee, der merkwürdig nach Fisch schmeckte, und unterhielten uns. Es ist seltsam, dass unsere Kollegen, die ja nie ganz unsere Freunde werden, in unserem Leben eine wichtigere Rolle spielen als die engsten Verwandten und uns letztlich doch unbekannt sind. Wenn wir an sie denken, sehen wir sie nicht als Menschen mit einer Familie und einem Privatleben, sondern so, wie wir sie jeden Tag erleben, in Arbeitskleidung, sachlich (oder nicht), effizient (oder nicht). Wir sind alle Satelliten desselben schwerfälligen Mondes.

Ein Kollege in Jeans sieht irgendwie verkehrt aus; eine in Tränen aufgelöste Kollegin wirkt beinahe schon unanständig. Derartige Einblicke in die Privatsphäre sind fast unwirklich, wie Träume.

Die Wirklichkeit ist der Stein, die Tradition, die Dauer von St. Oswald's. Lehrkräfte kommen und gehen. Manchmal sterben sie. Manchmal sterben sogar Jungs, aber St. Oswald's überdauert das alles, und je älter ich werde, desto tröstlicher finde ich diesen Gedanken.

Für Marlene ist es anders, zumindest habe ich das Gefühl. Vielleicht, weil sie eine Frau ist – Frauen bedeutet derlei nicht so viel, wie ich festgestellt habe. Vielleicht, weil sie sieht, was St. Oswald's mit Pat angestellt hat. Oder vielleicht wegen ihres Sohnes, der mich immer noch verfolgt.

»Sie hätten nicht kommen sollen«, sagte sie und wischte sich über die Augen. »Der Schulleiter hat allen gesagt …«

»Zum Teufel mit dem Rektor. Nach Schulschluss kann ich tun

und lassen, was ich will«, sagte ich und klang zum ersten Mal in meinem Leben wie Robbie Roach. Darüber musste sie lachen, und genau das hatte ich beabsichtigt. »Das ist besser«, sagte ich und schaute in meinen fast leeren Becher. »Sagen Sie mal, Marlene, warum schmeckt Krankenhaus-Tee immer fischig?«

Sie lächelte. Wenn sie lächelt, sieht sie jünger aus – womöglich wegen der fehlenden Schminke –, jünger und nicht so wagnerianisch. »Es ist schön, dass Sie gekommen sind, Roy. Sonst war niemand hier, weder der Schulleiter noch Bob Strange. Keiner von seinen Freunden. Ach, alles sehr höflich, alles sehr St.-Oswald's-mäßig. Wahrscheinlich war der Senat genauso höflich, als sie Caesar den Schierlingsbecher reichten.«

Ich vermutete zwar, dass sie Sokrates meinte, sagte jedoch nichts. »Er wird das durchstehen«, log ich. »Pat ist zäh, und jeder weiß, dass die Vorwürfe lächerlich sind. Warten Sie's ab, am Ende des Jahres werden die Kuratoren ihn anflehen wiederzukommen.«

»Hoffentlich.« Sie trank einen Schluck Tee, der mittlerweile bestimmt schon kalt war. »Ich werde nicht zulassen, dass sie ihn begraben, so wie sie Leon begraben haben.«

Es war das erste Mal seit fünfzehn Jahren, dass sie in meiner Gegenwart ihren Sohn erwähnte. Noch eine Barriere, die überwunden wurde. Aber eigentlich hatte ich damit gerechnet. In den letzten Wochen ist mir diese alte Geschichte mehr als sonst durch den Kopf gegangen und ihr vermutlich auch.

Schließlich gibt es gewisse Parallelen: das Krankenhaus, ein Skandal, ein Junge, der spurlos verschwindet. Ihr Sohn starb nicht sofort an den Folgen des Sturzes, kam allerdings auch nicht mehr zu Bewusstsein. So musste sie lange Tage an seinem Bett sitzen und warten, Tage voll banger, schrecklicher Hoffnung, einem Strom von Besuchern, von guten Wünschen – von Jungs, Familienangehörigen, Freunden, Lehrern, einem Priester –, bis das Ende kam.

Wir haben den anderen Jungen nie gefunden, und Marlenes Beteuerung, dass er etwas gesehen haben musste, wurde immer als der verzweifelte Versuch einer hysterischen Mutter abgetan, der Tragödie einen Sinn zu verleihen. Nur Bishop versuchte ihr zu helfen, ging die Schulakten und Schulfotos durch, bis jemand (vielleicht der Rektor) ihm erklärte, dass er damit nicht nur vom eigentlichen Unglück ablenke, sondern vor allem auch St. Oswald's schade. Letztlich war es natürlich gleichgültig, doch Pat konnte sich mit der ganzen Sache nie recht abfinden.

»Pinchbeck. So hieß er.« Als könnte ich das vergessen – wenn ein Name gefälscht war, dann der. Ich habe ein gutes Namensgedächtnis und erinnere mich an seinen von dem Tag im Korridor, als ich ihn unter einem fadenscheinigen Vorwand bei meinem Büro herumlungern sah. Ich glaube, auch Leon war damals dabei.

»Ja, Julian Pinchbeck.« Sie lächelte, aber nicht freundlich. »Niemand glaubte, dass es ihn wirklich gab. Außer Pat. Und Sie natürlich, als Sie ihn da oben sahen …«

Ich frage mich, ob ich ihn wirklich gesehen habe. Wissen Sie, ich vergesse keinen Jungen, das ist mir in den dreiunddreißig Jahren kein einziges Mal passiert. Die vielen jungen Menschen, erstarrt in der Zeit, und jeder glaubt, dass die Zeit für ihn eine Ausnahme machen, dass er als Einziger immer vierzehn bleiben wird …

»Ich sah ihn«, sagte ich jetzt. »Zumindest glaubte ich, ihn zu sehen.« Rauch und Spiegel, das Gespenst eines Jungen, das sich in der Morgendämmerung auflöst wie der Dunst der Nacht. »Ich war mir so sicher …«

»Das waren wir uns alle«, sagte Marlene. »Aber es gab keinen Pinchbeck, weder in den Schulunterlagen noch auf den Einschulungsfotos und nicht einmal in den Bewerbungslisten. Doch da war es sowieso schon zu spät. Die Sache interessierte niemanden mehr. Mein Sohn war tot. Und der Schulalltag musste weitergehen.«

»Es tut mir Leid«, sagte ich.

»Es war nicht Ihre Schuld. Außerdem …« Unvermittelt stand sie auf, kehrte zur Geschäftigkeit der Schulsekretärin zurück.

»Leid tun bringt Leon auch nicht zurück, oder? Und jetzt ist es Pat, der meine Hilfe braucht.«

»Er hat Glück«, sagte ich, und das meinte ich ernst. »Denken Sie, er hätte etwas dagegen, wenn ich Sie ausführe? Nur auf einen Drink. Immerhin habe ich heute Geburtstag, und Sie sehen aus, als könnten Sie etwas Stärkeres als Tee gebrauchen.«

Ich finde, ich habe mein Einfühlungsvermögen noch nicht verloren. Wir einigten uns auf eine Stunde, mehr nicht, und verließen Pat mit der Anweisung, sich ins Bett zu legen und sein Buch zu lesen. Wir gingen den guten Kilometer zu Fuß zu mir nach Hause. Da war es schon dunkel, und in der Luft hing bereits der Geruch von Schwarzpulver. In der Abbey-Road-Siedlung knallten ein paar verfrühte Kracher, es war diesig und überraschend mild. Ich servierte Ingwerkekse und Glühwein, zündete den Wohnzimmerkamin an und holte die beiden zusammenpassenden Becher heraus. Es war warm und behaglich, im Schein der Flammen wirkten meine alten Sessel weniger schäbig, der Teppich weniger abgetreten, und rings um uns, von allen Wänden, betrachteten uns meine verlorenen Jungs mit dem strahlenden Optimismus der unsterblichen Jugend.

»So viele Schüler«, sagte Marlene leise.

»Meine Galerie von Geistern«, sagte ich, und als ich ihren Gesichtsausdruck bemerkte: »Entschuldigung, Marlene. Das war taktlos.«

»Das macht nichts«, sagte sie lächelnd. »Ich bin nicht mehr so empfindlich wie früher. Wissen Sie, deswegen habe ich die Stelle ja angenommen. Sicher, damals war ich überzeugt, dass es eine Verschwörung gab, um die Wahrheit zu vertuschen, dass ich ihn eines Tages sehen würde, wie er mit seiner Sporttasche den Korridor entlanggeht und die kleine Brille ihm die Nase hinunterrutscht … aber ich habe ihn nie gesehen. Also gab ich irgendwann auf und ließ ihn gehen. Und wenn Mr. Keane mich nicht danach gefragt hätte, nach all den Jahren …«

»Mr. Keane?«, wiederholte ich.

»Ja. Wir haben uns darüber unterhalten. Wissen Sie, er interessiert sich sehr für die Geschichte der Schule. Ich glaube, er möchte ein Buch schreiben.«

Ich nickte. »Ja, ich weiß. Er hatte Aufzeichnungen, Fotos ...«

»Meinen Sie das?« Marlene holte aus ihrer Brieftasche ein kleines Bild, das unverkennbar aus einem Schulfoto ausgeschnitten war. Ich erkannte es sofort – in Keanes Notizbuch war es eine schlechte Kopie gewesen, kaum erkennbar, auf der er ein Gesicht rot umkringelt hatte.

Aber jetzt erkannte ich den Jungen, das blasse, kleine Eulengesicht mit der runden Brille, die Schulmütze über den langen Pony gedrückt.

»Das ist doch Pinchbeck.«

Sie nickte. »Es ist keine besonders gute Aufnahme, aber ich würde ihn überall wiedererkennen. Außerdem habe ich mir das Klassenfoto tausendmal angesehen. Jedes Gesicht taucht in einer Schülerliste auf, jedes außer seinem. Wer immer er war, Roy, er war keiner von unseren Jungen. Trotzdem war er da. Warum?«

Wieder hatte ich das Gefühl von Déjà-vu, das Gefühl, das sich etwas zusammenfügte, wenn auch nicht ganz mühelos. Doch es war ein vages Gefühl. Und das kleine, unreife Gesicht hatte etwas, das mich unruhig machte. Etwas Vertrautes.

»Warum haben Sie das Foto damals nicht der Polizei gezeigt?«, fragte ich.

»Es war zu spät.« Marlene zuckte mit den Schultern. »John Snyde war tot.«

»Aber der Junge war ein Zeuge.«

»Roy, ich hatte Arbeit zu erledigen. Ich musste an Pat denken. Es war vorbei.«

Vorbei? Mag sein. Doch irgendetwas an dieser schrecklichen Sache ist nie abgeschlossen worden. Ich weiß nicht, woher die Verbindung auftauchte – und warum, nach all den Jahren –, aber jetzt war sie da und ließ mich nicht mehr los.

»Pinchbeck.« Im Englisch-Wörterbuch wird die Bedeutung

mit »Talmi, Tombak« wiedergegeben. »Der Name ist erfunden.«

Sie nickte. »Ich weiß. Mir wird immer noch ganz anders, wenn ich an ihn denke, wie er in seiner Schuluniform mit den anderen Jungen den Korridor entlanggeht, mit ihnen spricht, sogar mit ihnen fotografiert wird. Ich kann mir nicht vorstellen, dass es niemandem aufgefallen ist …«

Ich mir schon. Warum sollte es auch jemandem auffallen? Tausend Jungs, alle in Uniform – wer würde vermuten, dass er nicht dazugehörte? Trotzdem war es lachhaft. Warum sollte ein Junge diesen Schwindel inszenieren wollen?

»Die Herausforderung«, sagte ich. »Einfach der Spaß an der Sache. Schauen, ob es möglich ist, ob er damit durchkommt.«

Jetzt würde er natürlich fünfzehn Jahre älter sein. Um die achtundzwanzig oder so. Und er würde größer sein, groß und gut gebaut. Vielleicht trug er Kontaktlinsen. Aber denkbar war es schon, oder nicht? Und durchaus möglich.

Hilflos schüttelte ich den Kopf. Bis zu dem Moment war mir nicht klar gewesen, wie sehr ich gehofft hatte, Knight – und Knight alleine – könnte verantwortlich sein für die ganze Unbill, die uns das Leben in den letzten Wochen zur Hölle gemacht hat. Knight war der Schuldige, er hatte die E-Mails geschrieben, den üblen Internet-Dreck verschickt (wenn man das so sagt). Knight hatte Bishop und die anderen angeschwärzt, Knight hatte das Pförtnerhaus in Brand gesetzt. Ich hatte mich mittlerweile sogar halb davon überzeugt, dass Knight hinter den mit Maulwurf unterschriebenen Zeitungsartikeln stand.

Jetzt erst erkannte ich diese gefährliche Illusion als solche. Diese Verbrechen an St. Oswald's waren weit mehr als einfache Jungenstreiche. Kein Schüler hätte sie durchführen können. Dieser Insider – wer immer es war – war bereit, sein Spiel bis zum Äußersten zu treiben.

Ich dachte an Grachvogel, der sich zu Hause versteckte.

Ich dachte an Tapi, die im Glockenturm eingesperrt war.

An Jimmy, dem (wie Snyde) die Schuld angelastet wurde.

An Fallow, dessen Geheimnis aufgedeckt wurde.

An Pearman und Kitty, dito.

An Knight, Anderton-Pullitt, die Graffiti, das Pförtnerhaus, die Diebstähle, den Mont-Blanc-Füller, die vielen kleinen Unregelmäßigkeiten und unguten Vorfälle, und jetzt der letzte Strauß – Bishop, Devine, Light, Grachvogel und Roach –, die wie Raketen nacheinander am leuchtenden Himmel explodierten …

Und ich dachte wieder an Chris Keane mit seinem klugen Gesicht und dem dunklen Pony, und an Julian Pinchbeck, den blassen Jungen, der mit zwölf oder dreizehn einen derart schamlosen Betrug gewagt hatte, dass fünfzehn Jahre lang niemand auf den Gedanken gekommen war, es könnte Hochstapelei sein.

Konnte Keane Pinchbeck sein? Ausgerechnet Keane?

Es war eine erstaunliche Verbindung von unlogischen oder intuitiven Gedanken. Und trotzdem konnte ich mir vorstellen, dass es möglich war. Die Einstellungspolitik ist in St. Oswald's recht unkonventionell und orientiert sich eher am persönlichen Eindruck als an den Unterlagen des Bewerbers. Es war denkbar, dass jemand – jemand Kluges – durch das Netz der Nachforschungen schlüpfen konnte, mit dem Unerwünschte ausgefiltert werden (in St. Oswald's werden keine polizeilichen Führungszeugnisse verlangt). Außerdem liegt ein derartiger Betrug außerhalb unseres Vorstellungsvermögens. Wir verhalten uns allesamt wie Wachsoldaten an einem befreundeten Außenposten, die bei einem überraschenden Überfall von Heckenschützen reihenweise fallen. Wir erwarteten den Angriff einfach nicht. Das war unser Fehler. Und jetzt erledigte jemand uns einen nach dem anderen, wie Fliegen an der Wand.

»*Keane?*«, fragte Marlene fassungslos, genau wie ich es getan hätte, wäre ich an ihrer Stelle gewesen. »Der nette junge Mann?«

Mit wenigen Worten klärte ich sie über den netten jungen Mann auf. Das Notizbuch. Die Computer-Passwörter. Und dazu immer dieser Anflug von Spott, von Arroganz, als sei das Unterrichten ein amüsantes Spiel.

»Aber was ist mit Knight?«, fragte Marlene.

Das hatte ich mir auch überlegt. Der ganze Skandal rund um Bishop beruhte auf Knight – die Textnachrichten von Knights Mobiltelefon, die die Vermutung bestärkten, dass Knight fortgelaufen war, vielleicht aus Angst vor weiterem Missbrauch …

Aber wenn Knight das alles gar nicht getan hatte – wo steckte er dann?

Ich überlegte. Ohne die Nachrichten von Knights Mobiltelefon, ohne den Vorfall am Pförtnerhaus und ohne die Nachrichten von seiner E-Mail-Adresse – was hätten wir dann angenommen und befürchtet?

»Ich glaube, dass Knight tot ist«, sagte ich bedrückt. »Das ist die einzig logische Schlussfolgerung.«

»Aber warum sollte er Knight umbringen?«

»Um den Einsatz zu erhöhen«, erklärte ich langsam. »Um Pat und die anderen noch mehr zu belasten.«

Marlene starrte mich nur an, sie war weiß wie die Wand. »Nicht Keane«, widersprach sie schließlich. »Er ist so charmant! Er hat für Sie doch sogar einen Kuchen besorgt …«

Gute Götter!

Der Kuchen. Das hatte ich alles ganz vergessen, genauso wie Diannes Einladung zum Feuerwerk und auf einen Drink, zur Feier …

Hatte sie irgendwie Keanes Misstrauen erweckt? Hatte sie sein Notizbuch gelesen? Hatte sie sich verplappert? Ich dachte an ihre Augen, die unternehmungslustig in ihrem lebhaften jungen Gesicht funkelten. Ich dachte daran, wie sie amüsiert fragte: »Sagen Sie mal, sind Sie Profi-Spion, oder machen Sie das nur zum Vergnügen?«

Ich erhob mich zu schnell, wie der unsichtbare Finger mich unerbittlich ermahnte, als rate er mir, mich wieder hinzusetzen. Ich ignorierte ihn. »Marlene, wir müssen los«, sagte ich. »Schnell. In den Park.«

»Warum in den Park?«

»Weil er dort ist«, erklärte ich, griff nach meinem Mantel und warf ihn mir über die Schultern. »Zusammen mit Dianne Dare.«

Kapitel 49

Freitag, 5. November
19.30 Uhr

Ich habe ein Rendezvous. Aufregend, oder? Noch dazu das erste seit vielen Jahren. Trotz der Hoffnungen meiner Mutter und der Zuversicht meiner Therapeutin interessiere ich mich nicht besonders für das andere Geschlecht. Selbst jetzt fällt mir beim Gedanken daran als Erstes Leon ein, der ruft: »Du perverser Fiesling!« Und das Geräusch, als er abstürzte.

Natürlich sage ich ihr das nicht. Vielmehr unterhalte ich sie mit Geschichten über meinen Vater, seine Schläge, seine Grausamkeit. Dann ist meine Therapeutin zufrieden, und mittlerweile glaube ich das alles fast schon selbst und vergesse darüber Leon, wie er über den Trichter springt. Sein Gesicht verschwimmt im tröstlichen Sepia der fernen Vergangenheit.

Es war nicht deine Schuld. Wie oft hörte ich den Satz in den folgenden Tagen? Mich fror innerlich, Albträume quälten mich, ich war starr vor Trauer und der Angst, enttarnt zu werden. Ich glaube, eine Weile verlor ich wirklich den Verstand, und stürzte mich mit verzweifeltem Eifer in meine Umwandlung, arbeitete (mit der tatkräftigen Unterstützung meiner Mutter) unablässig daran, jede Spur von Pinchbeck auszulöschen.

Das ist mittlerweile natürlich alles längst Vergangenheit. Schuldgefühle, so meine Therapeutin, sind die typische Reaktion eines Opfers. Ich habe hart gearbeitet, um diese Schuldgefühle abzubauen, und das ist mir ganz gut gelungen. Die Therapie funktioniert. Natürlich werde ich meiner Psychologin nicht erzählen, wie meine Therapie en détail ausgesehen hat, aber ich glaube doch, sie wird mir zustimmen, dass ich von meinem Schuldkomplex so gut wie geheilt bin.

Eine Aufgabe bleibt mir noch zu tun, bevor die endgültige Katharsis eintreten kann.

Noch ein Blick in den Spiegel, bevor ich zu meinem Rendezvous am Scheiterhaufen gehe.

Sehr schön, Snyde. Sehr schön.

Kapitel 50

Freitag, 5. November
20.15 Uhr

Normalerweise braucht man zu Fuß eine Viertelstunde von meinem Haus zum Stadtpark. Wir schafften es in fünf Minuten. Der unsichtbare Finger trieb mich voran. Der Dunst hatte sich aufgelöst, um den Mond stand ein großer Hof, und die Feuerwerkskörper, die ab und zu über uns am Himmel explodierten, erinnerten an Wetterleuchten.

»Wie spät ist es?«

»Halb acht. Wahrscheinlich zünden sie gleich das Feuer an.« Ich hastete weiter, wich einer Schar kleiner Kinder aus, die eine Strohpuppe auf einem Karren hinter sich herzogen.

»Ein Pfund für Guy Fawkes, Mister?«

In meiner Jugend war es ein Penny gewesen. Marlene und ich liefen weiter durch die Nacht, in der hier und da Wunderkerzen aufflammten. Eine zauberhafte Nacht, wie die Nächte meiner Kindheit, der modrige Geruch von Herbstlaub lag in der Luft.

»Ich bin mir nicht sicher, ob die Idee so gut ist.« Das kam von Marlene, wie immer die Vernünftige. »Ist das nicht eine Sache, die wir der Polizei überlassen sollten?«

»Glauben Sie, dass die uns zuhören würden?«

»Vielleicht nicht. Aber ich meine trotzdem, dass …«

»Wissen Sie, Marlene, ich möchte ihn nur sehen. Mit ihm reden. Wenn ich Recht habe, und Pinchbeck ist wirklich Keane …«

»Das kann ich nicht glauben.«

»Wenn aber doch, dann ist Miss Dare vielleicht in Gefahr.«

»Dann sind vielleicht Sie in Gefahr, Sie alter Narr.«

»Oh.« Der Gedanke war mir gar nicht gekommen.

»Am Eingang werden ein paar Polizisten stehen«, sagte sie. »Ich rede mit ihnen, und Sie suchen unterdessen nach Dianne.« Sie lächelte. »Und wenn Sie sich täuschen – wovon ich ziemlich überzeugt bin –, dann können wir alle gemeinsam den Abend feiern. In Ordnung?«

Wir eilten weiter.

Wir sahen das Glühen des Feuers schon von weitem, noch bevor wir den Eingang zum Park erreichten. Dort drängten sich bereits die Menschen, am Tor standen mehrere Einlasser und verkauften Eintrittskarten, und jenseits des Tors drängten sich noch mehr Menschen – Tausende –, ein Meer von Köpfen und Gesichtern.

Und hinter ihnen brannte das Feuer, bald würde es ein Flammenturm sein, der in den Himmel loderte. Eine Strohpuppe, die auf halber Höhe des Scheiterhaufens auf einem kaputten Sessel thronte, wirkte wie der Herrscher über die ganze Inszenierung.

»Sie werden die beiden nie finden«, sagte Marlene, sobald sie das Gewühl sah. »Es ist zu dunkel, und schauen Sie sich doch nur die vielen Menschen an ...«

In der Tat waren viel mehr Leute da, als ich erwartet hätte. Vorwiegend Familien, Männer mit Kindern auf den Schultern, Teenager in Verkleidung, kleine Kinder mit Antennen auf dem Kopf, die Zuckerwatte aßen und Neon-Zauberstäbe durch die Luft schwenkten. Auf der anderen Seite des Feuers war der Jahrmarkt mit Schießbuden und Geisterbahnen, Achterbahnen und Entchen-Angeln, Karussells und dem Todesrad.

»Ich finde sie schon«, sagte ich. »Reden Sie mal mit der Polizei.«

Ein ganzes Stück abseits würde das Feuerwerk abgebrannt werden, und es musste jeden Augenblick beginnen. Kinder drängten sich in Scharen um den abgeriegelten Platz, das Gras war schon lang zu Matsch zertrampelt worden. Rund um mich ein Gewirr verschiedenster Geräusche, Musik von mehreren Fahrgeschäften und hinter uns das Rot des Feuers, als die Flammen hochleckten und die aufgestapelten Paletten in der Hitze zerbarsten.

Und jetzt fing es an. Ein paar Leute klatschten, dann folgte das *Aaaaah!* der Menschenmenge, als ein Dutzend Raketen hinaufschossen und explodierten, den Dunst mit roten und blauen Blitzen schlagartig erleuchteten. Ich schob mich weiter voran, schaute in die Gesichter, die jetzt in Neonfarben erglühten. Meine Füße blieben immer wieder im Schlamm stecken, meine Kehle war rau vor Rauch und Angst. Die ganze Szene war surreal. Der Himmel stand in Flammen, im Licht des Feuers sahen die Gesichter aus wie Renaissancedämonen.

Und irgendwo dort ist Keane, dachte ich. Aber selbst diese Gewissheit verlor sich allmählich und ging in einen mir fremden Selbstzweifel über. Ich dachte daran, wie ich die Sunnybanker verfolgt hatte und meine alten Beine nachgaben, als die johlenden Jungs über den Zaun entkamen. Ich dachte an Pooley und seine Freunde, an meinen Zusammenbruch im Unteren Korridor vor dem Direktorat. Ich dachte daran, wie Pat Bishop gesagt hatte: »Ihre Spannkraft lässt ein bisschen nach«, an den jungen Bevans – der jetzt wohl eigentlich gar nicht mehr so jung war – und den leichten, aber beständigen Druck des unsichtbaren Fingers. Wie lang, glaubst du, willst du dir noch vormachen, du wärst mit deinen fünfundsechzig Jahren noch jung?, fragte ich mich. Meine Zenturie schien in weite Entfernung gerückt – und jenseits davon konnte ich nur Dunkelheit ausmachen.

Zehn Minuten später wusste ich, dass es hoffnungslos war, jemanden in diesem Gewühl zu finden. Genauso gut könnte ich versuchen, eine Badewanne mit einem Teelöffel zu leeren. Aus dem Augenwinkel sah ich Marlene, die rund hundert Meter entfernt eifrig auf einen überfordert wirkenden jungen Polizisten einredete.

Der Guy-Fawkes-Abend bedeutet für unsere Polizei immer Überstunden. Schlägereien, Unfälle und Taschendiebstähle häufen sich, im Schutz der Dunkelheit und der ausgelassenen Menschenmengen ist fast alles möglich. Marlene versuchte gleichwohl ihr Bestes. Ich sah noch, dass der Beamte in sein Walkie-Talkie sprach, dann verstellten Menschen mir wieder die Sicht.

Allmählich war mir etwas sonderbar zumute. Vielleicht war's das Feuer, vielleicht zeigte der Glühwein mit einiger Verspätung seine Wirkung. Auf jeden Fall war ich froh, von der Hitze der Flammen wegzukommen. Bei den Bäumen war es kühler und dunkler, weniger laut, und der unsichtbare Finger schien sich zurückzuziehen, so dass ich zwar noch kurzatmig war, mich aber doch besser fühlte.

Jetzt hing der Dunst überall und wurde vom Feuerwerk gespenstisch erleuchtet. Durch diesen Schleier vermeinte ich, in fast jedem jungen Mann Keane zu erkennen, aber jedes Mal stellte er sich als ein anderer junger Mann mit dunklen Stirnfransen heraus, der mir einen seltsamen Blick zuwarf, bevor er sich wieder seiner Frau (Freundin, Tochter) zuwandte. Trotzdem war ich fest überzeugt, dass er hier irgendwo war. Vielleicht lag das im Instinkt eines Mannes, der die letzten dreiunddreißig Jahre seines Lebens damit verbracht hat, Böden nach Mehlbomben und Schreibpulte nach Graffiti zu untersuchen. Irgendwo dort war er. Das spürte ich.

Dreißig Minuten später war das Feuerwerk fast zu Ende. Wie immer hatten sie das Schönste für zuletzt aufgespart, ein Bouquet von Raketen, Fontänen und Rädern, die selbst den dicksten Nebel in eine Sternschnuppennacht verwandelt hätten. Ein Vorhang schillernden Lichts fiel herab, und eine Weile tastete ich mich fast blind durch die vielen Menschen. Mein rechtes Bein tat mir weh, und ständig fuhr mir ein Stich die rechte Körperhälfte hinab, als würde sich eine Naht wie an einem uralten Teddybären auflösen und die Füllung langsam hervorquellen.

Und in dem apokalyptischen Licht sah ich plötzlich Miss Dare. Sie stand allein, ein wenig abseits der Menge. Zuerst glaubte ich, mich zu täuschen, aber dann drehte sie sich zu mir. Ihr Gesicht, halb unter einem roten Béret verborgen, wurde grellblau und -grün erleuchtet.

Einen Moment rief ihr Anblick eine heftige Erinnerung in mir wach, das Gefühl einer schrecklichen Gefahr, und ich lief auf sie zu, rutschte im glitschigen Schlamm aus.

»Miss Dare! Wo ist Keane?«

Passend zu ihrem Béret trug sie einen adretten roten Mantel, das schwarze Haar ordentlich hinter die Ohren gesteckt. Als ich keuchend vor ihr stand, lächelte sie mich fragend an.

»Keane?«, sagte sie. »Der musste weg.«

Kapitel 51

Freitag, 5. November
20.45 Uhr

Ich muss gestehen, ich war ziemlich verdutzt. Ich war mir so sicher gewesen, Keane bei ihr anzutreffen, dass ich sie ohne ein Wort nur dümmlich anstarrte und verfolgte, wie die farbigen Schatten über ihr blasses Gesicht huschten. Der schwere Schlag meines alten Herzens dröhnte mir in den Ohren.

»Ist etwas nicht in Ordnung?«

»Nein«, sagte ich. »Nur ein alter Narr, der auf eigene Faust Ermittlungen anstellen will, sonst nichts.«

Sie lächelte.

Über mir explodierten die letzten Raketen. Regenwaldgrün waren sie, eine wohltuende Farbe, die die Gesichter der Zuschauer in die von Marsmenschen verwandelte. Das Blau hatte mich ein wenig beunruhigt, wie das Blaulicht einer Ambulanz, und das Rot …

Wieder stieg eine vage Erinnerung halb an die Oberfläche und sank erneut ab. Etwas an den Lichtern, den Farben, wie sie auf jemandes Gesicht fielen …

»Mr. Straitley«, sagte sie besorgt. »Sie sehen ziemlich mitgenommen aus.«

In der Tat hatte ich mich auch schon mal besser gefühlt, aber das kam nur vom Rauch und der Hitze des Feuers. Wichtiger war mir die junge Frau, die neben mir stand, eine junge Frau, die noch immer in Gefahr schwebte, wie mein Instinkt mir sagte.

»Hören Sie, Dianne«, sagte ich und fasste sie am Arm. »Ich glaube, ich muss Ihnen etwas erzählen.«

Und so fing ich an. Zuerst berichtete ich ihr von dem Notizbuch und vom Maulwurf, dann von Pinchbeck, dem Tod Leon Mitchells und John Snydes. Wenn man die einzelnen Stränge betrachtete, waren sie nur Indizienbeweise, doch je länger ich darüber nachdachte, je mehr ich darüber sprach, desto deutlicher entstand vor meinen Augen ein klares Bild.

Er hatte mir selbst erzählt, dass er ein ehemaliger Sunnybanker war. Es bedarf keiner großen Vorstellungskraft, sich auszumalen, was das für einen Jungen wie Keane bedeutet haben musste. Ein kluges Kind, ein Bücherwurm, ein Außenseiter. Die Lehrer hatten ihn bestimmt ebenso wenig gemocht wie seine Mitschüler. Ich konnte ihn förmlich vor mir sehen, einen mürrischen Einzelgänger, der seine Schule hasste, seine Zeitgenossen hasste und sich sein Leben in einer Fantasiewelt schuf.

Vielleicht war es zuerst ein Hilferuf gewesen, ein Scherz oder eine Geste des Widerstands gegen die Privatschule und alles, wofür sie stand. Nachdem er erst einmal den ersten Schritt gewagt hatte, war es sicher nicht schwer. Solange er die Uniform trug, würde er genau wie alle übrigen unserer Jungs behandelt worden sein. Ich stellte mir die Faszination vor, unerkannt die ehrwürdigen alten Korridore entlangzugehen, in Klasszimmer zu gucken, sich unter die anderen Schüler zu mischen. Ein einsames Vergnügen zwar, aber ein bestechendes, und eines, das sich schnell zu einer Obsession auswuchs.

Während ich meine Geschichte vor Dianne ausbreitete, hörte sie mir schweigend zu. Es war alles reine Mutmaßung, aber es fühlte sich richtig an, und je weiter ich ausholte, desto mehr sah ich den jungen Keane vor mir, spürte ein wenig, was er empfunden hatte, und begriff das Grauen dessen, wozu er geworden war.

Ich fragte mich, ob wohl Leon Mitchell die Wahrheit gekannt hatte. Auf jeden Fall waren Marlene wegen Julian Pinchbeck nie Zweifel gekommen, ebenso wenig wie mir.

Ein durchtriebenes Kerlchen, dieser Pinchbeck, vor allem für einen Jungen seines Alters. Selbst oben auf dem Dach hatte er nicht die Nerven verloren, sondern war wie eine Katze verschwunden, bevor ich ihn abfangen konnte, war im Schatten untergetaucht und hatte sogar zugelassen, dass John Snyde verdächtigt wurde, ohne sich zu seiner Mittäterschaft zu bekennen.

»Vielleicht haben sie rumgealbert. Sie wissen doch, wie Jungs sind. Ein dummes Spiel, das sie zu weit getrieben haben. Leon ist gestürzt. Pinchbeck ist weggelaufen. Er hat zugelassen, dass der Hausmeister dafür verantwortlich gemacht wurde, und mit dieser Schuld lebt er jetzt seit fünfzehn Jahren.«

Man muss sich einmal vorstellen, was das mit einem Kind macht. Ich dachte an Keane und versuchte, die Bitterkeit zu sehen, die sich hinter seiner Fassade verbergen musste. Es gelang mir nicht. Die Art, wie er sprach, hatte vielleicht einen Anflug von Respektlosigkeit, eine leicht spöttische Note. Aber Bösartigkeit, regelrechte Bösartigkeit? Das war schwer zu glauben. Und trotzdem, wenn nicht Keane, wer sonst?

»Er hat mit uns gespielt«, sagte ich zu Miss Dare. »Das ist seine Art. Sein Humor. Es ist im Grunde dasselbe Spiel wie zuvor, aber dieses Mal spielt er es bis zum bitteren Ende. Es genügt ihm nicht mehr, sich im Schatten zu verbergen. Er will St. Oswald's ins Herz treffen.«

»Aber warum?«, fragte sie.

Ich seufzte. Plötzlich war ich sehr müde. »Ich mochte ihn«, sagte ich, was ihre Frage aber nicht beantwortete. »Ich mag ihn immer noch.«

Ein längeres Schweigen folgte.

»Haben Sie die Polizei verständigt?«

Ich nickte. »Ja, Marlene hat mit ihnen gesprochen.«

»Dann werden sie ihn finden«, sagte sie. »Machen Sie sich keine Sorgen, Mr. Straitley. Vielleicht kommen wir ja doch noch dazu, auf Ihren Geburtstag anzustoßen.«

Kapitel 52

Verständlicherweise war mein eigener Geburtstag ziemlich trostlos. Allerdings war mir klar, dass dieser Tag eine notwendige Etappe darstellte, und ich öffnete die bunt verpackten Geschenke, die noch unter meinem Bett lagen, mit verbissener Entschlossenheit. Und dort lagen auch die Briefe meiner Mutter, die ich jetzt Wort für Wort durchlas, um unter den endlosen nichtssagenden Phrasen die wenigen kostbaren Sätze zu finden, die meine Metamorphose abschließen würden.

Mein Herzblatt,
ich hoffe, du hast die Kleider bekommen, die ich dir geschickt habe. Hoffentlich passen sie dir alle! Hier in Paris scheinen Kinder viel schneller erwachsen zu werden, und ich möchte doch so gerne, dass du hübsch aussiehst, wenn du zu uns zu Besuch kommst. Wahrscheinlich bist du schon ziemlich erwachsen. Ich kann kaum glauben, dass ich schon fast dreißig bin. Der Arzt hat mir gesagt, dass ich keine Kinder mehr bekommen kann. Aber zum Glück habe ich dich, mein Liebling. Es ist, als hätte Gott mir eine zweite Chance gegeben.

Die Pakete enthielten mehr Garderobe, als ich je in meinem ganzen Leben besessen hatte. Passende Outfits von Printemps und den Galeries Lafayette, kleine Pullover in Zuckermandelfarben, zwei Mäntel (einen roten für den Winter, einen grünen fürs Frühjahr) und zahllose Oberteile, T-Shirts und Shorts.

Die Polizei war sehr freundlich zu mir, und das musste sie auch sein. Ich hatte einen entsetzlichen Schock erlitten. Sie ließen mich von einer netten Beamtin befragen, der ich mit der erwarteten Offenheit und einer gelegentlichen Träne antwortete. Mehrmals wurde mir gesagt, ich sei sehr tapfer gewesen. Meine Mutter war stolz auf mich, die nette Polizistin war stolz auf mich, alles würde bald vorbei sein, ich brauchte nur die Wahrheit zu sagen und vor nichts Angst zu haben.

Ist es nicht seltsam, wie leicht es ist, das Schlimmste zu glauben? Ich erzählte ihr eine simple Geschichte (ich habe festgestellt, dass einfache Lügen am besten ankommen), und die Polizistin hörte mir aufmerksam zu, ohne mich zu unterbrechen und offenbar ohne meine Schilderung anzuzweifeln.

Offiziell erklärte die Schule, es sei ein tragisches Unglück gewesen. Der Tod meines Vaters schloss den Fall ab, posthum erfuhr er von der Lokalpresse sogar noch ein gewisses Maß an Sympathie. Sein Selbstmord wurde als Folge außerordentlicher Reue über den Tod eines jungen Menschen geschildert, dessen unbefugtes Eindringen er nicht bemerkt hatte, und die anderen Einzelheiten – darunter die Gegenwart eines mysteriösen zweiten Jungen – wurden rasch fallen gelassen.

Mrs. Mitchell, die Schwierigkeiten hätte machen können, bekam eine beträchtliche Abfindung und eine Stelle als Bishops Sekretärin – in den Wochen nach Leons Tod waren sich die beiden recht nah gekommen. Bishop selbst, frisch gebackener Konrektor, musste sich vom Schulleiter sagen lassen, dass weitere Nachforschungen über den unglückseligen Vorfall nicht nur dem Ruf von St. Oswald's schaden würden, sondern auch bedeuteten, dass er seine neuen Pflichten vernachlässigte.

Damit blieb noch Straitley. Er war damals gar nicht so anders als heute, frühzeitig ergraut, mit einer fast kindlichen Freude an Absurditäten, erheblich schlanker als jetzt, und dennoch ungeschlacht, ein Mann, der in seiner verstaubten Robe und den Ledermokassins wie ein watschelnder Albatros aussah. Leon empfand für ihn nie so viel Achtung wie ich, hielt ihn eher für einen harmlosen Trottel, ganz nett, durchaus klug, aber keinesfalls gefährlich. Doch es war Straitley, der der Wahrheit am nächsten kam, und es war nur seine Arroganz – die Arroganz von St. Oswald's –, die ihn das Offensichtliche übersehen ließ.

Wahrscheinlich hätte ich ihm dafür dankbar sein müssen. Aber ein Talent wie das meine verlangt nach Anerkennung, und von all den beiläufigen Kränkungen, die St. Oswald's mir im Lauf der Jahre antat, ist mir die seine am meisten im Gedächtnis haften geblieben. Sein überraschter, ja herablassender Blick, als er mich zum zweiten Mal ansah und missachtete.

Natürlich konnte ich noch nicht wieder klar denken. Benommen von Schuldgefühlen, Verwirrung und Angst, musste ich eines der schockierendsten und bestgehüteten Geheimnisse des Lebens erst noch lernen: dass Reue sich ebenso verflüchtigt wie alles andere. Vielleicht wollte ich an dem Tag überführt werden, um mir selbst zu beweisen, dass immer noch Ordnung herrschte, um den Mythos von St. Oswald's aufrechterhalten zu können, und vor allem, um nach fünf Jahren im Schatten endlich meinen Platz im Rampenlicht einzunehmen.

Und Straitley? Bei meinem Spiel gegen St. Oswald's hatte immer Straitley und nicht der Schulleiter die Rolle des Königs übernommen. Der König bewegt sich langsam, ist aber ein mächtiger Gegner. Trotzdem kann ein gut gesetzter Bauer ihn zu Fall bringen. Nicht, dass ich das wollte. So absurd es war, ich wollte nicht, dass er vom Brett gefegt wurde, sondern dass er mich achtete, mich wahrnahm und anerkannte. Ich war viel zu lang unsichtbar gewesen, das Gespenst in der ächzenden Maschinerie von St. Oswald's. Jetzt wollte ich, dass er mich endlich anschaute – dass er mich *sah* und mir wenn schon keinen Sieg, so doch ein Remis zuerkannte.

Ich saß in der Küche, als er schließlich kam. Es war mein Geburtstag, kurz vor dem Abendessen, und ich hatte den halben Tag beim Einkaufen mit meiner Mutter verbracht und die restliche Zeit mit Gesprächen über meine Zukunft.

Als es an der Tür klopfte, wusste ich, wer draußen stand. Wissen Sie, ich kannte ihn einfach zu gut, wenn auch nur aus der Ferne, und hatte damit gerechnet, dass er kommen würde. Ich wusste, dass er ein Mann war, der die Gerechtigkeit nie um einer einfachen Lösung willen opfern würde. Streng, aber gerecht, das war Roy Straitley, ein Mann, der von jedem Menschen gerne das Beste glauben wollte. Johns Ruf verfing bei ihm nicht, ebenso wenig wie die verhüllten Drohungen des neuen Schulleiters oder die Spekulationen im *Examiner*. Selbst der mögliche Schaden für St. Oswald's war für ihn zweitrangig. Straitley war Leons Klassenleiter gewesen, und für Straitley waren seine Jungen wichtiger als alles andere.

Zuerst wollte meine Mutter ihn nicht ins Haus lassen. Er sei schon zwei Mal da gewesen, erzählte sie mir, einmal, als ich im Bett lag, und dann wieder, als ich mich umzog und die Pinchbeck-Uniform durch die Pariser Kleidung ersetzte, die sie mir in ihren zahllosen Care-Paketen geschickt hatte.

»Mrs. Snyde, wenn Sie mich nur kurz eintreten lassen könnten …«

Die Stimme meiner Mutter mit der mir noch unvertrauten polierten Aussprache hinter der Küchentür: »Mr. Straitley, ich habe Ihnen doch schon gesagt, wir haben vierundzwanzig sehr schlimme Stunden hinter uns, und ich glaube wirklich nicht …«

Schon damals ahnte ich, dass er sich in der Gesellschaft von Frauen nicht besonders wohl fühlte. Ich äugte durch den Türspalt und sah ihn mit gesenktem Kopf in der Dunkelheit stehen, die Hände tief in den Taschen seines alten Tweedjacketts vergraben.

Vor ihm stand meine Mutter, kampfbereit, mit Pariser Schick, Perlen und pastellfarbenem Twinset. Diese Art Weiblichkeit verstörte ihn. Es wäre ihm lieber gewesen, mit meinem Vater zu sprechen, klar und unverschlüsselt, in wenigen Worten.

»Wenn ich nur eben mit dem Kind reden könnte.«

Ich schaute im Kessel kurz mein Spiegelbild an. Ich sah gut aus, dank meiner Mutter. Die Haare ordentlich frisiert, das Gesicht geschrubbt, adrett in einem neuen Outfit. Ich hatte die Brille abgenommen. Ich wusste, dass ich die Prüfung bestehen würde, und außerdem wollte ich ihn sehen – ihn sehen und womöglich, vielleicht, selbst gesehen werden.

»Mr. Straitley, glauben Sie mir, wir können nichts …«

Ich öffnete die Küchentür. Er schaute sofort auf. Zum ersten Mal begegnete ich seinem Blick als der Mensch, der ich war. Meine Mutter stellte sich schützend neben mich, um mich, sollte ich mich bedrängt fühlen, sofort aus dem Zimmer zu führen. Roy Straitley trat einen Schritt auf mich zu, ich nahm den wunderbaren Geruch von Kreidestaub und Gauloises und Mottenkugeln wahr. Ich fragte mich, was er wohl sagen würde, wenn ich ihn auf Lateinisch begrüßte. Die Versuchung war fast zu groß, um ihr zu widerstehen, aber dann fiel mir ein, dass ich ja eine Rolle spielte. Würde er mich in meiner neuen Rolle erkennen?

Einen Augenblick dachte ich fast, dass er mich tatsächlich erkennen würde. Sein Blick war durchdringend. Seine Augen, jeansblau und etwas blutunterlaufen, verengten sich ein wenig. Ich streckte die Hand aus, berührte seine dicken Finger mit meinen kühlen. Ich dachte an die vielen Male, die ich ihn im Glockenturm gesehen hatte, an die vielen Dinge, die er mich unwissentlich gelehrt hatte. Würde er mich jetzt sehen? Würde er das tun?

Er musterte mich kurz, das saubere Gesicht, den pastellfarbenen Pullover, die kurzen Socken und glänzenden Schuhe. Also nicht ganz das, was er erwartet hatte. Ich musste ein Lächeln unterdrücken. Meine Mutter merkte es auch und lächelte selbst aus Stolz über ihr Werk. Mit Fug und Recht, die Verwandlung ging allein auf ihr Konto.

»Guten Abend«, sagte er. »Ich möchte nicht lange stören. Ich bin Mr. Straitley, Leon Mitchells Klasslehrer.«

»Freut mich, Sie kennen zu lernen«, sagte ich. »Ich bin Julia Snyde.«

Kapitel 53

Innerlich musste ich lachen. Es war schon sehr lange her, dass ich mich als Julia bezeichnet hatte. Immer war ich nur Snyde gewesen. Mal abgesehen davon, dass ich Julia nie gemocht hatte, ebenso wenig wie mein Vater, und an sie erinnert zu werden – sie zu *sein* –, kam mir seltsam vor und verunsicherte mich. Ich dachte, ich wäre Julia entwachsen, wie ich Sharon entwachsen war. Aber meine Mutter hatte sich als Mensch neu erschaffen – warum sollte das nicht auch mir gelingen?

Das sah Straitley natürlich nicht. In seinen Augen sind Frauen eine andere Spezies, die man aus sicherer Entfernung bewundern (oder vielleicht eher fürchten) kann. Mit seinen Jungen redet er ganz anders. Julia gegenüber wurde seine verbindliche Art etwas steif, eine Parodie seiner selbst.

»Ich möchte dich nicht aufregen«, sagte er.

Ich nickte.

»Kennst du einen Jungen, der Julian Pinchbeck heißt?«

Ich muss zugeben, meine Erleichterung ging mit einer gewissen Enttäuschung einher. Irgendwie hatte ich von Straitley mehr erwartet, mehr St. Oswald's. Schließlich hatte ich ihm die Wahrheit praktisch auf dem Silbertablett präsentiert, und er erkannte sie trotzdem nicht. In seiner Arroganz, dieser sehr männlichen Arroganz, die die Grundfeste von St. Oswald's bildet, sah er nicht, was ihm direkt gegenüberstand.

Julian Pinchbeck.

Julia Snyde.

»Pinchbeck?«, wiederholte ich. »Ich glaube nicht, Sir.«

»Er dürfte etwa in deinem Alter sein. Dunkles Haar, sehr schlank. Trägt eine Brille mit Drahtgestell. Er könnte ein Schüler von Sunnybank Park sein. Vielleicht hast du ihn auch hier in St. Oswald's gesehen.«

Ich schüttelte den Kopf. »Es tut mir Leid, Sir.«

»Du weißt doch, warum ich dich nach ihm frage, Julia, oder?«

»Ja, Sir. Sie glauben, dass er gestern Nacht dabei war.«

»Er war dabei«, sagte Straitley aufbrausend. Er räusperte sich und fuhr dann sanfter fort: »Ich dachte, du hättest ihn möglicherweise auch gesehen.«

»Nein, Sir.« Wieder schüttelte ich den Kopf. Ich fand die Sache einfach zu komisch, und trotzdem fragte ich mich, wieso er mich nicht sehen konnte. Weil ich ein Mädchen war? Plebs, eine Matratze, eine Flachzange? Konnte man Julia Snyde nichts Derartiges zutrauen?

»Bist du dir ganz sicher?« Er sah mich durchdringend an. »Der Junge wäre nämlich ein Zeuge. Er war dabei. Er hat gesehen, was passiert ist.«

Ich schaute auf meine polierten Schuhspitzen. In dem Augenblick hätte ich ihm am liebsten alles erzählt, nur um zu sehen, wie ihm die Kinnlade herunterfiel. Aber dann würde er auch alles mit Leon erfahren müssen, und das war unmöglich. Dafür hatte ich schon zu viel geopfert. Deshalb war ich bereit, meinen Stolz hinunterzuschlucken.

Dann schaute ich zu ihm auf und gestattete, dass mir Tränen in die Augen stiegen. Das fiel mir nicht schwer, ich dachte einfach an Leon, an meinen Vater und an mich selbst, und da kamen die Tränen von ganz allein. »Es tut mir Leid«, sagte ich wieder. »Ich habe ihn nicht gesehen.« Jetzt war dem guten Straitley eindeutig unbehaglich zumute, er schnaufte und bosselte umher wie neulich, als Kitty Teague im Lehrerzimmer ihren kleinen Anfall hatte.

»Ist ja gut.« Er zog ein großes, etwas verschmutztes Taschentuch hervor.

Meine Mutter warf ihm einen wütenden Blick zu. »Hoffentlich sind Sie jetzt zufrieden«, sagte sie und legte mir besitzergreifend den Arm um die Schultern. »Nach allem, was das arme Kind gerade durchgemacht hat …«

»Mrs. Snyde, ich wollte nicht …«

»Ich glaube, Sie sollten jetzt gehen.«

»Julia, bitte, wenn du irgendetwas weißt …«

»Mr. Straitley«, wiederholte sie, »ich möchte, dass Sie jetzt gehen.«

Und das tat er dann auch, widerwillig, hin und her gerissen zwischen Erregung und Unbehagen, Entschuldigungen einerseits und Argwohn andererseits.

Und er war misstrauisch, das sah ich an seinem Blick. Er lag mit seiner Vermutung völlig falsch, aber durch seine jahrelange Arbeit als Lehrer hatte er in Bezug auf Schüler eine Art zweites Gesicht bekommen, einen Radar, den ich irgendwie aktiviert hatte.

Er wandte sich zum Gehen. »Julian Pinchbeck. Du bist dir sicher, dass du nie von ihm gehört hast?«

Schweigend nickte ich, aber innerlich musste ich grinsen.

Er ließ die Schultern hängen. Und dann, als meine Mutter ihm auffordernd die Tür öffnete, drehte er sich noch einmal abrupt um und begegnete meinem Blick zum letzten Mal. »Ich wollte dich nicht aufregen«, wiederholte er. »Wir machen uns alle Sorgen wegen deines Vaters. Aber ich war Leons Klasslehrer. Ich haben meinen Jungs gegenüber Verantwortung …«

Ich nickte wieder. »*Vale, magister.*« Es war ein bloßes Flüstern, aber ich hätte schwören können, dass er es hörte.

»Wie bitte? Was hast du da gesagt?«

»Gute Nacht, Sir.«

Kapitel 54

Danach zogen wir nach Paris. Ein neues Leben, sagte meine Mutter, ein Neuanfang für ihr kleines Mädchen. Doch so einfach war es nicht. Ich mochte Paris nicht. Mir fehlten mein Zuhause und die Wälder und der süße Geruch von frisch geschnittenem Gras, in dem ich mich wälzen konnte. Meine Mutter missbilligte meine jungenhafte Art, für die sie natürlich meinen Vater verantwortlich machte. Er habe nie ein Mädchen gewollt, sagte sie, als sie über mein kurzes Haar lamentierte, meine flache Brust, meine aufgeschürften Knie. Wegen John, klagte sie, sähe ich eher aus wie ein verdreckter Strolch als die zierliche Tochter, von der sie geträumt hatte. Aber das würde sich ändern, sagte sie. Es brauche nur ein wenig Zeit.

Und ich tat weiß Gott mein Bestes. Endlose Einkaufsbummel, Kleiderproben, Termine im Kosmetiksalon. Jedes Mädchen würde davon träumen, so an die Hand genommen zu werden, Gigi zu sein, Eliza zu sein, sich vom hässlichen Entchen zum anmutigen Schwan zu wandeln. Das war der Traum, den meine Mutter träumte, und den lebte sie nun in vollen Zügen aus und freute sich an ihrem lebenden Püppchen.

Heute ist vom Einfluss meiner Mutter kaum mehr etwas zu sehen. Mein eigener Stil ist eleganter und weit weniger auffällig. Dank der vier Jahre in Paris spreche ich fließend Französisch, und auch wenn ich sicher nicht den Ansprüchen meiner Mutter genügen würde, finde ich doch, dass ich mir einen gewissen Stil angeeignet habe. Ich habe auch eine abnormal hohe, gelegentlich fast pathologische Selbstachtung, wie mir zumindest meine Therapeutin bescheinigt. Schon möglich. Aber wenn keine Eltern da sind, von wem soll ein Kind sonst Anerkennung bekommen?

Als ich vierzehn war, begriff meine Mutter, dass ich nie eine Schönheit sein würde. Ich war nicht der Typ dafür. *Un style très anglais,* wie die Kosmetikerin (die Ziege!) mehrfach betonte. Die Röckchen und Twinsets, die an den jungen Französinnen so hübsch aussahen, wirkten bei mir einfach lächerlich, und ich ersetzte sie bald durch die Jeans, Sweatshirts und Turnschuhe meiner frühen Jugend. Ich weigerte mich, Schminke zu tragen, und schnitt mir die Haare ab. Ich sah zwar nicht mehr aus wie ein Junge, doch klar war auch, dass ich nie eine Audrey Hepburn sein würde.

Die Enttäuschung meiner Mutter hielt sich in Grenzen. Trotz all ihrer Hoffnungen und guten Absichten wurde unser Verhältnis nie wirklich eng. Wir hatten wenig gemein, und ich merkte, dass sie es satt hatte, sich ständig zu bemühen. Hinzu kam, dass ihr und Xavier schließlich doch das scheinbar Unmögliche gelang: Im August des folgenden Jahres brachte sie ein Wunderbaby zur Welt.

Damit war die Sache entschieden. Über Nacht wurde ich zu einer Peinlichkeit. Das Wunderbaby – sie tauften es Adeline – verdrängte mich vom Markt, und weder meine Mutter noch Xavier (der selten eine eigene Meinung hatte) interessierten sich sonderlich für einen linkischen Teenager. Wieder einmal und trotz allem war ich unsichtbar.

Nicht, dass es mir etwas ausmachte. Nicht das Kind an sich. Adeline störte mich nicht; in meinen Augen war sie sowieso nur ein brüllender Balg aus rosa Plastilin. Was mir etwas ausmachte, war die Verheißung – die Verheißung, die mir gemacht und sofort wieder entrissen worden war. Die Tatsache, dass ich das Verheißene gar nicht gewollt hatte, tat nichts zur Sache. Es war die Undankbarkeit meiner Mutter. Schließlich hatte ich Opfer für sie gebracht. Für sie hatte ich St. Oswald's verlassen. Mehr denn je lockte St. Oswald's mich wie ein verlorenes Paradies. Ich vergaß, wie sehr ich es gehasst hatte, dass ich jahrelang Krieg gegen die Schule geführt und sie mir auf einen Schlag meinen Freund, meinen Vater und meine Kindheit geraubt hatte. Ich konnte an nichts anderes denken und glaubte, dass ich mich nur in St. Oswald's wirklich lebendig gefühlt hatte. Dort hatte ich geträumt, dort hatte ich Freude, Hass und Verlangen erlebt. Dort war ich ein Held gewesen, ein Rebell. Hier war ich bloß ein mürrischer Teenager mit einem Stiefvater und einer Mutter, die sich jünger machte, als sie war.

Heute weiß ich, dass es eine Sucht war und St. Oswald's meine Droge. Tag und Nacht verzehrte ich mich danach und suchte überall Ersatz. Aber der war, wie jeder Ersatz, sehr schal und langweilte mich bald. Mein Lycée war öde, das Abenteuerlichste, mit dem meine renitentesten Mitschüler aufbegehrten, waren pubertärer Sex, gelegentliches Schuleschwänzen und ein paar harmlose Drogen. Leon und ich hatten schon vor Jahren viel Aufregenderes gemacht. Ich wollte mehr. Ich wollte Anarchie, ich wollte alles.

Mir war nicht klar, dass mein Verhalten schon damals Aufmerksamkeit erregte. Ich war jung, wütend, berauscht. Man könnte sagen, dass St. Oswald's mich verdorben hatte. Ich war wie ein Student, der für ein Jahr wieder in den Kindergarten geschickt wird und dann Spielzeug zerschlägt und Tische umschmeißt. Nichts machte mir mehr Spaß, als schlechten Einfluss auszuüben. Ich schwänzte die Schule, verspottete meine Lehrer, ich trank, ich rauchte, ich hatte flüchtigen (und für mich freudlosen) Sex mit einer Reihe von Jungen aus einer anderen Schule.

Der große Knall kam auf eine enttäuschend banale Art. Meine Mutter und Xavier – von denen ich geglaubt hatte, sie gingen zu sehr in ihrem Wunderkind auf, um besonders auf ihr irdisches Kind zu achten – hatten mich genauer beobachtet, als ich angenommen hatte. Eine Razzia in meinem Zimmer lieferte ihnen die Ausrede, die sie brauchten: fünf Gramm Haschisch, eine Schachtel Kondome und vier in Papier gewickelte Ecstasy-Tabletten.

Kinderkram, mehr war das nicht. Alle normalen Eltern hätten die Sache schnell vergessen, aber Sharon führte meine Vorgeschichte an, nahm mich von der Schule und schickte mich – die größte Schmach – zu einer Kinderpsychologin, die mich bald heilen würde.

Ich halte mich nicht für jemanden, der von Natur aus ein reizbares Wesen hat. Ich habe immer nur um mich geschlagen, wenn ich bis zur Weißglut getrieben wurde. Und das war mehr, als irgendein Mensch ertragen konnte. Ich machte mir gar nicht die Mühe, meine Unschuld beweisen zu wollen. Stattdessen kooperierte ich willfährig, sehr zur Überraschung meiner Mutter. Die Kinderpsychologin, die Martine hieß und lang herabhängende silberne Ohrringe in Kätzchenform trug, erklärte, ich mache großartige Fortschritte, und ich fütterte sie jeden Tag, bis sie handzahm war.

Natürlich ist meine Schulbildung sehr unkonventionell, aber ich habe ein erstaunlich fundiertes Allgemeinwissen. Das können Sie auf die Bibliothek von St. Oswald's zurückführen, auf Leon und die vielen Filme, die ich mir anschaute – auf jeden Fall wusste ich genug über seelische Störungen, um eine katzenliebende Kinderpsychologin zu täuschen. Fast fand ich es schade, wie leicht das alles war, und wünschte mir, sie hätten mich vor eine anspruchsvollere Herausforderung gestellt.

Psychologen sind alle gleich. Man kann ihnen erzählen, was man will, letzten Endes geht es ihnen immer nur um Sex. Nach einer beeindruckenden Schau von Widerstreben und einer Reihe netter Freud'scher Träume gestand ich schließlich, ich hätte Sex mit meinem Vater gehabt. Nicht mit John, sagte ich, sondern mit meinem neuen Vater, und deswegen sei es ja auch in Ordnung – oder das sage zumindest er, obwohl ich selbst mir nicht mehr ganz sicher sei.

Verstehen Sie mich nicht falsch. Ich hatte an sich nichts gegen Xavier. Meine Mutter hatte mich verraten, sie war es, die ich treffen wollte. Als Werkzeug dafür bot Xavier sich quasi von selbst an. Außerdem erzählte ich, im Großen und Ganzen hätte ich ja eingewilligt, so dass er, wenn überhaupt, mit einer kurzen Haftstrafe davonkommen würde.

Es klappte hervorragend. Vielleicht zu hervorragend, aber da hatte ich meine Nummer schon ausgebaut und das Grundrezept einfallsreich variiert. Weitere Träume – wie gesagt, ich träume nie, habe allerdings eine blühende Fantasie –, eine Reihe Manierismen, die Angewohnheit, mir die Haut aufzuritzen, die ich von einem Sensibelchen in meiner Klasse abgeschaut hatte.

Die körperliche Untersuchung erbrachte die nötigen Beweise. Xavier wurde umgehend aus dem ehelichen Heim verbannt, der zukünftigen Ex wurden großzügige Unterhaltszahlungen versprochen, und ich wurde (zum Teil dank meiner allzu brillanten Darbietung) von meiner liebenden Mutter und Martine für die nächsten drei Jahre in eine Institution gesteckt, denn die beiden ließen sich nicht überzeugen, dass ich keine Gefahr für mich selbst mehr darstellte.

Wissen Sie, man kann es mit der Perfektion manchmal auch übertreiben.

Kapitel 55

Freitag, 5. November
Guy-Fawkes-Abend, 21.15 Uhr

»Tja«, sagte er. »Das war's dann wohl.«

Das Feuerwerk war vorbei, die Menschenmengen lösten sich auf, bewegten sich langsam auf die Ausgänge zu. Der abgeriegelte Bereich war verwaist. Nur der Geruch des Schwarzpulvers hing noch in der Luft. »Vielleicht sollten wir nach Marlene suchen. Ich möchte nicht, dass sie alleine herumsteht und auf uns wartet.«

Der gute alte Straitley. Ein richtiger Kavalier. Und so nah dran! Auf jeden Fall war er der Wahrheit näher gekommen als meine Mutter, meine Therapeutin und die vielen professionellen Helfer, die versucht hatten, meine Teenager-Gedanken zu verstehen. Er hatte es noch nicht ganz geschafft, aber er war fast da. Wir hatten das Endspiel begonnen, und bei dem Gedanken beschleunigte sich mein Herzschlag ein wenig. Vor langer Zeit war ich ihm als Bauer begegnet und hatte verloren. Jetzt endlich forderte ich ihn als Dame heraus.

Ich wandte mich zu ihm und sagte lächelnd: »*Vale, magister.*«

»Wie bitte?«

Sie hatte sich zum Gehen gewandt. Im Schein der Glut sah sie unter ihrem roten Béret sehr jung aus, in ihren Augen tanzten die Flammen. »Sie haben mich schon verstanden«, sagte sie. »Sie haben mich auch damals verstanden, Sir, oder nicht?«

Damals? Der unsichtbare Finger stupste mich sanft an, fast mitleidig. Ich empfand das dringende Bedürfnis, mich zu setzen, widerstand ihm aber.

»Es wird Ihnen schon wieder einfallen«, sagte Miss Dare lächelnd. »Schließlich sind Sie doch derjenige, der kein einziges Gesicht vergisst.«

Ich beobachtete, wie es in seinem Kopf arbeitete. Der Dunst hatte sich zu Nebel verdichtet, nur die Bäume in allernächster Nähe waren noch auszumachen. Das hohe Feuer in unserem Rücken brannte herab. Wenn es nicht regnete, würde es noch zwei oder drei Tage weiterglimmen. Straitley runzelte die Stirn. Eine Minute verstrich. Zwei Minuten. Allmählich wurde ich nervös. War er zu alt? Hatte er es womöglich vergessen? Und was würde ich tun, wenn er mich jetzt enttäuschte?

Schließlich sagte er etwas. »Sie – Sie sind Julie, nicht wahr?«

Ganz schön nah dran, alter Mann. Ich wagte es, Luft zu holen. »Julia, Sir. Julia Snyde.«

Julia Snyde.

Es ist eine Ewigkeit her, seit ich den Namen zuletzt gehört habe. Oder dass ich überhaupt an sie gedacht habe. Und doch, da war sie wieder, sah genau aus wie Dianne Dare und schaute mich mit großer Zuneigung – und etwas Spott – in ihren braunen Augen an.

»Sie haben einen anderen Namen angenommen?«, fragte ich schließlich.

Sie lächelte. »Unter den Umständen schien mir das geraten.«

Das leuchtete mir ein. Sie war nach Frankreich gezogen – »Paris, das war's doch, oder? Dort haben Sie wahrscheinlich auch Ihr Französisch gelernt.«

»Ich war eine gute Schülerin.«

Jetzt konnte ich mich an den Tag im Pförtnerhaus erinnern. Ihr dunkles Haar, noch kürzer damals, die adrette, mädchenhafte Kleidung mit Faltenrock und pastellfarbenem Pullover. Und wie sie mich damals anlächelte, schüchtern, aber mit wissenden Augen. Und ich war mir so sicher gewesen, dass sie etwas wusste …

Ich betrachtete sie, wie sie nun in dem gespenstischen Licht vor mir stand, und fragte mich, warum in aller Welt ich sie nicht wiedererkannt hatte. Ich fragte mich, was sie hier tat, wie aus der Tochter des Hausmeisters diese selbstbewusste junge Frau geworden war. Vor allem aber fragte ich mich, wie viel sie wusste und warum sie mich nicht in ihr Wissen eingeweiht hatte, jetzt und vor all den Jahren.

»Sie kannten Pinchbeck doch, oder?«, sagte ich.

Sie nickte wortlos.

»Aber dann – was ist mit Keane?«

Wieder lächelte sie. »Wie gesagt, er musste weg.«

Geschah ihm recht, dem miesen Leisetreter. Der und sein Notizbuch. Der erste Blick, den ich hineinwarf, hätte mich warnen sollen – die Zeichnungen, die launigen kleinen Bemerkungen über die Eigenarten und die Geschichte von St. Oswald's. Ich weiß noch, dass ich mich damals fragte, ob ich ihn mir nicht sofort vornehmen sollte, aber zu der Zeit hatte ich viel zu tun, und abgesehen davon hatte er außer der Fotografie wenig, das mich belastete.

Man würde meinen, ein angehender Schriftsteller wäre viel zu sehr mit seiner Muse beschäftigt, um sich mit dieser uralten Sache zu befassen. Doch genau das hat er getan. Außerdem hatte er eine Weile die Sunnybank Park besucht, allerdings war er drei oder vier Jahre älter als ich und hatte nicht sofort die Verbindung hergestellt.

Wissen Sie, zuerst war die mir auch entgangen, aber irgendwann habe ich sein Gesicht wiedererkannt. Ich hatte ihn gesehen, noch bevor ich selbst die Sunnybank Park besuchte. Ich erinnerte mich an eine Gruppe von Jungen, die ihn nach der Schule in eine Ecke drängten, erinnerte mich an seine adretten Kleider – verdächtig für einen Sunnybanker – und vor allem an den Stapel Bücher aus der Leihbibliothek, den er unter den Arm geklemmt hatte. Beides machte ihn zum Freiwild. Schon in dem Moment hatte ich gewusst, dass das genauso gut ich sein könnte.

Der Junge hatte mich eine Lektion gelehrt. »Fall nicht auf«, hatte ich mir eingeschärft. »Tu nicht zu schlau. Trag keine Bücher mit dir herum. Und im Zweifelsfall lauf wie der Teufel.« Keane war nicht gelaufen. Das war immer schon sein Problem gewesen.

In gewisser Hinsicht tut es mir Leid. Aber nach dem Notizbuch wusste ich, dass er nicht am Leben bleiben durfte. Er hatte das Foto von St. Oswald's schon gefunden, er hatte mit Marlene gesprochen, und vor allem hatte er die Aufnahme, die bei Gott weiß welchem Sporttag von Sunnybank Park gemacht worden war, mit meiner Wenigkeit ganz hinten im Bild (die Donnerhose ist zum Glück nicht zu sehen). Wenn er nur erst einmal die Verbindung hergestellt hätte (und das würde früher oder später unweigerlich der Fall sein), musste er bloß das Fotoarchiv von Sunnybank durchsuchen, um zu finden, wonach er suchte.

Ich hatte das Messer schon einige Monate zuvor gekauft – 24,99 Pfund in einem Army-Surplus-Laden –, ein wirklich gutes, scharf, schmal, doppelschneidig und tödlich. Also im Grunde ganz ähnlich wie ich. Eigentlich ein Jammer, dass ich es zurücklassen musste – ursprünglich war es für Straitley gedacht –, aber es hätte ein ziemliches Blutbad gegeben, es wiederzubekommen, und außerdem wollte ich ungern mit einer Mordwaffe in der Tasche durch einen öffentlichen Park schlendern. Und keine Sorge, sie werden keine Abdrücke auf dem Messer finden. Ich trug Handschuhe.

Als das Feuerwerk begann, war ich ihm bis zum abgeriegelten Bereich gefolgt. Hier gab es Bäume, und in ihrem Schutz waren die Schatten besonders dunkel. Natürlich waren ringsum Menschen, aber die meisten beobachteten den Himmel, und im künstlichen Licht der vielen Raketen bemerkte niemand das kleine Drama, das sich innerhalb kürzester Zeit unter den Bäumen abspielte.

Es verlangt erstaunlich viel Geschick, einem Menschen ein Messer zwischen die Rippen zu stoßen. Das Problem bereiten dabei die interkostalen Muskeln. Sehen Sie, die spannen sich an, und auch wenn man nicht zufällig eine Rippe erwischt, muss man diese feste Muskelschicht durchdringen, um wirklich Schaden anzurichten. Auf das Herz zu zielen ist ebenso riskant, da ist das Brustbein im Weg. Die beste Stelle ist das Rückenmark zwischen drittem und viertem Wirbel, aber können Sie mir sagen, wie ich die Stelle finden sollte im Dunkeln, zumal er einen dicken Parka anhatte?

Natürlich hätte ich ihm die Kehle durchschneiden können, aber wer das schon einmal versucht und nicht nur im Film gesehen hat, weiß, dass es nicht so einfach ist, wie es aussieht. Also entschied ich mich für einen nach oben gerichteten Stoß vom Zwerchfell hoch direkt unter das Brustbein. Ich ließ ihn unter den Bäumen liegen, wo jeder, der ihn sah, ihn für einen Betrunkenen halten und einen weiten Bogen um ihn machen würde. Ich bin kein Mediziner, also weiß ich nicht, woran er genau starb – ob an Blutverlust oder Lungenversagen –, aber er persönlich war auf jeden Fall sehr überrascht, das kann ich Ihnen sagen.

»Sie haben ihn umgebracht?«

»Ja, Sir. Nichts Persönliches.«

Ich fragte mich, ob ich vielleicht wirklich krank war, ob das alles nur eine Halluzination war, die mehr über mein Unterbewusstsein aussagte, als mir lieb war. Zweifellos hatte ich mich schon besser gefühlt. Plötzlich spürte ich einen Stich in die linke Achsel. Der unsichtbare Finger war zu einer ganzen Hand geworden, ein fester, beständiger Druck gegen das Brustbein, der mich nach Luft schnappen ließ.

»Mr. Straitley?« Miss Dares Stimme klang besorgt.

»Nur ein Stich«, sagte ich und setzte mich unvermittelt. Der schlammige Boden war zwar weich, aber erstaunlich kalt – eine Kälte, die wie ein ersterbender Herzschlag durch das Gras pulsierte. »Sie haben ihn umgebracht?«, wiederholte ich.

»Er war ein Kapitel, das nicht abgeschlossen war. Wie ich schon sagte, er musste weg.«

»Und Knight?«

Es entstand eine Pause. »Und Knight«, sagte Miss Dare schließlich.

Einen Moment, einen schrecklichen Moment lang stockte mir der Atem. Ich hatte den Jungen nicht gemocht, aber er war einer von meinen Jungs, und trotz allem hatte ich wohl gehofft …

»Mr. Straitley, bitte. Das ist jetzt sehr unpassend. Kommen Sie, stehen Sie auf.« Sie schob eine Schulter unter meinen Arm – sie hatte mehr Kraft, als man ihr zutraute – und hievte mich in eine sitzende Position.

»Knight ist tot?«, fragte ich benommen.

»Keine Sorge, Sir. Es ging schnell.« Sie drückte eine Hüfte gegen meine Rippen und stemmte mich halb auf die Füße. »Aber ich brauchte ein Opfer, und zwar nicht nur eine Leiche. Ich brauchte eine Story. Ein ermordeter Schüler macht vielleicht Schlagzeilen, wenn sonst nichts passiert, doch ein Schüler, der vermisst wird, hält das Interesse länger wach. Es gibt Suchtrupps, Spekulationen, tränenreiche Appelle der verzweifelten Mutter, Interviews mit Freunden, und dann, wenn die Hoffnung langsam schwindet, dann werden die Teiche und Wasserspeicher der Umgebung abgesucht, werden die unvermeidlichen DNS-Tests aller bekannter Pädophiler in der Gegend gemacht. Sie wissen ja, wie es ist, Sir. Alle wissen es, und andererseits wissen sie es auch wieder nicht. Und bis sie Gewissheit haben …«

Ein neuerlicher Krampf in der Seite, und wieder unterdrückte ich ein Keuchen. Miss Dare unterbrach sich sofort. »Es tut mir Leid, Sir«, sagte sie milder. »Das tut jetzt alles nichts zur Sache. Knight kann warten. Er läuft uns ja nicht davon, oder? Atmen Sie ganz ruhig. Gehen Sie weiter. Und bitte, sehen Sie mich an. Wir haben nicht viel Zeit.«

Und so atmete ich und sah sie an und ging immer weiter. Wir schleppten uns in den Schutz der Bäume, ich wie ein Albatros um Miss Dares Hals.

Kapitel 56

Freitag, 5. November
21.30 Uhr

Unter den Bäumen stand eine Bank. Gemeinsam wankten wir durch das matschige Gras auf sie zu, und ich brach auf ihr zusammen mit einer Wucht, die mein altes Herz wie eine kaputte Feder schwirren ließ.

Miss Dare versuchte, mir etwas zu sagen. Ich versuchte, ihr zu erklären, dass mich momentan ganz andere Sachen beschäftigten. Sicher, irgendwann sind wir alle einmal dran, aber ich hatte mir etwas anderes vorgestellt als diesen Irrsinn in einer nassen Wiese. Keane war tot, Knight war tot, Miss Dare war jemand anderes, und ich konnte mir nicht mehr vormachen, dass die brennenden, bohrenden Schmerzen in der Seite wirklich nur Seitenstechen waren. Das Alter ist würdelos, dachte ich. Für unsereiner gibt es nicht den Ruhm des Senats, nur einen schnellen Exitus im Notfallwagen, oder schlimmer noch, ein seniles Dahinsiechen. Und doch kämpfte ich dagegen an. Ich spürte, wie mein Herz sich abmühte, weiterhin zu schlagen, den alten Körper nur eine Weile noch am Leben zu erhalten, und ich fragte mich: Sind wir je bereit? Und glauben wir es jemals wirklich?

»Bitte, Mr. Straitley, ich möchte, dass Sie sich konzentrieren.«

Konzentrieren! *Das war wohl die Höhe. »Ich bin im Moment anderweitig beschäftigt«, sagte ich. »Mit der Kleinigkeit meines bevorstehenden Ablebens. Vielleicht später …«*

Aber jetzt kehrte die Erinnerung wieder, sie war fast nah genug, dass ich sie berühren konnte. Ein Gesicht, halb rot, halb blau reflektierend, das sich mir zuwandte, ein junges Gesicht, verzerrt von Kummer und Entschlossenheit, ein Gesicht, von dem ich einmal vor fünfzehn Jahren einen Blick erhascht hatte …

»Schhh«, sagte Miss Dare. »Sehen Sie mich jetzt?«

Und plötzlich sah ich sie.

Ein seltener Moment überwältigender Klarheit. Reihen von Dominosteinen, die nacheinander zum magischen Mittelpunkt hin umfallen. Schwarz-weiße Bilder, die plötzlich ein Profil bilden. Eine Vase wird ein Liebespaar, ein vertrautes Gesicht löst sich auf und wird etwas völlig anderes.

Ich schaute auf, und in dem Moment sah ich Pinchbeck, den Kopf in den Nacken gelegt, die Brille schillernd in den Suchscheinwerfern. Und gleichzeitig sah ich Julia Snyde mit ihrem adretten schwarzen Pony und Miss Dares graue Augen unter der Mütze, die Blitze der Raketen, die ihr Gesicht in bunten Farben erleuchteten, und plötzlich verstand ich.

Sehen Sie mich jetzt?

Ja, ich sehe Sie.

Ich sah genau, in welchem Moment er mich erkannte. Seine Kinnlade fiel nach unten, sein Gesicht wurde schlaff. Es war, als würde ich den Verfall eines Menschen in einer Zeitrafferaufnahme beobachten. Auf einmal sah er weit älter aus als seine fünfundsechzig Jahre, viel eher wie eine Zenturie.

Katharsis. Davon redet meine Therapeutin ständig, doch bis zu dem Moment hatte ich dergleichen nie erlebt. Der Ausdruck auf Straitleys Gesicht. Das Verstehen – das Grauen –, und dahinter vermeinte ich Mitleid zu erkennen.

»Julian Pinchbeck. Julia Snyde.«

Ich lächelte und fühlte, wie die Jahre von mir abfielen. »Es stand Ihnen so deutlich vor Augen«, sagte ich, »aber Sie haben es einfach nicht gesehen. Nicht einmal geahnt.«

Er seufzte. Mittlerweile sah er wirklich krank aus, sein Gesicht war schweißüberströmt, sein Atem ging rasselnd und keuchend. Ich hoffte nur, dass er nicht gleich sterben würde. Dafür hatte ich einfach zu lange auf diesen Augenblick gewartet. Oh, natürlich würde er am Ende verschwinden müssen – ich wusste, dass ich ihn erledigen konnte, ob mit oder ohne das Messer –, aber zuvor wollte ich, dass er verstand. Dass er alles sah und alles verstand.

»Ich verstehe«, sagte er. (Das stimmte nicht.) »Es war eine schreckliche Sache.« (Das stimmte in der Tat.) »Aber warum mussten Sie sich an St. Oswald's rächen? Warum mussten Sie Pat Bishop und Grachvogel und Devine und Light in Verdacht bringen – und warum Knight töten? Er war doch noch ein Junge ...«

»Knight war ein Köder«, erklärte ich. »Traurig, aber notwendig. Und was die anderen betrifft – dass ich nicht lache. Bishop? Der alte Heuchler. Beim ersten Anzeichen eines Skandals macht er sich vor Angst in die Hosen. Grachvogel? Der wäre früher oder später sowieso aufgeflogen, auch ohne mein Zutun. Light? Ohne den sind Sie zweifellos besser dran. Und was Devine betrifft – mit dem habe ich Ihnen praktisch noch einen Gefallen getan. Interessanter ist doch, wie die Geschichte sich wiederholt. Denken Sie nur daran, wie schnell der Schulleiter Bishop fallen ließ, als er glaubte, der Skandal könnte der Schule schaden. Jetzt weiß er, wie es meinem Vater erging. Es war gleichgültig, ob er dafür verantwortlich war oder nicht, es war sogar gleichgültig, dass ein Schüler ums Leben gekommen war. Worauf es damals ankam – und worauf es bis heute ankommt –, war, die Schule zu schützen. Jungen kommen und gehen. Sogar Hausmeister kommen und gehen. Aber Gott bewahre, wenn etwas passiert, das St. Oswald's schaden könnte. Es wird ignoriert, unter den Teppich gekehrt, dann ist es nie geschehen. Das ist das Motto der Schule. Habe ich nicht Recht?« Ich holte tief Luft. »Aber nicht jetzt. Jetzt habe ich endlich Ihre Aufmerksamkeit.«

Er keuchte, andererseits hätte es auch ein Lachen sein können. »Mag sein«, sagte er. »Aber hätten Sie uns nicht einfach eine Postkarte schicken können?«

Der gute alte Straitley. Der geborene Komiker. »Er mochte Sie, Sir. Er hat Sie immer gemocht.«

»Wer? Ihr Vater?«

»Nein, Sir. Leon.«

Lange herrschte Schweigen. Ich hörte seinen Herzschlag. Die Menschenmengen hatten sich schon längst zerstreut, nur ein paar vereinzelte Gestalten standen noch herum, hoben sich vor dem Schein des Feuers in der Ferne ab. Wir waren allein – so allein, wie es möglich war –, und rund um uns nahm ich die Geräusche der kahlen Bäume wahr, das langsame, knackende Ächzen der Zweige, gelegentlich das scharfe Rascheln eines kleinen Tieres – einer Ratte oder Maus – im Laub.

Die Stille währte so lange, dass ich schon befürchtete, der alte Mann wäre eingeschlafen – oder dass er an einen fernen Ort abgetaucht war, zu dem ich ihm nicht folgen konnte. Dann seufzte er und streckte in der Dunkelheit eine Hand nach mir aus. Seine Finger waren kalt.

»Leon Mitchell«, sagte er mit Bedacht. »Um ihn geht es also die ganze Zeit?«

Kapitel 57

Guy-Fawkes-Abend
21.35 Uhr

Leon Mitchell. Das hätte ich mir denken können. Ich hätte mir von Anfang an denken können, dass Leon Mitchell die Wurzel dieses ganzen Übels war. Wenn es je einen Jungen gab, der nichts als Ärger machte, dann er. Von all meinen Gespenstern ist er das einzige, das niemals Ruhe gegeben hat. Von all meinen Jungs sucht er mich am häufigsten heim.

Ich unterhielt mich einmal mit Pat Bishop über ihn, um zu verstehen, was genau passiert war und ob ich etwas hätte tun können. Das verneinte Pat. Ich stand auf meinem Balkon. Die Jungs waren unter mir auf dem Dach der Kapelle. Der Hausmeister war schon fast bei ihnen. Was hätte ich tun können, um die Tragödie zu verhindern, wo ich mich ja schlecht in Superman verwandeln konnte? Es ging so schnell. Niemand hätte es verhindern können. Und doch ist der Rückblick wie ein Zerrspiegel, er verwandelt Engel in Bösewichte, Tiger in Clowns. Im Lauf der Jahre zerfließen einstige Gewissheiten wie überreifer Weichkäse, Erinnerungen trügen.

Hätte ich ihn davon abhalten können? Sie können sich nicht vorstellen, wie oft ich mir ebendiese Frage gestellt habe. Im Dunkel der Nacht erscheint es mir oft sehr wohl möglich. Die Ereignisse spulen sich mit traumartiger Klarheit vor mir ab, während der Junge immer und immer wieder stürzt – vierzehn Jahre ist er alt, und dieses Mal bin ich wirklich dort –, stehe ich dort auf meinem Balkon wie eine übergewichtige Julia. In diesen Nachtstunden sehe ich Leon Mitchell allzu deutlich, wie er sich an die brüchige Dachrinne klammert, seine abgebrochenen Fingernägel graben sich ins morsche Gestein, sein Blick starr vor Todesangst.

»Pinchbeck?«

Meine Stimme erschreckt ihn. Eine Stimme der Autorität, die unvermittelt aus der Dunkelheit erklingt. Instinktiv schaut er hoch – sein Griff erlahmt. Vielleicht ruft er etwas, versucht, höher zu klettern, seine Ferse schrappt über einen Fußtritt, der schon halb verrostet ist.

Und dann fängt es an, zuerst ganz langsam und doch unglaublich schnell, und es gibt Sekunden, ganze Sekunden, in denen er an den klaffenden Raum unter sich denken kann, an die entsetzliche Dunkelheit.

Schuld, die wie eine Lawine an Fahrt gewinnt.

Erinnerungen, Schnappschüsse vor einer dunklen Leinwand.

Dominosteine in einer Reihe – und die wachsende Überzeugung, dass vielleicht ich es war, dass wenn ich nicht in ebendiesem Moment gerufen hätte, er vielleicht … nur vielleicht noch …

Ich sah zu Miss Dare auf und bemerkte, dass sie mich beobachtete. »Sagen Sie, wem genau wollen Sie eigentlich die Schuld geben?«, fragte ich.

Dianne Dare schwieg.

»Sagen Sie's mir.« Der Nicht-Seitenstich krallte sich wütend in meine Seite. Aber nach all diesen Jahren war das Bedürfnis, die ganze Geschichte zu erfahren, noch weitaus quälender. Ich sah zu ihr auf, ihr Gesicht war im Nebel so abgeklärt und sanft wie das einer Renaissancemadonna. »Sie waren dabei«, sagte ich mit Mühe. »War ich der Grund, weshalb Leon gestürzt ist?«

Du bist wirklich sehr schlau, dachte ich. *Meine Therapeutin könnte noch einiges von dir lernen.* Mir das Gefühl vor die eigene Haustür zu legen – vielleicht in der Hoffnung, noch etwas Zeit zu gewinnen …

»Bitte«, sagte er. »Ich muss es wissen.«

»Warum?«

»Er war einer meiner Jungs.«

So einfach, so niederschmetternd. *Einer meiner Jungs*. Unvermittelt wünschte ich mir, er wäre nie gekommen oder dass ich ihn beseitigt hätte wie Keane, mühelos, ohne großen Einsatz. Sicher, ihm ging's nicht gut, aber jetzt war ich diejenige, die nach Luft rang, ich, die die Lawine drohend über mir hängen fühlte. Am liebsten hätte ich gelacht, mir standen Tränen in den Augen. Nach all diesen Jahren – konnte es sein, dass Roy Straitley *sich* die Schuld gab? Es war köstlich. Es war schaurig.

»Gleich erzählen Sie mir, dass Sie ihn wie einen Sohn geliebt haben.« Das Zittern meiner Stimme strafte meinen Zynismus Lügen. Ich war erschüttert.

»Meine verlorenen Jungs«, sagte er, ohne auf meinen Ton einzugehen. »Dreiunddreißig Jahre, und ich erinnere mich an jeden Einzelnen. Ihre Fotos bei mir an der Wand. Ihre Namen in meinem Klassenbuch. Hewitt, 1972. Constable, 1986. Jamestone, Deakin, Stanley, Poulson – Knight –« Er brach ab. »Und natürlich Mitchell. Wie könnte ich ihn vergessen? Dieser kleine Mistkerl.«

Wissen Sie, das passiert bisweilen. Man kann sie nicht alle mögen – obwohl man sein Bestes tun kann, sie alle gleich zu behandeln. Doch manchmal gibt es einen Jungen – wie Mitchell, wie Knight –, den man einfach nicht leiden kann, so sehr man sich auch bemüht.

Er war von seiner letzten Schule verwiesen worden, weil er einen Lehrer verführt hatte. Er wurde von seinen Eltern verwöhnt und verhätschelt, er log, er benutzte andere, er manipulierte andere. Sicher, er war schlau, und er konnte ausgesprochen charmant sein. Aber ich wusste, was er im Grunde war, und das sagte ich ihr auch. Der leibhaftige Teufel.

»Sie irren sich, Sir«, sagte sie. »Leon war mein Freund. Der beste Freund, den ich je hatte. Er mochte mich – er liebte mich –, und wenn Sie nicht da gewesen wären, wenn Sie nicht in dem Moment gerufen hätten …«

Ihre Stimme brach jetzt, wurde zum ersten Mal, seit ich sie kannte, schrill und unbeherrscht. Erst da kam ich auf den Gedanken, dass sie mich umbringen wollte – was absurd ist, das hätte mir in dem Moment klar sein müssen, als sie anfing, ihr Geständnis abzulegen. Wahrscheinlich hätte ich Angst empfinden müssen – aber trotz des Stechens in der Seite empfand ich vor allem Ärger über diese Frau, als hätte ein kluger Schüler einen grundlegenden Grammatikfehler gemacht.

»Seien Sie nicht kindisch«, tadelte ich sie. »Leon mochte niemanden außer sich selbst. Er hat Leute ausgenutzt. Und er hat sie gegeneinander ausgespielt, hat sie aufgezogen wie Spielzeug. Es würde mich nicht wundern, wenn es seine Idee war, auf das Dach zu steigen, nur um zu sehen, was passiert.«

Sie atmete heftig ein, das Zischen einer Katze, und ich wusste, dass ich zu weit gegangen war. Dann lachte sie wieder, hatte sich wieder in der Hand, als hätte sie nie die Beherrschung verloren. »Sie sind selbst ziemlich machiavellistisch, Sir.«

Ich fasste das als Kompliment auf und bedankte mich.

»Ich meinte das ernst, Sir. Ich habe Sie immer sehr geachtet. Selbst jetzt betrachte ich Sie als einen Gegner und nicht als Feind.«

»Passen Sie auf, Miss Dare, Sie verdrehen mir noch den Kopf.«

Sie lachte wieder, ein brüchiges Lachen. »Sogar damals«, sagte sie mit blitzenden Augen. »Ich wollte, dass Sie mich sehen. Ich wollte, dass Sie wissen …« Sie erzählte mir, wie sie meinen Unterricht belauscht hatte, meine Akten durchging, ihren Wissensvorrat mit den Krumen der reichen Ernte von St. Oswald's füllte. Eine Weile döste ich ein, der Schmerz in der Seite verebbte, während sie von den geschwänzten Schultagen erzählte, den geborgten Büchern, den geklauten Uniformen, den übertretenen Verboten. Wie eine Maus hatte sie sich im Glockenturm und auf dem Dach ihr Nest gemacht, hatte Wissen angesammelt und alles in sich aufgesogen, was sie fand. Sie hatte nach Wissen gehungert. Und ganz unwissentlich war ich ihr magister *gewesen, erkoren von dem Moment an, als ich im Mittleren*

Korridor das erste Mal mit ihr sprach. Und jetzt wieder erkoren, um die Schuld am Tod ihres Freundes zu tragen, am Selbstmord ihres Vaters und an allem, was in ihrem Leben schief gelaufen war.

Das passiert manchmal. Es ist den meisten meiner Kollegen und Kolleginnen passiert. Eine unvermeidliche Folge des Lehrerberufs, die durch den Kontakt mit beeinflussbaren Jugendlichen entsteht. Weiblichen Lehrkräften passiert es täglich, uns anderen, den Göttern sei Dank, nur ab und zu. Aber Jungs sind nun einmal Jungs, und gelegentlich werden sie auf eine Lehrkraft (ob männlich oder weiblich) fixiert – manchmal nennen sie es sogar Liebe. Das ist mir passiert, das ist Kitty passiert, selbst dem alten Sauertraub. Einmal versuchte er sechs Monate lang, der Aufmerksamkeit eines jungen Schülers namens Michael Smalls zu entkommen, der endlose Ausreden erfand, um ihn aufzusuchen und seine Zeit zu beschlagnahmen, und der ihn schließlich (als sein hölzerner Held sich seinen maßlos überzogenen Anforderungen nicht gewachsen zeigte) gegenüber Mr. und Mrs. Smalls bei jeder möglichen Gelegenheit anschwärzte. Am Schluss schickten sie ihren Sohn (nach einer Reihe schlechter Noten in der sechsten Klasse) auf eine andere Schule, wo er sich prompt in die junge Spanischlehrerin verliebte.

Offenbar saß ich jetzt im selben Boot. Sogar mir, der ich alles andere als ein Tiefenpsychologe bin, war klar, dass diese unglückliche junge Frau irgendwie mich erwählt hatte, so wie der junge Smalls Devine erkoren hatte, mich mit Eigenschaften ausstattete – und mir jetzt eine Verantwortung aufbürdete –, die nichts mit meiner wahren Person zu tun hatten. Schlimmer noch, sie hatte dasselbe mit Leon Mitchell getan, der als Toter zu einem Status aufgestiegen war, eine Aura der Romantik bekommen hatte, mit der kein Lebender, so aufopferungsbereit er sein mochte, je mithalten konnte. Wir konnten nicht miteinander konkurrieren. Welchen Sieg könnte ein Lebender im Kampf mit einem Toten davontragen?

Trotzdem, mein Ärger schwand nicht. Wissen Sie, was mich

so ärgerte, war die Verschwendung, die schiere Verschwendung. Miss Dare war jung, klug, begabt, vor ihr sollte ein positives, verheißungsvolles Leben liegen. Stattdessen hatte sie sich entschieden, sich wie ein Galeerensklave an das Wrack von St. Oswald's zu ketten, an die vergoldete Galionsfigur von Leon Mitchell, ausgerechnet an ihn, der sich nur durch seine absolute Mittelmäßigkeit abhob und durch seine Dummheit, seine Jugend wegzuwerfen.

Das versuchte ich ihr zu sagen, aber sie hörte gar nicht zu. »Er wäre ein großer Mensch geworden«, widersprach sie trotzig. »Ein besonderer Mensch. Leon war anders, er war klug. Er war ein Freigeist. Er folgte anderen Gesetzen als die anderen. Er wäre den Menschen im Gedächtnis geblieben.«

»Im Gedächtnis geblieben? Schon möglich. Ich kenne allerdings keinen Menschen, der so vielen anderen dermaßen wehgetan hat. Die arme Marlene. Sie wusste genau, wie ihr Sohn war, aber er war ihr Sohn, und sie liebte ihn, was immer er tat. Dann der Lehrer in seiner ersten Schule. Ein Werklehrer, verheiratet, ein Dummkopf. Verstehen Sie, Leon hat ihn ruiniert. Egoistisch, aus einer Laune heraus, als er seiner Aufmerksamkeiten überdrüssig wurde. Und was ist mit der Frau dieses Lehrers? Sie war auch Lehrerin, und in dem Beruf sind Ehepartner automatisch mitschuldig. Zwei Karrieren zerstört. Ein Mann im Gefängnis. Eine Ehe kaputt. Und das Mädchen – wie hieß es gleich? Sie kann nicht älter als vierzehn gewesen sein. Sie sind alle Leon Mitchells kleinen Spielchen zum Opfer gefallen. Und jetzt ich, Bishop, Grachvogel, Devine – und Sie, Miss Dare. Weshalb denken Sie, dass es bei Ihnen anders ist?«

Ich unterbrach mich, um zu Atem zu kommen, und es herrschte Stille. Eine so tiefe Stille, dass ich mich fragte, ob sie fortgegangen war. Dann sprach sie in einer kleinen, brüchigen Stimme.

»Welches Mädchen?«, fragte sie.

Kapitel 58

Guy-Fawkes-Abend
21.45 Uhr

Er hatte sie im Krankenhaus gesehen, wohin ich mich nicht gewagt hatte. Selbstverständlich hätte ich ihn gerne besucht, doch Leons Mutter saß die ganze Zeit an seinem Bett, das Risiko war einfach zu groß. Aber Francesca war gekommen und die Tynans und Bishop. Und natürlich Straitley.

Sie war ihm aufgefallen. Wem denn nicht? Fünfzehn Jahre alt und schön auf die Art, die alte Männer unerklärlicherweise hinreißend finden. Sie fiel ihm auf wegen ihrer Haare, die ihr wie rohe Seide ins Gesicht hingen. Vielleicht war sie bestürzt, aber vor allem aufgeregt wegen des ganzen Dramas, der realen Tragödie, in der sie eine Rolle spielte. Sie hatte Schwarz gewählt, wie für eine Beerdigung, hauptsächlich allerdings, weil es ihr gut stand. Schließlich würde Leon nicht wirklich sterben. Er war doch erst vierzehn. Für Vierzehnjährige findet der Tod nur im Fernsehen statt.

Straitley hatte nicht mit dem Mädchen gesprochen. Er war ins Krankenhauscafé gegangen, um Marlene eine Tasse Tee zu holen und zu warten, bis die anderen Besucher sich verabschiedeten. Er hatte Francesca erneut gesehen, als sie das Krankenhaus verließ, und dabei bemerkt, dass die sanfte Wölbung ihres Bauches nicht aussah wie Babyspeck, zumal in Anbetracht ihrer langen, schlanken Beine und der schmalen Schultern, was eher darauf schließen ließ …

Ich atmete tief durch nach der Methode, die meine Therapeutin mir beigebracht hat. Fünf Herzschläge einatmen, zehn Herzschläge ausatmen. Der Geruch nach Rauch und vermodernden Pflanzen war sehr stark, im Nebel loderte mein Atem wie das Feuer eines Drachen.

Das war natürlich gelogen, was er da erzählte. Leon hätte es mir gesagt.

Das sagte ich laut. Der alte Mann lag ruhig auf der Bank und leugnete nichts.

»Das ist gelogen, alter Mann.«

Das Kind wäre jetzt vierzehn, so alt wie Leon bei seinem Tod. Junge oder Mädchen? Junge natürlich. In Leons Alter, mit Leons grauen Augen und Francescas brünetter Haut. Er war nicht real, sagte ich mir – und trotzdem ließ sich das Bild nicht verdrängen. Der Junge – der Fantasiejunge – mit einer gewissen Ähnlichkeit mit Leon bei den Wangenknochen, einer Ahnung von Francesca in der aufgeworfenen Oberlippe ... ich fragte mich, ob er es gewusst hatte. War es möglich, dass er es nicht gewusst hatte?

Und wennschon. Francesca war ihm egal. Bloß ein Mädchen, das hatte er gesagt. Eine Bumsnummer, weder die erste noch die beste. Und trotzdem hatte er mir dieses Geheimnis vorenthalten, hatte es Pinchbeck vorenthalten, seinem besten Freund. Warum? Aus Scham? Aus Angst? Ich hatte geglaubt, Leon sei über all diese Dinge erhaben. Leon, der Freigeist. Und trotzdem ...

»Sagen Sie, dass es gelogen ist, und ich lasse Sie leben.«

Kein Wort von Straitley, nur ein Geräusch wie von einem betagten Hund, der sich im Schlaf umdreht. Verdammt soll er sein, dachte ich mir. Unser Spiel war fast zu Ende, und jetzt versuchte er, Zweifel zu säen. Das ärgerte mich. Als wären die Ereignisse, die St. Oswald's jetzt erschüttern, nicht eine reine, hehre Rache für mein verpfuschtes Leben, sondern eine unschöne, gar nicht rühmliche Sache. »Ich meine das ernst«, sagte ich. »Sonst ist unser Spiel auf der Stelle vorbei.«

Die Schmerzen in der Brust ebbten ab und wichen einer tiefen, trägen Kälte. In der Dunkelheit über mir hörte ich Miss Dares rasches Atmen. Ich fragte mich, ob sie mich jetzt wohl umbrin-

gen oder einfach der Natur ihren Lauf lassen würde. Ich stellte fest, dass es mir relativ gleichgültig war.

Trotzdem überlegte ich mir, warum ihr das so wichtig war. Meine Schilderung von Leons Persönlichkeit hatte sie kaum berührt, aber als ich ihr von der Schwangerschaft des Mädchens erzählte, hatte sie die Fassung verloren. Das heißt, dass Miss Dare nichts davon gewusst hatte. Was mochte das für mich bedeuten?

»Das ist eine Lüge«, wiederholte sie. Von kühlem Spott war in ihrer Stimme nichts mehr zu hören. Jetzt knisterte jedes Wort vor tödlicher Spannung. »Leon hätte es mir gesagt.«

Matt schüttelte ich den Kopf. »Nein, das hätte er nicht. Er hatte Angst. Er hatte entsetzliche Angst, dass er sich damit ein Studium verbauen würde. Zuerst hat er alles abgestritten, aber schließlich hat seine Mutter die Wahrheit aus ihm herausgeholt. Ich selbst hatte das Mädchen nie zu Gesicht bekommen, hatte nie von seiner Familie gehört. Doch da ich Leons Klassleiter war, musste ich es erfahren. Natürlich waren sowohl er als auch das Mädchen noch minderjährig. Aber die Mitchells und die Tynans waren schon lange befreundet, und mit der Hilfe der Eltern und der Kirche hätten sie es irgendwie geschafft.«

»Das erfinden Sie jetzt.« Ihre Stimme war tonlos. »Darauf hätte Leon sich nie eingelassen. Das hätte er banal gefunden.«

»Ach ja, das Wort hat er gern verwendet«, sagte ich. »Anmaßendes kleines Ekel. Dachte immer, dass die normalen Gesetze für ihn nicht gelten. Ja, es war banal, und es machte ihm große Angst. Schließlich war er erst vierzehn.«

Schweigen. Miss Dare ragte wie ein Monolith über mir auf. Nach einer längeren Pause sprach sie wieder.

»Junge oder Mädchen?«

Also glaubte sie mir. Ich atmete tief ein, und der Schraubstockgriff der Hand, die mir das Herz zusammenquetschte, ließ ein wenig nach, aber nur ein wenig. »Ich weiß es nicht. Ich habe sie aus den Augen verloren.« Natürlich verlor ich sie aus den Augen, das taten wir alle. »Es war von einer Adoption die Rede, aber Marlene erzählte mir nichts, und ich fragte sie auch nicht danach. Gerade Sie sollten verstehen warum.«

Wieder Schweigen, noch länger als das erste. Dann begann sie leise und verzweifelt zu lachen.

Das konnte ich gut nachvollziehen. Es war tragisch, und es war lächerlich. »Manchmal kostet es Mut, der Wahrheit ins Gesicht zu sehen. Unsere Helden – und unsere Feinde – so zu sehen, wie sie wirklich sind. Uns so zu sehen, wie andere uns sehen. Was mich interessieren würde, Miss Dare – haben Sie sich in all der Zeit, in der Sie sich für unsichtbar hielten, je wirklich selbst gesehen?«

»Was meinen Sie damit?«

»Sie wissen, was ich meine.«

Sie hatte die Wahrheit wissen wollen. Die bekam sie jetzt von mir, auch wenn ich mich fragte, welcher Starrsinn mich dazu trieb, das alles mitzumachen, und für wen. Für Marlene? Für Bishop? Für Knight? Oder einfach für Roy Straitley, B. A., der einmal einen Jungen namens Leon Mitchell unterrichtet hatte, ebenso gerecht oder ungerecht wie all die anderen Jungs – oder das hoffte ich zumindest, selbst rückblickend und mit der kleinen, beständigen Angst, ein Teil von mir hätte vielleicht gewusst, dass der Junge abstürzen könnte. Hätte es gewusst, aber zu einem anderen Motiv uminterpretiert, dem halbherzigen Versuch, dem anderen Jungen den Schwung zu nehmen, dem Jungen, der ihn stieß.

»So war's doch, oder?«, sagte ich leise. »Das ist die Wahrheit. Sie haben ihn gestoßen, dann haben Sie es sich anders überlegt und versucht, ihm zu helfen. Aber dann war ich da, und Sie mussten weglaufen …«

Denn genau das hatte ich zu sehen vermeint, als ich kurzsichtig von meinem Balkon am Glockenturm nach unten schaute. Zwei Jungs, einer mit dem Gesicht zu mir, der andere mir abgewandt, und zwischen uns die Gestalt des Hausmeisters, dessen Schatten über das weite Dach flackerte.

Er hatte etwas gerufen, und die Jungs waren geflohen. Der mit dem Rücken zu mir lief dem anderen voraus, so dass er praktisch mir gegenüber im Schatten des Glockenturms stehen blieb. Der andere war Leon. Ich erkannte ihn sofort, ein kurzer Blick auf sein Gesicht im grellen Licht der Suchscheinwerfer, bevor er neben seinem Freund am Rand des Trichters stand.

Es war ein Sprung, der leicht zu bewältigen sein sollte. Gerade ein guter Meter, dann hätten sie die Brüstung erreicht und direkt über das Dach des Hauptgebäudes laufen können. Leicht zu bewältigen für die Jungs, und John Snydes schwerfälligen Bewegungen nach zu urteilen, würde er ihnen nicht so mühelos folgen können.

In dem Moment hätte ich rufen können, hätte ich rufen sollen, aber ich wollte unbedingt wissen, wer der andere Junge war. Einer von meinen Jungs war er nicht, das wusste ich. Ich kenne meine Jungs und hätte sie selbst in tiefschwarzer Nacht erkannt. Die beiden balancierten am Rand des Abgrunds, ein Lichtfinger aus dem Hof erleuchtete Leons Haar in Rot und Blau. Der andere Junge stand immer noch im Schatten, eine Hand ausgestreckt, wie um sein Gesicht vor dem sich nähernden Hausmeister zu schützen. Und die beiden führten leise eine hitzige Diskussion.

Es dauerte zehn Sekunden, vielleicht sogar weniger. Ich konnte nicht verstehen, was sie sagten, bis auf die Wörter Spring *und* Hausmeister *und ein schrilles, unschönes Lachen. Zu dem Zeitpunkt war ich schon wütend. Weniger, weil die beiden hier nichts zu suchen hatten, und auch weniger, weil ich mitten in der Nacht hergerufen worden war (ich war sogar aus eigenem Antrieb gekommen, sobald ich von der Störung hörte). Meine Wut ging tiefer. Jungs machen Dummheiten, das ist nun einmal so. In dreiunddreißig Jahren habe ich genügend Erfahrungen damit gesammelt. Aber das war einer von meinen Jungs. Und ich fühlte mich so, wie sich wohl Mr. Timid gefühlt hatte an dem Tag im Glockenturm. Natürlich hätte ich das nie gezeigt, doch ich hätte gerne gesehen, welches Gesicht die beiden Jungs machten, wenn ich sie in der Dunkelheit namentlich ansprach. Dafür musste ich allerdings wissen, wer der zweite war.*

Leon hatte ich ja schon erkannt, und am Morgen würde er mir den Namen seines Freundes nennen. Aber bis zum Morgen waren noch viele Stunden. In dem Augenblick war es den Jungs ebenso klar wie mir, dass ich machtlos war. Ich konnte mir genau vorstellen, wie sie auf einen zornigen Ruf reagieren würden – das Gelächter, das Johlen, wenn sie davonliefen. Später würde ich sie natürlich dafür büßen lassen, aber da würde die Geschichte schon zur Legende geworden sein. Die Schule würde sich nicht an ihre vier Wochen Abfalldienst oder den fünftägigen Arrest erinnern, sondern an die Tatsache, dass ein Junge den alten Quaz in seinem ureigenen Revier bezwungen hatte und ein paar Stunden lang damit durchgekommen war.

Und deshalb wartete ich, blinzelte angestrengt, um das Gesicht des zweiten Jungen zu erkennen. Einen kurzen Blick konnte ich darauf werfen, als er zum Absprung einen Schritt zurücktrat. In einem Strahl rotblauen Lichts sah ich ein junges Gesicht, das von heftigen Gefühlen entstellt war, Mund offen, Zähne gefletscht, Augen zusammengekniffen. Dadurch war er nicht zu identifizieren, und trotzdem kam er mir irgendwie vertraut vor. Ein Junge von St. Oswald's. Und dann rannte er los und sprang. Der Hausmeister näherte sich rasch, sein breiter Rücken versperrte mir ein wenig die Sicht, und in der hastigen Bewegung, dem grellen Lichtstrahl sah ich die Hand des Jungen auf Leons Schulter, eine Sekunde nur, bevor sie gemeinsam in die Dunkelheit sprangen.

Na ja, ganz so war es natürlich nicht. Zumindest nicht von da, wo ich stand, aber ganz ähnlich. Ja, alter Mann, *ich* habe Leon einen Stoß versetzt, und als du meinen Namen riefst, war ich sicher, dass du das gesehen hattest.

Vielleicht wollte ich ja sogar, dass jemand mich sah, jemand, der endlich meine Existenz bemerkte. Aber ich war durcheinander, entsetzt, dass ich ihn gestoßen hatte. Meine Tollkühnheit beflügelte mich, in mir brodelten Schuldgefühle und Zorn, Schreckensangst und Liebe. Ich hätte alles darum gegeben, dass es so war, wie ich es dir erzählt hatte: Butch und Sundance auf dem Dach der Kapelle, die letzte Bastion, der letzte komplizenhafte Blick zwischen zwei Freunden, bevor sie mutig zum Sprung in die Freiheit ansetzten. Doch so war es nicht. Es war ganz anders.

»Dein *Vater?*«, sagte Leon.

»Spring!«, sagte ich. »Mensch, spring schon!«

Leon starrte mich an, das Gesicht Feuerwehr-blau-rot gestreift. »So ist das also«, sagte er. »Du bist das Kind des Hausmeisters.«

»Schnell!«, zischte ich. »Wir haben keine Zeit mehr.«

Aber Leon hatte schließlich und endlich die Wahrheit erkannt. Der Ausdruck, den ich so an ihm hasste, lag auf seinem Gesicht, seine Lippen kräuselten sich in grausamer Schadenfreude. »Dafür lohnt es sich fast, erwischt zu werden«, flüsterte er. »Nur, um ihre Gesichter zu sehen …«

»Hör auf, Leon.«

»Sonst – was sonst, Queenie?« Er lachte. »Was willst du denn sonst tun?«

Ich hatte einen widerlichen Geschmack nach saurem Metall im Mund. Ich hatte mich auf die Lippe gebissen. Blut rann mir wie Speichel übers Kinn.

»Bitte, Leon …«

Aber Leon lachte noch immer auf diese keuchende, gekünstelte Art, und eine Schrecksekunde lang sah ich alles durch seine Augen. Ich sah die dicke Peggy Johnsen und Jeffrey Stuarts und Harold Mann und Lucy Robbins und die ganzen Freaks und Loser aus Mr. Brays Unterricht und die Sunnybanker ohne Zukunft und die Matratzen und Proleten, die Luschen und Flachzangen, und das Schlimmste war: Ich sah mich selbst ganz klar, zum allerersten Mal.

Da versetzte ich ihm den Stoß.

An die Sekunden habe ich keine genaue Erinnerung. Manchmal sage ich mir, dass es ein Unfall war. Manchmal kann ich das fast sogar glauben. Vielleicht dachte ich, dass er springen würde; Spiderman schafft locker die doppelte Entfernung. Ich hatte den

Trichter selbst oft genug übersprungen, um mir absolut sicher zu sein, dass Leon nicht abstürzen würde. Doch das tat er.

Meine Hand auf seiner Schulter.

Das Geräusch.

O Gott, dieses Geräusch.

Kapitel 59

Guy-Fawkes-Abend
21.55 Uhr

So, jetzt wissen Sie endlich alles. Es tut mir Leid, dass es hier und jetzt sein musste. Eigentlich hatte ich mich auf Weihnachten in St. Oswald's gefreut – ganz zu schweigen vom Besuch der Schulaufsicht. Aber unser Spiel ist zu Ende. Der König ist allein. Alle anderen Figuren haben das Brett geräumt, und wir können uns zum ersten und letzten Mal ehrlich begegnen.

Ich glaube, Sie mochten mich. Ich denke, Sie respektierten mich. Jetzt kennen Sie mich. Mehr wollte ich nicht von Ihnen, alter Mann. Respekt. Ansehen. Diese Sichtbarkeit, die das Geburtsrecht aller ist, die auf der anderen Seite der Grenze leben.

»Sir? Sir?«

Er öffnete die Augen. Gut. Ich hatte schon befürchtet, er hätte mich verlassen. Vielleicht wäre es humaner, ihn zu erledigen, doch ich stellte fest, dass ich es nicht über mich brachte. Er hatte mich gesehen. Er kannte die Wahrheit. Und wenn ich ihn jetzt umbrächte, wäre es für mich kein Sieg mehr.

Also ein Remis, *magister*. Damit kann ich leben.

Außerdem gab es noch eine Sache, die mich beschäftigte, eine Frage, auf die ich eine Antwort bekommen musste, bevor ich das Spiel wirklich als beendet erklären konnte. Mir fiel ein, dass mir die Antwort möglicherweise nicht gefallen würde. Aber dennoch wollte ich sie hören.

»Sagen Sie, Sir – wenn Sie damals sahen, dass ich Leon stieß, warum haben Sie das dann nicht der Polizei gesagt? Warum haben Sie mich geschützt, wo Sie wussten, was ich getan hatte?«

Ich wusste natürlich, welche Antwort ich hören wollte. Schweigend sah ich ihm in die Augen, hockte mich neben ihn, damit ich ihn auch verstehen könnte, wenn er nur leise flüsterte.

»Reden Sie mit mir, Sir. Warum haben Sie es niemandem gesagt?«

Eine Weile herrschte Stille, bis auf seinen rasselnden, flachen Atem. Ich fragte mich, ob ich wohl zu lange gewartet hatte, ob er aus schierem Trotz ausgerechnet jetzt sterben würde. Doch dann sprach er, seine Stimme war sehr leise, aber ich verstand ihn klar und deutlich. Er sagte: »St. Oswald's.«

Keine Lügen, *hatte sie gesagt. Also sagte ich ihr die Wahrheit. Zumindest soweit es mir möglich war, obwohl ich hinterher nicht genau wusste, was ich laut ausgesprochen und was ich nur gedacht hatte.*

Nur deswegen schwieg ich all die Jahre, deswegen erzählte ich der Polizei nie, was ich auf dem Dach gesehen hatte, deswegen ließ ich die Sache mit John Snyde sterben. Sie müssen das verstehen: Leons Tod auf dem Schulgelände war schrecklich genug. Der Selbstmord des Hausmeisters machte alles noch schlimmer. Aber ein Kind ins Spiel zu bringen – ein Kind zu beschuldigen –, das hätte die Angelegenheit in die Schlagzeilen sämtlicher Boulevardblätter katapultiert. Und das hatte St. Oswald's nicht verdient. Meine Kollegen, die Jungs – der Schaden wäre unermesslich gewesen.

Davon mal abgesehen – was hatte ich denn wirklich gesehen? Für den Bruchteil einer Sekunde ein Gesicht in trügerischem Licht. Eine Hand auf Leons Schulter. Die Gestalt des Hausmeisters, die mir den Blick verstellte. Es reichte nicht.

Und so ließ ich die Sache auf sich beruhen. Es war nicht einmal unehrlich, sagte ich mir – schließlich traute ich dem, was ich zu sehen geglaubt hatte, ja selbst kaum. Aber jetzt endlich kam die Wahrheit zutage, kehrte zurück wie ein rachsüchtiger Dämon, der mich, meine Freunde – alles, was ich zu schützen gehofft hatte – mit seiner Wucht zermalmte.

»St. Oswald's.« Ihre Stimme war nachdenklich, kaum hörbar über die Kluft hinweg.

Ich nickte, zufrieden, dass sie verstanden hatte. Warum auch nicht? Sie kannte St. Oswald's ebenso gut wie ich, kannte den Codex und die dunklen Geheimnisse, die Annehmlichkeiten und die kleinen Dünkel. Es ist schwer, einen Ort wie St. Oswald's zu erklären. Das ist wie mit dem Unterrichten: Man hat ein Händchen dafür oder nicht. Man wird hineingezogen, und viele finden es unmöglich, sich wieder zu entziehen – zumindest bis zu dem Tag, an dem der Ort sie ausspuckt (mit oder ohne kleinen Ehrensold aus dem Fonds des Lehrerzimmerkomitees). Ich bin schon so lange in St. Oswald's, dass ich nichts anderes mehr kenne. Ich habe keine Freunde außerhalb des Lehrerzimmers, ich habe keine Hoffnungen außer meinen Jungs, kein Leben jenseits von …

»St. Oswald's«, wiederholte sie. »Natürlich. Es ist schon komisch, Sir. Ich dachte, Sie hätten es eventuell meinetwegen getan.«

»Ihretwegen?«, fragte ich. »Warum denn das?«

Ein Tropfen fiel auf meine Hand, vielleicht von den Bäumen, oder vielleicht war es auch etwas anderes. Ich war mir nicht sicher. Plötzlich empfand ich Mitleid mit ihr – sicher höchst unpassend, aber so war es eben.

Konnte sie wirklich geglaubt haben, ich hätte die ganzen Jahre stillgehalten wegen einer irgendwie gearteten Beziehung zwischen uns? Das könnte vieles erklären: warum sie meine Gesellschaft suchte, warum sie ständig Bestätigung brauchte, warum sie sich mit immer ausgefalleneren Mitteln bemühte, meine Aufmerksamkeit auf sich zu lenken. Sicher, sie war ein Ungeheuer, doch in dem Augenblick fühlte ich mit ihr, und unbeholfen streckte ich meine alte Hand nach ihr aus.

Sie ergriff sie. »Verfluchtes St. Oswald's. Verfluchter Vampir.«

Ich wusste, was sie meinte. Man gibt und gibt und gibt, aber St. Oswald's ist unersättlich, verschlingt alles – Liebe, Leben, Loyalität –, ohne jemals seinen Hunger zu stillen.

»Wie können Sie das ertragen, Sir? Was haben Sie davon?«

Gute Frage, Miss Dare. Die Sache ist, ich habe keine andere Wahl. Ich bin wie ein Muttervogel, der ein maßlos gieriges Riesenküken versorgt. »Sie müssen wissen, dass viele von uns – zumindest die alte Garde – für St. Oswald's lügen und sogar sterben würden, wenn die Pflicht es von uns verlangte.« Ich sagte nicht, dass ich in ebendiesem Moment selbst sterben könnte, aber ich schwieg nur, weil mein Mund so trocken war.

Erstaunlicherweise lachte sie auf. »Sie sind ein alter Dramatiker. Wissen Sie, fast fühle ich mich versucht, Ihnen Ihren Wunsch zu erfüllen – Sie für das wunderbare St. Oswald's sterben zu lassen und zu sehen, wie viel Dank Sie dafür bekommen.«

»Keinen Dank«, sagte ich. »Aber gewaltige Steuervergünstigungen.« Es war ein lahmer Scherz, wenn es denn ein letztes Wort sein sollte, doch angesichts der Umstände brachte ich nichts Geistreicheres zustande.

»Seien Sie nicht dumm, Sir. Sie sterben nicht.«

»Ich bin gerade fünfundsechzig geworden und darf tun und lassen, was ich will.«

»Was? Und auf Ihre Zenturie verzichten?«

»Es geht ums Spiel«, zitierte ich falsch irgendeine Quelle. »Nicht um den, der's spielt.«

»Das hängt ganz davon ab, auf wessen Seite man steht.«

Ich lachte. Sie war ein kluges Mädchen, aber ich möchte doch behaupten, dass es keine einzige Frau gibt, die Kricket wirklich versteht. »Ich muss jetzt schlafen«, sagte ich müde. »Das Spiel ist vorbei, zurück zum Pavillon. Scis quod dicunt …«

»Noch nicht, Sir«, sagte sie. »Sie dürfen noch nicht schlafen …«

»Schauen Sie doch«, sagte ich und schloss die Augen.

Lange Zeit herrschte Stille. Dann hörte ich ihre Stimme, die sich wie ihre Schritte in der Kälte verlor.

»Alles Gute zum Geburtstag, magister.«

In der Dunkelheit klangen die letzten Worte sehr fern, sehr

endgültig. Der letzte Schleier, dachte ich mir grimmig – jederzeit würde ich jetzt den Lichttunnel sehen, von dem Penny Nation ständig redete, mit den himmlischen Cheerleadern, die mich vorwärts treiben.

Ehrlich gesagt, hatte ich die Vorstellung immer ziemlich schrecklich gefunden, aber jetzt glaubte ich tatsächlich, das Licht zu sehen – ein recht gespenstisch grünes Glühen – und die Stimmen verlassener Freunde zu hören, die meinen Namen flüsterten.

»Mr. Straitley?«

Komisch, dachte ich mir, ich hätte nicht erwartet, dass die himmlischen Wesen mich so förmlich anreden. Doch jetzt hörte ich es ganz deutlich, und im grünen Glühen sah ich, dass Miss Dare verschwunden war und dass das, was ich für einen abgebrochenen Ast gehalten hatte, eine menschliche Gestalt war, die keine drei Meter von mir entfernt auf dem Boden kauerte.

»Mr. Straitley«, flüsterte die Gestalt wieder in einer Stimme, die ebenso heiser – und ebenso menschlich – war wie die meine.

Jetzt konnte ich die ausgestreckte Hand sehen, ein von einer pelzbesetzten Kapuze verdecktes Gesicht, dann ein kleines grünes Licht, das sich als das Licht vom Display eines Mobiltelefons erwies. Und es war ein Gesicht, das ich kannte, die Züge verzerrt, aber doch ruhig, als die Gestalt langsam, das Telefon noch in der Hand, offensichtlich unter großen Schmerzen durch das Gras auf mich zukroch.

»Keane?«, sagte ich.

Kapitel 60

Paris, 5. Arrondissement
Freitag, 12. November

Ich rief den Notarzt. Am Guy-Fawkes-Abend steht immer einer am Park für den Fall, dass ein Unglück passiert, dass es zu Schlägereien oder sonstigen Schwierigkeiten kommt. Ich brauchte nur anzurufen (ein letztes Mal von Knights Handy) und zu sagen, dass ein alter Mann zusammengebrochen sei, und eine Ortsangabe zu machen, die exakt genug war, damit sie ihn wirklich fanden, und vage genug, damit ich vorher verschwinden konnte.

Es dauerte nicht lange. Im Lauf der Jahre habe ich eine gewisse Übung darin bekommen, mich schnell aus dem Staub zu machen. Um zehn war ich in meiner Wohnung, um Viertel nach zehn war alles gepackt. Ich ließ den Leihwagen (mit dem Schlüssel im Zündschloss) in der Abbey-Road-Siedlung stehen; spätestens um halb elf würde er geklaut und abgefackelt worden sein. Von meinem Computer hatte ich schon alles gelöscht und die Festplatte ausgebaut, jetzt entsorgte ich den Rest auf dem Weg zum Bahnhof entlang der Gleise. Da hatte ich nur noch einen kleinen Koffer mit Miss Dares Kleidung bei mir, und die legte ich in einen Container der Altkleidersammlung, damit sie gewaschen und in die Dritte Welt geschickt würde. Schließlich warf ich die wenigen Dokumente, die auf meine alte Identität verwiesen, in einen Mülleimer, buchte eine Nacht in einem billigen Motel und eine einfache Bahnfahrt nach Hause.

Ich muss sagen, Paris hat mir gefehlt. Vor fünfzehn Jahren hätte ich das nie für möglich gehalten, aber jetzt bin ich sehr gerne hier. Ich habe keine Mutter mehr (wirklich traurig, die Sache, zwei Tote bei einem Wohnungsbrand), und als Folge davon bin ich die alleinige Erbin eines hübschen kleinen Vermögens. Ich habe einen anderen Namen angenommen, wie schon meine Mutter, und seit zwei Jahren unterrichte ich Englisch an einem netten Lycée irgendwo in der *banlieue*. Kürzlich habe ich ein Halbjahr freigenommen, um an meinen Forschungen weiterzuarbeiten, die, wie mir versichert wurde, zu meiner raschen Beförderung führen werden. Das hoffe ich sehr, beziehungsweise zufällig weiß ich, dass demnächst ein kleiner Skandal an die Öffentlichkeit gelangen wird (über die Internet-Spielsucht meines unmittelbaren Vorgesetzten), so dass eine entsprechende Stelle frei werden wird. Es ist zwar nicht St. Oswald's, aber auch nicht schlecht. Zumindest für eine Weile.

Was Straitley betrifft, hoffe ich sehr, dass er durchkommt. Kein anderer Lehrer hat sich je meine Achtung errungen – ganz sicher nicht die Lehrkräfte in Sunnybank Park und auch nicht die in dem faden Pariser Lycée, das ich dann besuchte. Kein anderer Mensch – ob Lehrer, Eltern, Therapeuten – hat mir je etwas beigebracht, das sich zu wissen lohnte. Vielleicht ist das der Grund, weshalb ich ihn am Leben ließ. Oder vielleicht, um mir zu beweisen, dass ich endlich meinen alten *magister* übertroffen habe – obwohl das Überleben für ihn eine zweischneidige Verantwortung mit sich bringt. Was seine Aussagen für St. Oswald's bedeuten werden, ist schwer zu sagen. Wenn er seine Kollegen im gegenwärtigen Skandal schützen will, wird er wohl das Gespenst der Affäre Snyde wieder ans Licht bringen müssen. Erfreulich wird das nicht sein. Mein Name wird fallen.

In der Hinsicht mache ich mir allerdings wenig Sorgen. Meine Spuren sind gut verwischt, und im Gegensatz zu St. Oswald's komme ich wieder einmal ungesehen und unbeschadet aus der Geschichte heraus. Aber die Schule hat schon früher Skandale überstanden, und obwohl die Vorfälle der vergangenen Monate sie in ein eher ungünstiges Licht rücken werden, denke ich, dass sie es überleben wird. In gewisser Hinsicht wünsche ich's mir, so pervers das klingen mag. Schließlich gehört doch ein nicht zu vernachlässigender Teil von mir zu St. Oswald's.

Während ich jetzt in meinem Lieblingscafé sitze (nein, ich sage Ihnen nicht, wo es ist), mit meiner Demitasse und ein paar Croissants auf dem Resopaltisch vor mir, und der November-Wind schluchzend den breiten Boulevard entlangfegt, komme ich mir fast wie auf Urlaub vor. Es liegt dieselbe Verheißung in der Luft, alle Möglichkeiten stehen mir offen. Ich sollte mich freuen. Zwei freie Monate liegen noch vor mir, ein neues, aufregendes Projekt beginnt, und das Schönste, das Seltsamste: Ich bin frei.

Doch ich habe diese Rache so lange mit mir herumgetragen, dass ich die Last fast vermisse, das Wissen, dass ich eine Aufgabe zu erledigen habe. Im Augenblick fehlt mir jeder Schwung. Ein merkwürdiges Gefühl, das mir die Freude vergällt. Zum ersten Mal seit vielen Jahren denke ich an Leon. Ich weiß, das klingt seltsam – war er denn nicht die ganze Zeit bei mir? –, aber ich meine den richtigen Leon und nicht die Gestalt, die Zeit und Distanz aus ihm gemacht haben. Er wäre jetzt fast dreißig. Ich weiß noch, wie er einmal sagte: »Dreißig, mein Gott, das ist uralt. Bitte bring mich um, bevor ich so alt werde.«

Früher ist es mir nie gelungen, aber jetzt kann ich mir Leon mit dreißig vorstellen, verheiratet, mit Bauchansatz, einer Arbeit, einem Kind. Und jetzt sehe ich schließlich auch, wie normal er aussieht, reduziert auf ein paar alte, verblichene Schnappschüsse, Comicstrip-artige Bilder längst überholter Mode – *mein Gott, das haben die früher getragen?* –, und plötzlich und völlig unsinnigerweise breche ich in Tränen aus. Nicht wegen des Leons meiner Fantasie, sondern wegen mir selbst, dem ehemaligen Queenie, jetzt achtundzwanzig und am Rand eines neuen, ungekannten Abgrunds. Kann ich es ertragen?, frage ich mich. Werde ich je damit aufhören?

»*Hé, la reinette. Ça va pas?*« Das ist André Joubert, der Inhaber des Cafés, dunkler Typ, um die sechzig, dünn wie eine Bohnenstange. Er kennt mich – oder glaubt zumindest, mich zu kennen –, und schaut mich besorgt an. Ich mache eine abwehrende Geste – »*Tout va bien*« –, lege ein paar Münzen auf den Tisch und trete auf den Boulevard hinaus, wo der schneidende Wind meine Tränen trocknen wird. Vielleicht erzähle ich das meiner Therapeutin bei der nächsten Sitzung. Oder vielleicht lasse ich die nächste Sitzung auch einfach sausen.

Meine Therapeutin heißt Zaza, sie trägt dicke Pullover und *L'Air du Temps*. Sie kennt von mir nichts als meine Geschichten und verschreibt mir zur Nervenberuhigung homöopathische Sepia- und Jodtinkturen. Sie empfindet großes Mitleid mit mir wegen meiner unglücklichen Kindheit und der Tragödien, die mir in allzu jungen Jahren zuerst meinen Vater, dann meine Mutter, meinen Stiefvater und die kleine Schwester raubten. Sie ist besorgt wegen meiner Schüchternheit, meiner Jungenhaftigkeit und weil ich nie mit einem Mann intim war. Dafür macht sie meinen Vater verantwortlich – für den ich mir Roy Straitley zum Vorbild nehme – und drängt mich, das alles zu überwinden und hinter mir zu lassen.

Und vielleicht habe ich das ja getan, fällt mir jetzt ein.

Jenseits des Boulevards leuchtet Paris hell und scharf, bloßgefegt vom Novemberwind. Er macht mich rastlos, macht mich neugierig. Ich möchte wissen, wohin er weht, welche Farben das Licht hinter dem Horizont hat.

Mein Lycée in der *banlieue* kommt mir im Vergleich zu St. Oswald's banal vor. Ich habe das kleine Projekt, das jetzt vor mir liegt, schon einmal gemacht, und die Aussicht, mich niederzulassen, die Beförderung anzunehmen, mich in der Nische einzurichten, genügt mir einfach nicht. Nach St. Oswald's will ich mehr. Ich möchte immer noch etwas wagen, möchte streben, bezwingen – jetzt ist sogar Paris zu klein, um meinen Ehrgeiz zu befriedigen.

Wohin dann? Amerika könnte nett sein, das Land, in dem sich alles und jeder ständig neu erfindet, wo man als Engländer automatisch Ansehen genießt. Ein Land der schwarz-weißen Werte, der interessanten Widersprüche. Ich habe den Eindruck, dass eine so begabte Spielernatur wie mich interessante Möglichkeiten dort erwarten. Doch, Amerika könnte mir gefallen.

Oder Italien, wo mich jeder Dom an St. Oswald's erinnert und das Licht den Staub und den Schmutz der wunderbaren uralten Städte golden erleuchtet. Oder Portugal, Spanien – oder vielleicht in noch weitere Ferne, Indien und Japan, bis ich mich eines Tages vor dem Portal von St. Oswald's wiederfinde, wie die Schlange mit der Schwanzspitze in den Fängen, deren züngelnder Ehrgeiz die Erdkugel umfasst.

Wenn ich es mir genauer überlege, ist das unvermeidlich. Nicht dieses Jahr – vielleicht nicht einmal in diesem Jahrzehnt – aber eines Tages werde ich wieder dort stehen, werde die Kricket- und Rugbyplätze, die Höfe und Arkaden, die Kamine und Brüstungen der Knabenoberschule St. Oswald's betrachten. Der Gedanke hat erstaunlicherweise etwas Tröstliches – wie das Bild einer Kerze auf dem Fenstersims, die nur für mich brennt –, als wäre das Verstreichen der Zeit, das mir in den letzten Jahren immer präsenter wurde, nur ein paar Wolken, die über die lang gestreckten goldenen Dächer ziehen. Niemand wird mich kennen. Die Jahre der Neuerfindung haben mir eine Tarnfarbe verliehen. Nur ein Mensch würde mich erkennen, und so lange werde ich doch warten, dass Roy Straitley in Pension ist, ehe ich mein Gesicht – eines meiner Gesichter – wieder in St. Oswald's zeige. Eigentlich schade. Ein allerletztes Spiel hätte mir gut gefallen. Aber wenn ich nach St. Oswald's zurückkomme, werde ich natürlich nach seinem Namen auf der Ehrentafel der Zenturionen suchen. Ich bin mir sicher, dass er dort stehen wird.

Kapitel 61

14. November

Ich vermute, es ist Sonntag, aber sicher bin ich mir nicht. Die Schwester mit den rosa Haaren ist wieder auf der Station und räumt auf, und ich glaube, dass Marlene eine Weile bei mir am Bett saß und las. Heute ist der erste Tag, an dem die Zeit ihren üblichen Lauf nimmt, an dem die Gezeiten des Unbewussten, die in der letzten Woche meine Tage und Nächte bestimmten, sich zurückziehen.

Miss Dare ist offenbar spurlos verschwunden. Ihre Wohnung ist leer, ihr Wagen wurde abgefackelt aufgefunden, ihre letzte Gehaltstüte liegt ungeöffnet in der Schule. Marlene, die abwechselnd auf der Krankenstation und in der Schule ist, hat mir erzählt, dass die Zeugnisse und Empfehlungsschreiben, die Miss Dare mit ihrer Bewerbung einreichte, sich als Fälschungen erwiesen haben und dass die »richtige« Dianne Dare, die vor fünf Jahren in Cambridge ihr Fremdsprachenstudium abschloss, seit drei Jahren bei einem kleinen Verlag in London arbeitet und St. Oswald's nicht einmal dem Namen nach kennt.

Natürlich wurde ihre Personenbeschreibung überall veröffentlicht. Aber das Aussehen kann verändert, neue Identitäten können angenommen werden, und ich vermute, dass Miss Dare – oder Miss Snyde, falls sie noch so heißt – uns noch lange Zeit entkommen wird.

Ich fürchte, dass ich der Polizei bei ihrer Arbeit keine so große Hilfe war, wie die Beamten es sich erhofft hatten. Ich weiß nur, dass Miss Dare den Notarzt rief und dass die Sanitäter die Erste-

Hilfe-Maßnahmen anwendeten, die mir das Leben retteten. Am nächsten Tag lieferte eine junge Frau, die sich als meine Tochter ausgab, im Krankenhaus ein hübsch eingewickeltes Päckchen für mich ab. Darin fanden sie eine altmodische silberne Taschenuhr mit einer Kette und einer Gravur.

Wie es scheint, kann sich niemand an das Gesicht der jungen Frau erinnern, und ich habe weder eine Tochter noch eine Verwandte, die es gewesen sein könnte. Auf jeden Fall kam die Frau nicht wieder, und die Uhr ist eine ganz gewöhnliche Uhr, ziemlich alt und angelaufen, trotz ihres Alters zeigt sie die Zeit sehr genau und hat ein Zifferblatt, das zwar nicht ausgesprochen schön, aber doch sehr charaktervoll ist.

Das war nicht das einzige Geschenk, das ich diese Woche bekommen habe. So viele Blumen habe ich meiner Lebtage noch nie gesehen, man würde meinen, ich wäre schon tot. Trotzdem, es ist gut gemeint. Da steht ein stacheliger Kaktus von meinen Brodie Boys mit der frechen Bemerkung: *Wir denken an Sie*. Ein Usambaraveilchen von Kitty Teague, gelbe Chrysanthemen von Pearman, ein Fleißiges Lieschen von Jimmy, ein bunter Strauß vom Lehrerzimmer, eine Himmelsleiter von den scheinheiligen Nationen, eine Graslilie von Monument (vielleicht als Ersatz für diejenigen, die Devine aus dem Altphilologen-Büro entfernen ließ) und von Devine selbst eine große Rhizinuspflanze, die mit glänzender Missbilligung neben meinem Bett steht, als wollte sie fragen, warum ich noch nicht tot bin.

Wie ich höre, war es knapp.

Keane musste über mehrere Stunden operiert wurden und bekam drei Liter Blutkonserven. Neulich schaute er zu mir herein. Seine Krankenschwester bestand zwar darauf, dass er in seinem Rollstuhl sitzen blieb, aber er sah erstaunlich gut aus für einen Menschen, der gerade dem Tod von der Schippe gesprungen ist. Er führt Buch über seine Zeit im Krankenhaus, ergänzt es mit Zeichnungen der Schwestern und bissigen Bemerkungen über den Stationsalltag. Er meint, eines Tages könnte daraus vielleicht ein Buch werden. Ich bin froh, dass er seine Kreativität nicht verloren hat, habe ihm allerdings auch gesagt, dass nichts Gutes dabei herauskommt, wenn ein Lehrer zum Schriftsteller mutiert, und er solle bei dem bleiben, was er wirklich gut könne, wenn er eine anständige Karriere machen wolle.

Pat Bishop ist aus der Herzstation entlassen worden. Die Schwester mit den rosa Haaren (die Rosie heißt) tut, als wäre sie sehr erleichtert. »Drei Ozzies auf einmal – da kriege ich graue Haare«, stöhnte sie, obwohl mir aufgefallen ist, dass sie mir gegenüber beträchtlich liebenswürdiger geworden ist (wohl ein Nebeneffekt von Pats Charme) und dass sie mir jetzt mehr Zeit widmet als jedem anderen Patienten.

Angesichts der neuen Sachlage wurden die Anklagepunkte gegen Pat fallen gelassen, obwohl ihm nach wie vor die vom neuen Rektor unterzeichnete Suspendierung droht. Meine anderen Kollegen haben bessere Aussichten. Keiner von ihnen wurde offiziell angeklagt, so dass sie zu gegebener Zeit vielleicht zurückkommen. Jimmy ist wieder eingestellt worden – offiziell nur, bis die Schule einen Ersatz gefunden hat, ich gehe allerdings davon aus, dass er uns auf Dauer erhalten bleiben wird. Jimmy glaubt, das habe er mir zu verdanken, auch wenn ich ihm mehrmals gesagt habe, dass ich nichts damit zu tun hatte. Ein paar Worte zu Dr. Tidy, mehr nicht; und was das andere betrifft, lässt sich das auf den drohenden Besuch der Schulaufsichtsbehörde schieben und auf die Tatsache, dass ohne unseren einfältigen, aber fähigen Handwerker viele von St. Oswald's kleinen, notwendigen Rädchen schon längst stecken geblieben wären.

Des Weiteren habe ich gehört, dass Isabelle uns für immer verlassen hat. Auch Light ist gegangen (angeblich, um ein Seminar in Business Management zu besuchen, da er das Unterrichten zu mühselig findet). Pearman ist wieder da, zur heimlichen Enttäuschung von Eric Scoones, der sich in dessen Abwesenheit als Fachbereichsleiter sah, und Kitty Teague hat sich für eine Stelle als Klassstufenleiterin in St. Henry's beworben, die sie sicher bekommen wird. Bob Strange leitet alles auf semipermanenter Basis – obwohl ich gerüchteweise hörte, dass er sich von den Jungs viele Disziplinlosigkeiten bieten lassen muss –, und ebenso gerüchteweise heißt es, dass ein Abfindungspaket zusammengeschnürt wird (eine große Summe), um sicherzustellen, dass Pat nicht zurückkommt.

Marlene ist der Meinung, dass Pat kämpfen sollte – die Gewerkschaft würde ihn zweifellos unterstützen –, aber ein Skandal ist und bleibt ein Skandal, gleichgültig, welches Ende er nimmt, und es wird immer Stimmen geben, die das alte Klischee aufgreifen. Der arme Pat. Vermutlich könnte er irgendwo noch eine Rektorenstelle bekommen, aber sein Herz gehört St. Oswald's, und sein Herz wurde gebrochen. Nicht durch die Ermittlungen der Polizei – die tat schließlich nur ihre Arbeit –, sondern durch Hunderte von kleinen Stichen: die unbeantworteten Anrufe, die peinlichen zufälligen Begegnungen, die Freunde, die ihr Mäntelchen in den Wind hängten, als sie merkten, woher er wehte.

»Ich könnte zurückgehen«, sagte er zu mir, bevor er die Station verließ. »Aber es wäre nicht mehr dasselbe.« Ich weiß, was er meinte. Wenn der Zauber einmal gebrochen ist, kann nichts wieder sein wie früher. »Außerdem würde ich das St. Oswald's nie antun«, sagte er noch.

»Ich verstehe nicht, warum«, sagte Marlene, die auf ihn wartete. »Wo war denn St. Oswald's, als du Hilfe brauchtest?«

Pat zuckte nur mit den Schultern. Es lässt sich nicht erklären, nicht einer Frau, nicht einmal der wunderbarsten Frau wie Marlene. Ich hoffe, dass sie sich gut um Pat kümmern wird. Ich hoffe, sie versteht, dass man manche Dinge nie ganz verstehen kann.

Knight?

Colin Knight gilt immer noch als vermisst. Alle außer seinen Eltern gehen davon aus, dass er tot ist. Mr. Knight will die Schule verklagen und wirft sich schon mit Verve in Dutzende von medienwirksamen Kampagnen. So verlangt er ein »Colin-Gesetz« einschließlich DNS-Analyse, psychologischem Eignungstest und schärfsten Polizeiuntersuchungen bei allen, die mit Kindern arbeiten wollen – um sicherzugehen, dass das, was seinem Sohn passierte, nie wieder passieren kann. Mrs. Knight hat an Leibesfülle ab- und an Schmuck zugenommen, die täglichen Bilder von ihr in der Zeitung und dem Fernsehen zeigen eine spröde, gelackte Frau, deren Hals und Hände das Gewicht der vielen Ketten und Ringe, die wie Christbaumkugeln an ihr hängen, kaum tragen können. Ich persönlich bezweifle, dass man die Leiche ihres Sohnes je finden wird. Das Absuchen der Teiche und Speicherseen erbrachte nichts, auf die Aufrufe an die Öffentlichkeit hin gingen zwar zahlreiche Hinweise ein, viele Anrufer behaupteten, den Jungen gesehen zu haben – aber sie führten alle in die Irre. »Wir geben die Hoffnung nicht auf«, sagt Mrs. Knight in den Fernsehnachrichten, aber der Grund, warum das Fernsehen noch über die Sache berichtet, ist nicht wegen des Jungen (den alle abgeschrieben haben), sondern wegen des faszinierenden Anblicks von Mrs. Knight, wie sie stocksteif und diamantenbewehrt in Chanel dasitzt und sich an ihre Hoffnung klammert. Besser als *Big Brother*. Ich mochte sie früher nicht, und ich habe keinen Grund, sie jetzt zu mögen, doch sie tut mir Leid. Marlene hatte ihre Arbeit, die sie aufrecht hielt, und ihre Zuneigung zu Pat, und vor allem hatte sie ihre Tochter Charlotte – kein Ersatz für Leon, aber ein weiteres eigenes Kind, eine Hoffnung, eine Zukunft. Mrs. Knight hat nichts – nichts als die Erinnerung, die mit jedem verstreichenden Tag unzuverlässiger wird. Schon jetzt wächst Colin Knight zur Legende heran. Wie alle derartigen Opfer wird er rückblickend zu einem beliebten Schüler, den seine Lehrer liebten und seine Freunde vermissen. Ein herausragender Schüler, der es weit gebracht hätte. Das Foto in der Zeitung zeigt ihn auf einer Geburtstagsparty mit elf oder zwölf Jahren, er lächelt frech (ich glaube, ich habe Knight kein einziges Mal lächeln sehen), die Haare frisch gewaschen, mit klarem Blick, die Haut noch rein. Ich erkenne ihn kaum wieder, aber wie der Junge tatsächlich war, tut auch nichts mehr zur Sache – das ist der Knight, den wir in Erinnerung behalten werden, das tragische Bild des verlorenen Jungen.

Ich überlegte mir, was wohl Marlene dazu sagt. Schließlich hat auch sie einen Sohn verloren. Das fragte ich sie heute beiläufig, während Pat seine Sachen einpackte (Pflanzen, Bücher, Karten, einen Strauß »Gute-Besserung!«-Ballons). Und als ich sie das fragte, stellte ich ihr auch eine andere Frage, die so lange nicht gestellt wurde, dass sich erst ein weiterer Mord ereignen musste, damit sie endlich gestellt werden konnte.

»Marlene, was ist eigentlich mit dem Kind passiert?«

Sie stand neben dem Bett, die Lesebrille auf der Nase, und betrachtete das Etikett auf dem Topf einer Palme. Ich meinte natürlich Leons Kind, Leons und Francescas, und das muss sie gewusst haben, denn ihr Gesicht wurde unvermittelt ausdruckslos, so dass ich kurz an Mrs. Knight denken musste.

»Die Pflanze ist ganz trocken«, sagte sie. »Sie braucht Wasser. Wirklich, Roy, Sie werden es nie schaffen, die alle zu versorgen.«

Ich sah sie an. »Marlene«, sagte ich.

Immerhin handelte es sich um ihr Enkelkind. Leons Kind, der hoffnungsvolle Spross, der lebende Beweis, dass es ihn gegeben hatte, dass das Leben weitergeht, dass irgendwann wieder der Frühling einzieht – alles Platitüden, ich weiß, aber sie sind die kleinen Rädchen, mit denen sich die großen Räder drehen, und was wären wir ohne sie?

»Marlene«, wiederholte ich.

Ihr Blick wanderte zu Bishop, der sich in einiger Entfernung mit Rosie unterhielt. Schließlich nickte sie langsam. »Ich wollte ihn zu mir nehmen«, sagte sie. »Er war Leons Sohn, natürlich wollte ich ihn zu mir nehmen. Aber ich war geschieden, ich war zu alt, um ihn offiziell zu adoptieren, ich hatte eine Tochter, die mich brauchte, und eine Arbeit, die viel Zeit kostete. Großmutter hin oder her, sie hätten ihn mir nie gegeben. Und ich wusste, wenn ich ihn auch nur ein einziges Mal sah, würde ich ihn nie wieder hergeben können.«

Sie hatten das Kind zur Adoption freigegeben. Marlene hatte nie versucht herauszufinden, wohin es gekommen war, wer es aufgenommen hatte. Keine Namen, keine Adressen wurden ausgetauscht. Er könnte überall sein, könnte jeder Junge sein. Vielleicht hatten wir ihn sogar gesehen, ohne es zu wissen, bei einem Kricketspiel gegen eine andere Schule, im Zug oder einfach nur auf der Straße. Er könnte tot sein – wissen Sie, das passiert –, oder er könnte auch hier in dieser Stadt sein, ein Vierzehnjähriger unter tausend anderen, ein junges, vage bekanntes Gesicht, eine Haarlocke, ein Blick …

»Es kann nicht leicht gewesen sein.«

»Ich hab's überstanden«, sagte sie.

»Und jetzt?«

Stille. Pat war bereit zum Gehen. Er kam zu mir ans Bett, sehr ungewohnt in Jeans und T-Shirt (in St. Oswald's tragen Lehrer immer einen Anzug), und lächelte.

»Wir schaffen's schon«, sagte Marlene und nahm Pats Hand. Es war das erste Mal, dass sie das in meinem Beisein tat, und da wurde mir klar, dass ich keinen der beiden je wieder in St. Oswald's sehen würde.

»Alles Gute«, sagte ich und meinte »Lebt wohl«.

Einen Moment standen sie Hand in Hand am Fußende meines Betts und schauten auf mich hinunter. »Passen Sie auf, Alter«, sagte Pat. »Bis bald. Verdammt, ich kann Sie ja kaum sehen hinter den ganzen blöden Blumen.«

Kapitel 62

Montag, 6. Dezember

Offenbar bin ich unerwünscht. Das sagte Bob Strange mir zumindest, als ich heute Morgen zur Arbeit erschien. »Lieber Gott, Roy, es bringt die Jungen nicht um, wenn ein paar Lateinstunden ausfallen!«

Vielleicht nicht, aber ich mache mir eben Sorgen wegen der Noten meiner Jungs, und ich mache mir auch Sorgen über die Zukunft der Altphilologen in unserer Anstalt, und außerdem geht es mir viel besser.

Ach, die Ärzte sagten natürlich, was Ärzte immer sagen, doch ich kenne Bevans noch als runden kleinen Jungen, der sich in meinem Lateinunterricht immer einen Schuh auszog, und so weit wird's noch kommen, dass ich mich von ihm herumkommandieren lasse.

Wie ich feststellte, hatte Timid die Aufsicht über meine Klasse. Das hörte ich schon am Lärmpegel, der durch die Decke des Silentiumraums drang, ein nostalgisches Gewirr von Geräuschen, unter denen Anderton-Pullitts durchdringender Tenor und Brasenoses dröhnender Bass sofort zu erkennen waren. Lachen trieb die Treppe hinunter, und einen Moment lang hätte es jede Zeit sein können – jede x-beliebige Zeit –, mit dem Lachen der Jungs, Timids Ermahnungen, dem Geruch nach Kreide und verbranntem Toast aus dem Mittleren Korridor, dem Schlagen der Glocken und Türen und den Fußschritten und dem eigenartigen quietschenden Geschiebe, wenn Ranzen über den gebohnerten Parkettboden geschleift werden, den Absätzen meiner

Kolleginnen, die zu einer Konferenz oder in ein Büro stöckeln, und der goldenen Luft des Glockenturms, in der Staubflöckchen tanzten.

Ich holte tief Luft.

Aaaah.

Es kommt mir vor, als wäre ich jahrelang fort gewesen, doch schon jetzt habe ich das Gefühl, dass die Ereignisse der letzten Wochen von mir abfallen wie ein Traum, den jemand anderes vor langer, langer Zeit träumte. Hier in St. Oswald's gibt es Schlachten zu schlagen, Stunden zu halten, Jungs müssen in den Feinheiten von Horaz und den Gefahren des *ablativus absolutus* unterwiesen werden. Eine Sisyphosarbeit, aber eine, mit der ich fortfahren werde, solange ich noch auf zwei Beinen stehen kann. Teetasse in der Hand, die neueste Ausgabe der *Times* (aufgeschlagen auf der Seite mit dem Kreuzworträtsel) unter den Ellbogen geklemmt, so steuerte ich mit wehender Robe auf den Glockenturm zu.

»Ah, Straitley.« Das muss Devine sein. Die trockene, missbilligende Stimme ist nicht zu verkennen, ebenso wenig wie der Umstand, dass er mich nie mit Vornamen anspricht.

Da stand er am Fuß der Treppe, grauer Anzug, gebügelte Robe, blaue Seidenkrawatte. Gestärkt ist ein viel zu blasses Wort für seine Steifheit. Sein Gesicht war hölzern wie das einer Indianerstatue in der Morgensonne. Nach der Sache mit Dare steht er in meiner Schuld, und das macht alles für ihn wohl noch schlimmer.

Hinter ihm standen zwei Männer aufrecht wie Wachsoldaten, gekleidet und beschuht wie Verwaltungsfritzen. Natürlich. Die Vertreter der Schulaufsichtsbehörde. In der ganzen Aufregung hatte ich vergessen, dass sie heute kommen würden, auch wenn mir bei den Jungs eine ungewohnte Zurückhaltung und ein sonst unüblicher Anstand aufgefallen waren, und auf dem Besucherparkplatz gab es drei Behinderten-Parkplätze, die am Abend zuvor ganz bestimmt noch nicht existiert hatten.

»Ach, die Inquisition.« Ich deutete einen Salut an.

Sauertraub warf mir seinen gewissen Blick zu. »Das ist Mr. Bramley«, sagte er und deutete ehrerbietig auf einen der Besucher, »und das ist sein Kollege Mr. Flawn. Sie werden heute Vormittag Ihren Unterricht begleiten.«

»Ich verstehe«, sagte ich. Typisch Devine, dass er mir das an meinem ersten Tag antut. Aber ein Mensch, der sich auf das Niveau von Gesundheit und Sicherheit begibt, macht vor nichts Halt, und außerdem bin ich schon viel zu lange in St. Oswald's, um mich von zwei Anzügen mit Klemmbrett in der Hand einschüchtern zu lassen. Ich schenkte ihnen mein herzlichstes Lächeln und nutzte sofort die Gunst der Stunde. »Ich bin gerade auf dem Weg in das altphilologische Büro«, sagte ich. »Es ist doch so wichtig, einen eigenen Raum zu haben, finden Sie nicht auch? Ach, denken Sie sich nichts«, sagte ich zu den Herren, als Devine wie ein aufgezogener Roboter den Mittleren Korridor entlang verschwand. »Mein Kollege wird leicht nervös.«

Fünf Minuten später erreichten wir das Büro. Ein netter kleiner Raum, das muss ich sagen. Er hat mir immer schon gefallen, und nachdem Devine ihn neu hat streichen lassen, sieht er noch einladender aus. Meine Graslilien sind aus dem Versteck, in das Devine sie relegierte, hervorgeholt und wieder aufgestellt worden, meine Bücher stehen sorgfältig aufgereiht auf den Regalen hinter meinem Schreibtisch. Das Schönste ist allerdings, dass das gedruckte Schild mit der Aufschrift »Deutschabteilung« durch eine hübsche kleine Plakette ersetzt wurde, auf der schlicht »Altphilologie« steht.

Wissen Sie, es gibt Jagdtage, und es gibt Fangtage. Heute Vormittag schwebte ich so siegesgewiss in Zimmer 59, dass Timid der Mund offen stehen blieb und sich eine plötzliche Stille im Glockenturm ausbreitete.

Sie dauerte ein paar Sekunden, bis dann von den Bodendielen ein Geräusch aufstieg, ein Donnern wie von einer Rakete kurz vorm Start, und dann waren sie alle aufgesprungen, alle miteinander, klatschten und jubelten und schrien und lachten. Pink und Niu, Allen-Jones und McNair, Sutcliff und Brasenose und Jackson und Anderton-Pullitt und Adamczyk und Tayler und Sykes. All mein Jungs – na ja, nicht ganz alle –, und als sie dort standen und lachten und klatschten und meinen Namen riefen, sah ich, dass Timid auch aufgestanden war und sein bärtiges Gesicht richtig lächelte.

»Das ist ja Quaz!«

»Er lebt ja noch!«

»Sie sind wieder hier, Sir!«

»Heißt das, dass wir dieses Jahr wieder keinen anständigen Lehrer kriegen?«

Ich schaute auf meine Taschenuhr. Ließ sie zuschnappen. Auf dem Deckel eingraviert das Schulmotto:

Audere, agere, auferre.
Wagen, streben, bezwingen.

Natürlich werde ich nie wirklich wissen, ob Miss Dare sie mir zukommen ließ, aber ich bin mir ziemlich sicher. Ich frage mich, wo sie jetzt ist – wer sie jetzt ist. Auf jeden Fall sagt mir irgendetwas, dass wir noch einmal von ihr hören werden. Der Gedanke erschreckt mich weniger, als er es früher getan hätte. Wir haben hier viele Herausforderungen erlebt und sie bestanden. Kriege, Todesfälle, Skandale. Jungs und Lehrkräfte kommen und gehen, aber St. Oswald's bleibt bestehen. Unser kleiner Anteil an Unsterblichkeit.

Ist das der Grund, warum sie das tat? Fast kann ich das glauben. Sie hat sich einen Platz im Herzen von St. Oswald's gesichert, innerhalb von drei Monaten ist sie zu einer Legende geworden. Was jetzt? Wird sie in ihre Unsichtbarkeit zurückkehren – ein stilles Leben, ein einfacher Job, vielleicht sogar eine Familie? Was tun Ungeheuer, wenn die Helden alt werden?

Eine Sekunde ließ ich den Lärm anschwellen. Es war ein ohrenbetäubendes Tosen, als würden nicht dreißig, sondern dreihundert Jungs in dem kleinen Raum Amok laufen. Der Glockenturm bebte, Timid sah besorgt drein, selbst die Tauben flogen erschreckt vom Balkon auf. Die Wintersonne fiel schräg durch die Fenster, die umgefallenen Stühle, die abgenutzten Pulte, die Schultaschen über die verblichenen Dielen verstreut, der Geruch nach Kreide und Staub, Holz und Leder, Mäusen und Menschen. Und natürlich die Jungs. Jungs mit fliegenden Haaren, blitzenden Augen und einem breiten Grinsen; glänzende Stirnen leuchteten in der Sonne, ausgelassene, tintenfingerige Taugenichtse, fußstapfende, Mützen werfende, grölende Jungs mit Hemden, die über die Hose hängen, und subversiven Socken an den Füßen.

Es gibt Zeiten, da ist ein perkussives Flüstern das Richtige. Aber es gibt auch Zeiten, sehr seltene Zeiten, wenn Schreien geboten ist.

Ich öffnete den Mund, aber nichts kam heraus.

Nichts. Nicht einmal ein Piep.

Auf dem Korridor läutete die Glocke, ein fernes Summen, das ich eher spürte, als über dem Lärm im Klasszimmer hörte. Einen Augenblick war ich überzeugt, dass das das Ende war; dass ich nicht nur meine Stimme, sondern auch meine Autorität eingebüßt hatte; dass die Jungs nicht geordnet Hab-Acht stehen, sondern beim Läuten einfach hinausstürmen würden, während ich wie der arme Timid saft- und kraftlos zurückblieb. Einen Augenblick glaubte ich das beinahe, während ich mit der Teetasse in der Hand in der Tür stand und die Jungs wie Schachtelmännchen herumhüpften.

Dann stand ich mit zwei Schritten auf meinem Achterdeck, legte beide Hände auf das Pult und testete meine Lunge.

»Ruhe, meine Herren!«

Wie erwartet.

So gut wie eh und je.

Danksagung

Wieder einmal bin ich zahlreichen Menschen zu aufrichtigem Dank verpflichtet – den Agenten, Lektoren, Korrektoren, Marketing-Fachleuten, Setzern, Buchhändlern und -vertretern männlichen und weiblichen Geschlechts, die so hart gearbeitet haben, um diesen Roman in die Buchhandlungen zu bringen. Eine besondere Erwähnung auf der Ehrentafel erhält Hockey-Kapitänin Serafina Clarke. Eine ehrenhafte Erwähnung verdienen darüber hinaus Netball-Kapitän Brie Brukeman, Jennifer Luithlen für die Auswärtsspiele, Francesca Liversidge für ihre redaktionellen Beiträge zur Schulzeitung und Louise Page, die die Schule dem freien Markt dort draußen ans Herz legte. Hauspunkte gehen an die Schulsekretärin Anne Reeve und Mark Richards, den Leiter des IT-Bereichs. Die Auszeichnung in Kunst wird erneut Stuart Haygarth zuerkannt, der Französisch-Preis (in einem insgesamt enttäuschenden Jahrgang) Patrick Janson-Smith. Präfekten-Medaillen gehen an Kevin und Anouchka Harris, der Bastarbeiten-Preis »Mrs. Joyful« wird (das dritte Jahr in Folge) Christopher Fowler verliehen.

Zu guter Letzt meinen aufrichtigen und von Herzen kommenden Dank an meine Brodie Boys (ich habe euch doch gesagt, dass ihr es weit bringt!), an meine ehemalige Klasse 3H, die Mitglieder des Roleplay Club und an all meine Kollegen an der LGS, die viel zu zahlreich sind, als dass ich sie alle namentlich anführen könnte. Sollten Sie befürchten, Sie könnten sich irgendwo auf diesen Seiten wiederfinden, so seien Sie versichert: Sie sind nicht dabei.

Ein umfassendes Programm aller in diesem Trimester stattfindenden Veranstaltungen finden Sie auf der Website der Schule unter joanne-harris.co.uk

BARBARA NADEL
SCHLEIER DES TODES

Roman. Aus dem Englischen von Franca Fritz und Heinrich Koop. 352 Seiten. Gebunden mit Schutzumschlag. ISBN 3-471-78243-5

Kommissar Çetin İkmen ahnt einen Zusammenhang zwischen einer Reihe ganz unterschiedlicher Fälle, mit denen die Polizei von Istanbul konfrontiert ist. Da ist die lebensecht präparierte Leiche eines jungen Mannes, die man neben einer alten Frau gefunden hat, die tote Tochter eines skrupellosen russischen Gangsters, die in einem Kühlhaus entdeckt wird, und dann sind in einem alten jüdischen Viertel Istanbuls zwei Kinder spurlos verschwunden. Der Vater, ein weltberühmter Künstler, ist ein genialer und schwieriger Mensch, der von vielen gehaßt wird und der sich weigert, bei der Suche nach seinen Kindern zu helfen. İkmen hat einen schrecklichen Verdacht, aber keine Beweise.

»Barbara Nadel bietet beste Voraussetzungen, die moralinsauren ›Brunettis‹ von der Gondel zu schubsen.« *Die Welt*

Die Originalausgabe erschien 2005 unter dem Titel
Gentlemen and Players
bei Transworld/Randomhouse, London.

List ist ein Unternehmen der Ullstein Buchverlage GmbH

ISBN-13: 978-3-471-79539-1
ISBN-10: 3-471-79539-1

Satz: LVD GmbH, Berlin
Druck und Bindung: Clausen & Bosse, Leck
Printed in Germany